MIRA®

Umwelthinweis:
Dieses Buch wurde auf chlor- und säurefreiem Papier gedruckt.

Ballsaison

MIRA®

MIRA® TASCHENBUCH
Band 25436
1. Auflage: Mai 2010

MIRA® TASCHENBÜCHER
erscheinen in der Cora Verlag GmbH & Co. KG,
Valentinskamp 24, 20350 Hamburg
Deutsche Taschenbucherstausgabe

Titel der englischen Originalausgaben:
The Daring Duchess

Lady Lavinia's Match

erschienen bei: Mills and Boon Ltd., London
Published by arrangement with
HARLEQUIN ENTERPRISES II B.V./S.àr.l.

Konzeption/Reihengestaltung: fredebold&partner gmbh, Köln
Umschlaggestaltung: pecher und soiron, Köln
Redaktion: Ilse Bröhl
Titelabbildung: Harlequin Books S.A.
Satz: Buch-Werkstatt GmbH, Bad Aibling
Druck und Bindearbeiten: CPI – Ebner & Spiegel, Ulm
Printed in Germany
ISBN 978-3-89941-715-9

www.mira-taschenbuch.de

Paula Marshall

Ein süßes Abenteuer

Roman

Aus dem Englischen von
Stephanie Dufner

MIRA®

PROLOG

1817

Diana Rothwell, nunmehr die Dowager Duchess of Medbourne, wurde zur Witwe, ohne je eine richtige Ehe geführt zu haben. Als sie mit vierundzwanzig Lenzen ihren achtzigjährigen Gemahl verlor, bestand sie darauf, an der Beerdigungszeremonie in der Krypta der Hauskapelle auf Medbourne Castle teilzunehmen.

Selbstverständlich verletzte sie damit die Etikette, gemäß der eine vornehme Dame der Beerdigung ihrer Angehörigen grundsätzlich fernzubleiben hatte. Damit nicht genug, trug sie statt des schwarzen Trauergewandes und der Witwenhaube, die sie erst nach Ablauf eines Jahres ablegen durfte, ein gewöhnliches Tageskleid.

Die schockierten Trauergäste konnten ja nicht ahnen, dass Diana damit den Wunsch ihres verstorbenen Gatten Charles erfüllte. Da ihre Ehe kinderlos geblieben war, hatte er ihr sein Anwesen sowie den größten Teil seines Gesamtvermögens hinterlassen, und außerdem einen langen Brief, in dem er seine Wünsche hinsichtlich ihrer Zukunft darlegte.

In der Kapelle hatten sich neben den höherrangigen Dienstboten eine ganze Reihe von Gentlemen eingefunden – Freunde und Nachbarn des Verstorbenen, die dieser zur Testamentsverlesung im Anschluss an die Zeremonie eingeladen hatte. Sie alle sollten für ihre langjährige Freundschaft und, was das Personal betraf, für ihre treuen Dienste mit Geldgeschenken oder persönlichen Andenken belohnt werden. Unterdessen hielten sich die Gemahlinnen jener Herren sittsam in der Großen Halle des Schlosses auf. Während sie auf die Rückkehr ihrer Gatten warteten, ließen sie sich eifrig über das Betragen und über die Kleidung ihrer Gastgeberin aus.

„Weder anständig noch *comme il faut.* Aber hätten Sie etwas anderes von ihr erwartet? Im Grunde fand ich es schon damals anstößig, dass ein Greis wie der Duke ein siebzehnjähriges junges Mädchen ehelicht, das dem Alter nach seine Enkelin sein könnte."

„Nicht einmal einen Erben hat sie ihm geschenkt."

„Sie soll ihm sogar bei seinen Experimenten geholfen haben."

Die allgemeine Missbilligung wuchs erst recht, als sich später herausstellte, dass der Duke, abgesehen von den Vermächtnissen an seine Freunde, seinen gesamten Besitz seiner Witwe hinterließ.

Doch Diana kümmerte sich nicht um das Gerede. Auf dem Sterbebett hatte Charles ihr einen Umschlag übergeben.

„Kein Mann könnte sich eine bessere Ehefrau als dich wünschen", hatte er gesagt. „Nach meinem Tod sollst du diesen Brief lesen und beherzigen, was ich darin geschrieben habe. Öffne ihn aber sofort, hörst du, warte auf keinen Fall bis nach der Beerdigung."

Gehorsam wie immer, hatte Diana den Brief gelesen, der sie zunehmend verblüffte, um nicht zu sagen bestürzte.

„Mein liebes Kind", stand da, „denn als das habe ich Dich stets betrachtet, als meine Tochter und als meine Schülerin. Du hast Deine Liebe einem Greis geschenkt, der Dir nicht bieten konnte, was Dir rechtmäßig zusteht, nämlich eine wahre Ehe und Kinder. Insofern habe ich nicht nur Dich betrogen, sondern auch Deine Familie, wenngleich Du es mir nie zum Vorwurf gemacht hast.

Ich weiß wohl, dass Deine verarmten Eltern sich nur wegen meines Besitzes bereit fanden, Dich mir zur Frau zu geben. Glücklicherweise musstest Du nicht deine ganze Jugend an mich verschwenden. Nun, nach meinem Ableben, sollst Du Dein Leben genießen, wie es Dir bislang verwehrt war.

Sicherlich wirst Du nicht nur mit Bedauern an unsere gemeinsamen Jahre zurückdenken. In dieser Zeit hast Du bestätigt, was ich schon immer vermutete: dass eine junge Frau ebenso umfassendes Wissen erwerben und ebenso glänzende Leistungen erbringen kann wie ein junger Mann. Als Mann hättest Du an meiner alten Universität ein ausgezeichnetes Examen ablegen können. Genau das wollte ich beweisen, indem ich Dich unterrichtete.

Nun aber sollst Du Dich endlich ein wenig amüsieren. Also traure in der Öffentlichkeit nicht um mich. Nimm an meiner Beerdigung teil, aber nicht in Trauerkleidung. Ich möchte nicht, dass Du ein ganzes Jahr lang Schwarz trägst und in den darauffolgenden Monaten Lila. Vielmehr solltest Du sofort wieder unter die Leute gehen und all die Dinge tun, denen Du seit unserer Heirat entsagen musstest.

Nachdem ich Dir hiermit meine letzten Wünsche kundgetan habe, hoffe ich, dass Du sie treulich erfüllst. Gewiss wirst Du die Jahre unseres gemeinsamen Studiums nie vergessen, ja sogar künftig davon profitieren. Hüte Dich vor Mitgiftjägern. Wenn Du eine neue Ehe eingehst, dann hoffentlich mit einem Mann, der Deiner würdig ist – damit ich in Frieden ruhen kann."

Als Diana den Brief niederlegte, hatten sich ihre Augen mit Tränen gefüllt. Ja, er hatte immer gewusst, dass sie manchmal dem Leben nachtrauerte, das sie, ohne an ihn gebunden zu sein, hätte führen können.

Und nun sollte sie mit seinem Segen alles nachholen. Ganz gleich, was man in vornehmen Kreisen von ihr dachte, sie würde seinen Rat befolgen. Nur ihre Bildung würde sie niemals zur Schau stellen, schließlich brauchte niemand zu wissen, dass sie so gewandt debattieren konnte wie ein Anwalt, dass sie etwas von Naturphilosophie verstand und dass sie in den letzten beiden Lebensjahren ihres Gatten seine Güter für ihn verwaltet hatte.

Am Ende des Briefes stand ein amüsantes Postskriptum. „Ich habe die Witwe Marchmont, eine entfernte Verwandte von Dir, gebeten, Dich so bald wie möglich in die Gesellschaft einzuführen. Du darfst sie ruhig ein klein wenig schockieren, aber sieh zu, dass Du es nicht übertreibst."

Unwillkürlich musste Diana lächeln. Just an diesem Morgen war Mrs. Marchmont auf Medbourne Castle eingetroffen. Sie hatte Diana inständig gebeten, der Beerdigung ihres Gatten fernzubleiben, und fassungslos den Kopf geschüttelt, als die junge Frau nicht auf sie hören wollte.

Nach dem Gottesdienst strömten die Trauergäste ins Schloss zurück, um zu essen, zu trinken und die Testamentsverlesung anzuhören. Voller Missbilligung vernahmen sie, wie die Witwe im letzten Satz aufgefordert wurde, ihr Leben zu genießen. Damit, so dachte Diana, bekräftigt Charles noch einmal, was er in seinem letzten Brief an mich geschrieben hat.

Ja, sie würde sein Andenken ehren, indem sie seinen Wunsch erfüllte.

1. KAPITEL

1819

Als Sir Neville Fortescue auf Lady Leominsters Ball zufällig mit anhörte, wie zwei seiner angeblichen Freunde über ihn sprachen, ahnte er noch nicht, dass sich dadurch bald sein ganzes Leben verändern sollte.

„Fortescue?“, sagte Frank Hollis zu Henry Latimer. „Oh nein, ich werde Fortescue gar nicht erst fragen, ob er mit uns ins Coal Hole kommen möchte. Ein netter Bursche, zuverlässig und anständig, aber langweilig, verdammt langweilig. Hat sich sein Leben lang keinen einzigen Fehltritt geleistet. Schon der Gedanke an ihn ödet mich an.“

„Ach weißt du, stille Wasser sind tief.“

„Nicht immer. Bis jetzt hat er jedenfalls noch nicht gezeigt, was in ihm steckt, dabei sitzt er schon seit fünf Jahren im Parlament. Wechseln wir lieber das Thema. Was hältst du von der neuen Geliebten seines Cousins Alford? *Der* weiß, wie man sich richtig vergnügt. Nehmen wir doch ihn ins Coal Hole mit.“

Mit diesen Worten entfernten sich die Sprecher. Wie heißt es so schön – der Horcher an der Wand hört seine eigene Schand’, dachte Sir Neville Fortescue verdrossen. Sicher, die beiden hatten nichts allzu Schlimmes gesagt, aber er fand es nicht gerade schmeichelhaft, als langweiliger Musterknabe abgetan zu werden. Obgleich er nicht viel auf Frank Hollis’ Urteilsvermögen gab, hatten dessen Bemerkungen ihn tief getroffen, ja sogar verärgert. Wieso maßte der Mann sich überhaupt an, über ihn zu urteilen?

Der Vorfall beschäftigte ihn umso mehr, als er an diesem Tag Harriet Beauchamp aufgesucht und um ihre Hand angehalten hatte. Zum einen glaubte er, dass sie eine gute Gemahlin abgeben würde. Und zum anderen lag seine verwitwete Mutter ihm ständig in den Ohren, dass er sich endlich vermählen solle.

„Ein Mann in deiner Stellung braucht eine Gattin“, pflegte sie zu sagen, und als er ihr seinen Entschluss mitteilte, Harriet einen Heiratsantrag zu machen, freute sie sich ungemein. Ihrer Ansicht nach würde die reizende Miss Beauchamp ihm trotz ihres etwas leichtfertigen Betragens alle Ehre machen.

Heute hatte er sich genau die passenden Worte zurechtgelegt, um dieser hübschen jungen Debütantin mit dem Segen ihres Vaters einen Heiratsantrag zu machen. Noch einmal ließ er sich die beschämende Szene durch den Kopf gehen …

Nach seiner Rede hatte Harriet mit geheuchelter Traurigkeit erwidert: „Ach, mein lieber Neville, ich mag dich sehr, aber ich könnte niemals deine Gattin werden.“

Er fiel aus allen Wolken. Sie wies ihn ab? „Warum denn nicht?“, rief er in leicht entrüstetem Ton, noch immer vor ihr kniend.

„Weil ich hin und wieder etwas Aufregendes erleben möchte. Mit dir könnte ich das nicht, da du so sehr darauf achtest, immer das Richtige zu tun.“

Endlich erhob er sich, denn in den engen Hosen, die die Mode zurzeit vorschrieb, konnte man nicht lange knien. „Ich dachte, die meisten jungen Damen wünschen sich einen verlässlichen Ehemann“, entgegnete er.

„Das stimmt, aber du benimmst dich dermaßen korrekt, dass man sich mit dir schier langweilt“, erklärte sie mit herzlich wenig Taktgefühl. „Und das könnte ich nicht ertragen. Bald wirst du irgendein nettes, sittsames Mädchen kennenlernen, das besser zu dir passt als ich. Wir werden doch hoffentlich Freunde bleiben? Falls ich je Hilfe benötigen sollte, würdest du mir jederzeit mit klugem Rat beistehen, das weiß ich genau.“

Beinahe hätte er ihr entgegengeschleudert: „Im Gegenteil, in dem Fall solltest du lieber einen guten Anwalt aufsuchen.“ Stattdessen gab er, wie gewöhnlich, eine unverfängliche, banale Antwort. „Ich bedaure, dass du meinen Antrag ablehnst, Harriet, aber ich werde dir natürlich immer wohlgesonnen bleiben."

„Dann nimmst du mir meine Entscheidung also nicht übel. Wie lieb von dir!"

In diesem Augenblick regte sich plötzlich Nevilles Leidenschaft, die er sonst immer erfolgreich unterdrückte. Um ein Haar hätte er Harriet an sich gerissen, einen heftigen Kuss auf ihre Lippen gepresst und sie hinterher angefahren: „Fandest du das aufregend genug? Oder soll ich weitermachen?"

Selbstverständlich tat er nichts dergleichen. Seit er denken konnte, hütete er sich, dem Beispiel seines Vaters zu folgen, eines trunksüchtigen Wüstlings, der in den Armen einer Kokotte gestorben war. Dass seine Familie nach seinem Tod nicht in Not geriet, verdankte sie nur der Tatsache, dass Nevilles Großvater mütterlicherseits bei der Heirat seiner Tochter ihr Erbe vor dem Zugriff ihres Gatten geschützt hatte.

Glücklicherweise verbrachte seine Mutter den Sommer bei ihrer verwitweten Schwester in Surrey. Ansonsten würde sie ihm nun wegen Harriets Abfuhr endlose Vorwürfe machen. In Wahrheit sehnte er sich nicht übermäßig danach, das Mädchen zu heiraten, aber für seine Mutter spielte das keine Rolle.

Soso, Harriet wünscht sich also eine aufregende Ehe, dachte er, während er unverrichteter Dinge das Haus der Beauchamps verließ. Es geschähe ihr ganz recht, wenn sie sich am Ende mit einem Mann wie meinem Vater, Sir Carlton Fortescue, vermählt, der sie ins Elend stürzt.

Und nun, noch am selben Abend, musste er auf Lady Leominsters Ball mit anhören, wie zwei liederliche Burschen sich ganz ähnlich wie Harriet über ihn äußerten.

Wirkte er auf andere tatsächlich so langweilig? Was gab es denn an korrektem Betragen auszusetzen? Konnte man überhaupt gleichzeitig tugendhaft und aufregend sein? Angenommen, er lockerte die Zügel ein wenig? Würde er sich dann wohler fühlen?

Eine leere Hoffnung. Er konnte nicht über seinen Schatten springen. Nach mehreren Generationen von durch und durch verdorbenen Fortescues bemühte er sich als Erster, ein anständiges Leben zu führen, damit man nicht im ganzen Land über seine Eskapaden tratschte. Mit Mitte zwanzig war er ins Parlament eingetreten, wo er seine Pflichten stets tüchtig und ehrenhaft erfüllt hatte. So viel konnten die meisten seiner Freunde nicht von sich behaupten.

Er kehrte noch einmal in den Ballsaal zurück, um sich von Lady Leominster zu verabschieden. Am besten begab er sich nach Hause und vergaß den ganzen Vorfall.

Doch während er auf die Gastgeberin zuging, fasste ihn irgendjemand bei der Schulter und rief: „Genau nach dir hatte ich gesucht! Nach dem Ball wollen ein paar Freunde und ich ins Coal Hole gehen. Komm doch mit! Amüsiere dich ausnahmsweise einmal, Neville. Aber gestatte mir zuerst, dich mit der Dowager Duchess of Medbourne bekannt zu machen. Aus irgendwelchen unerfindlichen Gründen behauptet sie, sie könne es kaum erwarten, dich kennenzulernen."

Vor Neville stand George, Lord Alford, mit dem man ihn gerade eben verglichen hatte – zu seinen Ungunsten. In der Tat besaß George sämtliche Vorzüge, die ihm selbst fehlten. Er sah auffallend gut aus, kleidete sich hochelegant und verstand es, jeden Augenblick seines Lebens zu genießen, ob nun mit leichtfertigen Frauenzimmern oder auf der Rennbahn, in zwielichtigen Spielhöllen oder bei Wettrennen in seinem Zweispänner. Wenn er sich für Wetten interessieren würde, was er nicht tat, hätte Neville wetten können, dass George sein Vermögen in rasendem Tempo durchbrachte. Genauso schnell, wie seine besten Pferde galoppieren konnten.

Natürlich verspürte er nicht die geringste Lust, seinen Cousin ins Coal Hole zu begleiten oder der Kühnen Duchess vorgestellt zu werden. So lautete der Spitzname der reichen jungen Witwe des Duke of Medbourne, die im vergangenen Jahr die Gesellschaft im Sturm erobert hatte. Ihrem Ruf nach zu schließen stand ihre Leichtlebigkeit der Lord Alfords in nichts nach.

„Das wage ich zu bezweifeln, George – ich meine, dass die Duchess mich wirklich kennenlernen will. Und besten Dank, aber ich werde deine Einladung nicht annehmen. Ich gehe jetzt nach Hause."

„Tu mir doch den Gefallen", rief Lord Alford lachend. „Ich habe mit Frank Hollis gewettet, dass ich dich dazu überreden kann, und wenn du mich im Stich lässt, werde ich ein hübsches Sümmchen verlieren."

Als Franks Name fiel, sah Neville seinen Cousin unverwandt an. „Frank Hollis, ja?", bemerkte er nach einer Weile. „In diesem Fall werde ich mitkommen, aber nur für einen kurzen Augenblick."

„Zuerst die Duchess. Er wettet nämlich, dass du dich weigern wirst, ihre Bekanntschaft zu machen."

„Tatsächlich? Gut, einverstanden, aber erwarte keine große Begeisterung von mir."

„Nein, nein. Franks Gesicht möchte ich sehen, wenn du dich vor ihr verneigst und wenn du um Mitternacht mit uns zu neuen Vergnügungen aufbrichst!"

Widerstrebend folgte er George in eine Ecke des Saals, wo Diana inmitten einer Schar von Bewunderern Hof hielt.

Seit ihrer Ankunft in London hatte sie mit ihrer unbezähmbaren Lebenslust ebenso großes Aufsehen erregt wie seinerzeit Lady Caroline Lamb. Natürlich war sie keineswegs so töricht wie Lady Caroline, ja, man hätte sie sogar als Blaustrumpf bezeichnen können, nur dass sie ihre Bildung niemals zur Schau stellte. Dagegen bewies sie immer wieder, dass sie nicht nur alle Menschen in ihrer Umgebung mit ihrer Schönheit betören, sondern auch den langweiligsten gesellschaftlichen Anlass mit ihrem Esprit und ihrer geistreichen Konversation beleben konnte.

Whist und Schach beherrschte sie so gut wie jeder Gentleman. Darüber hinaus spielte sie meisterhaft das Pianoforte, und es ging das Gerücht, sie spreche drei Fremdsprachen. Eines Tages hatte sie für eine kleine Sensation gesorgt, als sie in ihrem Zweispänner durch den Hydepark fuhr und eigenhändig zwei feurige Pferde lenkte.

Bei einer anderen Gelegenheit wurde sie während eines Spaziergangs mit ihrer Anstandsdame Zeugin, wie ein Mann einen Hund prügelte. Unverzüglich forderte sie ihn auf, damit aufzuhören; als er sich weigerte, schlug sie mit ihrem Sonnenschirm auf ihn ein und bat einen wildfremden Passanten, den Grobian festzuhalten, damit sie derweil den Hund retten konnte. Glücklicherweise tat der angesprochene Gentleman mehr als das. Es handelte sich um Lord Vaux, einen Peer aus einer äußerst alten und angesehenen Familie. Nachdem er den Tierquäler einem Konstabler übergeben hatte, bestand er darauf, die beiden Damen mitsamt dem Hund bis zu Dianas Residenz zu begleiten. Zwei Tage später hielt er um ihre Hand an, doch sie lehnte seinen Antrag ab.

Nach ihm warben noch viele andere Herren um Diana. Sie wies sie alle zurück, die Hochwohlgeborenen ebenso wie diejenigen von niederem Adel, die Gediegenen ebenso wie die Liederlichen. Allem Anschein nach wollte ausgerechnet die beste Partie der Saison sich nicht binden. Bei Watier's schloss man Wetten ab, wie viele Männer bis zum Ende der Saison noch ihr Glück bei ihr versuchen würden. Angeblich hatten bereits zwanzig ihr einen Heiratsantrag gemacht, darunter auch Prinz Adalbert von Eckstein Halsbach, ein Cousin der Princess of Wales.

Neville beabsichtigte keineswegs, es ihnen gleichzutun, zumal Diana ohnehin zu jener Sorte Frau gehörte, die ihm am meisten missfiel. Doch als er schließlich vor ihr stand, geriet auch er wider Willen in den Bann ihrer außerordentlichen Schönheit. Solch prachtvolles, glänzend schwarzes Haar, solch himmlisch blaue Augen und solch wohlgeformte Lippen, die wie zum Küssen geschaffen schienen, sah er wahrhaftig nicht alle Tage.

Dabei trug sie ein erstaunlich schlichtes Kleid, weiß, mit seidenen Schneeglöckchen bestickt. In ihrer Hand hielt sie einen kleinen Fächer und nicht etwa einen großen, der sich besser zum Tändeln und Kokettieren eignen würde. Doch am meisten überraschte ihn, dass sie keinerlei Schmuck angelegt hatte.

„Hocherfreut, Ihre Bekanntschaft zu machen, Euer Gnaden“, sagte er, während er sich vor ihr verneigte und einen Kuss auf ihre zarte Hand hauchte. Zu seiner Verblüffung meinte er das sogar ernst. Wie rasch er sich von ihr bezaubern ließ!

„Das Vergnügen ist ganz meinerseits, Sir Neville“, erwiderte sie ebenso höflich. „Man hat Sie mir als einen äußerst ernsthaften Gentleman geschildert, der sich schwerlich für ein leichtsinniges Geschöpf wie mich interessieren dürfte.“

Von wegen leichtsinnig! Seinem ersten Eindruck nach traf diese Bezeichnung nicht im Geringsten auf sie zu, auch wenn er dies nicht begründen konnte. Jedenfalls besaß sie eine Respekt einflößende Ausstrahlung, eine seltene Gabe, die die meisten vornehmen Damen nicht einmal anstrebten.

„Ich habe stets nur Gutes über Sie gehört“, versetzte er. „In der Tat schulde ich meinem Cousin Lord Alford großen Dank, denn er hat mich dazu überredet, mich Ihnen vorstellen zu lassen.“

„Demnach musste er Sie erst dazu überreden! Das enttäuscht mich ein wenig.“

„Weshalb?“, erkundigte sich Neville. „Erwarten Sie, dass alle Welt sich darum reißt, Sie kennenzulernen?“

Einen Augenblick lang befürchtete er, dass sie seine Worte

womöglich als Beleidigung auffassen könnte. Aber da hatte er sie unterschätzt.

„Durchaus nicht. Aber sobald eine unverheiratete, wohlhabende Frau in die Londoner Gesellschaft eingeführt wird, hält Hinz und Kunz es für sein gutes Recht, sie zu belagern. Deswegen finde ich es wohltuend, endlich einmal einem Herrn zu begegnen, der sich nicht sonderlich für mich interessiert."

Inzwischen hatten sie sich durch die Menge hindurch zum Rand der Tanzfläche begeben, oder besser gesagt, Diana hatte ihn geschickt in diese Richtung gelotst. Genau in diesem Augenblick stimmte das Orchester eine Quadrille an, sodass er sich verpflichtet fühlte, sie zu fragen: „Würden Sie mir die Ehre dieses Tanzes erweisen? Allerdings muss ich gestehen, dass ich in letzter Zeit selten getanzt habe. Sie müssen mir schon verzeihen, falls ich mich etwas ungeschickt anstelle."

„Ursprünglich hatte ich diesen Tanz zwar einem anderen Herrn versprochen, aber der musste später absagen, da eine dringende Nachricht ihn nach Hause rief. Also nehme ich gerne an."

„Ausgezeichnet", bemerkte Neville. Dann reihten sie sich in eine Gruppe mit drei weiteren Tanzpaaren ein. George blieb vor Verblüffung der Mund offen stehen, als er dies von seinem Platz aus beobachtete. Noch nie zuvor hatte er seinen sittenstrengen Cousin auf der Tanzfläche gesehen. Und noch dazu mit der Königin der Saison! Kaum zu glauben, dass dieser zugeknöpfte Bursche den Reizen der Kühnen Duchess erlag! Damit würde er ihn später gehörig aufziehen.

Neville staunte ebenso sehr über sich selbst wie sein Cousin. Solange er sich auf seine Tanzschritte konzentrieren musste, blieb ihm auch gar keine Zeit, sich sein Verhalten zu erklären. Warum hatte er überhaupt zugelassen, dass George ihn dieser hochgestellten jungen Dame vorstellte? Und warum bezauberte sie ihn so sehr, während sie anmutig und elegant wie eine Primaballerina über die Tanzfläche schwebte?

Indes ahnte keiner der beiden Männer, dass die Begegnung mit Sir Neville Fortescue auch Diana angenehm überrascht hatte. Schließlich hatte man ihn ihr als einen biederen Zeitgenossen beschrieben, der sich laut Frank Hollis „niemals dazu herablassen würde, an irgendwelchen Vergnügungen teilzunehmen. Immer steckt er seine Nase in irgendeinen dicken Wälzer."

Dementsprechend hatte sie sich ihn als einen kleinen, nachlässig gekleideten Herrn vorgestellt, einen Bücherwurm mit abfallenden Schultern, der sie durch dicke Brillengläser hindurch anblinzelte. In Wirklichkeit aber war er hochgewachsen und athletisch, mit markanten, charaktervollen Gesichtszügen, wenn auch nicht unbedingt im üblichen Sinne gut aussehend. Sein kastanienbraunes Haar, seine grünen Augen und der strenge Zug um seinen Mund gefielen ihr nicht übel. Nichts an ihm wirkte stutzerhaft oder aufgesetzt, vielmehr machte er den Eindruck eines Mannes, der unbeirrt seinen eigenen Weg ging.

„Warum habe ich Sie erst heute kennengelernt?", murmelte sie.

„Ich gehe nicht oft aus", antwortete er.

„Ein Verlust für die Gesellschaft."

„Aber unter Umständen mein Gewinn."

„So?" Sie zog die Augenbrauen hoch. „Wer weiß."

Am Rande der Tanzfläche raunte Frank Hollis Lord Alford zu: „Sehe ich recht? Neville tanzt, und noch dazu mit der Duchess of Medbourne? Sonst steht er doch immer nur herum und schaut überlegen drein."

„Oh, sie hat sich Neville zum Opfer erkoren", stellte George lachend fest. „Ein einziger Blick, und schon fordert er sie zu der Quadrille auf. Offensichtlich kann er genauso gut, wenn nicht sogar besser tanzen als wir, er hatte bloß bisher keine Lust dazu."

„Ja, das sieht der Duchess ähnlich. Kein Mann kann sich ihrem Zauber entziehen. Aber wer hätte gedacht, dass sich Neville in ihre Fänge verstrickt!"

Unterdessen setzten Diana und Neville ihre Konversation fort. Im Nachhinein dachte sie, noch nie solch ein anregendes Gespräch geführt zu haben. „Ich würde Sie gerne wiedersehen, Sir Neville", erklärte sie nach einer Weile kühn, „und zwar an irgendeinem Ort, wo wir uns ernsthafter unterhalten können. Eine Tanzfläche eignet sich nur für belangloses Geplauder und Schmeicheleien, fürchte ich."

„Oh, dann möchte ich hiermit betonen, wie geschmackvoll ich Ihre Garderobe finde", antwortete er, ehe er es sich versah. „Keine Rüschen, keine kunstvollen Verzierungen, kein protziger Schmuck. Das haben Sie ohnehin nicht nötig."

Diana staunte nicht minder als er selbst über seine Worte. Vor allen Dingen gefiel ihr sein leicht ironischer Unterton, denn sie hatte die schmeichlerischen Komplimente, mit denen die Herren sie zu überhäufen pflegten, gründlich satt. Eines stand fest, Sir Neville Fortescue unterschied sich deutlich von ihren üblichen Bewunderern.

Für beide verging die Zeit wie im Fluge, und als sie sich am Ende der Quadrille voreinander verneigten, schien es ihnen, als hätte der Tanz eben erst begonnen.

Nachdem Neville sich bei ihr bedankt und sie zurück zu ihrem Platz geleitet hatte, entfernte er sich von ihr. Zum einen wollte er sie nicht mit Beschlag belegen, zum anderen – und dieser Grund wog noch schwerer – verwirrte sie ihn auf unerklärliche Weise.

Sofort kam George auf ihn zu. „Na, du alter Schwerenöter?", rief er mit einem breiten Grinsen. „Sonst weigerst du dich doch immer zu tanzen! Außerdem hast du behauptet, du wolltest die Duchess gar nicht kennenlernen. Eigentlich wollte ich sie zu der Quadrille auffordern, aber du musstest mir ja zuvorkommen!"

Neville funkelte den albernen Schwätzer wütend an. „Wenn du deine Zunge nicht im Zaum halten kannst, George, werde ich dich nicht ins Coal Hole begleiten, und dann verlierst du den zweiten Teil deiner Wette. Was ich tue oder nicht tue, geht nur mich etwas an."

Noch nie zuvor hatte er in diesem Ton mit seinem Cousin gesprochen. Eine Sekunde lang stutzte George, dann brummte er: „Schon gut, ich werde dich nicht mehr necken. Aber du musst zugeben, dass du dich heute Abend ganz anders verhältst als sonst, Neville."

„Vielleicht will ich mein Verhalten ja ändern. Und jetzt entschuldige mich bitte, ich werde mich bis Mitternacht ins Speisezimmer zurückziehen."

Verblüfft sah George ihm hinterher, bis er bemerkte, dass die Duchess ihn zu sich winkte. „Warum haben Sie mir Sir Neville nicht schon früher vorgestellt?", fragte sie ihn, sehr zu seinem Ärger. „In Wirklichkeit ist er ganz anders als sein Ruf, nicht wahr? Ein richtiger Charmeur."

Ein Charmeur? Da hörte sich doch alles auf! Was um alles in der Welt hatte Neville bloß gesagt, dass die Duchess auf diese Idee kam?

Diana wusste selbst nicht, warum ihr neuer Bekannter sie so sehr beschäftigte. Auf jeden Fall musste sie ihn bald wiedersehen, um herauszufinden, ob sie den Verstand verloren oder aber endlich zu sich selbst gefunden hatte.

Punkt Mitternacht gesellte sich Neville, dem ähnliche Gedanken durch den Kopf gingen wie Diana, zu George und dessen Freunden. Zu dem Zeitpunkt rechnete Frank Hollis nicht mehr damit, dass Neville tatsächlich kommen würde, daher machte er bei seinem Anblick ein langes Gesicht.

„Ich dachte schon, du hättest deine Meinung geändert", bemerkte er säuerlich.

Neville warf ihm einen wütenden Blick zu, obwohl das eigentlich gar nicht seiner Art entsprach. Überhaupt tat er an diesem Abend Dinge, die niemand ihm zugetraut hätte. Als er sich von Lady Leominster verabschiedete, hatte sie ihm lächelnd zugeraunt: „Wie schön, dass Sie heute ausnahmsweise einmal Ihre Einsiedlergrotte verlassen! Ihre Mutter wird sich sehr darüber freuen, und was die Duchess betrifft … eine reizende junge Dame, nicht wahr? Trotz ihres ungestümen Wesens. Höchste Zeit, dass ein besonnener Mann wie Sie sich ihrer annimmt, nachdem so viele dumme Stutzer sie umworben haben."

Wie kommt es, hatte Neville grimmig gedacht, dass sich plötzlich alle so sehr für mich und meine Angelegenheiten interessieren? Dennoch hatte er Ihrer Ladyschaft ein höfliches Lächeln geschenkt, bevor er zu seinem Vetter hinüberging. Nach seinem langen, anstrengenden Tag hätte er auf den Besuch im Coal Hole lieber verzichtet. Es handelte sich um eine üble Spelunke, ein überfülltes, verräuchertes, lautes und stinkendes Kellerloch, genau wie er befürchtet hatte. Aber er pflegte seine Versprechen zu halten. Vermutlich gehörte auch das zu seinen langweiligen Eigenschaften.

Vielleicht lag es an seinem nüchternen Zustand, dass dieser Ort ihn dermaßen anwiderte. Wenn er genauso viel trank wie seine Begleiter, würde er vielleicht irgendwann alle anwesenden Frauen hübsch und alle Männer geistreich finden. Vielleicht würde ihm seine Umgebung dann gefällig erscheinen und nicht mehr so abstoßend wie jetzt.

Zumindest könnte es eine interessante Erfahrung werden, einmal einen über den Durst zu trinken. Mit diesem Gedanken leerte Neville ein Glas nach dem anderen, bis der Alkohol ihm allmählich zu Kopf stieg, doch er amüsierte sich deswegen kein bisschen besser.

„Ich gehe jetzt nach Hause", verkündete er eine Weile später, als ohnehin niemand mehr Notiz von ihm nahm. George lag bereits unter dem Tisch, und bald würden auch Frank Hollis und Bobus Ventress dort landen.

Draußen, in der frischen Nachtluft, wurde sein Kopf wieder ein wenig klarer. Zu Hause angekommen, begab er sich sofort in sein Zimmer. Aber sosehr er sich nach seinem Bett gesehnt hatte, in dieser Nacht fand er keinen Schlaf. Vor seinem geistigen Auge erschien immer wieder das Antlitz der Duchess of Medbourne.

2. KAPITEL

Gestern Abend hatte ich den Eindruck, dass du ein wenig für Sir Neville Fortescue schwärmst. Falls das stimmt, kann ich dich zu deiner Wahl nur beglückwünschen", bemerkte Dianas Gesellschafterin und Anstandsdame, Isabella Marchmont, während sie emsig ein Monogramm stickte.

Diana sah von ihrem Buch auf. „Wie kommst du darauf?"

„Weil er solider ist als die liederlichen Verschwender, die dich seit unserer Ankunft in London umwerben. Viele von ihnen besitzen keinen Penny."

„Du meinst, mein Vermögen lockt sie an, und nicht meine Reize?"

„So könnte man es ausdrücken."

Nachdenklich legte Diana ihr Buch nieder, eine philosophische Abhandlung. „Nun", begann sie zögerlich, „ich fand ihn … recht interessant, besser kann ich es nicht beschreiben. Er ist längst nicht so bieder wie sein Ruf. Bei ihm kann ich mir nicht vorstellen, dass er nur mein Geld im Sinn hat, aber wer weiß, vielleicht täusche ich mich."

„Durchaus möglich, meine Liebe. Du solltest dich in Acht nehmen."

„Oh, gewiss, das werde ich."

Bisher hatte sie Isabella verschwiegen, dass sie die Namen aller Bewerber um ihre Hand umgehend ihren Anwälten nannte. Diese ließen dann von einem Angestellten die finanzielle Lage der Betreffenden prüfen. Gleich heute Nachmittag würde sie den Auftrag erteilen, Erkundigungen über Sir Neville Fortescue einzuholen. Nicht dass sie ernsthaft glaubte, hinter seiner ehrbaren Fassade könnte sich ein verarmter Mitgiftjäger verbergen, aber sie wollte kein Risiko eingehen.

Es gab einen guten Grund, weshalb sie in solchen Angelegenheiten so nüchtern, ja vielleicht sogar gefühllos handelte. In ihrer Anfangszeit in London hatte sie einmal durch reinen Zufall entdeckt, dass ihr damaliger Verehrer, dem sie vertraute, sie schamlos täuschte. Nach dieser Erfahrung schwor sie sich, nie wieder auf gut aussehende, charmante Männer hereinzufallen, denn sie hatte ihm wirklich geglaubt, dass er sie um ihrer selbst willen liebte. Seither verließ sie sich auf nichts und niemanden mehr.

Nein, bis ihre Anwälte ihr über Sir Neville Bericht erstatteten, würde sie ihn mit Vorsicht behandeln, auch wenn sie sich noch so sehr zu ihm hingezogen fühlte. Zum ersten Mal seit ihrem Bruch mit jenem falschen Verehrer hatte ihre Schutzmauer einen Riss bekommen, zum ersten Mal sah es danach aus, als könnte sie wieder Gefühle für einen Mann entwickeln. Das war ihr vergangene Nacht, während sie wach lag, klar geworden.

Auch Neville hatte die Begegnung mit Diana gründlich aufgewühlt. Die schöne junge Duchess ging ihm einfach nicht aus dem Sinn. Als er am Morgen nach dem Ball mit seinem Verwalter die Bücher durchging, musste er unentwegt an ihr reizvolles Antlitz denken, und zwei Tage später ließ ihn die Erinnerung an sie immer noch nicht los. Während er versuchte, sich auf seine Arbeit zu konzentrieren, klopfte es an der Tür.

„Herein", rief er, und Lemuel Banks, einer seiner Lakaien, trat ins Zimmer.

Einen Moment lang stand der junge Diener unschlüssig da, bis Neville ungeduldig fragte: „Nun, was gibt es denn?"

Lemuel zögerte deswegen, weil sein Herr sich auf einmal so sonderbar verhielt. Früher hatte er seine Bediensteten niemals schroff behandelt, im Gegenteil, sein Personal schätzte sich glücklich, wenn es ihn mit anderen Arbeitgebern verglich.

„Folgendes, Sir", begann er endlich. „Ich gehe hin und wieder mit Belinda Jesson aus, einer Küchenmagd im Medbourne House. Vor drei Tagen wollte ich sie wie verabredet zu einem Spaziergang durch den Park abholen. Da sagte mir die Haushälterin, Belinda habe am Vortag einen Botengang für die Köchin erledigt und sei nicht zurückgekehrt. Die anderen Dienstboten glauben, dass sie vielleicht mit irgendeinem jungen Burschen durchgebrannt ist. Dagegen spricht allerdings, dass sie alle ihre Sachen zurückgelassen hat, und außerdem trifft sie sich ja mit keinem anderen außer mir. Jedenfalls, Sir, ließ Ihre Gnaden unsere Haushälterin bitten, mich freizustellen, um mich persönlich über Belindas Verschwinden zu befragen. Offenbar wird nämlich ein Küchenmädchen von Lady Jersey ebenfalls vermisst. Bei dieser Nachricht fiel unserer Haushälterin wieder ein, dass im vergangenen Winter, während Sie sich auf dem Land aufhielten, eine unserer Mägde verschwand – mutwillig davongelaufen, wie damals alle dachten. Auch sie ließ alle ihre Sachen zurück."

Nach einer kurzen Atempause fuhr er fort: „Ich komme gerade von meinem Gespräch mit Ihrer Gnaden, die die Sache nun persönlich in die Hand nehmen will. Zuerst hat sie mir ein paar ziemlich argwöhnische Fragen gestellt, aber inzwischen glaubt sie mir, dass ich nichts darüber weiß. Ich soll Ihnen dieses Schreiben übergeben." Mit diesen Worten überreichte er seinem Herrn einen Brief.

Wie alle Kinder seiner Dienstboten hatte er früher eine Dorfschule besucht, und als ehrgeiziger Junge hatte er den Unterricht besonders ernst genommen. Neville wusste aus Erfahrung, dass nicht einmal jeder gut geschulte Sekretär einen komplizierten Sachverhalt so knapp und verständlich zusammenfassen konnte wie Lem.

Rasch überflog er die Zeilen. „An Sir Neville Fortescue. Aufgrund der Aussage Ihres Lakaien fürchte ich, dass zwei jungen Dienstmädchen – das eine gehört zu Ihrem Personal, das andere zu meinem – etwas zugestoßen sein muss. Könnten Sie mich freundlicherweise morgen nach dem Mittagessen aufsuchen, um die Angelegenheit zu besprechen? Diana, Dowager Duchess of Medbourne."

Nachdem Neville eine kurze Antwort aufgesetzt hatte, schärfte er Lem ein: „Du wirst der Duchess unverzüglich diese Nachricht überbringen. Darin steht, dass ich morgen um zwei Uhr kommen werde. Aber dass du keinem Menschen davon erzählst, hörst du, nicht einmal der Haushälterin! Vielleicht machen wir uns ganz unnötig Sorgen, zumindest hoffe ich das. Dennoch fühle ich mich für das Wohl meiner Bediensteten verantwortlich. Wenn gleich mehrere junge Frauen vermisst werden, müssen wir unbedingt etwas unternehmen."

Was er unternehmen wollte, wusste er selbst noch nicht genau, aber seine Worte genügten, um Lem zuversichtlich zu stimmen.

„Danke, Sir! Auf Sie kann man sich immer verlassen, wenn ich mir die Bemerkung erlauben darf."

Nun, das klang schon viel schmeichelhafter als die Lästereien seiner angeblichen Freunde. Wenn er es recht betrachtete, fand er es gar nicht so schlimm, als zuverlässiger Langweiler zu gelten.

Weit weniger behagte ihm die Aussicht, die Duchess of Medbourne wiederzusehen. Diese Frau brachte ihn völlig durcheinander. Und zudem besaß sie solch einen zweideutigen Ruf, dass er sich eigentlich lieber von ihr fernhalten sollte.

Am nächsten Tag schützte Diana Müdigkeit vor, damit sie Isabella nicht bei ihren Nachmittagsbesuchen begleiten musste. Um zwei Uhr wartete sie im Salon mit dem prachtvollen Landschaftsgemälde von Richard Wilson auf ihren Gast. Sicherlich würde er pünktlich erscheinen.

Als er ins Zimmer trat, fand sie ihn sogar noch eine Spur attraktiver als bei ihrer ersten Begegnung. Auch diesmal trug er schlichte, aber tadellos geschnittene Kleidung, ohne übertriebenen modischen Firlefanz.

„Euer Gnaden", begrüßte er sie mit einer tiefen Verneigung. „Sie hatten mich zu sich gebeten. Womit kann ich dienen?"

„Setzen wir uns zunächst einmal", erwiderte sie. „Heute müssen wir ohne Mrs. Marchmont vorliebnehmen, fürchte ich. Eigentlich braucht eine junge Frau in meinem Alter eine Anstandsdame, selbst als Witwe, aber Isabella besucht gerade eine Freundin. Da wir ohnehin über ein heikles Problem sprechen müssen, werden Sie hoffentlich über diese kleine Verletzung der Etikette hinwegsehen. Vor meiner Gesellschafterin hätten wir das Thema nicht anschneiden können."

In der Tat hatte es Neville zunächst ein wenig beunruhigt, dass die Duchess ihn ganz allein empfing, doch ihre Erklärung beschwichtigte ihn. „Selbstverständlich. Wenn außergewöhnliche Umstände vorliegen, wie in diesem Fall, können wir die Etikette ruhig außer Acht lassen."

„Gut." Mit einer Geste bot sie ihm einen Sessel an und ließ sich ihm gegenüber nieder. Erneut fiel ihr auf, wie wohltuend sie seine sachliche Art fand. Er konnte sich wahrhaftig mit ihr unterhalten, ohne sich in blumiger Sprache über ihre Reize auszulassen. Wenn Herren ihre Bekanntschaft machten, hielten sie es nämlich meistens für angebracht, ihr entweder schamlos zu schmeicheln, oder so zu tun, als habe ihre Schönheit sie völlig überwältigt. Nur dieser Gentleman nicht, dachte sie befriedigt.

In Wirklichkeit musste Neville sich gewaltig zusammenreißen, um in ihrer Gegenwart überhaupt ein Wort herauszubringen. Glücklicherweise hatte er gelernt, in jeder Lage die Form zu wahren. So gelang es ihm, seine Verwirrung nicht gar so offen zu zeigen wie die meisten anderen Verehrer Dianas.

Hier, wo ihn keine anderen Eindrücke ablenkten, konnte er sie noch besser bewundern als neulich im Ballsaal. Und er hatte alle Zeit der Welt, um ihren natürlichen Charme zu würdigen, ihr Taktgefühl, ihren unwiderstehlichen Mund und ihre entzückend geschmeidige Figur … Schon ihre bloße Gegenwart erregte seine Leidenschaft auf beschämend offensichtliche Weise.

Woran liegt das nur, fragte er sich, während er sich in seelenruhigem Ton mit ihr unterhielt. Vielleicht lebe ich schon zu lange enthaltsam? Aber warum habe ich dann nicht ähnliche Regungen verspürt, als ich Harriet Beauchamp den Hof machte?

Bei Harriet hatte er nie die Grenzen des Anstands überschritten. Nie hatte er sich vorwerfen müssen, dass er sich fleischlichen Fantasien hingab. Im Grunde wusste er genau, wo das Problem lag: Diana stellte für ihn den Inbegriff der Verlockung dar, und er begehrte sie wie ein unreifer, unbeherrschter Jüngling.

Das ging nun wirklich nicht! Wie konnte er nur eine derart unkonventionelle junge Dame bewundern? Wenigstens bewährten sich seine alten Gewohnheiten. Die Worte flossen ihm leicht von den Lippen, ohne dass er sich sonderlich konzentrieren musste, und da sie immer wieder zustimmend nickte, ahnte sie vermutlich nicht, was in ihm vorging.

Nachdem er ausgeredet hatte, stellte sie fest: „Eine ausgezeichnete Zusammenfassung der Lage, Sir Neville. Ja, das Verschwinden dieser jungen Frauen kommt auch mir sehr verdächtig vor. Dass Sie sich an den Richter Sir Stanford Markham wenden wollen, damit er der Sache auf den Grund geht, halte ich für eine glänzende Idee. Falls man die Mädchen entführt hat, dann vermutlich zu Zwecken, von denen ich als Dame gar nichts wissen sollte, geschweige denn darüber sprechen. Sie wissen schon, was ich meine."

Ja, allerdings. Sie befürchtete genau wie er, dass man Belinda und die anderen in ein Freudenhaus gelockt hatte. Offensichtlich besaß die schöne Duchess einen scharfen Verstand. Fühlte er sich etwa deswegen zu ihr hingezogen? Weil sie beide Eigenschaften, Schönheit und Klugheit, in sich vereinte?

„Darf ich Ihnen eine Tasse Tee anbieten, Sir Neville?“, fragte Diana, wobei sie auf ein Tablett wies, das auf einem Beistelltisch stand.

Ohne seine Antwort abzuwarten, schenkte sie ihm eine Tasse ein, reichte sie ihm und bot ihm Milch und Zucker an.

Ihr betörender Duft brachte Neville schier um den Verstand. Dankbar nahm er die Tasse entgegen, da er hoffte, mithilfe des beruhigenden Getränks die Fassung wiederzufinden. Dann würde er wieder dem Mann ähneln, den er kannte. Gesetzt. Würdevoll. Ohne fleischliche Begierden.

Diana entging das leichte Zittern seiner Hände keineswegs. Aus irgendeinem Grund wirkte er plötzlich durchaus nicht mehr ruhig und überlegen, sondern geradezu aufgeregt. Oder ging es ihm vielleicht gesundheitlich nicht gut?

In Wirklichkeit fehlte Neville nichts, außer dass er sich innerlich hin und her gerissen fühlte. Einerseits drängte es ihn, sich so bald wie möglich zu verabschieden, andererseits sehnte er sich danach, an ihrer Seite zu bleiben. Schließlich gab er sich einen Ruck und warf einen Blick auf seine Taschenuhr.

Als er sich schon zu einem geglückten Abgang gratulieren wollte, hätte seine Zunge ihm beinahe einen Streich gespielt. „Ich fürchte, ich muss jetzt gehen. Sonst wird Mrs. Marchmont uns …“ Er hielt gerade noch rechtzeitig inne, bevor ihm „in flagranti ertappen“ herausrutschte, eine Redewendung, die üblicherweise im Zusammenhang mit Liebesabenteuern verwendet wurde. „Dabei ertappen, wie wir grundlegende Anstandsregeln missachten“, vollendete er den Satz stattdessen.

„Ja, diese Regeln gelten in der Öffentlichkeit als unumstößlich“, gab Diana mit einem leicht spöttischen Lächeln zurück. „Im privaten Bereich sieht es anders aus, wie Sie sicherlich wissen.“

Wollte sie damit andeuten, dass er bleiben sollte, damit sie sich ein kurzes Schäferstündchen gönnen konnten? Nein, unmöglich! Rasch verscheuchte Neville diesen Gedanken, ehe er ihr Lächeln erwiderte. „Um diese Uhrzeit werde ich den Richter wohl nicht mehr in seinem Amtszimmer antreffen, aber ich will ihn gleich morgen früh aufsuchen. Danach werde ich Ihnen mitteilen, zu welchen Schritten er uns rät."

Indem er an kaltes Wasser und Schneewetter dachte, gelang es ihm, seiner Erregung Herr zu werden. So konnte er ohne peinliche Schwierigkeiten aufstehen und sich verabschieden.

Auf dem ganzen Heimweg grübelte er darüber nach, was ihm, dem korrekten Sir Neville Fortescue, widerfahren war. Vom Hörensagen wusste er, dass man beim Anblick einer schönen Frau von einem *coup de foudre* getroffen werden konnte, aber bis zum heutigen Tag hatte er nie an die Liebe auf den ersten Blick geglaubt. Bis er Dianas Salon betrat und mit einem Mal von dem überwältigenden Verlangen gepackt wurde, sie in seinen Armen zu spüren. Weder seine reizende Marie, seine verflossene – und einzige – Geliebte noch irgendeine andere junge Dame hatte je eine derart mächtige Anziehungskraft auf ihn ausgeübt.

Sobald sie ihr Problem gelöst hatten, musste er ihr tunlichst aus dem Weg gehen, um zu vermeiden, dass er sich in einen Lüstling vom Schlage seines Vaters verwandelte.

„Du hast Sir Neville Fortescue ganz allein empfangen?", klagte Isabella Marchmont. „Wie konntest du nur? Damit setzt du deinen guten Ruf aufs Spiel!"

„Nun, ich werde bestimmt nicht herumerzählen, dass er mich heute Nachmittag besucht hat, und du hoffentlich auch nicht", antwortete Diana übermütig. „Also wird niemand davon erfahren. Außerdem musste ich ihn unbedingt unter vier Augen sprechen – aus Gründen, die ich dir nicht nennen kann."

„Aber die Dienstboten!", rief Isabella. „Die werden mit Sicherheit tratschen. Ich weiß es ja selbst von deiner Zofe."

„Und wenn ich dir versichere, dass Sir Neville kein einziges Mal die Grenzen des Anstands überschritten hat?“

„Das behauptest du, aber kein Mensch wird dir glauben.“

„Bedeutet sein Ruf als rechtschaffener, stets korrekter Gentleman denn gar nichts?“

„Trotz allem ist er ein Mann!“ Isabellas Stimme wurde immer lauter.

„Und wenn schon! Ob du es glaubst oder nicht, wir haben uns so sittsam betragen wie beim Nachmittagstee in einem Pfarrhaus. *Zu* sittsam für meinen Geschmack. Seine Zurückhaltung hat mich – wie soll ich es ausdrücken? – ein wenig enttäuscht und mir nicht gerade geschmeichelt.“

„Was sagst du da, Kind! Eines Tages wirst du noch zu weit gehen.“

„Zweifellos. Aber vorerst nicht. Falls es Gerede gibt, muss man es einfach ignorieren, dann hört es schon von selbst auf. Heute wollte ich bloß ein bestimmtes Problem mit Sir Neville erörtern. Wenn wir es einmal gelöst haben, werde ich darauf achten, so wenig wie möglich mit ihm zu verkehren.“

„Und in der Zwischenzeit“, warf Isabella in strengem Ton ein, „könntest du ruhig einen deiner vielen Bewunderer zu einem Heiratsantrag ermutigen.“

„Die bewundern wohl eher mein Vermögen.“

„Nicht alle. Ich für meinen Teil finde beispielsweise Lord Alford sehr sympathisch. Er sieht gut aus und hat angenehme Umgangsformen, ist charmant, aufmerksam …“

„Und völlig mittellos“, ergänzte Diana. „Außerdem führt er angeblich ein ziemlich ausschweifendes Leben, was auf die Dauer weder meinem Vermögen noch seinem Aussehen guttun dürfte.“

„Aha, demnach glaubst du die Gerüchte über ihn, während du in deinem Fall erwartest, dass man dich grundsätzlich für unschuldig hält.“

Eine raffinierte Antwort, der Diana nichts entgegenhalten konnte. „*Touché,* Isabella." In Wirklichkeit wusste sie von ihren Anwälten, und nicht durch irgendwelche Gerüchte, dass Alford keinen Penny besaß.

Da ihr Schützling eingelenkt hatte, beruhigte sich Isabella einigermaßen. Dennoch beschloss sie, Dianas Onkel Lord Marchmont nach London einzuladen, damit er der eigenwilligen jungen Frau ins Gewissen redete.

Sir Stanford Markham fühlte sich geehrt, dass Sir Neville Fortescue ihn aufsuchte, von dem er so viel Gutes gehört hatte. Allerdings ging die Freude des Richters nicht so weit, dass er seinem Besucher bei seinem Anliegen helfen wollte.

„Heutzutage werden in London tagtäglich Verbrechen verübt, verstehen Sie", erklärte er. „Da können wir kaum erwarten, dass die Bow Street Runners oder die Konstabler einem Fall nachgehen, für den es möglicherweise eine harmlose Erklärung gibt. Die Mädchen könnten aus vielerlei Gründen davongelaufen sein. Vielleicht glauben sie, dass sie als Dirnen – um es unverblümt auszudrücken – mehr Geld verdienen könnten und weniger arbeiten müssten als in ihrer alten Stellung."

„Würden Sie etwas unternehmen, wenn drei höhere Töchter unter ähnlichen Umständen verschwänden?"

„Selbstverständlich", beteuerte Sir Stanford mit einem jovialen Lächeln. Natürlich begriff Sir Neville als Mann von Welt, dass in diesem Fall die Dinge völlig anders lägen. Selbstredend würde man keine Mühe scheuen, um nach vornehmen jungen Damen zu suchen, aber wenn es nur um ein paar Dienstmägde ging ...

„Sie haben eine sonderbare Auffassung von Gerechtigkeit", bemerkte Neville, während er seine Wut mühsam unterdrückte. Schließlich würde es ihm nichts nützen, wenn er diesen dünkelhaften Wichtigtuer beleidigte. „Nun, offensichtlich wollen Sie mir nicht helfen, dieses Rätsel zu lösen. Können Sie mir wenigstens raten, an wen ich mich stattdessen wenden soll?“

„An die Bow Street Runners natürlich“, meinte Sir Stanford seelenruhig. „Aber die werden Ihnen vermutlich dasselbe sagen wie ich, nämlich dass sie ihre Zeit nicht mit Lappalien verschwenden können. Warum setzen Sie sich nicht für eine wichtigere Sache ein?“

„Diese Entscheidung liegt immer noch bei mir“, erwiderte Neville kühl. „Im Augenblick sorge ich mich um Miss Belinda Jesson und um ihren Freund Lemuel Banks, einen sehr tüchtigen und anständigen jungen Mann.“

Dann nahm er seinen Hut, ignorierte das Glas Madeirawein, das Sir Stanford ihm zu Beginn ihres Gesprächs eingeschenkt hatte, und deutete eine Verneigung an. „Guten Tag, Sir. Ich habe noch viel zu tun.“

Auf dem Weg zur Bow Street kochte Neville vor Zorn, weil Sir Stanford die Suche nach den vermissten Mädchen für reine Zeitverschwendung hielt. Wahrscheinlich würden ihm auch die Bow Street Runners ihre Hilfe verweigern, aber er musste es wenigstens versuchen.

Nach längerem Warten wurde er zu einem stämmigen Mann namens Wally Smith vorgelassen, der wie ein ehemaliger Preisboxer aussah.

„Verzeihen Sie, dass ich Sie habe warten lassen, Sir Neville. Wie Sie sehen, finden wir vor lauter Arbeit kaum Zeit, unangemeldete Besucher zu empfangen.“

Immer wieder dieselbe Leier. Und nachdem Neville sein Anliegen geschildert hatte, musste er ein weiteres Nein hinnehmen.

„Wer kann mir denn dann helfen?“, fragte er.

„Ich werde Ihnen den Namen und die Adresse eines unserer ehemaligen Ermittler geben“, seufzte Smith. „Er hat auf eigenen Wunsch gekündigt und übernimmt heute immer wieder Fälle, die wir ablehnen. Natürlich kann ich Ihnen nicht versprechen, dass er den Ihren annehmen wird, aber einen Versuch wäre es wert."

„Gut."

„Er heißt Jackson", erklärte Smith, während er etwas auf ein Blatt Papier schrieb und es Neville reichte. „Hier haben Sie seine Adresse. Viel Glück. Es tut mir leid, dass ich nicht mehr für Sie tun kann. Machen Sie sich nicht allzu viele Hoffnungen, dass Sie die Mädchen finden werden. In London verschwinden jeden Tag Menschen."

Jackson wohnte im ersten Stock eines gediegenen Hauses in Chelsea. Auf Nevilles Frage hin bestätigte die Hauswirtin lächelnd, dass Mr. Jackson zu Hause sei, und ging hinauf, um den Besucher zu melden.

Allmählich glaubte Neville selbst, dass er sich auf ein hoffnungsloses Unterfangen eingelassen hatte. Ungeduldig zückte er seine Taschenuhr. Schon längst Zeit fürs Dinner, dabei hatte er seit dem frühen Morgen nichts zu sich genommen. Am liebsten würde er einfach nach Hause fahren, wenn er nicht Lem und der Duchess versprochen hätte, der Sache auf den Grund zu gehen.

Bald kehrte die Hauswirtin zurück. „Mr. Jackson wird Sie empfangen. Die erste Tür rechts, wenn Sie die Treppe hinaufkommen."

Jackson ähnelte weder Sir Stanford noch dem bulligen Wally Smith. Auf den ersten Blick sah er mit seinem roten Haar und seiner drahtigen Figur überhaupt nicht nach einem hartgesottenen Ermittler aus, doch auf seinem Gesicht lag ein energischer Ausdruck. Als Neville sein Zimmer betrat, das teils als Salon, teils als Arbeitszimmer diente, saß er gerade an seinem abgenutzten Schreibtisch. „Womit kann ich Ihnen dienen, Sir Neville?", fragte er ohne Umschweife und erhob sich.

Zum dritten Mal an diesem Tag erzählte Neville seine Geschichte. „Ich habe den Fall bereits dem Richter Sir Stanford Markham und den Bow Street Runners vorgetragen", schloss er, „aber sie wollen mir nicht helfen. Wenigstens hat mir Mr. Smith freundlicherweise Ihre Adresse gegeben, daher wende ich mich nun an Sie. Hoffentlich interessieren Sie sich für das Schicksal der armen Dienstmädchen."

„Ja", versicherte ihm Jackson. „Ich befürchte genau wie Sie, dass die drei in ein Bordell verschleppt worden sind, nur wissen wir natürlich nicht, in welches. Zufällig habe ich schon einmal von einem Mann gehört, angeblich aus besten Kreisen, der verschiedenen Bordellwirtinnen auf diese Weise Mädchen zuführt – natürlich gegen Geld. Ihn zu fassen dürfte allerdings schwierig werden. Wenn Sie mir nun bitte das Ganze noch einmal schildern würden, damit ich Zwischenfragen stellen und mir Notizen machen kann. Vieles, was Ihnen vielleicht unbedeutend erscheint, kann mir wichtige Hinweise liefern. Zum Beispiel: Kannten die Mädchen einander? Glauben Sie, dass Ihr Diener Banks auch wirklich die ganze Wahrheit gesagt hat?" Er bot seinem Besucher einen Sessel an und setzte sich wieder.

Dann tunkte er seine Feder in ein Tintenfass. „Bitte sehr, Sir Neville", forderte er seinen Besucher in geschäftsmäßigem Ton auf. „Und lassen Sie sich Zeit."

Insgesamt blieb Neville beinahe zwei Stunden bei Jackson. Nach ungefähr einer Stunde klopfte es an der Tür, und die Hauswirtin brachte ein Tablett mit zwei Tassen Tee und Sandwiches.

„Mr. Jackson, ich habe mir erlaubt, Ihnen Ihren üblichen Abendimbiss zu bringen, und auch eine Tasse für Ihren Gast."

Neville, der mittlerweile mächtig hungrig war, nahm dankbar an. Hin und wieder machte er in seinem Bericht eine Pause, um einen Schluck zu trinken oder einen Bissen zu essen.

Am Ende warf Jackson ihm einen scharfen Blick zu. „Ich werde Ihren Auftrag annehmen, vorausgesetzt, Sie lassen mir völlig freie Hand. Sobald ich etwas Wichtiges erfahre, werde ich Sie per Boten benachrichtigen. In Zukunft sollten Sie mich möglichst nicht mehr zu Hause aufsuchen. Wir werden uns in einfachen Kaffeehäusern treffen, wo uns niemand kennt."

Plötzlich wurde Neville klar, dass Jackson mehr über die ganze Angelegenheit wusste, als er zugab.

Des Weiteren fragte er sich, ob Sir Stanford und Wally Smith ihn abgewiesen hatten, weil sie aus irgendeinem Grund wollten, dass er die Suche aufgab. Andererseits hatte Smith ihm Jackson empfohlen – doch Jackson gehörte keiner offiziellen Behörde an, daher konnte nichts, was er tat, die Runners oder Sir Stanford belasten.

Nun nahm er sich erst recht vor, die Wahrheit herauszufinden. Solange sich sein Verdacht nicht bestätigt hatte, wollte er der Duchess nichts davon sagen. Aber er würde diesen Gedanken im Hinterkopf behalten.

Während der Heimfahrt entschied er sich dagegen, ihr noch einen Besuch abzustatten. Später am Abend würde er sie sicher bei Lady Jerseys Empfang antreffen. Dann konnte er ihr immer noch die unbefriedigenden Ergebnisse seiner Bemühungen schildern. Nicht einmal sich selbst gegenüber wollte er eingestehen, wie sehr er sich auf das Wiedersehen mit ihr freute. Nein, er besuchte den Ball nur aus reinem Pflichtbewusstsein.

Diana machte sich sorgfältig für den Abend zurecht. Anstelle eines ihrer üblichen weißen Gewänder legte sie ein zartes blassgrünes Ballkleid und dezenten Perlenschmuck an. Dass sie nicht die berühmten Medbourne-Smaragde wählte, die ein abenteuerlustiger Vorfahr im frühen achtzehnten Jahrhundert aus Südamerika mitgebracht hatte, erregte prompt Isabellas Missbilligung.

„Du schuldest es der Familie deines Gatten, dass du ihre wertvollsten Juwelen trägst, meine Liebe. Sonst sieht es so aus, als schämtest du dich, sie zu besitzen."

„Wenn ich alt und verbraucht bin und sie benötige, werde ich sie tragen. Bis dahin verlasse ich mich ganz auf meine Jugendfrische, den wertvollsten Besitz jeder Frau. Leider verblüht sie nur allzu rasch."

„Auf was für Ideen du kommst!", seufzte Isabella. „Junge Damen müssen sich genauso schmücken wie ältere."

Doch Neville teilte diese Ansicht nicht, als er Diana später den Ballsaal betreten sah. In seinen Augen überstrahlte sie gerade wegen ihrer schlichten Garderobe alle anderen weiblichen Gäste. Ein weiterer Beweis für ihre Klugheit.

Da sich sein Cousin Alford und eine Reihe anderer Herren um sie geschart hatten, widerstand er dem Drang, sofort an ihre Seite zu eilen. Stattdessen wandte er sich Lady Jersey zu, die ihn überschwänglich begrüßte.

„Sir Neville! Welch ungewöhnliche Ehre!", rief sie strahlend. „Wissen Sie eigentlich, dass man Sie schon auf den Spitznamen ‚der Einsiedler' getauft hat?"

„Ich versichere Ihnen, Mylady, dieser Spitzname passt ebenso wenig zu mir wie ‚die Schweigsame' zu Ihnen", parierte er kühn, denn so pflegte man die redselige Countess in vornehmen Kreisen augenzwinkernd zu nennen. Sie nahm ihm die Bemerkung indes keineswegs übel, sondern lachte darüber. „Sie Schelm! Als Entschädigung müssen Sie mir verraten, ob Sie heute gekommen sind, um die Duchess of Medbourne wiederzusehen. Es geht das Gerücht, der Gentleman, der grundsätzlich mit keiner Dame tanzt, habe sie bei Lady Leominster aufgefordert."

Demnach gab es bereits Gerede über ihn und die Duchess. Was würde die klatschsüchtige Lady Jersey erst sagen, wenn sie von ihrem privaten Treffen wüsste? Schon bei dem Gedanken graute ihm so sehr, dass er beschloss, sich in Zukunft noch besser vorzusehen.

„Oh, ich möchte heute Abend sämtliche schönen Damen hier bewundern."

So leicht ließ „die Schweigsame" sich nicht täuschen. „Ach kommen Sie, dieses Märchen erzählen Sie wahrscheinlich jedem, aber wir beide wissen es besser, nicht wahr?", versetzte sie, indem sie ihm mit ihrem Fächer einen leichten Klaps auf die Schulter gab.

Neville blieb nichts anderes übrig, als sich lächelnd zu verneigen und weiterzugehen, da hinter ihm eine lange Schlange von Neuankömmlingen darauf wartete, der Gastgeberin ihre Aufwartung zu machen.

Wenn man wirklich schon über ihn und Diana tratschte, musste er noch eine Weile warten, ehe er sie ansprach. Ob sie sich wohl ihrerseits nach ihm umsah? Wahrscheinlich nicht. Er konnte sich nicht vorstellen, dass er ihr mehr bedeutete als irgendein anderer der hier anwesenden Gentlemen.

Zufällig irrte er sich. Diana ließ mehrmals den Blick durch den Ballsaal schweifen, bis sie ihn endlich entdeckte. Ruhig und unauffällig stand er hinter einer Gruppe von Matronen, die ihre heiratsfähigen Töchter beaufsichtigten. Das heißt, unauffällig für die meisten anderen Gäste, denn Diana wurde plötzlich klar, dass sie ihn selbst in dem größten Gedränge sofort finden würde. Erstaunlicherweise erinnerte sie sich noch an jedes Detail seiner Gesichtszüge. Ebenso an sein kastanienbraunes Haar und seine grünen Augen, die so prachtvoll zu den Medbourne-Smaragden passen würden. Nur dass Männer natürlich keinen solchen Schmuck trugen.

Mit wachsender Ungeduld wartete sie darauf, dass er endlich zu ihr herüberkam. Den Anstandsregeln gemäß durfte sie leider nicht von sich aus auf ihn zugehen. Einen Augenblick lang erwog sie, sich wieder einmal über die Konventionen hinwegzusetzen. Dann entschied sie sich dagegen, da sie nicht die allgemeine Aufmerksamkeit auf ihre Verbindung lenken wollte.

Während all diese Gedanken sie beschäftigten, ging das charmante Geplauder Lord Alfords, der an ihr hing wie eine Klette, völlig an ihr vorbei. Gerade erzählte er ihr von einer geplanten Bootsfahrt auf der Themse mit anschließendem Picknick irgendwo am Ufer. „Bitte versprechen Sie mir, dass Sie und Mrs. Marchmont auch mitkommen", endete er.

Eigentlich hatte sie wenig Lust dazu, aber nach einem Blick auf Isabellas freudig erregte Miene änderte sie ihre Meinung. Sie konnte ihrer Gesellschafterin ruhig auch einmal einen Gefallen tun, schließlich musste diese sich oft genug nach ihrem Willen richten.

„Aber ja", antwortete sie. „Wir nehmen Ihre Einladung gerne an, nicht wahr, meine Liebe?"

„Vorausgesetzt, das Wetter spielt mit", ließ sich Mrs. Marchmont vernehmen.

„Natürlich wird es das", rief George, der kaum auf eine Zusage gehofft hatte. „Wenn zwei solche Zierden der Gesellschaft einen Ausflug unternehmen wollen, darf es doch nicht regnen!"

In diesem Stil redete er noch eine ganze Weile lang weiter, bis ihm glücklicherweise einfiel, dass er sich um zwölf Uhr im Salon mit einem seiner Freunde treffen sollte. Da verabschiedete er sich so übertrieben galant von ihnen wie eine komische Figur aus einer Gesellschaftskomödie.

Kurz darauf erschien eine alte Freundin von Isabella. Während die beiden älteren Damen in Erinnerungen an ihre gemeinsame, längst verflossene Jugend schwelgten, bemerkte Diana, dass Neville auf sie zukam.

Gleichzeitig näherte sich Prinz Adalbert von Eckstein Halsbach, der sie in letzter Zeit ziemlich aufdringlich umwarb, obwohl sie ihm regelmäßig eine Abfuhr erteilte. Heute Abend wollte sie ihm unter allen Umständen aus dem Weg gehen, also beschloss sie, ganz zwanglos in Nevilles Richtung zu schlendern. Solange es aussah, als begegneten sie einander rein zufällig, verletzte sie die Anstandsregeln nicht.

„Euer Gnaden", begrüßte Neville sie, als sie einander trafen. „Ich freue mich sehr, Sie zu sehen, ja, ich hatte sogar gehofft, dass Sie diesen Ball besuchen würden."

„Oh, unbedingt, Sir Neville. Bei Lady Jersey begegnet man immer so interessanten Leuten."

Jeder, der in ihrer Nähe stand, konnte hören, dass sie bloß die üblichen leeren Floskeln wechselten. „Soviel ich weiß, hat Lady Jersey im Chinesischen Salon ihre kostbare Porzellansammlung ausgestellt", fuhr er in lässigem Ton fort. „Vielleicht möchten Sie sie gemeinsam mit mir besichtigen?"

„Mit dem größten Vergnügen. Ich schwärme für Porzellan."

Im Zimmer angekommen, setzte Neville mit bewusst lauter Stimme zu einem Vortrag über die schönen Stücke in den Vitrinen an, damit sie vor den anderen anwesenden Paaren wie harmlose Kunstinteressierte wirkten. Doch sobald sie allein waren, fasste er für Diana die Ergebnisse seiner heutigen Gespräche zusammen.

„Im Grunde habe ich also nicht viel erreicht", bemerkte er abschließend. „Aber Jackson macht einen hartnäckigen Eindruck. Er wird jede Spur verfolgen."

„Finden Sie es nicht sonderbar, dass Sir Stanford sich rundheraus weigert, den Fall zu übernehmen?", erkundigte sich Diana scharfsinnig.

„Er hat ausdrücklich bestätigt, dass er sich anders entschieden hätte, falls junge Damen aus vornehmen Familien vermisst würden."

„Was für eine üble Einstellung! Man sollte doch meinen, dass ein Dienstmädchen genauso wie ich den Schutz des Gesetzes genießt."

„Genau das habe ich ihm auch gesagt." Je besser Neville

diese bezaubernde, kluge und gütige Frau kennenlernte, desto mehr wuchs seine Bewunderung. Er spürte, wie sie ihn zunehmend in ihren Bann zog. Bisher hatte er sich viel auf seine unerschütterliche Selbstbeherrschung zugutegehalten, gerade im Umgang mit dem schönen Geschlecht, doch mit Diana konnte er kaum über ein unverfängliches Thema wie Porzellan sprechen, ohne dass sein Blut in Wallung geriet. Was würde erst geschehen, wenn er einmal Walzer mit ihr tanzte?

Zu seiner Erleichterung kamen in diesem Augenblick wieder neue Gäste ins Zimmer, sodass er seinen Stegreifvortrag fortsetzen musste. Zuvor aber versicherte er Diana leise, dass er dem Verschwinden der drei Mädchen auf den Grund gehen würde. Die junge Frau schätzte ihn umso höher, weil er sich für Menschen von bescheidenem Stand einsetzte. Beiden tat es leid, dass sie sich nun wieder trennen mussten, um kein Aufsehen zu erregen.

Nachdem er sie zu ihrer Anstandsdame zurückgebracht hatte, raunte diese tadelnd: „Was sollen die Leute von dir denken? Erst gehst du auf Sir Neville zu, und dann ziehst du dich auch noch mit ihm in ein Nebenzimmer zurück!“

„Aber Isabella“, antwortete Diana in aller Unschuld. „Bestimmt wird niemand es unschicklich finden, wenn wir gemeinsam Lady Jerseys Chinesischen Salon besichtigen. Immerhin haben sich dort noch mehrere andere Gäste aufgehalten. Sir Neville hat mir viele interessante Dinge über die Geschichte und die Herstellung von Porzellan erzählt.“

Als Neville die Duchess verließ, trat George ihm in den Weg, um ihn zur Rede zu stellen. „Gehe ich recht in der Annahme, dass du um die Gunst der schönen Diana wirbst, Neville? Muss ich dich als Rivalen betrachten?“

„Falls du Gespräche über gemeinsame Interessen als Werben bezeichnest, lautet die Antwort Ja.“

„Du weißt genau, was ich meine! Hegst du ihr gegenüber ehrliche Absichten?“

„Und du?“, fuhr Neville seinen Cousin wütend an. „Was kannst du ihr bieten, abgesehen von deinem Namen und einem hohen Schuldenberg?“

George traute seinen Ohren nicht. Solch eine scharfe Antwort hätte er von dem ruhigen, stets diplomatischen und nachsichtigen Neville niemals erwartet.

„Nun, ich besitze einen Adelstitel und ein herrschaftliches Anwesen.“

„Dein Landsitz ist in völlig verfallenem Zustand und deine Stadtresidenz ebenso. Du verkehrst zwar in den vornehmsten Kreisen Londons, empfängst aber selbst niemals Gäste.“

„Ach ja? Zufällig gebe ich demnächst ein Picknick für meine Freunde, an dem auch die Duchess teilnehmen wird.“

„Genau das meine ich“, warf Neville ein. „Du lädst immer nur zu Vergnügungen ein, die dich wenig kosten. Mit welchem Recht verlangst du von mir, dass ich dir Rechenschaft über meine Gefühle für die Duchess ablege? Und nun musst du mich entschuldigen, ich habe heute Abend noch eine Verabredung“, fügte er hinzu und deutete eine knappe Verneigung an. Dann ließ er seinen verblüfften Cousin einfach stehen.

So unfreundlich kannte George ihn gar nicht. Eigentlich hatte er am folgenden Morgen Fortescue House aufsuchen und Neville um ein kleines Darlehen bitten wollen, aber nun musste er sich das noch einmal gut überlegen. Andererseits bedrängten seine Gläubiger ihn in letzter Zeit so sehr, dass er es wohl riskieren musste.

Plötzlich schoss ihm durch den Kopf, dass sein Cousin an diesem Abend ungewöhnlich elegant aussah. Hatte er sich etwa eigens für die Duchess of Medbourne in Schale geworfen? Hoffentlich nicht!

Dennoch trieb dieser Gedanke George dazu an, sich schleunigst wieder zu der jungen Dame zu gesellen. Nach kurzem Suchen entdeckte er sie im Speisezimmer, an der Seite Mrs. Marchmonts. Er behandelte das alberne alte Frauenzimmer immer betont freundlich, da eine Anstandsdame eine wertvolle Verbündete abgeben konnte – aber wahrscheinlich hörte Diana ohnehin nicht auf Isabella.

Beim Souper wurde Diana immer deutlicher bewusst, dass sie Nevilles Gesellschaft der seines Vetters eindeutig vorzog. Obwohl sie höflichkeitshalber tat, als höre sie George zu, während sie verschiedene Köstlichkeiten vom Büfett probierte, schweiften ihre Gedanken ständig ab. Beispielsweise zu den angenehmen, wenn auch kurzen Momenten, die sie mit Neville in dem Chinesischen Salon verbracht hatte.

Selbst als sie ganz allein waren, hatte er sich wie ein vollkommener Gentleman betragen, was man von ihren bisherigen Bewunderern nicht behaupten konnte. Und im Gegensatz zu den meisten anderen Männern interessierte er sich für viele unterschiedliche Dinge. Auf jeden Fall wusste er eine Menge über Porzellan.

Anscheinend hatte sie diesen letzten Gedanken unwillkürlich laut ausgesprochen, denn George stutzte und erkundigte sich: „Wie bitte? Wer weiß eine Menge über Porzellan?"

Diana errötete. „Ihr Cousin, Sir Neville Fortescue. Wussten Sie, dass ein Teil der Jersey-Sammlung einst Katharina der Großen gehörte?"

„Oh, *darüber* hat er sich also mit Ihnen unterhalten", rief er lachend. „Hat er Sie mit einem seiner öden Vorträge geplagt? Der Gute kennt sich auf allen Gebieten aus."

„Immer noch besser als völlige Ignoranz", entgegnete sie in recht scharfem Ton. „Bei seiner Tätigkeit im Parlament profitiert er zweifellos von seiner Bildung."

„Aber man langweilt sich schrecklich mit ihm, geben Sie's ruhig zu."

Diana verkniff sich die hitzigen Worte, die ihr auf der Zunge lagen. Schließlich wollten sie und Neville nicht den Eindruck erwecken, dass sie auf freundschaftlichem Fuß miteinander standen.

Da George ihr Schweigen als Zustimmung auffasste, schöpfte er neue Hoffnung. Anscheinend standen seine Chancen bei ihr doch nicht so schlecht. Wenn sie seinen Heiratsantrag einmal angenommen hatte, musste er zwar noch mit ihren Anwälten fertig werden, aber wozu trug er einen dreihundert Jahre alten Adelstitel? So etwas zählte, ganz gleich, was sein Cousin behauptete.

Alles in allem ein sehr erfolgreicher Abend.

Das fand Neville auch, allerdings aus anderen Gründen. Wenn ihn nicht alles täuschte, hatte Diana seine Gesellschaft wirklich genossen. Heute zahlte es sich aus, dass er als Kind so viel Zeit in der Töpferfabrik seines Großonkels verbracht und den langatmigen Vorträgen des alten Mannes aufmerksam zugehört hatte.

Während er in Lady Jerseys Eingangshalle auf seine Kutsche wartete, kam Lord Burnside auf ihn zu, der vor längerer Zeit einmal mit ihm in einem parlamentarischen Ausschuss gesessen hatte.

Lord Burnside warf ihm ein unerwartet herzliches Lächeln zu. „Fortescue! Das trifft sich gut. Ich wollte Sie schon den ganzen Abend sprechen, konnte Sie aber in dem Gedränge nicht finden. Wissen Sie, vergangene Woche hat mir Ihre Rede im Unterhaus, in der Sie die Not der Textilarbeiter und Bauern in den Midlands schilderten, sehr gut gefallen. Ich stimme Ihnen zu – wenn wir nicht rechtzeitig etwas unternehmen, wird in unserem schönen Land noch eine Revolution ausbrechen."

Da Neville große Achtung vor Lord Burnside hatte, erfreute ihn dessen Lob ganz besonders. „Sehr freundlich von Ihnen,

Mylord", bedankte er sich. „Mit den einflussreichen Männern im Parlament habe ich es mir verdorben, fürchte ich. Keinen von ihnen berührt das Leid der vielen Armen, die für uns arbeiten. Ich aber glaube, dass wir uns dringend bemühen müssen, ihre Lebensbedingungen zu verbessern. Sonst drohen uns, wie Sie sagen, ähnliche Wirren wie in Frankreich nach 1789."

„Mutig und ehrenhaft gesprochen. Wenn Sie allerdings weiterhin zu Reformen aufrufen, werden Sie unter Umständen nie so weit aufsteigen, wie Sie es mit Ihren Fähigkeiten könnten."

„Ich tue nur, was ich für meine Pflicht halte."

„Schade, dass es nicht mehr Männer wie Sie gibt, Fortescue. Ich würde mich gerne noch länger mit Ihnen unterhalten, aber meine Kutsche fährt gerade vor. Gute Nacht, und bleiben Sie sich treu!"

Verblüfft fragte sich Neville, was das alles zu bedeuten hatte. Normalerweise pflegte niemand ihn so überschwänglich zu loben, und außerdem kannte er Lord Burnside ja kaum. Wahrhaftig, in letzter Zeit nahm sein Leben eine sonderbare Wendung. Wenn er beispielsweise an seine neue Freundschaft mit Diana und an ihre gemeinsame Suche nach den vermissten Dienstmädchen dachte ... Hoffentlich würde Jackson ihm bald etwas zu berichten haben.

3. KAPITEL

Wenige Tage später, als Neville die Hoffnung schon beinahe aufgegeben hatte, erhielt er per Boten eine kurze Nachricht von Jackson.

„Ich habe wichtige Informationen für Sie. Treffen wir uns heute Nachmittag um drei Uhr in The Turk's Head, dem Kaffeehaus in der Bruton Street. J."

Endlich! Am Abend zuvor hatte er Diana auf dem Ball der Cowpers sagen müssen, dass es noch keine Neuigkeiten gab. Zu diesem Zweck hatte er sie zu einem der ersten Tänze aufgefordert. Keinem Walzer, wohlgemerkt.

„Mit jedem Tag, der vergeht, schweben die Mädchen in größerer Gefahr", stellte sie fest.

„Ich muss Jackson vertrauen", erwiderte Neville, dem es in ihrer Gegenwart schwerfiel, sich zu konzentrieren. Je häufiger er sie traf, desto stärker erregte sie seine Leidenschaft. Sogar ihr gesunder Menschenverstand betörte ihn, besonders wenn er beobachtete, wie sie vor anderen Leuten die Frivole spielte. Nur ihm gegenüber legte sie diese Maske ab.

Am vereinbarten Nachmittag begab er sich unauffällig gekleidet zu seinem Treffen mit Jackson. Er kannte The Turk's Head vom Hörensagen, aber vornehme Gentlemen pflegten solche heruntergekommenen Orte nicht zu besuchen. Höchstwahrscheinlich würde ihn dort also niemand kennen. Gleich beim Eintreten entdeckte er Jackson an einem abgelegenen Tisch, vor sich eine Tasse Kaffee.

Sobald Neville Platz genommen und ebenfalls einen Kaffee bestellt hatte, begann der Ermittler mit seinem Bericht, dem er einen warnenden Hinweis vorausschickte. „Dieser Fall wird schwieriger werden, als ich dachte. Von einem meiner Informanten habe ich gehört, dass es zwei Freudenhäuser gibt, die auf Wunsch Jungfrauen anbieten. Zumindest ein Teil dieser Mädchen wurde gegen ihren Willen dorthin verschleppt. So weit, so gut. Aber danach stieß ich gegen eine Mauer des Schweigens. Mein Informant weigerte sich, mir die Namen der Entführer oder ihrer Kunden zu nennen, weil er buchstäblich um sein Leben fürchtete. Nur eines steht fest: In dieses schmutzige Geschäft sind eine Reihe hoher Persönlichkeiten verwickelt. Ich weiß, dass ein paar mittellose Herren aus vornehmen Kreisen den Bordellwirtinnen und deren Zuhältern gegen Bezahlung Hinweise geben, wo sie geeignete Mädchen finden können.

Als ich mich unter den Vertretern des Gesetzes umhörte, stieß ich ebenfalls auf Widerstand, was meinen ursprünglichen Verdacht bestätigte. Nun ahnen Sie vielleicht, weshalb Sir Stanford und die Bow Street Runners Ihnen nicht helfen wollten.

Und es gibt noch ein weiteres Problem: Einige dieser Bordelle dienen nebenbei als Schlupfwinkel für Verschwörerbanden, die die gegenwärtige Regierung stürzen und eine Revolution wie in Frankreich anzetteln wollen. Auch aus diesem Grund werden alle Informationen über diese Häuser so streng geheim gehalten. Solange die Spione des Innenministeriums wissen, wo die Möchtegernverräter sich verstecken, können sie sie im Auge behalten. Aber wer weiß, wohin diese Burschen sich verziehen würden, wenn plötzlich die Konstabler die Bordelle nach entführten Mädchen durchsuchen", schloss der Ermittler seinen Bericht.

„Vorhin deuteten Sie an, dass Jungfrauen besonders begehrt sind. Hängt das etwa mit dem Aberglauben zusammen, dass der Beischlaf mit einer Jungfrau Geschlechtskrankheiten heilen kann?"

„Unter anderem, ja. Ich habe Ihnen die Namen der beiden Freudenhäuser, wo unsere drei Mädchen möglicherweise festgehalten werden, aufgeschrieben. Nun müssen Sie entscheiden, wie es weitergehen soll."

Neville nahm den Zettel, den Jackson ihm zuschob. „Ich werde Sie später für Ihre Dienste entlohnen, nicht hier. Wenn ich Ihre Hilfe noch einmal benötige, werde ich nach Ihnen schicken."

Plötzlich erstarrte Jackson. „Gerade habe ich einen Mann gesehen, der mir bekannt vorkommt. Wir sollten jetzt gehen."

„Nichts lieber als das", versetzte Neville, der es selbst nicht für klug hielt, noch länger an diesem öffentlichen Ort zu bleiben.

Lord Alford erwachte an diesem Morgen mit heftigen Kopfschmerzen und fühlte sich erst am späten Vormittag wohl genug, um aufzustehen. Inzwischen bereute er, dass er sich am Vorabend von ein paar Freunden dazu hatte überreden lassen, eine Spielhölle am Haymarket zu besuchen. Anstatt endlich einmal zu gewinnen, hatte er seinen letzten Penny verspielt, was er sich wirklich nicht leisten konnte. Nicht solange er sich in den Fängen eines Mannes befand, den er einst für seinen Freund gehalten hatte.

Es half alles nichts, er musste seinen Cousin bitten, ihm Geld zu borgen, und zwar so viel wie möglich. In der Zwischenzeit dürfte Neville sich wieder beruhigt haben, dachte George, als er gegen Nachmittag an die Tür von Fortescue House klopfte.

Zu seiner Enttäuschung teilte der Butler ihm mit, Sir Neville sei in wichtigen Geschäften ausgegangen und werde erst spät zurückerwartet. Selbstverständlich werde er seinem Herrn ausrichten, dass Lord Alford ihn sprechen wolle. So musste George unverrichteter Dinge wieder gehen – zu Fuß, da er sich nicht einmal eine Droschke leisten konnte.

Durch die Bewegung verschlimmerten sich seine Kopfschmerzen so sehr, dass er beschloss, The Turk's Head aufzusuchen, ein zwielichtiges Kaffeehaus, in dem er anschreiben lassen konnte. Zumindest hatte man es ihm bis heute immer erlaubt. Heute jedoch erklärte der Kellner entschuldigend, er dürfe Seiner Lordschaft nichts mehr servieren, bis dieser seine bislang angefallenen Schulden beglichen habe. Es ging um eine beträchtliche Summe, weit mehr, als George an Kleingeld bei sich trug. Fieberhaft ließ er den Blick durch den Raum schweifen. Kannte er hier irgendjemanden, von dem er eine Tasse Kaffee schnorren konnte?

Da entdeckte er plötzlich keinen anderen als Neville an einem der Tische. Er trug schlichte, abgetragene Kleidung, genau genommen sah er wie ein einfacher Büroschreiber aus. Ihm gegenüber saß ein verschlagen wirkender Bursche, in dem George sofort Jackson wiedererkannte, einen ehemaligen Bow Street Runner. Vor einiger Zeit hatte der Mann dafür gesorgt, dass einer seiner Freunde wegen Betruges lebenslänglich nach Australien deportiert wurde.

Was wollte Neville von Jackson? Warum traf er sich mit einem privaten Ermittler, noch dazu in dieser Aufmachung? Das wollte George zu gerne wissen. Kurz entschlossen ging er zu seinem Cousin hinüber und klopfte ihm von hinten auf die Schulter. „Na so etwas! Dass ich dich hier finde! Dein Butler hat gesagt, du gingest wichtigen Geschäften nach."

Neville fuhr herum. „Das stimmt auch, George", erklärte er, indem er seinen Schreck geistesgegenwärtig überspielte. „Angelegenheiten des Parlaments. Streng vertraulich, kann ich dir versichern."

Genau wie er erwartet hatte, traute George ihm eine Lüge gar nicht zu. „Schon verstanden, alter Junge", raunte er verschwörerisch. „Ich werde schweigen wie ein Grab. Aber könntest du mich vielleicht zu einer Tasse Kaffee einladen? Stell dir vor, ich habe heute glatt meine Brieftasche zu Hause liegen lassen."

„Natürlich. Mit Vergnügen", log Neville erneut. „Nimm Platz. Sie haben doch nichts dagegen, dass Lord Alford sich zu uns setzt, oder, Mr. Jackson?"

„Ganz und gar nicht“, antwortete Jackson, dem die Geschichte mit der Brieftasche wie eine faule Ausrede vorkam. Vielleicht konnte Seine Lordschaft sich den Kaffee schlichtweg nicht leisten?

Während Neville eine neue Runde Kaffee bestellte, ließ George sich am Tisch nieder und beäugte seinerseits Jackson mit scheelem Blick. „Korrigieren Sie mich, wenn ich mich irre“, begann er, „aber arbeiten Sie nicht für die Bow Street Runners? Ich kenne Sie doch, Sie haben damals gegen Louis Frankland ermittelt.“

„Heute arbeite ich nicht mehr für sie“, erklärte Jackson. „Ich habe mich zur Ruhe gesetzt, nicht wahr, Sir Neville?“

„Ja, in der Tat.“ Neville hätte jede beliebige Behauptung bestätigt, um Georges Argwohn zu zerstreuen, denn er kannte das lockere Mundwerk und die lockere Moral seines Cousins. Auf keinen Fall durfte er die Wahrheit erfahren.

Letztendlich trank George drei Tassen Kaffee statt einer. Nachdem Jackson sich verabschiedet hatte, unterhielten sich die beiden Vettern noch eine Weile über belanglose Themen, bis Neville aufstand und verkündete, er müsse nun nach Hause.

George fasste ihn beim Arm. „Hör mal, ich frage dich das höchst ungern, aber könntest du dich unter Umständen dazu durchringen, mir ein paar Hundert Guineas zu leihen? Mir steht zurzeit das Wasser bis zum Hals.“

Als Neville seinen Cousin und Jugendfreund betrachtete, in dessen Gesicht die Ausschweifungen bereits erste Spuren hinterließen, empfand er plötzlich nur noch Traurigkeit. Beging er nun einen größeren Fehler, wenn er ihm das Geld gab oder wenn er es ihm verweigerte? Nach kurzem Zögern öffnete er seine Brieftasche. „Muss ich dich daran erinnern, dass du dir schon drei Mal ein paar Hundert Guineas von mir geborgt und sie noch nicht zurückgezahlt hast? Wenn ich glauben könnte, dass es dir irgendeinen Nutzen bringt, würde ich dir gerne aushelfen. Aber du würdest das Geld wahrscheinlich noch heute Abend irgendwo verspielen. Hier, das dürfte für eine Droschke genügen."

„Du warst schon immer ein scheinheiliger Mistkerl, Neville, schon als Kind!", stieß George mit zornrotem Gesicht hervor. „Gut, ich nehme dein Geld, und ich bedanke mich auch für den Kaffee. In Zukunft werde ich dich nie wieder belästigen."

Neville legte ihm begütigend die Hand auf die Schulter. „Würde es dir wirklich so schwerfallen, deinen Lebenswandel zu ändern? Wenn du das nicht tust, wirst du bald im Schuldnergefängnis landen."

„Als ob dich das bekümmern würde!", fuhr George ihn an und stürmte davon. Der Teufel sollte ihn holen, wenn er Neville je wieder um Hilfe bat! In seinem Zorn bedachte er gar nicht, wie viele Male er sich das schon geschworen hatte.

Bekümmert sah Neville ihm hinterher. Offenbar wollte George sich nicht von seinem verderblichen Weg abbringen lassen. Dasselbe Verhalten hatte er einst an seinem Vater beobachtet, und schon damals hatte er erkannt, dass nichts und niemand einen solchen Mann retten konnte.

Erst zu Hause, nachdem er sich umgezogen hatte, gelang es Neville, sich von seinen Sorgen um seinen Cousin abzulenken. In Gedanken ging er noch einmal durch, was er von Jackson erfahren hatte. Für George gab es vielleicht keine Hoffnung mehr, aber für die entführten jungen Frauen schon.

Nach einer Weile läutete er nach Lem.

„Sie wünschen mich zu sprechen, Sir?", fragte der junge Diener besorgt, als er eintrat.

„Ja. Sicher kannst du dir schon denken, weshalb."

Lems Miene hellte sich auf. „Gibt es Neuigkeiten über Belinda?"

„Leider nein, jedenfalls haben wir sie noch nicht gefunden", antwortete Neville ernst. „Wie es aussieht, werden sie und die anderen Mädchen in irgendeinem Bordell gefangen gehalten."

„Heißt das, ich werde Belinda niemals wiedersehen?", stammelte Lem. „Können wir denn gar nichts tun, Sir?"

„Ich wüsste schon eine Möglichkeit", bekannte Neville. „Aber bevor ich dich einweihe, musst du mir folgende Frage ehrlich beantworten. Wenn du dich an meinem – zugegebenermaßen waghalsigen – Plan beteiligst, läufst du Gefahr, verhaftet zu werden. Das heißt, falls wir scheitern. Bist du bereit, dieses Risiko auf dich zu nehmen?"

„Wir, Sir? Meinen Sie etwa, nur wir beide? Sie und ich?"

„Ganz recht. Wenn wir meinen Plan durchführen, müssen wir es auf eigene Faust tun. Niemand, ich wiederhole, niemand darf davon erfahren. Auch nicht die Behörden, denn die weigern sich, etwas zu unternehmen, obwohl ich ihnen die Entführungen gemeldet habe."

„Ungeheuerlich!", rief Lem. „Natürlich werde ich Ihnen helfen, Sir! Ich werde alles tun, um Belinda zu retten, einfach alles! Ich will nur, dass sie unversehrt zurückkommt."

Im Stillen befürchtete Neville, dass das Mädchen vielleicht schon an irgendeinen reichen, kranken Lüstling verkauft worden war. Aber sie durften die Hoffnung nicht aufgeben.

„Also gut", begann er. „Ich werde dem Butler und der Haushälterin sagen, dass ich dir Urlaub gebe, damit du deinen kranken Vater besuchen kannst. In Wirklichkeit wirst du in meinem Haus in Chelsea warten, bis wir zur Tat schreiten. Je früher wir deine Belinda befreien, desto besser. Und nun setz dich und hör mir gut zu."

Während der nächsten Minuten weihte Neville seinen treuen Diener in seinen Plan ein. „Denk daran, du darfst keiner Menschenseele davon erzählen. Kein Sterbenswort. Kann ich mich auf dich verlassen?"

„Ich rede ohnehin nie viel, Sir. Oft finden mich die anderen Dienstboten zu zurückhaltend.“

Lem las lieber ein lehrreiches Buch, als seine Zeit mit oberflächlichem Geschwätz zu vergeuden. Soweit er sich erinnerte, gab es in dem Haus, zu dem sein Herr ihn schicken wollte, eine gut ausgestattete Bibliothek …

Das hätten wir also geklärt, dachte Neville, nachdem der junge Mann sich zurückgezogen hatte. Wenn alles hinter ihnen lag, würde er Lem für seinen mutigen Einsatz belohnen.

Nun musste er das Ganze noch mit Diana besprechen. Natürlich brauchte sie nicht zu wissen, welche Gefahr er auf sich nehmen wollte. Er würde ihr lediglich sagen, er habe gewisse Informationen erhalten, die es ihm ermöglichten, die Mädchen auch ohne die Hilfe der Behörden zu retten. Zufällig fand heute bei Lady Devereux eine Abendgesellschaft mit Kammermusik und Tanz statt, an der Diana als vorzügliche Pianistin mit Sicherheit teilnehmen würde. In der Pause konnte er kurz mit ihr reden, um für den morgigen Tag ein Treffen zu vereinbaren.

„So, laut Isabella trägst du dich also mit dem Gedanken, dich zu vermählen, Diana. Das freut mich, aber ich mache mir dennoch ein wenig Sorgen, weil sie ausgerechnet diesen mittellosen Tunichtgut Alford für den geeignetsten Kandidaten hält. Da hat sie sich wohl von seinem attraktiven Gesicht blenden lassen.“

Soeben in London eingetroffen, stattete Lord Marchmont seiner Nichte einen ersten Besuch ab, um sie hinsichtlich ihrer Zukunft zu beraten.

„Ich lasse mich nicht davon blenden, das versichere ich dir“, entgegnete sie lachend. „Wenn er weiterhin so zügellos lebt, wird er ohnehin nicht mehr lange gut aussehen.“

„Bravo! Ich wusste schon immer, dass du ein gerüttelt Maß an gesundem Menschenverstand besitzt. Wie Isabella mir sagte, zählt neuerdings auch Sir Neville Fortescue zu deinen Bewunderern. Über diesen Herrn habe ich zwar immer nur Gutes gehört, aber ich bezweifle dennoch, dass er einen passenden Ehemann für dich abgeben würde. Zum einen wegen eurer gegensätzlichen Temperamente. Du, mein Kind, bist sehr lebhaft, Fortescue dagegen sehr gesetzt, schon aus dem Grund würdet ihr auf die Dauer nicht miteinander glücklich werden. Und zum anderen entstammt seine Familie ursprünglich dem Kaufmannsstand, während du dich mit einem Gentleman von höchstem Adel vermählen könntest. Immerhin gehen dein Stammbaum und der deines verstorbenen Gatten bis zur normannischen Eroberung zurück."

Mit einem schalkhaften Funkeln in ihren Augen erwiderte Diana: „Nun, Onkel, jedermanns Stammbaum geht bis zur normannischen Eroberung zurück, wenngleich nur wenige von uns ihn so weit zurückverfolgen können. Im Übrigen dachte ich immer, dass die Fortescues zum alten Adel gehören."

„Schlagfertig wie eh und je! Was die Fortescues betrifft, Sir Nevilles Großvater wurde als John Smith geboren. Nachdem er als Kaufmann ein Vermögen verdient hatte, heiratete er die Tochter des völlig verarmten Sir Carlton Fortescue. Dieser starb bald darauf an seiner Trunksucht, und da gestattete der König John Smith gütigerweise, den Namen Fortescue anzunehmen. Darüber hinaus übertrug er ihm den Titel, um die Familientradition aufrechtzuerhalten. Leider hielten John Smiths Nachkommen insbesondere eine Tradition der Fortescues aufrecht, und zwar deren ausschweifenden Lebenswandel. Der gegenwärtige Baronet ist nur deswegen so wohlhabend, weil die Eltern seiner Mutter in deren Ehevertrag festlegten, dass ihr Gatte ihre Mitgift nicht anrühren durfte. Bei seinem Tod erbte Sir Neville das Vermögen, und die Witwe erhielt ein angemessenes Auskommen."

„Sir Neville scheint nicht in die Fußstapfen seiner Vorfahren zu treten“, meinte Diana nachdenklich. „Du selbst hast ihn vorhin als gesetzt bezeichnet.“

Lord Marchmont zuckte die Achseln. „Wer weiß, ob er sich mit den Jahren nicht noch ändert.“

Auch wenn Diana diese Möglichkeit nicht bestreiten konnte, glaubte sie keine Sekunde lang, dass Neville sich je dem Laster hingeben würde. Unterdessen begann ihr Onkel, eine Reihe passender junger Herren aufzuzählen, teils Adlige, teils Erben hoher Adelstitel, die seiner Meinung nach für Diana infrage kamen. Die Sache hatte nur einen Haken: Viele von ihnen kannte sie bereits, und kein Einziger gefiel ihr.

Vor ihrer Begegnung mit Neville hatte sie sich damit abgefunden, entweder gar keine neue Ehe einzugehen, oder einen Gentleman zu heiraten, mit dem sie wenigstens Freundschaft verband, wenn schon keine leidenschaftliche Liebe. Plötzlich fuhr ihr durch den Kopf, dass Neville sich vermutlich als leidenschaftlicher Liebhaber entpuppen würde. Ein närrischer Gedanke, gewiss, aber wenn sie ihm in die Augen sah, erkannte sie immer deutlicher, dass sie sich immer nach einem Mann wie ihm gesehnt hatte.

Wie er wohl mit der Suche nach den drei vermissten Dienstmädchen vorankam? Heute Abend würde sie Lady Devereux’ Abendgesellschaft besuchen, wo sie auf besonderen Wunsch der Gastgeberin zwei Stücke von Beethoven vortragen sollte. Vielleicht würde sie dort Neville antreffen, vielleicht ergab sich eine Gelegenheit, diskret ein paar Worte mit ihm zu wechseln.

Gleich nach dem Gespräch mit ihrem Onkel eilte sie hinauf in ihr Schlafzimmer und läutete nach ihrer Zofe. Sie wollte sich für Neville besonders schön machen.

4. KAPITEL

„Hallo, Neville! Dich hätte ich hier wirklich nicht erwartet.“

Frank Hollis’ spöttischer Unterton ärgerte Neville, sodass seine Antwort weniger gutmütig als sonst ausfiel.

„Dann hast du dich eben in mir geirrt. Ich höre sehr gern Musik, und Lady Devereux versteht es, ein erlesenes Programm zusammenzustellen“, erklärte er kühl. Ohne ein weiteres Wort ließ er sein verblüfftes Gegenüber stehen, um nach Diana zu suchen. Bald entdeckte er sie am anderen Ende des Salons, wo das Pianoforte und vier Stühle für das Streichquartett standen. Eine ganze Reihe von Bewunderern hatte sich um sie geschart, darunter auch Henry Latimer. Aus irgendeinem unerfindlichen Grund missfiel es Neville, sie inmitten all dieser Herren zu sehen. Plötzlich überkam ihn das Gefühl, dass er sie vor irgendetwas beschützen musste. Kurz entschlossen ging er auf sie zu.

Bis er die kleine Gruppe erreichte, hatte Henry sich erfolgreich in den Vordergrund gedrängt und die anderen Gentlemen aus der Nähe der schönen Duchess vertrieben.

Diana indes behagte es ganz und gar nicht, dass er sie auf diese Weise mit Beschlag belegte. Während sie überlegte, wie sie diesen aufdringlichen Verehrer loswerden konnte, ohne gleich unhöflich zu werden, bemerkte sie Neville. Bei seinem Anblick fiel ihr ein Stein vom Herzen. Er kam wie gerufen! Auch wenn er nicht im klassischen Sinne gut aussah wie Henry, wirkte sein ernstes, angenehm vernünftiges Gesicht beruhigend auf sie. Darüber hinaus strahlte er eine innere Stärke aus, die dem oberflächlichen Henry Latimer völlig abging. Ganz zu schweigen von den schmierigen Anspielungen, mit denen Letzterer sie immer wieder belästigte …

„Sir Neville!“, rief sie. „Ich hatte gehofft, Sie hier anzutreffen, obwohl man mir sagte, dass Sie selten musikalische Abende besuchen."

„Oh, Sie können wirklich von Glück sagen, dass Sir Neville heute gegen seine eigenen Gewohnheiten verstößt", bemerkte Henry lässig. „Normalerweise müssten Sie sich ins Britische Museum bemühen, wenn Sie ihn sprechen wollen. Dort pflegt er nämlich seine Freizeit zu verbringen."

Neville setzte schon zu einer scharfen Antwort an, doch Diana kam ihm zuvor. „In diesem Fall habe ich doppeltes Glück, denn ich würde das Britische Museum zu gerne einmal besichtigen. Ob sich das einrichten lässt?"

„Mit Vergnügen, Euer Gnaden", erwiderte er. „Im Übrigen machen mir Konzerte immer große Freude. In meiner Jugend hatte ich selbst Klavierunterricht. Apropos, stimmt es, dass Sie heute etwas vortragen werden?"

„Ja, zwei kurze Kompositionen von Beethoven. Natürlich gehören sie nicht zu seinen bedeutendsten Werken, aber auch in ihnen zeigt sich sein Genie."

„Großartig. Ich freue mich schon darauf."

„Vielen Dank, Sir Neville. Später werden wir auch noch ein Streichquartett von Haydn hören."

An diesem angeregten Gespräch konnte sich Henry Latimer überhaupt nicht beteiligen, da er nichts von Musik verstand und sich auch nicht dafür interessierte. Ihm ging es heute nur darum, zu sehen und gesehen zu werden.

Plötzlich wandte Diana sich ihm zu. „Ich fürchte, wir langweilen Sie. Und jetzt entschuldigen Sie mich bitte, meine Herren. Bevor ich an die Reihe komme, muss ich noch jemanden finden, der mir die Noten umblättert. Ich fühle mich dann einfach sicherer."

„Eigentlich habe ich nicht den Eindruck, dass die Duchess sich unsicher fühlt, eher im Gegenteil", bemerkte Henry Latimer gehässig, nachdem sie sich entfernt hatte.

Neville zog die Augenbrauen hoch. „Tatsächlich? Ich finde ihre Offenheit sehr berührend. Heutzutage sagen so viele Menschen ständig Dinge, die sie gar nicht aufrichtig meinen."

In seiner Eitelkeit bezog Henry diese Kritik überhaupt nicht auf sich, obgleich sie haargenau auf ihn zutraf. „Das stimmt", räumte er ein. „Weißt du, es ist nicht immer klug, die Wahrheit zu sagen. Wo kämen wir hin, wenn alle es täten!"

Dieser Esel! Im Stillen musste Neville lachen, während er gleichzeitig darüber staunte, zu welchen Gemeinheiten die Eifersucht ihn trieb. Jawohl, die Eifersucht. Denn als er zusehen musste, wie Latimer Diana umschmeichelte, hätte er schier aus der Haut fahren können.

Kurz vor Beginn des Konzerts suchte er sich einen Sitzplatz, von wo aus er nicht nur Dianas Vortrag lauschen, sondern sich auch an ihrem Anblick weiden konnte. Wie er bereits geahnt hatte, spielte sie für eine Amateurin vorzüglich. Sie schien die Hilfe der jungen Dame, die ihr die Noten umblätterte, gar nicht zu benötigen, und am Ende ihrer beiden Stücke ertönte langer, begeisterter Applaus.

Beim Souper drängten sich so viele Bewunderer um sie, dass Neville die Hoffnung aufgeben musste, unter vier Augen mit ihr zu sprechen. Stattdessen unterhielt er sich mit verschiedenen anderen Gästen, die allesamt betonten, wie sehr seine Anwesenheit sie überraschte. Schließlich flüchtete er aus dem Speisezimmer. Als er in den Korridor trat, der gleichzeitig als Gemäldegalerie diente, drangen aus einem angrenzenden Zimmer lärmende Männerstimmen an sein Ohr.

Neugierig warf er einen Blick durch die offene Tür. Anscheinend hatten ein paar Herren sich hierher zurückgezogen, um dem Konzert und den Zwängen schicklichen Benehmens zu entfliehen. Mitten im Zimmer, mit dem Rücken zu Neville, stand Henry Latimer und redete eifrig auf seine Freunde ein, darunter auch George und Frank Hollis.

Wieder einmal bestätigte sich die Wahrheit des alten Sprichworts: Der Horcher an der Wand hört seine eigene Schand'.

„Fortescue ist heute Abend hier", rief Latimer. „Stellt euch vor, er hat eine halbe Ewigkeit lang mit der Duchess of Medbourne über Musik gefachsimpelt. Dabei erwartet eine heißblütige Frau wie sie, dass man sie umschmeichelt. Ein biederer Geselle wie Fortescue liegt ihr bestimmt nicht."

Seine Zuhörer quittierten diese Stichelei mit lautem Johlen und Applaus.

„Ach wisst ihr, hinter den Kulissen treibt er es dafür ziemlich toll", warf George lachend ein. „Erst heute Nachmittag habe ich ihn in The Turk's Head ertappt, verkleidet und in Gesellschaft eines ehemaligen Bow Street Runners."

„So?", meinte Henry. „Was das wohl zu bedeuten hat?"

Irgendjemand rief eine Antwort, die in allgemeinem Gelächter unterging. Innerlich drängte es Neville, vorzutreten und Dianas Ehre sowie seine eigene zu verteidigen, doch er hielt sich zurück. Letztendlich würde es ihnen beiden eher schaden als nutzen. Dennoch fragte er sich, weshalb Latimer trotz der Freundschaft, die sie als Kinder verband, plötzlich offene Abneigung gegen ihn zeigte.

Auf dem Rückweg ins Speisezimmer begegnete er seinem Gastgeber.

„Fortescue! Wie schön, Sie zu sehen", sagte Lord Devereux. „Was ich von unseren vielen ungeladenen Gästen nicht behaupten kann. Weiß der Himmel, wie sie ins Haus gelangen konnten, jedenfalls fallen sie uns allen ziemlich lästig."

Nach kurzem Zögern antwortete Neville: „Petzen gehört sich zwar nicht, aber wissen Sie schon, dass einige von ihnen gerade in einem Salon neben der Gemäldegalerie die Puppen tanzen lassen?"

Jack zog die Augenbrauen hoch. „In welchem Salon?"

„Dem mit dem geschnitzten Löwenkopf über der Tür."

„Gut, dann werde ich jetzt mit ein paar Lakaien hingehen und sie hinauswerfen. Wenn sie allerdings versprechen, sich ab jetzt zu benehmen, können sie meinetwegen bleiben."

Später erfuhr Neville, dass einige der Männer wegen ihres wüsten Betragens Devereux House nie wieder betreten durften. Leider schien Henry Latimer das Zimmer verlassen zu haben, ehe der Hausherr mit seinen Dienern eintraf, und er hatte auch nicht ganz so viel getrunken wie der Rest. Auf jeden Fall wirkte er ziemlich nüchtern, als er sich wenig später im Speisezimmer blicken ließ. Unter diesen Umständen sind seine gehässigen Worte über Diana umso unverzeihlicher, dachte Neville, der sich in dem Moment bereits von der Gastgeberin verabschiedete.

In der Eingangshalle hielt er inne, da er Schritte hinter sich hörte. Niemand anders als Diana eilte ihm nach, um ihn rechtzeitig vor seinem Aufbruch abzufangen.

„Sir Neville!", rief sie atemlos. „Wie gut, dass ich Sie noch antreffe! Können wir uns irgendwo ungestört unterhalten? Ich habe Isabella bei einem Haufen Klatschbasen zurückgelassen. Im Augenblick lästern sie noch eifrig über alle anderen Gäste, aber ich sollte nicht allzu lange fortbleiben."

„Kommen Sie, gehen wir in die Bibliothek", schlug er rasch vor. „Lord Devereux hat sicher nichts dagegen. Hier entlang."

In der geräumigen Bibliothek angekommen, bot er ihr einen Sessel an, bevor er ihr gegenüber Platz nahm. „Bitte sehr, ich höre."

„Laut einem meiner Lakaien hat sich Belinda kurz vor ihrem Verschwinden sehr gefürchtet, weil sie glaubte, sie werde verfolgt. Zumindest hatte sie mehrmals einen gut gekleideten Herrn bemerkt, der sie zu beobachten schien. Da er ansonsten nichts Schlimmes tat und niemals versuchte, sie anzusprechen, meinten alle, sie bilde sich das bloß ein. Vielleicht traf ihr Verdacht aber doch zu. Ich wollte es Ihnen nur sagen, auch wenn es Ihnen wahrscheinlich nicht weiterhilft."

Neville überlegte, wie er Diana seine schrecklichen Nachrichten beibringen konnte, ohne sie allzu sehr zu beunruhigen.

„Oh doch, es hilft mir sogar sehr", begann er schließlich in bewusst ruhigem Ton. „Es bestätigt, was ich heute Nachmittag erfahren habe." Anschließend gab er Jacksons Neuigkeiten wieder, insbesondere die Tatsache, dass es sich bei einigen der Übeltäter um mittellose Gentlemen aus vornehmen Familien handelte.

„Dann wurde Belinda tatsächlich von einem gut gekleideten Herrn verfolgt, der etwas Böses im Schilde führte", rief sie.

„Durchaus möglich. Aber wir können es natürlich nicht beweisen."

„Und was unternehmen wir als Nächstes?"

„Sie, Euer Gnaden, werden vorerst überhaupt nichts unternehmen", schärfte Neville ihr ein. „Überlassen Sie das bitte mir. Ich weiß selbst noch nicht genau, wie ich vorgehen werde – nur, dass dringend etwas geschehen muss. Aller Wahrscheinlichkeit nach werden wir nur Belinda retten können, wenn überhaupt. Dennoch dürfen wir nichts unversucht lassen. Ein Umstand bereitet mir besonders große Sorgen, nämlich dass weder der Friedensrichter noch die Bow Street Runners uns unterstützen wollen. Das deutet darauf hin, dass mächtige Persönlichkeiten in diesen Fall verwickelt sind."

„Ich hasse es, mich so hilflos zu fühlen", protestierte Diana.

„Sie dürfen sich nicht in Gefahr begeben", entgegnete Neville, obwohl er ihren Tatendrang insgeheim bewunderte. „Falls wir es hier wirklich mit mächtigen Männern zu tun haben, müssen wir uns hüten, ihre Aufmerksamkeit auf uns zu ziehen. Gedulden Sie sich, während ich im Geheimen meine Ermittlungen durchführe. Ich werde Sie über alles auf dem Laufenden halten, und falls ich Ihre Hilfe benötigen sollte, werde ich Sie darum bitten. Und nun müssen wir gehen, bevor irgendjemand unser Verschwinden bemerkt. Ich werde sofort nach Hause fahren. Am besten warten Sie noch eine Weile, bis Sie zu Mrs. Marchmont zurückkehren. Sie können ihr ja sagen, Sie hätten sich in den Fluren verlaufen."

Widerstrebend stand Neville auf. Es fiel ihm schwer, sich von Diana loszureißen, denn sie hatte noch nie so begehrenswert ausgesehen wie jetzt, da sie in Gedanken versunken vor ihm saß.

„Diana?", flüsterte er. Zum ersten Mal sprach er sie bei ihrem Vornamen an.

Sie hob den Kopf. „Ja, Neville?"

Was wollte er ihr eigentlich sagen? Zu dumm, dass er so wenig Erfahrung mit solchen Situationen hatte! Er versank förmlich in ihrem Blick, und als langsam ein Lächeln ihre Lippen umspielte, begann sein Herz wie wild zu pochen. Am liebsten hätte er sie gleich hier, auf der Stelle, an sich gedrückt. Wenn er sich nicht zusammenriss, würde er bald völlig den Verstand verlieren!

„Nichts weiter", brachte er hastig hervor. „Nehmen Sie sich in Acht. Sprechen Sie mit keiner Menschenseele über diese Angelegenheit. Ich habe das Gefühl, dass mehr hinter diesen Entführungen steckt, als wir bis jetzt ahnen."

„Auch Sie müssen auf sich aufpassen", erwiderte Diana. Im Stillen dachte sie, dass er etwas ganz anderes hatte sagen wollen, während er sie mit diesem sonderbaren, sehnsüchtigen Ausdruck betrachtete. Trotz ihrer geringen Lebenserfahrung spürte sie, dass sie in ihrer Beziehung eine unsichtbare Grenze überschritten hatten und dass es kein Zurück mehr gab.

Des Weiteren spürte sie, dass hinter seiner ruhigen Fassade eine Menge aufgestaute Leidenschaft loderte. Wenn er sein wahres Wesen nicht länger verleugnen wollte, musste er seine gesamte Lebenseinstellung hinterfragen.

Verdankte sie ihre Menschenkenntnis etwa Charles, ihrem verstorbenen Gatten? Von ihm hatte sie viel über das Verhalten von Männern und Frauen gelernt, über die verschiedenen Listen, mit denen sie nicht nur andere, sondern auch sich selbst täuschten.

Falls er glaubte, dass sie ihn diese heikle Angelegenheit allein bewältigen lassen würde, irrte er sich gewaltig. Belinda stand in ihren Diensten, sie trug die Verantwortung für das junge Mädchen, daher wollte sie sich unbedingt an der Suche beteiligen. Ihr würde schon eine Möglichkeit einfallen. Wie jedes Mal, wenn sie vor einem Problem stand, begann sie zu überlegen, was Charles in einem solchen Fall getan hätte.

Zügigen Schrittes ging Neville zu seinem Haus in Chelsea, wo Lem sich nun aufhielt. Aus irgendeinem Grund sehnte er sich nach körperlicher Bewegung. In letzter Zeit schien es ihm, als ließen ihn sämtliche Regeln, die er von Kindesbeinen an befolgt hatte, im Stich. Sie boten ihm keinerlei Richtlinien mehr für sein Handeln.

Früher wäre es ihm nicht im Traum eingefallen, Lem in irgendeiner Angelegenheit um Rat zu fragen. Wahrscheinlich hätte er die Vorstellung, er könne von einem Dienstboten noch etwas lernen, als lächerlich empfunden. Doch allmählich wurde ihm klar, dass Lem und seinesgleichen oft eine gewisse Lebensklugheit besaßen, die Gentlemen wie seinem Vetter George oder Frank Hollis völlig abging.

Verhielt er selbst sich nicht höchst leichtsinnig, indem er trotz der späten Stunde seine Kutsche nach Hause schickte und die letzte Strecke seines Weges zu Fuß zurücklegte? Kaum fuhr ihm dieser Gedanke durch den Kopf, da beschlich ihn das Gefühl, dass er verfolgt wurde. So unauffällig wie möglich blickte er hinter sich, konnte jedoch niemanden entdecken. Vermutlich sehe ich seit meinem Gespräch mit Sir Stanford Markham vor lauter Verdächtigungen Gespenster, dachte er.

Aber da irrte er sich. Es war kein Gespenst, das ihn im nächsten Augenblick niederschlug, sondern ein großer, stämmiger Mann. „Nun passen Sie gut auf", zischte er, während er Neville beim Kragen packte und vom Boden hochzog. „Bleiben Sie in

Ihren eigenen Kreisen und mischen Sie sich nicht in fremde Angelegenheiten ein. Ich warne Sie zum ersten und letzten Mal! Wenn Sie nicht aufhören, Ärger zu machen, werde ich dafür sorgen, dass der Nachtwächter Ihre Leiche von der Straße auflesen muss. Heute kommen Sie noch mal mit dem Leben davon."

Dann stieß er Neville von sich, sodass dieser gegen eine Hauswand prallte und erneut zu Boden sank. Während er sich mühsam aufrichtete, verschwand der Fremde bereits in der Dunkelheit.

Jetzt wusste Neville zumindest, dass er sich seinen Verfolger nicht bloß eingebildet hatte. Zweifellos verdankte er die Prügel seinem Versuch, die Entführungen aufzuklären.

Zum Teufel! Als ob ihn das davon abhalten könnte, dieser Sache auf den Grund zu gehen! Weder Drohungen noch Bitten noch die Gleichgültigkeit der Behörden würden ihn jetzt noch von seinem Pfad abbringen. Im Gegenteil, sie bestärkten ihn in seinem Entschluss. In Zukunft musste er sich eben besser in Acht nehmen. Trotz seiner Schmerzen konnte er noch klar genug denken, um zu begreifen, dass kein gewöhnlicher Halunke ihn angegriffen hatte. Wieso lag dem Richter, den Bow Street Runners und der Verbrecherbande so viel daran, seine Ermittlungen zu vereiteln?

Lem zuckte erschrocken zusammen, als er den beschmutzten Rock und das zerrissene Krawattentuch seines Herrn sah. „Haben Straßenräuber Sie übergefallen, Sir?"

„Nur ein einzelner Übeltäter", bekannte Neville. „Er wollte mich nicht ausrauben, sondern hat mir lediglich noch schlimmere Gewalt angedroht, falls ich die Suche nach den Dienstmädchen fortsetze."

„Und werden Sie nun aufgeben, Sir?"

„Bei Gott, nein!", donnerte Neville, den seine ungewohnte Heftigkeit ebenso verblüffte wie Lem. „Aber ich möchte nicht, dass diese Schurken dir etwas antun. Wenn du dich lieber doch nicht an meinem Plan beteiligen willst, kannst du es gerne sagen."

„Wie bitte? Ich soll meine Belinda im Stich lassen, während Sie an meiner Stelle Ihr Leben aufs Spiel setzen? Wofür halten Sie mich, Sir?"

„Meinst du das wirklich ernst, Lem?"

„Ja! Ich scheue keine Gefahr." Nach einer kurzen Pause fügte er hinzu: „Wann werden wir Ihren Plan durchführen, Sir?"

„Gleich morgen. Je länger wir warten, desto mehr verschlimmert sich Belindas Lage. Und nun sollten wir beide versuchen, noch ein wenig zu schlafen."

Letztendlich lagen beide noch lange wach, denn Lem sorgte sich um Belinda, während Neville an Lem denken musste. Bislang hatte er seinen Lakaien nie viel Beachtung geschenkt. Sie gehörten einfach zu seinem Alltag dazu, schon seit seiner frühesten Kindheit. Durch ihre harte Arbeit ermöglichten sie ihm ein bequemes Leben, ja mehr noch, ohne sie käme er niemals zurecht! In Zukunft würde er mehr Notiz von ihnen nehmen.

Lem beispielsweise besaß einen regeren Verstand als George oder Frank Hollis, und doch musste er für den Rest seines Lebens Türen für die Herrschaft öffnen und schließen und andere niedrige Arbeiten verrichten. Außerdem sprach er ebenso gepflegt wie die adligen Damen und Herren, die er bediente. Ohne ihren gemeinsamen Einsatz für Belinda hätte Neville das nicht einmal bemerkt! Sobald dies alles hinter ihnen lag, würde er Lem eine Möglichkeit bieten, sein Talent zu nutzen.

Endlich schlief er ein, nur um kurz vor dem Morgengrauen schon wieder aufzuwachen. Er hatte von Diana Medbourne geträumt, einer weiteren begabten Person, die ihn dazu brachte, seine bisherige Lebensweise zu hinterfragen. Aber eines stand fest: Ganz gleich, wie sehr er sich änderte, er würde niemals in die Fußstapfen seines unseligen Vaters treten.

5. KAPITEL

„Verzeihen Sie, Sir, aber Sie sehen ganz anders aus als gewöhnlich“, bemerkte Lem, nachdem er seinem Herrn beim Ankleiden geholfen hatte. An diesem Abend wollte Neville mit ihm eines der beiden Freudenhäuser besuchen, deren Adresse Jackson ihm gegeben hatte.

„Du brauchst dich nicht zu entschuldigen“, erwiderte Neville munter. „Genau das will ich ja. In diesem Aufzug wird mich niemand wiedererkennen, meinst du nicht auch?“

„Schnieke, sehr schnieke“, meinte Lem, um seine Kenntnisse des Londoner Jargons zur Schau zu stellen. „Nein, im Ernst, Sir, ich staune, dass Sie in einer Hose mit so weitem Schlag überhaupt gehen können. Und die Weste, die Sie da tragen, ist ein Muster an Geschmacklosigkeit.“

„Ja, nicht wahr?“ Neville grinste seinem Spiegelbild zu. „Ich glaube, kein einziges dieser Kleidungsstücke würde vor Beau Brummells Augen Gnade finden. Nicht einmal die Stiefel.“

„Die am allerwenigsten“, bestätigte Lem.

„Stimmt. Wenn ich mir die Bemerkung erlauben darf, du hast dich auch sehr schnieke ausstaffiert. Bitte entschuldige meine Frage, aber woher hast du diesen Ausdruck?“

„Von Ihrem Butler, Sir. Als ich von Ihrem Landsitz nach London kam, bat ich ihn, mir beizubringen, wie man hier spricht, weil die anderen Dienstboten sich über meinen ländlichen Dialekt lustig machten.“

„Hmm … Vielleicht solltest du deinen Dialekt heute Abend wieder annehmen. Dann werden dich alle für einen Burschen vom Lande halten, der die Londoner Sehenswürdigkeiten besichtigt und sich erfolglos um eine weltmännische Art bemüht.“ Flüchtig fragte sich Neville, wo er bloß gelernt hatte, solche Lügenmärchen zu erfinden. „Und ich“, fügte er hinzu, „bin offensichtlich ebenfalls kein Gentleman, sondern versuche nur, als einer durchzugehen, indem ich mich übertrieben elegant in Schale werfe – nach der Mode vom vorletzten Jahr, wohlgemerkt. Dennoch wird man mich willkommen heißen, sobald man bemerkt, dass ich in Geld schwimme."

Nachdem sie sich somit gründlich vorbereitet hatten, brachen sie zu dem Bordell in der Nähe des Haymarkets auf. Dort verkehrte jedermann, von den weniger bedeutenden Mitgliedern der königlichen Familie, wie etwa Prinz Adalbert, bis hin zu ehrgeizigen Dieben. Mit ein bisschen Glück würden sie niemandem begegnen, der den korrekten Sir Neville Fortescue wiedererkennen könnte.

Am Haymarket verbreiteten die neuen Gaslaternen helles Licht. Da Neville diesen Teil der Stadt noch nie am späten Abend aufgesucht hatte, staunte er über das große Gedränge auf den Straßen. Schließlich standen sie vor der Eingangstür zu Madame Josettes Etablissement, die von zwei kräftigen Schlägern bewacht wurde.

Zu Lems Verblüffung begann sein Herr plötzlich, das Gehabe eines albernen Stutzers nachzuahmen, ja er spielte seine Rolle so überzeugend, dass die Türwächter sie beide sofort einließen. Drinnen wurden sie in ein Empfangszimmer geführt, das sich kaum von den Salons des Adels unterschied.

An den Wänden hingen schöne Gemälde, und am anderen Ende des Zimmers stand ein langer, mit Speisen und Getränken gedeckter Tisch. Ein hübsches Mädchen spielte auf dem Pianoforte, während mehrere Herren entspannt zuhörten. Kurz, alles zeugte von erlesenem Geschmack. Wenn man diese gesittete Umgebung betrachtete, konnte man sich kaum vorstellen, dass in demselben Haus junge Frauen zur Unzucht genötigt wurden.

Neville erkannte keinen der Besucher, abgesehen von einem stark angeheiterten Gentleman auf einem Sofa. Zufällig handelte es sich um einen bekannten Parlamentsabgeordneten von untadeligem Ruf, der häufig gegen die allgemein verbreitete Trunksucht und Sittenlosigkeit wetterte. Doch im Augenblick hatte Neville keine Zeit, sich über diese bodenlose Heuchelei zu ärgern.

„Was nun?“, raunte Lem.

„Abwarten“, murmelte Neville.

Da näherte sich ihnen eine stattliche Dame, nicht mehr ganz jung, doch gut aussehend und nach der neuesten Mode gekleidet. Nach einem argwöhnischen Blick auf die beiden Neuankömmlinge stellte sie fest: „Ich habe nicht das Vergnügen, Sie zu kennen, meine Herren.“

„Nein“, bestätigte Neville. „Wir kommen heute zum ersten Mal, weil ein Freund Sie uns empfohlen hat. Er rühmte Ihre Diskretion und sagte, dass Sie auch etwas ausgefallenere Wünsche erfüllen.“

„So, sagte er das? Und wie, bitte schön, heißt Ihr Freund, Sir?“

Mit einem verschwörerischen Lächeln raunte Neville ihr zu: „Das darf ich Ihnen leider nicht verraten. Auf jeden Fall hat er mir versichert, dass bestimmte … äh … Leiden überwunden werden können, wenn man über das richtige Heilmittel verfügt. Sie wissen schon.“

„Vielleicht – aber ich muss Sie warnen, dieses Heilmittel kostet eine Stange Geld.“

„Darauf hat er mich bereits aufmerksam gemacht, daher bringe ich eine entsprechende Summe mit. Genug, um sowohl Sie als auch mich selbst zufriedenzustellen.“

„Also gut. Aber bevor wir beide uns in meinem Geschäftszimmer unterhalten, Sir, müssen Sie mir zuerst Ihren Namen und den Ihres Begleiters nennen.“

„Selbstverständlich“, willigte Neville ein. Entsetzlich, wie mühelos mir die Lügen über die Lippen kommen, dachte er.

Nun ja, Not kennt kein Gebot. Dann stellte er sich als John Wilkinson, Friedensrichter aus Barton Elms, Leicestershire, vor und Lem als seinen Cousin Leander Parks.

„Wenn wir nun in Ihr Geschäftszimmer gehen könnten, werde ich Sie für alle Dienste entlohnen, die Leander und ich wünschen", fügte er hinzu, indem er ihr vertraulich zuzwinkerte. „Wir haben uns nämlich beide diesem Abenteuer verschrieben."

Lem wahrte nur mit Mühe die Fassung, während er zusah, wie glänzend sein Herr die Rolle des Lüstlings spielte. Zu schade, dass er geschworen hatte, keiner Menschenseele von dieser Sache zu erzählen. Das bedeutete, dass er seinen Freunden diese köstliche Szene nicht schildern durfte.

Dank Nevilles überzeugender Komödie hatte sich Madames Argwohn gelegt. Offensichtlich hatte sie es mit naiven Provinzlern zu tun, denen sie leicht das Geld aus der Tasche ziehen konnte.

In ihrem Geschäftszimmer begann sie eifrig mit Neville zu feilschen. Auch wenn dieser Ochse nicht gleich mit seinem Wunsch herausrückte, wusste sie genau, dass er nach einer Jungfrau suchte – angeblich als Heilmittel für seine Geschlechtskrankheit. Nun, vielleicht hatte sein Freund ihn tatsächlich davon überzeugt, dass diese Kur wirkte.

Am Ende zahlte Neville murrend und scheinbar widerwillig einen derart hohen Preis, dass es Lem schier die Sprache verschlug.

„Erst kürzlich haben wir genau das bekommen, was Sie brauchen", erklärte Madame. „Zu rein medizinischen Zwecken, versteht sich." Unablässig lächelnd – das gehörte zu ihrem Geschäft – rief sie einen Diener herbei, der seinem Aussehen nach ebenfalls zu ihren Schlägern gehörte. Nachdem sie ihn beiseitegenommen und ein paar Worte mit ihm gewechselt hatte, führte sie ihn zu Neville.

„Giles wird Sie beide nach oben bringen und der Person vorstellen, die Sie zu sehen wünschen. Viel Glück, Sir."

Dass sie sich so ungezwungen von ihnen verabschiedete, als hätten sie irgendein völlig unschuldiges Vergnügen im Sinn, ärgerte Neville über alle Maßen. Doch er riss sich zusammen.

„Was tun wir, wenn er uns nicht zu Belinda führt, sondern zu irgendeinem anderen Mädchen?", flüsterte Lem auf der Treppe, ohne dass Giles ihn hören konnte.

„Darüber brauchen wir uns jetzt noch keine Gedanken zu machen", antwortete Neville ebenso leise. In Wirklichkeit fragte er sich selbst, welcher Teufel ihn geritten hatte, sich auf solch eine verrückte Unternehmung einzulassen. Weiter als bis zu diesem Punkt hatte er überhaupt nicht geplant.

Angenommen, man brachte sie tatsächlich zu Belinda – wie wollten sie sie retten? Ein weiteres Problem, das es zu lösen galt.

Im dritten Stock angekommen, betraten sie ein äußerst geschmackvoll eingerichtetes Schlafzimmer in der Nähe des Treppenabsatzes.

„Warten Sie hier", sagte Giles und entfernte sich.

Wenig später kehrte er mit einer hübschen jungen Frau zurück, der die Angst deutlich ins Gesicht geschrieben stand.

Neville hob seine Lorgnette und betrachtete sie eingehend. Dann warf er Lem einen raschen Blick zu, doch dieser bedeutete ihm mit einem Kopfschütteln, dass sie nicht Belinda war.

„Einen Augenblick", wandte sich Neville an Giles, ehe dieser das Zimmer verließ.

„Ja?"

„Das junge Ding entspricht nicht ganz meinem Geschmack. Können Sie mir nicht eine andere anbieten? Vielleicht dürfte ich mir selbst eine aussuchen?"

„Hat Madame Ihnen das erlaubt?"

„Ja", log Neville.

„Tja, also gut." Ohne viel Federlesens zog Giles das zurückgewiesene Mädchen aus dem Zimmer. In diesem Augenblick schwor sich Neville eines: Selbst wenn sie Belinda nicht fanden, würde er eine andere auswählen, irgendeine, um sie aus dieser Hölle zu erlösen.

Als Nächstes brachte Giles ihnen drei Mädchen. „Welche würdest du vorziehen, Cousin?“, erkundigte sich Neville bei seinem Begleiter.

Lem deutete auf diejenige in der Mitte, die im Gegensatz zu ihren etwas keckeren Gefährtinnen den Kopf hängen ließ und zu Boden blickte.

„Eine gute Wahl“, bestätigte Neville anerkennend. „Nicht zu kess. Die anderen beiden können Sie wieder mitnehmen.“

„Klopfen Sie an die Tür, wenn ich sie abholen soll. Sie heißt Phoebe“, bemerkte Giles.

Sobald er sie allein gelassen hatte, eilte Lem auf Belinda zu, die immer noch den Kopf gesenkt hielt. Voller Zärtlichkeit fasste er nach ihrer Hand, aber sie wich vor ihm zurück. „Belinda, Liebling, erkennst du mich denn nicht?“, fragte er sanft.

Endlich sah sie ihm ins Gesicht. „Lem!“, rief sie mit weit aufgerissenen Augen. „Was machst du denn hier? Wer ist dieser Mann? Wollt ihr etwa dasselbe mit mir tun, was den anderen Mädchen angetan wurde?“

Offensichtlich betrachtete sie nun jeden Mann als ihren Feind und wahrscheinlich auch die meisten Frauen.

„Dieser Herr ist Sir Neville Fortescue, Liebling, mein Arbeitgeber. Wir wollen dich aus diesem abscheulichen Ort befreien.“

„Ja, Belinda, und dazu benötigen wir deine Hilfe“, warf Neville ein.

„Wie könnten Sie mich retten?“, entgegnete sie unter Tränen. „Dieses Haus wird wie ein Gefängnis bewacht. Jeden Abend muss ich mit ansehen, wie Giles ein Mädchen nach dem anderen in dieses Zimmer führt. Die Jungfrauen werden für

Gäste aufgespart, die viel Geld für sie bieten. Haben Sie einen hohen Preis für mich bezahlt, Sir Neville?“

„Ja, das habe ich“, bekannte Neville. „Aber nur, um dich hier herauszuholen, glaub mir. Nach deiner Entführung wusste Lem weder ein noch aus, daher bat er mich um Hilfe.“

Mit zitternder Stimme wandte sie sich an Lem: „Stimmt das? Sagt ihr auch die Wahrheit?“

Erneut nahm er ihre Hand und küsste sie, bevor sie sich ihm entziehen konnte. „Ich sage dir immer die Wahrheit, Liebste. Du weißt ja, dass ich nie versucht habe, mich dir aufzudrängen, wenn wir miteinander ausgingen.“

Sie stieß einen tiefen Seufzer aus. „Giles steht vor der Tür. Wie sollen wir an ihm vorbeigelangen? Wahrscheinlich hat er uns sogar von außen eingeschlossen.“

„Nur Geduld“, beruhigte Neville sie. „Lem und ich haben uns genau überlegt, wie wir mit ihm fertig werden. Vergiss nicht, er hält uns für gewöhnliche Kunden und ahnt nicht, was wir im Schilde führen. Gibt es in diesem Haus eine Hintertreppe?“

„Ja.“

„Sehr gut. Versuche, dich daran zu erinnern, wo sie liegt. Und nun sollten wir ein wenig Lärm veranstalten, als würden wir unzüchtige Dinge treiben. Lassen wir uns ruhig Zeit, bis wir nach Giles rufen, sie erwarten ohnehin, dass ich für mein Geld etwas haben will.“

Belindas Lippen bebten. „Haben Sie keine Angst, dass diese grausamen Leute Ihnen etwas antun könnten, wenn Ihr Plan fehlschlägt?“

„Sprechen wir gar nicht davon. Wir werden es schon schaffen“, lautete Nevilles Antwort. Nach außen hin wirkte er so ruhig und selbstsicher, dass Belinda erstmals ein hoffnungsvolles Lächeln zustande brachte. In Wirklichkeit aber dachte er: Sollten wir tatsächlich scheitern, dann gnade uns Gott.

Wie vereinbart, begannen sie zügellos zu lärmen. Nach etwa einer halben Stunde hämmerte Giles an die Tür. „Dauert es noch lange?"

„Verflucht, Mann, lassen Sie mir gefälligst mein Vergnügen!", rief Neville. „Schließlich habe ich teuer genug dafür bezahlt."

Giles murrte noch eine Weile vor sich hin, fügte sich jedoch.

„Jetzt!", bestimmte Neville im Flüsterton. „Er rechnet nicht damit, dass irgendetwas Unvorhergesehenes passiert. Wenn er hereinkommt, werde ich hinter der Tür stehen, außerhalb seiner Sichtweite. Du, Lem, wirst ihn ablenken. Belinda, du musst auf dem Bett liegen und so tun, als weintest du. Passend zu meiner Rolle habe ich heute meinen dicksten Spazierstock mitgenommen. Damit werde ich Giles niederschlagen, und dann verschwinden wir über die Hintertreppe."

Sobald sie klopften, kam Giles grinsend ins Zimmer spaziert, eine anzügliche Bemerkung auf den Lippen. Ehe er wusste, wie ihm geschah, versetzte Neville ihm einen Schlag auf den Hinterkopf, dass er schwer wie ein Stein zu Boden fiel – bewusstlos, aber nicht tot, wie Neville inständig hoffte.

„Los, nichts wie weg", keuchte Neville, wobei er seinen Spazierstock immer noch fest umklammert hielt. Auf sein Zeichen hin eilten Lem und Belinda zur Tür hinaus, und er folgte ihnen.

„Hier entlang", flüsterte Belinda. Über einen kurzen Flur gelangten sie zu einer hölzernen Wendeltreppe, die im Gegensatz zum Rest des Hauses sehr einfach und zweckmäßig wirkte. Hastig stiegen sie hinunter.

Neville wusste nicht, wie lange es dauern würde, bis Giles wieder zu sich kam. Oder bis irgendjemand ihn in dem leeren Schlafzimmer fand und das Verschwinden „Phoebes" und ihrer Kunden entdeckte. Irgendwie mussten sie sich bis zum Haymarket durchschlagen, wo ihre Spur sich im Gedränge verlieren würde.

„Du bist heute sehr still, Diana. Bedrückt dich irgendetwas?"

Ehe sie diese Frage beantwortete, warf sie ihrer Gesellschafterin einen prüfenden Blick zu. Eigentlich sollten sie sich hier, auf einer großen Abendgesellschaft in Leominster House, gut amüsieren. Isabella hatte sie hartnäckig gedrängt, daran teilzunehmen, weil an diesem Abend auch Jeremy Hamlyn erwartet wurde, der Erbe der Leominsters und ein akzeptabler Junggeselle.

Diana indes bereute jetzt schon, dass sie die Einladung der Respekt einflößenden Lady Leominster angenommen hatte, da sie sich große Sorgen um Neville machte. Beinahe hätte sie noch im letzten Augenblick Unpässlichkeit vorgeschützt und abgesagt. Ihr gefiel der Gedanke nicht, dass sie sich amüsierte, während er sich auf der Suche nach Belinda in Gefahr begab. Aber das konnte sie Isabella schwerlich erklären, also besuchte sie ihrer Gesellschafterin zuliebe das Fest. Im Augenblick tranken die Damen im Großen Salon Tee, während die Herren sich noch im Speisezimmer an Portwein, Brandy und Zigarren gütlich taten.

„Nein, ich fühle mich bloß ein wenig müde", erwiderte sie endlich.

Isabella betrachtete sie nachdenklich, denn Müdigkeit sah ihrem temperamentvollen Schützling so gar nicht ähnlich. „Dann schlage ich vor, wir verabschieden uns bald, damit du früh schlafen gehen kannst."

Noch während sie sprach, widerfuhr Diana ein sonderbares Erlebnis. Plötzlich verschwamm alles um sie herum. Finsternis umfing sie, und wie aus heiterem Himmel überkam sie das Gefühl, als lauerten überall unsichtbare Feinde, als drohte irgendeine schreckliche Gefahr. Langsam schwanden ihr die Sinne.

Lady Leominster, die gerade auf sie zukam, bemerkte ihr Schwanken. „Fangen Sie die Duchess auf, Mrs. Marchmont!", herrschte sie Isabella an. „Sie fällt in Ohnmacht!"

Rasch packte Isabella die junge Frau bei den Schultern, richtete sie auf und bettete sie auf das Sofa, auf dem sie beide saßen. Alles Blut war aus Dianas Antlitz gewichen. Nach einer Weile schlug sie die Augen auf und sah zu Isabella und Lady Leominster empor.

„Bitte entschuldigen Sie, dass ich Ihnen solche Umstände mache", hauchte sie mit schwacher Stimme. „Mir wurde auf einmal schwarz vor Augen."

Dass sie darüber hinaus eine drohende Gefahr spürte, erwähnte sie nicht, da es allzu lächerlich geklungen hätte. Dennoch ließ dieses Gefühl sie nicht los.

„Die Hitze", verkündete Lady Leominster. „Es muss an der Hitze liegen. Wie oft habe ich den Butler schon dafür getadelt, dass er den Salon überheizt! Sie brauchen jetzt frische, kühle Luft."

Da Diana nun zu zittern begann, änderte sie prompt ihre Meinung. „Würde bitte irgendjemand der Duchess einen Schal holen? Auf der Stelle!", wandte sie sich im Befehlston an die Umstehenden.

Eine Matrone nahm ihren eigenen Schal ab und trat herbei, um ihn ihr um die Schultern zu legen. „Es tut mir ja so leid, dass ich so viel Wirbel verursache", seufzte Diana. „Es geht mir schon wieder besser."

Das stimmte nicht ganz. Zum einen plagten sie Kopfschmerzen, und zum anderen beschäftigte sie die weit gewichtigere Frage, was um alles in der Welt ihre sonderbare Angst ausgelöst haben könnte. Sie neigte doch sonst nicht zu Ohnmachtsanfällen. Steckte vielleicht ihre Sorge um Neville dahinter?

Schwebte er in Gefahr? Und wenn ja, hatte sie das tatsächlich gespürt? Nein, unmöglich! Schließlich war sie keine Figur aus einem Schauerroman, sondern die nüchterne, bodenständige Dowager Duchess of Medbourne, die von ihrem Gatten gelernt hatte, frivolen Mystizismus zu verachten. So hatte

Charles den Glauben an ungewöhnliche oder übernatürliche Erscheinungen nämlich immer genannt. Und doch … Nein, am besten dachte sie gar nicht weiter daran.

Nachdem sie ein Glas Wasser getrunken und eine Weile lang die Fürsorglichkeit der Umstehenden erduldet hatte, fuhr sie mit Isabella nach Hause. Sie würde erst zur Ruhe kommen, wenn sie erfuhr, dass Neville sich in Sicherheit befand und dass es ihm gut ging.

Entgegen Dianas Hoffnung befand sich Neville weder in Sicherheit, noch ging es ihm gut. Gemeinsam mit Lem und Belinda war er so leise wie möglich die Hintertreppe hinuntergeeilt, um aus Madame Josettes Etablissement zu entkommen.

Unten gelangten sie in einen kleinen Raum mit zwei Türen, von denen eine offenbar zur Rückseite des Hauses hinausging. Neville wollte sich schon zu ihrer erfolgreichen Flucht beglückwünschen, da ertönten plötzlich aus dem oberen Stockwerk Schreie. Gleichzeitig platzte ein bulliger Türwächter ins Zimmer.

„Was zum Teufel tun Sie da?“, brüllte der Mann, sobald er sie erblickte. Dann versetzte er Neville einen derart heftigen Schlag ins Gesicht, dass dieser zurücktaumelte.

„Lauf, mein Junge, lauf!“, rief Neville Lem zu. Laut ihrem Plan sollte, falls einer von ihnen ergriffen wurde, der andere sofort mit Belinda das Weite suchen. Was dieser auch sofort tat.

Glücklicherweise lenkte der Lärm im Obergeschoss den Schläger vorübergehend ab, daher gelang es auch Neville, zur Hintertür hinauszustürzen. Auf der Gasse hinter dem Haus konnte er das junge Paar schon nirgends mehr sehen. Er hoffte nur, dass sie wohlbehalten die belebte Gegend um den Haymarket erreichen würden.

Hinter ihm schrie Giles, eines der Mädchen fehle. „Ich sage euch was: Wenn wir sie nicht schleunigst finden, macht Madame uns die Hölle heiß!“

Von dem kräftigen Fausthieb, den Neville erhalten hatte, schmerzte seine Wange. Langsam schwoll sein Auge zu, und außerdem fühlte er sich ziemlich benommen. Kein Wunder, dass die beiden Männer ihn schon bald einholten und überwältigten.

„Wo habt ihr das Mädel hingebracht?“, zischte der Türwächter, während er Neville eine Ohrfeige gab. Nicht mit voller Kraft, schließlich sollte sein Opfer seine Frage noch beantworten können.

„Weit weg“, presste Neville hervor. „Sie werden sie niemals finden.“

Giles nahm sofort die Verfolgung auf, doch Lem und „Phoebe“ hatten einen großen Vorsprung. Bis er am Haymarket ankam, hatten sie sich schon längst unter die Menge gemischt, die hier die Nacht zum Tag machte. Sie zu finden schien aussichtslos, zumal Giles in seiner Hast mit einer Gruppe junger Stutzer zusammenstieß. Empört, dass er sich an ihnen vorbeidrängen wollte, versperrten sie ihm den Weg und grölten ein unzüchtiges Lied.

Als sie dieses Spiels endlich überdrüssig wurden, kehrte Giles wieder in seine Gasse zurück. In der Zwischenzeit hatte der andere Schläger Neville so gründlich bearbeitet, dass dieser kaum noch bei Bewusstsein war.

„Keine Spur von ihnen“, stöhnte Giles. „Was nun? Was machen wir mit diesem Burschen da?“

„Töten wir ihn“, schlug sein Kumpan vor.

„Lieber nicht, sosehr es mich in den Fingern juckt. Madame Josette möchte keinen Skandal. Vielleicht geht der andere ja zu den Behörden, und was dann? Nein, bringen wir ihn fort von hier und gießen wir ihm eine ordentliche Menge Whisky in die Kehle. Wenn ihn dann die Nachtwächter aufgreifen, werden sie ihn den Konstablern übergeben. Soll er ruhig versuchen, denen weiszumachen, dass er ein Mädchen aus einem Bordell retten wollte. Die werden ihm was erzählen!“

Gesagt, getan. Nachdem Giles dem völlig benommenen Neville den Whisky eingeflößt hatte, schleppten sie ihn in eine nahe gelegene Gasse, wo sie ihn in einem Hauseingang liegen ließen. Er stöhnte vor Schmerz, bis er schließlich, betrunken und nach Alkohol riechend, einschlief.

Auf dem Heimweg überlegten die beiden Gauner, wie sie ihrer Herrin Phoebes Verschwinden beibringen sollten. Vor allen Dingen mussten sie betonen, dass es keine weiteren Scherereien und keinen Skandal geben würde.

Auch wenn ihr Bericht die Bordellwirtin nicht gänzlich besänftigte, sagte sie sich, dass sie für Phoebe immerhin eine hübsche Summe erhalten hatte. Zweifellos würde sie bald Ersatz für das Mädchen finden.

Weder Madame noch Neville wussten, dass ein Zeuge ihre Verhandlung im Salon mit angehört hatte. Ein Zeuge, der Sir Neville Fortescue trotz seiner Verkleidung wiedererkannt hatte und der nun feststellte, dass dieser seine Warnung missachtet hatte. Unter diesen Umständen hielt er es für angebracht, seinen Auftraggebern den wahren Namen von Belindas Retter zu enthüllen. Dann konnte man weitere Maßnahmen gegen ihn ergreifen.

Kaum dass Belinda das Haus in Chelsea betrat, begann sie Lem mit Fragen zu bestürmen.

„Wo sind wir? Woher wusstet ihr, dass ich bei Madame Josette gefangen gehalten wurde? Oh Lem, ich habe mich mein Lebtag noch nie so sehr gefürchtet!“

„Haben sie dir Gewalt angetan?“ Schon allein die Vorstellung fand er unerträglich.

„Nein. Sie wollten meine Jungfräulichkeit für den ersten reichen Gentleman aufbewahren, der einen hohen Preis für mich bietet. Giles …“ Plötzlich versagte ihr die Stimme, und sie brach in Tränen aus. „Giles hat sich sehr darüber geärgert, dass er mich und noch zwei andere jungfräuliche Mädchen nicht berühren durfte. Oft ließ er seine Wut an uns aus … Aber wohin hast du mich eigentlich gebracht, Lem?"

„Nach Chelsea, in Sir Nevilles Haus. Ich frage mich, wo er bleibt. Hoffentlich haben die Gauner ihn nicht in ihrer Gewalt."

„Sag so etwas nicht, Lem!", rief Belinda entsetzt. „Dann würden sie ihm schreckliche Dinge antun! Giles genießt es, anderen Menschen Schmerzen zuzufügen."

Doch die Zeit verging, und Sir Neville kehrte nicht zurück. Schließlich überredete Lem seine geliebte Belinda dazu, sich schlafen zu legen. Falls sein Herr bis zum nächsten Morgen nicht nach Hause kam, würde er sie nach Medbourne House bringen und die Duchess um Rat fragen. Nach den Erlebnissen dieses Abends hielt er es durchaus für möglich, dass Madame Josettes Schläger Sir Neville ermordet hatten.

In Wirklichkeit lebte Neville zwar noch, doch als er am Morgen erwachte, wollte er tatsächlich am liebsten sterben.

Mit hämmerndem Kopf und heftigen Gliederschmerzen lag er in einer vergitterten Zelle, neben vier weiteren Unglücklichen, die ebenfalls stark nach Alkohol rochen.

„Wo sind wir?", stöhnte er.

„Was glaubst du wohl?", brummte einer seiner Zellengenossen. „Im Gefängnis, natürlich. Wir warten darauf, dass wir vor den Richter kommen."

„Vor den Richter? Weswegen?", wandte Neville mit schwerer Zunge ein. Da er sonst nur maßvoll zu trinken pflegte, litt er wegen der großen Menge Whisky, die man ihm eingeflößt hatte, an einem starken Kater.

„Na, wegen Trunkenheit in der Öffentlichkeit."

Mühsam versuchte Neville, sich die Ereignisse des Vorabends ins Gedächtnis zu rufen. Seine Flucht aus Madame Josettes Etablissement, die Fausthiebe, die Tritte ... danach setzte seine Erinnerung aus.

„Aber ich betrinke mich niemals!“, protestierte er schwach.

Da brach sein neuer Freund in schallendes Gelächter aus. „Erzähl das mal dem Kadi, mein Lieber! Wirst schon sehen, ob es dir etwas nützt.“

Neville schüttelte den Kopf, um seine Benommenheit loszuwerden. Dann setzte er sich auf und blickte an sich hinab. In der Tat, er roch nicht nur nach Whisky, sondern seine ganze Kleidung war damit besudelt. Außerdem sah er aus, als ob er sich in der Gosse gewälzt hätte.

„Ich erlebe so etwas zum ersten Mal“, bekannte er. „Was wird mit uns geschehen?“

„Man wird uns in eine Besserungsanstalt stecken und uns verwarnen, damit wir in Zukunft nicht mehr über die Stränge schlagen.“

Vor Entsetzen verschlug es Neville die Sprache. Großer Gott, was sollte er bloß tun? Unglücklicherweise gab er im Augenblick keine bessere Figur ab als die anderen Jammergestalten in dieser Zelle. Während er auf die Konstabler wartete, die ihn vor den Richter führen sollten, suchte er fieberhaft nach einer vernünftigen Erklärung für seine Lage.

Die wahre Geschichte durfte er leider nicht erzählen. Selbst wenn er aussagte, man habe ihn brutal überfallen, erklärte das noch lange nicht seinen betrunkenen Zustand. Oder was er überhaupt in diesem verkommenen Viertel zu suchen hatte, wo ein Mann jegliches Laster befriedigen konnte.

Ihm blieb nicht viel Zeit zum Nachdenken, da schon bald zwei stämmige Konstabler erschienen. Einer von ihnen zerrte Neville auf die Füße, während er die übrigen Gefangenen anbrüllte: „Na los, kommt. Heute sitzt der Herrgott persönlich über euch zu Gericht, also benehmt euch gefälligst.“

Mit vereinten Kräften gelang es ihm und seinem Kollegen, drei der Zecher im Gänsemarsch aus der Zelle zu lotsen. Den vierten, der immer noch schlief, ließen sie einfach zurück. Bald darauf betraten sie den Gerichtssaal, und die Verhafteten zwängten sich auf die harte Anklagebank auf der einen Seite des Raumes. An der gegenüberliegenden Wand stand der gewaltige Richtertisch. Entgeistert stellte Neville fest, dass er den Mann an diesem Tisch kannte.

Kein anderer als Sir Stanford Markham leitete diese Verhandlung! Das erklärte natürlich die Anspielung des Konstablers ... Und im Hintergrund hielten sich zwei Mitglieder der Nachtwache bereit, um zu bezeugen, in welchem Zustand sie die Gefangenen aufgelesen hatten.

Noch bevor Neville die Fassung wiedergefunden hatte, wurde er als Erster vor den Richter geschoben. Da er zumindest versuchen wollte, an Sir Stanfords Gnade zu appellieren, setzte er zum Sprechen an, doch der erste Konstabler versetzte ihm eine Kopfnuss. „Ruhe! Jetzt kommt der Zeuge an die Reihe."

Ungerührt berichtete einer der Nachtwächter, ein gewisser Jonty Beagle, der Gefangene habe volltrunken in einer Gasse nahe des Haymarkets gelegen.

Die ganze Zeit über würdigte Sir Stanford den Gefangenen keines Blickes, auf jeden Fall hatte er Neville mit Sicherheit nicht wiedererkannt. „Ihren Namen, Mann, und zwar schnell", befahl er gelangweilt.

Was sollte Neville nun sagen? Einen falschen Namen anzugeben wäre reine Dummheit, zumal niemand, nicht einmal Lem, wusste, wo er sich befand. Wenn er nun tatsächlich zu einer Gefängnisstrafe verurteilt wurde, was dann? Sein Verschwinden würde zum Stadtgespräch werden. Nein, am klügsten schien es ihm, sich an die Wahrheit zu halten. Doch er hatte bereits so lange gezögert, dass Sir Stanford ungeduldig wurde.

„Heraus mit der Sprache. Wir können nicht den ganzen Tag

warten, bis Sie sich endlich entscheiden, welchen Decknamen Sie heute benutzen wollen."

„Ich heiße Sir Neville Fortescue, wie Sie selbst feststellen können, wenn Sie mich genauer ansehen."

„Wie bitte?" Empört warf Sir Stanford seine Schreibfeder auf den Tisch. „Wie können Sie es wagen, so etwas zu behaupten!"

„Es stimmt", beharrte Neville. „Wenn ich etwas näher treten dürfte, würden Sie erkennen, dass ich die Wahrheit sage."

Nach kurzem Überlegen griff Sir Stanford wieder nach seiner Feder und deutete damit auf Neville. „Konstabler, lassen Sie ihn vortreten."

Als er das schmutzige, zerschlagene Gesicht des Gefangenen aus der Nähe betrachtete, musste er einsehen, dass es sich in der Tat um Sir Neville Fortescue handelte. Falls Neville jedoch erwartete, dass er nun auf der Stelle freikommen würde, irrte er sich gründlich.

„Nun, Sir, möchte ich gerne wissen, wie Sie in die Lage geraten konnten, in der Beagle Sie vorgefunden hat."

Es half alles nichts, Neville musste Sir Stanford zumindest einen Teil der Ereignisse des vergangenen Abends schildern. „Ich wurde überfallen, während ich ruhig und friedlich spazieren ging. Dabei wurden mir auch alle Wertsachen gestohlen."

„Nach dem Bericht des Nachtwächters kann ich mir nicht vorstellen, dass Sie ruhig spazieren gingen – oder auch nur ruhig herumtorkelten. Kann denn niemand Ihre Aussage bestätigen?"

Niemand außer Lem, und den wollte Neville nicht in diese Verhandlung mit hineinziehen. „Leider nein", antwortete er.

„Wie schade", bemerkte der Richter streng. „Damit bringen Sie mich in eine Zwickmühle, immerhin genießen Sie den Ruf eines überaus aufrechten, ehrbaren Bürgers. Wie es scheint, verdienen Sie diesen Ruf jedoch nicht. Ihr hoher moralischer

Anspruch wurde durch Ihre Festnahme als Heuchelei entlarvt. Wenn Sie ein armer Schlucker wären, wie die meisten Männer hier auf der Anklagebank, würde ich nicht zögern, Sie in eine Besserungsanstalt zu stecken. Doch angesichts Ihres Ranges und Ihres Vermögens gehört sich eine solche Strafe natürlich nicht, also frage ich mich wirklich, welches Urteil ich in Ihrem Fall verkünden soll."

Er lehnte sich zurück und dachte eine Weile lang nach, die Hände wie im Gebet gefaltet.

„Meiner Ansicht nach", erklärte er schließlich mit ernster Miene, „bedeutet der Verlust Ihres guten Rufes an sich schon eine angemessene Strafe. Sie stehen nun vor der ganzen Gesellschaft als Trunkenbold, als Lügner und vor allen Dingen als Heuchler da. Das sollte genügen."

Somit kam Belindas Rettung ihn teuer zu stehen. Um es schonungslos auszudrücken, er hatte seinen Namen ebenso stark besudelt wie seine Kleidung.

Dabei wusste er noch nicht einmal, ob Lem das Mädchen in Sicherheit gebracht hatte. Er konnte es bloß hoffen.

6. KAPITEL

Es wurde Morgen, doch Sir Neville kam nicht nach Hause. Die ganze Nacht über hatte Lem aus Angst um seinen gütigen Herrn kein Auge zugetan.

Nach dem Frühstück beschloss er, wie vorgesehen mit Belinda die Duchess in ihrer Stadtresidenz aufzusuchen. Im Voraus war vereinbart worden, dass das junge Mädchen London umgehend verlassen musste, falls die Rettung gelang. Um ihrer eigenen Sicherheit willen sollte Belinda nach Medbourne Castle fahren, wo die Entführer sie nicht finden konnten, auch wenn sie und Lem einander schrecklich vermissen würden.

An diesem Morgen ging es Diana trotz ihrer rätselhaften Unpässlichkeit vom vergangenen Abend wieder viel besser. Sie saß noch bei einem späten Frühstück, als ihr Butler ins Zimmer trat.

„Bitte verzeihen Sie die Störung, Euer Gnaden. Gerade ist ein junger Mann namens Lemuel Banks eingetroffen, in Begleitung einer verschleierten jungen Frau, deren Namen er mir nicht nennen wollte. Er möchte Sie unbedingt persönlich sprechen, um Ihnen eine Nachricht von Sir Neville Fortescue zu überbringen. Soll ich ihn fortschicken?"

Lemuel Banks! So hieß doch Belindas Verehrer! Doch sie durfte sich nicht allzu hastig bereit erklären, ihn zu empfangen, schließlich wusste sie, wie gern ihre Dienstboten tratschten. Also tat sie, als würde sie kurz überlegen, bevor sie sich entschied. „Ach, bringen Sie ihn ruhig herein. Vielleicht hat Sir Neville mir etwas Wichtiges mitzuteilen."

„Sehr wohl, Euer Gnaden."

Voller Ungeduld wartete Diana, bis der Butler Mr. Banks und seine namenlose Begleiterin ins Frühstückszimmer führte.

„Bitte nehmt doch Platz", forderte sie die beiden auf, indem sie auf ein Sofa wies.

Lem schüttelte den Kopf. „Mit Ihrer Erlaubnis, Euer Gnaden, würde ich lieber stehen bleiben, wie es sich für einen einfachen Diener schickt. Ich habe Neuigkeiten für Sie, teils gute, teils schlechte."

„Von Sir Neville?"

„Nicht direkt", räumte Lem ein. „Gestern Abend haben wir – das heißt, Sir Neville und ich – Ihr Dienstmädchen Belinda Jesson aus dem Freudenhaus, in dem sie gefangen gehalten wurde, befreit."

Sofort schweifte Dianas Blick zu der verschleierten jungen Frau neben ihm. „Belinda!"

„Jawohl, Euer Gnaden. Nimm deinen Schleier ab, Belinda, damit die Duchess dich erkennen kann."

Schüchtern kam Belinda seiner Aufforderung nach und machte einen Knicks. Von ihrer angeborenen Lebhaftigkeit war nichts mehr zu spüren, so sehr litt sie noch unter ihren schrecklichen Erlebnissen.

„Oh, ich freue mich ja so sehr, dich wiederzusehen, Belinda! Hoffentlich wurdest du nicht misshandelt?"

„Nein, Euer Gnaden. Ich hatte Glück." Bei dem Gedanken an all die anderen Mädchen, auf die das nicht zutraf, verdüsterte sich Belindas Miene.

„Und Sir Neville?"

„Nun komme ich zu der schlechten Nachricht, Euer Gnaden", sagte Lem. „Auf der Flucht wurden wir von den Wächtern des Bordells überrascht. Sir Neville rief mir zu, ich solle Belinda in Sicherheit bringen, da wir einen kleinen Vorsprung hatten. Zuerst hoffte ich, dass er ebenfalls entkommen würde, aber inzwischen befürchte ich das Schlimmste, weil wir seit gestern Abend vergebens in seinem Haus in Chelsea auf ihn gewartet haben."

Neville in den Händen der Ganoven! Das konnte, das durfte einfach nicht geschehen sein! „Du glaubst doch nicht …" Vor lauter Entsetzen konnte Diana den Satz nicht beenden.

„Ich glaube, dass mein Herr verletzt ist, vielleicht schwer verletzt. Laut seinem Plan sollte ich Belinda gleich heute Morgen zu Ihnen zu bringen, wenn irgendetwas schiefgeht. Das habe ich hiermit getan."

Diana sprang auf und begann unruhig im Zimmer auf und ab zu gehen. „Kannst du mir sagen, wo du ihn zuletzt gesehen hast?"

„Nein. Ich musste ihm versprechen, Ihnen nichts Näheres zu erzählen, da er um Ihre Sicherheit fürchtet."

Was sollte sie darauf erwidern? Sollte sie etwa von Lem verlangen, dass er sein Wort brach? Wäre sie ein Mann, könnte sie verschiedene einflussreiche Personen um Hilfe bitten, vielleicht sogar auf eigene Faust nach dem Vermissten suchen. So aber konnte sie rein gar nichts unternehmen.

Beinahe hätte sie wie eine Schauspielerin in einem schlechten Melodrama die Hände gerungen. Um in Ruhe nachdenken zu können, setzte sie sich wieder hin und lud Lem und Belinda erneut ein, Platz zu nehmen. Dann läutete sie nach dem Butler, um Tee zu bestellen. Glücklicherweise besuchte Isabella an diesem Morgen eine Freundin. Wie sie wohl reagieren würde, wenn sie je herausfand, in welcher Klemme sie alle steckten?

Nachdem Lubbock den Tee serviert hatte, sagte Diana zu Lem: „Ich glaube, ich sollte dich anschließend nach Chelsea begleiten und dort mit dir auf Sir Neville warten."

Insgeheim hielt Lem dies für einen ungewöhnlichen, um nicht zu sagen unschicklichen Vorschlag, aber das wagte er nicht zu sagen.

„Was versprechen Sie sich davon?", fragte er lediglich.

„Vielleicht tut es ihm gut, einen Menschen um sich zu haben, dem er vertraut und dem er ohne Bedenken erzählen kann, was gestern Abend geschah. Außer mir weiß ja niemand über den Mädchenhandel Bescheid."

„Nur Jackson, der Ermittler. Aber dem hat mein Herr verschwiegen, dass er Belinda aus Madame Josettes Etablissement retten will."

Ohne es zu wollen, hatte er den Namen des Bordells preisgegeben, und Diana hakte sofort nach. „Madame Josette! Ein sehr berüchtigtes Haus, sogar ich habe schon davon gehört. In diesem Fall bestehe ich erst recht darauf, mit dir zu kommen. Belinda, du bleibst hier. Ich werde die Haushälterin bitten, ein Zimmer für dich herrichten zu lassen, und morgen wirst du in aller Stille nach Medbourne Castle fahren. Genießt noch euren Tee", fügte sie hinzu, indem sie sich erhob. „In der Zwischenzeit werde ich alles Nötige veranlassen." Mit diesen Worten rauschte sie aus dem Zimmer.

Sie wusste, dass ihr Entschluss Lem zutiefst verwirrt haben musste, denn für gewöhnlich pflegten feine Damen sich nicht in derartige Angelegenheiten einzumischen. Da sie jedoch nicht versucht hatte, Neville seinen Rettungsversuch auszureden, fühlte sie sich für sein Unglück verantwortlich.

Zuallererst sprach sie mit ihrer Haushälterin und gab dann Anweisung, ihre Karriole aus dem Stall zu holen. Danach zog sie sich auf ihr Zimmer zurück, um sich zum Ausgehen bereit zu machen. Ohne die Hilfe ihrer Zofe vertauschte sie ihr Kleid gegen die Männerkleider und die Stiefel, die sie bei den Ausritten mit ihrem verstorbenen Gatten immer getragen hatte. Abschließend setzte sie einen kleinen Reithut auf, wobei sie im Stillen die gegenwärtige Mode segnete, die es den Frauen gestattete, ihr Haar kurz zu tragen.

In dieser Aufmachung begab sie sich wieder ins Frühstückszimmer, wo Lem inzwischen allein auf sie wartete.

„Wir nehmen meine Karriole. Übrigens wirst du mir den Weg zu Sir Nevilles Haus beschreiben müssen."

„Wollen Sie etwa selbst kutschieren?", fragte Lem verblüfft.

„Warum nicht? In demselben Fahrzeug und in derselben Kleidung habe ich auch meinen verstorbenen Gatten spazieren gefahren. Jeder wird mich für einen jungen Stutzer halten, der mit einem Freund frische Luft schnappt. Komm, wir dürfen keine Zeit verlieren.“

Am späten Vormittag kam Neville endlich nach Hause. Ein Gerichtsdiener hatte ihm nach der Verhandlung eine Droschke gerufen und ihm im Auftrag Sir Stanfords eine großzügige Summe Fahrgeld gegeben.

Da man ihm nicht nur seine Börse, sondern auch seinen Schlüssel gestohlen hatte, musste er ein Fenster einschlagen, um ins Haus zu gelangen. In Gedanken nahm er sich vor, alle Schlösser auswechseln und die Fenster absichern zu lassen. Niemand war zu Hause, was ihn ziemlich beunruhigte. Hatten Lem und Belinda es am Ende doch nicht geschafft, Giles zu entkommen? Nur der Umstand, dass er dringend seine schmutzigen Kleider wechseln und ein Bad nehmen musste, lenkte ihn fürs Erste davon ab, sich allzu große Sorgen zu machen.

Sobald er bis auf die blauen Flecken in seinem Gesicht wieder aussah wie vor seinem jüngst überstandenen Abenteuer, begab er sich in die Küche, um etwas Wasser zu trinken. Essen kam im Augenblick noch nicht infrage. Schon bei dem Gedanken wurde ihm förmlich übel, obwohl er schon beinahe keine Kopfschmerzen mehr verspürte. Nun, da er wieder einigermaßen klar denken konnte, dämmerte ihm allmählich, wie die Ereignisse der vergangenen Nacht sich auf seinen bislang makellosen Ruf auswirken würden.

Ein Heuchler! Sir Stanford hatte ihn als Heuchler bezeichnet, aber darum scherte er sich herzlich wenig. Ob er Belinda nun gerettet hatte oder nicht, er würde dem schändlichen Mädchenhandel einen Riegel vorschieben. Oder ihn zumindest bekämpfen. Bei seinem nächsten Treffen mit Jackson würde er eine Erklärung fordern, weshalb die zuständigen Ordnungshüter vor diesen Verbrechen die Augen verschlossen.

Kaum hatte er diesen Entschluss gefasst, da drangen von der Auffahrt Geräusche an sein Ohr. Als er ans Fenster trat, sah er, wie Lem in einem Phaeton vorfuhr, der von einem fremden Jüngling gelenkt wurde. Direkt vor seinem Haus hielten sie an, und Lem stieg aus, um die Pferde zum Stall im Hinterhof zu führen. Doch wo steckte Belinda?

Neville konnte es kaum erwarten, endlich zu erfahren, wie es dem jungen Paar ging. Voller Ungeduld eilte er hinaus, gerade rechtzeitig, um Lem mit den Pferden zu helfen. Sobald dieser seinen Herrn erblickte, glitten ihm beinahe die Zügel aus der Hand.

„Oh Sir! Sie leben noch! Aber wie diese Schurken Sie zugerichtet haben!"

„Halb so schlimm", erwiderte Neville kurz angebunden. „Darüber reden wir später. Kümmern wir uns zuerst um die Pferde und bringen wir den Fahrer in die Küche", fügte er hinzu, indem er dem fremden jungen Mann eine Hand reichte, um ihm beim Absteigen zu helfen.

„Das geht nicht, Sir. Unmöglich."

Ehe Neville nachfragen konnte, was Lem damit meinte, lüftete der Kutscher seinen Hut und erklärte: „Nein, Sir Neville, ich muss darauf bestehen, dass Sie mich nicht in die Küche schicken."

Diana! Vor ihm stand Diana in Männerkleidern, vollständig ausstaffiert mit Hut, Reitrock, Breeches und Stiefeln! Ein höchst unschicklicher Aufzug für eine Dame.

Nicht dass ihn das störte. Ganz im Gegenteil, wenn sie ihn so schelmisch anlächelte, sehnte er sich schrecklich danach, sie in seine Arme zu schließen und … Nein, an so etwas durfte er gar nicht erst denken. „Was um alles in der Welt hat das zu bedeuten?", entfuhr es ihm. Offensichtlich verwirrte ihr Anblick nicht nur seine Sinne, sondern schlug ihm auch auf die Stimme, denn sie klang plötzlich ziemlich heiser.

„Das sehen Sie doch, ich habe Lem nach Chelsea gefahren",

erwiderte Diana, nicht im Geringsten verlegen.

Neville rang um Fassung. „Ja, gewiss. Das meinte ich nicht. Warum tragen Sie Männerkleidung?“

„Sir Neville, wenn Sie uns in Ihren Salon führen, werde ich Ihnen gerne alles erklären. Und im Gegenzug müssen Sie uns Ihre Geschichte erzählen.“

Wieder einmal bewies die junge Frau, dass sie neben ihrer exzentrischen Ader auch ein außergewöhnliches Maß an gesundem Menschenverstand besaß. Das gehörte zu ihren verwirrendsten Eigenschaften.

„Selbstverständlich“, lenkte Neville ein. „Ich muss wohl über Nacht meine guten Manieren verloren haben, fürchte ich.“

Sobald sie alle im Salon Platz genommen hatten, ergriff Diana das Wort. „Zunächst möchte ich erklären, weshalb ich verkleidet und in meinem Phaeton bei Ihnen erscheine. Da wir bei unserem Einsatz für die vermissten Mädchen diskret vorgehen müssen, wie Sie mehrfach betont haben, wollte ich Lem so unauffällig wie möglich nach Hause fahren – nicht in meiner Kutsche mit dem Medbourne-Wappen und mit großem Gefolge. Auf den ersten Blick haben Sie mich gar nicht wiedererkannt, und dasselbe gilt wahrscheinlich für alle Personen, denen wir unterwegs begegneten. Und nun zum Anlass meines Besuchs: Lem machte sich große Sorgen, weil Sie so lange nicht nach Hause kamen. Heute Morgen brachte er Ihren Anweisungen gemäß Belinda zu mir und bat mich um Rat und Hilfe. Ich bestand darauf, ihn zurück nach Chelsea zu begleiten, in der Hoffnung, dass Sie doch noch wohlbehalten zurückkehren. Nun brennen wir darauf, zu hören, was Sie vergangene Nacht erlebt haben.“

In ihrer charmanten Art hatte Diana einen bemerkenswert kurzen aber sachlichen Bericht abgegeben. Keiner von Nevilles bisherigen Sekretären hätte das alles besser zusammenfassen können.

„Sie haben völlig richtig gehandelt“, räumte er ein, ohne ein weiteres Wort über ihre Kleidung zu verlieren. Bei näherem Hinsehen saßen sowohl der Rock als auch die Reithose so gut, dass sie eigens für sie geschneidert worden sein mussten. Aber das tat im Augenblick nichts zur Sache. „Dann werde ich jetzt mein Abenteuer schildern – ein, gelinde gesagt, unschönes Abenteuer“, fuhr er fort.

Am Ende seiner Geschichte schwiegen alle. Nicht einmal der schlagfertigen Diana fiel auf Anhieb eine passende Bemerkung ein. Sie begriff nur allzu gut, welche Folgen seine Festnahme und seine Anklage wegen Trunkenheit nach sich ziehen konnten.

„Jawohl“, bestätigte Neville, der ihre Gedanken erriet. „Ich werde jedes Ansehen verlieren, nicht wahr? Eigentlich sollte mich das lehren, in Zukunft die Finger von diesem Fall zu lassen, aber, verflucht noch mal, das werde ich nicht! Die ganze Affäre stinkt zum Himmel! Warum leitet Sir Stanford ausgerechnet heute eine Verhandlung in einem untergeordneten Gericht, das sich nur mit geringfügigen Vergehen befasst? Der übliche Richter hätte mich nämlich nicht gekannt. Auch Sir Stanford schien mich zunächst nicht wiederzuerkennen, aber vielleicht hat er bloß so getan. Oder wittere ich da eine Verschwörung, wo es gar keine gibt?“

„Vor allen Dingen“, sagte Diana langsam, wobei sie ihre Worte mit Bedacht wählte, „können Sie von Glück sagen, dass die Schläger Sie nicht umgebracht haben. Wussten die beiden, wer Sie sind?“

„Mit Sicherheit nicht. Dieser Punkt spricht dagegen, dass es sich um eine Verschwörung handelt“, gab Neville zu.

Unwillkürlich schlug Diana denselben Ton an, in dem sie früher mit Charles über wissenschaftliche Fragen zu disputieren pflegte. „Was halten Sie von folgender Theorie: Irgendein Besucher bei Madame Josette hat Sie trotz Ihrer Verkleidung wiedererkannt, wollte Sie anfangs jedoch nicht verraten. Erst als Sie und Ihr Begleiter mit Belinda verschwanden und Madames Wächter Alarm schlugen, gab er Ihren wahren Namen preis. Danach benachrichtigte entweder er oder Madame Sir Stanford. So kam es, dass dieser heute in dem Gericht erschien, vor das Sie gebracht wurden."

„Wenn Ihre Theorie stimmt, Diana, gehört der Mann, der mich identifiziert hat, höchstwahrscheinlich zu der Verbrecherbande. Und Sir Stanford ebenfalls. Das würde natürlich erklären, weshalb er mir seine Hilfe verweigerte, als ich ihn wegen Belinda aufsuchte. Auf alle Fälle muss ich mich dringend mit Jackson treffen. Ich glaube, er verschweigt mir noch irgendetwas. Wenn er dies alles hört, rückt er vielleicht mit der Sprache heraus."

„Sollten wir die ganze Sache nicht lieber auf sich beruhen lassen, Sir?", rief Lem erschrocken. „Ursprünglich wollten wir ja bloß Belinda retten, und das haben wir geschafft."

Diana hatte nie den Fehler begangen, Nevilles Güte mit Rückgratlosigkeit zu verwechseln. Doch falls sie es getan hätte, so würde seine rasche, hitzige Antwort auf Lems Vorschlag sie nun eines Besseren belehren.

„Oh nein! Wir müssen dieser Bande das Handwerk legen und dafür sorgen, dass die Anführer bestraft werden!"

Seit seinem schrecklichen, demütigenden Erlebnis strahlte Neville eine völlig neue Entschlossenheit und eine gewisse Härte aus. Außerdem hatte er Diana in Lems Gegenwart mehrmals beim Vornamen genannt, was er vor dem vergangenen Abend niemals getan hätte. Niemals hätte er sich so unbefangen mit ihr unterhalten, nicht einmal unter vier Augen.

„Ich kann Sie zu Jackson bringen", erbot sie sich.

„Nein, Sie dürfen nicht riskieren, dass irgendjemand Sie erkennt. Denken Sie an Ihren guten Ruf. Erinnern Sie sich noch an den Skandal um Caroline Lamb?"

Zuerst wollte Diana antworten: „Ach, Caroline Lamb! Die führt ja auch wirklich ein wildes Leben." Aber damit würde sie Neville bloß unnötig beunruhigen, was sie um jeden Preis vermeiden wollte. Im Gegenteil, nach allem, was er durchgemacht hatte, wünschte sie sich sehnlich, ihn zu trösten, ihm Mut einzuflößen.

Daher stand sie auf und erklärte: „Nun gut. Dann fahre ich direkt nach Hause. Falls Jackson Ihnen irgendetwas Wichtiges mitteilt, müssen Sie es mir unbedingt sagen."

Neville gab Lem ein Zeichen. „Komm, begleiten wir die Duchess hinaus."

Während er ihr in den Phaeton half, hielt er ihre Hand eine Spur länger, als es sich schickte. Dennoch wünschte sie, er möge sie noch länger berühren. Im Nachhinein freute sie sich, dass sie auf ihn gehört hatte, anstatt ihren eigenen Willen durchzusetzen. Warum schien ihr das plötzlich so wichtig? Darüber wollte sie lieber gar nicht nachdenken.

Wegen des geschäftigen Treibens auf den Straßen musste Diana sich voll und ganz aufs Kutschieren konzentrieren. Nichtsdestotrotz schweiften ihre Gedanken immer wieder zu Neville und seinen Problemen, sodass sie aufgewühlt und verstimmt zu Hause ankam.

Auf dem Treppenabsatz vor der Tür zu ihren Gemächern begegnete sie Isabella, was ihre Laune nicht gerade verbesserte. Die Anstandsdame, die ihren Schützling noch nie in Männerkleidung gesehen hatte, riss schockiert die Augen auf. „Du meine Güte, Diana! Wie kannst du dich nur in diesem unschicklichen Aufzug in der Öffentlichkeit zeigen! Du wirst deinen guten Ruf ruinieren, genau wie Caroline Lamb. Denk daran, was mit ihr geschah."

Schon zum zweiten Mal an diesem Vormittag musste Diana sich mit der berüchtigten Caroline Lamb, der Geliebten Lord

Byrons, vergleichen lassen. Das ging nun wirklich zu weit! „Meine liebe Isabella", erwiderte sie ungeduldig. „Mein verstorbener Gatte hielt mich immer dazu an, hin und wieder Hosen zu tragen, da sie für manche Tätigkeiten einfach praktischer sind als Röcke. Wie hätte ich ihm da widersprechen sollen?"

„Ja, aber ...", begann Isabella.

„Kein Aber! Gleich wird das Mittagessen serviert, und ich möchte mich gerne umziehen, ehe ich mich zu Tisch begebe. Bitte halte mich nicht länger auf."

Später, auf ihrem Zimmer, bereute Diana ihre gereizten Worte bereits. Sie hatte ihre Gesellschafterin eigentlich nicht anfahren wollen, aber manchmal störte sie deren übertriebene Sittenstrenge. Gerade jetzt, nachdem Neville ihre Unterstützung abgelehnt hatte, wurde ihr wieder einmal bewusst, wie sehr das schöne Geschlecht auf dieser Welt benachteiligt wurde.

Nichtsdestotrotz würde Diana es nicht zulassen, dass Neville sie weiterhin von seinen Plänen ausschloss. Helfen wollte sie ihm, ob es ihm passte oder nicht.

Der Gerechtigkeit halber räumte sie ein, dass Neville sie bei Weitem nicht so herablassend behandelte wie die meisten anderen Männer. Vielleicht musste sie deswegen ständig an ihn denken ...

„So, Sie haben die Sache also selbst in die Hand genommen. Ich ahnte ja, was dabei herauskommen würde", bemerkte Jackson, nachdem Neville seinen Bericht beendet hatte. Mit keinem Wort ging er auf die blauen Flecken in dessen Gesicht ein.

„Immerhin haben wir Belinda gerettet", hielt Neville ihm entgegen.

„Schon, aber wir wissen doch beide, dass die Nachricht von Ihrem angeblichen Fehltritt sich in Windeseile herumsprechen wird."

„Ich weiß vor allen Dingen, dass Sie mir noch einiges verschweigen. Höchste Zeit, dass Sie mir endlich verraten, was genau hier vor sich geht, finden Sie nicht auch?"

Jackson verstand es meisterhaft, sich dumm zu stellen. „Wovon reden Sie da, Sir Neville?"

Früher hätte Neville nicht weiter in ihn gedrungen, aber inzwischen kannte er keine Zaghaftigkeit mehr. „Nehmen Sie mich nicht auf den Arm, Jackson. Ich merke es, wenn Sie mich anlügen. Außerdem werde ich Sie großzügig entlohnen, wenn Sie mir die Wahrheit sagen."

„Wenn Sie meinen Rat hören wollen, was Sie offensichtlich nicht tun, dann lassen Sie die Finger von den Ermittlungen. Sie verstehen nichts von meinem Metier."

„Eben deswegen brauche ich Sie ja. Freiwillige Unzucht ist eine Sache, die Entführung und Schändung unberührter junger Mädchen eine völlig andere. Wir wettern zwar lautstark gegen den verwerflichen Sklavenhandel, aber wir unternehmen nichts, um die unschuldigen Frauen zu beschützen, die in unserem eigenen Land verschleppt und versklavt werden."

„Sie haben ja recht", räumte Jackson seufzend ein. „Nun gut, ausnahmsweise werde ich mein Wort brechen und meine Informationen mit Ihnen teilen. Ich will Ihnen sogar helfen, diesen Fall diskret zu lösen. Allerdings dürfte das schwierig werden, da die Täter im Verborgenen handeln und nur Mädchen von niedrigem Stand ausbeuten."

Neville atmete erleichtert auf. „Ich danke Ihnen!"

„Wenn Sie es nur nicht am Ende bereuen. In den letzten Tagen habe ich mich bemüht herauszufinden, welche hohen Persönlichkeiten hinter den Entführungen stecken. Angeblich benutzen sie einen Mittelsmann, ebenfalls ein Mitglied der vornehmen Gesellschaft, dessen Namen wir noch nicht kennen. Seit Ihren Erlebnissen von heute Morgen dürfen wir vermuten, dass Sir Stanford möglicherweise zu der Bande gehört. Wie ich Ihnen bereits sagte, dienen einige Bordelle auch als Treffpunkt für Radikale, die umstürzlerische Pläne schmieden. Sicher werden Sie verstehen, weshalb ich zögerte, Ihnen alle Einzelheiten anzuvertrauen."

„Ja. Gehe ich richtig in der Annahme, dass Sie im Auftrag des Innenministeriums den Revolutionären nachspüren?"

„Nehmen Sie ruhig an, was Sie wünschen", antwortete Jackson gut gelaunt.

„Aber die Anführer des Mädchenhändlerrings wollen Sie mir nicht nennen?"

„Nein, weil ich bis jetzt noch keine Beweise gegen sie habe, die vor Gericht standhalten würden."

Neville konnte es Jackson nicht verdenken, dass er kein unnötiges Risiko einging. Am Ende ihres Treffens bemerkte der Ermittler ohne jede dramatische Übertreibung: „Ich muss Sie warnen. Wenn Sie diesen Fall weiterverfolgen, begeben Sie sich in große Gefahr, ja Sie setzen sogar Ihr Leben aufs Spiel. Beim nächsten Überfall könnte man Sie töten."

„Zu spät. Von nun an gibt es kein Zurück mehr. Sobald Sie irgendetwas Neues entdecken, werden Sie mich hoffentlich informieren. Umgekehrt werde ich Sie sofort ins Bild setzen."

„Ja, selbstverständlich", willigte Jackson ein. „Aber nehmen Sie sich unbedingt in Acht."

7. KAPITEL

Das Gerücht verbreitete sich wie ein Lauffeuer. Ausgerechnet Sir Neville Fortescue, dieser Ausbund an Tugend, war in einem der übelsten Stadtviertel volltrunken aus der Gosse aufgelesen und vor Sir Stanford Markham gebracht worden! Und nachdem der Richter ihn streng ermahnt und zu einem besseren Lebenswandel angehalten hatte, musste er in Schande nach Hause gehen. Was für ein Heuchler!

Natürlich wurde die Geschichte immer weiter ausgeschmückt. In den Clubs und in gewissen weniger anständigen Etablissements unterhielten sich die Herren ganz ungezwungen über seinen tiefen Fall. Die verheirateten Damen flüsterten sich hinter vorgehaltener Hand die pikantesten Einzelheiten zu, während ihre Töchter gespannt lauschten, worüber man sich da so köstlich amüsierte.

Sonderbarerweise endete das Gerede häufig mit Bemerkungen wie etwa: „So viel Temperament hätte ich ihm gar nicht zugetraut. Tja, der äußere Schein kann trügen, haha!"

Neville zeigte sich erst wieder in der Öffentlichkeit, als die Prellungen in seinem Gesicht verheilt waren. Im Stillen hoffte er, dass man seinen Fehltritt mittlerweile über irgendeinen anderen Skandal vergessen hatte, doch weit gefehlt. Kaum betrat er einen Salon, drehten die anwesenden Gäste die Köpfe, zwinkerten einander zu und flochten bedeutungsvolle Anspielungen in ihre Unterhaltung ein, gerade laut genug, dass er es hören konnte.

Isabella Marchmont schockierte der scheinbare Gegensatz zwischen Nevilles öffentlichem Ansehen und seinem privaten Betragen ganz besonders. „Na so was, Diana", rief sie, als sie die Neuigkeit erfuhr. „Wer hätte das von ihm gedacht? Da siehst du, wie sehr man sich irren kann", fügte sie hinzu, während sie im Geiste Sir Neville Fortescue auf die Liste der nicht gesellschaftsfähigen Personen setzte, die es zu meiden galt. „In

Zukunft wirst du ihn hoffentlich nicht mehr empfangen."

„Im Gegenteil", versetzte Diana. „Bestimmt gibt es eine vernünftige Erklärung für sein Missgeschick. Lord Burnside glaubt das übrigens auch, wie er mir neulich auf Emily Cowpers Empfang versicherte."

„Nun, mir fällt beim besten Willen keine vernünftige Erklärung ein", ereiferte sich Isabella. „Jedenfalls werde ich kein Wort mit ihm sprechen, wenn du ihn einlädst."

Seit jenem schicksalhaften Morgen hatte Diana ihn nicht mehr gesehen, sondern nur einen Brief von Neville erhalten, in dem er ihr für ihre Güte und für ihre moralische Unterstützung dankte.

Wollte sie ihn wirklich dazu ermutigen, die Ermittlungen fortzusetzen? Eines stand fest, diese Übeltäter schreckten vor nichts zurück. Das würde sie ihm bei ihrer nächsten Begegnung auch sagen.

Einige Tage später sahen sie einander auf einer Soiree bei Lady Leominster wieder, die niemals davor zurückschreckte, in Verruf geratene Damen oder Herren zu ihren gesellschaftlichen Anlässen einzuladen. Zweifellos würde Sir Nevilles Anwesenheit das Fest beleben, genau wie früher Lord Byron und seine zahlreichen Geliebten.

Neville folgte der Einladung nicht etwa, um den Lästermäulern zu trotzen, sondern weil er hoffte, auf der Soiree etwas Nützliches zu erfahren. Außerdem hoffte er, Diana zu begegnen, nach der er sich sehnte wie ein Verdurstender nach Wasser.

In der Tat entdeckte er sie gleich nach seiner Ankunft, als er den Blick durch die Eingangshalle schweifen ließ. Sie stand mit einem älteren Paar – wahrscheinlich ihr Verwandter, Lord Marchmont, und dessen Gattin – in der Schlange der Neuankömmlinge, die der Gastgeberin ihre Aufwartung machen wollten, und sah so atemberaubend aus wie eh und je.

Da ihn schon mehrere Personen geschnitten hatten, fragte Neville sich, wie Lady Leominster ihn wohl empfangen würde, doch seine Sorge wurde sofort zerstreut. Sobald ein Lakai ihn ankündigte, stieß sie einen Freudenschrei aus. „Sir Neville! Wie schön, ich freue mich sehr, Sie zu sehen! Hoffentlich haben Sie sich von Ihrem wilden Abenteuer erholt. Jaja, die Männer!“, fügte sie augenzwinkernd hinzu. „Lassen Sie sich nicht unterkriegen. In wenigen Wochen wird kein Mensch mehr über diese Affäre reden, vorausgesetzt, Sie begehen in der Zwischenzeit nicht eine noch größere Dummheit. Aber dazu sind Sie gewiss zu klug.“

Dann winkte sie ihm mit ihrem Fächer, weiterzugehen. Viele neugierige Blicke folgten ihm, während er allein den Saal durchquerte. Mit der Zeit stellte er fest, dass durchaus nicht alle Gäste ihn schnitten. Nur: Diejenigen, die es nicht taten, würden selbst bald in die Halbwelt absinken, wenn sie sich nicht besserten.

Zuerst fing Lord Alford ihn ab. „Na Cousin, was höre ich da? Bist wohl neulich mächtig über die Stränge geschlagen. Ich dachte immer, du feierst nicht gerne“, bemerkte er grinsend und klopfte Neville auch noch auf die Schulter, gleichsam als eine Art Ritterschlag.

Kurz darauf näherte sich Frank Hollis, um Neville in den Reihen der liederlichen Trunkenbolde willkommen zu heißen. Schließlich gehörte Frank selbst zu den stadtbekannten Vertretern dieser Gattung.

Durch diese unerwünschten Aufmerksamkeiten fand Neville keine Gelegenheit, Diana zu begrüßen. Vielleicht sollte er das ohnehin unterlassen, schon aus Rücksicht auf ihren guten Ruf.

Auch in diesem Punkt machte er sich unnötig Sorgen. Als sich ihre Blicke trafen, raunte sie ihren Begleitern irgendetwas zu. Die beiden schienen Einwände zu erheben, die sie jedoch mit einer wegwerfenden Geste beiseitefegte. Dann kam sie zu ihm herüber.

„Sir Neville“, sagte sie, wohl wissend, dass alle Umstehenden sie neugierig beobachteten.

„Euer Gnaden“, erwiderte Neville mit einer galanten Verneigung. „Wollen Sie sich wirklich in aller Öffentlichkeit mit mir unterhalten?“

„Aber ja, sonst würde ich es nicht tun. Sie haben allein durch Ihr Kommen mindestens ebenso viel Mut bewiesen wie ich.“

„Da die Gerüchte über mich in ihrem Kern unwahr sind, ignoriere ich sie einfach.“ Gewiss klang das ziemlich steif, aber wie sollte er sonst die Regungen unterdrücken, die ihr bloßer Anblick in ihm weckte?

„Sie sprechen mir aus dem Herzen“, erklärte sie lächelnd. „Haben Sie inzwischen irgendetwas Neues von Jackson erfahren? Achten Sie darauf, dass Sie bei Ihrer Antwort lächeln und die Augenbrauen ein wenig hochziehen, damit es aussieht, als wechselten wir bloß ein paar höfliche, belanglose Worte.“

„Vielleicht würde ein anzügliches Grinsen besser zu meinem neuen Ruf passen.“ Lockere Scherze dieser Art hatte Neville bisher immer vermieden, nun aber kamen sie ihm mühelos über die Lippen. „Ich weiß nur, dass Jacksons Verdacht sich bestätigt hat: Hinter den Entführungen stecken mehrere wohlbekannte, vornehme Personen. Er hat mir zwar keine Namen genannt, aber dafür hat er sich bereit erklärt, mich zu unterstützen. Im Gegenzug muss ich alle nützlichen Informationen, auf die ich stoße, an ihn weiterleiten.“

Diana tippte ihn mit ihrem Fächer an. In ihrem tief ausgeschnittenen grüngoldenen Abendkleid sah sie an diesem Abend strahlend schön aus. Ausnahmsweise trug sie eine Halskette und ein Armband mit den berühmten Medbourne-Smaragden.

„Immerhin ein Anfang“, bemerkte sie. „Aber finden Sie es nicht gefährlich, persönlich nach den Tätern zu suchen?“

„Auch Jackson hat mich deswegen gewarnt. Ich kann nur

wiederholen, was ich schon zu ihm und letzthin zu Lem sagte: Doch, durchaus, aber davon lasse ich mich nicht abschrecken."

„Obwohl Sie durch Ihren Einsatz Ihre politische Laufbahn zerstören könnten?"

„Trotzdem. Auch Sie würden Ihren unkonventionellen Lebensstil nicht aufgeben, nur weil ein paar alte Klatschbasen über Sie lästern und Ihren Ruf in den Schmutz ziehen."

„Das stimmt, und ich achte Sie für Ihre Entschlossenheit. Nun sollten wir unser Tête-à-Tête aber beenden, denn wir erregen allmählich gewaltiges Aufsehen. Können wir uns nirgends ungestört unterhalten?"

„Ich dachte, das tun wir bereits", versetzte Neville lachend. In Diana hatte er eine echte Seelenverwandte gefunden. Mit keiner anderen Frau konnte er so frei und ungezwungen reden. Vor allen Dingen verzichtete sie auf jene Kunstkniffe, die andere junge Damen bei jeder Gelegenheit anzuwenden pflegten – weder klimperte sie mit den Wimpern, noch wedelte sie mit ihrem Fächer, weder brach sie in albernes Gelächter aus, noch warf sie kokett den Kopf zurück.

„Nicht ganz", korrigierte sie ihn. „Wissen Sie, was ich seit dem Tod meines Gatten am meisten vermisse? Unsere offenen Gespräche. Üblicherweise sind für uns Frauen ja viele Themen tabu, und wenn sie uns noch so unmittelbar betreffen. Sie erinnern mich ein wenig an Charles, da auch Sie mich wie eine ebenbürtige Person behandeln."

„Sie schmeicheln mir", wehrte er ab.

„Nein, ganz und gar nicht. Und nun, Sir Neville, strengen Sie bitte Ihren scharfen Verstand an. Wo können wir uns ohne Zeugen treffen? Natürlich dürfen Sie mich jederzeit besuchen, aber ich befürchte, Isabella könnte über uns tratschen. Seitdem Sie in Ungnade fielen, verurteilt sie Sie aufs Schärfste."

„Sie brechen mir das Herz! Ich dachte, sie hätte einen Narren an mir gefressen", scherzte er.

„Wenn sie an irgendeinem Herrn einen Narren gefressen hat, dann an Lord Alford", entgegnete sie lachend. „Nun muss ich aber wirklich gehen."

Zum Abschied deutete Neville eine Verneigung an. Während Diana zu ihren Verwandten zurückkehrte, wurde sie von Lady Leominster aufgehalten.

„Meine Liebe, ich freue mich ja so, dass Sie Sir Neville nicht ignorieren. Unter uns gesagt habe ich meine Zweifel, was diese ganze Affäre betrifft. Ich kann mir einfach nicht vorstellen, dass er … Nun, sicher kennen Sie die Geschichte bereits. Wenn er sich natürlich noch einen weiteren Fehltritt leisten sollte, ja, dann sähe die Sache anders aus." Indem sie sich vorneigte, raunte sie in vertraulichem Ton: „Wissen Sie, meine Liebe, Sie erinnern mich ein wenig an mich selbst in meiner Jugend." Nach dieser unerwarteten Bemerkung wandte sie sich ab und stürzte sich auf ihr nächstes Opfer.

Gott bewahre, dachte Diana. Und doch … Auch wenn Ihre Irre Ladyschaft – so lautete Lady Leominsters Spitzname – ziemlich grob werden konnte und häufig dummes Zeug von sich gab, sagte sie wenigstens immer unverblümt ihre Meinung. Allein dadurch hob sie sich von den meisten anderen Damen ab. Und aus irgendeinem Grund behauptete sie trotz ihrer scharfen Zunge ihre führende Rolle in der Gesellschaft. Wahrscheinlich genoss sie eben wegen ihrer exzentrischen Art eine gewisse Narrenfreiheit. Diana nahm sich vor, diese Frage bei Gelegenheit mit Neville zu erörtern. Hoffentlich würden sie einander bald wiedersehen!

Bis kurz vor Mitternacht unterhielt Neville sich noch mit den wenigen Gästen, die sich dazu herabließen, ihn zur Kenntnis zu nehmen. Dann beschloss er, nach Hause zu gehen, zumal er ohnehin keine interessanten Neuigkeiten erfahren hatte. In der Eingangshalle begegnete er Lord Burnside.

„Ah, Fortescue, das freut mich aber! Ich hatte gehofft, dass

Sie heute Abend kommen würden. Wissen Sie, ich persönlich glaube, dass es irgendeine vernünftige Erklärung für Ihre Eskapade von neulich gibt. Mit Verlaub, ausschweifende Trinkgelage sehen Ihnen nun wirklich nicht ähnlich. Und falls Sie einfach in einem schwachen Augenblick der Versuchung nachgegeben haben, würde ich immer noch hinter Ihnen stehen. Wenn nur Ihre politische Laufbahn nicht unter diesem Skandal leidet!"

Für einen Moment rang Neville nach Worten. Da die meisten Gäste auf dieser Soiree ihm die kalte Schulter gezeigt hatten, tat die Freundlichkeit dieses Mannes ihm besonders wohl.

„Vielen Dank, Mylord. Ich kann nur hoffen, dass eines Tages die ganze Wahrheit ans Licht kommt. Dann würde sich zeigen, dass Sie sich nicht in mir geirrt haben."

Große Worte, aber Lord Burnsides Güte hatte ihn nun einmal unerwartet tief berührt. Bald darauf verabschiedeten sie sich voneinander.

Als Neville aufbrechen wollte, trat ihm Henry Latimer in den Weg. „Hallo, Fortescue. Ich brauche wohl nicht zu erwähnen, über welchen frischen Skandal sich heute alle Gäste den Mund zerreißen. Es würde mich nicht wundern, wenn man noch tagelang darüber tratscht."

Sein spöttischer, geradezu beleidigender Ton verärgerte Neville sehr, doch ehe er etwas erwidern konnte, fuhr Latimer fort: „Bist du mit Burnside verwandt? Du siehst ihm sehr ähnlich."

„Verwandt? Nein", entgegnete Neville steif. „Und was die Ähnlichkeit betrifft, musst du dich wohl irren."

„Nein, keineswegs. Auch deine Stimme und dein Auftreten erinnern an ihn. Schon merkwürdig."

Was sollte Neville darauf antworten? Etwa: Durchaus nicht, heutzutage klingen in unseren Kreisen doch alle Leute gleich? Das stimmte zwar nicht ganz, aber es dürfte Latimer zum Schweigen bringen. Dieser wechselte jedoch von sich aus das Thema und begann zu erzählen, dass Frank Hollis um die Hand einer reichen Erbin anhalten wollte.

„Natürlich nicht die Duchess of Medbourne. Wer könnte schon hoffen, sie zu erobern? Wenn ich es recht bedenke, frage ich mich, weshalb wir alle so besessen um sie werben. Wer diesen Wildfang heiratet, wird es sicher nicht leicht haben. Also dann, alter Junge, jetzt muss ich gehen und ihr meine Aufwartung machen. Wer weiß, vielleicht gewinne ich ja doch noch ihre Gunst, genau wie du – obwohl ich das bezweifle."

Wütend sah Neville ihm hinterher. Dieser Schuft hatte nicht nur ihn selbst angegriffen, sondern auch seine Freunde, denn als solche betrachtete er Lord Burnside und Diana inzwischen. In seiner Kindheit hatte auch Henry Latimer zu seinen Freunden gezählt, doch je älter sie wurden, desto weniger konnte er diesen oberflächlichen Blender leiden.

Am Nachmittag nach der Soiree zog sich Diana in ihren Salon zurück, um ein neues philosophisches Werk zu lesen. Mitten in ihrer Lektüre kam Isabella hereingerauscht, die unerwartet früh von einem Spaziergang mit Freunden zurückgekehrt war.

„Also wirklich, Diana, ich empfinde es als eine Zumutung, dass halb London mich wegen deines ungehörigen Benehmens aufzieht!"

Selbst ohne Ablenkung fiel es Diana nicht leicht, den komplizierten Gedankengängen des Philosophen zu folgen. Wenn Isabella ihr nun mit ihren Klagen in den Ohren lag, würde sie sich erst recht nicht auf dieses beachtliche Werk konzentrieren können.

„Ich habe keine Ahnung, wovon du redest", erwiderte sie kühl.

„Ach nein? Die ganze Stadt weiß schon über dein langes Tête-à-Tête mit Sir Neville Fortescue auf Lady Leominsters Soiree Bescheid. Vor den Augen sämtlicher Gäste! Gott sei

Dank hatte ich keine Einladung erhalten, sonst hätte ich mich verpflichtet gefühlt, dich in aller Öffentlichkeit zu tadeln."

„Soso, und für welches Vergehen, Isabella? Dass wir unser Tête-à-Tête nicht heimlich abgehalten haben?"

„Mach dich gefälligst nicht über mich lustig! Du weißt ganz genau, was ich meine. Im Übrigen hast du selbst mich als Anstandsdame in dein Haus geholt."

„Aber nicht, damit du meine Geduld strapazierst. Ich bin überzeugt, dass Sir Neville den Vorfall von neulich erklären kann, daher werde ich mich fürs Erste jedes Urteils enthalten. Denk daran, in der Bibel steht: Wer unter euch ohne Sünde ist, der werfe den ersten Stein."

„Nennst du mich etwa eine Sünderin?"

„Wir sündigen doch alle, Isabella, manche von uns mehr, andere weniger. Bitte lass mich jetzt allein, damit ich in Ruhe mein Buch lesen kann, und trink zur Beruhigung eine Tasse Tee. Und dass ich dich nicht vor dem Abendessen wiedersehe!"

Nach Isabellas Abgang wandte sich Diana seufzend wieder ihrem Buch zu. Sie konnte ihre Anstandsdame unmöglich fortschicken, da die Ärmste kein eigenes Zuhause besaß, aber manchmal empfand sie ihre Gesellschaft als eine Strafe.

Trotz aller Mühe gelang es Neville nicht, sich auf den Bericht des Landwirtschaftsministeriums zu konzentrieren. Ständig schweiften seine Gedanken ab – bald träumte er von Diana, bald grübelte er über seine Ermittlungen gegen die Entführerbande nach. Allmählich wünschte er, er hätte sich niemals auf diesen Fall eingelassen.

Nein, so darf ich nicht denken! Ich darf nicht feige kapitulieren, nur weil ich die erste Schlacht verloren habe, ermahnte er sich. Als er plötzlich geschäftigen Lärm draußen vor dem Haus hörte, blickte er aus dem Fenster und sah die Kutsche seiner Mutter vor der Eingangstür stehen. Ein Lakai half Lady Fortescue gerade aus der Chaise.

Seufzend wandte Neville sich vom Fenster ab. Ausgerechnet seine Mutter! Er konnte sich schon vorstellen, was sie ihm zu sagen hatte. Im nächsten Augenblick kam sie zu ihm in den Salon gerauscht, ohne sich erst vom Butler melden zu lassen.

„Wie konntest du mir das nur antun!“, hob sie an. „Stell dir vor, was ich durchgemacht habe, seitdem ich gestern durch Lady Leominsters Brief von deinem Fehltritt erfuhr. Es hat sich schon überall herumgesprochen, dass du betrunken aus der Gosse aufgelesen wurdest, und zwar im übelsten Viertel Londons, wo sämtliche verrufenen Etablissements liegen. Wie ich höre, musstest du deswegen sogar vor den Richter treten. Und dann hatte Lady Leominster auch noch die Stirn, mir zu schreiben, ich solle dir verzeihen, weil es bei dieser Affäre nicht mit rechten Dingen zuging. Dass ich nicht lache! Aber wahrscheinlich lacht ohnehin jeder Dummkopf in London hinter meinem Rücken über mich. Ich hatte es schon schwer genug, als Sir Carlton noch lebte, und jetzt trittst du auch noch in seine Fußstapfen … mir fehlen die Worte!“

„Oh, das würde ich nicht behaupten, Mutter“, brachte Neville zwischen zusammengebissenen Zähnen hervor.

In ihrer Wut beachtete sie seinen Einwurf gar nicht. „Ich dachte immer, du kommst nicht nach ihm, aber da habe ich mich offensichtlich geirrt.“

„Es heißt ja im Allgemeinen: Wie der Vater, so der Sohn.“ Eine waghalsige Antwort, denn Neville wusste genau, dass er seine Mutter damit in Harnisch brachte.

„Du ähnelst deinem Vater nicht im Geringsten! Oh Gott, was sage ich da? Natürlich tust du das. Ich verliere noch den Verstand! Dabei habe ich mich so sehr bemüht, dich zu einem aufrechten Menschen zu erziehen. Schon als Harriet deinen Heiratsantrag ablehnte, ahnte ich, dass etwas nicht stimmt. Und nun sollst du dich angeblich für diese exzentrische Duchess of Medbourne interessieren."

Mitten in ihrer Rede brach sie plötzlich in Tränen aus und sank auf das Sofa. Ausnahmsweise schien sie, die sonst immer so gelassen wirkte, völlig die Fassung verloren zu haben. Neville konnte einfach nicht mit ansehen, wie seine Mutter weinte. Schließlich hatte sie ihn mit Hingabe großgezogen, war stets stolz auf ihn gewesen, weil er Sir Carlton in keiner Beziehung glich. Kein Wunder, dass seine Eskapade sie so schwer traf.

Um sie zu trösten, setzte er sich neben sie und fasste nach ihrer Hand. „Nimm dir das alles doch nicht so sehr zu Herzen, Mutter", sagte er sanft. „Ich wurde angegriffen und in der Gosse liegen gelassen, da man mich für tot hielt. Ich kann von Glück sagen, dass ich noch lebe. Wenn irgendwelche Dummköpfe dich aufgezogen haben, tut es mir leid. Gerechterweise muss ich jedoch sagen, dass Lady Leominster mich vor ihren Gästen freundlich behandelt hat. Sie wollte dich nicht verletzen, sondern dir Rückhalt geben."

Endlich beruhigte sie sich ein wenig.

„Glaub mir, ich habe nichts getan, dessen ich mich schämen müsste", fuhr er fort. „Aber leider kann ich die wahre Geschichte niemandem erzählen, nicht einmal dir. Eines Tages werde ich dir vielleicht alles erklären. Mehr kann ich im Augenblick nicht versprechen."

„Und die Duchess? Hast du dich in sie verliebt?"

„Nein. Ich bewundere sie und schätze sie als eine Freundin, mehr nicht."

Lady Fortescue tupfte sich mit ihrem ohnehin schon durchnässten Taschentuch die Augen ab. „Sagst du auch die Wahrheit?"

In Wahrheit empfand er weit mehr als Freundschaft für Diana. Seit einiger Zeit hegte er sogar die Hoffnung, dass ihre Beziehung sich vertiefen könnte, aber das wagte er seiner Mutter noch nicht zu sagen.

„So aufrichtig, wie man überhaupt die Wahrheit sagen kann, ja", antwortete er schließlich.

„Das bedeutet alles und nichts", seufzte sie.

Eigentlich hätte er wissen müssen, dass sie sich nicht für dumm verkaufen lassen würde. „Darf ich dir einen Rat geben, Mutter?", meinte er, indem er ihre Hand küsste. „Fahr zu Tante Susan zurück und achte nicht mehr auf den Klatsch, der über mich verbreitet wird. Selbst wenn ich mich so abscheulich betragen hätte, wie du glaubst, wäre das noch kein Weltuntergang. Wieso verbringst du nicht den Rest des Sommers auf dem Land, wo es dir so gut gefällt? Am Ende der Parlamentssaison könnte ich dich und Tante Susan besuchen."

Sie drückte seine Hand. „Bitte versteh doch, wie sehr mich diese Angelegenheit schockiert. Bisher hast du mir niemals Kummer bereitet."

Natürlich konnte Neville schlecht sagen: Da liegt der Hund begraben, vielleicht hätte ich das tun sollen. Jeder junge Mann muss sich irgendwann die Hörner abstoßen, und das habe ich nie getan. Ich war immer zu brav, zu sanftmütig. Damit meine ich nicht, dass ich meinem Vater hätte nacheifern sollen. Aber es wird höchste Zeit, dass ich mir eine gewisse Härte aneigne.

Ehe er eine passende Antwort fand, lächelte sie und gab ihm einen Kuss auf die Wange. „Wahrscheinlich sollte ich deinem Rat folgen und nach Kent zurückkehren. In London herrscht zu dieser Jahreszeit ein entsetzlicher Gestank. Ich kann mich doch auf dich verlassen, oder? Bitte halte dich in Zukunft vom Alkohol fern."

„Keine Sorge", beruhigte er sie. „Ich werde uns jetzt Tee bringen lassen. Das wird uns beiden guttun."

Im Stillen verfluchte Neville die beiden Schurken, die ihm den Whisky eingeflößt und seine Kleider damit begossen hatten. Unter dieser Schandtat litt nämlich nicht nur er, das unmittelbare Opfer, sondern auch seine Mutter. Spätestens jetzt schwanden seine letzten Bedenken. Er würde seine Feinde ihrer gerechten Strafe zuführen!

„Sie müssen einsehen, Fortescue, dass Sie für einen höheren Posten in diesem Parlament nun nicht mehr infrage kommen", erklärte Lord Liverpool, als Neville ihm an einem sonnigen Nachmittag vor dem Parlamentsgebäude begegnete.

Nach und nach gaben ihm die politischen Führer des Landes zu verstehen, dass sein leichtsinniger Fehler, wie sie es nannten, seiner Laufbahn geschadet hatte. Dass sie selbst auch nicht gerade mit makellos weißer Weste dastanden, spielte überhaupt keine Rolle. Sie begingen ihre Sünden diskret, im Geheimen, während er, Neville, seine Partei in Misskredit gebracht hatte.

Gerade zu dieser Zeit konnte jeder Skandal um einen Politiker sich verheerend auswirken, denn unter der Bevölkerung breitete sich zunehmend Unzufriedenheit aus. In den Städten wie auf dem Land sammelten sich die Arbeiter zu Protestmärschen, aufgewiegelt durch ihre materielle Not. Das Gespenst der Revolution ging wieder um, deswegen durfte die Regierung gerade jetzt auf keinen Fall die Achtung der Bürger verspielen.

„Noch etwas. Sir Stanford Markham sagt, Sie hätten ihn wegen eines vermissten Dienstmädchens belästigt. In Ihrer Lage finde ich das äußerst unklug. Halten Sie sich zurück, dann können Sie mit der Zeit vielleicht Ihren guten Ruf wiederherstellen, oder wenigstens zum Teil."

Soso, Sir Stanford übte Druck auf den Premierminister aus! Deswegen gab sich Neville noch lange nicht geschlagen, im Gegenteil, von nun an würde er seine Bemühungen verdoppeln. Vor allen Dingen musste er unverzüglich Jackson von den neuesten Entwicklungen berichten.

„Ich danke Ihnen für Ihren Hinweis, Mylord", erwiderte er mit einer knappen Verneigung. „Ich bedaure, dass ich unbeabsichtigterweise Schande über die Regierung und die übrigen Abgeordneten gebracht habe."

Falls Lord Liverpool auffiel, dass Neville eine uneingeschränkte Entschuldigung vermied, so ging er nicht näher darauf ein. Als sie sich bald darauf trennten, hoffte er trotz allem, der junge Mann werde auf seine Worte hören.

8. KAPITEL

Als Neville nach Hause zurückkehrte, saß sein Vetter George im Salon, vor sich eine Karaffe Sherry, ein halb volles Glas und einen Teller Gebäck.

„Es macht dir doch nichts aus, dass ich hier auf dich warte? Dein Sekretär meinte, du würdest bald nach Hause kommen. Außerdem hat er dafür gesorgt, dass ich nicht auf dem Trockenen sitze", rief George, indem er auf den Sherry wies. „Ich wollte dir nur die neuesten Klatschgeschichten erzählen, da du in letzter Zeit ja kaum noch ausgehst – abgesehen von Lady Leominsters Soiree."

Eigentlich interessierte Neville sich nicht im Geringsten für Klatschgeschichten, weder neue noch alte. „Nur zu, George", seufzte er. „Ich kann dich ohnehin nicht davon abhalten, es sei denn, ich würde dir die Tür weisen."

Da George dies als einen Scherz auffasste, lachte er unbekümmert. „Pass auf", begann er anschließend. „Folgende Szene habe ich mit eigenen Augen beobachtet, auch wenn du mir kaum glauben wirst. Auf dem Ball bei den Cowpers tanzte die Duchess of Medbourne mit Henry Latimer den Cotillon. Während sie warteten, bis sie mit ihren Figuren an die Reihe kamen, raunte er ihr irgendetwas zu, und im nächsten Moment schrie er plötzlich laut auf und humpelte davon. Selbstverständlich endete damit der Tanz, weil der ganze Saal nur noch ihn und die Duchess anstarrte. Stell dir vor, sie ist ihm auf den Fuß getreten, und zwar gleich zweimal! Bei Watier's werden jetzt Wetten abgeschlossen, was er wohl zu ihr gesagt hat. Völlig sinnlos, da niemand die Wette gewinnen kann. Kein Mensch wagt es, einen der beiden zu fragen."

„Auch ich würde Henry Latimer liebend gerne einmal auf den Fuß treten, nur hatte ich bisher nie den Mut dazu", erwiderte Neville gleichmütig. „Wenn ich die Duchess sehe, muss ich ihr unbedingt gratulieren."

Mit einer solchen Antwort hatte George nun wirklich nicht gerechnet. „Findest du diese Geschichte etwa nicht aufregend?"

„Nun ja … Falls du nichts Besseres zu bieten hast, wollen wir uns lieber über etwas anderes unterhalten. Zum Beispiel über die Unruhen in Norfolk."

„Da kann ich leider nicht mitreden."

Natürlich nicht. George lebte nur für sein Vergnügen und kannte sich nicht im Geringsten in der Politik aus. Insgeheim konnte Neville es kaum fassen, dass er seinem Cousin eine derartige Abfuhr erteilt hatte. Sonst hörte er sich dessen albernes Geschwätz immer geduldig an. Woher nahm er plötzlich den Mut, solche Dinge nicht nur zu denken, sondern auch auszusprechen? Anscheinend hatten die Schläge auf seinen Kopf erstaunliche Veränderungen in ihm bewirkt.

Wenig später erhob er sich und erklärte, er müsse nun seine Korrespondenz erledigen.

„Oh ihr Staatsdiener!", sagte George fröhlich. „Ihr arbeitet viel zu viel. Hin und wieder solltest du entspannen, das würde dir guttun. Geh einmal zu einem Pferderennen oder in einen Club zum Kartenspielen."

Gott bewahre, dachte Neville, während er sich in sein Arbeitszimmer begab. Wie sich herausstellte, hatte er nicht einmal gelogen. Auf seinem Schreibtisch lagen in der Tat zwei Briefe, der eine von Jackson und der andere von Diana. Beide baten ihn, sie so bald wie möglich aufzusuchen. Jackson schrieb, da ihre Gegner nun über ihre Verbindung Bescheid wüssten, bräuchten sie sich nicht mehr um Geheimhaltung zu bemühen. Doch bevor Neville zu ihm fuhr, wollte er sich noch mit Diana treffen.

Da Diana mit ihrem Angriff auf Henry Latimer für großen Aufruhr gesorgt hatte, rechnete sie damit, dass man sie künftig schneiden würde, dass niemand sie noch empfangen oder besuchen würde. Doch das Gegenteil trat ein. An diesem Nachmittag strömten die Besucher nur so in ihren Salon. Daraus konnte sie lediglich folgern, dass einer wohlhabenden Duchess beinahe jede Sünde vergeben wurde. Spaßeshalber malte sie sich aus, was sie wohl tun müsste, um unwiderruflich aus der Gesellschaft ausgeschlossen zu werden.

Zu ihrer Belustigung verlor Isabella kein Wort über ihren jüngsten Verstoß gegen die guten Sitten, sondern begnügte sich mit ein paar theatralischen Seufzern. Als der Butler die Ankunft Sir Neville Fortescues meldete und sich erkundigte, ob Ihre Gnaden den Herrn empfangen wolle, schmollte sie noch ein wenig auffälliger.

„Selbstverständlich", sagte Diana entschieden. „Führen Sie ihn herein. Und solange er bleibt, möchte ich niemanden sonst sprechen." Da rauschte Isabella empört aus dem Zimmer.

Allem Anschein nach bekam Neville seine neue, fragwürdige Berühmtheit gut, denn er sah besser denn je aus. Ein ironisches Lächeln umspielte seine Lippen, was seinem Gesicht mehr Charakter verlieh. Darüber hinaus kleidete er sich etwas weniger konservativ als früher, nicht mehr wie ein nüchterner, aufstrebender Politiker, sondern regelrecht elegant.

Diana ging ihm mit ausgestreckten Händen entgegen. „Sie sehen großartig aus, wenn man bedenkt, dass Sie sozusagen im Auge eines Wirbelsturms stehen."

„Warum auch nicht", entgegnete er lachend. „Schließlich habe ich keinen Mord begangen. Bei all der Aufregung könnte man meinen, dass vor mir noch nie ein Mann wegen Trunkenheit verhaftet wurde. Und während ich still und friedlich in der Gosse lag, habe ich wenigstens keinem Menschen geschadet – im Gegensatz zu so manchem Heuchler im Parlament, der sich mir nun moralisch überlegen fühlt."

Sie stimmte herzlich in sein Lachen ein. „Dafür können

Sie mich für meinen Fauxpas tadeln. Sicherlich wissen Sie es schon."

„Ja, in der Tat. Herzlichen Glückwunsch, da haben Sie den Richtigen getroffen! Ehrlich gesagt kann ich Henry Latimer nicht leiden. Ich gehe davon aus, dass Sie einen guten Grund hatten, ihn so hart zu züchtigen."

„Nehmen wir zuerst Platz. Jawohl, es gab einen Grund, der übrigens auch Sie betrifft. Latimer stellt mir schon seit geraumer Zeit nach. Gestern Abend raunte er mir ständig zärtliche Worte ins Ohr, während wir tanzten. Da ich jedoch nicht darauf einging, ließ er schließlich eine äußerst unangenehme Anspielung über Sie und mich fallen."

Wütend sprang Neville auf. „Bei Gott, ich werde ihn zum Duell fordern, das schwöre ich!"

„Nein, nicht doch! Deswegen erzähle ich Ihnen das alles nicht. Bedenken Sie, was für einen Skandal das hervorrufen würde. Ganz abgesehen davon möchte ich nicht, dass Sie sich um meinetwillen in Gefahr begeben."

Mit einiger Mühe zügelte Neville seinen Zorn und ließ sich wieder auf dem Sofa nieder. Was war bloß in ihn gefahren? Allein die Nachricht, auf welche Weise Latimer Diana beleidigt hatte, brachte ihn plötzlich zur Weißglut. Am liebsten würde er sie in seine Arme schließen und trösten, nur dass sie ganz offensichtlich keinen Trost brauchte.

Keine andere Frau, die er kannte, besaß so viel innere Stärke. Je näher er sie kennenlernte, desto mehr bewunderte er sie.

„Was genau hat er denn über uns beide gesagt?", erkundigte er sich.

„Meine Abfuhr muss ihn sehr verärgert haben. Jedenfalls deutete er an, ich würde meine Gunst wohl lieber einem selbstgefälligen Dummkopf schenken, der seine Nase in fremde Angelegenheiten steckt."

„Dann weiß Latimer also, dass ich nach den vermissten Mädchen suche?“, rief er. „Er kann sich nur darauf bezogen haben, im Moment befasse ich mich ja mit keiner anderen Angelegenheit. Das beweist, dass er über dieses schmutzige Geschäft Bescheid weiß. Da hat er in seinem Zorn einen groben Fehler begangen.“

„Allerdings. Er fühlte sich von mir gedemütigt, also verlor er die Beherrschung. Und ich ebenfalls, was ich nicht bereue.“

„Haben Sie ihm geantwortet?“

„Nur mit einem kräftigen Tritt auf den Fuß. Ich hielt es für das Klügste, zu schweigen.“

„Wenn es nach mir ginge, würde ich ihm noch weit Schlimmeres verpassen als einen Tritt. Aber dadurch würde ich mich ebenso verraten wie er. Ein Duell kommt nicht infrage, da gebe ich Ihnen recht. Neulich bemerkte einmal ein Bekannter von mir, er begreife nicht, wie Latimer sich seinen aufwendigen Lebensstil leisten kann, da sein Vater ihm nur Schulden hinterlassen habe. Ich erwiderte naiv, vielleicht habe er irgendeinen reichen Verwandten beerbt. Inzwischen sehe ich die Sache natürlich in einem anderen Licht. Wohlgemerkt, ich weiß von keiner Verbindung zwischen Latimer und Sir Stanford Markham.“

„Henry steht mit jedermann auf freundschaftlichem Fuß.“

„Das stimmt. Mir persönlich liegt er nicht, aber für die Entführerbande würde er einen perfekten Mittelsmann abgeben. Übrigens habe ich gleichzeitig mit Ihrem Brief noch eine Mitteilung von Jackson erhalten, dass er mich so bald wie möglich sprechen möchte. Ich werde anschließend direkt zu ihm fahren.“

„Darf ich Sie begleiten?“, rief Diana mit leuchtenden Augen. „Wenn er so dringend um ein Treffen bittet, hat er vielleicht gute Nachrichten für uns.“

Sosehr es Neville gefiel, dass sie „uns“ sagte, wollte er sie dennoch nicht mitnehmen. Daher lehnte er ihre Bitte ab.

„Warum nicht?“, protestierte Diana. „Ich möchte ihn gern kennenlernen, und außerdem könnte ich ihm dann persönlich von Henry Latimers Versprecher berichten.“

„Es schickt sich nicht, dass wir gemeinsam einen solchen Ort aufsuchen."

„Ach Unsinn! Dann fahren wir eben getrennt."

„Wenn Sie nicht an Ihren guten Ruf denken, muss ich es für Sie tun."

„Wer wird schon davon erfahren?"

„Diejenigen, die mich zum Schweigen bringen möchten, lassen mich mit Sicherheit beobachten. Nein, meine Liebe, hören Sie auf meinen Rat."

Endlich sah Diana ein, dass er nicht mit sich reden ließ. Nun, das sollte sie nicht davon abhalten, nach ihrem eigenen Willen zu handeln. „Also gut", gab sie zum Schein nach.

„Eine kluge Entscheidung", erwiderte er mit einem nachsichtigen Lächeln.

„Werden Sie mir später sagen, was Jackson uns mitteilen will?", erkundigte sie sich liebenswürdig und täuschend harmlos.

Schon wieder dieses „uns". Neville wurde ganz warm ums Herz, denn er hatte noch nie zuvor einer Frau so nahegestanden. Erst seitdem er Diana kannte, wurde ihm langsam bewusst, was für ein einsames Leben er führte.

„Natürlich, das verspreche ich Ihnen. Nur möchte ich Sie nicht der Gefahr aussetzen, Ihren guten Ruf zu verlieren."

Was kümmerte sie der Verlust ihres guten Rufs, wenn sie dafür dazu beitrug, ein schweres Unrecht zu beenden? Doch sie erhob keine weiteren Einwände. „Unsere Verschwörung macht mir geradezu Spaß. Ich glaube, mein verstorbener Gatte würde es gutheißen, dass ich Sie unterstütze."

„Das tue ich auch", versicherte Neville ihr. Zum Abschied hauchte er einen Kuss auf ihre Hand – nur um sie jäh loszulassen, als sei bei der bloßen Berührung ein Funke auf ihn übergesprungen. Mit heftigem Herzklopfen sah er ihr ins Gesicht. Ihre verwirrte Miene verriet nur allzu deutlich, dass auch sie es gespürt hatte.

Großer Gott, fühlte sich so etwa die Liebe an? Eines stand fest, keine andere Frau hatte je so tiefe Gefühle in ihm geweckt wie Diana.

Jackson freute sich, dass Neville so rasch auf seinen Brief reagierte.

„So früh hatte ich Sie gar nicht erwartet, Sir Neville."

„Mein Arbeitspensum hält sich neuerdings in Grenzen", sagte Neville trocken. „Außerdem sollten wir diesen Fall so schnell wie möglich lösen. Gehe ich recht in der Annahme, dass Sie über neue Informationen verfügen?"

„Nun ja, ziemlich vage Informationen. Allerdings hat sich endgültig bestätigt, dass Sir Stanford Markham zu dem Verbrecherring gehört."

An dieser Stelle wurde Jackson von einem schüchternen Klopfen unterbrochen. „Herein", rief er, und seine Hauswirtin trat ins Zimmer.

„Sie sollten uns doch nicht stören!"

„Ich weiß, Mr. Jackson, aber soeben ist eine Dame eingetroffen, die Sie auf der Stelle sprechen will."

„Eine Dame? Hat sie Ihnen ihren Namen genannt?"

„Ja, sie heißt Mrs. Diana Rothwell."

Neville stieß einen Laut der Verblüffung aus. Rasch drehte Jackson sich zu ihm um. „Kennen Sie die Besucherin?"

„Oh ja. Wenn ich Sie kurz unter vier Augen sprechen kann, werde ich Ihnen ihren vollständigen Namen enthüllen."

„Bitte lassen Sie uns einen Moment allein, Mrs. Barton. Also, Sir Neville, ich höre."

„Diana Rothwell trägt den Titel Dowager Duchess of Medbourne. Und in letzter Zeit macht sie mir ordentlich das Leben schwer", erklärte Neville in derart düsterem Ton, dass Jackson in schallendes Gelächter ausbrach.

„Soso, die berühmte Duchess of Medbourne. Wieso macht

sie Ihnen das Leben schwer?“

„Weil sie darauf drängt, mir helfen zu dürfen, eines der entführten Mädchen steht nämlich in ihren Diensten. Um ihrer eigenen Sicherheit willen möchte ich nicht zulassen, dass sie ein solches Risiko auf sich nimmt. Andererseits kann sie uns einen wertvollen Hinweis auf einen mutmaßlichen Mittelsmann der Bande geben.“

„So? Dann sollten wir sie hereinbitten, meinen Sie nicht auch?“ Ohne eine Antwort abzuwarten, rief Jackson die Hauswirtin wieder herein und trug ihr auf, Mrs. Rothwell heraufzubringen.

„Sie wollte mich heute hierher begleiten, um Sie kennenzulernen, aber ich hielt es für zu gefährlich. Wahrscheinlich ist sie mir einfach gefolgt“, bemerkte Neville, der sich über Dianas eigenmächtige Handlungsweise ärgerte, sie jedoch gleichzeitig dafür bewunderte.

Als sie ins Zimmer trat, begrüßte sie Jackson und ihn mit ihrem liebenswürdigsten Lächeln. „Was für ein glücklicher Zufall, dass ich Sie hier antreffe, Sir Neville!“, rief sie. „Jetzt können wir Mr. Jackson gemeinsam berichten, was wir in Erfahrung gebracht haben.“

„Von wegen Zufall“, widersprach Neville grollend. „Hatte ich Sie nicht ausdrücklich gebeten, nicht hierherzukommen?“

„Ich möchte Ihnen doch nur helfen“, sagte Diana in aller Unschuld.

Ehe Neville antworten konnte, meldete sich Jackson zu Wort. „Darf ich vorschlagen, dass wir Mrs. Rothwell – ich meine, Ihre Gnaden – anhören, wenn sie schon eine Aussage machen will?“

„Großartig“, rief Diana. „Das wird Ihnen eine Menge Zeit ersparen.“

Dann schilderte sie knapp den Vorfall auf dem Ball. Während sie Henry Latimers entlarvende Bemerkung wiedergab, runzelte Jackson ernst die Stirn, doch über die Episode mit dem Fußtritt musste er unwillkürlich lachen.

„Nur eines verstehe ich nicht", meinte sie zum Schluss. „Weshalb lässt er plötzlich die Maske fallen? Vorausgesetzt, wir haben seine Worte richtig gedeutet."

Nach kurzem Überlegen erwiderte Jackson: „Meiner Erfahrung nach kommt es häufig vor, dass Menschen sich im Eifer des Gefechts verraten, wenn sie sich über irgendetwas ärgern. Und Ihre Abfuhr hat Henry Latimer zweifellos sehr erzürnt. Irgendwoher kenne ich diesen Namen … Es wird mir schon wieder einfallen, wann und in welchem Zusammenhang ich ihn gehört habe. Auf jeden Fall würde es mich nicht wundern, wenn er in verbrecherische Geschäfte verwickelt ist."

„Sir Neville und ich glauben, dass er vielleicht die Rolle eines Mittelsmanns spielt", erklärte Diana eifrig. „Vielleicht führt er einflussreichen Herren, die auf Diskretion Wert legen, heimlich junge Mädchen zu."

„Durchaus möglich. Ich denke auch, dass es sich lohnen dürfte, sich näher mit ihm zu beschäftigen. Heute Abend werde ich mich mit einem meiner Informanten treffen, der mir etwas Wichtiges mitzuteilen hat. Möchten Sie mich begleiten, Sir Neville? Natürlich verkleidet."

„Halten Sie das nicht für gefährlich?", rief Diana.

„Doch, schon, aber wenn wir diesen Fall lösen wollen, gehört das eben dazu."

Für einen erfahrenen Ermittler gehört es vielleicht dazu, dachte Diana, aber nicht für Neville. Mit welchem Recht fordert er, dass ich mich zurückhalte, wenn er selbst an einem riskanten Treffen teilnimmt?

Gerade wollte sie ihre Meinung äußern, da brachte Jacksons stählerner Blick sie zum Schweigen. „Wollten Sie noch etwas sagen, Mrs. Rothwell?"

Neville unterdrückte ein Lachen. Offensichtlich hatte seine

unerschrockene Duchess in einem ehemaligen Bow Street Runner ihren Meister gefunden. Und das wusste sie auch selbst.

Nach einer kurzen Pause bemerkte sie: „Falls ich je an Ihrem Scharfsinn gezweifelt hätte, Mr. Jackson, würde ich spätestens jetzt meinen Irrtum einsehen. Ich glaube, Sie hätten meinen verstorbenen Gatten gemocht und viele Gemeinsamkeiten mit ihm entdeckt. Er konnte Gedanken lesen, genau wie Sie."

„Dann bleibt es also dabei", stellte Jackson fest. „Sir Neville, wir beide treffen uns heute Abend im The Turk's Head, und achten Sie darauf, dass Sie diesmal wie ein echter Ganove aussehen."

„Mit Vergnügen", erwiderte Neville schmunzelnd. „Höchste Zeit, dass ich mein biederes Äußeres verändere."

Er genießt dieses Abenteuer regelrecht, denn er entdeckt dabei völlig neue Seiten an sich, von denen er bisher nichts ahnte, dachte Diana fassungslos. Wie könnte ich da von ihm verlangen, zu Hause zu bleiben? Während ihr dies durch den Kopf ging, wallten plötzlich außerordentlich innige Gefühle in ihr auf. In diesem Moment begehrte sie ihn, aber gleichzeitig bewunderte sie ihn auch für sein Ehrgefühl und für seine große innere Stärke.

„Nehmen Sie sich in Acht", bat sie ihn.

„Mit Verlaub, Mrs. Rothwell, das habe ich bis vor Kurzem immer getan", lautete seine überraschende Antwort. „Und ehrlich gesagt habe ich ein verdammt langweiliges Leben geführt und wenig Bemerkenswertes oder Nützliches geleistet. Nun kann ich mit etwas Glück einem schändlichen Verbrechen den Riegel vorschieben, und wenn ich mich dabei in Gefahr begeben muss, dann nehme ich das gerne in Kauf."

„Das haben Sie schon einmal getan", rief sie ihm mit wenig Taktgefühl in Erinnerung.

Gereizt wandte Neville sich Jackson zu, der keine Miene

verzog, obwohl ihm das sichtlich schwerfiel. „Verstehen Sie jetzt, weshalb ich sagte, dass sie mir das Leben schwer macht?“

„Wie bitte? Und was tun Sie?“, rief sie entrüstet. „Mit welchem Recht machen Sie mir Vorschriften, wo wir doch nicht einmal verheiratet sind?“

Kaum hatte sie ausgesprochen, hielt sie sich entsetzt die Hand vor den Mund. Lieber Himmel, was hatte sie da gesagt!

„Soll das etwa heißen, dass Sie mir widerspruchslos gehorchen würden, wenn ich Ihr Gatte wäre?“

„Ja … nein!“, stammelte Diana errötend. „Lassen wir es dabei bewenden, Sir Neville, Mr. Jackson wundert sich schon über unser Wortgefecht.“

„Wahrscheinlich hält er uns für völlig verrückt, Mrs. Rothwell.“

„Bitte hören Sie auf, mich Mrs. Rothwell zu nennen.“

„Darf ich Sie daran erinnern, dass Sie sich selbst unter diesem Namen vorgestellt haben?“

„Und unter welchem Namen wollen Sie sich mit Mr. Jacksons Informanten treffen? Sicherlich werden Sie sich nicht als Sir Neville Fortescue zu erkennen geben.“

Neville setzte zu einer scharfen Erwiderung an, doch als er das Funkeln in ihren Augen bemerkte, ging ihm auf, dass sie ihn bloß neckte und ein wenig mit ihm kokettierte. Natürlich hatte er, humorlos wie eh und je, ihre Worte ernst genommen. So viel zu seinem Vorsatz, sich zu ändern.

Plötzlich sehnte er sich danach, sie in seine Arme zu schließen und sie bis zur Besinnungslosigkeit zu küssen. Stattdessen hob er gespielt hilflos die Hände. „Schon gut! Wie auch immer Sie sich zu nennen belieben, Sie haben gewonnen. Erlösen wir nun Mr. Jackson aus dieser peinlichen Situation.“

„Nicht doch, ich fand sie durchaus amüsant“, warf Jackson ein, was für einen allgemeinen Heiterkeitsausbruch sorgte. Bald danach brachen Diana und Neville in aufgeräumter Stimmung auf.

Bis zur Unkenntlichkeit verkleidet betrat Neville am Abend das Kaffeehaus. Nach seiner Rückkehr von Jackson hatte er Lem gebeten, unter irgendeinem Vorwand ein paar Kleider von einem Stallburschen zu borgen, der ungefähr dieselbe Statur wie sein Herr hatte. Sauber, doch mehrmals geflickt, gehörten die Sachen ganz offensichtlich einem Diener. Da sie immer noch zu ordentlich und anständig wirkten, beschmutzte er sie mit etwas Asche aus dem Kamin in seinem Schlafzimmer, und ebenso sein Gesicht und seine Hände.

Zur Sicherheit steckte er eine kleine französische Pistole in eine der geräumigen Hosentaschen. Damit konnte er zwar nur einen einzigen Schuss abfeuern, aber falls etwas schiefging, würde er sich wenigstens verteidigen können.

Da klopfte es an der Tür. „Sir?", rief Lem, um sich zu erkennen zu geben, ehe er eintrat. Die übrigen Dienstboten, die nicht über Nevilles Pläne Bescheid wussten, durften das Schlafzimmer im Moment nämlich nicht betreten. „Donnerwetter, Sie sehen ja wie ein richtiger Gauner aus, Sir!"

„Genau das bezwecke ich mit meiner Verkleidung."

„Verzeihung, Sir, aber Ihre Aussprache wird Sie sofort verraten. Sie sprechen wie ein gebildeter Gentleman."

Neville stöhnte. „Ich werde mich bemühen, möglichst zu schweigen. Und wenn ich etwas sagen muss, werde ich stottern, als hätte ich einen Sprachfehler."

„Nun ja, vielleicht kommen Sie damit durch", meinte Lem unsicher.

„Mir bleibt nichts anderes übrig."

Nachdem Lem ihm viel Glück gewünscht hatte, begab sich Neville durch die belebten Straßen Londons zu seinem Treffen. Ganz gleich, was nun geschah, nichts konnte ihn mehr von seinem Kampf gegen die Verbrecherbande abhalten. Im Kaffeehaus angekommen, entdeckte er Jackson an einem der Tische, die am weitesten von der Eingangstür entfernt lagen.

Während er sich dem Ermittler näherte, betrachtete dieser seine Verkleidung mit prüfendem Blick. „Sehr gut. Ich wusste, dass ich mich auf Sie verlassen kann."

„So? Dabei komme ich mir in diesen Sachen richtig albern vor. Ist Ihr Mann auch schon da?"

Jackson lachte. „Nein, nein. Leary arbeitet als Spitzel. Das bedeutet, dass er sich unter das Diebespack mischt und ihre Gespräche belauscht, um die Informationen für seine eigenen Zwecke zu nutzen. Selbst in diesem schäbigen Kaffeehaus würde er auffallen wie ein bunter Hund, außerdem will er nicht mit mir zusammen gesehen werden. Nein, wir treffen ihn an einem geheimen Ort, wo wir zu dieser Stunde keiner Menschenseele begegnen werden. Gehen wir."

Gemeinsam traten sie auf die schwach beleuchtete Gasse hinaus und gingen durch eine Reihe dunkler Straßen, bis sie vor einem offenen Eisentor stehen blieben. Dahinter erhob sich eine leer stehende und halb verfallene Villa, in der vor langer Zeit einmal eine vornehme Familie gelebt haben musste.

Jackson zückte seine Taschenuhr. „Eigentlich sollte er bald kommen. Er lässt mich immer gerne ein wenig warten, damit ich nicht vergesse, dass er mir einen Gefallen tut, und nicht umgekehrt."

Eine Weile lang warteten sie schweigend. Irgendwo schlug eine Turmuhr die halbe Stunde. Allmählich beschlich Neville das Gefühl, dass irgendjemand sie beobachtete, doch da er keinerlei Erfahrung mit Situationen dieser Art hatte, schwieg er.

Schließlich gab er sich einen Ruck und sagte: „Möglicherweise bilde ich es mir bloß ein, aber ich glaube, hier stimmt etwas nicht."

„Da könnten Sie recht haben", bestätigte Jackson. „Vielleicht wartet unser Spitzel im Vorhof des Hauses auf uns, dort kann man sich eher ungestört unterhalten als hier. Gehen Sie vor, ich werde derweil Ausschau halten, ob irgendjemand uns verfolgt."

Neville betrat das Grundstück und näherte sich der ehemals prachtvollen, von Säulen umgebenen Eingangstür. In der Dunkelheit stieß er plötzlich auf ein Hindernis, sodass er beinahe gestolpert wäre. Als er hinunterblickte, sah er einen Mann, der in seinem eigenen Blut lag, den Kopf in einem unnatürlichen Winkel verdreht. Da Neville vermutete, dass es sich um Leary handelte, machte er sofort kehrt, um Jackson holen, damit er den Toten identifizierte. Doch ehe er loseilen konnte, flog die Tür auf, und zwei bewaffnete Gestalten kamen aus dem Haus gestürmt.

Im Nachhinein wurde Neville bewusst, dass er keine Sekunde lang überlegt hatte, was er nun tun sollte. Geistesgegenwärtig zückte er seine Pistole, spannte den Hahn und schoss dem ersten Angreifer mitten in die Brust, bevor dieser seine eigene Waffe abfeuern konnte.

Vom Lärm herbeigelockt, stürzte sich Jackson auf den zweiten Mann, der nur einen Knüppel bei sich trug. Der Ermittler drohte in diesem Ringkampf zu unterliegen, doch Neville überwältigte den Halunken, indem er ihm mit seiner Pistole einen harten Schlag auf den Kopf verpasste. Nun konnte Jackson ihm seinen Knüppel entwinden und ihn mit eisernem Griff festhalten.

„Mal sehen, was dieses Vögelchen uns zu singen hat", wandte er sich an den Verbrecher.

„Nichts weiß ich, gar nichts", stammelte der Gauner.

„Wirklich nicht? Schön, dann werde ich dich meinem Begleiter übergeben, damit er dich wie deinen Kumpanen zur Hölle schickt."

Diese Drohung löste dem Unglücklichen die Zunge. „Wir sollten Leary beschatten und ihn erledigen, bevor Sie sich mit ihm treffen. Danach sollten wir auch Sie und jeden, der mit Ihnen kommt, umbringen."

„Das wissen wir", bestätigte Jackson geduldig. „Erzähl uns etwas, das wir noch nicht wissen. Beispielsweise, wer euch geschickt hat."

„Irgendein feiner Pinkel."

„Und sein Name?"

„Woher soll ich den kennen? Ich weiß nur, dass er jedem von uns eine Guinee dafür gezahlt hat, dass wir Sie beseitigen. Dann gab er Jim diese Pistole da."

„Wo hast du das Geld?"

„In meiner Tasche."

„Her damit", forderte Jackson. Nachdem sein Gefangener ihm murrend die Münze ausgehändigt hatte, warf er sie Neville zu. Im nächsten Augenblick schlug er den Mann mit seinem Knüppel bewusstlos.

Dann zog er Neville energisch in Richtung Tor. „Keine Sorge. Auch wenn unser Spitzel uns heute Abend keine Namen nennen konnte, haben wir etwas Wichtiges erfahren: Irgendjemand weiß, dass wir seine Spur verfolgen, und versucht, uns zum Schweigen zu bringen."

Plötzlich fiel Neville noch ein ganz anderes Problem ein. Wie sollte er dieses Abenteuer Diana erklären? Musste er ihr sämtliche grässlichen Einzelheiten schildern? Wenn er das tat, würde sie sich noch größere Sorgen um ihn machen und ihm erst recht in den Ohren liegen, er dürfe sich nicht mehr in Gefahr begeben.

„Die Duchess wird erwarten, dass ich ihr alles erzähle. Gleich morgen Nachmittag wollen wir miteinander im Hydepark spazieren gehen. Wie soll ich ihr das beibringen?", fragte er.

„Meinen Sie Mrs. Rothwell? Der Name passt viel besser zu dieser patenten jungen Dame. Als Mann hätte sie einen prachtvollen Duke abgegeben … Sagen Sie einfach, Leary wäre nicht erschienen. Das stimmt sogar halbwegs."

Neville stieß ein bitteres Lachen aus. „Ja, in der Tat. Aber wenn ich ihr den Rest verschweige, wird das magere Ergebnis unseres Treffens sie enttäuschen."

„Denken Sie sich irgendeine zufriedenstellende Geschichte

aus. Meiner Erfahrung nach wirkt diese Methode bei Frauen immer am besten."

„Bei der Duchess of Medbourne nicht, das kann ich Ihnen versichern."

„Ach, Ihnen wird schon etwas einfallen", rief Jackson jovial. „Ich sehe ja, wie geschickt Sie sich anstellen."

Inzwischen waren sie am Haymarket angekommen. Sogar jetzt, um ein Uhr nachts, tummelten sich noch viele zwielichtige Gestalten auf den Straßen.

„Ich hätte nie gedacht, dass ich mit der Pistole meines Vaters eines Tages einen Menschen erschießen würde", murmelte Neville, „aber ich hatte keine andere Wahl."

„Nein, absolut nicht", bestätigte Jackson. Vor dem Angriff der beiden Spitzbuben hatte er sich öfters gefragt, wie Sir Neville Fortescue sich im Ernstfall bewähren würde. Jetzt wusste er, dass er sich auf ihn verlassen konnte. „Ab morgen werde ich meine Ermittlungen auf Mr. Henry Latimer und auf Sir Stanford Markham konzentrieren", erklärte er. „Natürlich werde ich Sie auf dem Laufenden halten. Versuchen Sie ruhig auch, ein wenig Staub aufzuwirbeln. Wahrscheinlich wissen einige Ihrer Freunde mehr, als sie eigentlich sollten. Fühlen Sie ihnen ein wenig auf den Zahn, wer weiß, vielleicht kommt etwas dabei heraus. Sie können sehr überzeugend den Unschuldigen spielen, wenn ich mir die Bemerkung erlauben darf."

Bis heute Abend *war* ich unschuldig, dachte Neville, nachdem sie sich getrennt hatten. Aber nun, da er zum ersten Mal in seinem Leben Blut vergossen hatte, sah er die Welt mit völlig neuen Augen. Ob alles wieder werden würde wie früher, wenn er sich erst einmal umgezogen hatte?

Und würde er es schaffen, irgendeine überzeugende Halbwahrheit für Diana zu erfinden?

9. KAPITEL

Am darauffolgenden Nachmittag fuhr Diana mit Isabella in den Park. Kurz nach ihnen traf auch Neville in seinem offenen Zweispänner ein. Sobald er Diana sah, stieg er ab, um sie zu begrüßen, wobei er seine Karriole in der Obhut seines Bediensteten zurückließ.

Isabella funkelte Neville streng an, ja, sie würdigte ihn nicht einmal einer ordentlichen Begrüßung. Doch er ließ sich nicht davon beirren, sondern wandte sich mit einem fröhlichen Lächeln Diana zu. „Ah, Euer Gnaden! Darf ich Sie bei diesem schönen Wetter zu einem kurzen Spaziergang einladen?“

„Nichts lieber als das. Würdest du uns bitte entschuldigen, Isabella?“

„Ja, gewiss“, schnaubte die Anstandsdame, während Neville ihrem Schützling aus der Kutsche half. In ihrem schlichten cremefarbenen Nachmittagskleid mit der hohen Taille bot Diana einen reizenden Anblick.

Schon auf den ersten Blick fiel ihr auf, dass Neville irgendwie verändert wirkte, auch wenn sie nicht genau sagen konnte, in welcher Hinsicht. Vielleicht lag es an seinem entspannten Gesichtsausdruck, an der Art, wie sein Blick über ihre Gestalt schweifte, oder an dem Lächeln, das seine Lippen umspielte.

Als er schließlich mit seinem Bericht begann, verdüsterte sich seine Miene. „Viel gibt es nicht zu erzählen, fürchte ich. Jacksons Informant hat uns versetzt. Da er sonst immer alle Verabredungen einhält, befürchtet Jackson, ihm könnte etwas zugestoßen sein. Wenn das stimmt, deutet alles darauf hin, dass irgendeine einflussreiche Persönlichkeit unsere Ermittlungen behindern will. Von nun an wird Jackson Henry Latimer und Sir Stanford Markham nachspüren. Er teilt unsere Ansicht, dass sie möglicherweise als Mittelsmänner dienen.“

„Das heißt, wir treten auf der Stelle.“ Um den Eindruck zu

erwecken, dass sie sich unbeschwert miteinander unterhielten, fasste Diana ihn beim Arm und deutete aufgeregt auf die Einfahrt zum Park. Gerade fuhr der Duke of Wellington in einer neuen, leuchtend gelben Karriole mit silbernem Geschirr durch das Tor.

„Ich würde ja zu gerne seine Bekanntschaft machen!", rief sie laut genug, dass alle Spaziergänger in ihrer Nähe es hören mussten.

Neville schüttelte den Kopf. „Wenn ich nicht meinen guten Ruf verloren hätte, würde ich Sie ihm vorstellen. Aber wie die Dinge liegen, möchte ich Sie nicht der Gefahr aussetzen, in aller Öffentlichkeit geschnitten zu werden."

„Wie schade", meinte Diana, noch immer mit bewusst lauter Stimme. Bald wurde ihr Wunsch jedoch erhört, denn sobald der Duke Sir Neville entdeckte, lenkte er sein Gespann zu ihnen herüber. Alles wartete voller Spannung ab, was nun geschehen würde, immerhin war Wellington für seine unverblümte Art berüchtigt.

„Fortescue! Das freut mich aber", rief er von seinem hohen Sitz aus. „Neuerdings kursieren verdammt üble Gerüchte über Sie, aber ich glaube kein Wort davon. Bemühen Sie sich gar nicht, mir alles zu erklären, ich erkenne einen guten Mann, wenn ich ihn sehe. Machen Sie mich lieber mit Ihrer Begleiterin bekannt, bisher hatte ich nämlich noch nicht die Ehre."

Niemals hätte Neville damit gerechnet, dass der Duke so großzügig über den Skandal, der sich um ihn rankte, hinwegsehen würde. Nachdem er den Herzog Diana vorgestellt hatte, reichte dieser die Zügel seinem Bediensteten und stieg aus, um ein Stück mit ihnen spazieren zu gehen.

„Soso, die berühmte Duchess of Medbourne. In meiner Jugend habe ich Ihren verstorbenen Gatten kennengelernt, als er einmal sein Anwesen in Irland besuchte. Wenn ich mich nicht irre, hat er es lange vor seinem Tod verkauft."

„Ja", bestätigte Diana. „Er wollte sich lieber seinen Ländereien in England widmen, da er es grundsätzlich ablehnte, ein Gut zu besitzen, das er nur selten besucht und nicht persönlich verwaltet. Er führte die politischen Probleme in Irland teilweise auf die Tatsache zurück, dass viele Grundherren nicht im Land leben."

„Ah, demnach hat er sich mit Ihnen über Politik unterhalten?"

„Ja, Sir. Ebenso über Philosophie, Chemie, Mathematik und jedes andere Gebiet, das ihn interessierte – und seine Vielseitigkeit kannte keine Grenzen."

„Das habe ich auch gehört."

Neville fand dieses offenherzige Gespräch äußerst spannend und anregend. Zu seiner Überraschung machte es ihn sogar ein klein wenig eifersüchtig, dass der Duke und Diana sich so schnell miteinander anfreundeten. Nicht umsonst galt Wellington als großer Schwerenöter.

„Wir dürfen Sir Neville nicht ausschließen", erklärte der Duke nach einer Weile, „zumal ich ihm einen guten Rat geben möchte. Passen Sie auf: Im Leben wie auch im Krieg sollte man jeden Schritt sorgfältig planen, ganz gleich ob man angreift oder sich verteidigt. Bereiten Sie sich gründlich vor, ehe Sie handeln. Selbst dann steht Ihr Sieg noch nicht fest, aber wenigstens steigen Ihre Chancen. Darin hätte Ihr verstorbener Gatte mir sicherlich zugestimmt, Madam."

„Oh ja. Eben deswegen habe ich Sir Neville schon mehrmals dasselbe geraten."

Mit einem herzlichen Lächeln verneigte sich der Duke vor den beiden jungen Leuten. „Ausgezeichnet. Nun muss ich mich leider verabschieden, da noch ein paar Freunde auf mich warten. Auf Wiedersehen und viel Glück!"

Während sie ihm hinterherblickten, murmelte Neville: „Er weiß über unsere gemeinsame Sache Bescheid, zumindest teilweise. Warum sollte er uns sonst warnen?"

„In diesem Fall hätte er ruhig etwas mehr preisgeben können", empörte sich Diana. „Zum Beispiel ein paar Namen."

„Er ist nicht nur ein Soldat, sondern auch ein Politiker, und als solcher hält er sich bedeckt. Aus seinen Worten schließe ich, dass wir es mit einem überaus mächtigen Feind zu tun haben oder gar mehreren Feinden."

„Schon möglich", sagte sie zögerlich. „Aber wenn er wirklich etwas weiß, müsste er es doch den Behörden melden, oder nicht?"

„Wissen wir denn, was er in dieser Angelegenheit für seine Pflicht hält?"

„Ich würde sagen, das liegt auf der Hand. Aber vielleicht kann ich das als Frau nicht richtig beurteilen", gab sie gereizt zurück.

„Meine liebe Diana, darum geht es gar nicht. Wir leben nun einmal in einer grausamen Welt, in der wir immer wieder schwierige Entscheidungen treffen müssen."

Ganz offensichtlich hatte seine Antwort sie nicht gänzlich besänftigt, doch sie ließ es dabei bewenden. Während sie ihren Spaziergang fortsetzten, unterhielten sie sich über allerlei alltägliche Themen. Auch hier bewies Diana wieder einmal ihren gesunden Menschenverstand und beeindruckte Neville mit klugen, offenen Äußerungen. Er genoss jede Sekunde, die er in ihrer Gesellschaft verbrachte, obwohl es ihm zunehmend schwerfiel, seine leidenschaftlichen Gefühle für sie zu verbergen. Sie dagegen scherzte ganz unbefangen mit ihm, wie immer, sodass er nicht beurteilen konnte, ob sie dasselbe für ihn empfand wie er für sie.

Vielleicht lag ihr bloß die Rettung der vermissten Dienstmädchen am Herzen und nicht seine Person. An der Art und Weise, wie sie über ihren verstorbenen Gatten sprach, erkannte er, dass sie diesen sehr geliebt hatte.

Als sie sich schließlich voneinander verabschiedeten, bedauerte Diana die Trennung ebenso sehr wie Neville, auch wenn niemand es ihr angesehen hätte – am allerwenigsten Neville.

„Morgen werde ich Jackson von Wellingtons Warnung erzählen“, versicherte er ihr, kurz bevor sie ihre Kutsche erreichten. Galant half er ihr hinein, wobei ihm Isabellas missbilligender Blick keineswegs entging. Sie würde Diana die Leviten lesen, weil sie ihm so viel Zeit gewidmet hatte, das wusste er genau. Dennoch verabschiedete er sich freundlich von der Gesellschafterin.

In der Tat bemerkte Isabella gleich nach seinem Abgang: „Musstest du unbedingt so lange mit ihm spazieren gehen? Du kannst dir doch denken, dass ihr euch damit ins Gerede bringt.“

„Tatsächlich?“, meinte Diana unschuldig. „Warum denn? Weil der Duke of Wellington sich mit uns unterhalten hat?“

„Du weißt ganz genau, was ich meine“, schnaubte Isabella.

„Nein, eben nicht. Und selbst wenn ich es wüsste – ich habe mein Leben nie von boshaftem Klatsch bestimmen lassen. Das hat Charles mich gelehrt.“

Dagegen konnte Isabella nichts einwenden, schließlich durfte sie sich keine Kritik an Dianas Gatten, einem Herzog von makellosem Ruf, erlauben. Dafür drückte ihre Miene umso deutlicher aus, wie sehr sie unter der Undankbarkeit ihres Schützlings litt.

Im Nachhinein fragte sich Neville, ob seine stark gekürzte Wiedergabe der Ereignisse von vergangener Nacht Diana wirklich überzeugt hatte. Aus Erfahrung wusste er, dass sie sich nicht so ohne Weiteres belügen ließ. Aber er wollte sie unter allen Umständen vor den Schurken beschützen, die sie bekämpften.

An diesem Abend war er zu einem Empfang in der Stadtresidenz der Templestowes eingeladen. Da Harriet Templestowe zu den wenigen Damen gehörte, die er für ihre Intelligenz bewunderte, hatte er die Einladung angenommen. In gewisser Weise erinnerte Harriet – oder Harry, wie sie seit jeher genannt wurde – ihn an Diana, auf jeden Fall teilten die beiden viele gute Eigenschaften. Außerdem hielten die Templestowes im Gegensatz zu manch anderen vornehmen Familien trotz seines Skandals zu ihm. Also freute er sich auf den bevorstehenden Abend, obgleich er sich bezüglich Dianas ein wenig Sorgen machte. Wenn ihr bei näherem Nachdenken der Verdacht kam, dass er sie angeschwindelt hatte, würde sie ihm gehörig die Meinung sagen.

Bei dem Empfang herrschte ein ungewöhnliches Gedränge. Die Templestowes luden immer eine bunt gemischte Gästeschar ein, sodass neben verschiedenen einflussreichen Persönlichkeiten wie etwa Wellington, Lord Burnside und Sir Stanford Markham auch eine große Zahl von Dichtern, aufstrebenden Schriftstellern, Künstlern und Naturphilosophen erschienen. Glücklicherweise nahmen viele der Herrschaften, die Nevilles angeblichen Fehltritt am strengsten verurteilten, nicht an dem Anlass teil.

„Wir freuen uns ja so, dass Sie kommen konnten“, begrüßte ihn Harriet Templestowe, als er ihr seine Aufwartung machte. Später raunte ihr Mann ihm zu: „Kümmern Sie sich nicht um die dummen Emporkömmlinge, die sich einbilden, sie hätten in der Gesellschaft das Sagen. Ich kenne Sie, Fortescue, und ich würde Ihnen bedenkenlos meine Ehre und mein Leben anvertrauen.“

„Viele Leute haben nur darauf gewartet, dass ich mich genau wie mein Vater ins Unglück stürze“, meinte Neville lächelnd. „Nun können sie behaupten, sie hätten meinen Untergang lange im Voraus kommen sehen. Glauben Sie mir, ich habe nichts Schlechtes oder Unehrenhaftes getan, auch wenn es im Augenblick so scheint.“

Bildete er es sich nur ein, oder warf Templestowe ihm einen

sonderbaren Blick zu? Wahrscheinlich Ersteres, denn im nächsten Augenblick begann er darüber zu sprechen, wie verheerend das schlechte Wetter der vergangenen zwei Jahre sich auf die Landwirtschaft auswirkte.

Zuerst verlief der Abend sehr erfolgreich, abgesehen von der Tatsache, dass Diana von ihren zahlreichen Verehrern belagert wurde. Solange sich so viele Herren um sie scharten, wollte Neville sie nicht ansprechen.

Mit einem Glas Wein in der Hand zog er sich allein in eine Nische zurück, in der Miniaturen von verschiedenen Mitgliedern der Familie Templestowe hingen. Eine Weile lang betrachtete er die Bilder, da hörte er plötzlich, wie von hinten jemand auf ihn zukam. Als er sich umdrehte, sah er sich Sir Stanford Markham gegenüber.

„Hier stecken Sie also, Fortescue“, sagte der Richter mit einem frostigen Lächeln. „Ich dachte mir schon, dass Sie heute Abend kommen würden. Hoffentlich haben Sie sich inzwischen von Ihrem … äh … Missgeschick erholt. Ein äußerst unglücklicher Zufall, dass wir uns an jenem Morgen unter diesen Bedingungen begegnen mussten.“

Von wegen Zufall! Neville zweifelte keine Sekunde daran, dass Sir Stanford absichtlich die Leitung jener Verhandlung übernommen hatte. Nach kurzem Zögern antwortete er: „Unglücklich für mich und nicht so sehr für Sie, wenn ich mir die Bemerkung erlauben darf. Danke, es geht mir gut, aber ich war ja auch niemals krank.“

Sir Stanford zog die Augenbrauen hoch. „An dem Morgen sahen Sie jedenfalls gar nicht gut aus. Nun, wenn Sie sich blindlings in gefährliche Situationen begeben, müssen Sie die Folgen eben in Kauf nehmen. Beim nächsten Mal, fürchte ich, werden nicht nur Sie allein zu leiden haben. Sicher wünschen Sie nicht, dass Ihre Mutter zum Gegenstand eines Skandals wird, und Lord Burnside dazu. Falls die Wahrheit über die beiden ans

Licht kommt, könnte das ihren guten Ruf ruinieren. Halten Sie sich zurück, dann wird alles gut."

„Drohen Sie mir etwa?", stieß Neville blass vor Zorn hervor. „Ich glaube Ihnen ohnehin kein Wort!"

„Sie werden bald feststellen, wie viel Wahrheit darin steckt, wenn Sie weiterhin mit diesem ehemaligen Bow Street Runner zusammenarbeiten. Sehen Sie sich vor – mehr habe ich Ihnen nicht zu sagen." Mit diesen Worten entfernte der Richter sich lässig.

Im ersten Moment drängte es Neville, ihm nachzueilen und ihn am Kragen zu packen, bis er seine erpresserische Lüge zurücknahm. Aber damit hätte er bloß für einen Eklat gesorgt, noch dazu im Hause seines besten Freundes. Wie konnte Sir Stanford die Ehre seiner Mutter und Lord Burnsides in Zweifel ziehen? Wollte er vielleicht sogar andeuten, Burnside sei in Wirklichkeit sein Vater? Unmöglich! Und doch ... es würde so vieles erklären.

Beispielsweise die Tatsache, dass er Sir Carlton Fortescue sowohl im Aussehen als auch im Verhalten so wenig ähnelte. Hatte Alex Templestowe ihn deswegen so sonderbar angesehen, als er sich mit seinem Vater verglich? Nahm Burnside deswegen so großen Anteil an seiner politischen Laufbahn?

Trotz allem konnte er sich kaum vorstellen, dass seine Mutter mit ihren strengen Moralvorstellungen sich je zu einer außerehelichen Affäre hätte hinreißen lassen. Im Gegenteil, sie beklagte oft den Sittenverfall in der Gesellschaft. Nur handelten die Menschen natürlich nicht immer nach ihren eigenen Grundsätzen, nicht einmal seine Mutter. Plötzlich entsann er sich, wie sie bei ihrem letzten Besuch, als sie ihm wegen seiner einmaligen Eskapade Vorwürfe machte, höchst aufgewühlt betont hatte, wie sehr er seinem Vater gleiche.

Zumindest hatte Sir Stanford mit seiner offenen Drohung ein für alle Mal die Maske fallen lassen. Nun stand ohne Zweifel fest, dass er zu den Entführern gehörte und dass er und seine Mittäter befürchteten, er und Jackson könnten ihre Verbrechen aufdecken. Daher übte er Druck auf ihn aus, damit er die Verfolgung aufgab.

Voller Bitterkeit gestand Neville sich ein, dass ihm unter Umständen nichts anderes übrig blieb. Er wollte keinesfalls einen Skandal hervorrufen, der seine Mutter und Lord Burnside ruinieren würde. Gerade weil beide ein so anständiges Leben führten, würde man sie sofort als Heuchler oder gar Schlimmeres brandmarken.

Ihm schwirrte der Kopf. In seiner Not erwog er, den Empfang zu verlassen, da sah er Diana auf sich zukommen. Was würde sie von ihm denken, falls er die Ermittlungen abbrach? Nicht einmal ihr wagte er von Sir Stanfords Andeutungen über seine Mutter zu berichten.

„Retten Sie mich vor Henry Latimer", rief Diana in gespielt theatralischem Ton. „Ob Sie es glauben oder nicht, er beginnt schon wieder mit seinen Annäherungsversuchen. Vorhin meinte er zu mir, er wolle die Sache von neulich ausbügeln. Ich antwortete ihm, ich hätte zwar noch nie gebügelt, aber hier auf dem Empfang würde sich das bestimmt nicht schicken. Da begann dieser Dummkopf doch tatsächlich, mir zu erklären, was diese Redewendung bedeutet, als ob ich es nicht wüsste!"

„Dann brauche ich es Ihnen wohl auch nicht zu erklären", sagte Neville, während er sich bemühte, eine fröhlichere Miene aufzusetzen.

Doch sie hatte bereits bemerkt, dass ihm irgendetwas große Sorgen bereitete. „Verzeihen Sie meinen albernen Scherz. Offensichtlich bedrückt Sie etwas."

„Ja." Wie konnte er ihr die Lage schildern, ohne sie zu belügen? „Ich stecke in einem moralischen Zwiespalt. Genauer gesagt gibt es ein Problem, das mich vor die Entscheidung stellt, ob ich unserem Fall weiterhin nachgehen soll."

Vor Überraschung ließ Diana beinahe ihren Fächer fallen. „Nicht doch! Gerade jetzt, da wir erste Fortschritte machen! Worin besteht Ihr Problem, dass Sie so abrupt Ihre Einstellung ändern?“

„Da es nicht nur mich, sondern auch andere Personen betrifft, kann ich es Ihnen nicht sagen“, antwortete Neville voller Unbehagen. „Auf jeden Fall muss ich eine Nacht darüber schlafen.“

Noch nie zuvor hatte er so viele Lügen und Halbwahrheiten von sich gegeben wie in den vergangenen Wochen. In Wirklichkeit würde er keineswegs darüber schlafen, sondern gleich am folgenden Tag nach Surrey fahren und seine Mutter zur Rede stellen.

Selbst wenn Sir Carlton nicht sein Vater war, würde sich an seiner gesellschaftlichen Stellung nichts ändern. Vor dem Gesetz galt jedes Kind einer verheirateten Frau, die mit ihrem Gatten zusammenlebte, als das Kind des Gemahls, auch wenn ein anderer Mann es gezeugt hatte. Aber er musste es einfach wissen, sonst würde er niemals zur Ruhe kommen.

Erst dann würde er eine Entscheidung treffen.

Diana sah ihm fest ins Gesicht. „Geht es um etwas, das Sir Stanford zu Ihnen gesagt hat?“, erkundigte sie sich.

„Woher wissen Sie das?“, rief Neville verblüfft.

„Während Henry Latimer sich bei mir einzuschmeicheln versuchte, beobachtete ich, dass Sir Stanford mit Ihnen sprach. Allein das fand ich erstaunlich, wenn man bedenkt, welchen Verdacht wir gegen ihn hegen. Und unmittelbar danach sagen Sie mir, dass Sie unseren Fall unter Umständen aufgeben müssen. Daraus schließe ich, dass Ihre Bedenken mit ihm zusammenhängen.“

Wenn er jetzt log, würde sie ihm niemals verzeihen. „Ich will Ihnen nichts vormachen. In der Tat, er hat gewisse Andeutungen fallen lassen, aber mehr kann ich im Augenblick nicht verraten.“

Ohne Rücksicht auf ihre Umgebung neigte er sich vor, nahm ihre Hand und sah ihr tief in die Augen. „Glauben Sie mir, wenn ich Sie einweihen könnte, würde ich es tun. Bald werde ich Ihnen alles erzählen. Und was unsere gemeinsame Sache betrifft, so brauche ich noch etwas Zeit für meine Entscheidung. Wollen Sie mir vertrauen, Diana, so wie ich Ihnen vertraue?"

Sein intensiver Blick und die Traurigkeit in seiner Miene berührten Diana so tief, dass auch sie völlig vergaß, wo sie sich befanden. Dabei wusste sie wohl, dass sie in der Öffentlichkeit nicht zeigen durften, wie nahe sie einander standen.

Ehe Neville ihre Hand losließ, drehte er sie um und hauchte einen Kuss auf die Innenfläche. Plötzlich durchfuhr sie beide ein prickelnder Schauer.

„Ich sollte jetzt lieber gehen", murmelte er. „Erstens haben wir die umstehenden Gäste lange genug unterhalten, und zweitens muss ich morgen früh verreisen. Nach meiner Rückkehr werden wir uns sprechen."

„Bon voyage."

Beim Hinausgehen mied er Lord Burnside mit Absicht, denn wegen Sir Stanfords Enthüllung fühlte er sich außerstande, sich mit ihm zu unterhalten. Je früher er von seiner Mutter die Wahrheit erfuhr, desto besser, alles Weitere würde er fürs Erste aufschieben. Schlimm genug, dass er Diana mit Ausflüchten abspeisen musste – das störte ihn an dieser ganzen elenden Geschichte am meisten.

10. KAPITEL

Wie bitte? Mein Sohn wartet im Blauen Salon auf mich? Ganz sicher? Das sieht ihm gar nicht ähnlich, sonst kündigt er seinen Besuch immer an."

„Ganz sicher, Mylady. Er möchte Sie umgehend sprechen, da er wegen dringender Geschäfte bald wieder nach London zurückfahren muss", antwortete der Butler.

Nevilles Mutter und ihre verwitwete Schwester, Susan Harrow, kamen gerade von einem Nachmittagsbesuch bei Nachbarn zurück. Äußerlich ähnelten die beiden Schwestern einander kaum. Im Gegensatz zu der rundlichen, stets heiteren und humorvollen Susan wirkte die schöne Lady Emily Fortescue streng und kühl, und Humor schien ihr völlig abzugehen.

Susans Ansicht nach rührten die Unterschiede zwischen ihnen daher, dass Emily mit Sir Carlton Fortescue eine schrecklich unglückliche Ehe geführt hatte. Als Kinder hatten sie nämlich beide pausenlos gelacht und gemeinsam alberne Streiche ausgeheckt. „Du musst sofort zu ihm gehen, Em", drängte sie ihre Schwester freundlich.

„Bitte nenne mich nicht ständig Em", gab Lady Fortescue kühl zurück. „Der Name passt vielleicht zu einem Stubenmädchen, aber nicht zu mir. Schon gut, ich werde mich beeilen."

Als seine Mutter ins Zimmer trat, erkannte Neville auf den ersten Blick, dass seine unangemeldete Ankunft ihr missfiel. Prompt verließ ihn der Mut. Wie würde sie reagieren, wenn er sie fragte, ob er die Frucht einer Liebesaffäre zwischen ihr und Lord Burnside war – letztendlich ein Bastard, wenn auch nicht vor dem Gesetz?

„Was um alles in der Welt willst du so dringend mit mir besprechen, dass du das Gebot der Höflichkeit missachtest und völlig unerwartet hier erscheinst, Neville?", begrüßte sie ihn ungehalten.

Anstatt sich unwillkürlich zu verteidigen, wie gewöhnlich, erwiderte er zu seiner eigenen Überraschung: „Da du dich so höflich nach meinem Anliegen erkundigst, Mutter: Ich möchte dich fragen, ob du selbst in der Vergangenheit einmal gegen die Anstandsregeln verstoßen hast."

Sichtlich verwirrt ließ seine Mutter sich auf dem Sofa nieder. „Was meinst du damit? Hast du den Verstand verloren?"

„Ganz im Gegenteil, ich glaube, ich habe in letzter Zeit erst richtig Vernunft angenommen. Wenn du gestattest, werde ich gleich zur Sache kommen. Gestern hörte ich, dass nicht der verstorbene, kaum betrauerte Sir Carlton Fortescue mich gezeugt haben soll, sondern Lord Burnside."

Eigentlich wollte er nicht grob werden, doch der unfreundliche Tadel seiner Mutter hatte ihn so sehr verärgert, dass er sich zum ersten Mal dagegen wehrte. Anstatt taktvoll vorzugehen, konfrontierte er sie rücksichtslos mit seinem Verdacht – nun verriet ihre Miene sie nur allzu deutlich.

„Wer behauptet das?", stammelte sie.

„Das spielt keine Rolle. Bitte sag mir die Wahrheit, sonst werde ich bis zu meinem Tod niemals wissen, ob ich mit einer Lüge lebe."

Seine Mutter schüttelte den Kopf. „Wie kannst du mir nur solch eine Frage stellen", entgegnete sie tapfer, obwohl ihre Lippen bebten. „Du trägst deinen Namen zu Recht, mehr brauchst du nicht zu wissen."

Damit würde er sich auf keinen Fall zufriedengeben. Andererseits tat ihm seine raue Art inzwischen leid, also kniete er vor ihr nieder und nahm ihre Hand.

„Bitte entschuldige meine harten Worte, Mutter. Ich kann die Wahrheit ertragen, ganz gleich wie sie lautet. Falls das Gerücht stimmt, werde ich nichts als Erleichterung empfinden. Glaub mir, ich will dir keine Vorwürfe machen, ich will nur eine ehrliche Antwort."

Plötzlich begann sie hemmungslos zu schluchzen. „Ich dachte, außer mir, Sir Carlton und Lord Burnside wüsste niemand Bescheid. Meine Ehe mit Sir Carlton war die reinste Hölle. Oft schlug er mich, und einmal stieß er mich sogar die Treppe hinunter, nur weil ich ihm kein Kind schenken konnte. Zumindest gab er mir die Schuld daran, obwohl er selbst mit keiner seiner vielen Geliebten ein Kind gezeugt hatte. Natürlich bemerkten unsere Freunde und Nachbarn, dass er mich schlecht behandelte, aber niemand ahnte, was ich in Wirklichkeit durchmachte. Eines Tages wurde er während einer Wochenendfeier bei Freunden krank. Zu der Zeit hatte er mir schon seit mehreren Monaten nicht mehr beigewohnt. Lord Burnside nahm ebenfalls an der Feier teil, und aus einer seiner Bemerkungen schloss ich, dass er wusste, was für eine unglückliche Ehe ich führte. Jedenfalls behandelte er mich sehr freundlich, und ich fühlte mich sehr einsam … Er übrigens auch, da er kurz zuvor seine junge Gemahlin im Kindbett verloren hatte. Dennoch werde ich niemals begreifen, wie es geschehen konnte! Ich habe meinen Gatten nur ein einziges Mal betrogen, das schwöre ich dir, aber das genügte, um dich zu empfangen. Zuerst dachte ich, dass Sir Carlton mich verstoßen würde, denn er wusste ja, dass das Kind nicht von ihm stammen konnte. Aber weit gefehlt. Er sehnte sich verzweifelt nach einem Erben, damit sein Besitz nicht einem entfernten Verwandten zufiel, und nun hatte ich ihm einen Sohn geschenkt. Also zögerte er nicht, dich als sein rechtmäßiges Kind anzuerkennen, und ich … ich wollte um jeden Preis der Schande entgehen. Zwölf Jahre später verstarb er. Bis heute dachte ich, dass niemand unser Geheimnis kennt. Ich verstehe gar nicht, wie es ans Licht kommen konnte“, schloss sie, während sie ihre Tränen trocknete.

Neville gab ihr einen Kuss auf die Wange. „Mutter, warum hast du mir nie erzählt, dass du von Sir Carlton so grausam misshandelt wurdest?“

„Weil ich dich immerhin als seinen Sohn aufzog. Wie konnte derjenige, der dir das alles enthüllt hat, bloß davon erfahren?"

„Vielleicht litt Sir Carlton an einer Krankheit, die ihn zeugungsunfähig machte, und der Betreffende wusste davon. Erinnerst du dich noch an die Namen der übrigen Gäste auf jener Feier? Übrigens hat mich erst kürzlich jemand auf meine Ähnlichkeit mit Lord Burnside angesprochen."

„Oh ja, glücklicherweise kommst du ganz nach ihm", flüsterte seine Mutter und gab ihm ebenfalls einen Kuss, ihre erste liebevolle Geste seit vielen Jahren. „Ich habe mein Bestes getan, um dich zu einem guten Menschen zu erziehen. Und was die Feier angeht, erinnere ich mich an nahezu jede Einzelheit, auch an die Gäste. Lord Marchmont, Prinz Adalbert, Stanford Markham – damals hatte er den Ritterschlag noch nicht empfangen." Dann zählte sie noch ein paar weitere Namen auf, bis sie zum Schluss bemerkte: „Und natürlich Georges Eltern und die von Henry Latimer."

Soso, Sir Stanford. Demnach kannte er die Wahrheit schon von Anfang an. Und nun, da Neville die Drahtzieher der Entführungen verfolgte, drohte der Richter damit, sein Wissen zu verbreiten.

„Angenommen, jemand erpresst mich, ein Vorhaben aufzugeben, zu dem ich mich bei meiner Ehre verpflichtet fühle. Wenn ich weitermache, droht derjenige meine wahre Abstammung zu enthüllen und sowohl dich als auch Lord Burnside bloßzustellen. Was meinst du, sollte ich meine Ehre opfern, um die deine zu retten?"

Lady Fortescue erschauderte. „Am liebsten würde ich sagen: ja. Schließlich habe ich mich all die Jahre so sehr bemüht, ein untadeliges Leben zu führen. Wie könnte ich je wieder den Kopf hoch tragen, wenn die Umstände deiner Herkunft bekannt werden? Andererseits darf ich nicht nur an mich denken. Ich fühle mich hin und her gerissen … vielleicht könntest du Lord Burnside nach seiner Meinung fragen. Vermutlich hatte ich kein Recht, dich von deinem wahren Vater fernzuhalten, aber vergiss nicht, wenn ich Sir Carlton vor deiner Geburt verlassen hätte, wärst du als namenloser Bastard zur Welt gekommen. Indem ich bei meinem Gatten blieb, schützte ich also nicht nur mich selbst, sondern auch dich. Denn vor dem Gesetz giltst du als sein Sohn."

„Du weißt doch genauso gut wie ich, dass viele Damen, die in der Gesellschaft den Ton angeben, schwerere Sünden begangen haben als du, Mutter", warf Neville ein, während er aufstand und sich neben sie setzte. „Und sie scheren sich nicht im Geringsten darum, ob die Welt sie verurteilt. Zum Beispiel Lady Melbourne. Von ihren fünf Kindern wurde nur eines von ihrem Gemahl gezeugt. William, der Erbe, stammt aus ihrer Affäre mit Lord Egremont. Trotz allem trägt sie den Kopf so hoch, dass man befürchtet, sie könnte jeden Moment stolpern – da sie ja schon so oft ‚strauchelte'."

Endlich rang seine Mutter sich ein Lächeln ab. „Du meinst also, falls ein Skandal ausbricht, soll ich mich einfach nicht darum kümmern."

„Genau. Aber wenn du wünschst, dass ich zuallererst mit Lord Burnside rede, werde ich das tun."

Noch nie zuvor hatte seine Mutter ihn so liebevoll angesehen wie in diesem Augenblick. „Richte ihm aus, dass ich dir erlaube, dein Vorhaben zu Ende zu bringen, selbst wenn er und ich dadurch in Misskredit geraten."

„Eine letzte Frage, Mutter. Weiß er, dass ich sein Sohn bin?"

„Ja. Als Sir Carlton starb, hielt ich es für das Richtige, es ihm zu sagen. Seither habe ich nie wieder mit ihm gesprochen."

Insgeheim hätte er sie gerne gefragt, ob sie Lord Burnside liebte, aber er wollte ihr nicht noch mehr Schmerz zufügen.

Liebevoll strich er ihr über die Hand, bevor er sie fragte: „Möchtest du mich nach London begleiten, um ihn zu treffen?"

„Nein. Aber du kannst ihm etwas zurückgeben, das er mir damals bei unserem Abschied geschenkt hat."

Nun, da es nichts weiter zu erörtern gab, wurden sie beide verlegen. Neville erhob sich, um sie mit ihren Erinnerungen allein zu lassen, doch ehe er die Tür erreichte, rief sie: „Neville! Ich hätte dir den Namen deines wahren Vaters nennen müssen, als du volljährig wurdest. Damals fehlte mir der Mut dazu, und nun scheint es, als müsste ich einen teuren Preis für meine Feigheit zahlen."

„Eines versichere ich dir, Mutter", entgegnete er mit entschlossener Miene. „Falls irgendjemand ein böses Wort über dich sagt, werde ich denjenigen so hart bestrafen, dass er es sein Lebtag nicht vergessen wird."

Spätestens jetzt hatte Lady Fortescue die Gewissheit, dass der rohe, feige Sir Carlton nicht den geringsten Einfluss auf ihren Sohn ausgeübt hatte. Ganz im Gegenteil.

„Deine Tante Susan und ich würden uns freuen, wenn du bei uns übernachten könntest", meinte sie zaghaft. „In letzter Zeit sehen wir dich so selten."

„Natürlich", willigte er ein. Ihm fiel auf, dass seine Mutter ihn seit ihrem Geständnis völlig anders behandelte als bisher. Endlich schienen sie einander wirklich nahezustehen, daher wünschte er, er hätte die Wahrheit schon viel früher erfahren.

Lieber spät als nie. Um ihretwillen freute er sich, dass sie diese Last nicht mehr tragen musste.

„Ja, du bist mein Sohn. Ich bedaure bis heute, dass ich dich nicht aufziehen konnte, aber ich musste schließlich auf deine Mutter Rücksicht nehmen."

Neville verzichtete darauf, seinem Vater die Frage zu stellen, die sich ihm seit seinem Aufbruch vom Haus seiner Tante in Surrey aufdrängte: Warum hast du sie nicht geheiratet, als Sir Carlton starb?

Als könnte er Gedanken lesen, wandte sich Lord Burnside vom Fenster seines Arbeitszimmers ab und erklärte: „Als Kind sahst du haargenau so aus wie ich in meiner Jugend, und die Ähnlichkeit wurde mit den Jahren immer auffälliger. Deswegen konnte ich deine Mutter nach Sir Carltons Tod unmöglich zur Frau nehmen – dadurch hätte ich sie bloß bösartigem Gerede ausgesetzt."

Und ich? Ich stand mein Leben lang unter einem gewaltigen Druck, dachte Neville. Ständig musste ich befürchten, eines Tages ein elender Wüstling wie Sir Carlton zu werden, wenn ich mich nicht vorsah. Dabei habe ich in Wirklichkeit einen Vater, auf den ich stolz sein kann!

Doch anstatt dies laut zu äußern, fragte er um Rat, ob er seinem Erpresser die Stirn bieten sollte oder nicht.

„Was meint deine Mutter dazu?", erkundigte sich Lord Burnside.

„Ungefähr dasselbe, was der Duke of Wellington gesagt haben soll, als die Kurtisane Harriette Wilson ihn zu erpressen versuchte: Gehen Sie damit an die Öffentlichkeit und fahren Sie zur Hölle."

„Dann muss Emily sich seit unserer Zeit sehr verändert haben."

„Ja. Inzwischen plagen sie Zweifel, ob sie damals wirklich bei ihrem Gatten hätte bleiben sollen, nur damit ich als ehelich geborenes Kind aufwachsen konnte."

„In der Tat. Dafür hat sie sogar seine Misshandlungen ertragen."

„Wie lautet nun deine Antwort?"

„Wenn deine Mutter den Skandal nicht scheut, dann tue ich es auch nicht. Könntest du mir vielleicht erzählen, für welche Sache du dich einsetzt? Ich möchte gerne wissen, weshalb sie dir so am Herzen liegt."

„Leider habe ich geschworen, darüber zu schweigen, nicht

so sehr um meiner eigenen Sicherheit willen, sondern zum Schutz meiner Mitstreiter. Dennoch versichere ich dir, dass du sie gutheißen würdest."

„Weiß Emily Bescheid?"

„Nein, aber sie vertraut mir."

Nun erfüllte Neville den Auftrag seiner Mutter und gab seinem Vater ein Buch zurück, das dieser ihr einst zum Abschied geschenkt hatte.

Als Lord Burnside es aufschlug, bemerkte er, dass auf der ersten Seite etwas von Hand geschrieben stand. „Hast du das gelesen, Neville?"

„Nein. Es geht mich nichts an."

„Sie lädt mich zu einem Besuch ein. Was hältst du davon, mein Sohn?"

„Die Entscheidung liegt ganz bei dir, Vater. Aber wenn du meine Meinung hören möchtest, spricht alles dafür, die Einladung anzunehmen."

Da hellte sich Lord Burnsides Miene auf. „An deiner Stelle hätte ich in dieser Situation dasselbe gesagt."

„Mit Verlaub, Vater, eine Situation wie diese ergibt sich nicht oft", erwiderte Neville schmunzelnd.

„Nein, das stimmt. Jedenfalls danke ich dir für deine Antwort. Nur noch eines: Darf ich fragen, wer dich erpresst?"

„Nein, auch das kann ich dir nicht sagen. Der Betreffende kennt euch beide und hat guten Grund zu der Annahme, dass sein Plan aufgehen wird."

„Und da irrt er sich gründlich, weil wir einen aufrechten, mutigen Sohn haben, der stets tut, was sich gehört, und nicht, was ihm nützt."

Verlegen schüttelte Neville den Kopf, doch sein Vater fuhr lächelnd fort: „Aber ja, nur keine falsche Bescheidenheit. Letztendlich hat der Erpresser auch Gutes bewirkt, denn ohne ihn hätten wir nicht zueinander gefunden. Endlich weiß ich, dass ich in einem würdigen Sohn weiterleben werde, auch wenn ich ihn nicht offiziell anerkennen kann. Im Grunde verdiene ich das gar nicht, nachdem ich dich einfach im Stich gelassen habe. Emily und ich können uns glücklich schätzen."

Als er Lord Burnsides Haus verließ, fühlte Neville sich von einer schweren Last befreit. Von nun an brauchte er kein strenges, freudloses Leben mehr zu führen, nur um zu beweisen, wie wenig er dem ausschweifenden Sir Carlton ähnelte. Neben seiner Erleichterung verspürte er sogar einen Funken Hoffnung. Vielleicht würden Lord Burnside und seine Mutter ihre Gefühle füreinander neu entdecken, sodass sie in reiferen Jahren das Glück genießen konnten, dem sie in ihrer Jugend entsagen mussten.

Zum Abschied hatte sein Vater bemerkt: „Pass gut auf dich auf. Ein Mann, der dich erpresst, wird höchstwahrscheinlich nicht davor zurückschrecken, dich notfalls gewaltsam zum Schweigen zu bringen."

Nun, damit hatte er natürlich völlig recht. Jetzt würde er zuallererst Diana einen Besuch abstatten und sie bitten, sich aus den Ermittlungen herauszuhalten. Sein eigenes Leben durfte er aufs Spiel setzen, aber nicht das ihre.

„In letzter Zeit siehst du Sir Neville nicht mehr so häufig, nicht wahr? Äußerst klug von dir", sagte Isabella zu Diana, während sie nachmittags im Salon saßen. Zu ihrer Freude arbeitete die junge Frau an einer Stickerei, obwohl sie sich sonst wenig für damenhafte Betätigungen interessierte. Im Moment fand Diana das Sticken jedoch sehr entspannend, da sie den ganzen Morgen über mit ihrem Verwalter die Bücher ihres Anwesens in Nottinghamshire geprüft hatte.

Unmittelbar nach Isabellas Bemerkung trat der Butler ins Zimmer. „Euer Gnaden, Sir Neville Fortescue lässt fragen, ob Sie ihm die Ehre erweisen, ihn zu empfangen."

Scheinbar gelassen legte Diana ihren Stickrahmen fort. „Aber ja, führen Sie ihn herein, Lubbock." An Isabella gewandt fügte sie hinzu: „Wahrscheinlich möchtest du jetzt gerne auf dein Zimmer gehen, da du diesen Herrn ja so sehr missbilligst."

Mit einem kurzen, strafenden Blick auf ihren Schützling entfernte sich Isabella, um eine Begegnung mit dem Gast zu vermeiden. Unterdessen nahm Diana ihre Arbeit wieder zur Hand und tat, als würde sie sich voll und ganz darauf konzentrieren.

Was würden wohl die anderen Dienstboten sagen, wenn Lubbock ihnen erzählte, dass sie Sir Neville schon wieder ohne ihre Anstandsdame empfing? Wahrscheinlich würden sie gleich das Schlimmste annehmen, und manchmal wünschte sie sogar, sie hätten recht. Manchmal wünschte sie, er möge sich in ihrer Gegenwart nicht immer so korrekt betragen.

„Sir Neville Fortescue, Euer Gnaden", meldete der Butler.

Bei ihrer Begrüßung stellte Diana fest, dass Neville sich erneut verändert hatte. Er verneigte sich eine Spur schwungvoller, und außerdem sprach er nicht mehr so bedächtig wie sonst. Alles in allem wirkte er wie ein Mann, der etwas gefunden hatte. Was, konnte sie allerdings nicht sagen.

„Sie sehen bezaubernd aus, wie immer", erklärte er, während er auf ihre Einladung hin ihr gegenüber Platz nahm. „Aber das brauche ich nicht erst zu betonen. Bestimmt hat Ihr Spiegel es Ihnen schon bestätigt."

Wieder einmal wurde ihm bewusst, wie sehr er sie begehrte. Es schien geradezu, als sei sie ihm durch seine kurze Abwesenheit kostbarer denn je geworden, denn seine Gefühle für sie gingen weit über bloße Leidenschaft hinaus. Inzwischen konnte er sich überhaupt nicht mehr vorstellen, sich für längere Zeit von ihr zu trennen.

„Auch Sie sehen sehr gut aus", erwiderte Diana das Kompliment aufrichtig.

„Ich fühle mich großartig.“ Zu schade, dass er ihr nicht erzählen durfte, weshalb sich alles für ihn so grundlegend verändert hatte. Er hätte seine Freude gerne mit ihr geteilt, doch fürs Erste musste er auf seine Eltern Rücksicht nehmen.

Bevor er an diesem Morgen von Surrey aufbrach, hatte seine Mutter zögerlich gemeint: „Neville, wenn dir an deiner Freundschaft mit der Duchess of Medbourne so viel liegt, respektiere ich deine Wahl. Bitte richte ihr meine Grüße aus.“

„Ich habe meine Mutter besucht“, fuhr er dementsprechend fort. „Sie lässt Sie grüßen und hofft darauf, Sie bei ihrem nächsten Aufenthalt in London kennenzulernen. Allerdings wird das noch eine Weile dauern, da sie sich auf dem Land am wohlsten fühlt.“

Vielleicht würde sich das ändern, wenn sein Vater ihre Einladung annahm. Aber auch das durfte er nicht erwähnen.

„Haben Sie mich vermisst, Diana? Ich Sie schon. Ständig gingen mir Gedanken durch den Kopf, über die ich gerne mit Ihnen gesprochen hätte“, fuhr er ungewohnt lebhaft fort, während er sich zu ihr vorneigte.

Diana machte keine Anstalten, zurückzuweichen. Schweigend erwiderte sie seinen intensiven Blick, bis er das Gefühl hatte, in ihren strahlend blauen Augen zu versinken.

Ehe sie es sich versah, stand er von seinem Sessel auf und ließ sich neben ihr auf dem Sofa nieder. Wiederum hielt sie ihn nicht zurück. Auch wenn sie nicht wusste, was er nun tun würde, spürte sie deutlich, dass sie ihr eigenes Verlangen kaum noch zügeln konnte. Jenes Verlangen, über das Charles mit ihr gesprochen, das sie bei ihm jedoch niemals empfunden hatte.

Im nächsten Augenblick neigte sich Neville noch ein wenig weiter vor, legte einen Finger unter ihr Kinn und küsste sie sanft auf die Lippen, so zärtlich, so vollkommen, dass sie die Liebkosung unwillkürlich erwiderte. Da stieß er vor Wonne einen tiefen Seufzer aus. Ohne mit seinen Küssen innezuhalten, fasste er sie um die Schultern und legte sie behutsam auf das Sofa.

Oh, wie sehr sie seine Umarmung genoss! Wie sehr sie es genoss, ihm ihrerseits zu beweisen, was sie für ihn empfand! Als seine Hand zu ihrem Busen wanderte, stöhnte sie laut auf.

Da ihre glühende Leidenschaft sie beide völlig überrumpelte, fehlte nicht viel, und sie hätten sich einander hingegeben. Im Nachhinein konnte sich keiner mehr genau entsinnen, was sie letztendlich davon abgehalten hatte. Doch während Diana nie gekannte Freuden entdeckte, fiel ihr plötzlich ein, dass sie trotz ihrer Ehe noch unberührt war. Wenn sie ihrer Sehnsucht nachgab, konnte das ernste Folgen nach sich ziehen.

„Nein!“, rief sie und schob Neville fort, der gerade seine Hose aufknöpfen wollte. Im selben Augenblick dachte er daran, welchen Preis sein Vater und seine Mutter für ihre blinde Leidenschaft gezahlt hatten. Großer Gott, und nun führte er sich genau wie jene Lüstlinge auf, die er seit jeher verachtete! Im Rausch seiner Gefühle hatte er keinerlei Rücksicht auf Dianas guten Ruf genommen. Oder seinen eigenen.

Sofort wich er von ihr zurück. Eine Sekunde lang sahen sie einander bestürzt ins Gesicht.

„Verzeihen Sie mir“, bat Neville und brachte hastig seine Kleidung in Ordnung. „So weit wollte ich gewiss nicht gehen.“

„Sie brauchen sich nicht zu entschuldigen“, gab Diana ein wenig gereizt zurück, während sie ihren Ausschnitt zurechtzupfte. Dass sie auf die ersehnten Freuden verzichten musste, versetzte sie in schlechte Stimmung, obgleich sie ja ebenso wie Neville vor dem entscheidenden Schritt zurückgeschreckt war. „Ich habe mich bereitwillig küssen lassen, bis mir klar wurde, dass man uns ertappen könnte.“

„Aber ich habe Sie dazu verleitet.“

„Und ich ließ mich nur allzu gern verleiten.“

„Dennoch, meine Pflicht als Mann …“

„Halten Sie Frauen für so schwach, dass sie nicht selbstständig handeln können? Muss immer ein Mann die Führung übernehmen?"

Plötzlich begannen sie regelrecht zu streiten, dabei hatten sie noch vor wenigen Augenblicken Zärtlichkeiten ausgetauscht. Aber vielleicht fühlten sie sich gerade deswegen so gereizt, weil sie beide diese innige Nähe so sehr genossen hatten.

„Soll ein Mann etwa tatenlos zusehen, wie eine Frau Schaden erleidet?", entgegnete er.

„Wenn sie ihre Entscheidung getroffen hat, muss sie eben damit leben."

„Solch ein faules Argument ...", hob Neville an, doch Diana unterbrach ihn wütend: „Wer es in einer Diskussion für nötig hält, beleidigend zu werden, der weiß im Grunde, dass sein Gegner gewonnen hat."

„Betrachten Sie mich etwa als Ihren Gegner?", rief er. Allmählich verspürte er den unwiderstehlichen Drang, mit ihr auf den Teppich zu sinken und ihr zu zeigen, wer das Sagen hatte.

„Wenn Sie wollen ... Ich will es nicht. Ich möchte mich wieder mit Ihnen versöhnen."

„Dann tun Sie das aber auf sehr sonderbare Weise."

„Sonderbar? Ich?" Beinahe hätte sie hinzugefügt: „Charles fand mich nie sonderbar." Glücklicherweise – denn wer weiß, was Neville *darauf* erwidert hätte – klopfte es in diesem Moment an der Tür.

„Herein", rief Diana, und Isabella trat ins Zimmer.

Auf den ersten Blick fiel der Gesellschafterin auf, wie erhitzt und aufgewühlt die beiden jungen Leute wirkten. „Stimmt etwas nicht?", erkundigte sie sich unsicher.

Während Neville noch fieberhaft nach einer Antwort suchte, bewies Diana wieder einmal ihre Schlagfertigkeit. Mit einem unbeschwerten Lachen erklärte sie: „Oh, Sir Neville hat mir gerade einen sehr lustigen Witz erzählt, den er gestern Abend in Surrey gehört hat. Er handelt von einer Begegnung zwischen einem Stier und einem Stadtmenschen, bei der der Stier den Kürzeren zieht."

Diesen Witz hatte Charles ihr einmal erzählt. Neville kannte ihn ebenfalls und wusste wohl, dass er sich für anständige Damen eigentlich nicht schickte. Unwillkürlich musste er über die Unverfrorenheit seiner Kühnen Duchess schmunzeln, was selbst die argwöhnische Isabella einigermaßen überzeugte. „Lady Devereux wartet unten und möchte gerne wissen, ob du heute Besucher empfängst", verkündete sie. „Ich habe Lubbock angeboten, an seiner Stelle nachzufragen, um ihm den Weg zu ersparen."

In Wirklichkeit, so vermuteten sowohl Diana als auch Neville, hatte Isabella gehofft, sie in flagranti zu ertappen. Leider kam sie fünf Minuten zu spät.

„Du kannst Lubbock bitten, sie hereinzuführen. Vielleicht wird ihr Sir Nevilles Witz auch gefallen."

Obgleich Neville sich immer noch ein wenig über Diana ärgerte, konnte er nicht umhin, ihre Geistesgegenwart zu bewundern. Wenn sie nur auch einmal an ihre Sicherheit denken würde!

Nachdem Isabella sich entfernt hatte, ergriff er die günstige Gelegenheit, sich zu verabschieden. „Gerade fällt mir ein, dass ich noch zu einer wichtigen Verabredung muss", erklärte er, indem er eine Verneigung andeutete. „Bitte entschuldigen Sie mich bei Lady Devereux, ich kann leider nicht länger bleiben."

Wegen der Ankunft des neuen Gastes hatte er Diana nicht mehr davor warnen können, sich unnötigen Risiken auszusetzen. Als er jedoch Jackson aufsuchte, stellte Neville fest, dass die junge Frau nicht als Einzige in Gefahr schwebte.

„Großer Gott, Mann, was ist Ihnen zugestoßen?", entfuhr es ihm beim Anblick des Ermittlers, der mit seinem blauen Auge und dem großen Bluterguss auf seiner Wange furchterregend aussah.

„Da fragen Sie noch?“, meinte Jackson in seiner üblichen trockenen Art. „Gestern Abend wurde ich auf dem Heimweg von zwei Spitzbuben überfallen. Sie haben mich zusammengeschlagen und mir angedroht, wenn ich weiter für Sie ermittle, würden sie mir noch Schlimmeres antun.“

„Und werden Sie auf sie hören?“

„Aber nein, ich muss bloß etwas besser aufpassen. Wie es scheint, haben wir unseren Gegnern einen Schreck eingejagt.“

„Es gefällt mir gar nicht, dass Sie Ihr Leben für mich und meine Belange aufs Spiel setzen“, sagte Neville langsam.

„Nicht für Sie, sondern für die armen Dinger, die von dieser Bande ins Verderben gestürzt und teilweise ermordet wurden. Viel Neues habe ich nicht herausgefunden, aber nur Geduld, falls wir sie wirklich erschreckt haben, werden sie bald irgendeinen dummen Fehler begehen.“

„Schon geschehen.“ In knappen Worten berichtete Neville von Sir Stanfords Erpressungsversuch, ohne das Geheimnis seiner Eltern zu verschweigen.

„Ja, ich dachte mir schon, dass sie damit drohen würden“, bestätigte Jackson und warf ihm ein mitfühlendes Lächeln zu.

„Wie bitte? Wussten Sie etwa über meine Mutter und Lord Burnside Bescheid?“

„Sicher. Ich mache mich grundsätzlich über jeden kundig, der mich anheuert. Oft erweist sich das als äußerst nützlich, Sie würden staunen.“

Neville stieß ein bitteres Lachen aus. „Dann muss ja ganz London davon gewusst haben!“

„Nein, das nicht. Auf jeden Fall geht in Halbweltkreisen das Gerücht, dass Ihr angeblicher Vater an der Syphilis litt und schon viele Jahre vor seinem Tod keine Kinder mehr zeugen konnte. Ich frage mich nur, woher Sir Stanford die Wahrheit kennt.“

„Laut meiner Mutter hat er damals an der Feier teilgenommen, auf der sie und Lord Burnside einander begegneten. Und die Väter von Henry Latimer und meinem Vetter George ebenfalls."

„Hm, schon wieder dieser Latimer! Alles deutet darauf hin, dass er und Markham unter einer Decke stecken. Lord Alford dagegen halte ich eher für einen unbedeutenden Dummkopf. Markham droht also damit, die Wahrheit über Burnside und Ihre Mutter zu enthüllen, wenn Sie weiterhin gegen ihn vorgehen. Wollen Sie dennoch weitermachen?"

„Ja. Sowohl meine Mutter als auch Lord Burnside billigen meine Entscheidung. Natürlich habe ich den beiden nichts Näheres über unseren Fall erzählt."

„Meiner Meinung nach versucht Sir Stanford nicht nur, sich selbst zu schützen, sondern er deckt irgendeine hohe Persönlichkeit. Und Henry Latimer dient als Mittelsmann, da gehe ich jede Wette ein. Von meinen Spitzeln höre ich üble Geschichten über ihn, auch wenn er zu den Lieblingen der Gesellschaft gehört."

„Mit Ausnahme der Duchess of Medbourne", warf Neville schmunzelnd ein.

„Richtig. Apropos, Sie sollten die junge Dame dringend dazu überreden, sich aus dieser Sache herauszuhalten. Diese Verbrecher werden nicht davor zurückschrecken, sie als Druckmittel gegen uns zu verwenden."

„Genau das wollte ich ihr heute erklären. Zu ihrem eigenen Schutz habe ich ihr nichts von Sir Stanfords Drohungen oder von meiner wahren Abstammung gesagt."

„Sehr klug von Ihnen. Hoffentlich hört sie auch auf Sie. Schließlich wollen wir unsere Zeit nicht damit verschwenden, sie aus den Händen der Entführer zu retten."

Insgeheim befürchtete Neville, dass Diana weder von ihm noch von Jackson einen Rat annehmen würde, also antwortete er lediglich: „Ich werde an ihre Vernunft appellieren."

„Gut. Nun denn, möchten Sie sich noch einmal mit mir auf

ein nächtliches Abenteuer begeben? Zurzeit lasse ich Henry Latimer beschatten – Markham nicht, der macht sich nie persönlich die Hände schmutzig –, und anscheinend hat mein Mann wichtige Informationen für uns. Morgen Abend treffen wir uns mit ihm. Hoffentlich kommt mehr dabei heraus als beim letzten Mal! Legen Sie wieder Ihre Verkleidung an, wir gehen nämlich in eine schmierige Spelunke in der Nähe des Haymarkets."

„Einverstanden. Dann werde ich morgen Vormittag mit der Duchess sprechen."

Auf dem Heimweg machte Neville sich darauf gefasst, dass es ebenso schwierig werden dürfte, Diana zur Vorsicht zu ermahnen, wie Henry Latimer auf die Schliche zu kommen.

11. KAPITEL

Das heißt, Sie verbieten mir, Sie und Mr. Jackson zu unterstützen. Stattdessen soll ich mit meiner Handarbeit und dem neuesten Roman zu Hause herumsitzen."

„So habe ich mich nicht ausgedrückt!", stöhnte Neville. Genau wie er befürchtet hatte, verlief sein Gespräch mit Diana äußerst unerfreulich.

„Anders kann man es gar nicht ausdrücken", widersprach Diana. „Aber da Sie nicht mein Gatte sind, und da ich niemals geschworen habe, Ihnen zu gehorchen, werde ich tun, was mir passt. Verlassen Sie sich darauf!"

„Ich denke doch nur an Ihre Sicherheit, und Jackson sorgt sich ebenfalls."

„So? Und woher nehmen Sie beide das Recht, mir Vorschriften zu machen?", schleuderte sie ihm entgegen. Ihre Augen funkelten vor Zorn – echtem Zorn. In diesem Augenblick schien sie ihm eigensinniger und schöner denn je.

Wie kam es, dass sie schon wieder stritten? Dabei hatte ihr Gespräch so vielversprechend begonnen! Diana hatte sich eindeutig gefreut, ihn zu sehen, und sich sofort nach seinem Treffen mit Jackson erkundigt.

Doch dann hatte er versucht, ihr beizubringen, dass sie sich in ihrem eigenen Interesse von den Ermittlungen fernhalten sollte. Besonders jetzt, da sowohl er als auch Jackson mehrmals angegriffen und bedroht worden waren. Je länger er beteuerte, dass er sie nur beschützen wolle, desto wütender wurde sie.

„Ich nehme an, Sie und Jackson werden den Fall weiterverfolgen, trotz der damit verbundenen Gefahren", bemerkte sie. „Sollten Sie sich nicht auch um Ihre eigene Sicherheit kümmern?"

„Bei Männern sieht die Sache anders aus." Zu spät erkannte

er, dass er mit dieser ungeschickten Bemerkung alles nur noch schlimmer machte.

„Erzählen Sie das Jeanne d'Arc!"

„Kein gutes Vorbild, schließlich wurde sie auf dem Scheiterhaufen verbrannt."

„Aber davor hat sie durch ihr Vorbild Frankreich gerettet", hielt sie ihm entgegen.

Wenn sie sich weigerte, auf vernünftige Argumente zu hören, konnte er sich jede weitere Mühe sparen. Zumal ihr funkelnder Blick Regungen in ihm weckte, die sich weder schickten noch zur augenblicklichen Situation passten.

Er sehnte sich danach, sie in seine Arme zu nehmen, sie zum Sofa hinüberzutragen und sie mit Küssen zum Schweigen zu bringen. Hatte nicht Aristoteles einmal gesagt, jeder Streit zwischen einem Mann und einer Frau würde unweigerlich im Liebesspiel enden, auch wenn sie es ursprünglich gar nicht beabsichtigten?

„Wie ich sehe, kann man heute nicht vernünftig mit Ihnen reden", entgegnete er.

„Mit Ihnen auch nicht!"

Verflucht, musste sie unbedingt immer das letzte Wort haben? Auch diese Angewohnheit brachte sein Blut in Wallung. In seiner Fantasie malte er sich aus, wie leidenschaftlich sie ihn lieben würde, wenn er sie je verführte. In dem Fall würde er sie zur Frau nehmen müssen. Ob er den Mut besaß, eine derart willensstarke junge Dame zu heiraten? Und doch reizte ihn allein der Gedanke daran so sehr, dass er sich rasch abwandte, um seine Erregung zu verbergen.

Wahrhaftig, allmählich entwickelte er sich zu einem regelrechten Lüstling! Nur dass keine andere ihn so tief berührte wie Diana.

„Kommen Sie", sagte er in ruhigem Ton, als er sich schließlich wieder umdrehte. „Wir wollen diese leidige Angelegenheit ganz sachlich besprechen."

„Das tue ich ja, nur Sie bringen unsachliche Argumente vor."

Zuerst wollte Neville antworten: „Können Sie denn nicht verstehen, dass ich Sie vor Schaden bewahren möchte?" Aber all das hatten sie einander ja bereits an den Kopf geworfen – eine treffendere Beschreibung für ihren Streit fiel ihm wirklich nicht ein.

Wie hatte sie mit ihrem greisen Gatten friedlich zusammenleben können? Wie hatte der Duke sie gebändigt?

Schon stellte sich ihm die nächste Frage: Wollte er sie überhaupt bändigen? Ihre Kühnheit und ihr Temperament zügeln? Wenn er sie wirklich liebte, dürfte es doch eigentlich keine Rolle spielen, ob sie sich ihm fügte oder nicht. Immerhin ging sie bei allem Eigensinn niemals so weit wie gewisse andere Damen, die wegen ihrer schweren Fehltritte in Schande lebten oder ins Ausland ziehen mussten.

Wo blieb heute ihr klarer, logischer Verstand? Warum diskutierte sie nicht sachlich mit ihm? Begriff sie nicht, dass er sie beschützen wollte, weil er sie liebte? Und warum machte sie ihm Vorhaltungen, weil er sich in Gefahr begab? Deutete das nicht darauf hin, dass sie seine Gefühle zu erwidern begann?

Als er sagte, bei Männern sähe die Sache anders aus, meinte er lediglich, dass er sich gegen körperliche Gewalt wehren konnte, sie dagegen nicht. Außerdem wurden Männern Skandale in der Regel verziehen, während bösartiges Gerede eine Frau leicht zugrunde richten konnte. Nur aus diesen Gründen wollte er nicht, dass sie sich mit diesem Fall befasste. Doch er konnte sie schwerlich zwingen, ihm zu gehorchen. Im Gegenteil, je mehr er in sie drang, desto mehr würde er sie verärgern.

Am besten beendete er diesen Streit sofort. „Bitte denken Sie über meine Worte nach. Selbstverständlich habe ich kein Recht, Ihnen vorzuschreiben, wie Sie sich zu verhalten haben, aber da ich Sie so sehr schätze …", von Liebe wagte er noch nicht zu sprechen, „… bitte ich Sie inständig, meinen Rat anzunehmen."

An ihrem wissenden Lächeln erkannte er, dass sie sich keine Sekunde lang täuschen ließ. Nicht umsonst besaß sie ebenso viel Scharfsinn wie jeder Mann.

„Sie kommen mir vor wie jemand, der einem Säugling eine Rassel gibt, damit er aufhört zu schreien."

Da brach Neville in schallendes Gelächter aus. Ohne sich zu besinnen, schlang er die Arme um sie und gab ihr einen leidenschaftlichen Kuss. Doch im nächsten Augenblick ließ er sie wieder los, damit die Leidenschaft ihn nicht völlig übermannte.

„Keine Rassel, liebste Diana. Ich wünsche mir nur, dass Sie sich vorsehen und Ihren gesunden Menschenverstand benutzen."

„Versprochen, Neville. Und nun wollen wir unseren Streit beilegen, denn Sie haben heute noch viel zu tun. Übrigens, wenn Sie nicht bald gehen, wird Isabella unter irgendeinem Vorwand hereinplatzen, um zu kontrollieren, ob Sie mich auch nicht verführen."

Demnach ahnte sie, wie stark er sich zu ihr hingezogen fühlte. Nichtsdestotrotz hatten sie sich soeben noch ernsthaft gestritten, und er konnte nur hoffen, dass ihre enge Beziehung nicht darunter leiden würde.

Am Abend betrat Neville The Moor's Head, die schmierige Spelunke beim Haymarket, die Jackson ihm genannt hatte. Als er eintraf, saß der Ermittler bereits an einem Tisch, von dem aus man die Tür im Auge behalten konnte, zwei Krüge Ale vor sich und eine lange Pfeife im Mund. Er sah genau wie all die anderen schmutzigen Halunken aus, die in diesem Viertel herumlungerten.

Neville bot einen ebenso zwielichtigen Anblick. Statt seiner üblichen tadellosen Krawatte hatte er ein schmuddeliges blau und rot gepunktetes Halstuch umgebunden. Damit seine Verkleidung noch ein wenig echter wirkte, trug er eine schwarze

Augenklappe. Vor dem Treffen hatte er sich zu Hause im Spiegel betrachtet und festgestellt, dass er dem Mann, der ihm da entgegenblickte, nicht gerne auf der Straße begegnen wollte. Lieber würde er davonlaufen, als sich mit ihm einzulassen.

Dennoch durchschaute Jackson seine Tarnung auf Anhieb und winkte ihn herbei.

„Wie haben Sie mich in dieser abscheulichen Aufmachung erkannt?", erkundigte sich Neville.

„An Ihrem Gang und Ihrer Haltung", erklärte Jackson grinsend. „Wenn Sie mich auf Verbrecherjagd begleiten, sollten Sie die Schultern hängen lassen und vor sich hin schlurfen und nicht daherstolzieren wie ein Herzog."

Neville lachte. Wie viele Abenteuer dieser Art würde er wohl noch erleben? Erstaunlicherweise machten sie ihm Spaß. Was für ein langweiliges Leben er doch geführt hatte, bevor er rein zufällig mit Jacksons Welt in Berührung geriet!

„Wird unser Mann bald kommen?"

„Ja, keine Sorge. Er ist keine so leichte Beute wie mein erster Informant – in keiner Hinsicht. Setzen Sie sich, trinken Sie das Ale, das ich Ihnen bestellt habe."

Schmunzelnd gehorchte Neville. Seit seiner Kindheit hatte ihm niemand mehr Anweisungen gegeben. Für gewöhnlich erteilte er die Befehle und erwartete auch, dass sie befolgt wurden. Nun konnte er nachvollziehen, wie Diana sich fühlen musste, wenn er ihr Vorschriften machte.

Irgendwie schaffte er es, das widerwärtige Gebräu ohne Würgen hinunterzuschlucken, während Jackson ihn amüsiert beobachtete. Glücklicherweise kam in diesem Augenblick ein Mann mit einer Figur wie ein Fass an ihren Tisch, der den Ermittler wie einen alten Bekannten begrüßte. So konnte Neville seinen Krug wieder absetzen.

„Wen haben Sie denn da mitgebracht?", erkundigte sich das Fass und rieb seine Hände an seinem Wams.

„Bloß einen Freund, der mir hin und wieder mal hilft. Sehr nützlich."

„So tüchtig sieht er gar nicht aus", meinte das Fass und setzte sich zu ihnen.

„Der Schein trügt. Ned Springer – Thad Newman", stellte Jackson vor. „Thad hat einmal gegen Gentleman Jackson gekämpft."

„Und verloren", ergänzte Newman jovial. „Wie kommen Sie zu Ihrer Augenklappe?"

„Durch einen Streit mit einem Burschen, der eine zugespitzte Eisenstange schwang, während ich mich nur mit einem Ast verteidigen konnte. Auch ich habe verloren."

Als Jackson diesen Unsinn hörte, schaute er völlig fassungslos drein – ein denkwürdiger Anblick. Neville staunte selbst über seine blühende Fantasie, zumal Newman seine Erklärung anstandslos akzeptierte.

„Sie waren mal ein richtiger Gentleman, stimmt's?"

„Früher. Bis mich die Spielleidenschaft gepackt hat."

Woher nahm er diese Antworten? Warum konnte der brave, vorsichtige Sir Neville Fortescue plötzlich solch hanebüchene Lügenmärchen erzählen, ohne mit der Wimper zu zucken?

Nachdem auch Thad einen Krug Ale erhalten hatte, unterbrach er sein Gespräch mit Neville, um einen großen Schluck von dem ekelhaften Zeug zu trinken.

„Also, wo soll ich beginnen?", wandte er sich anschließend an Jackson.

„Am Anfang", erwiderte dieser trocken.

„Latimer, der Mann, den ich für Sie beschatte, hat es wirklich faustdick hinter den Ohren. Geht ins Coal Hole und spaziert einfach wieder zum Hintereingang hinaus. Zuerst hat er mich ein-, zweimal abgehängt, bis ich sein Spiel durchschaut habe. Danach begibt er sich zu einem feinen Haus in der Nähe des Strandes. Dort bleibt er aber nicht lange, sondern macht sich bald zu Madame Josettes Etablissement auf, das er durch die Hintertür betritt. Ein Freund von mir, der für Madame arbeitet, hat mir erzählt, dass sich jeden Dienstag ein paar Herren in einem Zimmer im ersten Stock treffen. Ihnen wird etwas zu essen und zu trinken hinaufgebracht, und am Ende verlassen sie das Bordell einzeln, niemals gleichzeitig. Bis jetzt kenne ich weder ihre Namen, noch weiß ich, zu welchem Zweck sie sich dort versammeln. Keine Frauen, kein Lärm. Möglicherweise nimmt auch Latimer an den Sitzungen teil."

Als er eine Pause machte, warf Jackson ein: „Und Madame Josette? Kommt sie auch dazu?"

„Nein, die nicht."

„Haben Sie diese Herren selbst gesehen?", erkundigte sich Neville.

„Einen oder zwei. Aber ich kannte sie nicht. Feine Pinkel, verstehen Sie."

„Und mehr können Sie uns gar nicht berichten?", meinte Jackson.

„Doch. Mein Freund Toby hat mich einmal hineingelassen, als er vor der Eingangstür Wache stand, und da konnte ich einen Blick in das bewusste Zimmer werfen. Glücklicherweise hat mich niemand erwischt. In dem Raum stehen bloß ein langer Tisch, ein paar Stühle und zwei abgeschlossene Schränke, die ich in der Eile nicht aufbrechen konnte."

„Und weiter?"

„Nun ja, an einem Abend hat Toby sich die Herrschaften mal etwas genauer angesehen und einen von ihnen wiedererkannt. Der Mann nennt sich Captain Knighton, aber ich bezweifle, dass er je beim Militär gedient hat."

„Captain Knighton? Derselbe, der die Unruhen bei Spa Fields geschürt hat?"

„Jawohl, und der anschließend nach Frankreich fliehen musste, um sich der Verhaftung zu entziehen."

„Über die vermissten Mädchen haben Sie wohl nichts herausgefunden?“

„Nein. Ich habe nach ihnen gefragt – sehr diskret, versteht sich –, aber keine Antwort bekommen. Wenn mir mein Leben lieb sei, solle ich den Mund halten, hieß es bloß.“

Im Grunde wissen wir nicht mehr als zuvor, dachte Neville missmutig. Jackson jedoch schien sich sehr für Captain Knighton zu interessieren und entlohnte seinen Informanten mit einem kleinen Geldbeutel voller Münzen. „Danke. Ich stehe Ihnen jederzeit zur Verfügung“, sagte Thad, während er die Börse einsteckte. Dann trank er sein Ale aus und verließ die Spelunke.

„Was nun?“, erkundigte sich Neville.

„Jetzt gehen wir zu Madame Josette, brechen ins Haus ein und suchen das Zimmer mit den Schränken“, erklärte Jackson.

Wir. Das heißt, ich soll auch mitkommen. „Gerade eben haben Sie aufgehorcht, als Captain Knightons Name fiel. Mir sagt der Name nichts, aber Ihnen offensichtlich schon.“

„Gut beobachtet. Ich könnte wetten, dass er irgendeine Verschwörung plant, auch wenn er höchstwahrscheinlich nicht zu der Entführerbande gehört. Deswegen möchte ich zu gerne wissen, mit wem er sich in dem Etablissement trifft und ob es sich um dieselben Personen handelt, nach denen wir suchen.“

„Erzählen Sie mir mehr über ihn.“

„Er ist ein ehemaliger Soldat, der hier eine Revolution anzetteln will, mit einer Guillotine auf dem Trafalgar Square und allem Drum und Dran. Vor einigen Jahren musste er aus England fliehen, weil man ihn verdächtigte, mitten im Krieg gegen Napoleon Umsturzpläne gegen unsere Regierung zu schmieden. Im letzten Augenblick wurde er verraten, also ging er ins Exil – allerdings nicht dauerhaft, wie damals alle dachten.“

„Besteht die Möglichkeit, dass er es noch einmal versucht? Gerade jetzt dürfte es ihm nicht schwerfallen, die Bevölkerung aufzuwiegeln. Denken Sie an die Missernten der vergangenen

Jahre, an die Unruhen in den Midlands und an die vielen Soldaten, die nach dem Krieg sang- und klanglos entlassen wurden und nun ohne Arbeit dastehen."

„Gut möglich, dass Knighton Unterstützung findet. Es gibt genügend herausragende Männer, die einen Groll gegen die Regierung hegen, weil es ihnen an Geld oder Einfluss fehlt."

„Mit unserem Fall scheint das alles jedoch nichts zu tun zu haben."

„Wer weiß? Wer die herrschende Oberschicht zu Fall bringen will, der verdirbt zuerst ihre Moral …" Nach einer Kunstpause fügte Jackson grinsend hinzu: „Machen wir uns an die Arbeit, Ned Springer!"

Hol's der Teufel! Ich stecke ohnehin schon bis zum Hals in einem gefährlichen Abenteuer, dachte Neville. Wenn wir bei unseren Ermittlungen gegen die Mädchenhändler auch noch ein paar Verräter fangen, umso besser.

„England erwartet, dass jeder Mann seine Pflicht tut", zitierte er und grinste ebenfalls. „Bitte sehr, nach Ihnen."

Während Neville einen aufregenden Abend erlebte, musste Diana ein langweiliges Diner bei Lady Leominster erdulden. Als Tischherren hatte man ihr ausgerechnet Henry Latimer und Prinz Adalbert zugeteilt, zwei Gentlemen, die sie sonst nach Möglichkeit mied. Prinz Adalberts entfernte Verwandtschaft mit dem Prinzregenten, durch dessen berüchtigte Gemahlin, Prinzessin Caroline, entschädigte sie noch lange nicht für dieses doppelte Pech.

Welchen der beiden sie unsympathischer fand, konnte sie wahrhaftig nicht sagen. Jedes Mal wenn sie dem Prinzen begegnete, lag ihr die Frage auf der Zunge, weshalb er seine Untertanen in Eckstein Halsbach durch seinen langen Aufenthalt in London so sträflich vernachlässigte.

Natürlich wusste sie, dass er nur wegen ihres Vermögens um

sie warb, und bei Henry Latimer vermutete sie dasselbe. Den Gerüchten zufolge besaß er keinen Penny, und dennoch kleidete er sich mit größter Eleganz, verkehrte in den vornehmsten Kreisen und schien wahrhaftig nicht in Geldnöten zu stecken. Falls sie gehofft hatte, dass er sie nach ihrem Fußtritt nie wieder mit seinen Anträgen belästigen würde, so hatte sie sich gründlich geirrt. Im Gegenteil, seit diesem Vorfall bedrängte er sie erst recht!

Ausnahmsweise begannen sich die Gäste bei Tisch über Politik zu unterhalten, obwohl man dieses Thema sonst beim Essen tunlichst mied. An diesem Tag hatte sich jedoch die Nachricht verbreitet, dass aufständische Ludditen in Leicestershire einen Kaufmann erschossen hatten.

„Wenn ich England regierte, würde ich das ganze Pack aufhängen lassen“, verkündete Prinz Adalbert.

Wunderbar, dachte Diana. Das dürfte die Probleme der Ludditen, die die neuen Maschinen zerstören, weil sie ihre Lebensgrundlage bedroht sehen, bestimmt lösen.

„Solche Zustände würde ich bei mir zu Hause nicht dulden. Was meinen Sie dazu, Latimer?“, erkundigte sich der Prinz über ihren Kopf hinweg.

„Oh, Sie haben völlig recht. Wir sollten viel härter durchgreifen“, erwiderte Henry aalglatt.

„Zuerst müsste man ihnen selbstverständlich einen ordentlichen Prozess gewähren“, warf Diana ein.

Prinz Adalbert warf ihr einen mitleidigen Blick zu. „Reine Zeitverschwendung, wenn ihre Schuld ohnehin feststeht, oder, Latimer?“

„Ganz genau.“

Danach sagte Diana nichts mehr. Zu ihrer Erleichterung zogen sich die Damen bald darauf in den Chinesischen Salon zurück und überließen das Speisezimmer den Herren und ihrem Portwein.

Leider entstand im Salon auch kein besseres Gespräch. Lady

Leominster führte sich schlimmer denn je auf, während sie reihum ging und lautstark auf ihre Gäste einredete. Als sie auf Diana zukam, dämpfte sie ihre Stimme glücklicherweise ein wenig. „Wie ich höre, sind Sie und Sir Neville Fortescue mittlerweile die engsten Freunde. Wissen Sie, ich habe diese Gerüchte über ihn nie geglaubt. Solch ein aufrechter Gentleman! Heiraten würde ich ihn an Ihrer Stelle allerdings nicht. Meiner Meinung nach würde ein Mann wie Prinz Adalbert viel besser zu Ihnen passen. Der braucht eine Gemahlin mit starkem Charakter."

Deswegen habe ich also bei Tisch neben ihm sitzen müssen! Und Henry Latimer? Wie komme ich zu der zweifelhaften Ehre seiner Gesellschaft? Noch während Diana sich das fragte, warf ihre Gastgeberin ihr ein vertrauliches Lächeln zu. „Haben Sie sich wieder mit Henry Latimer versöhnt? Ich finde ihn sehr charmant, wenn auch ein wenig wild. Auf jeden Fall möchte ich meine Freunde glücklich sehen, und Sie müssen wissen, dass ich Sie zu meinen besten Freundinnen zähle."

Na, Sie machen mich aber nicht gerade glücklich, indem Sie mich zwischen einem liederlichen Prinzen und einem mittellosen Wüstling platzieren, dachte Diana empört. Im Nachhinein wünschte sie, sie hätte das Lady Leominster auch gesagt, denn sobald die Herren aus dem Speisezimmer kamen, führte die unermüdliche Dame Henry zu ihr herüber.

„Nun werde ich Sie beide mal allein lassen. Unterhalten Sie sich gut", dröhnte sie so laut, dass man sie im ganzen Salon hören konnte.

Eine Weile lang sahen Diana und Henry einander schweigend an. Ihm schien die Situation weit mehr zu behagen als ihr. Schließlich bemerkte er lächelnd: „Ehe wir anfangen, unserer Gastgeberin zuliebe höflich Konversation zu treiben, möchte ich mich erneut für mein ungehöriges Benehmen neulich auf dem Ball entschuldigen. An jenem Abend hatte ich ein wenig zu viel getrunken, fürchte ich. Da platzte mir der Kragen, weil

Sie Ihre Gunst Sir Neville Fortescue schenkten und nicht mir. Ich bereue meinen Fehler sehr. Seit jenem Abend habe ich dem Alkohol abgeschworen. Bitte verzeihen Sie mir!“

„Gut, ich nehme Ihre Entschuldigung an“, erwiderte Diana notgedrungen. „In nüchternem Zustand werden Sie hoffentlich keine Szenen mehr machen.“

Er neigte den Kopf. „Heute Abend beehrt Sir Neville uns ja nicht mit seiner Anwesenheit. Laut Ihrer Ladyschaft hat er wegen einer leichten Unpässlichkeit abgesagt. Vielleicht arbeitet er in letzter Zeit zu viel. Wenn ich mir einen Rat erlauben darf, ein längerer Urlaub in Brighton oder auf dem Land würde ihm guttun“

„Das sollten Sie ihm persönlich empfehlen und nicht durch mich.“

„Nun ja, wegen Ihrer engen Freundschaft dachte ich mir, dass der Vorschlag lieber von Ihnen kommen sollte als von mir. Ich möchte nicht, dass er vor lauter Arbeit seine Gesundheit ruiniert.“

Das wurde ja immer besser! Sollte sie den letzten Satz etwa als eine versteckte Drohung gegen Neville auffassen? Ahnte Henry Latimer, dass Neville über seine Machenschaften Bescheid wusste?

„Sehr freundlich von Ihnen, dass Sie sich um seine Gesundheit sorgen“, bemerkte sie betont gelassen. „Könnten wir dieses Thema jetzt beenden und stattdessen über unpersönliche Dinge reden wie beispielsweise das neueste Stück im Drury Lane Theater? Sonst werde ich Lady Leominster enttäuschen, indem ich dieses Gespräch abbreche.“

„Und das würde sich nicht schicken“, ergänzte er lächelnd. „Kommenden Mittwoch veranstalte ich in Richmond ein Picknick, wenn das Wetter schön bleibt. Wollen Sie mir die Ehre erweisen, daran teilzunehmen? Sir Neville werde ich ebenfalls einladen. Bitte sagen Sie zu!“

„Ich kann noch nichts versprechen. Erst muss ich zu Hause nachprüfen, ob ich an dem Tag nicht schon etwas vorhabe."

Schließlich verneigten sie sich voreinander, und Diana ging zu ihrer Gastgeberin hinüber, um sich zu verabschieden. Ihr schwirrte der Kopf. Was führte Henry im Schilde? Wo war Neville, und was tat er gerade? Schwebte er etwa in Gefahr?

So viel stand fest, bei ihrer nächsten Begegnung würde sie ihm von ihrer Unterhaltung mit Henry Latimer berichten. Zumindest wusste sie, dass dieser sich im Moment bei Lady Leominster aufhielt, somit konnte er Neville und Jackson nicht daran hindern, ihm auf die Schliche zu kommen.

Im selben Augenblick schickte Neville sich an, mit seinen Begleitern in ein Bordell einzubrechen. Nachdem sie auf der Rückseite von Madame Josettes Etablissement ein Fenster eingeschlagen hatten, stiegen sie ein und schlichen in den ersten Stock hinauf, wo Thad die Tür zum Versammlungsraum aufbrach. Anschließend knackte er auch noch die Schlösser der beiden Schränke, von denen er bereits erzählt hatte. Neville behagte ihr ungesetzliches Vorgehen zwar ganz und gar nicht, aber er half dennoch dabei, die wenigen Unterlagen einzusammeln, die sie in den Schränken fanden.

Leider stießen sie unter den vergilbten Papieren auf keinerlei interessante Informationen. Allem Anschein nach handelte es sich bloß um alte Inventarlisten des Bordells.

„Jetzt habe ich mich für nichts und wieder nichts an einer Straftat beteiligt", murmelte Neville, wobei er missmutig das Gesicht verzog.

„Nicht ganz", widersprach Jackson. „Immerhin wissen wir jetzt, was die Schränke enthalten."

In einer weniger ernsten, um nicht zu sagen gefährlichen Situation hätte Neville über diese fragwürdige Logik vielleicht gelacht. So aber sagte er lediglich: „Ja, gewiss." Dann ließ er aufmerksam den Blick durch den Raum schweifen, als hoffte er, doch noch etwas Wichtiges zu entdecken.

Plötzlich eilte Thad, der beim Treppenabsatz Wache gestanden hatte, ins Zimmer zurück. „Los, verstecken wir uns, es kommt jemand herauf."

Rasch packte er Neville beim Arm und zog ihn auf den Flur hinaus, dicht gefolgt von Jackson. Im letzten Augenblick, kurz bevor eine Gruppe von mehreren Männern den ersten Stock erreichte, zwängten sie sich hinter einem Vorhang in eine Nische. Eigentlich, so hatte Thad gesagt, versammelten sich die Verschwörer nur dienstags. Heute machten sie anscheinend eine Ausnahme.

Von ihrem Versteck aus bemühten sich Neville und seine Begleiter durch einen Spalt im Vorhang einzelne Gesichter zu erkennen, doch die Laterne, die der Anführer der Gruppe bei sich trug, leuchtete zu schwach. Wenigstens knarrte die Treppe so laut, dass mit Sicherheit niemand gehört hatte, wie die drei Eindringlinge sich zurückzogen.

Als die mutmaßlichen Verschwörer die Tür offen vorfanden, begannen sie erregt zu diskutieren, bis sie endlich eintraten. Schließlich fiel die Tür hinter ihnen zu, und Neville atmete erleichtert auf.

„Nur schade", flüsterte Jackson, „dass wir nicht wissen, wer diese Leute sind."

„Bei dem Lärm, den sie veranstalten, würde man nicht meinen, dass sie etwas Böses im Schilde führen", antwortete Neville.

„Nein. Offensichtlich fühlen sie sich hier sicher."

„Gehen wir, bevor man uns noch erwischt", warf Thad ein. Dann blickte er seine beiden Begleiter eindringlich an. „Wenn es Ihnen nichts ausmacht, draußen auf mich zu warten, werde ich Toby noch einmal befragen. Hat einer von Ihnen vielleicht ein paar Guineas, mit denen ich ihm die Zunge lösen kann?"

„Ja, ich“, meldete sich Neville und zückte seine Börse. „Hier, bitte sehr.“

„Danke.“

Auf Zehenspitzen schlichen sie die Treppe hinab zu dem zerbrochenen Fenster. In der Gasse hinter dem Haus herrschte ein übler Gestank, doch inzwischen fielen solche Kleinigkeiten Neville überhaupt nicht mehr auf. Weit mehr beschäftigte ihn die Sorge, er könnte erneut vor Gericht landen oder sich erneut gezwungen sehen, einen potenziellen Mörder zu erschießen.

Sie begaben sich in einen verlassenen Hof hinter dem leer stehenden Nachbargebäude. Dort ließen Neville und Jackson sich auf zwei Fässern nieder, während Thad seinen Freund aufsuchte.

„Hoffentlich macht Mr. Newman sich nicht mit meinen zwei Guineas aus dem Staub“, bemerkte Neville.

„Dieses Risiko müssen wir eingehen“, erwiderte Jackson.

Das Warten schien kein Ende zu nehmen, zumal sie schweigen mussten, um keine Aufmerksamkeit zu erregen. Als sie den Nachtwächter herannahen hörten, zog Jackson seinen Begleiter hastig durch die verfallene Eingangstür ins Innere des Gebäudes. Mit angehaltenem Atem lauschten sie, wie der Wächter den Hof betrat, hustete, ausspuckte, mit seiner Laterne eine Runde drehte und sich schließlich wieder entfernte. Bald danach kehrte Thad zurück.

„Psst!“, flüsterte er. „Gleich kommen sie heraus. Einzeln. Toby hatte Neuigkeiten für mich, aber die erzähle ich Ihnen später.“

Kaum hatte er ausgesprochen, sahen sie bereits den ersten Mann am Hofeingang vorbeieilen. Da er sich mit Hut und Schal vermummt hatte, konnten sie ihn nicht erkennen und ebenso wenig die anderen, die in gewissen Abständen an ihnen vorbeizogen. Dann, beim letzten Mann, kam plötzlich eine derart starke Windbö auf, dass sein Hut davonwehte. Laut fluchend lief sein Besitzer ihm hinterher, wobei sein Schal verrutschte. Für einen Augenblick wurde sein Gesicht sichtbar.

Neville kannte ihn zwar nicht, aber Jackson offenbar schon. „Ihr Freund hat recht, das war eindeutig Knighton!", wandte er sich an Thad, sobald der Captain sich außer Hörweite befand. „Sicher schmiedet er wieder einen seiner verräterischen Pläne. Folgen Sie ihm bis zu seinem Versteck und geben Sie mir gleich morgen früh die Adresse. Wegen seines früheren Umsturzversuchs besteht nämlich immer noch ein Haftbefehl gegen ihn. Und behalten Sie auch Latimer weiterhin im Auge."

Letztendlich hatte sich ihre Mühe also gelohnt, auch wenn Thad seine Neuigkeiten, die höchstwahrscheinlich die vermissten Mädchen betrafen, erst morgen berichten konnte. Vorerst nahm er gehorsam die Verfolgung auf.

„Legen wir jetzt den Entführern das Handwerk", schlug Neville vor.

„Hm … das könnten wir …" Jackson überlegte kurz, doch schließlich meinte er: „Nein, wir sollten unser Glück nicht überstrapazieren. Wenn wir den Kopf der Bande fangen wollen, müssen wir noch viel gründlicher ermitteln. Vielleicht hat Thad tatsächlich eine neue Spur. Dann steht uns noch ein gefährlicher Einsatz bevor, also sollten wir lieber nach Hause gehen und unseren versäumten Schlaf nachholen. Kommen Sie doch morgen früh auch zu mir, wenn Thad mir Bericht erstattet. Sicher brauche ich Ihnen nicht erst zu sagen, dass Sie keinem Menschen erzählen dürfen, was für ein Schlangennest wir heute entdeckt haben."

Den ganzen folgenden Morgen über wartete Diana auf Nevilles Besuch, von dem Augenblick, da sie aufstand, bis zur Mittagszeit. Doch sie hoffte vergebens. Stunde um Stunde verging, ohne dass er sich blicken ließ.

Gegen ein Uhr verlor sie die Geduld. Wenn Neville nicht zu

ihr kam, würde sie sich eben direkt bei Jackson nach dem Stand der Dinge erkundigen. Höflich, aber bestimmt. Nachdem sie dies beschlossen hatte, zog sie ihr unauffälligstes Kleid an und ließ sich in ihrem Landauer zum Haus des Ermittlers fahren. Indem sie Neville einfach überging, würde sie ihm eine wohlverdiente Lektion erteilen.

Im Grunde wusste sie selbst nicht genau, weshalb sie sich so sehr über ihn ärgerte. Glücklicherweise ahnte sie nicht, dass ihre Anstandsdame sie besser durchschaute als sie selbst. Isabella hatte ihre Unruhe wohl bemerkt und vermutete, ihr Schützling verzehre sich nach Sir Neville.

Bei Jackson angekommen, musste Diana die Hoffnung auf ein vertrauliches Gespräch aufgeben. Als seine Hauswirtin sie nämlich in sein Zimmer hinaufführte, traf sie keinen anderen als Neville bei ihm an.

Neville suchte Jackson erst am späten Vormittag auf. Erstaunlicherweise fühlte er sich von den Anstrengungen der vergangenen Nacht kein bisschen erschöpft, im Gegenteil, er verspürte großen Tatendrang.

„Ich dachte, Sie würden in aller Herrgottsfrühe erscheinen, um Thads Bericht zu hören“, empfing Jackson ihn munter. „Erstens hat er herausgefunden, dass Knighton in der George Street wohnt, nahe bei der Edgware Road, und zwar unter dem Namen Captain Johnson. Laut seiner Hauswirtin empfängt er jede Menge Besucher. Er wohnt seit etwa drei Wochen dort.“

„Was tun wir als Nächstes?“

„Wir melden unsere Entdeckung dem Innenminister, Lord Sidmouth. Höchstwahrscheinlich wird er Knighton aber nicht sofort verhaften lassen, sondern zuerst ein paar Spitzel in die Verschwörerbande einschleusen. Auf diese Weise erfährt der Minister die Namen sämtlicher Mitglieder. Und im letzten Augenblick, wenn sie sich am sichersten fühlen, zieht er das Netz zu, und sie erhalten ihre verdiente Strafe."

„Auch wenn es illegal ist, kann ich verstehen, dass sie sich erheben", meinte Neville ruhig. „Wir haben zwei schrecklich harte Winter und mehrere Missernten hinter uns, viele Menschen leiden Hunger. Selbstverständlich billige ich ihre Pläne nicht, aber ich kann ihre Beweggründe nachvollziehen."

„Andererseits ...", entgegnete Jackson achselzuckend.

„Andererseits erinnere ich mich nur zu gut daran, wie viel Elend die Revolution von 1789 über Frankreich, ja über ganz Europa gebracht hat. Daher verstehe ich auch, weshalb Lord Sidmouth so gnadenlos gegen die Verschwörer vorgeht."

Beide schwiegen. Nach einer Pause fuhr Jackson fort: „Nun zu Thads zweiter Neuigkeit. Anscheinend hat die Geschichte der entführten Jungfrauen seinen Freund Toby so erschüttert, dass dieser wertvolle Informationen preisgegeben hat. Seine Aussage bestätigt, dass Madame Josette und einige ihrer vornehmen Stammkunden in dieses Geschäft verwickelt sind. Darüber hinaus kennt Toby noch einen weiteren Mittelsmann, einen gewissen Frank Hollis. Von dem habe ich jedoch noch nie etwas gehört."

Frank Hollis! Frank Hollis, der mich einen Tugendbold schimpft, dachte Neville mit einem grimmigen Lächeln. Bald wird er sich wünschen, auch er hätte ein tugendhaftes Leben geführt.

Plötzlich kam ihm ein ganz anderer Gedanke. „Steckt Madame Josette auch mit Knighton unter einer Decke? Ich kann mir nur schwer vorstellen, dass sie ihm dabei hilft, eine Revolution anzuzetteln."

„Auch danach hat Thad sich erkundigt. Das Zimmer im ersten Stock wurde wohl von einem Herrenclub gemietet, der sich keinen feineren Versammlungsort leisten kann. Nach den Zusammenkünften bleiben immer einige der Gentlemen etwas länger da, um sich mit Madames Mädchen zu vergnügen. Angeblich weiß niemand in dem Etablissement, was sie wirklich im Schilde führen. Übrigens, Thad meint, Sie schulden ihm noch zwei Guineas, weil er Toby zur Belohnung für seine Auskünfte beide Münzen gegeben hat."

Über diese unverschämte Forderung musste Neville lachen. „Gut, meinetwegen. Später werde ich das Geld bei Ihnen hinterlegen. Eine Frage beschäftigt mich allerdings noch. Sir Stanford muss inzwischen wissen, dass ich seinen Erpressungsversuch ignoriere, und dennoch hat er bis jetzt nichts unternommen. Glücklicherweise – meine Mutter würde sehr unter einem Skandal leiden."

„Stimmt, das finde ich auch merkwürdig. Vielleicht macht er seine Drohung noch nicht wahr, weil er hofft, dass Sie irgendwann aufgeben werden."

Genau in diesem Augenblick erschien Diana.

„Ah, Mrs. Rothwell, sehr erfreut!", rief Jackson und verneigte sich.

„Danke, gleichfalls, Mr. Jackson", erwiderte sie, ehe sie in dem einzigen bequemen Sessel im Zimmer Platz nahm. „Wie ich sehe, ist Sir Neville bereits hier."

„Oh nein", warf dieser ein. „Wenn Sie sich Mrs. Rothwell nennen, dann heiße ich Ned Springer. Auf diesen Namen hat Mr. Jackson mich gestern Abend nämlich getauft. Bei unseren inoffiziellen Treffen höre ich nicht mehr auf Sir Neville."

Prompt stieg ihr die Röte in die Wangen. „Nun gut, Mr. Springer", fuhr sie fort, „haben Sie bei Ihrem letzten Abenteuer irgendetwas Nützliches herausgefunden? Da Sie beide gesund und munter vor mir sitzen, vermute ich, dass alles gut ging."

„Ehrlich gesagt mussten wir eine ziemlich öde, ereignislose Nacht erdulden und haben nichts aus erster Hand erfahren", erklärte Neville. „Mr. Jacksons Informant, ein korpulenter Herr namens Thad Newman, hat einen Freund, der bei Madame Josette arbeitet. Gegen eine kleine Belohnung hat dieser ausgesagt, dass

Henry Latimer und sein Busenfreund Frank Hollis sich als Mittelsmänner betätigen. Natürlich beweist das noch gar nichts, aber es bestätigt immerhin unseren Verdacht gegen Latimer."

„Ja, durchaus", räumte Diana ein. „Nur, Henry Latimer hat gestern an Lady Leominsters Diner teilgenommen. Anschließend, im Salon, ließ er eine Bemerkung fallen, die ich nur als eine indirekte Drohung gegen Sie, Sir ... Mr. Springer, auffassen konnte."

„Schon wieder?" Neville zog die Augenbrauen hoch. „Allmählich wird es langweilig. Was hat er diesmal gesagt?"

„Er meinte, ich solle Ihnen einen langen Urlaub auf dem Land empfehlen, damit Sie sich entspannen und von Ihrer anstrengenden Arbeit erholen können. Je länger, desto besser."

„Wie aufmerksam von ihm, Mrs. Rothwell. Sicher haben Sie ihm von ganzem Herzen zugestimmt."

„Vor allen Dingen habe ich klargestellt, dass ich nicht seine Botin spielen werde und dass er Ihnen diesen ausgezeichneten Vorschlag selbst unterbreiten soll."

„Großartig!"

„Ich finde das überhaupt nicht lustig", protestierte sie plötzlich. „Sie schweben unter Umständen in großer Gefahr. Wollen Sie diesen Fall wirklich weiterverfolgen?"

„Nun, Mrs. Rothwell, als ich Sie bat, kein persönliches Risiko einzugehen, wollten Sie nicht auf mich hören. Erwarten Sie da von mir, dass ich mich anders verhalte? Bedenken Sie, jede neue Drohung deutet darauf hin, dass wir uns der Lösung nähern. Stimmt's, Mr. Jackson?"

Jackson, der dieses Wortgefecht belustigt verfolgte, setzte rasch eine ernste Miene auf. „Oh ja, natürlich."

„Aber wir kommen ziemlich langsam voran, oder? Noch haben wir keine handfesten Beweise, wir verdächtigen bloß einzelne Personen", gab Diana zu bedenken.

Diese Tatsache konnten die beiden Männer nicht bestreiten. Ebenso wenig konnten sie ihr erzählen, dass sie rein zufällig eine Verschwörung zum Sturz der Krone und der Regierung aufgedeckt hatten.

Während Diana ihnen abwechselnd ins Gesicht sah, wurde sie plötzlich argwöhnisch. „Sie verschweigen mir doch nichts? Warum habe ich plötzlich das Gefühl, dass Sie mir nicht die ganze Wahrheit sagen?"

Da meinte Jackson mit einem verbindlichen Lächeln, als wolle er einen unbegründeten Vorwurf entkräften: „Ach kommen Sie, Mrs. Rothwell! Sie glauben doch nicht im Ernst, dass wir etwas vor Ihnen verbergen würden."

„Oh doch. So wie ich Sie beide kenne, würden Sie es ohne Bedenken tun, falls Sie es für nötig erachten. Genug davon. Werden Sie nun Henry Latimer und Frank Hollis beschatten lassen? Dass Mr. Hollis unter Verdacht steht, wundert mich eigentlich – ich habe ihn immer für einen hohlköpfigen Stutzer gehalten."

„Hohlköpfige Stutzer neigen dazu, ihr Vermögen rasch zu verschleudern", erklärte Jackson. „Und wenn man ihnen eine scheinbar einfache, wenn auch ungesetzliche Möglichkeit bietet, Geld zu verdienen, geben sie leicht der Versuchung nach."

Nach allem, was Neville über Frank wusste, traf diese Beschreibung auf ihn zu. Auch Diana sah ein, dass Jackson recht hatte. Im Stillen beschloss sie, ein wenig auf eigene Faust zu ermitteln, obgleich ihr noch kein genauer Plan vorschwebte.

Eine wichtige Tatsache wollte sie den beiden Männern jedoch noch mitteilen. „Es dürfte Sie interessieren, dass Henry Latimer sich offenbar blendend mit Prinz Adalbert von Eckstein Halsbach versteht. Zufällig genießt dieser Herr einen sehr fragwürdigen Ruf, vor allem was seine Beziehungen zu Frauen betrifft."

„Soso", sagte Jackson. „Ja, ich habe schon viele Gerüchte über den Prinzen gehört. Behalten wir ruhig auch ihn im Auge, das kann nicht schaden. Jetzt verstehe ich, weshalb jeder, der sich nach den vermissten Mädchen erkundigt, so erbarmungslos verfolgt wird. Gewisse einflussreiche Leute würden alles tun, um zu verhindern, dass ein Skandal um einen Verwandten der königlichen Familie ausbricht. Stellen Sie sich vor, was die radikale Presse darüber schreiben würde!“

Eine Weile lang dachten sie alle schweigend über diese nur allzu einleuchtende Theorie nach. „Davon dürfen wir uns nicht abschrecken lassen“, wandte Neville schließlich ein. „Aber ich stimme Ihnen zu, Mr. Jackson, dies könnte erklären, weshalb sie so verzweifelt versuchen, uns zum Schweigen zu bringen.“

Bald darauf beendeten sie ihr Gespräch, und Diana und Neville brachen gemeinsam auf. Während sie sich immer noch ein wenig über seine Heimlichtuerei ärgerte, verspürte er Gewissensbisse. Ein wenig tröstete ihn der Gedanke, dass er sie zu ihrem eigenen Besten belog. Dennoch bekümmerte es ihn, dass sie ihn nun eine Spur kühler als sonst behandelte. Es bekümmerte ihn mehr, als er je für möglich gehalten hätte.

Ehe sie sich zu ihren jeweiligen Kutschen begaben, schlug er eine Verabredung für den folgenden Tag vor. Da schenkte sie ihm ein durchaus liebenswürdiges Lächeln, versicherte ihm jedoch gleichzeitig, im Augenblick nähmen andere Verpflichtungen ihre ganze Zeit in Anspruch.

„Aber bald“, bat Neville, der die Vorstellung, sie länger nicht zu sehen, kaum ertrug.

Warum spielte sie in seinem Leben plötzlich solch eine entscheidende Rolle? Warum fürchtete er sich so sehr davor, sie zu verlieren?

Diana litt ebenso sehr wie er unter ihrem Entschluss, ihn vorübergehend aus ihrem Leben zu verbannen. Doch er musste ein für alle Mal lernen, dass sie sich weder ihm noch irgendeinem anderen Mann unterordnen würde. Dazu bedeutete ihre Freiheit ihr zu viel.

12. KAPITEL

Er lässt sich durch nichts aufhalten", beklagte sich Henry Latimer bei Sir Stanford Markham. „Bislang hat er alle unsere Drohungen missachtet! Eigentlich dachte ich, wir würden in diesem Fall überall Gerüchte über die skandalösen Umstände seiner Geburt verbreiten, damit er für immer schweigt."

„Das dachte ich auch", bestätigte Sir Stanford grimmig. „Aber unser Anführer sagt, ich hätte ihn nicht damit erpressen dürfen. Anscheinend standen er und Fortescues Mutter sich in ihrer Jugend sehr nahe. Ich glaube, er hat sie sogar geliebt, bevor sie mit Sir Carlton Fortescue vermählt wurde. Deswegen möchte er ihr keinen Kummer bereiten."

„Wenn die Sache mit den Mädchen ans Licht kommt, wird *er* Kummer haben", entgegnete Henry erbost.

„Trotzdem steht seine Entscheidung fest. Wir müssen eben einen anderen Weg finden, um Fortescues Widerstand zu brechen. Vielleicht könnten wir die Duchess of Medbourne als Druckmittel benutzen?"

„Eine gute Idee!", rief Henry, der sich nur allzu gerne an Diana rächen wollte, weil sie ihn so standhaft zurückwies. „Darüber könnte er nicht so ohne Weiteres hinwegsehen. Wenn beispielsweise Eckie sie kompromittieren würde …"

„Nein, nein, Prinz Adalbert ist ein wandelndes Pulverfass. Viel zu unberechenbar. Nein, eine Drohung dürfte genügen, aber sie sollte nicht schon wieder von Ihnen kommen. Unser größtes Problem haben Sie noch gar nicht erwähnt, nämlich Jackson, diesen ehemaligen Bow Street Runner. Weiß der Himmel, weshalb er sich nicht damit begnügen kann, seine Arbeit für das Innenministerium zu erledigen. Anstatt die verfluchten Radikalen zu verfolgen, die unser Land überschwemmen, unterstützt er Fortescue in seinem Kampf gegen die Windmühlen."

„Ob wir ihn dazu … überreden können, den Fall aufzugeben?“

„Ach, das haben wir bereits versucht. Offensichtlich lässt der Bursche sich nicht einmal von einem tätlichen Angriff einschüchtern. Weiter will ich nicht gehen, da Lord Sidmouth so großen Wert auf seine Dienste legt.“

„Zu dumm!“

„In der Tat. Nun gilt es vor allen Dingen, Fortescue aufzuhalten, und zwar rasch. Wenn alles fehlschlägt, müssen wir unter Umständen härtere Maßnahmen ergreifen, aber nur als letzten Ausweg.“

„Also gut, drohen wir ihm an, der Duchess Schaden zuzufügen“, willigte Henry ein.

Zur selben Zeit suchte Diana ihre Anwälte auf. Die Kanzlei beschäftigte einen Mann namens Dobbins, der früher als Sekretär für sie gearbeitet hatte, nun aber sogenannte heikle Aufgaben für sie erledigte. Beispielsweise hatte er Erkundigungen über die Vermögensverhältnisse verschiedener Männer, die ihr den Hof machten, eingeholt. Auf diese Weise schützte sie sich vor Mitgiftjägern, genau wie Charles es ihr vor seinem Tod geraten hatte.

„Henry Latimer, hm“, sagte Mr. Courtney Jenkinson, der Leiter der Kanzlei. „Ja, wie es aussieht, steckt er in dringenden Geldnöten, trotz oder vielleicht eher wegen seines aufwendigen Lebensstils. Andererseits kursieren keine Gerüchte, dass er Schulden haben soll.“

„Ich habe gehört“, begann Diana langsam und überlegte genau, wie viel und was sie sagen konnte, „dass er sich an einem höchst anrüchigen, mit Sicherheit ungesetzlichen Geschäft beteiligt, und ich würde gerne wissen, ob das stimmt. Seit einiger Zeit umwirbt er mich mit großem Eifer, aber ehe ich mich mit ihm anfreunde, muss ich seinen Charakter kennen.“

„Natürlich. Wenn Sie nichts dagegen haben, wird Dobbins sich der Sache annehmen."

„Einverstanden."

„Gut, dann werde ich alles Nötige veranlassen und Ihnen Bericht erstatten, sobald er etwas herausgefunden hat. Können wir sonst noch etwas für Sie tun, Euer Gnaden?"

„Nun ja, ein gewisser Mr. Frank Hollis soll auch in dieses Geschäft verwickelt sein", antwortete Diana nach kurzem Zögern, als käme ihr der Gedanke erst nachträglich. „Vielleicht könnte Mr. Dobbins sich auch über ihn kundig machen."

„Selbstverständlich. Weiter nichts?"

„Ich glaube nicht."

„Sollten Sie irgendetwas Neues erfahren, teilen Sie es uns bitte mit. Und nun gestatten Sie, dass ich Sie zur Tür geleite, Madam."

Nachdem der Anwalt Diana hinauskomplimentiert hatte, begab er sich ins Zimmer seines Juniorpartners.

„Fred, du hast doch über deine Vettern Beziehungen zu vornehmen Kreisen. Weißt du von irgendwelchen merkwürdigen Gerüchten über einen gewissen Henry Latimer?"

Fred blickte von seiner Arbeit auf. „Nur dass er als ziemlich gerissen gilt und dass er sich mit fragwürdigen Personen abgibt."

„Mit Frank Hollis vielleicht?"

„Ja, und mit Prinz Adalbert, dem nichtsnutzigen Cousin der Princess of Wales. Wieso?"

„Nichts weiter. Es heißt ja, man könne das Wesen eines Mannes danach beurteilen, welchen Umgang er pflegt. Henry Latimer hat ein paar verdammt sonderbare Freunde. In einem Gespräch fiel einmal sein Name, und deine Auskunft bestätigt das, was ich über ihn hörte."

In Wirklichkeit stellte Courtney Jenkinson niemals belanglose Fragen, wie Fred sehr wohl wusste, sondern verfolgte immer irgendein bestimmtes Ziel. Da seine Klienten größtenteils dem Adel angehörten, fragte sich Fred verwundert, wer von ihnen wohl bezüglich Henry Latimer um Rat gefragt haben könnte. An die Dowager Duchess of Medbourne dachte er dabei gar nicht, obwohl er gerade eben gesehen hatte, wie sie die Kanzlei verließ. Aber was wusste eine Dame wie sie schon über diese Welt? Frauen führten ein behütetes Leben. In allen Dingen mussten sie ihren Vätern, Brüdern oder Ehemännern gehorchen. Zu ihrem eigenen Besten, sonst würden diese flatterhaften Geschöpfe ständig falsche Entscheidungen treffen.

Einmal hatte Jackson zu Neville gesagt, in seinem Metier käme es hauptsächlich auf Geduld an. Oft fand man lange Zeit keine neuen Informationen, doch dann, nach wochenlanger ergebnisloser Mühe, kam plötzlich der Durchbruch. Nevilles Ansicht nach steckten sie in der Tat in einer völligen Flaute, daher fiel es ihm zunehmend schwer, Jacksons Optimismus zu teilen. Genau genommen ermittelten sie noch nicht allzu lange, aber die Trennung von Diana machte ihn ungewöhnlich ungeduldig.

Seit Henry Latimer und Frank Hollis beobachtet wurden, hatten sie sich nicht das Geringste zuschulden kommen lassen. Jackson zufolge hielten sie sich bedeckt. Auf jeden Fall gab es keinen Hinweis darauf, ob immer noch Mädchen verschleppt wurden oder ob die Bande vorübergehend damit aufgehört hatte, um von ihrer Spur abzulenken.

„Sie gehen mir aus dem Weg", sagte Neville vorwurfsvoll zu Diana, als er ihr endlich auf einem Ball bei den Templestowes begegnete. An diesem Abend trug sie ein blaues Gewand von derselben Farbe wie ihre Augen sowie eine Tiara und eine Halskette mit den Medbourne-Saphiren. Ganz zu schweigen von den Ohrringen und dem Ring an ihrem Finger.

Über den Rand ihres Fächers hinweg warf sie ihm einen herausfordernden Blick zu. „Ja", bestätigte sie schließlich.

„Sie geben es also zu?“

„Durchaus.“

„Haben Sie mich denn überhaupt nicht vermisst?“

„Doch, natürlich.“

„Dann tanzen Sie mit mir, Sie unartiges Mädchen“, rief er lachend, denn das mutwillige Funkeln in ihren Augen entwaffnete ihn rasch.

„Ah, der große Sir Neville Fortescue erteilt mir mal wieder einen Befehl. Bitte nennen Sie mir einen einzigen Grund, weshalb ich Ihnen gehorchen sollte.“

„Zum Teufel, weil ich dich liebe“, entfuhr es ihm. Prompt erstarrten sie beide.

Was war nur mit ihm los? Seit jenem schicksalhaften Abend, da er Frank Hollis' verächtliche Bemerkung mit angehört hatte, schwand seine Zurückhaltung ebenso rasch dahin wie die französische Flotte bei Trafalgar! Sobald er Diana sah, führte er sich auf wie ein richtiger Draufgänger und konnte sein Begehren kaum noch zügeln.

Vielleicht hätte es ihn getröstet zu erfahren, wie sehr sein Anblick Diana aufwühlte. Zu Hause konnte sie sich fest vornehmen, nicht mit ihm zu kokettieren, ihm keinen Grund zu der Annahme zu geben, dass jede Begegnung mit ihm sie auf ganz besondere Weise berührte. Doch wenn sie ihm dann gegenüberstand, benahm sie sich wie ein aufgeregtes Schulmädchen, das zum ersten Mal von einem gut aussehenden Gentleman beachtet wird. Nun gab es zwar durchaus attraktivere Herren als Neville, aber in ihren Augen besaß er jede Eigenschaft, die sie sich bei einem Mann ersehnte.

Soeben hatte er gesagt, dass er sie liebe. Mitten in diesem Ballsaal. Und im nächsten Augenblick ging er sogar noch einen Schritt weiter.

„Tanz mit mir, Diana“, fuhr er leidenschaftlich fort, indem er nach ihrer Hand griff. „Sonst werde ich dich gleich hier, auf der Stelle, an mich reißen und mich gründlich blamieren. Ahnst du überhaupt, wie viel Macht du über mich hast?" Ehe sie wusste, wie ihr geschah, entführte er sie auf die Tanzfläche, wo die Paare sich gerade zu einem Walzer aufstellten.

Den übrigen Gästen, die ihnen beim Tanzen zusahen, entging die Anziehungskraft zwischen ihnen keineswegs. Schließlich konnte jedermann deutlich erkennen, wie sehr ihre Augen leuchteten und dass er den Blick nicht von ihr abwenden konnte.

Von einer Ecke des Ballsaals aus beobachtete Henry Latimer zähneknirschend das Paar. Bei Gott, Sir Stanford musste dringend dafür sorgen, dass irgendjemand Fortescue zur Raison brachte. Zur Not konnten sie ihn auch töten, dann würde dieser Narr ihnen zumindest nicht mehr im Wege stehen. Nicht nur das, er, Henry, würde auch in persönlicher Hinsicht von Nevilles Tod profitieren. Solange sein verhasster Rivale lebte, hatte er nämlich keine Aussicht, die Kühne Duchess für sich zu erobern.

Aber musste er unbedingt Sir Stanfords Befehl abwarten? Je früher sie Fortescue androhten, Diana etwas anzutun, desto früher würde er nachgeben. Und selbst dann ließ sich Sir Stanford unter Umständen davon überzeugen, dass der Bursche wegen all der Scherereien, die er ihnen bereitet hatte, keine geringere Strafe als den Tod verdiente.

In diesem Augenblick endete der Walzer. Da Diana und Neville ihre Umgebung jedoch kaum noch wahrnahmen, hörten sie es nicht, sondern drehten eine weitere Runde. Erst dann bemerkten sie, dass sie ganz allein auf der Tanzfläche standen.

Aus Verlegenheit mussten sie beide lachen. „Meine liebe Mrs. Rothwell", sagte Neville, „wir erregen gerade großes Aufsehen. Suchen wir eine stille Ecke auf, wo uns niemand stören wird."

„Was soll's, seit Beginn der Saison habe ich ohnehin schon

genug Aufsehen erregt", erwiderte sie. „Also nehme ich deinen Vorschlag gerne an, vorausgesetzt, du beträgst dich anständig."

„Ich will mich bemühen", versprach er. „In diesem Haus gibt es eine Galerie, in der eine prachtvolle Gemäldesammlung hängt. Irgendein Vorfahr von Alex Templestowe hat die Werke auf seiner Bildungsreise durch Europa erworben. Falls jemand kommt, können wir so tun, als interessierten wir uns bloß für die Kunst."

„Wie gut, dass ich es mir als Witwe erlauben kann, eine Weile mit einem begehrten Junggesellen allein zu sein."

„Ich? Ein begehrter Junggeselle? Ich dachte, seitdem ich vor Gericht erscheinen musste, gelte ich nicht mehr als salonfähig."

„Du meine Güte, nein!", widersprach Diana belustigt. „Einem wohlhabenden Gentleman wie dir wird ein Fauxpas schnell verziehen. Jede Mutter mit einer unverheirateten Tochter wird dich sofort als Heiratskandidaten in Betracht ziehen, wenn sie sich die Größe deines Anwesens und deinen Adelstitel vor Augen hält. Dass du nicht im Oberhaus sitzt, spielt keine Rolle. Geld verleiht Glanz, verstehst du, sofern man genug davon besitzt."

In ihrer Stimme schwang beinahe ein Hauch von Bitterkeit mit, doch Neville hielt es für das Beste, nicht darauf einzugehen.

Auf halber Höhe der Galerie stand eine Eichenbank, und direkt gegenüber hing das Meisterwerk der Sammlung, ein gewaltiges Gemälde von Tintoretto, das die Verführung des Gottes Vulkan durch Venus darstellte. Am oberen Bildrand schickte Cupido – der Sohn der Venus – sich an, Vulkan einen Pfeil ins Herz zu schießen, um seine Leidenschaft zu entfachen.

„Hast du mich etwa deswegen hierher gebracht?", erkundigte sich Diana, nachdem sie auf der Bank Platz genommen hatten. „Soll dieses Bild mich dazu bewegen, mich bereitwillig verführen zu lassen?"

„Eher umgekehrt", korrigierte Neville sie. „Vulkan muss

erst von Amors Pfeil getroffen werden, ehe er sich in Venus verliebt. Ich dagegen liebe dich, glaube jedoch, dass du vielleicht Amors Pfeil benötigst, um etwas für mich zu empfinden."

Nun gestand er ihr schon zum zweiten Mal an diesem Abend seine Liebe. Aus irgendeinem unerfindlichen Grund wagte sie ihm nicht zu sagen, dass sie seine Gefühle erwiderte. Was hielt sie davon ab? Erst vor wenigen Tagen hatte sie sich ihm doch förmlich an den Hals geworfen.

Ob es daran lag, dass ihre sinnlichen Bedürfnisse in ihrer Ehe niemals erfüllt worden waren? Fürchtete sie sich vor der wahren Leidenschaft, weil sie sich nach ihrem Zusammenleben mit Charles nur noch eine keusche Beziehung vorstellen konnte?

Erschreckte sie die Vorstellung, sich einem Mann voll und ganz hinzugeben?

Sicherlich nicht! Und doch saß sie wie versteinert da und brachte kein Wort heraus, während der sympathische, anziehende Neville ihr eine Liebeserklärung machte. Irgendetwas musste sie ihm antworten, nur was?

„Dieses Gemälde stellt olympische Götter dar, keine gewöhnlichen Sterblichen", bemerkte sie schließlich.

„Richtig, aber wenn du das Verhalten der Götter betrachtest, wirst du feststellen, dass sie uns gewöhnlichen Sterblichen aufs Haar gleichen. Auch sie ließen sich von ihren Trieben lenken."

Oh, dieser Schelm! Nichtsdestotrotz konnte sie ihm die Antwort, die er so gerne hören wollte, nicht geben.

Plötzlich runzelte er die Stirn. „Spielst du mit mir, Diana? Willst du mich hinhalten? So wie du dich zierst, könnte man dich für eine unerfahrene Jungfrau halten."

Ohne es zu wissen, hatte er den Nagel auf den Kopf getroffen. Bestürzt sah er, wie nach seiner Bemerkung jede Farbe aus Dianas Gesicht wich. Als ihm endlich die Wahrheit dämmerte, die so vieles an ihrem Verhalten erklärte, nahm er ihre kraftlos herabgesunkene Hand und hauchte einen Kuss darauf. „Schau mich an, Diana. Bitte verzeih meine Frage – täusche ich mich, oder bist du nach mehreren Jahren Ehe tatsächlich noch unberührt?“

Sie entzog ihm ihre Hand nicht, wandte jedoch den Kopf ab, um das Beben ihrer Lippen zu verbergen. „Oh Neville, woher weißt du das? Niemand sonst hat es je erraten.“

„Weil ich dich liebe. Demnach habt ihr, du und der alte Duke, tatsächlich eine keusche Ehe geführt?“

„Ja. Mein Gatte war ja schon sehr betagt. Er hat mich immer so freundlich behandelt, mir so viel beigebracht …“ Anstatt den Satz zu vollenden, stieß sie einen tiefen Seufzer aus.

„Nur nicht, wie man als Mann und Frau zusammenlebt. Und da du so früh mit ihm vermählt wurdest, hattest du wenig Gelegenheit, andere junge Herren kennenzulernen, die für dich infrage kamen. Du wurdest sozusagen zu seiner Tochter.“

Ja, nun konnte er sich die Widersprüche in ihrem Wesen erklären. Diese Mischung aus Keckheit und Schüchternheit, die ihr Auftreten kennzeichnete. Ihre Reaktion auf seinen Kuss, neulich in ihrem Salon, als sie sich ihm beinahe hingegeben hätte – nur um im letzten Augenblick davor zurückzuschrecken.

„Fürchtest du dich vor Männern, Diana? Vor mir?“, fragte er sanft.

„Ein wenig schon.“ Endlich wandte sie sich ihm wieder zu. „Ja, im Grunde behandelte er mich wirklich wie eine Tochter. Damals gab ich mich damit zufrieden, aber allmählich begreife ich, dass es auf die Dauer nicht genügt. Oh Neville, du musst Geduld mit mir haben!“

„Jederzeit“, versprach er. „Das gehört zur Liebe dazu, und außerdem verspüre ich als Mann den Wunsch, dich zu beschützen. Verstehst du das?“

„Wahrscheinlich wehre ich mich deswegen dagegen, weil

Charles mich ständig beschützen wollte. Ehrlich gesagt fühlte ich mich dadurch beengt. Heute bestimme ich endlich selbst über mein Leben, auch wenn ich manchmal vielleicht leichtsinnige Dinge tue."

„Ich könnte es nicht ertragen, wenn dir etwas zustieße, Diana, das weißt du ja. Jetzt müssen wir aber gehen, fürchte ich, ehe die Klatschbasen über unsere lange Abwesenheit lästern. Komm."

Als sie sich dem Ballsaal näherten, kam Henry Latimer auf sie zu. Seinem Gesichtsausdruck nach zu schließen gab er sich keine Mühe mehr, ihnen gegenüber die Form zu wahren.

„Hier finde ich Sie beide also! Die Gemälde müssen Sie ja gewaltig interessieren, dass Sie sie so lange besichtigen." Damit gab er ihnen zu verstehen, dass er sie die ganze Zeit über beobachtet hatte.

„In der Tat", bestätigte Diana. „Sir Neville hat mir viel über die olympischen Götter erzählt, die so oft darauf dargestellt werden."

„Tja, Neville spielt gerne den Schulmeister", gab Latimer spöttisch zurück. „Ich könnte mir vorstellen, dass er gar kein anderes Spiel beherrscht", fügte er hinzu, indem er anzüglich den Blick über die Gestalt der jungen Frau schweifen ließ.

Um Dianas willen unterdrückte Neville seinen Zorn, obwohl es ihm wahrhaftig nicht leichtfiel. Wenn er sich nämlich nicht wehrte, würde Latimer überall herumerzählen, Sir Neville Fortescue sei ein Jämmerling, der jede Beleidigung schluckte.

Trotz allem brachte er ein überlegenes Lächeln zustande. „Oh, ich beherrsche viele Spiele. Unschuldige Spiele, bei denen man einander keinen Schaden zufügt, aber das gehört nicht hierher. Und nun entschuldige mich bitte, ich habe Durst. Möchten Sie mich ins Speisezimmer begleiten, Euer Gnaden? Sonst sagen Henry und ich in Ihrer Gegenwart noch Dinge, die wir anschließend bereuen würden."

Im Speisezimmer angekommen, meinte Diana ruhig: „Vielen Dank, dass du keine Szene gemacht hast, obwohl er dich dazu verleiten wollte."

Neville zuckte die Achseln. „Ein Eklat hätte uns gerade noch gefehlt. Soll er mich ruhig für feige halten. Dann wird er vielleicht unvorsichtig, wenn er mich wieder einmal beleidigt."

„Ja", erwiderte sie. Sollte sie Neville erzählen, dass sie Dobbins beauftragt hatte, Henry Latimer nachzuspüren? Lieber nicht. Falls der Mann nichts herausfand, brauchte sie es ihm überhaupt nicht zu gestehen. Wenn etwas Neues ans Licht kam, musste sie es freilich in Erwägung ziehen, aber nicht früher.

Der Rest des Abends verlief ereignislos. Bald nach ihrer Rückkehr in den Ballsaal trennten sich Neville und Diana, um kein Gerede auszulösen. Danach unterhielt sich Neville mit Lord Burnside, der ihm berichtete, er habe kürzlich seiner Mutter einen Besuch abgestattet.

„Hoffentlich hast du nichts dagegen, dass ich meine Bekanntschaft mit ihr erneuert habe. Sie schien sich sehr über meinen Besuch zu freuen, besonders als ich ihr versicherte, sie hätte dich zu einem großartigen jungen Mann erzogen. Von nun an wollen wir unsere Freundschaft wieder pflegen."

Nun ja, so kann man es auch nennen, dachte Neville. Vielleicht würde die Rückkehr ihres Liebsten seine Mutter, die ein ziemlich einsames Leben führte, ein wenig aufmuntern. „Wie schön", bemerkte er laut.

„Setzt du dich immer noch für deine Sache ein?", erkundigte sich sein Vater.

„Ja, nur leider mit wenig Erfolg. Bis jetzt wurden keine Gerüchte über dich und Mutter verbreitet. Also hoffe ich, dass meine Feinde den Anstand besitzen, uns zu verschonen."

„Mach dir nicht allzu viele Sorgen. In meinem Alter brauche ich mich wegen dieser alten Geschichte nicht mehr zu schämen, und deine Mutter teilt meine Ansicht. Trotze der Versuchung und sprich die Wahrheit, so lautet meine Devise. Was dich betrifft, so trägst du ohnehin keine Schuld."

„Wenn meine Feinde die alte Geschichte wieder ausgraben, weil sie befürchten, ich könnte ihnen auf die Spur kommen, wäre das sehr wohl meine Schuld."

„Ach, zerbrechen wir uns nicht wegen Dingen den Kopf, die vielleicht niemals eintreten werden."

Nach diesem Gespräch ging Neville in bester Stimmung nach Hause. Der heutige Abend hatte ihn Diana nähergebracht, da er sie nun endlich richtig verstand. Wie viele feine Damen und Herren verbargen hinter ihren gelassenen Mienen wohl ähnliche Geheimnisse wie sie oder wie seine Mutter und Lord Burnside?

Seitdem sie Neville die Wahrheit über ihre Ehe mit Charles gestanden hatte, empfand Diana einen nie gekannten inneren Frieden. Nun verschwand die Reizbarkeit, unter der sie in letzter Zeit manchmal gelitten hatte, und sie behandelte auch die arme Isabella viel freundlicher. Als am Ende der Woche ihr Anwalt sie dringend zu sich bestellte, nahm sie an, dass es neue Informationen gab.

Courtney Jenkinson empfing sie mit ernster Miene in seinem Büro.

„Bitte nehmen Sie Platz, Euer Gnaden. Ich habe traurige Neuigkeiten für Sie. Vielleicht erinnern Sie sich noch daran, dass ich Ihnen bei Ihrem letzten Besuch versprach, ein Mann namens Dobbins würde Erkundigungen über Henry Latimer und Frank Hollis einholen?"

„Gewiss."

„Schon nach zwei Tagen berichtete er mir, er habe jemanden gefunden, der ihm alles über Mr. Latimers Angelegenheiten erzählen wollte. Dobbins sollte sich noch am selben Abend mit diesem Mann treffen und mich gleich am folgenden Morgen aufsuchen, doch er erschien nicht. Zuerst machte ich mir deswegen keine Gedanken, bis gestern Nachmittag Dobbins' Frau völlig aufgelöst zu mir kam. Anscheinend wurde er seit dem Tag, an dem er mir Bericht erstatten sollte, vermisst. Gestern früh wurde sie von einem Konstabler abgeholt, um in der Leichenhalle einen Toten zu identifizieren, den man in der Nähe der London Bridge aufgefunden hatte – offensichtlich ermordet. Die Konstabler vermuteten, dass es sich um ihren Ehemann handelte, was sie bestätigte. Da er niemals mit ihr über seine Arbeit gesprochen hatte, konnte sie rein gar nichts über seinen Tod aussagen. Darüber hinaus hatte Dobbins ihr eingeschärft, niemandem von seiner Verbindung zu dieser Kanzlei zu erzählen, am allerwenigsten den Konstablern. Doch sie hielt es für ihre Pflicht, uns von seinem Tod zu unterrichten."

„Ermordet", flüsterte Diana und erblasste. „Ermordet, während er einen Auftrag für mich ausführte."

„Ich fürchte, ja. Machen Sie sich deswegen keine Vorwürfe. Woher sollten Sie wissen, dass diese Sache gefährlicher war als seine üblichen Aufgaben?"

Oh doch, ich wusste es, dachte Diana wie betäubt. Schließlich hat Neville mich auf die Gefahr hingewiesen, aber ich wollte nicht auf ihn hören. Es kam mir nicht einmal in den Sinn, Mr. Jenkinson zu warnen.

„Möchten Sie vielleicht ein Glas Wasser?", fragte der Anwalt, dem ihr Schweigen und ihre Blässe Sorge bereiteten. „Diese Nachricht scheint Sie tief zu treffen."

„Wasser? Ja, bitte. Allerdings, Mr. Dobbins' Tod bestürzt mich sehr. Hinterlässt er Kinder?"

„Zwei, glaube ich."

„Wovon wird die Familie nun leben?"

Daran hatte Mr. Jenkinson noch gar nicht gedacht. „Ohne ihren Ernährer wird sie vermutlich schwere Zeiten durchmachen."

„Nein!", rief Diana. „Das kann ich nicht zulassen. Bitte geben Sie mir ihre Adresse. Ich werde der Witwe eine Rente aussetzen. Genug, dass sie und ihre Kinder in Zukunft davon leben können."

„Sehr gütig von Ihnen, Euer Gnaden …"

„Ganz und gar nicht, ich erfülle bloß meine Pflicht gegenüber dieser Familie. Sagen Sie Mrs. Dobbins, das Geld stamme aus einer Stiftung, die sich um in Not geratene Menschen wie sie kümmert."

Nur weil ich seine Warnung missachtet habe, musste ein Mann sterben. Was wird Neville von mir denken, wenn ich es ihm sage?

Auf dem ganzen Heimweg ging dieser Gedanke Diana nicht aus dem Kopf. Als sie zu Hause ankam, bemerkte Isabella sofort, dass etwas sie quälte, denn sie hatte ihren Schützling selten so blass und bedrückt gesehen.

„Fühlst du dich nicht wohl, meine Liebe?", erkundigte sie sich fürsorglich. „Hast du eine schlimme Nachricht erhalten?"

„Ja", bestätigte Diana. „Entschuldige, aber ich möchte nicht darüber reden. Es betrifft uns beide nicht direkt." In gewissem Maße stimmte das sogar.

„Soll ich dir etwas zu trinken bringen lassen? Vielleicht würde dir das guttun. In der Zwischenzeit möchtest du vielleicht diesen Brief lesen, den ein Bote heute überbracht hat."

„Einverstanden …" Diana sank in einen Sessel. „Ja, jetzt würde ich tatsächlich gerne etwas trinken. Keinen Tee, lieber Kaffee." Während sie den Brief nahm, fragte sie sich kurz, ob er wohl von Neville stammte. Wollte er ihr irgendetwas Dringendes mitteilen?

Zwar war die Schrift auf dem Umschlag nicht die seine, aber das besagte gar nichts. Allerdings ließ auch das Siegel keinen Rückschluss auf den Absender zu, was sie etwas nachdenklich stimmte.

Als sie das kurze, brutale Schreiben las, erschrak sie gewaltig, ja sie konnte von Glück sagen, dass sie ohnehin schon sehr aufgewühlt wirkte. Sonst würde Isabella sich ernste Sorgen um sie machen, wenn sie in den Salon zurückkehrte.

„Wenn Sie nicht aufhören, Ihr hübsches Näschen in fremde Angelegenheiten zu stecken, werden Sie es noch verlieren – und Ihr Leben dazu", stand auf dem Blatt.

Einen Moment lang fühlte sie sich einer Ohnmacht nah, bis allmählich Zorn in ihr hochstieg. Wie konnten sie es wagen! Nach dem Gespräch mit Mr. Jenkinson hatte sie eigentlich beschlossen, sich künftig aus dem Fall herauszuhalten, aber nun kam das nicht mehr infrage. Von diesen niederträchtigen Schurken würde sie sich ganz gewiss nicht einschüchtern lassen!

Falls dieser anonyme Brief von Henry Latimer stammte, was sie stark vermutete, hatte er sie damit nur in ihrem Entschluss bestärkt, Neville zu unterstützen. Auf diese Weise konnte sie wenigstens den Mord an dem armen Mr. Dobbins rächen und somit ihren persönlichen Anteil an der Schuld wiedergutmachen.

Sobald sie sich ein wenig beruhigt hatte, wollte sie Neville aufsuchen, um ihm alles zu erzählen.

Neville, der nichts von der Drohung gegen Diana ahnte, saß in seinem Arbeitszimmer an seinem Schreibtisch. Stirnrunzelnd blickte er auf den anonymen Brief, den er an diesem Morgen erhalten hatte. Wenn er die Suche nach den Entführern nicht aufgab, so lautete die Warnung, würde das nicht nur ihn und Jackson teuer zu stehen kommen, sondern auch die Duchess of Medbourne. Ganz besonders die Duchess.

Jener letzte Teil erschreckte ihn am meisten. Irgendwie musste er ihr klarmachen, dass sie in dringender Gefahr schwebte. Von nun an durfte sie sich nicht mehr mit diesen Verbrechen beschäftigen, genau genommen sollten sie einander nur noch so selten wie möglich sehen. Wenn sie einander begegneten, würden sie so tun, als hätten sie gestritten, als läge ihnen nichts mehr aneinander.

Natürlich würde es ihm das Herz brechen, sich auch nur für kurze Zeit von ihr zu trennen, aber ihre Sicherheit ging vor.

Kaum hatte er sich zu dieser Entscheidung durchgerungen, da trat sein Butler ein, um eine Besucherin zu melden. Ihre Gnaden, die Duchess of Medbourne, wünsche ihn in einer dringenden Angelegenheit zu sprechen.

„Führen Sie sie herein“, sagte Neville. Je früher er ihr von dem Brief berichtete, desto besser. Ganz gleich, wie sie die Neuigkeit aufnahm, er würde sein Bestes geben, um sie zur Vernunft zu bringen.

Schon beim Eintreten erkannte Diana an seiner sorgenvollen Miene, dass etwas nicht stimmte.

„Was hast du denn?“, fragte sie. „Ist etwas Schlimmes geschehen?“

„Ja“, erwiderte er ernst. „Bitte sehr, nimm Platz, dann werde ich es dir erklären.“

„Nur, wenn du dich auch setzt. Ich möchte dir ebenfalls etwas mitteilen, doch als dein Gast lasse ich dich selbstverständlich zuerst zu Wort kommen. Mal sehen, wer von uns die schrecklichere Geschichte zu bieten hat.“

„Nein, rede du zuerst“, forderte er sie auf, denn er kannte sie gut genug, um zu ahnen, dass sie mit ihrem unbekümmerten Ton bloß ihre Angst überspielte.

„Also schön. Es heißt ja immer, dass Beichten der Seele wohltut, und meine Seele hat dringend eine Wohltat nötig“, bemerkte sie, während sie einen Brief aus ihrem Retikül zog.

Einen Augenblick lang zögerte sie, als ob sie nach Worten ringe, was ihr überhaupt nicht ähnlich sah. Als sie schließlich mit ihrem Bericht begann, klang ihre Stimme nicht im Geringsten mehr unbekümmert.

„Ja, ich muss dir etwas beichten, Neville. Nachdem du mir damals verboten hattest, dir bei der Suche nach den Mädchen zu helfen, beschloss ich, mir weder von dir noch von sonst irgendjemandem Vorschriften machen zu lassen. Daher suchte ich meinen Anwalt auf, der hin und wieder für mich prüft, ob meine Verehrer ehrliche Absichten hegen. Einer seiner Angestellten, ein Mr. Dobbins, pflegte Erkundigungen über die jungen Herren einzuholen, und ich fand seine Informationen immer sehr hilfreich. Diesmal erteilte ich ihm den Auftrag, so viel wie möglich über Henry Latimers und Frank Hollis' Machenschaften herauszufinden."

Bisher hatte sie ruhig und gefasst gewirkt, doch zu Nevilles Bestürzung brach sie plötzlich in Tränen aus. Schluchzend holte sie ein hauchzartes Taschentuch aus ihrem Retikül, mit dem sie reichlich wirkungslos ihre Augen abtupfte.

„Wenn du gestattest", sagte er, indem er ihr sein großes, frisch gewaschenes Taschentuch anbot.

„Bitte entschuldige", brachte sie nach einer Weile hervor. „Oh Neville, wenn ich deinen Rat doch nur befolgt hätte, anstatt den armen Mr. Dobbins anzuheuern! Heute Morgen habe ich erfahren, dass er tot aufgefunden wurde – ermordet, während er meinem Auftrag nachging! Er hinterlässt eine Witwe und zwei kleine Kinder. Stell dir vor, wie schuldig ich mich jetzt fühle! Auch wenn ich veranlasst habe, dass die Familie versorgt wird, bringt ihnen das den Ehemann und Vater nicht zurück. Ich werde mir nie verzeihen, dass er meinetwegen sterben musste, und wie könntest *du* mir je verzeihen, dass ich deine Warnung in den Wind geschlagen habe?"

Wieder liefen ihr die Tränen über die Wangen. Bestürzt sprang Neville auf, kniete vor ihr nieder und sprach tröstend auf sie ein.

„Liebste Diana, beruhige dich doch! Mach dir keine so schweren Vorwürfe. Nach allem, was du erzählt hast, führte er häufig solche Aufgaben aus. Also musste er wissen, welches Risiko er einging. Natürlich kann ich deine Schuldgefühle nachvollziehen, aber ich verstehe auch, dass du persönlich etwas unternehmen wolltest. Ich hätte dich nicht so streng und despotisch behandeln dürfen."

„Noch etwas", murmelte Diana. „Auf dem Rückweg von der Kanzlei beschloss ich, deine Worte zu beherzigen. Dann aber fand ich zu Hause diesen Brief vor."

Er nahm das Schreiben, das sie ihm reichte, und setzte sich wieder an seinen Tisch. Beim Lesen verfinsterte sich seine Miene zusehends.

„Oh Liebste, wie entsetzlich! Und ausgerechnet nach der Nachricht von Dobbins' Tod! Du solltest mich wirklich nicht länger unterstützen."

„Im Gegenteil, Neville! Durch diesen Brief habe ich meine Meinung wieder geändert. Nun will ich die Entführer um jeden Preis auch wegen Mordes vor Gericht bringen. Soll ich ihre Drohungen etwa einfach hinnehmen? Meine Ehre verbietet mir, mich vor ihnen zu verstecken. Wenn sie wüssten, dass sie mit diesem Schritt genau das Gegenteil dessen erreicht haben, was sie von mir wollen!", rief sie mit vor Zorn blitzenden Augen.

„Denk an die Gefahr!"

„Von nun an werden diese Schurken ohnehin nicht mehr von mir ablassen."

Nach kurzem Überlegen meinte er: „Ja, in gewisser Weise hast du recht. Nun, da du direkt bedroht wirst – und zwar gleich zweimal –, liegen die Dinge anders. Du bist jetzt mit in diesen Fall verwickelt." Zur Erklärung reichte er ihr den Drohbrief, den er an diesem Morgen erhalten hatte.

„Man benutzt mich als Druckmittel gegen dich", bemerkte sie, nachdem sie ihn gelesen hatte.

„Genau. Wenn du wünschst, dass ich aufgebe – was ich durchaus verstehen könnte –, werde ich mich nach dir richten, sosehr ich es bedauern würde."

„Aber nein! Hast du mir vorhin nicht zugehört?"

„Du willst wirklich, dass ich weiter ermittle?"

„Ja, ja und abermals ja!"

„Gut! In Zukunft sollten wir so tun, als hätten wir uns zerstritten und den Umgang miteinander abgebrochen. Gleichzeitig setzen wir im Verborgenen unseren Kampf gegen die Verbrecherbande fort. Es wird gefährlich werden, für alle beide. Ehe wir uns an die Arbeit machen, sollten wir Jackson ins Vertrauen ziehen."

Somit verabredeten sie, wann sie gemeinsam den Ermittler aufsuchen würden.

„Ich möchte die Schuldigen verurteilt sehen", erklärte Diana bei ihrem Abschied. „Schon allein für den Mord an Dobbins."

Voller Bewunderung betrachtete Neville ihre entschlossene Miene. In ihrer gegenwärtigen Stimmung erinnerte sie ihn an eine andere Diana: an die mutige jungfräuliche Göttin der Jagd.

13. KAPITEL

Im Wesentlichen billigte Jackson Nevilles und Dianas Plan. Angesichts der neuen Drohungen neigte er jedoch zu der Ansicht, die beiden sollten die Ermittlungen von nun an ihm allein überlassen.

„Auf gar keinen Fall“, widersprach Diana leidenschaftlich. „Verstehen Sie doch, es geht mir um meine Ehre, und Sir Neville ebenfalls. Wir wollen die Heuchler, die ihren Rang und ihre Macht zu solchen Verbrechen missbrauchen, unbedingt entlarven. Und falls sie uns wirklich angreifen, werden sie vielleicht Fehler begehen, die wir gegen sie verwenden können.“

Über diese eitle Hoffnung runzelte Jackson bloß die Stirn. „Sie müssen sich vorsehen, Euer Gnaden.“

„Für Sie Mrs. Rothwell, wenn ich bitten darf“, unterbrach ihn Diana. „Allmählich habe ich es satt, dass jedermann vor mir katzbuckelt, nur weil ich einen Titel trage.“

„In Ordnung, Mrs. Rothwell. Dass Sie aber nicht die Entschlossenheit und Skrupellosigkeit des Feindes unterschätzen! Ich bezeichne die Schufte so, weil wir uns nun sozusagen im Krieg mit ihnen befinden. Und glauben Sie mir, es wird ein erbitterter Kampf werden.“

Darauf wusste selbst die schlagfertige Diana nichts zu erwidern.

„Wir sind nicht weniger entschlossen“, warf Neville ein. „Außerdem haben wir das Recht auf unserer Seite. Das Böse triumphiert, sobald die guten Menschen sich nicht dagegen wehren.“

„Ja, durchaus“, räumte Jackson ein. „Aber ich muss Sie warnen, ehe das Gute über das Böse siegt, werden immer einige Menschen zu Märtyrern.“

Anschließend besprachen sie ihr weiteres Vorgehen. Je länger sie darüber nachdachten, desto mehr verstärkte sich ihr

Eindruck, dass sie einen toten Punkt erreicht hatten. Auch wenn sie einige der Übeltäter zu kennen glaubten, besaßen sie immer noch keine Beweise.

„Ja, unser Anführer macht mir zunehmend Druck", sagte Sir Stanford Markham zu Henry Latimer. „Falls wir auffliegen und falls er glaubt, ich hätte nichts unternommen, um das zu verhindern, wird er mich bedenkenlos opfern. Tun Sie also, was Sie für richtig halten, solange Sie nur Fortescue, Jackson und die Duchess aufhalten. Eigentlich hätten wir gleich zu Beginn das Geheimnis von Fortescues Geburt lüften müssen, aber wegen Sentimentalität unseres Anführers blieb uns dieser Weg versperrt. Wenn allerdings der Duchess etwas zustoßen sollte, dürften Fortescue und Jackson die Verfolgung rasch aufgeben – schon aus Furcht, eines Nachts ermordet in der Themse zu landen."

„Wissen Sie schon das Neueste? Die Duchess of Medbourne und Sir Neville Fortescue sprechen nicht mehr miteinander. Erst gestern hat sie ihn geschnitten, als er auf meiner Soiree auf sie zuging. Stellen Sie sich vor, was für ein langes Gesicht er da gezogen hat! Dabei taten sie noch vor Kurzem so verliebt."

Wie gewöhnlich erzählte Emily Cowper ihren Freundinnen brühwarm den neuesten Klatsch. An diesem Abend hatte sich jeder, der in der Gesellschaft eine Rolle spielte, bei Almack's eingefunden, um zu tanzen, zu speisen, zu trinken und zu spielen. Vor allen Dingen aber, um sich an saftigen Klatschgeschichten zu erfreuen.

„Das wundert mich sehr", bemerkte Lady Leominster in ungewohnt nachdenklichem Ton. „Zumal sie überhaupt nicht traurig wirkt, sondern äußerst zufrieden."

„Angeblich macht ihr Henry Latimer jetzt schon wieder den Hof."

„Nein, unmöglich!", protestierte Lady Leominster. „Also wirklich, ich finde das höchst eigenartig."

Fest entschlossen, dem Rätsel auf den Grund zu gehen, fing sie Diana wenig später ab. „Was für ein Spiel spielen Sie und Sir Neville Fortescue da eigentlich? Ich möchte wetten, dass Sie uns alle zum Narren halten, aber ich kann mir beim besten Willen nicht denken, wieso."

Zu Dianas Bestürzung sprach sie in der Lautstärke eines Marktschreiers, sodass die umstehenden Damen und Herren, darunter auch Sir Stanford Markham, zweifellos jedes Wort verstanden.

„Nein, wir halten niemanden zum Narren", erklärte die junge Frau. „In letzter Zeit gab es mehrere Meinungsverschiedenheiten zwischen uns, daher beschloss ich, unsere Freundschaft zu beenden. Ich fürchte, Sir Neville findet sich nur schwer damit ab, aber daran kann ich nichts ändern."

Falls sie glaubte, dass Lady Leominster sich damit zufriedengeben würde, irrte sie sich gewaltig.

„Unsinn!", dröhnte sie. „Sie machen uns etwas vor, das weiß ich genau. Wenn demnächst ans Licht kommt, dass ich doch recht hatte, erwarte ich von Ihnen beiden eine Entschuldigung. Andere Leute können Sie vielleicht täuschen, aber mich nicht."

Als Diana beobachtete, wie Sir Stanford interessiert die Ohren spitzte, wurde ihr angst und bange. Falls er nun glaubte, dass Ihre Irre Ladyschaft mit ihrem Verdacht richtiglag, was dann? Dann hätten Neville und sie sich völlig umsonst bemüht, den Eindruck zu erwecken, dass sie miteinander auf dem Kriegsfuß standen.

Ganz abgesehen davon fragte sie sich natürlich auch, wie Lady Leominster sie durchschaut hatte.

„Ich kann nur betonen, wie erleichtert ich bin, dass er heute offensichtlich anderen Vergnügungen nachgeht", bemerkte sie kühl. „Soweit ich gehört habe, verkehrt er neuerdings in Renton Nicholsons anrüchigem Etablissement. Ehrlich gesagt freue ich mich über das Ende unserer Freundschaft – mehr haben wir nämlich nie füreinander empfunden. Und nun können wir dieses leidige Thema vielleicht abschließen."

Eine Weile lang unterhielten sie sich über andere Dinge. Doch kurz bevor Ihre Ladyschaft ging, raunte sie Diana zu: „Mich können Sie nicht für dumm verkaufen."

Und Sir Stanford Markham möglicherweise auch nicht. Während Diana überlegte, welche Folgen das nach sich ziehen könnte, kam besagter Herr höchstpersönlich auf sie zu und begrüßte sie mit einer tiefen Verneigung.

„Zu Ihrem Bruch mit Sir Neville Fortescue kann ich Ihnen nur gratulieren. Dieser naive Dummkopf verdient es nicht, mit Ihnen zu verkehren, die Sie von Ihrem Gatten so hervorragend geschult wurden. Ein außergewöhnlicher Mann, der verstorbene Duke, und alles andere als naiv, wie Sie selbst am allerbesten wissen."

„Ganz recht", bestätigte Diana, wobei sie sich trotz ihres inneren Aufruhrs um einen kühlen, gelassenen Ton bemühte. „Allerdings wusste ich nicht, dass Sie ihn kannten."

„Vor vielen Jahren, lange vor Ihrer Heirat. Ich fand es immer schade, dass er so ein zurückgezogenes Leben führte. Meiner Meinung nach hätte er einen ausgezeichneten Premierminister abgegeben."

Da Diana keine passende Antwort einfiel, nahm sie diese Lobrede bloß mit einem Nicken zur Kenntnis. Glücklicherweise kam in diesem Augenblick Lord Alford auf sie zu, sodass sie das Gespräch mit diesem schmierigen Heuchler beenden konnte. Mochte er sich auch hinter einer Maske der Ehrbarkeit verstecken, seitdem sie sein wahres Wesen kannte, widerte seine bloße Gegenwart sie an.

„Ich dachte mir schon, dass Sie von ihm erlöst werden wollten", erklärte George. „Ein lästiger Schwätzer, nicht wahr? Zuerst mussten Sie diese schrullige alte Dame erdulden und dann auch noch ihn. Jetzt würde Ihnen ein Glas Champagner guttun. Darf ich Sie zum Büfett geleiten?"

Auf dem Weg ins Speisezimmer begann sie charmant mit ihm zu plaudern. Prompt beschloss er, sich in die Schar der Bewerber einzureihen, die ihr seit ihrem Streit mit Neville wieder den Hof machten. Warum sollte er nicht sein Glück bei ihr versuchen?

Später jedoch, als er Henry Latimer von seinen ehrgeizigen Hoffnungen erzählte, entgegnete dieser unwirsch: „Ach Unfug! Ausnahmsweise muss ich Lady Leominster recht geben. Die beiden halten uns alle zum Narren oder versuchen es zumindest."

„Selbstverständlich spielen wir bloß Theater, aber wie kommt sie auf diese Idee?", erkundigte sich Neville erstaunt.

Am Tag nach ihrem Besuch bei Almack's war Diana allein und in Männerkleidern zu seinem Haus in Chelsea gefahren, ohne ihren Bediensteten mitzuteilen, wohin sie ging.

„Wenn ich das nur wüsste! Eigentlich fand ich unsere Leistung bühnenreif, besonders bei Emily Cowpers Soiree, wo ich dich so grob vor den Kopf gestoßen habe. Aber nun stehen wir vor einem Problem, weil sie das ausgerechnet vor Sir Stanford herausposaunen musste. Anschließend kam er zu mir und machte ein paar rätselhafte Anspielungen, unter anderem auch über dich."

„Das heißt, Lady Leominster hat mit ein paar wenigen unklugen Worten unsere kleine Komödie zunichtegemacht?"

„Ich fürchte, ja."

„Dann sollten wir lieber aufhören, uns zu treffen", meinte Neville langsam. „Vielleicht wirst du beschattet."

Diana fiel es schon schwer genug, in der Öffentlichkeit so

zu tun, als hasse sie Neville. Wie sollte sie es ertragen, ihn nicht einmal mehr heimlich zu sehen?

Schweigend sahen sie einander in die Augen. Die Vernunft sagte ihnen, dass sie nicht wie bisher fortfahren durften, aber mit Vernunft hatten ihre Empfindungen füreinander wenig zu tun. Bald konnte Neville sich nicht mehr zurückhalten. Ohne den Blick von Dianas Antlitz abzuwenden, neigte er sich vor, nahm sie in seine Arme und küsste sie – nicht sachte auf die Wange, sondern auf die Lippen.

Mit einem leisen Stöhnen gab sie sich seiner Liebkosung hin, ja erwiderte seinen Kuss mit voller Leidenschaft. Einen köstlichen Augenblick lang ließen sie sich beide von ihrem Verlangen mitreißen, das durch die geteilte Gefahr noch zusätzlich gesteigert wurde. Schon hatte er ihr die Jacke von den Schultern gestreift und wollte gerade ihr Hemd aufknöpfen, da kam sie wieder zur Besinnung. Wenn sie ihn nicht sofort aufhielt, wenn sie noch intimere Zärtlichkeiten zuließ, würde sie ihrer Lust bald freien Lauf lassen. Doch das konnte sie teuer zu stehen kommen. Trotz aller Kühnheit vergaß sie nie, welches Schicksal diejenigen traf, die bei einem moralischen Fehltritt ertappt wurden.

„Nein! Das dürfen wir nicht. Schlimm genug, dass wir uns heimlich treffen. Was soll erst geschehen, wenn ich auch noch deine Geliebte werde!"

„Nicht meine Geliebte, sondern meine wahre, ewige Liebe", murmelte Neville mit belegter Stimme.

„Falls du das wirklich ernst meinst, wirst du mich loslassen."

Widerstrebend kam er ihrer Bitte nach. „Es tut mir leid", seufzte er. „Sobald ich dich sehe, kann ich mich vor lauter Sehnsucht kaum noch beherrschen."

Da Diana nicht wusste, was sie darauf erwidern sollte, entstand ein längeres Schweigen. Schließlich bemerkte sie: „Wir werden unsere Komödie wohl oder übel weiterspielen müssen. Vielleicht hat Sir Stanford ja doch keinen Verdacht geschöpft. Außerdem hoffe ich fest, dass wir bald Beweise gegen ihn finden, die vor Gericht standhalten. Dann können wir unser Täuschungsmanöver beenden."

„Ja", seufzte Neville, der sich immer noch vor ungestilltem Verlangen nach ihr verzehrte. Dass Diana seine Liebkosungen abgewehrt hatte, erfüllte ihn mit Erleichterung und gleichzeitig mit Bedauern. Alles in allem überwog die Erleichterung. Angenommen, sie hätte sich ihm hingegeben und dabei ein Kind empfangen? Nicht auszudenken!

„Setzen wir unsere Hoffnung auf Jackson", fügte er hinzu.

„Einverstanden. Morgen werde ich dich besuchen, falls er Neuigkeiten für uns hat. Gefahr hin oder her, nichts kann mich davon abhalten."

„Aber nicht allein oder in Männerkleidern, versprich mir das", bat er lediglich.

„Wie du willst."

Am darauffolgenden Tag besprach Jackson mit seinen Auftraggebern im Innenministerium, wie sie Captain Knightons Umsturzversuch im letzten Augenblick vereiteln könnten.

Bei seiner Rückkehr traf er in seinem Zimmer einen bescheiden gekleideten Mann an. „Ihre Hauswirtin hat mich hereingelassen, weil ich ihr sagte, dass ich Sie dringend sprechen muss", begann der Fremde ohne Einleitung.

„Was wünschen Sie?", erkundigte sich Jackson.

„Ich heiße William Dobbins und komme wegen meines Bruders, der kürzlich ermordet wurde. Kurz vor seinem Tod erzählte er mir, sein Arbeitgeber hätte ihn beauftragt, für eine seiner Klientinnen einer wichtigen Sache auf den Grund gehen. Er fügte gleich hinzu, dass es gefährlich werden könnte, weil gewisse mächtige Persönlichkeiten es lieber sähen, wenn er keine Fragen stellte. Tatsächlich wurde er schon mehrmals bedroht. Dann nannte er mir die Namen zweier Männer, die er beschatten sollte, und berichtete mir alles, was er bereits über sie herausgefunden hatte. Falls ihm irgendetwas zustoßen sollte, meinte er, müsste ich Sie um Hilfe bitten, damit Sie die Schuldigen finden. Zwei Tage später wurde er aus der Themse gezogen. Jetzt wende ich mich an Sie, wie er mich gebeten hat."

„Sie üben wohl nicht denselben Beruf aus wie er?"

„Oh nein. Ich arbeite als Sekretär in einer Anwaltskanzlei. Ein paar Jahre lang hat er das auch getan, aber ihm wurde diese Tätigkeit bald zu langweilig. Dann stellten seine Arbeitgeber fest, dass sie einen Mann gebrauchen könnten, der hin und wieder heimliche Ermittlungen für sie durchführt. Er meldete sich freiwillig für diese Aufgabe." Nach einer Pause fuhr er fort: „Ich glaube nicht, dass er mit einem Mordanschlag gerechnet hat."

„Dennoch kam es dazu", warf Jackson ein.

„Ja. Also, wollen Sie mir helfen? Wollen Sie nach den Übeltätern suchen, die ihn ermordet haben, ehe er sie überführen konnte?"

„Selbstverständlich", bekräftigte Jackson. „Allerdings kann ich Ihnen nicht versprechen, dass es mir gelingen wird, die Schuldigen zu finden und vor Gericht zu bringen. Als Erstes müssen Sie mir alles erzählen, was Sie wissen."

Sicherheitshalber verschwieg er, dass Neville und Diana sich an der Suche beteiligten und dass niemand anders als die Duchess Mr. Dobbins angeheuert hatte. Je weniger Personen Bescheid wussten, desto besser.

„Gut. Mein Bruder hat sich mit zwei Herren namens Henry Latimer und Frank Hollis beschäftigt, zwielichtigen Gesellen, die für Geld einfach alles tun würden. Offenbar gibt es Beweise, dass Latimer im Auftrag gewisser einflussreicher Männer Jungfrauen entführt und an ein Bordell verkauft. Wenn sie dort an reiche Kunden verschachert werden, erhält er einen Teil des Gewinns. Laut meinem Bruder will Latimer demnächst sogar eine wohlhabende adlige Dame entführen, da sie Verdacht gegen ihn geschöpft hat. Zuerst wird er sich persönlich mit ihr vergnügen, dann wird er auch sie zu Madame Josettes Etablissement bringen. Nun wusste mein Bruder zwar nicht, auf welche Dame Latimer es abgesehen hat, aber er vermutete, dass es sich um besagte Klientin seiner Arbeitgeber handelt. Vor seinem Tod bemühte er sich, ihren Namen herauszufinden, um sie zu warnen."

Im Gegensatz zu Dobbins kannte Jackson die geheimnisvolle Klientin bereits: Diana, Dowager Duchess of Medbourne. Wie es schien, fürchtete Sir Neville völlig zu Recht um ihre Sicherheit.

„Ich werde alles tun, was in meiner Macht steht, um die Mörder Ihres Bruders zu fassen und sie ihrer verdienten Strafe zuzuführen", versicherte er seinem Besucher zum Abschied. „Und über mein Honorar wollen wir erst am Ende sprechen, wenn ich ihn gerächt habe. Sobald ich irgendetwas weiß, werde ich es Ihnen mitteilen. Kommen Sie in Zukunft nicht mehr hierher, vielleicht werden Sie verfolgt."

Unmittelbar nach William Dobbins' Aufbruch eilte Jackson auf die Straße und winkte eine Droschke herbei, um zu Sir Neville zu fahren. Sie mussten so schnell wie möglich eine Wache auf die Beine stellen, die die Duchess rund um die Uhr beschützte. Auf den Straßen herrschte ein großes Gedränge, da eine von Knighton und seinen Anhängern aufgewiegelte Menge einen Protestmarsch abhielt.

Als er endlich in Chelsea ankam, teilte Lem ihm mit, er wolle gerade die Kutsche aus der Remise holen, um Sir Neville nach Medbourne House zu bringen. Die Duchess habe versprochen, seinen Herrn an diesem Morgen zu besuchen, sei jedoch nicht erschienen. Inzwischen mache sich Sir Neville große Sorgen um sie.

Angesichts der neuesten Entwicklungen beunruhigte diese Nachricht Jackson sehr. Hatte er nicht einmal erklärt, in seinem Metier käme es häufig vor, dass sich lange Zeit überhaupt nichts tat, bis sich plötzlich die Ereignisse überschlugen? Ob im guten oder im schlechten Sinne konnte man im Voraus nie wissen.

Bald kam Neville ausgehbereit aus seinem Zimmer. „Ah, Jackson! Das trifft sich gut. Wir müssen dringend in Medbourne House nach dem Rechten sehen."

„Unbedingt. Heute Morgen habe ich mit Dobbins' Bruder gesprochen, und seine Informationen deuten darauf hin, dass die Duchess unter Umständen in Lebensgefahr schwebt."

„Nicht zu fassen!", rief Neville, nachdem er alle Einzelheiten gehört hatte. „Bei Gott, wenn Latimer ihr auch nur ein Haar krümmt, bringe ich ihn um!"

„Zunächst einmal", warf Jackson in trockenem Ton ein, „müssen wir uns vergewissern, ob sie tatsächlich in Schwierigkeiten steckt oder ob sie bloß durch die Unruhen auf den Straßen aufgehalten wurde. Gehen wir."

Während der gesamten Fahrt konnte Neville aus Angst um seine Liebste seine Ungeduld kaum bezähmen. Kaum hielt seine Kutsche vor Medbourne House, sprang er hinaus und hastete die Eingangsstufen hinauf. „Ist die Duchess zu Hause?", fragte er den Butler, der ihm die Tür öffnete.

„Ich bedaure, Sir Neville", sagte Lubbock steif. „Ihre Gnaden ist heute früh um halb zehn in Begleitung eines Stallburschen ausgefahren. Wohin sie wollte, kann ich nicht sagen, aber sie kündigte an, sie würde etwa anderthalb Stunden fortbleiben. Nun warten wir schon die ganze Zeit vergebens auf sie. Ich werde Sie unverzüglich zu Mrs. Marchmont bringen."

Ehe er seine Absicht durchführen konnte, flog die Salontür auf und Isabella, die die Ankunft des fremden Fahrzeugs durch das Fenster beobachtet hatte, eilte blass und völlig aufgelöst in die Eingangshalle.

„Bitte kommen Sie in den Salon, Sir Neville“, rief sie. „Wissen Sie, wo um alles in der Welt Diana steckt? Ich finde es höchst rücksichtslos von ihr, einfach so mir nichts, dir nichts zu verschwinden.“

Ihre Aufregung bewies, dass sie trotz ihrer ständigen Nörgelei echte Zuneigung für Diana empfand. Ausnahmsweise verzichtete sie sogar auf sämtliche Förmlichkeiten, mit denen sie Neville unter normalen Umständen empfangen hätte.

Im Salon bat er sie zuallererst, Platz zu nehmen. „Hoffen wir das Beste“, sagte er sanft. „Allerdings muss ich Ihnen mitteilen, dass sie mich heute Vormittag um zehn Uhr besuchen wollte – jedoch nicht gekommen ist.“

Während Isabella verzweifelt die Hände rang, meldete sich plötzlich Jackson zu Wort. „Sie wussten wohl nicht über diese Verabredung Bescheid?“, erkundigte er sich betont freundlich, um sie nicht noch weiter aus der Fassung zu bringen.

„Nein“, antwortete sie. „Wahrscheinlich wollte sie es mir nicht sagen, weil ich es – bitte verzeihen Sie, Sir Neville – nicht gebilligt hätte. Warum fragen Sie, Mr. …?“, fügte sie zu, wobei sie vielsagend die Augenbrauen hochzog.

„Falls irgendjemand in diesem Haushalt weiß, welche Richtung sie eingeschlagen hat, dürfte uns das bei der Suche helfen. Lässt sie sich jedes Mal von einem Stallburschen kutschieren?“

„Nein, eben nicht! Oft fährt sie ganz allein durch die Gegend, auch das fand ich schon immer sehr unklug von ihr. Deswegen hat es mich gefreut, dass sie es heute nicht tat.“

Jackson warf Neville einen raschen Blick zu. „Dann schlage ich vor, wir gehen jetzt zur Remise.“

„Wer ist dieser Mann, Sir Neville?“, protestierte Isabella mit schriller Stimme. „Woher nimmt er das Recht, mich zu befragen und Ihnen Anweisungen zu geben?“

Wenn er seinen Begleiter als einen ehemaligen Bow Street Runner vorstellte, würde sie sich noch mehr aufregen. Also entschied er sich für eine Halbwahrheit.

„Er arbeitet für das Innenministerium, Mrs. Marchmont. Heute hat er mich zufällig wegen einer anderen Angelegenheit aufgesucht, als ich mir bereits Sorgen um die Duchess machte. Sicherheitshalber beschlossen wir, hier gemeinsam nach dem Rechten zu sehen."

Diese Erklärung stellte Isabella einigermaßen zufrieden, sodass sie dem Butler auftrug, die beiden Besucher zur Remise und den Stallungen zu führen.

Leider erfuhren sie von Corbin, dem ersten Stallknecht, wenig Nützliches, auch wenn das Verschwinden seiner Herrin ihn sichtlich beunruhigte.

„Gilbert fährt sehr sicher", meinte er. „Außerdem kennt er London wie seine Westentasche. Ich weiß, dass ich mich auf ihn verlassen kann, deshalb wähle ich immer ihn, wenn Ihre Gnaden einen Kutscher braucht. Wenn ich nur wüsste, wo sie so lange bleiben!"

„Seit dem frühen Morgen findet in London ein großer Protestmarsch statt", antwortete Jackson. „Durchaus möglich, dass sie irgendwo im Verkehr feststecken. Wir mussten auch einen weiten Umweg in Kauf nehmen."

„Und ich habe mich noch gefreut, dass sie ausnahmsweise ihre Kutsche nimmt, wie es sich für eine feine Dame gehört, und nicht ihren Phaeton! Vor allen Dingen hat sie ausdrücklich darum gebeten, dass Gilbert sie kutschiert."

Weil wir ihr eingeschärft haben, nirgendwo allein hinzugehen, dachte Neville im Stillen. Mit der Folge, dass jetzt gleich zwei Personen vermisst werden.

„Vielleicht machen wir unnötig viel Aufhebens um diese Sache", sagte Jackson. „Aber selbst wenn es eine harmlose Erklärung gibt, müssen wir die beiden dringend finden."

„Ich wünschte, ich könnte glauben, dass sie bloß einen Umweg fahren", seufzte Neville, als er und sein Begleiter wieder in seiner Kutsche saßen.

„Ich auch. Und jetzt schlage ich vor, dass wir zuerst mit Frank Hollis und dann mit Henry Latimer sprechen. Bei dem Gedränge auf den Straßen können wir uns die Mühe sparen, nach der Duchess zu suchen. Nach allem, was ich inzwischen über Hollis gehört habe, halte ich ihn für einen schwachen Charakter. Wir werden ihn schon zum Reden bringen, vorausgesetzt, er weiß etwas. Manchmal kommt es mir vor, als ob wir einem Schatten nachjagen."

Darin stimmte Neville ihm zu. Nur dass er keinem Schatten nachjagte, sondern Diana. Einem Menschen aus Fleisch und Blut, der Frau, die er liebte, an die er ununterbrochen denken musste und die er um ihre Hand bitten wollte.

Heute Morgen geht aber auch alles schief, dachte Diana, als sie auf dem Weg zu Neville durch den Protestmarsch aufgehalten wurde. Die Menge forderte das Wahlrecht, ordentliche Löhne und billige Lebensmittel. Wegen der schrecklich kalten und verregneten Sommer hatte es in den vergangenen beiden Jahren Missernten gegeben, nicht nur in England, sondern in ganz Europa. Überall ereigneten sich ähnliche Unruhen.

An der Spitze des Zugs marschierten einige Männer, die aus den Industriestädten der Midlands angereist waren, um der Regierung auf die denkbar dramatischste Art und Weise ihr Elend vor Augen zu führen.

In den engen Straßen kam der Verkehr beinahe völlig zum Erliegen. Immer wieder musste Dianas Kutsche anhalten, wenn das Gedränge so groß wurde, dass niemand sich mehr bewegen konnte. Dann hämmerten zerlumpte, hagere Männer und verhärmte Frauen an die Türen und Fenster ihres Fahrzeugs, wobei sie wüste Beschimpfungen ausstießen. Einer von ihnen zog sogar ein Messer aus seinem Gürtel und zerkratzte das Medbourne-Wappen auf dem Wagenschlag.

Damit nicht genug, brüllten ein paar mit Heugabeln bewaffnete Burschen Gilbert zu, er solle seine Herrin und die Kutsche im Stich lassen und sich ihnen anschließen. Als er sich weigerte, drohten sie damit, ihn gegen seinen Willen vom Kutschbock zu zerren.

Gerade als ihre Lage immer verzweifelter schien, erreichten sie einen großen Platz, den Diana noch nicht kannte, von dem jedoch glücklicherweise mehrere freie Straßen wegführten. Sobald sich eine Lücke in der Menge auftat, nutzte Gilbert die Gelegenheit und trieb die Pferde im Galopp auf eine halb leere Seitenstraße zu seiner Linken zu, die zur King's Road führte. Im Innern der Kutsche wurde Diana heftig hin und her geschüttelt, bis Gilbert endlich seine Fahrt verlangsamte.

In Sicherheit, dachte sie erleichtert. Dennoch konnte sie die ausgezehrten, hasserfüllten Gesichter auf dem Platz nicht so ohne Weiteres vergessen. Besonders nahe ging ihr die Erinnerung an ein Baby, das eine in Lumpen gekleidete junge Frau ihr entgegenstreckt hatte, um ihr Mitleid zu erregen. Der Anblick seines schmalen, blassen Gesichtchens und seiner mageren kleinen Hände und Arme erschütterte Diana zutiefst.

Unvermittelt fiel ihr wieder ein, wie Neville ihr einmal von den vielen Armen erzählt hatte, deren Leben sich so sehr von ihrem eigenen unterschied. Anschließend hatte er hinzugefügt, er wünschte, man könnte mehr für sie tun, doch das würde sehr schwierig werden. „Wenn wir keine politischen Reformen einführen und unsere eigene Lebensweise nicht ändern, wird eines Tages eine Revolution ausbrechen", hatte er zum Schluss erklärt.

Später einmal würde sie sich gemeinsam mit ihm für Not leidende Menschen wie die, die sie an diesem Morgen gesehen hatte, einsetzen. Während sie sich das vornahm, sah sie, dass sie sich bereits seinem Haus näherten. Nur noch eine kurze Strecke, dann hatten sie ihr Ziel erreicht.

Plötzlich, ohne jede Vorwarnung, blieb die Kutsche stehen. Schrilles Wiehern ertönte, und die Pferde tänzelten so wild herum, dass Diana abermals durchgeschüttelt wurde. Sobald die Tiere einigermaßen stillhielten, stieg sie aus, um Gilbert zu fragen, ob es Schwierigkeiten gab.

Auf den ersten Blick erkannte sie, dass nicht die Pferde in Not waren, sondern Gilbert. Zwei große, raubeinige Kerle hatten ihn vom Kutschbock gezerrt und schlugen ihn gerade in einer schmalen Seitengasse bewusstlos. An seiner Stelle saß bereits ein weiterer Fremder auf dem Bock, der sich offensichtlich schwertat, die Pferde zu beherrschen.

Ohne lange zu überlegen, ergriff Diana die Flucht. Ganz in der Nähe lag Nevilles Haus – wenn sie diesen sicheren Zufluchtsort erreichte, konnte sie auch für den armen Gilbert Hilfe holen. Mit gerafften Röcken lief sie los, doch sie bemühte sich vergebens. Nach wenigen Schritten holte der Größere der beiden Schläger sie ein, hob sie hoch und trug sie zu ihrem Fahrzeug zurück.

Als sie um Hilfe schreien wollte, hielt er ihr seine grobe, übel riechende Hand vor den Mund. Im nächsten Augenblick warf er sie auf die Sitzbank und schlug ihr die Tür vor der Nase zu, ehe er dem neuen Fahrer eine Anweisung zurief. Die Kutsche setzte sich in Bewegung, aber nach etwa einer Viertelmeile hielten sie erneut an.

Eine günstige Gelegenheit für einen weiteren Fluchtversuch. Kurz entschlossen stieß Diana die Tür auf, sprang auf den Gehsteig – und sah völlig unerwartet ein bekanntes Gesicht vor sich, einen möglichen Retter, der ihr mit Sicherheit helfen würde.

Doch weit gefehlt. Ohne viel Federlesens schob ihr Gegenüber sie in die Kutsche zurück, genau wie vorhin jener stämmige Kerl. Dann kletterte er selbst hinein und ließ sich neben ihr nieder.

„Na so etwas!“, tadelte er sie. „Benehmen Sie sich, sonst muss ich Sie noch fesseln und knebeln.“

Nein, wollte sie schreien, nein! Denn er gehörte nicht zu den Männern, von denen sie einen Angriff erwartete. Im Gegenteil, sie hatte ihn immer für einen Freund gehalten. Wie um alles in der Welt sollten Neville und Jackson sie unter diesen Umständen retten?

14. KAPITEL

Ich werde Mr. Hollis zuerst allein aufsuchen", sagte Jackson auf dem Weg zu Franks Wohnung. „Soweit ich weiß, steht ihm vor lauter Schulden das Wasser bis zum Hals. Er kann jeden Tag ins Gefängnis kommen, und zwar für den Rest seines Lebens."

Obwohl er Frank seit jenem Ball bei Lady Leominster nicht mehr sonderlich mochte, erschauderte Neville bei dieser Vorstellung. „Falls er wirklich junge Mädchen entführt, wird er zweifellos dafür bezahlt. Wo bleibt das ganze Geld?"

„Wahrscheinlich verschleudert er es sofort wieder", meinte Jackson achselzuckend. „Wir müssen ihm bloß einen ordentlichen Schreck einjagen, dann wird er singen wie ein Kanarienvogel."

„Was soll ich dabei tun?"

„Sie warten in Ihrer Kutsche, gleich vor dem Gasthaus, an dem wir gerade vorbeigefahren sind. Nach etwa fünf Minuten kommen Sie auf einen kurzen Freundschaftsbesuch vorbei. Tun Sie ein wenig überrascht, wenn Sie mich bei ihm antreffen. Dann spielen Sie seinen guten Engel, und ich bin der Bösewicht."

„Woher soll ich wissen, was ich sagen muss?"

„Ich werde Ihnen Ihr Stichwort geben."

Von Jackson kann ich so manchen nützlichen Kniff lernen, dachte Neville mit einem schiefen Lächeln. In letzter Zeit geriet er immer wieder in außergewöhnliche Situationen, und dabei entdeckte er nach und nach die dunkleren Seiten seiner Mitmenschen. Seiten, von denen er früher gar nichts ahnte, da er bloß auf sein eigenes Betragen achtete. Natürlich musste er auch in Zukunft aufrecht und anständig bleiben, sonst würde er sich nicht mehr von den verdorbenen Männern unterscheiden, die er fassen wollte.

Als Jackson zu Frank Hollis in den Salon geführt wurde, saß dieser gemütlich in einem Sessel und rauchte eine Zigarre. Auf einem Tischchen neben ihm standen eine halb volle Flasche Portwein und ein leeres Glas – kein Wunder, dass sein Blick trotz der frühen Stunde bereits glasig wirkte.

„Ich habe meinem Diener aus reiner Neugier aufgetragen, Sie hereinzulassen. Da ich noch nie von Ihnen gehört habe, kann ich mir beim besten Willen nicht vorstellen, worüber Sie mit mir sprechen wollen. Und heute brauche ich ein wenig mehr als das hier", fügte er hinzu, indem er auf den Portwein deutete, „um mich aufzuheitern. Darf ich Ihnen auch etwas anbieten?"

„Nein, besten Dank", lehnte Jackson kopfschüttelnd ab. „Im Dienst trinke ich nie."

Frank blies eine Rauchwolke in seine Richtung, bevor er die Zigarre lässig in den Kamin warf.

„Was bitte schön hat Ihr Dienst mit *mir* zu tun? Erklären Sie es mir rasch, vielleicht bringt es mich zum Lachen."

„Das bezweifle ich sehr, Sir. Ich komme im Namen des Gerichtsvollziehers, der bald Ihr Eigentum pfänden und Sie ins Gefängnis stecken wird, bis Sie Ihre gesamten Schulden beglichen haben. Sicher wissen Sie selbst, dass Sie das niemals schaffen werden. Falls Sie sich jedoch bereit erklären, mir bei einem ziemlich heiklen Fall weiterzuhelfen, könnte ich es vielleicht einrichten, dass man Ihnen Ihre Schulden erlässt."

„Halten Sie mich zum Narren?", stieß Frank hervor.

„Oh nein, Sir, ganz und gar nicht. Ich meine es völlig ernst. Können Sie mir etwas über einen niederträchtigen Verbrecherring berichten, der unberührte junge Mädchen in Bordelle verschleppt? Einige Ihrer Freunde gehören auch dazu. Aha, Sie werden ganz blass. Offensichtlich wissen Sie, wovon ich spreche."

„Wenn Sie das sehen, dann wissen Sie auch, dass ich Ihnen nichts erzählen kann – viel zu gefährlich!"

„Immer noch sicherer, als wenn Sie schweigen", gab Jackson zu bedenken. „Ich könnte für Ihren Schutz sorgen, vorausgesetzt, Sie haben nicht selbst die Finger im Spiel."

Da wurde Frank erst recht kreidebleich. Hastig nahm er den Portwein, trank einen Schluck direkt aus der Flasche und wischte sich mit dem Handrücken den Mund ab. „Gott möge mir verzeihen, das hatte ich früher einmal! Aber obwohl ich das Geld dringend benötigte, plagten mich bald solche Schuldgefühle, dass ich ausstieg. Schon vor mehreren Monaten. Falls ich die Gruppe verrate, erwartet mich eine schreckliche Strafe. Ich weiß nur zu gut, was den Personen zustößt, die sich an die Behörden wenden, daher halte ich den Mund. Mehr gibt es nicht zu erzählen."

„So, Sie gestehen also, dass Sie sich an den Entführungen beteiligt haben", stellte Jackson streng fest. „Dann bleibt mir nichts anderes übrig, als Sie zu verhaften, außer Sie nennen mir die Namen Ihrer Komplizen."

Vor lauter Angst wusste Frank nicht mehr ein noch aus, zumal er in seinem halb betrunkenen Zustand ohnehin nicht mehr klar denken konnte. Genau in diesem Augenblick kam Neville ins Zimmer spaziert, dicht gefolgt von einem protestierenden Diener.

„Es tut mir leid, Sir, aber er hat sich einfach an mir vorbeigedrängt …"

„Was zum Teufel tust du hier, Neville? Du kommst sehr ungelegen."

„Warum denn, Frank? Wegen deiner Schulden?", erwiderte Neville aus dem Stegreif. „Es geht das Gerücht, dass du bald im Gefängnis landen wirst. Da dachte ich mir, ich könnte dir vielleicht helfen."

Frank presste beide Hände gegen seine Schläfen und stöhnte laut auf. „Heute Nachmittag werde ich mit unerwünschten Hilfsangeboten förmlich überschüttet! Zuerst er", rief er, indem er auf Jackson wies, „und jetzt auch noch du."

„Du solltest seinen Rat beherzigen", versetzte Neville, wobei er inständig hoffte, dass er das Richtige sagte.

„Kennst du ihn?"

„Jackson? Selbstverständlich, ein sehr vertrauenswürdiger Mann. Er hat einmal vor einem parlamentarischen Ausschuss, in dem ich saß, über die elenden Arbeitsbedingungen der kleinen Kaminfegerjungen ausgesagt. Wieso bietet er dir seine Hilfe an? Gewöhnlich befasst er sich mit völlig anderen Dingen." An Jackson gewandt, fügte er hinzu: „Kann ich meinem alten Freund irgendwie beistehen?"

„Schwerlich, Sir. Mr. Hollis muss mich bei meinen Ermittlungen in einem höchst unerfreulichen Fall unterstützen, ansonsten sehe ich mich gezwungen, ihn zu verhaften."

„Was hat das zu bedeuten, Frank? Du hast doch nicht etwa gegen das Gesetz verstoßen? Von was für einem Fall sprechen Sie, Mr. Jackson? Wollen Sie ihn wirklich festnehmen?"

„Sofern er mir nicht die Informationen gibt, die ich von ihm benötige, ja."

„So weit dürfen wir es nicht kommen lassen, Frank. Am besten erzählst du mir die ganze Geschichte, dann kann ich vielleicht etwas für dich tun."

Zögerlich blickte Frank zwischen dem aufrechten Neville und dem strengen Jackson hin und her, die ihn offenbar beide vor seiner eigenen Torheit retten wollten.

„Sie haben mir Schutz zugesichert, falls ich mit Ihnen zusammenarbeite", sagte er mit zitternder Stimme zu Jackson. „Werden Sie Ihr Wort halten, wenn ich Ihnen alle Beteiligten nenne, die ich kenne?"

„Natürlich, Sir. Niemand wird von Ihrer Rolle in dieser schmutzigen Affäre erfahren."

„Welche schmutzige Affäre?", erkundigte sich Neville in aller Unschuld.

„Das bleibt ein Geheimnis zwischen Mr. Hollis und mir", erklärte Jackson. „Sicher werden Sie verstehen, dass ich Ihnen keine Einzelheiten anvertrauen darf, Sir Neville."

„Aber ja, selbstverständlich. Meiner Meinung nach solltest du Mr. Jacksons Angebot annehmen, Frank. Sei vernünftig, nenn ihm die Namen – unter vier Augen, versteht sich –, dann wird alles gut. Und was deine Schulden angeht, kann ich dir vielleicht ein wenig aushelfen."

Mit diesen Worten verabschiedete sich Neville. Ein Lächeln umspielte seine Lippen, während er im Vorhof des Gasthofs, wo seine Kutsche stand, auf Jackson wartete. Wahrhaftig, nach dieser kurzen Szene traute er sich zu, auf jeder beliebigen Bühne aufzutreten!

Eine ganze Weile später kehrte Jackson mit grimmiger Miene aus Franks Wohnung zurück. Er schwieg, bis er mit Neville in der Kutsche saß, außer Hörweite neugieriger Ohren.

„Stimmt etwas nicht?", fragte Neville endlich. „Gibt es schlechte Nachrichten? Hat die Befragung nichts ergeben?"

„Doch, doch. Aber ich fürchte, eine der Neuigkeiten wird Sie sehr bedrücken. Hollis beteuert, er selbst habe die Bande schon nach kurzer Zeit verlassen, weil er sich nicht mehr dazu überwinden konnte, das zu tun, was man von ihm verlangte. Vermutlich sagt er da die Wahrheit. Außerdem meint er, Sir Stanford versuche neuerdings, mit allen Mitteln zu verhindern, dass seine Machenschaften ans Licht kommen. In dem Fall würde er nämlich alles verlieren."

„Wenn Sie mir etwas Bedrückendes mitzuteilen haben, dann tun Sie es gleich", warf Neville ungeduldig ein. „Reden Sie nicht um den heißen Brei herum, ich werde es schon verkraften."

„Machen Sie sich auf einen Schock gefasst. Kein anderer als Lord Alford, Ihr Cousin und Freund, ist Henry Latimers rechte Hand."

Neville riss halb entsetzt, halb fassungslos die Augen auf. „George? Ganz sicher? Dieser nette, harmlose Bursche?"

„Oh ja, ganz sicher. Er mag nett und harmlos wirken, aber laut Hollis hilft er schon seit mehreren Jahren, die Entführungen zu planen. Genauer gesagt, seit Beginn des Komplotts."

„Ich wünschte, wir säßen in dem Gasthof, vor dem ich auf Sie gewartet habe!", stöhnte Neville. „Jetzt könnte ich ein ordentliches Glas Brandy vertragen. Nicht so sehr, weil ich mich betroffen fühle, sondern weil George sich in letzter Zeit so aufmerksam um Diana kümmert. Zweifellos weiß er, dass sie sich ebenfalls mit unserem Fall beschäftigt, unter Umständen hat er sogar selbst die Drohbriefe geschrieben." Nach einer Pause fuhr er fort: „Nun beunruhigt mich Dianas Verschwinden erst recht. Bei Gott, wenn George ihr auch nur ein Haar krümmt, werde ich ihn persönlich umbringen!"

„Halten Sie sich lieber zurück, Sir Neville. Ich habe keine Lust, Sie wegen Mordes zu verhaften", bemerkte Jackson. „Bitte überlassen Sie es dem Gesetz, Ihren Cousin zu fassen und zu bestrafen."

„Dann soll das Gesetz das auch gefälligst tun", entgegnete Neville heftig. „Sonst sehe ich mich gezwungen, dem Urteil vorzugreifen, indem ich ihn zum Duell fordere."

„Dabei könnte er *Sie* töten."

„Höchst unwahrscheinlich. Er ist ein schlechter Schütze und ein noch schlechterer Fechter. Boxen kann er überhaupt nicht, ich allerdings ebenso wenig. Zur Not könnten wir Schweinsblasen an Stöcke binden und uns damit schlagen, aber das würde sich natürlich nicht schicken. So wie ich ihn kenne, beachtet er stets die Etikette, trotz seiner frivolen Art. Genug davon. Was unternehmen wir als Nächstes? Wollen wir zu mir nach Hause fahren, um uns zu vergewissern, ob Diana inzwischen dort auf uns wartet?"

„Einverstanden. Ehe wir irgendwelche Maßnahmen ergreifen, sollten wir das auf jeden Fall tun. Es besteht immer noch die Möglichkeit, dass sie wegen der Unruhen im Verkehr feststeckte. Wenn wir überstürzt falsche Beschuldigungen gegen Lord Alford oder Latimer erheben, machen wir uns nur lächerlich."

Wie vereinbart kehrten sie nach Chelsea zurück, fanden jedoch keine Spur von Diana.

Diana spähte aus dem Fenster ihrer Kutsche, um herauszufinden, wohin sie gebracht wurde. Als George, Lord Alford, es bemerkte, zog er kurzerhand die Vorhänge zu. Prompt öffnete sie sie wieder, woraufhin er sie endgültig schloss.

„Tun Sie das noch ein einziges Mal, und ich werde Ihnen die Hände fesseln", warnte er sie. „Das wollen Sie doch nicht, oder?"

Sinnlos, ihm zu trotzen. Stattdessen fragte sie betont ruhig: „Wohin fahren wir?" Zumindest wusste sie, dass sie sich der Innenstadt näherten.

„Ich werde Ihnen doch nicht die Überraschung verderben." Plötzlich schenkte er ihr ein charmantes Lächeln, als würden sie mitten in einem Ballsaal Konversation treiben.

„Warum entführen Sie mich, George? Wenn Sie gefasst werden, erwartet Sie entweder der Galgen oder die Deportation."

„Können Sie sich nicht denken, weshalb ich Sie beseitigen muss? Als Nächster steht Ihr Geliebter, Sir Neville Fortescue, auf meiner Liste und dann dieser verfluchte Ermittler, Jackson. Im Übrigen wird man mich nicht fassen, das versichere ich Ihnen. Schließlich habe ich mächtige Freunde."

„Das glaube ich Ihnen gerne. Und nur damit Sie es wissen, Sir Neville ist nicht mein Geliebter."

„Dann ist er sogar noch dümmer und biederer, als ich dachte. Schweigen Sie jetzt, sonst muss ich Sie knebeln."

Darauf wollte Diana es lieber nicht ankommen lassen, also

gehorchte sie, ohne George auf die Probe zu stellen. Gleichzeitig bemühte sie sich, nicht daran zu denken, was bald mit ihr und Neville geschehen sollte. Vielleicht würde sie ihn niemals wiedersehen.

Erst in diesem Moment ging ihr auf, wie sehr sie ihn liebte. Ihre leidenschaftlichen Gefühle für ihn ließen sich nicht mit der ruhigen und – zugegebenermaßen – töchterlichen Zuneigung, die sie für ihren verstorbenen Gatten empfunden hatte, vergleichen. Tatsächlich wurde die Erinnerung an Charles immer verschwommener. Nach seinem Tod hatte sie sich jedes Mal, wenn sie vor einem Problem stand, gefragt: Was würde Charles mir in dieser Situation raten?

In letzter Zeit aber drehten sich ihre Gedanken nicht mehr um ihren früheren Mentor, sondern um Neville, auf dessen Urteil sie sich zunehmend verließ. Hoffentlich befand er sich in Sicherheit. Ob er sich Sorgen machen würde, wenn sie nicht zur verabredeten Zeit bei ihm erschien? Glaubte er, sie stecke im Verkehr fest oder sie habe ihre Meinung geändert? Erwartete er sie inzwischen gar nicht mehr?

Selbst wenn er Unheil witterte, konnte er sie nicht retten. Mit Sicherheit würde er niemals auf die Idee kommen, dass ausgerechnet sein Cousin George sie in seiner Gewalt hatte, da dieser ja nicht zum Kreis ihrer Verdächtigen gehörte.

Plötzlich hielt die Kutsche mit einem Ruck an. Im nächsten Augenblick erschütterte ein heftiger Stoß den Wagen, und ein markerschütterndes Wiehern ertönte. Mit voller Wucht getroffen, kippten Fahrzeug und Pferde seitwärts um, sodass George und Diana zu Boden geschleudert wurden.

Ein schwerer Brauereiwagen, dessen Pferde wegen des ungewöhnlich dichten Verkehrs durchgegangen waren, hatte sie gerammt. Da der Fahrer die Kontrolle über sein Gespann verloren hatte, konnte er den Zusammenstoß nicht mehr verhindern. Eine kurze Strecke weit wurde die umgekippte Kutsche von dem Wagen mitgeschleift, dann kamen sie endlich zum Stehen.

Nach dem entsetzlichen Krach herrschte zunächst völlige Stille. Glücklicherweise hatte Diana sich nicht ernsthaft verletzt, sondern bloß ein paar Prellungen erlitten und sich das linke Handgelenk verstaucht. Von George konnte man das nicht behaupten, wie sie feststellte, als sie leicht benommen um sich blickte. Offenbar hatte er nicht nur die Hauptlast des Sturzes getragen, sondern wie durch eine Ironie des Schicksals ihren Aufprall abgemildert.

Nun lag er bewusstlos da, den rechten Arm und das rechte Bein in einem unnatürlichen Winkel abgespreizt, und blutete aus einer Kopfwunde. Unter normalen Umständen hätte Diana es als ihre erste Pflicht angesehen, ihm zu helfen. So aber beschäftigte sie nur ein einziger Gedanke: Ob ihr wohl trotz ihrer Schmerzen die Flucht gelingen konnte, wenn sie sich tatsächlich nichts gebrochen hatte?

Von draußen drangen aufgeregte Stimmen an ihr Ohr. Plötzlich schob ein großer, kräftiger Mann den Kopf durch das Loch in der zerschmetterten Fensterscheibe.

„Leben Sie noch?“, rief er. „Wir werden Sie sofort herausholen.“

„Ja, mir geht es gut, aber mein Begleiter braucht einen Arzt.“

„Können Sie sich bewegen, Ma’am?“

„Zur Not, ja.“

„Dann versuchen wir jetzt, die Tür aufzubrechen, um Sie herauszuziehen. Warten Sie einen Augenblick.“

Seine Stimme klang freundlich. Nachdem er kurze Zeit später die Tür geöffnet hatte, nahm er ihre Hände und richtete sie auf, ehe er sie mithilfe eines zweiten Mannes aus der Kutsche hob. Sobald sie sich ein wenig besser fühlte, versuchte Diana, alleine zu stehen. Prompt wurde ihr schwarz vor Augen, sodass sie jeden Moment zu fallen drohte, doch ihr Retter bemerkte ihr Schwanken sofort. „Sie haben einen bösen Schock erlitten, Ma'am", sagte er beruhigend. „Stützen Sie sich auf mich, dort drüben ist eine niedrige Gartenmauer, auf die Sie sich setzen können."

Dank der kurzen Ruhepause ließen Dianas Zittern und ihr Schwindelgefühl ein wenig nach. Jetzt konnte sie die Folgen ihres schweren Unfalls in allen grässlichen Einzelheiten überblicken.

Offensichtlich hatte das Unglück viele Schaulustige angezogen, aber auch mehrere Männer und Frauen, die den Verletzten nach Kräften halfen. Eine Gruppe barg gerade Lord Alford aus der Kutsche, während ein aus der Nachbarschaft herbeigeeilter Arzt sich um den Fahrer des Brauereiwagens kümmerte. Nach dem Zusammenstoß war das Gefährt direkt gegen eine hohe Steinmauer geprallt, und beim Sturz vom Kutschbock hatte der Mann sich schwer verletzt.

Eines von Dianas Pferden lag tot im Straßengraben, das andere hatte sich ein Bein gebrochen und wieherte unaufhörlich vor Schmerz. Gerade zogen einige Helfer den fremden Fahrer ihrer Kutsche unter dem Fahrzeug hervor, wo er sich eingeklemmt hatte. Nach einem kurzen Blick auf ihn schüttelte der Arzt den Kopf.

In diesem Moment kam aus einem der anliegenden Häuser ein Dienstmädchen mit einem Stapel Decken und Leintüchern. Ein Tuch nahm der Arzt, um damit die Leiche zu bedecken. Anscheinend gab es keine weiteren Todesopfer, doch nach der Miene des Arztes zu schließen stand es zumindest um George sehr schlecht.

Diana lehnte die ihr angebotene Decke sowie die ärztliche Hilfe ab. Stattdessen konzentrierte sie sich auf ihre Absicht, so bald wie möglich unauffällig zu verschwinden. Von hier aus konnte sie zu Fuß zu Nevilles Haus gehen. Wenn sie noch lange blieb, würde irgendjemand sich früher oder später nach ihrem

Namen und dem Lord Alfords erkundigen, und das wollte sie unbedingt vermeiden. Sonst gab es am Ende noch Gerede, weil sie beide ganz allein eine Fahrt in einer geschlossenen Kutsche unternommen hatten. Wenigstens ließ sich das zerkratzte, schwer beschädigte Wappen an ihrem Fahrzeug nicht mehr identifizieren. Falls ihr die Flucht gelang und falls George noch eine Weile bewusstlos blieb – was sie für sehr wahrscheinlich hielt –, würde niemand die Dowager Duchess of Medbourne mit diesem Unfall in Verbindung bringen.

Als ein Konstabler und ein wichtigtuerischer Büttel erschienen, wurde ihr erst recht mulmig zumute. Andererseits konnte sie sich im Augenblick auch nicht davonstehlen, da gerade ein Trupp Soldaten unter der Führung eines Kavallerieoffiziers um die Ecke kam. Sie hatten die Anstifter der Protestmärsche umzingelt und festgenommen, darunter auch Captain Knighton. Nun brachten sie die in Handschellen gelegten Gefangenen ins Gefängnis von Newgate, wo sie auf ihren Prozess warten sollten.

Angesichts der allgemeinen Verwirrung – immerhin versperrten eine Kutsche, ein Brauereiwagen, mehrere heruntergefallene Fässer, verendete und lebende Pferde, tote und verletzte Menschen sowie eine Menge Schaulustiger die enge Straße – beschloss der Offizier, kehrtzumachen und einen anderen Weg einzuschlagen. Da jedoch ständig neue Menschen herbeiströmten, ließ sich das nicht ohne Schwierigkeiten bewerkstelligen. Zu allem Überfluss näherte sich noch ein zweiter Trupp Soldaten, der sich ebenfalls auf dem Rückzug befand.

Irgendwann konnte Diana sich endlich unbemerkt zurückziehen. Um George kümmerte sich ja bereits ein Arzt, was sie sehr beruhigte, schließlich wünschte sie ihm trotz allem nicht den Tod. Hinter ihr knallte ein Schuss. Wahrscheinlich hatte jemand das verletzte Pferd von seinem Leiden erlöst.

Sie kam nur langsam voran, weil ihre leichten Schuhe sich

nicht für einen Fußmarsch eigneten, außerdem saß ihr immer noch der Schreck in den Gliedern. Mit ihrem zerzausten Haar, dem Riss in ihrem Kleid und dem Bluterguss in ihrem Gesicht zog sie unterwegs viele neugierige Blicke auf sich, die sie jedoch ignorierte. Unbeirrbar setzte sie ihren Weg fort, auch wenn sie dazu ihre gesamte Willenskraft aufbringen musste. In diesem Moment trieb sie nur noch der Wunsch an, Neville und Jackson von Georges Beteiligung an den abscheulichen Verbrechen zu berichten.

Während Neville und Jackson eifrig diskutierten, wie sie bei der Suche nach Diana vorgehen sollten, klopfte es an der Tür des Salons.

„Die Duchess ist eingetroffen", meldete Lem aufgeregt. „Aber …"

Ohne den jungen Mann ausreden zu lassen, sprang Neville auf und stürzte aus dem Zimmer. *Diana! Endlich!*

In der Tat, keine andere als seine Diana saß auf einem Stuhl in der Eingangshalle. Allerdings besaß sie nur noch wenig Ähnlichkeit mit der stets makellosen jungen Dame, die er kannte. Ganz abgesehen von ihrem zerzausten Haar und ihrem zerrissenen, staubigen Kleid sah sie erschreckend blass aus, und auf ihrer linken Wange prangte ein großer blauer Fleck. Nichtsdestotrotz schienen ihr Mut und ihr Kampfeswille ungebrochen, auch wenn sie nur ein schwaches, schmerzverzerrtes Lächeln zustande brachte.

Als sie auf ihn zukam, um ihn zu begrüßen, konnte sie gerade noch seinen Namen flüstern, ehe sie taumelnd in seine Arme sank. Geistesgegenwärtig fing er sie auf und trug sie zu Jackson und Lem in den Salon, wo er sie behutsam auf ein Sofa bettete.

Er konnte sein Glück kaum fassen. Festzustellen, dass sie lebte und sich in Sicherheit befand, sie in seinen Armen zu halten, sie dicht an seinem Herzen zu spüren ... Trotz ihrer Erschöpfung schenkte sie ihm ein weiteres Lächeln und hauchte erneut seinen Namen.

„Oh Neville, ich habe dir so viel zu sagen."

„Nicht jetzt, mein Liebling. Später, wenn du dich ein wenig erholt hast."

Unruhig wand sie sich in seinen Armen hin und her. Um ihrer aller Sicherheit willen musste sie ihm und Jackson unverzüglich mitteilen, welcher Täuschung sie sich hingegeben hatten.

„Nein, ich muss dringend mit dir reden. George ... Lord Alford ..." Plötzlich versagte ihr die Stimme, da sie es kaum über sich brachte, ihnen die ungeheuerliche Nachricht beizubringen. Immerhin ging es um Nevilles Cousin und ihren gemeinsamen Freund. „Entschuldige bitte, ich habe am Ende angefangen statt am Anfang. Lass mir einen Augenblick Zeit, dann werde ich dir alles in der richtigen Reihenfolge erzählen."

Anschließend schilderte sie langsam, doch zusammenhängend die Ereignisse dieses Vormittags. „Wir müssen dringend Gilbert suchen und ihn zu einem Arzt bringen, falls er überhaupt noch lebt", schloss sie. „Ich weiß noch genau, in welcher Gasse unsere Angreifer ihn haben liegen lassen."

Während ihrer langen Rede hatte Jackson beobachtet, wie Sir Nevilles Gesicht sich vor Wut verzerrte. Einmal wollte er etwas einwerfen, aber da legte Jackson ihm seine Hand auf den Arm und schüttelte den Kopf. Nun, am Ende ihrer Geschichte, sagte der Ermittler: „Und Lord Alford war ganz sicher bewusstlos, als Sie vom Unfallort flüchteten? Möglicherweise lag er sogar im Sterben?"

„Ja."

„Dann haben wir noch ein wenig Zeit, um unsere nächsten Schritte zu planen. Zuallererst werde ich Ihren Fahrer suchen. Bleiben Sie hier und ruhen Sie sich aus, es genügt, wenn Sie mir den Weg zu jener Gasse beschreiben. Früher oder später müssen wir Sie wieder nach Hause bringen, und dann brauchen wir eine befriedigende Erklärung für Ihre lange Abwesenheit. Lord Alfords Entführungsversuch dürfen wir selbstverständlich nicht enthüllen. Vielleicht können Sie beide die Köpfe zusammenstecken und sich eine glaubwürdige Geschichte ausdenken, während ich nach Gilbert suche", schloss Jackson.

Nachdem er sich entfernt hatte, trug Neville Lem auf, Diana einen Tee zu servieren. „Und auch etwas zu essen", fügte er hinzu.

„Nein", wehrte sie ab. Schon bei dem Gedanken an Essen wurde ihr förmlich übel. Im Augenblick wollte sie nur noch schlafen, am liebsten in Nevilles Armen, und alles Weitere vergessen, bis sie schließlich nach Medbourne House zurückkehren musste. Aber davor hatten Neville und sie noch eine Aufgabe zu erfüllen.

Beim Teetrinken einigten sie sich auf eine Geschichte, die sich mit allen Tatsachen deckte. Anstatt George auch nur zu erwähnen, würden sie einfach sagen, ein paar Teilnehmer des Protestmarsches hätten die Kutsche gestohlen, um vor der drohenden Verhaftung aus London zu fliehen. Das bedeutete, dass Diana sich zum fraglichen Zeitpunkt nicht einmal in der Nähe des Unfallorts aufgehalten haben konnte.

„Jetzt müsste ich nur noch mein Kleid ein wenig abbürsten und mein Haar neu frisieren", meinte sie zum Schluss. „Ich kann doch behaupten, der blaue Fleck in meinem Gesicht stamme von meinen Angreifern, oder?"

„Oh ja. Auf jeden Fall klingt das weniger skandalös als die Tatsache, dass du mit George in der verunglückten Kutsche gesessen hast. Im Gegenteil, jedermann wird dich für diese Misshandlung bedauern. Ja, das dürfte als Erklärung genügen."

„Eines gefällt mir nicht", gestand Diana. „Nämlich dass wir alles den armen Arbeitern in die Schuhe schieben, die ja nur auf ihr Elend aufmerksam machen wollen. Mir haben sie nicht das Geringste angetan. Aber da die Konstabler ohnehin keine Schuldigen fassen werden, belasten mich meine falschen Beschuldigungen nicht allzu sehr."

„Es hängt auch ein wenig davon ab, was Gilbert aussagt, wenn Jackson ihn findet", gab Neville zu bedenken.

„Glücklicherweise war George bei dem eigentlichen Überfall nicht dabei. Er hat um die Ecke auf mich gewartet, vielleicht sogar bewusst, damit mein Kutscher ihn nicht sieht. Und selbst wenn er sich von seinen Verletzungen erholt, wird er schwerlich ein Geständnis ablegen."

Bald darauf kehrte Jackson mit guten Nachrichten zurück.

„Gilbert wurde von hilfsbereiten Passanten aufgelesen und zu einem Apotheker getragen, der ganz in der Nähe wohnt. Inzwischen konnte ich mit ihm sprechen. Er erinnert sich nicht mehr daran, was geschah, nachdem die Kutsche angehalten wurde. Bei Schlägen auf den Kopf kommt so etwas häufig vor. Meiner Ansicht nach sollten Sie so tun, als wüssten auch Sie kaum noch etwas über die Ereignisse dieses Vormittags, Euer Gnaden. Erzählen Sie niemals freiwillig irgendwelche Einzelheiten. Im Zweifelsfall schauen Sie einfach verwirrt drein und schütteln den Kopf."

Zum ersten Mal an diesem Tag brachen Neville und Diana in unbeschwertes Gelächter aus.

„Verlangen Sie von mir, dass ich mich dumm stelle?", bemerkte Diana trocken. „Das passt mir zwar gar nicht, aber ich werde mich bemühen."

In Medbourne House empfing Isabella Marchmont sie wie erwartet mit einer höchst dramatischen Szene. Beim Anblick von Dianas Bluterguss fiel sie gleichsam stellvertretend für das Opfer in Ohnmacht, und sobald sie wieder zu sich kam, bestürmte sie die drei mit Fragen, ohne zwischendurch irgendjemanden zu Wort kommen zu lassen.

„Wenn ich endlich einmal ausreden darf, werde ich dir gerne alles erklären. Bitte setz dich und versuche dich zu beruhigen“, unterbrach Diana sie mit einem Anflug ihres üblichen Temperaments. Dass sie sich so rasch von ihrem schrecklichen Abenteuer erholt hatte, erregte sowohl Nevilles als auch Jacksons Bewunderung. Offensichtlich ließ sie sich durch nichts unterkriegen. Am Ende ihres knappen Berichts erklärte sie: „Was dem armen Gilbert in der Zwischenzeit widerfuhr, soll dir am besten Mr. Jackson mitteilen.“

„Gilbert?“

„Mein Stallbursche.“

„Ach, der Stallbursche“, meinte Isabella wegwerfend. Neville konnte nicht umhin, ihre Gleichgültigkeit mit Dianas selbstloser Anteilnahme zu vergleichen.

Als Jackson ihr pflichtschuldigst versicherte, Gilbert gehe es gut, sagte sie lediglich: „Meine liebe Diana, ich finde, du solltest dich jetzt auf dein Zimmer zurückziehen, einen Kräutertee trinken, damit du besser einschlafen kannst, und dich bis morgen früh ausruhen.“

„Im Gegenteil, ich werde in den Stall gehen“, widersprach Diana. „Bestimmt macht Corbin sich große Sorgen um Gilbert, außerdem muss er erfahren, dass die Kutsche und die beiden Pferde gestohlen wurden.“

Mit diesen Worten stand sie auf, um das Zimmer zu verlassen. An der Tür drehte sie sich noch einmal um und bemerkte spitz: „Wenn ich es recht bedenke, solltest du dir lieber selbst einen Kräutertee bringen lassen.“

Wie Neville und Jackson es schafften, sich angesichts Isabellas entrüsteter Miene das Lachen zu verkneifen, wussten sie im Nachhinein selbst nicht mehr. Nun verabschiedeten auch sie sich, um die Entführung der Herzogin im Innenministerium zu melden.

„Beherzigen Sie aber meinen Rat von vorhin“, sagte der Ermittler. „Niemals freiwillig irgendwelche Einzelheiten preisgeben."

Zu Nevilles Überraschung wurden sie vom Innenminister Lord Sidmouth persönlich empfangen, der sie sehr leutselig begrüßte und ihnen sofort Sessel anbot. Trotz seines Ranges behandelte er Jackson so zuvorkommend, dass er die dünkelhafte Isabella Marchmont beschämt hätte.

„Wie ich höre, haben Sie Neuigkeiten für mich", begann er. „Und ich für meinen Teil habe Neuigkeiten für Sie. Möchten Sie anfangen, Mr. Jackson?"

Gehorsam berichtete dieser, wie die Duchess of Medbourne ihre Kutsche und ihre Pferde an eine Gruppe flüchtiger Aufrührer verloren und sich anschließend zu Fuß zu Sir Neville Fortescues Haus in Chelsea begeben hatte. Der Innenminister hörte ihm mit ernster Miene zu.

„Hoffentlich hat sie den Schreck einigermaßen überwunden", bemerkte er am Ende. „Ich will eine Suche veranlassen, aber höchstwahrscheinlich werden wir die Kutsche und die Pferde niemals finden. Dennoch tun Sie gut daran, mich von dem Vorfall zu unterrichten. Im Übrigen, meine Herren, schulde ich Ihnen beiden großen Dank für Ihre Warnung vor dem Treiben des sogenannten Captain Knighton. Durch Ihre Hilfe konnten wir ihn sorgfältig überwachen und seinen Umsturzversuch im Keim ersticken. Soweit ich weiß, wartet er bereits im Gefängnis auf seine Verurteilung. Und nun zu einer Nachricht, die Sie gewiss erleichtern wird. Prinz Adalbert von Eckstein Halsbach wurde nahegelegt, dass seine Anwesenheit in unserem Königreich nicht mehr erwünscht ist. Wir haben ihm bereits ein Schiff bereitgestellt, damit er so bald wie möglich abreisen kann. Darüber hinaus werden wir seinen unliebsamen Verbündeten bald das Handwerk legen. Höchst bedauerlich, dass wir einige von ihnen immer noch nicht kennen und dass wir auch nicht offen nach ihnen fahnden können. Wir stehen vor dem Problem, dass wir streng geheim vorgehen müssen, damit radikale Skandalblätter keinen Wind von den unschönen Einzelheiten dieser Affäre bekommen. Ich kann gar nicht genug betonen, welch verheerenden Schaden das anrichten würde. Vergessen Sie nicht, dass die zahlreichen Flugblätter über das angeblich verwerfliche Treiben Königin Marie Antoinettes – alles reine Lügen – ihren Teil zum Ausbruch der Französischen Revolution beigetragen haben. Da wir es hier und heute mit wirklich verwerflichem Treiben zu tun haben, müssen wir uns umso mehr in Acht nehmen. Wir müssen die Schuldigen sozusagen unter Ausschluss der Öffentlichkeit bestrafen. Sicher verstehen Sie, was ich damit meine."

Neville und Jackson nickten wortlos. Je weniger gesagt wurde, desto besser. Auf jeden Fall begriffen sie, dass Lord Sidmouth aus irgendeiner Quelle alles über den Handel mit den Jungfrauen erfahren hatte.

Lächelnd läutete der Minister nach seinem Sekretär und wies den jungen Mann an, ihm und seinen Besuchern eine Flasche seines besten Portweins zu bringen.

„Jetzt habe ich noch eine betrübliche Nachricht für Sie", fuhr er fort, während sie auf den Wein warteten. „Sir Stanford Markham wurde heute vor seinem eigenen Haus von einem Haufen gedungener Meuchelmörder überfallen, die ihn tot auf dem Gehsteig liegen ließen. Es wird weithin angenommen, dass er sich durch seinen unermüdlichen Einsatz für Recht und Ordnung Feinde gemacht haben muss. Ah, da kommt der Portwein. Trinken wir auf den König, auf den Prinzregenten und auf unsere politische Ordnung, um die die ganze Welt uns beneidet."

Und auch auf unsere Diskretion, dachte Neville ironisch, denn Sir Stanfords plötzlicher Tod kommt den Behörden nur allzu gelegen. Nun brauchen sie ihn nicht mehr wegen seiner

Beteiligung an Prinz Adalberts schändlichen Verbrechen zur Rechenschaft zu ziehen.

Sobald sie das Ministerium verlassen hatten, erkundigte sich Neville so leise, dass niemand außer Jackson ihn hören konnte: „Bedeuten Lord Sidmouths Anspielungen, dass gegen Henry Latimer und meinen Vetter keine ausreichenden Beweise vorliegen? Werden die beiden auch auf unglückliche Weise zu Tode kommen?"

„Wer weiß? So viel steht fest, in der kurzen Zeit kann noch niemand Lord Sidmouth von dem Unfall erzählt haben. Gut möglich, dass Lord Alford noch nicht identifiziert wurde und dass wir über ihn und Latimer mehr wissen als der Innenminister persönlich."

„Vorhin fiel mir auf, dass Sie ihm ihre Namen nicht genannt haben."

„Tja, ich lege ebenso viel Wert auf Diskretion wie er", versetzte Jackson schmunzelnd. „Vielleicht weiß er doch nicht restlos alles über das Komplott. Sir Stanford musste mit Sicherheit als Sündenbock herhalten, zur Strafe dafür, dass er die Machenschaften des Prinzen deckte – beziehungsweise selbst dabei mitwirkte. Nun muss Lord Sidmouth zusehen, wie er die Namen der übrigen Bandenmitglieder herausfindet. Wir wiederum können ihm Lord Alford nicht ausliefern, weil wir keine anderen Beweise gegen ihn haben als seinen Versuch, die Duchess zu entführen. Und das dürfen wir nicht enthüllen, sonst gefährden wir den Ruf der jungen Dame, auch wenn ihre Aussage Alford eindeutig überführen würde. Höchstwahrscheinlich wird Lord Sidmouth mir auftragen, Ermittlungen über den rätselhaften Unfall anzustellen. Latimer müssen wir ebenfalls im Auge behalten. Wenn er von der Ausweisung des Prinzen, von Sir Stanfords Tod und vom Scheitern der heutigen Entführung erfährt, wird er zweifellos auf Rache sinnen und blind um sich schlagen."

„Dann haben wir es also noch nicht überstanden“, seufzte Neville.

„Nein. Ich habe aus Lord Sidmouths Worten sogar eine versteckte Aufforderung herausgehört, einen Teil seiner Arbeit für ihn zu erledigen.“

„Gerne, solange er nur nicht von uns verlangt, Latimers Henker zu spielen“, erwiderte Neville trocken.

„Sie sagen es.“

Nach den dramatischen Ereignissen des Vortags tat es Diana gut, sich ihrer Stickerei zu widmen, während Isabella ihr aus Jane Austens „Emma“ vorlas. Erstaunlicherweise hätte Isabella einen Schauerroman mit viel Spannung und jeder Menge Leichen vorgezogen, aber da Diana ihr eigenes Abenteuer vollauf genügte, zog sie die ruhige, wenn auch geistreiche Sittenkomödie vor.

Als Isabella das erste Kapitel beendet hatte, meldete der Butler Sir Neville Fortescue.

„Führen Sie ihn herein“, antwortete Diana.

Isabella stand auf. „Sicher möchtest du am liebsten unter vier Augen mit ihm sprechen.“

„Wenn es dir nichts ausmacht.“ Schmunzelnd beobachtete Diana, wie ihre Gesellschafterin langsam und würdevoll aus dem Zimmer stolzierte. Kurz darauf trat Neville ein, dem die heitere Miene der jungen Frau sofort auffiel.

Was für eine außergewöhnliche Frau! Da saß sie auf dem Sofa, als ob sie den vorigen Tag mit Geplauder und Handarbeit zugebracht hätte, oder womit auch immer sanftmütige feine Damen sich die Zeit vertrieben. Nur die Prellung auf ihrer Wange verriet noch, welche Schrecken sie erst kürzlich überstanden hatte. Wenn er sie so sah, schlug vor lauter Liebe und Bewunderung sein Herz höher. Am liebsten wollte er sie auf der Stelle in seine Arme schließen und sie mit vielen Küssen für ihre Tapferkeit belohnen. Stattdessen begnügte er sich mit einer galanten Verneigung, ehe er neben ihr Platz nahm.

„Wie ich sehe, geht es dir schon wieder viel besser."

„Ja. Weißt du, worunter ich am allermeisten gelitten habe, während ich mich in Lord Alfords Händen befand? Unter der Angst, dass der arme Gilbert vielleicht nicht mehr lebte und dass diese Schurken auch dir etwas antun könnten."

„Darüber brauchst du dir nicht mehr den Kopf zu zerbrechen. Ich komme mit Neuigkeiten aus dem Innenministerium. Gestern wurde Sir Stanford Markham ermordet, angeblich von irgendwelchen Verbrechern, die er sich durch sein Richteramt zu Feinden gemacht hatte. Zweitens hat das Innenministerium Prinz Adalbert aufgefordert, England zu verlassen."

„Gott sei Dank!", rief Diana lebhaft. „Ich hatte seine schmierigen Annäherungsversuche schon längst satt, und außerdem schien er auch noch mit den Entführern unter einer Decke zu stecken. Jetzt wird er uns wenigstens keine Scherereien mehr machen. Was Sir Stanford angeht, muss ich sagen, in Anbetracht der Umstände kommt sein Tod sehr gelegen. Allerdings werden wir jetzt niemals erfahren, ob wir ihn zu Recht verdächtigt haben. Gibt es irgendwelche Nachrichten über George?"

„Nicht direkt. Aber als ich Jackson gestern Abend nach Hause fuhr, wurde er dort schon von einem berittenen Boten erwartet. Offenbar soll er den Namen eines Unbekannten, der früher am Tag bei einem Kutschenunfall schwere Verletzungen davongetragen hat, in Erfahrung bringen. Da der Mann immer noch bewusstlos ist, sein Fahrer tot und seine Begleiterin spurlos verschwunden, gibt es keine Zeugen, die den Behörden dabei helfen könnten, seine Familie zu verständigen. Er wurde in das Haus eines Arztes gebracht. Später wird Jackson uns berichten, wie Georges Zustand sich entwickelt und was er über den Unfall aussagt, falls er das Bewusstsein wiedererlangt."

Sie erblasste. „Und wenn er meinen Namen erwähnt, was dann?“

„Mach dir nicht allzu große Sorgen“, beruhigte er sie mit einem grimmigen Lächeln. „Ich bezweifle, dass mein Cousin gerne erklären möchte, weshalb ein fremder Fahrer deinen Bediensteten abgelöst hat und weshalb Gilbert mehr als eine Meile vom Unfallort entfernt zusammengeschlagen aufgefunden wurde.“

„Das stimmt, aber die Ungewissheit lässt mir dennoch keine Ruhe.“

„Denk nicht mehr daran, Liebste. Ich kenne Jackson, und nun, da ich auch Lord Sidmouth kennengelernt habe, weiß ich, dass die beiden der Entführerbande möglichst diskret das Handwerk legen wollen. Unter keinen Umständen werden sie zulassen, dass es zu einem Skandal kommt.“

„Ich werde mich bemühen, nicht den Mut zu verlieren. Trotzdem wünschte ich, wir hätten alles überstanden und könnten wieder in Frieden leben.“

Zärtlich neigte Neville sich vor und hauchte einen Kuss auf ihre unverletzte Wange. „Du hast schon großen Mut bewiesen, indem du nach dem Unfall zu mir kamst. Zu Fuß, trotz deines schlimmen Zustands. Und dann dachtest du zuallererst daran, dass wir nach Gilbert suchen müssen.“

„Das versteht sich doch von selbst.“

„Durchaus nicht. Du hättest auch in Ohnmacht fallen können wie Isabella Marchmont und unsere Fürsorge ganz für dich beanspruchen. Stattdessen hast du diese Strapaze auf dich genommen, um Jackson und mir deine wichtigen Neuigkeiten über George mitzuteilen und um dich um Gilberts Wohlergehen zu kümmern.“

Bei dem Gedanken an Dianas selbstlosen Mut konnte Neville sich nicht länger zurückhalten. Nachdem er sie beinahe für immer verloren hätte, weckte ihre Gegenwart nun besonders starke Regungen in ihm. Sie berauschte ihn so sehr, dass er mit der vollen Leidenschaft der ersten Liebe von ihren Lippen Besitz ergriff.

Ohne zu zögern legte Diana die Arme um ihn und erwiderte seinen Kuss. Bisher hatte sie nie geahnt, welche besonderen Bande eine Frau mit ihrem Liebsten verknüpften, noch bevor sie ihr gegenseitiges Verlangen gänzlich gestillt hatten. Für ihren Gatten hatte sie nur töchterliche Liebe und Dankbarkeit empfunden und niemals diese alles verzehrende Sehnsucht, eins miteinander zu werden.

Also sträubte sie sich nicht, als Neville ihr Gesicht und ihren Hals mit Küssen bedeckte und sie forschend streichelte. Plötzlich fanden beide ihre Kleidung höchst lästig, da sie sie daran hinderte, einander zu erkunden. Trunken vor Wonne, sank Neville mit Diana auf den Teppich, damit ihr Liebesspiel seinen natürlichen Lauf nehmen konnte.

„Oh ja, Neville! Oh ja, bitte, Neville!“, rief sie, als er ihre Röcke hochschob. Erst da wurde ihm schlagartig bewusst, dass es kein Akt der Liebe, sondern ein Akt der Lust wäre, wenn er auch nur einen Schritt weiterging. Nur ein ausgemachter Schuft würde die Unerfahrenheit einer Jungfrau, die ihm nicht widerstehen konnte – nein, sie ermutigte ihn sogar! –, ausnutzen. Besonders da er nur allzu gut wusste, dass sie den kurzen Genuss im Nachhinein wahrscheinlich bitter bereuen würden.

Selten hatte ihn etwas so viel Überwindung gekostet. Er litt regelrechte Qualen, während er sein schmerzhaftes Verlangen unterdrückte, aber er folgte dennoch der Stimme seines Gewissens.

„Nein, mein Liebling, jetzt nicht“, sagte er, indem er ihr wieder auf das Sofa half.

Mit weit aufgerissenen Augen sah sie ihm ins Gesicht. „Warum nicht? Lieben wir einander etwa nicht?“

„Doch! Eben deswegen sollten wir uns zurückhalten. Du

hast gerade eine große Gefahr überstanden, Liebste, und da möchte ich dich natürlich auf althergebrachte Art und Weise trösten. Wenn wir beide abgeschieden und ganz allein leben würden, könnten wir uns einander ohne Schuldgefühle hingeben, aber wir müssen uns nun einmal nach den Gesetzen und Sitten unserer Gesellschaft richten, und die schreiben uns vor, zuerst zu heiraten. Weil du noch unberührt bist, würde man uns unsere Sünde umso weniger verzeihen."

„Ach, deswegen", meinte sie wegwerfend. „Charles pflegte zu sagen ..."

Doch er ließ sie nicht aussprechen, sondern legte sanft einen Finger auf ihren Mund. „Ich möchte dir gerne eine Frage stellen, die ich eigentlich aufschieben wollte, bis dieser scheußliche Fall hinter uns liegt. Meine liebste Diana, willst du mir die Ehre erweisen, so bald wie möglich meine Frau zu werden und mich dadurch zum glücklichsten aller Männer zu machen?"

„Oh Neville, ich dachte schon, du würdest mich niemals fragen! Allmählich glaubte ich, dass ich dir selbst einen Heiratsantrag machen müsse – und was würde Isabella dann von mir denken?"

Vermutlich ahnte sie in ihrer Unschuld gar nicht, wie verführerisch der schelmische Blick, den sie ihm gerade zuwarf, auf ihn wirkte. Prompt geriet sein Blut erneut in Wallung.

„Du kleine Hexe", brachte er mit belegter Stimme hervor. „Wenn ich dich nur ansehe, verliere ich den Verstand. Nein, führe mich nicht in Versuchung, denn ich könnte dir nicht widerstehen."

„Aber wenn wir ohnehin heiraten wollen?"

„Auch dann dürfen wir die Ehe nicht schon vor der Trauung vollziehen."

„Die hoffentlich recht bald stattfinden wird, ich brenne nämlich vor Ungeduld", gestand sie in derart ernsthaftem Ton, dass Neville unwillkürlich lachen musste.

„Habe ich irgendetwas Komisches gesagt?"

„Nein, nein", beschwichtigte er sie. „Beziehungsweise doch. Was für eine unvergleichliche Braut ich doch habe! Eines steht fest, in unserer Ehe werde ich mich niemals langweilen, weil du immer wieder irgendeine gewagte Bemerkung machen wirst, die keiner anderen Frau auch nur im Traum einfallen würde. Und schon verflüchtigen sich jede Sorge und jede Langeweile."

„Ach, tatsächlich, Neville?", bemerkte sie verschmitzt. „Ich wünschte nur, *wir* könnten auf der Stelle flüchten. Nach Arkadien oder ins Feenreich, fernab von unserer Gesellschaft ..."

„Liebling, du mit deinem gesunden Menschenverstand würdest niemals deinen Gelüsten folgen wie deine weniger vernünftigen Mitmenschen", sagte er voller Zärtlichkeit. „Du willst mich ein wenig aufziehen, stimmt's?"

„Ja, weil ich dich liebe und weil ich mit dir über alles reden kann wie mit keinem anderen Menschen. Falls ich tatsächlich gesunden Menschenverstand besitze, so verdanke ich ihn Charles. Er meinte, den meisten Frauen fehle es daran, weil sie in dem Glauben erzogen werden, sie bräuchten ihn nicht. Er hat mich sogar Buchhaltung gelehrt, um zu beweisen, dass Frauen ebenso praktisch denken können wie Männer, wenn sie dieselbe Ausbildung erhalten."

„Buchhaltung!" Nun begann er sie zu necken. „Heißt das, ich werde in Zukunft keinen Sekretär und keinen Verwalter mehr beschäftigen müssen?"

„Wenn du so willst."

Dieses lustige Geplänkel hätten sie noch lange fortsetzen können, denn sie genossen es beide außerordentlich. Zum ersten Mal in seinem Leben erkannte Neville, welch unvorstellbare Freuden die Liebe mit sich brachte. Aber auch Diana machte völlig neue und überraschende Erfahrungen. In Neville begegnete sie erstmals einem Mann, zu dem sie sich nicht nur geistig, sondern auch körperlich hingezogen fühlte. Verzückt sahen sie einander in die Augen, bis sie kurz davor standen, einander erneut in die Arme zu fallen. Glücklicherweise wurde der Bann durch ein Klopfen an der Tür gebrochen.

„Herein", rief sie, und der Butler erschien mit der Nachricht, ein Mr. Jackson wünsche dringend Sir Neville zu sprechen.

„Gut", erwiderte sie. „Führen Sie ihn herein, ich möchte auch gerne mit ihm reden."

Kurz danach trat Jackson ins Zimmer. Nachdem Diana ihn herzlich willkommen geheißen hatte, erklärte sie: „Wenn Sie sich unter vier Augen mit Sir Neville unterhalten wollen, werde ich Sie beide allein lassen."

„Nicht nötig, Euer Gnaden, meinetwegen dürfen Sie ruhig hören, weshalb ich komme. Lord Alford hat das Bewusstsein wiedererlangt, wird jedoch voraussichtlich an seinen Verletzungen sterben. Jetzt möchte er mit Ihnen sprechen, Sir Neville, und mit niemandem sonst, daher muss ich Sie bitten, mich zum Haus seines Arztes zu begleiten."

„Er verlangt nach mir? Wie sonderbar", antwortete Neville überrascht.

„Meiner Meinung nach", erklärte Jackson bedächtig, „will er ein Geständnis ablegen, und zwar ausschließlich vor Ihnen. Vor Gericht gelten die letzten Worte eines Sterbenden als besonders schlagkräftige Beweise, also sollten Sie ihm seinen letzten Wunsch unbedingt erfüllen. Vielleicht wird er Ihnen ja etwas anvertrauen, das seine Mittäter belastet. Man holt bereits einen Priester, weil er wieder den katholischen Glauben annehmen möchte, in dem er als Kind erzogen wurde."

„Gut, gehen wir", willigte Neville ein. „Sicher wird die Duchess mich entschuldigen."

„Aber natürlich", bestätigte Diana, was ihr jedoch nicht ganz leichtfiel; insgeheim verzehrte sie sich vor Neugier, was George seinem Cousin wohl beichten wollte.

Dr. Andrew Long, der Arzt, der George behandelte, führte Neville und Jackson sofort zu seinem Patienten.

„Sie können jetzt gehen“, sagte er kurz angebunden zu der dicken alten Krankenpflegerin, die neben dem Bett saß. „Ich werde mich auch zurückziehen. Rufen Sie mich einfach, wenn Sie mich brauchen, Sir Neville.“

Als George seinen Cousin erblickte, verzog er seinen Mund zu einem schiefen Lächeln. „Du bist also gekommen“, murmelte er mit schwacher Stimme.

„Du hast nach mir geschickt, also fühlte ich mich dazu verpflichtet“, erwiderte Neville. Letzteres hatte er eigentlich nicht sagen wollen, aber nun konnte er es nicht mehr zurücknehmen.

„Ach ja, dein Pflichtgefühl. Jetzt zähle ich schon zu den hilfsbedürftigen Elenden, für die du dich ständig einsetzt, wie die Kaminfegerjungen und die Textilarbeiter.“ George stieß ein heiseres Lachen aus, ehe er fortfuhr: „Ausnahmsweise werde auch ich einmal meine Pflicht erfüllen und dir alles sagen, was du wissen willst, vorausgesetzt, Gott gibt mir die Kraft dazu. Dem Priester werde ich viele Sünden beichten, dir nur die schwerste von allen.“

Da er Diana mit keinem Wort erwähnte, nicht einmal, um sich nach ihrem Wohlergehen zu erkundigen, begann Neville: „Sicher wird es dich freuen zu hören, dass die Duchess of Medbourne den Zusammenstoß mit dem Brauereiwagen heil überstanden hat. Zuerst vergewisserte sie sich, dass ein Arzt sich um dich kümmerte, dann flüchtete sie zu Fuß zu meinem Haus, um dich und sich selbst vor einem Skandal zu bewahren. Ihr Bediensteter, den deine Männer zusammengeschlagen haben, lebt, aber dein Fahrer hatte weniger Glück – er erlag seinen Verletzungen.“

Für einen Moment schloss George die Augen, sodass Neville und Jackson schon befürchteten, er könnte sterben, ohne ihnen seine Informationen zu geben. Zu ihrer Erleichterung hob er bald wieder die Lider.

Als er endlich sprach, hatte seine Stimme einen Teil ihrer früheren Kraft zurückgewonnen. „Vielleicht erinnerst du dich noch daran, dass wir als Kinder nicht bloß Vettern, sondern auch Freunde waren. Aber je älter wir wurden, desto weniger konnte ich dich leiden, weil du jede gute Eigenschaft besaßest, die mir fehlte. Am meisten ärgerte es mich, dass ich allein unter den Ausschweifungen unserer Väter leiden musste – du nicht. Mein Vater verschleuderte am Spieltisch und bei den Pferderennen unser gesamtes Familienvermögen. Obwohl Sir Carlton dasselbe tat, standest du nicht völlig mittellos da, weil er das Erbe deiner Mutter nicht anrühren durfte. Bei unserer Volljährigkeit wurdest du also reich, während ich arm blieb, und als mein Vater starb, erbte ich ein bankrottes Anwesen. Dadurch und durch meine eigene Spielsucht hatten sich so hohe Schulden angehäuft, dass ich mir während des Krieges nicht einmal ein Offizierspatent leisten konnte. Da begann ich erst recht zu spielen, um meine Verluste wettzumachen, bis ich irgendwann damit rechnen musste, für den Rest meines Lebens im Schuldturm zu landen. Zu dem Zeitpunkt sprach Henry Latimer mich an, der auch zu meinen Gläubigern gehörte. Er schlug mir vor, ich könne mich an verschiedenen krummen Geschäften beteiligen, mit denen er sich über Wasser hielt. In meiner Verzweiflung nahm ich sein Angebot nur allzu gern an. Die Bandbreite reichte von Falschspielerei bis hin zu weit ernsteren Verbrechen. Natürlich ging ein Teil meiner Einnahmen an Latimer, auf diese Weise trug ich meine Schulden bei ihm ab. Als einer seiner Partner an der Syphilis starb, überredete er mich dazu, für den Mann einzuspringen. Von da an führte ich kranken Lüstlingen, die glaubten, sie würden durch den Beischlaf mit einer Jungfrau geheilt, unberührte Mädchen zu. Nun ja, meinen Vorgänger hat diese Methode offensichtlich nicht geheilt."

Zwischendurch hatte George immer wieder innehalten müssen, um seiner schwachen Stimme eine Pause zu gönnen. Diesmal schwieg er mehrere Minuten lang, ehe er wieder zu sprechen begann, so leise, dass sich Neville und Jackson näher zu ihm vorbeugen mussten.

„Weißt du, ich kannte unsere Kunden nicht und auch keinen unserer Anführer, abgesehen von Prinz Adalbert. Ich diente bloß als Mittelsmann, als Latimers rechte Hand. Als es aussah, als könnte alles ans Licht kommen, bemühten wir uns, unser Geheimnis um jeden Preis zu schützen. Nicht einmal vor Mord schreckten wir zurück. Aber nachdem du uns einmal den Kampf angesagt hattest, Neville, konnte dich nichts mehr aufhalten. Und um dem Ganzen die Krone aufzusetzen, mischte sich auch noch diese verfluchte Duchess in die Angelegenheit ein und Sidmouths Lieblingsspion Jackson ebenfalls. Daher sah Latimer keine andere Möglichkeit, als euch alle drei aus dem Weg zu räumen. Mir trug er auf, Diana zu beseitigen. Gott möge mir verzeihen, ich willigte ein, doch am Ende fiel ich in meine eigene Grube. Das alles erzähle ich dir nur, damit Latimer nicht etwa ohne Strafe davonkommt, schließlich klebt an seinen Händen ebenso viel unschuldiges Blut wie an meinen. Ich bin bereit, zur Bekräftigung meiner Aussage eine eidesstattliche Erklärung zu unterzeichnen. In der Zwischenzeit kannst du den Priester zu mir schicken." Erschöpft wandte er den Kopf ab und stieß zwischen zusammengebissenen Zähnen hervor: „Tu jetzt deine verdammte Pflicht, Neville, damit ich in Frieden sterben kann."

Bereute George seine Taten? Ging es ihm wahrhaftig um die Gerechtigkeit, oder wollte er sich bloß an Henry Latimer rächen, der ihn in diesen Treibsand des Verbrechens und des Betrugs hineingezogen hatte? Nun, alles in allem spielte es keine große Rolle, welche Gründe ihn zu seinem Geständnis bewogen. Nachdem der Priester ihm die Absolution erteilt hatte, unterschrieb er mit zitternder Hand die von Neville aufgesetzte eidesstattliche Erklärung. Neville und Jackson beglaubigten das Dokument mit ihrer Unterschrift, dann überließen sie den Sterbenden der Fürsorge seines Arztes.

„Was nun?", erkundigte sich Neville, sobald sie draußen auf dem Gehsteig standen.

„Ich werde diese Aussage Lord Sidmouth übergeben, und dann – wer weiß?", meinte Jackson achselzuckend. „Auf jeden Fall muss ich Sie warnen. Wenn Latimer feststellt, dass Sie den Verbrecherring zerschlagen haben, wird er sich als Nächstes gegen Sie wenden."

„Meinetwegen soll er tun, was er will, solange er nur seine dreckigen Finger von Diana lässt."

„Machen Sie sich auf einen Gegenschlag gefasst", schärfte Jackson ihm ein, ehe sie sich trennten. „Ein Bösewicht wird erst richtig gefährlich, wenn man ihn in die Enge treibt."

15. KAPITEL

Das sieht dem guten George ähnlich – mitten in einem nachmittäglichen Schäferstündchen ereilt ihn ein lebensbedrohlicher Unfall“, bemerkte Henry Latimer.

Als sich herumsprach, dass zum Zeitpunkt des Unglücks irgendeine unbekannte junge Frau bei Lord Alford in der Kutsche gesessen hatte, rissen viele seiner angeblichen Freunde zotige Witze. Zwar löste die Nachricht, dass er sich von seinen Verletzungen nicht mehr erholen würde, auch gewisses Mitgefühl aus, aber noch viel mehr interessierten sich alle für die geheimnisvolle verschwundene Dame.

Nur Henry Latimer beteiligte sich nicht an dem Rätselraten, da er ja wusste, dass es sich um die Duchess of Medbourne handeln musste. Innerlich schäumte er vor Wut, weil Alford, dieser Schwachkopf, es nicht geschafft hatte, sie zu entführen. Nun verbreitete die Duchess das Gerücht, ein paar Teilnehmer des Protestmarsches hätten ihre Kutsche gestohlen und ihren Stallburschen zusammengeschlagen.

Selbstverständlich wusste Henry auch, wer sein einträgliches Geschäft ruiniert hatte. Gegen Jackson, Sidmouths Spion, konnte er nicht viel unternehmen, aber mit Fortescue würde er kurzen Prozess machen. Dazu musste er nur einen Streit herbeiführen, der es ihm erlaubte, diesen selbstgerechten Mistkerl zum Duell zu fordern. In Mantons Schießstand hatte er seine Zielsicherheit oft genug bewiesen. Was Fortescue betraf, so wusste jeder, dass ihm nichts an den Sportarten lag, in denen schneidige Dandys sich hervortaten.

Oh ja, bald würde er einen hohen Preis dafür bezahlen, dass er seine Nase in Dinge steckte, die ihn nichts angingen.

In dieser rachedurstigen Stimmung erschien Henry Latimer auf einem Ball bei Lord und Lady Cowper, wo ihm das zweifelhafte Vergnügen zuteil wurde, mit anzusehen, wie sein

Feind und die Duchess einen Walzer tanzten. Nun ja, am Ende des Abends würden die beiden nicht mehr so heiter und unbeschwert dreinschauen, dafür wollte er schon sorgen.

Da entdeckte er Bobus Ventress in einer Ecke des Ballsaals. Genau der Richtige, dachte Henry bei sich, den habe ich in der Hand. Zufälligerweise schuldete Bobus ihm einen Haufen Geld. Einen Teil davon hatte er dem dummen Kerl beim Spiel abgenommen, und den anderen hatte er ihm geliehen – mit dem Hintergedanken, später einmal eine Gegenleistung dafür zu fordern.

Jetzt war der Augenblick gekommen, die Schulden einzutreiben. Bobus würde ihm dabei helfen, Sir Neville Fortescue zu vernichten.

„Du schuldest mir noch einen Gefallen", sprach er den Mann in schroffem Ton an.

„Äh … und was kann ich für dich tun?"

„Ich möchte ein Wörtchen mit Fortescue sprechen, und zwar an einem Ort, wo ich kein Blatt vor den Mund nehmen muss. Gleich werde ich zu Watier's fahren. Überrede ihn dazu, mich dort aufzusuchen, anstatt früh nach Hause zu gehen."

„Wie zum Teufel soll ich das anstellen? Er betritt niemals einen Club, in dem gespielt wird, das weißt du doch."

„Sag ihm, wenn er dich begleitet, wird er etwas Wichtiges erfahren. Dann wird er ohne zu zögern einwilligen, das garantiere ich dir."

„Wenn du meinst", antwortete Bobus zögerlich.

„Allerdings!"

„Na schön, ich will's versuchen."

„Hör gut zu!", zischte Henry. „Ich meine es wirklich ernst, und wenn du nicht tust, was ich von dir verlange, werde ich dir den Gerichtsvollzieher auf den Hals hetzen. Ehe du dich versiehst, sitzt du im Gefängnis – für immer!"

„Schon gut, schon gut", stieß Bobus hervor und entfernte

sich hastig. In Gedanken verfluchte er den Tag, an dem er sich von Latimer dazu hatte überreden lassen, beim Kartenspielen einen höheren Einsatz zu wagen, als er es sich leisten konnte. Nun benutzte Latimer seine Schulden, um ihn zu zwingen, einen unangenehmen Auftrag zu erfüllen. Was würde dieser Schuft wohl als Nächstes von ihm verlangen?

Diana und Neville genossen diesen Abend weit mehr als Henry Latimer. In der Tat wirkten sie so verliebt, dass viele Ballgäste sich fragten, wie lange es wohl noch dauern würde, bis sie ihre Verlobung bekannt gaben. Sogar Isabella Marchmont lächelte ihnen wohlwollend zu. Wenn sie sich nämlich tatsächlich vermählten, tat sie gut daran, die beiden nicht gegen sich aufzubringen.

Während Neville allein mit Diana durch den Saal spazierte, berichtete er ihr, dass die Entführerbande sich aufgelöst hatte. Dennoch wollte Lord Sidmouth wegen des drohenden Skandals noch nicht offen gegen Henry Latimer vorgehen.

„Jetzt kann er doch keinen Schaden mehr anrichten", meinte Diana. „Sir Stanford ist tot, der Prinz muss England verlassen, und George hat ein Geständnis abgelegt. Ohne die anderen Hauptbeteiligten steht Latimer da wie ein General ohne Armee."

„Das stimmt, aber er könnte bald versuchen, noch einmal von vorne zu beginnen."

Er erzählte ihr nichts von Jacksons Warnung, teils um sie nicht zu beunruhigen, teils weil er fand, das Jackson ein wenig übertrieb. Außerdem konnten ja durchaus noch andere Männer zu der Bande gehören, von denen sie noch nichts wussten. Wenn das zutraf, mussten sie diese finden und heimlich überwachen.

Da sie Frank Hollis den Cotillon versprochen hatte, beendete Diana ihr Gespräch. Neville begab sich schon einmal in den Speisesalon, um drei Teller mit Speisen zu richten, denn nach dem Tanz würde er gemeinsam mit ihr und Mrs. Marchmont das Souper einnehmen. Sobald er das Zimmer betrat, wurde er von Bobus Ventress abgefangen. „Na, amüsierst du dich gut mit der Duchess, alter Junge?“

„Ja“, erwiderte Neville knapp, denn er konnte Bobus nicht sonderlich gut leiden.

„Kann ich dich trotzdem dazu überreden, nach dem Ball noch mit mir zu Watier's zu gehen?“

Als Neville den Kopf schüttelte, dachte Bobus an Henrys Anweisung und raunte ihm in vertraulichem Ton zu: „Und wenn ich dir versichere, dass du dort etwas Wichtiges erfahren wirst?“

Genau wie Latimer vorausgesagt hatte, horchte Neville auf. „Wie soll ich das verstehen?“, fragte er langsam.

„Ganz wie du willst. Komm einfach mit und finde es selbst heraus.“

Früher am Abend hatte Neville beobachtet, wie Bobus und Henry Latimer in einer Ecke des Ballsaals ein paar Worte wechselten. Ob Bobus' überraschende Einladung wohl damit zusammenhing? Vielleicht sollte er sie lieber nicht annehmen, immerhin hatte Jackson ihn ausdrücklich zur Vorsicht ermahnt. Andererseits – wenn tatsächlich Latimer dahintersteckte, sollte er Watier's unbedingt aufsuchen, sosehr ihm dieser Ort auch missfiel.

„Also schön, aber nicht sofort. Im Augenblick widme ich mich noch der Duchess und ihrer Gesellschafterin. Hol mich später ab.“

„Gegen Mitternacht?“, schlug Bobus erfreut vor. Ihm fiel ein Stein vom Herzen, weil er hiermit seine Pflicht erfüllt hatte.

„Einverstanden.“

Wie Neville wusste, pflegte Diana jedes Fest früh zu verlassen. „Eine meiner wenigen guten Angewohnheiten“, hatte sie ihm einmal erklärt. „Es heißt ja immer, der Schlaf vor Mitternacht sei der gesündeste.“

Kurz vor zwölf Uhr verabschiedete er sich von ihr, ohne ihr von seinem geplanten Besuch bei Watier's zu erzählen. Noch wusste er nicht mit Sicherheit, ob der Vorschlag von Henry Latimer ausging, und wenn ja, was ihn im Club erwartete.

Nichtsdestotrotz klangen seine Abschiedsworte ernster, als er eigentlich beabsichtigte, so ernst sogar, dass Diana sich ein wenig wunderte. Plötzlich erschien er ihr wieder genauso steif wie bei ihrer ersten Begegnung. Vielleicht war er aber auch bloß müde.

Neville bereute bereits, dass er Bobus zugesagt hatte, nur fiel ihm keine Ausrede ein, um jetzt noch einen Rückzieher zu machen. Bei Watier's herrschte wie üblich ein großes Gedränge. Tabakqualm und Alkoholdunst sorgten für stickige Luft. Als Bobus vorschlug, zwei Partner für eine Partie Whist zu suchen, lehnte Neville sofort ab. Gerade wollte er sich nach der wichtigen Information erkundigen, die ihn hier angeblich erwartete, da kam Henry Latimer mit einem Glas Portwein in der Hand auf ihn zu.

Während er Neville ein süffisantes Grinsen zuwarf, bemerkte er laut und vernehmlich: „Nanu, dich sieht man doch sonst niemals hier, Neville. Lässt die Duchess of Medbourne dich heute Nacht nicht in ihr Bett? Hat der Überfall neulich bei dem Protestmarsch sie so sehr mitgenommen?" Lachend wandte er sich seinen Zechbrüdern zu, die sich um ihn scharten und seine Zote mit spöttischem Gelächter quittierten.

Plötzlich stieg eine ungeheure Wut in Neville hoch, wie er sie noch nie in seinem Leben verspürt hatte. In blindem Zorn ballte er die Faust und versetzte Latimer einen Schlag mitten ins Gesicht, sodass dieser zurücktaumelte. Wenn seine Freunde ihn nicht aufgefangen hätten, wäre er zu Boden gestürzt.

Es entstand ein spannungsgeladenes Schweigen. Insgeheim freute sich Latimer, dass sein Plan so aufging, denn nun saß Neville in der Falle. „Da du offenbar keinen Spaß verstehst, tue ich es auch nicht", stieß er keuchend hervor. „Ich fasse dies als

Forderung zu einem Duell auf. Morgen früh, bei Putney Heath. Als Waffen wähle ich Pistolen. Bestimme deine Sekundanten."

Die einigermaßen Nüchternen unter den Anwesenden schockierte hauptsächlich die Tatsache, dass Latimer soeben eine Dame beleidigt hatte, und zwar auf besonders widerwärtige Weise. Die anderen – diejenigen, die kaum noch aufrecht stehen konnten – fanden die Situation höchst amüsant. Erst vor wenigen Wochen hatte man Fortescue sternhagelvoll von der Straße aufgelesen, und nun wurde er auch noch der Unzucht mit einer Duchess beschuldigt! Im Grunde geschah es diesem aufgeblasenen Tugendbold ganz recht, wenn er als Heuchler entlarvt wurde.

Am allermeisten staunte Neville selbst. Er konnte es noch gar nicht fassen, dass er Henry für seine abscheuliche Verleumdung niedergeschlagen hatte und dass er sich in wenigen Stunden duellieren sollte. Zur Furcht hatte er allerdings gar keine Zeit, da es nun galt, rasch zwei Sekundanten zu finden.

Als er den Blick durch das Zimmer schweifen ließ, entdeckte er Frank Hollis. Nicht gerade sein Wunschkandidat, aber er hatte keine Wahl. Nach kurzem Zögern erklärte Frank sich bereit, Neville beizustehen, immerhin schuldete er ihm noch einen Gefallen. „Selbstverständlich, Neville, gerne", log er. Dabei konnte er kein Blut sehen. Ihm graute vor der bevorstehenden Begegnung, auch wenn er selbst keine Pistole abfeuern musste.

Überraschend stellte sich noch ein zweiter Mann zur Verfügung. Unter den Besuchern des Clubs befand sich Lord Burnside, den einige Freunde aus dem Parlament nach einer anstrengenden Sitzung des Oberhauses genötigt hatten, noch eine Weile mit ihnen bei Watier's zu entspannen.

„Falls Sie Schwierigkeiten haben sollten, einen zweiten Sekundanten zu finden, stehe ich gerne zu Diensten, Fortescue", erklärte er, indem er vortrat. „Allerdings ...", fügte er mit einem strengen Seitenblick auf Henry Latimer hinzu, der gerade mit Bobus Ventress und einem weiteren Freund namens Lucas

Courtney sprach, „... besteht immer noch die Möglichkeit, das Duell zu vermeiden, wenn beide Seiten sich entschuldigen und die Hände schütteln."

Wie aus einem Munde riefen Neville und Henry: „Nein, niemals!" Dass Letzterer die Versöhnung ausschlug, wunderte Lord Burnside nicht weiter, aber von seinem ruhigen, vernünftigen Sohn hätte er etwas anderes erwartet.

Somit würde das Duell stattfinden. Und wenn er sich Henry Latimers Schießkünste vor Augen hielt, würde er höchstwahrscheinlich bald den Tod seines einzigen Kindes mit ansehen müssen.

Da Neville das Unbehagen seines Vaters bemerkte, sagte er: „Falls Sie Ihr Angebot zurücknehmen möchten, Mylord, könnte ich das sehr gut verstehen. Ich habe mehrere Freunde, die mir gerne sekundieren werden."

Langsam schüttelte Lord Burnside den Kopf. „Nein, schon gut. Dann treffen wir uns alle morgen früh um sechs Uhr bei Putney Heath, um diesen Streit aus der Welt zu schaffen. Einverstanden, Gentlemen?"

Nach dieser Vereinbarung entfernten sich Henry und seine Freunde.

„Darf ich Ihnen und Mr. Hollis für die verbleibenden Stunden meine Gastfreundschaft anbieten?", wandte sich Lord Burnside an Neville.

„Vielen Dank", antwortete dieser. „Leider wartet noch eine andere Aufgabe auf mich, daher muss ich Ihre freundliche Einladung ablehnen." Ehe er sich Ruhe gönnte, wollte er unbedingt Jackson über die neuesten Entwicklungen informieren.

„Wie Sie wünschen", seufzte Lord Burnside.

In der Hoffnung, dass Jackson noch nicht schlief, fuhr Neville auf dem schnellsten Wege zu seinem Haus. In einem der oberen Fenster brannte tatsächlich noch Licht, also klopfte er energisch an die Tür, bis die Hauswirtin ihm öffnete. Angetan mit einem wallenden Nachthemd und einer Nachthaube, empfing sie ihn ziemlich ungnädig.

„Ach Sie! Lassen Sie sich bitte von Mr. Jackson einen Schlüssel geben, wenn Sie ihn öfters um diese Uhrzeit besuchen wollen."

„Es handelt sich um einen Notfall", beschwichtigte Neville sie, woraufhin sie ihn widerstrebend hinaufführte.

Trotz der späten Stunde saß Jackson in einem karierten Morgenmantel an seinem Schreibtisch und las ein Buch. Nevilles unerwarteter Besuch verriet ihm sofort, dass etwas nicht stimmte.

„Was gibt es?"

„Morgen früh um sechs Uhr soll ich mich bei Putney Heath mit Henry Latimer duellieren", berichtete Neville knapp.

„Ich hatte Sie ja gewarnt."

„Allerdings. Ich wollte gewiss nicht die Beherrschung verlieren, aber er hat bei Watier's Dianas Namen in den Schmutz gezogen."

Anstatt zu fragen, was um alles in der Welt Neville in diesem Club tat, kam Jackson sofort zur Sache. „Vermutlich hat er es so eingerichtet, dass er die Wahl der Waffen hat. Dann kann er sich seine Zielsicherheit mit den Pistolen zunutze machen."

„Leider gilt er als ein verflucht guter Schütze."

„Hm."

„Hm? Mehr fällt Ihnen dazu nicht ein?"

„Doch. Wissen Sie, selbst wenn er im Schießstand immer wieder ins Schwarze trifft, heißt das noch lange nicht, dass er es im Ernstfall auch schafft."

„Was meinen Sie damit?"

„Damit meine ich, dass Latimer noch nie ein Duell ausgetragen hat. Mit anderen Worten, er hat noch nie auf einen Menschen geschossen, Sie dagegen schon. Denken Sie nur daran, wie Sie damals ohne zu zögern jenen Schurken getötet haben, der Sie mit seiner Pistole bedrohte. Insofern sind Sie Latimer gegenüber im Vorteil."

Neville lachte bitter. „Ich muss sagen, auf diese Erfahrung hätte ich lieber verzichtet. Sie setzen großes Vertrauen in mich. Wenn ich Ihre Zuversicht nur teilen könnte!"

Im Stillen dachte Jackson, dass Neville sich selbst gewaltig unterschätzte. Nachdem er sich in mehreren gefährlichen Situationen so wacker geschlagen hatte, stand fest, dass er trotz seiner ruhigen Art mehr Mut besaß als so mancher selbstbewusste, schneidige Bursche.

„Weiß die Duchess schon Bescheid?", erkundigte er sich.

„Nein, und Sie sollen ihr auf keinen Fall davon erzählen."

„Mir erzählen Sie es doch auch."

„Weil wir in dieser Sache zusammenarbeiten."

„Das gilt auch für die Duchess."

„Dennoch. Durch Ihre Verbindungen zum Innenministerium könnten Sie dieses Duell verhindern, wenn Sie wollten. Nicht dass ich Sie darum bitte. Falls ich getötet werde, gewinnt Latimer nichts – abgesehen davon, dass er seinen Rachedurst stillt. Aber falls ich ihn töte, kann er wenigstens nie wieder unschuldige Mädchen entführen."

„Haben Sie sich deswegen auf das Duell eingelassen?"

„Nein, ich habe schlicht und einfach die Beherrschung verloren. Jetzt muss ich aber gehen und noch ein paar Stunden schlafen."

Zum Abschied wünschte Jackson ihm viel Glück, sagte ansonsten jedoch nicht mehr viel. Er hatte bereits beschlossen, dem Duell beizuwohnen, ganz gleich, was geschah.

16. KAPITEL

Auf seiner Rückfahrt nach Chelsea dachte Neville, dass er wahrscheinlich kein Auge zutun würde. Zum einen machte ihm die Vorstellung zu schaffen, dass er am Morgen dem Tod ins Auge sehen musste. Noch viel mehr aber plagte ihn die Ungewissheit, ob er auch Haltung wahren würde, wenn er Henry Latimer mit der Waffe in der Hand gegenübertrat. Als er damals seinen Angreifer erschoss, hatte er schließlich keine Zeit zum Nachdenken gehabt und in Notwehr schnell reagieren müssen. Diesmal dagegen musste er noch eine halbe Nacht, die Fahrt nach Putney Heath und die schicksalhaften letzten Minuten vor dem Schusswechsel durchstehen.

Weder er noch seine Sekundanten konnten sich viel Schlaf gönnen, da sie schon um drei viertel fünf aufbrechen würden.

Zu Hause angekommen, schilderte er Lem die Situation. Dann holte er aus seinem Arbeitszimmer den Koffer mit Sir Carlton Fortescues Duellpistolen, um ihren Zustand zu prüfen. Zum ersten Mal in seinem Leben dachte er mit gewisser Zuneigung an den Mann zurück, dessen Namen er trug. Aus Ärger über den ruhigen Charakter von Lord Burnsides Sohn – er selbst hätte bestimmt einen handfesten Raufbold gezeugt – hatte er dem Jungen das Schießen beigebracht. Und Neville erwies sich als geschickter Schüler. Soweit er sich entsinnen konnte, war dies die einzige Gelegenheit, bei der Sir Carlton Interesse an ihm zeigte oder ihn seine Abneigung nicht spüren ließ.

Somit verdankte Neville diesem Mann eine Fertigkeit, die er nun tatsächlich benötigte. Eine Ironie des Schicksals, ebenso wie die Tatsache, dass sein wahrer Vater, der ihn nicht anerkennen konnte, unter Umständen bald seinen Tod miterleben würde.

Als er endlich in seinem Bett lag, blieb er nicht etwa für den

Rest der Nacht wach, wie er erwartet hatte, sondern sank sofort in einen tiefen Schlaf.

Pünktlich um vier Uhr weckte ihn Lem, und kurze Zeit später trafen Lord Burnside und Frank Hollis ein. Ersterer hatte seine eigenen Pistolen mitgebracht, die sie gemeinsam begutachteten, um sie mit Nevilles Waffen zu vergleichen. Zu Franks Verblüffung bewies sein Freund große Sachkenntnis auf diesem Gebiet.

„Ich dachte immer, du interessierst dich nicht für solche Dinge“, bemerkte er, was ihm einen scharfen Blick von Lord Burnside eintrug.

Knapp, aber höflich antwortete Neville: „Dank Sir Carlton kenne ich mich mit Schusswaffen aus. Außerdem hat er mir seine Sammlung von Handfeuerwaffen, Gewehren und Jagdflinten hinterlassen.“

Glücklicherweise – oder eher unglücklicherweise? – brach ein schöner Morgen an, während sie in Lord Burnsides Kutsche nach Putney Heath fuhren. Dieser Ort galt schon seit Langem als beliebte Austragungsstätte für Duelle.

Wie sich herausstellte, ließen Henry Latimer und seine Freunde auf sich warten. Als kurz vor der verabredeten Stunde immer noch keine Spur von ihnen zu sehen war, zückte Lord Burnside demonstrativ seine Taschenuhr.

Zwei Minuten vor sechs Uhr kamen endlich zwei Kutschen in hohem Tempo vorgefahren.

„Bitte entschuldigen Sie, Mylord, Gentlemen. Wir wurden von dem Marktverkehr aufgehalten“, rief Bobus Ventress, während er aus dem ersten Fahrzeug sprang. „Beinahe hätten wir uns verspätet.“

Henry Latimer bestätigte dies mit einem Nicken. Nun, da es ernst wurde, wirkte er sehr aufgeregt und sah beinahe ebenso blass aus wie Frank. Daraus schöpfte Neville ein wenig Hoffnung. Was ihn selbst betraf, so wollte er diese verfluchte Angelegenheit so schnell wie möglich hinter sich bringen.

Offensichtlich teilte Lord Burnside diese Ansicht. Als Erstes fragte er die beiden Hauptbeteiligten, ob sie sich vielleicht entschuldigen wollten, sodass das Duell überhaupt nicht stattfinden müsste. Am liebsten hätte Henry Latimer das getan, aber an Nevilles Miene erkannte er, dass für diesen keine friedliche Lösung infrage kam. Wenn er jetzt nicht kämpfte, würde er sich zum Gespött machen. Man würde ihn einen Feigling schimpfen, der einer Dame die Ehre abschnitt und sich anschließend weigerte, sich zu verteidigen. „Nein", murmelte er, während Neville fest und entschlossen dieselbe Antwort gab.

Als Nächstes wurden die Pistolen und die Kugeln begutachtet. Damit beide Gegner mit gleichartigen Waffen kämpften, einigten die Sekundanten sich darauf, welches Paar sie verwenden sollten – in diesem Fall Nevilles. Den Regeln gemäß würden die Duellanten sich mit dem Rücken zueinander aufstellen und zehn Schritte vorwärts gehen. Dann durften sie sich umdrehen, den Arm heben und aufeinander zielen. Geschossen wurde, wenn Lord Burnside als Rangältester unter den Sekundanten das Zeichen gab.

„Haben Sie verstanden, Gentlemen?", fragte er zum Schluss.

„Ja, Mylord", erwiderte Neville.

Da Henry Latimer bloß nickte, hakte Lord Burnside nach: „Das genügt nicht, Sir. Ich brauche eine laute Antwort."

Notgedrungen nuschelte Latimer eine Bestätigung. Warum zum Teufel hatte er sich auf diesen tödlichen Unfug eingelassen?

Im nächsten Augenblick standen er und Neville Rücken an Rücken. Das Duell hatte begonnen.

In dieser Nacht fand Diana keinen Schlaf. Bei ihrem Abschied auf dem Ball hatte Neville plötzlich so verändert gewirkt, als ob ihn irgendetwas beunruhigte, und sie konnte sich schon vorstellen, was ihn so beschäftigte. Oder vielmehr wer: Henry Latimer.

Je länger sie darüber nachgrübelte, desto mehr wuchs ihre Angst, dass Neville in Gefahr schwebte. Schließlich sah sie ein, dass sie niemals zur Ruhe kommen würde, ehe sie nicht den Grund für sein sonderbares Verhalten herausgefunden hatte. Und anstatt sich von ihm mit Ausflüchten abspeisen zu lassen, würde sie sich gleich an Jackson wenden. Der begriff wenigstens, dass Frauen keine übertriebene Fürsorge benötigten. Zumindest behandelte er sie, Diana, wie einen vernünftigen Menschen, mit dem man offen sprechen konnte. Wahrscheinlich lag das daran, dass in seinen Kreisen Frauen viele anspruchsvolle Aufgaben zu übernehmen pflegten, die adlige Damen nicht verrichten durften. Ja, sie würde so bald wie möglich Jackson aufsuchen.

Punkt fünf Uhr morgens stand sie auf, legte ihre Männerkleider an und begab sich zu den Stallungen, wo ihre Stallburschen ebenso wie die anderen Diener im Haus bereits ihrer Arbeit nachgingen. In resolutem Ton trug sie Corbin auf, ihren Phaeton bereit zu machen.

„Jetzt?“, rief er. „Verzeihen Sie, Euer Gnaden, aber wissen Sie, wie spät es ist?“

„Ja, jetzt. Sofort“, befahl sie.

„Wer soll Sie begleiten?“

„Niemand“, erklärte sie.

„Wollen Sie wirklich am frühen Morgen allein durch die Stadt fahren?“

„Um diese Uhrzeit sieht man viele Frauen auf den Straßen Londons, ohne irgendwelche Beschützer“, entgegnete sie streng. Da er immer noch zögerte, lenkte sie ein: „Schon gut. Wenn Gilbert sich noch nicht ganz von den Schlägen erholt hat, wählen Sie irgendeinen anderen tüchtigen Burschen aus.“

Eine halbe Stunde später traf sie endlich bei Jackson ein und klopfte an die Tür. Die Hauswirtin riss vor Verblüffung die Augen auf, als sie ihr öffnete.

„Mrs. Rothwell! Was wünschen Sie?"

„Ich muss dringend Mr. Jackson sprechen."

„Das geht nicht. Er ist vor einer Weile ausgegangen, und zwar in großer Eile."

„Wissen Sie, wohin er wollte?"

Mit einem listigen Blick erklärte die Hauswirtin: „Mir hat er nichts gesagt, aber ich hörte, wie er dem Droschkenkutscher befahl, ihn nach Putney Heath zu fahren."

Da wich alle Farbe aus Dianas Gesicht. Putney Heath! Die bevorzugte Duellstätte adliger Herren! Deswegen benahm Neville sich so sonderbar. Er würde sich mit Henry Latimer duellieren! Jetzt begriff sie auch, weshalb er sich ihr nicht anvertrauen wollte. Aber von nun an würde sie keine Geheimniskrämerei mehr dulden. Wenn er nur noch lebte!

Nachdem sie der Hauswirtin hastig gedankt und ihr zum Lohn eine Münze gegeben hatte, brach sie mit ihrem Stallburschen nach Putney Heath auf.

Mit der Pistole in der rechten Hand, die Mündung auf den Boden gerichtet, ging Neville seine zehn Schritte. Nach dem letzten Schritt wandte er sich um, wobei er sich den Regeln gemäß seitlich zu seinem Gegner hinstellte, den Arm hob und wartete, bis er Lord Burnsides Zeichen sah. Ehe es jedoch dazu kam, zuckte Latimer, den inzwischen die nackte Angst gepackt hatte, vorzeitig mit dem Finger am Abzug seiner Pistole. So löste sich mitten in seiner Drehung ein Schuss. Die seitwärts abgelenkte Kugel verfehlte Neville und traf stattdessen Frank Hollis in die Brust, der blutend zu Boden sank.

Fassungslos starrte Henry Latimer auf sein Opfer. Nun war er in dreifacher Hinsicht verloren. Neville stand das Recht zu, einen Schuss abzugeben. Vielleicht würde er in die Luft schießen, vielleicht aber auch nicht, doch er, Henry, würde so oder so sterben. Da er anstelle seines Gegners Frank Hollis getroffen hatte, würde er sich wegen Mordes oder versuchten Mordes vor Gericht verantworten müssen. Ihn erwartete der Galgen oder allermindestens der gesellschaftliche Tod.

Unwillkürlich stieß er einen lauten Verzweiflungsschrei aus. Im nächsten Augenblick, gerade als Neville in die Luft schoss, warf er seine Pistole fort und rannte so schnell ihn seine Füße trugen auf seine Kutsche zu. Ihn trieb nur noch ein einziger Gedanke an: England zu verlassen, ehe die Konstabler ihn fassten!

Er konnte von Glück sagen, dass Neville und die Sekundanten sich ausschließlich mit Frank beschäftigten. Unter diesen Umständen machten sie keine Anstalten, Latimer an der Flucht zu hindern. Vermutlich wird er versuchen, nach Frankreich zu entkommen, sagte sich Neville. Solange er nur irgendwo im Ausland bleibt, wo er nicht länger den Frieden und die Sicherheit seiner Heimat bedroht, habe ich nichts dagegen.

Jackson traf gerade rechtzeitig in Putney Heath ein, um zu beobachten, wie Latimer in Richtung London davonpreschte. Sofort wurde ihm klar, dass dies nichts Gutes verhieß, also bemühte auch er sich nicht lange, den Flüchtenden aufzuhalten. Vielmehr eilte er besorgt zu der Gruppe hinüber, die sich um Frank Hollis kümmerte. In der Zwischenzeit hatte Neville sein Hemd ausgezogen, um damit die Blutung so gut es ging zu stillen. Als er Jackson sah, rief er: „Sie kommen wie gerufen! Bitte helfen Sie uns, Frank zu einem Arzt zu bringen, er verliert sehr viel Blut. Oder noch besser, holen Sie einen Arzt herbei."

„Meine Droschke steht gleich dort drüben", erklärte Jackson, ohne sich seine Überraschung anmerken zu lassen. „Vielleicht kennt der Kutscher irgendeinen Arzt hier in der Nähe. Aber bevor ich ihn frage, möchte ich gerne wissen, wieso Mr. Hollis getroffen wurde. Schließlich sollte er sich nicht duellieren."

„Dieser Dummkopf Latimer – zumindest hoffe ich, dass es Dummheit war und nicht Bosheit – hat seine Pistole zu früh abgefeuert, noch während er sich bewegte“, antwortete Lord Burnside. „Leider stand Mr. Hollis genau in der Schusslinie. Sir Neville schoss daraufhin in die Luft. Würden Sie bitte zuallererst einen Blick auf Mr. Hollis’ Wunde werfen?“

„Soso, in die Luft“, bemerkte Jackson lächelnd. Wie er feststellte, hatte Frank Glück gehabt. Dank des behelfsmäßigen Verbands ließ die Blutung nach, und somit würde er wahrscheinlich durchkommen.

Als Jackson zu seiner Droschke zurückkehrte, bemerkte er einen Phaeton hinter den anderen Fahrzeugen. Darin saß niemand anders als die Duchess of Medbourne, obwohl er sich beim besten Willen nicht erklären konnte, wie sie von dem Duell erfahren hatte.

„Geht es ihm gut?“, rief sie besorgt.

Unnötig zu fragen, wen sie meinte. Doch ehe Jackson ihr antwortete, trug er dem Kutscher seiner Droschke auf, aus der Nachbarschaft einen Arzt herbeizuholen.

„Ja, aber Mr. Latimer hat durch ein dummes Versehen – nennen wir es gnädigerweise so – statt seiner Frank Hollis niedergeschossen.“

„Und wie geht es dem?“

„Falls ihn bald ein Arzt behandelt, wird er es überstehen.“

„Glauben Sie, ich sollte lieber wieder nach Hause fahren?“

Nach kurzem Zögern sagte Jackson: „An Ihrer Stelle würde ich nicht gerade zu Sir Neville hinübergehen, aber ich halte es für keine schlechte Idee, wenn Sie hier auf ihn warten. Vermutlich wird Ihre Gesellschaft beruhigend auf ihn wirken. So wie ich ihn kenne, fühlt er sich bestimmt für Mr. Hollis’ Verwundung verantwortlich, und Sie könnten ihn auf dem Heimweg beschwichtigen, indem Sie hin und wieder ‚Aber nein‘ und ‚Unsinn‘ sagen.“

Dieser Scherz entlockte ihr ein Schmunzeln. Bald darauf kehrte der Kutscher mit einem Arzt zurück, den Jackson unverzüglich zu dem Verwundeten führte.

Während der bewusstlose Frank ins Haus des Arztes gebracht wurde, machte der Rest der Gruppe sich zum Aufbruch bereit.

Lord Burnside beglückwünschte Neville, weil er während der ganzen unerfreulichen Szene einen kühlen Kopf bewahrt hatte. Dann nahm Jackson ihn beiseite. „Anscheinend haben Sie sich heute sehr wacker geschlagen."

„Das sollten Sie nicht überbewerten", entgegnete Neville. „Ich bin sehr erleichtert, dass ich Henry Latimer nicht töten musste."

„Zweifellos wird er nun nach Frankreich übersetzen, wie schon viele andere ruinierte Männer vor ihm. Kein großer Verlust, würde ich sagen. Gestatten Sie, dass ich Sie zu Ihrem Fahrzeug begleite?"

„Ich habe keines hier. Lord Burnside wird mich in seiner Kutsche mitnehmen, wie schon auf dem Hinweg."

„Irrtum. Sehen Sie den Phaeton dort drüben?"

Nie im Leben hätte Neville damit gerechnet, dass seine Kühne Duchess hier auf ihn warten würde. Nun, da Jackson ihn auf sie aufmerksam machte, wirkte ihr Anblick wie Balsam auf seine Seele. Aber warum überraschte es ihn eigentlich, sie hier zu sehen? Schließlich kannte er ihre entschlossene Tatkraft, die ihre Männerkleidung erst richtig unterstrich. Ihre üblichen Gewänder hoben zwar ihre äußere Schönheit hervor, wurden jedoch ihrer Persönlichkeit nicht gerecht.

„Was machst du denn hier?", erkundigte er sich mit einem schiefen Lächeln. „Woher wusstest du von dem Duell?"

„Das erzähle ich dir später", antwortete sie, indem sie sein Lächeln erwiderte. „Ich warte auf dich, um dich zu deiner Stadtresidenz zu bringen oder zu deinem Haus in Chelsea. Wohin möchtest du? Mein Stallbursche wird dir seinen Platz überlassen und stattdessen in Jacksons Droschke mitfahren."

Was blieb Neville anderes übrig, als ihren Vorschlag anzunehmen? Zum Teufel mit den Konventionen, sollten die Klatschbasen doch sagen, was sie wollten! Mit steifen Gliedern, denn die beinahe schlaflose Nacht forderte allmählich ihren Tribut, kletterte er auf seinen Sitz.

„Tu mit mir, was du willst", murmelte er.

„Worauf du dich verlassen kannst", bekräftigte sie munter. „Ich halte es für das Beste, wenn ich dich zuerst nach Chelsea fahre und dann sofort nach Hause gehe. Dann besteht noch ein Funken Hoffnung, einen Skandal zu vermeiden."

Auf der Fahrt brauchte sie gar nicht „Aber nein" oder „Unsinn" zu sagen, da Neville sich zu erschöpft fühlte, um sich zu unterhalten. Ständig befürchtete sie, er könnte neben ihr einschlafen und gefährlich stürzen. Aber dank seiner hart erarbeiteten Selbstbeherrschung gelang es ihm, sich wach zu halten, bis sie Chelsea erreichten.

Ehe er von dem Phaeton stieg, brach er endlich sein Schweigen: „Latimers Flucht bedeutet, dass du keine Anschläge mehr von ihm zu befürchten hast. Daher werde ich dich morgen besuchen, um dir einen Antrag zu machen, den du unmöglich ablehnen kannst."

„Tatsächlich, Neville? Glaubst du meine Gefühle so genau zu kennen?", neckte sie ihn.

„Nein, nur meine eigenen Gefühle", gab er zurück. „Zuletzt möchte ich dich noch um eines bitten: Lass dich von Lem nach Hause begleiten. Bitte schlag mir diesen Wunsch nicht ab."

„Einverstanden. Im Augenblick könnte ich dir ohnehin nichts abschlagen. Ich würde dir gerne noch ganz andere Wünsche erfüllen, aber das müssen wir wohl auf später aufschieben."

Ohne sich darum zu kümmern, ob irgendjemand sie sah,

gab er ihr zum Abschied einen zärtlichen Kuss. Dann betrat er sein Haus.

„Sir! Ich wusste, dass Sie gewinnen würden!", empfing ihn Lem überschäumend vor Freude.

„Nun ja, gewissermaßen. Und jetzt habe ich gleich einen Auftrag für dich. Bitte bring die Duchess nach Medbourne House zurück, damit sie nicht ganz allein durch London fahren muss."

„Sehr wohl, Sir." Glücklich eilte Lem hinaus. Sein Herr hatte ihm versprochen, dass Belinda nach London zurückkehren würde, sobald die Gefahr überstanden war. Bald konnten sie heiraten und gemeinsam für Sir Neville arbeiten.

Bei der Erinnerung an Nevilles Kuss brannte Diana vor Sehnsucht, seine Lippen wieder auf ihrem Mund zu spüren. Voller Ungeduld erwartete sie den kommenden Tag, an dem sie ihn wiedersehen würde.

Leider kam Neville am folgenden Tag nicht persönlich, sondern ließ ihr durch Lem einen Brief überbringen. Darin teilte er ihr mit, er und Jackson seien an diesem Morgen dringend ins Innenministerium gerufen worden. Zuerst wollte Lord Sidmouth persönlich mit ihnen sprechen, und anschließend sollten sie sich noch mit einigen Vertretern des Kabinetts treffen.

Voraussichtlich würde er keine Zeit finden, sie heute wie vereinbart zu besuchen. Daher bat er vielmals um Entschuldigung und versprach ihr, am nächsten Tag zu kommen. Die zweite Seite des Briefs tröstete Diana ein wenig über ihre Enttäuschung hinweg, denn da erklärte er, wie sehr er selbst die Verzögerung bedauerte. Am Ende schwor er ihr seine unsterbliche Liebe und Bewunderung.

Ihr allererster Liebesbrief … Besonders aufregend fand sie, dass Nevilles Handschrift immer kühner wurde, je leidenschaftlicher er sich ausdrückte.

Ihr blieb nichts anderes übrig, als ihm zur Antwort einen ebenso zärtlichen Brief zu schicken. „Ja, gewiss musst du deine Pflicht tun", schrieb sie. „Aber morgen möchte ich dich unbedingt sehen, um dich für deine Mühe zu belohnen, mein Liebster."

An diesem Nachmittag kam Isabella in heller Aufregung zu Diana in den Salon.

„Hast du schon das Neueste über Sir Neville und Mr. Latimer gehört, meine Liebe? Anscheinend kam es neulich Abend bei Watier's zu einem heftigen Streit zwischen ihnen, so heftig, dass sie sich gleich am nächsten Morgen duelliert haben. Es heißt, Mr. Latimer habe vorzeitig seine Pistole abgefeuert und den armen Mr. Hollis getroffen. Dem geht es sehr schlecht, aber er wird durchkommen – im Gegensatz zu Lord Alford, der gestern Abend verstorben ist. Den Gerüchten zufolge musste er nach Frankreich fliehen."

Diana hakte nicht nach, auf welchen Herrn dieser letzte Satz sich bezog, sondern ließ Isabella ausreden.

„Und Sir Neville hat in die Luft geschossen. Jetzt verstehe ich auch, weshalb er dich heute nicht besucht, obwohl er dir zurzeit so galant den Hof macht. Sicher fühlt er sich im Augenblick noch zu aufgewühlt, um sich dir zu widmen."

„Oje", meinte Diana. „Ich habe nichts von ihm gehört, aber wenn wir uns sehen, wird er mir bestimmt alles erzählen."

Mehr wagte sie nicht zu sagen. Glücklicherweise schien ihre Anwesenheit bei dem Duell sich nicht herumgesprochen zu haben. Solange ihre Stallburschen schwiegen, würde auch kein Mensch je davon erfahren.

Als Neville am darauffolgenden Morgen nach Medbourne House fuhr, fühlte er sich so glücklich wie schon seit Jahren nicht mehr. Zum einen hatte er die Entführerbande ein für alle Mal zerschlagen, und zum anderen hatte er im Laufe der Ermittlungen ungeahnte Fähigkeiten in sich entdeckt. Eigenschaften wie Stärke, Tatkraft und Tapferkeit. Und all das nur, weil die Entdeckung, dass Lord Burnside sein wahrer Vater war und nicht Sir Carlton, ihm eine Last von der Seele genommen hatte.

Früher strebte er ständig nach Tugend und Mäßigung, um sich vom Makel seines angeblichen Erbes reinzuwaschen. Im Grunde führte er ein ziemlich freudloses Leben, bis er eines Tages mit anhörte, wie Frank Hollis und Henry Latimer über ihn lästerten. Dadurch prüfte er selbst sein Verhalten, erkannte seine eigenen Fehler – und änderte sich.

Bei seinen gefährlichen Abenteuern mit Jackson stellte er fest, dass es ihm nicht an Mut fehlte, ganz gleich, welche anderen Eigenschaften er an sich vermisste. Ansonsten hätte er während seines Duells niemals die Ruhe bewahren und Henry Latimer in die Flucht schlagen können. Seither galt er als der Held des Tages.

Am besten verdeutlichte seine Beziehung zu Diana seine Verwandlung, denn früher hätte er sich niemals in solch eine außergewöhnliche junge Dame verliebt, geschweige denn um ihre Hand angehalten. Doch den zaghaften Musterknaben hatte er endgültig hinter sich gelassen. Nun fuhr er zu seiner Kühnen Duchess, um ihr einen Heiratsantrag zu machen.

Voller Zuversicht betrat er Medbourne House, wo ihn Diana allein in ihrem Salon erwartete. Sie hatte auf jeglichen Schmuck verzichtet und trug eines ihrer schlichten Kleider, in denen sie ihm jedes Mal besonders reizvoll und begehrenswert erschien.

Mit leuchtendem Antlitz erhob sie sich von ihrem Sofa. Ihr fiel sofort auf, dass auch Neville sich heute betont nüchtern gekleidet hatte, ohne brokatene Weste oder raffiniert gebundenes Krawattentuch. So wirkte er wie ein Gentleman, der seinen

Reichtum und seinen Rang nicht aufdringlich zur Schau stellen wollte.

Darüber hinaus fand sie, dass auch sein Gesicht sich seit ihrer ersten Begegnung verändert hatte. Es kam ihr reifer und kraftvoller vor als früher, was ihr keineswegs missfiel. Vermutlich musste sie sich damit abfinden, dass er immer versuchen würde, sie zu beschützen. Aber gehörte nicht auch das zu den Eigenschaften, die sie an ihm liebte?

„Darf ich dir zu deinem Erfolg gratulieren?“, erkundigte sie sich.

„Ja, in der Tat, und ich danke dir vielmals für deine Unterstützung. Gestern habe ich Lord Sidmouth ausführlich geschildert, wie sehr du uns geholfen hast. Wenn du gestattest, werde ich dir später von dem Treffen mit dem Minister berichten. Zuerst möchte ich zu der anderen, wichtigeren Angelegenheit kommen, wegen der ich dich heute besuche.“

Warum behandelte er sie so förmlich? Waren sie nicht bereits verlobt – oder hatte er das in der Aufregung der vergangenen Tage vielleicht vergessen? Höchste Zeit, dass sie ihn daran erinnerte!

Ehe er wusste, wie ihm geschah, schlang sie die Arme um seinen Hals und gab ihm einen langen Kuss. „Lieber Himmel, Neville“, rief sie schließlich. „Falls du mit mir das Datum unserer Hochzeit vereinbaren willst, dann komm endlich zur Sache – sonst vergehe ich noch vor Ungeduld!“

„Ungeduld!“, stöhnte er. „Weißt du, wie leicht ich meine mühsam errungene Beherrschung verlieren könnte? Ich möchte dich am liebsten zu dem Sofa hinübertragen und meinen Gefühlen freien Lauf lassen. Nur indem ich förmlich bleibe, kann ich alles korrekt mit dir besprechen.“

„Korrekt! Wer will das schon? Sag mir einfach klar und deutlich, dass du mich liebst, dass du auf der Stelle loseilen und eine besondere Heiratslizenz beantragen wirst. Dann können wir tun, was uns beliebt."

„Oh mein Herz, ich habe schon vor einer Woche eine Lizenz besorgt, damit wir uns vermählen können, sobald keine Hindernisse mehr im Wege stehen. Ohne Prunk und Feierlichkeit, außer du wünschst es dir."

„Ich will nur dich. Aber zuerst muss ich dir noch ein kleines Geheimnis anvertrauen. Hoffentlich wirst du danach nicht die Flucht ergreifen."

„Ein Geheimnis? Nichts allzu Schreckliches, oder?"

„Nein, nein. Als ich nach meiner Ankunft in London von Mitgiftjägern belagert wurde, bat ich meine Anwälte um Rat, und die trugen dem armen Mr. Dobbins auf, die Vermögensverhältnisse der betreffenden jungen Herren zu überprüfen. Daher wusste ich, dass Henry Latimer und Lord Alford keinen Penny besitzen. Und nun komme ich zu meiner Beichte: Kurz nachdem wir uns kennenlernten, ließ ich auch dich überprüfen. Glücklicherweise stellte sich heraus, dass du ebenso wohlhabend bist wie die anderen arm."

Neville brach in schallendes Gelächter aus. „Glücklicherweise? Für dich oder für mich?", fragte er, nachdem er sich wieder beruhigt hatte. „Heiratest du mich etwa um meines Geldes willen, du kleine Hexe?"

„Aber nein, genauso wenig wie du es tust", entgegnete sie.

„Warte nur, jetzt werde ich dich für dein Misstrauen bestrafen!", rief er. Schwungvoll hob er sie hoch und trug sie zum Sofa hinüber. Dort küssten sie sich, bis sie beinahe trotz aller guten Vorsätze ihre Ehe vorzeitig vollzogen hätten. Plötzlich klopfte es an der Tür.

Falls Lubbock die lange Pause, bis Diana ihn hereinrief, sowie die geröteten Gesichter der beiden jungen Leute höchst aufschlussreich fand, so verriet er dies mit keiner Miene. Er trug ein silbernes Tablett, auf dem ein Brief mit einem prächtigen Siegel lag.

„Verzeihen Sie die Unterbrechung, Euer Gnaden", sagte er. „Soeben wurde eine dringende Nachricht vom Premierminister, Lord Liverpool, für Sir Neville überbracht. Zuerst hat der Bote sein Haus aufgesucht, aber dort wurde er nach Medbourne House verwiesen." Mit einer angedeuteten Verneigung überreichte er Neville den Brief.

Sobald er sich wieder in die Gesindestube zurückgezogen hatte, meinte er zu der Haushälterin und den restlichen Dienstboten: „So wie es aussieht, werden für Ihre Gnaden und Sir Neville bald die Hochzeitsglocken läuten, und das freut mich sehr. Sie braucht einen energischen Mann, der es mit ihr aufnehmen kann."

Unterdessen las Neville mit Dianas Erlaubnis die Nachricht, deren Inhalt er bereits kannte. „Dein Butler kam gerade zur rechten Zeit, sonst hätten wir uns womöglich vergessen. Und nun zu diesem Schreiben: Gestern hat Lord Sidmouth Jackson und mir zur Aufklärung von Prinz Adalberts Komplott gratuliert. Darüber hinaus dankte er uns dafür, dass wir das Ministerium frühzeitig vor Captain Knightons geplanter Revolution gewarnt hatten. Nach unserem Gespräch wurden wir von einigen Vertretern des Kabinetts empfangen, die uns den Dank der Regierung aussprachen. Während Jackson zur Belohnung eine hohe Geldsumme erhielt, werde ich, wie dieser Brief bestätigt, zum Viscount ernannt. Als Grund dafür will der Premierminister meine Tätigkeit in verschiedenen Ausschüssen vorschieben, da meine jüngsten Verdienste nicht öffentlich erwähnt werden dürfen. Ich weiß, wenn du mich heiratest, musst du deinen jetzigen Titel für einen niedrigeren aufgeben. Dafür gewinnst du einen Gatten, der dich über alles liebt. Ohne deine Hilfe und Ermutigung hätten Jackson und ich unseren Fall vielleicht nicht so erfolgreich abgeschlossen."

Dianas Augen leuchteten. „Es macht mir nichts aus, meinen Titel zu verlieren, schließlich haben weder Charles noch ich ihn für unsere eigenen Leistungen verliehen bekommen. Du dagegen wurdest wegen deines Muts und deiner Diskretion in einen höheren Rang erhoben. Daher empfinde ich es als größere Ehe, Viscountess Fortescue zu heißen als Dowager Duchess of Medbourne. In Zukunft sollten wir uns öfters gemeinsam für eine gute Sache einsetzen. Da wir kein aufwendiges Fest wünschen, können wir uns schon sehr bald in der Kapelle von Medbourne House trauen lassen."

„Mit Jackson als Trauzeuge", schlug Neville vor.

„Abgemacht", rief Diana lachend.

Somit fand die Kühne Duchess in Sir Neville Fortescue einen ebenbürtigen Gemahl. Auch wenn er erst nach einer harten Bewährungsprobe erkannte, was in ihm steckte, gewann er letztendlich sowohl einen neuen Adelstitel als auch die Frau seines Herzens. Mit ihr führte er eine lange, glückliche Ehe, und ihre Liebe währte bis an ihr Lebensende.

– ENDE –

Mary Nichols

Lady Lavinias Liebestraum

Roman

Aus dem Englischen von
Birgit Zeidler

MIRA®

1. KAPITEL

1820

Die riesige Leinwand lehnte an der freien Wand des Ballsaales von Stanmore House, der Londoner Stadtresidenz des Duke of Loscoe. Das beinahe noch größere Stück Segeltuch, das unter ihr ausgebreitet war, um den wertvollen Parkettboden zu schützen, wies unzählige bunte Kleckse auf. Auf dem kleinen Arbeitstisch gleich linker Hand lag ein vielfältiges Sortiment an Pinseln und kleinen Putzlappen. Daneben stand ein Glas Wasser.

In eine Schürze gehüllt, die ihr leichtes, duftiges Baumwollkleid vor Farbsprenkeln schützte, trat Lady Lavinia Stanmore ein paar Schritte zurück und begutachtete ihr Werk, das nur aus einiger Entfernung betrachtet zur vollen Geltung kam. Eine märchenhafte, in großzügigen Pinselstrichen gehaltene lichte Waldlandschaft mit knorrigen alten Bäumen, um die sich Akelei wand und in deren Mitte sich auf einer Blumenwiese ein halbes Dutzend Hasen tummelte, erstreckte sich vor ihr.

„Gütiger Himmel, Lavinia! Mir ist zwar nicht entgangen, dass du eine Vorliebe für großformatige Gemälde hast, doch dieses hier kann ohne Übertreibung als monumental bezeichnet werden."

Lavinia wandte sich zu dem aufmerksam das Bild studierenden Gentleman um, der sich lässig an den Türrahmen gelehnt hatte. Seine elegante Erscheinung, die nicht nur durch den aus feinster Wolle angefertigten grünen Mantel, die auf Hochglanz polierten Stiefel und das akkurat gebundene Krawattentuch zutage trat, sondern ebenso durch sein perfekt frisiertes blondes Haar, ließ keinen Zweifel daran, dass James, Earl of Corringham, ein Mann von Welt war.

„Ach du bist es, James."

Der Ankömmling grinste die junge Dame mit humorvollen grauen Augen an. „Hast du jemand anderen erwartet?"

„Ich habe eigentlich niemanden erwartet."

Er kam einige Schritte auf sie zu, um ihr Werk näher in Augenschein zu nehmen. „Wo, um Himmels willen, gedenkst du es aufzuhängen? Obwohl dieses Haus wahrlich nicht zu den kleinsten zählt, fällt mir kein Ort ein, an dem dieses monströse Gemälde gut aufgehoben wäre."

„Es ist nicht monströs!", protestierte Lavinia.

„Ich bitte um Verzeihung. Ich wollte damit nicht andeuten, dass ich es nicht für gelungen halte, sondern lediglich zum Ausdruck bringen, dass es ungewöhnlich groß ist", verbesserte James sich eilig, denn es lag ihm fern, die temperamentvolle junge Frau zu erzürnen.

„Es muss so groß sein, denn es ist ein Bühnenbild."

„Ich verstehe."

„Eine Kulisse für ‚Ein Sommernachtstraum', um genau zu sein."

„Ach ja? Erzähl mir mehr darüber."

James interessierten weniger die Details über die Entstehung des Werkes; er genoss es vielmehr, die junge Malerin einfach nur anzuschauen und ihre Stimme zu hören, während er ihren Ausführungen lauschte. Er liebte den Glanz ihrer grünen Augen, wenn sie über etwas berichtete, das sie begeisterte. Er liebte diese seidigen kastanienbraunen Locken, die ihren schlanken Hals umspielten, und er fand die Art, wie sie sich gab, diese natürliche Grazie, die sie ausstrahlte und die nichts mit ihrer aristokratischen Herkunft zu tun hatte, unwiderstehlich. Er mochte schlicht alles an ihr. Umso bedauerlicher war es, dass Lavinia nur einen älteren Bruder in ihm sah und nicht, wie jede Mutter des *ton*, einen akzeptablen, heiratswilligen Junggesellen.

Dabei waren sie nicht einmal entfernt miteinander verwandt; dass sie gewissermaßen einer Familie angehörten, war dem Umstand geschuldet, dass seine Stiefmutter vor ein paar Jahren Lavinias Vater, den Duke of Loscoe, geheiratet hatte. James hatte seitdem genügend Abstand gewonnen, um sich einzugestehen, bereits bei ihrer ersten Begegnung sein Herz an die junge Frau verloren zu haben. Damals war sie ein temperamentvolles und eigenwilliges sechzehnjähriges Mädchen gewesen, das, frisch vom Lande gekommen, gerade die Vorzüge Londons herauszufinden begann, noch nicht in die Gesellschaft eingeführt worden war und nicht im Entferntesten an eine Vermählung dachte. Als im darauffolgenden Jahr der Duke seine Stiefmutter zum Traualtar geführt hatte, war es für James zunächst einfacher gewesen, Lavinia als seine Schwester anzusehen. Und so hatte sich eine geschwisterliche Freundschaft zwischen ihnen entwickelt, die es ihm, wie er hatte feststellen müssen, nun überaus schwer machte, Lavinia seine wahren Gefühle zu gestehen.

„Ich will ein Theaterstück auf die Beine stellen, um für Mamas Waisenhaus Geld zu sammeln", erklärte sie freudig erregt. „Der Unterhalt für das Heim und die Kinder steigt leider stetig."

Lavinia schätzte die Großherzigkeit ihrer Stiefmutter Frances sehr, liebte sie inzwischen mehr als die eigene verstorbene Mutter, die sich zu ihren Lebzeiten nie um sie gekümmert hatte, außer wenn sie es wieder einmal für notwendig erachtete, Lavinia ob ihres jungenhaft wilden Temperaments zu bestrafen, sie in ihr Zimmer zu sperren und von anderen Kindern und vor allem von ihrem Bruder Duncan, mit dem sie viel durch die Wälder oder über die Felder gestreift war, fernzuhalten. Lavinias Gouvernante Miss Hastings hatte unterdessen versucht, sie angemessen auszubilden und ihr Benehmen beizubringen, was die gute Frau viele Nerven gekostet hatte, denn Lavinia hatte den Unterricht nicht nur einmal geschwänzt.

James empfand für die Duchess of Loscoe ähnlich wie seine

Stiefschwester, schließlich war sie ihm, seit der Vater sie als seine Braut heimgeführt hatte, eine mütterliche Freundin gewesen, obgleich sie mit damals siebzehn Jahren nur ein Jahrzehnt älter gewesen war als er.

„Dann war es also Mamas Idee."

„Nein, meine. Oder besser: Eine Theatertruppe brachte mich auf diesen Gedanken. Anfang des Jahres stellten die Schauspieler ihr Zelt bei uns in Risley auf, und da dachte ich, warum nicht selbst einmal ein Theaterstück geben? Erst wollte ich es in Loscoe Court organisieren, doch dann überlegte ich, wir würden vermutlich auf dem Lande nicht genügend spendable Zuschauer finden. Da ich wusste, dass wir die Saison in London verbringen, habe ich mich kurzerhand entschlossen, das Stück hier aufzuführen. Wir werden den Ballsaal für einen Abend in ein Theater verwandeln."

„Wer ist ‚wir'?"

„Nun, jeder, der interessiert ist. Du kannst dich gern beteiligen, wenn du möchtest."

„Wirklich? Wie kommst du darauf, dass ich talentiert genug bin?"

„Wir werden es ja sehen, wenn du vorsprichst, oder nicht? Und wenn du, wie ich befürchte, tatsächlich hoffnungslos unbegabt sein solltest, dann könntest du uns hinter der Bühne zur Hand gehen …"

„Oder die Kulissen schieben", fügte er trocken hinzu und nickte in Richtung der bemalten Leinwand.

„Wie du wünschst."

„Vielleicht möchte ich mich gar nicht beteiligen."

„Sei unbesorgt. Es gibt noch andere, die gewillt sind, mir bei meinem Vorhaben unter die Arme zu greifen."

„Wer?"

„Duncan, vielleicht auch Benedict Willoughby."

„Mit nur zwei Hilfskräften wirst du kaum eine Theateraufführung auf die Beine stellen können. Überdies ist Duncan reichlich arbeitsscheu und der junge Willoughby unzuverlässig."

„Duncan kann sich zusammenreißen, wenn er will. Ich dachte, eine kleine Abwechslung würde ihm guttun."

„Du meinst, du willst ihn von seinen dummen Gedanken abbringen. Das kannst du nur dann erreichen, wenn du ihn von Willoughby fernhältst."

„Du tust ihm unrecht", verteidigte sie den achtzehnjährigen Bruder wie gewöhnlich. Insgeheim wusste sie nur zu gut, dass James die Wahrheit gesprochen hatte. „Als du jung warst, hast du bestimmt auch nicht immer alle Regeln befolgt. Nun, da du alt und gesetzt bist, hast du es vermutlich schlicht vergessen."

„Alt und gesetzt!", rief er und lachte schallend. „Muss man sich mit siebenundzwanzig Jahren so fühlen? Und ich dachte, ich befände mich gerade in den besten Mannesjahren."

Lavinia schmunzelte. „Du weißt, was ich meine."

„Wirst du denn selbst eine Rolle in dem Theaterstück übernehmen?"

„Ja, zumal Lancelot Greatorex uns Hilfestellung geben wird."

James warf der Stiefschwester einen erstaunten Blick zu. „Wer ist denn das?"

„Er ist der Direktor der Truppe ‚Thespian Players', ein hervorragender Schauspieler. Er hat mir versprochen, uns gegen Ende der Saison bei meinem Stück zu helfen, wenn er seine Verpflichtungen erfüllt hat."

„Daher der groteske Name … Aber du willst mir doch nicht allen Ernstes bedeuten, dass der Duke es gutheißt, wenn du mit Schauspielern zusammenarbeiten möchtest!"

„Was sollte er denn dagegen haben?", fragte die junge Dame gleichmütig.

„Oh Lavinia, hast du deinen Vater überhaupt um Erlaubnis gebeten, das Stück in seinem Haus aufführen zu dürfen?"

„Noch nicht, aber das werde ich bald tun."

James lachte. „Dann wünsche ich dir viel Glück dabei, denn du wirst es wahrhaftig gut gebrauchen können!"

„Papa ist viel gutmütiger und mitteilsamer geworden, seit er Frances geheiratet hat. Daher bin ich sehr zuversichtlich", erwiderte sie selbstbewusst.

„Seine Gnaden, der Duke of Loscoe, ist sicherlich ein großzügiger Mann, was jedoch nicht heißt, dass er seiner Tochter alles durchgehen lässt."

„Dies schon", erwiderte sie trotzig, aber gut gelaunt.

„Ich wette fünf Guineas, dass dein Papa unnachgiebig sein wird."

„Abgemacht", sagte sie prompt. „Ich werde Stiefmama auf meine Seite bringen, damit sie mit Papa spricht. Er konnte ihr noch nie einen Wunsch verwehren."

„Wenn er tatsächlich einverstanden ist mit deinem Vorhaben – wer wird dann überhaupt kommen, um dein Stück anzusehen?"

„Jeder. All unsere Freunde und mit Sicherheit auch einige Leute, die uns nicht so wohlgesinnt sind. Das macht mir aber nichts aus, solange sie ihre Eintrittskarte bezahlen."

„Und du bist wirklich davon überzeugt, dass dein Vater sogar Fremde in seinem Haus willkommen heißen wird?"

„Warum nicht? Kannst du dich nicht an den Ball erinnern, den Frances vor drei Jahren in Corringham House anlässlich der Eröffnung des Waisenhauses in der Maiden Lane gegeben hat? Es kamen nicht nur Persönlichkeiten des *ton*, sondern Leute, denen man ansah, dass sie in einer ganz anderen Welt leben. Sie hat sie damals nicht zurückgewiesen, solange sie gewillt waren, den geforderten Eintritt zu bezahlen."

„Das war noch vor der Vermählung mit deinem Vater, wie du weißt. Und ein Ball ist nicht mit einem Theaterstück zu verwechseln." James hielt inne und beobachtete Lavinia, wie sie einen feineren Pinsel zur Hand nahm, um dem Gemälde den letzten Schliff zu geben. Es stand außer Frage, dass sie eine sehr talentierte Malerin war. In dem Punkt ergänzte sie sich vortrefflich mit Frances, denn diese hatte sich im Londoner *ton* bereits einen Namen als Porträtistin gemacht und Lavinia ihre Erfahrungen insbesondere in der Maltechnik weitergegeben.

„Kann ich also deinen Worten entnehmen, dass du uns nicht mit deiner Anwesenheit beglücken wirst?"

„Oh, ich werde kommen, und sei es auch nur als Zuschauer", betonte er.

„Damit du dich immer dann über uns lustig machen kannst, wenn wir uns versprechen oder unseren Text vergessen, habe ich recht?"

„Aber Lavinia, das würde ich doch niemals wagen", versicherte James eifrig und verfolgte, wie sie mit wenigen sicheren Pinselstrichen eine kleine Kreuzotter zum Leben erweckte. Er verabscheute es, des Teufels Advokaten zu spielen, doch befürchtete er, dass Lavinia im Begriff war, sich auf ein Vorhaben einzulassen, dem sie nicht gewachsen war. „Es gibt übrigens noch einen anderen Grund, weshalb dein Vorhaben scheitern könnte. Wenn nämlich das zahlungswillige Publikum fernbleibt, weil ein ganz anderes Drama es in Atem hält. Du weißt, dass König George alles unternimmt, seine Gemahlin Caroline nach Italien zurückzuschicken, wo sie die ganzen Jahre gelebt hat. Ist es doch ihr fester Entschluss, sich gegen seinen Willen mit ihm in der Westminster Abbey krönen zu lassen. Die Leute kennen nur noch dieses eine Thema, und die vielfältigsten Gerüchte sind bereits im Umlauf."

„Ich bin darüber informiert, James", erklärte Lavinia ungeduldig. „Allerdings denke ich, dass es uns eher zum Vorteil gereichen dürfte. Denn jeder, der sich für wichtig hält oder den es unter anderen Umständen nicht in die Stadt ziehen würde, ist diese Saison nach London gekommen, um entweder die Krönungsfeierlichkeiten oder die anschließende Prozession aus der Nähe zu beobachten. Und genau aus diesem Grund wird auch die Saison länger dauern als üblich, da dieses Ereignis erst für den ersten August anberaumt ist. Übrigens sind auch wir nur der Krönung wegen nach London gereist. Nichts hätte Stiefmama und den kleinen Frederick von Loscoe Court wegbringen können, wenn Papa nicht dazu verpflichtet gewesen wäre, bei den Feierlichkeiten anwesend zu sein."

„Wenn es überhaupt dazu kommt. Die ganze Angelegenheit droht doch zu einer Farce zu werden und lässt Seine Majestät zurzeit noch lächerlicher erscheinen als bisher", bemerkte er trocken.

„Das sagt Papa auch, aber dennoch verspricht das Spektakel eine interessante Saison, findest du nicht auch?", fragte sie mit einem schelmischen Lächeln. „Denk doch nur an all die Leute, die seit Jahren nicht mehr in London weilten und sich jetzt zu amüsieren wünschen – vor allem deren Frauen und Töchter."

„Glaubst du, dass gerade sie sich für dein Theaterstück interessieren werden?"

„Warum nicht? Man weiß ja nie, vielleicht findest du ja auch eine Braut unter den Gästen."

„Gott behüte!"

„Warum nicht? Du weißt doch, dass es höchste Zeit für dich ist zu heiraten."

„Oh Lavinia, nicht auch du! Als genügte es nicht, dass Stiefmama mir damit immer in den Ohren liegt. Ich gehe eine Ehe erst dann ein, wenn ich bereit bin für ein solches Unterfangen. Außerdem werde ich mich nur aus Liebe binden."

„Nein, wirklich?", rief sie und lachte herzhaft. „Aus Liebe? Hast du womöglich schon eine Frau ins Auge gefasst? Sag es mir ..."

„Unter gar keinen Umständen. Und du hast überhaupt keinen Grund, dich über mich lustig zu machen", beschwerte sich James. „Wenn ich mich recht entsinne, hast du vor zwei Jahren auf deinem ersten Ball jedem heiratswilligen Junggesellen, der dich wiederzusehen wünschte, einen Korb gegeben."

„Es wäre unrecht von mir gewesen, hätte ich einen von ihnen ermutigt, mich zu hofieren, weil mir kein einziger meiner Verehrer wirklich interessant erschien", verteidigte sich Lavinia.

„Hast du bislang wirklich nicht in Erwägung gezogen zu heiraten?"

Lavinia setzte eine feierliche Miene auf. „Nein, weil auch ich mich erst dann vermähle, wenn ich bereit dazu bin und mich verliebt habe."

„Wirst du den richtigen Zeitpunkt überhaupt zu erkennen wissen?"

Diese Frage beschäftigte Lavinia in der Tat, seit sie in die Gesellschaft eingeführt worden war. Doch bis zum heutigen Tag hatte sie noch keine befriedigende Antwort darauf gefunden. Ihre Freundinnen schienen diesbezüglich ebenso ratlos wie sie, ungeachtet der Tatsache, dass viele von ihnen bereits verheiratet waren und Kinder hatten.

„Ich werde es schon merken", sagte sie unbekümmert, derweil sie den Pinsel in das Wasserglas und anschließend in einen Farbtiegel tauchte. Um das Thema zu wechseln, fügte sie hinzu: „Du hast mir noch immer nicht verraten, weshalb du überhaupt gekommen bist."

„Brauche ich einen Grund, euch zu besuchen? Ich habe gehört, dass ihr in der Stadt weilt, und mich kurzerhand entschlossen, euch meine Aufwartung zu machen."

„Also mehr ein Höflichkeitsbesuch. Ich werde Mama Bescheid geben, dass du hier warst. Sie erledigt zurzeit einige Einkäufe."

„Ich wollte vor allem dich sehen. Ich möchte dir nämlich etwas zeigen."

„Was denn?", fragte sie voller Neugier und wandte sich so

schwungvoll um, dass die Farbe aus ihrem Pinsel spritzte.

James reagierte blitzschnell und machte einen Satz rückwärts. „Lavinia, leg unverzüglich dieses Ding aus der Hand, sonst ruinierst du mir noch meine Pantalons, und dann werde ich dir nie verraten, was ich dir zeigen wollte."

Die junge Dame tat wie ihr geheißen, während James einen der Lappen vom Tisch nahm und seinen Stiefel von grünlichen Klecksen befreite.

„James, sprich endlich!"

„Geh zum Fenster."

Sie eilte über das frisch polierte Parkett und machte an einem der Fenster, die den Blick auf die Straße freigaben, halt. Draußen herrschte das übliche städtische Treiben, zahlreiche Chaisen und Reiter kamen unter lautem Hufegeklapper des Weges. Doch direkt vor dem Haus, nicht zu übersehen, stand James' neue Kutsche mit einem Gespann aus zwei edlen Pferden. Ein Bursche, dem James wohl ein paar Kupfermünzen gegeben hatte, gab darauf acht.

„Oh James! Was für ein wundervoller Phaeton! Hast du ihn gerade erst gekauft?"

„Ja. Gefällt er dir?"

„Ich muss ihn mir aus der Nähe ansehen!", erklärte sie eifrig und legte rasch ihre Schürze ab, um auf der Stelle aus dem Saal zu laufen, die Treppen hinunter und durch das großzügige Entree hinaus ins Freie, gefolgt von dem zufrieden schmunzelnden James.

„Gütiger Himmel!", rief sie und hielt direkt vor dem Phaeton inne. „Wie groß er ist!"

„Hättest du Lust, eine kleine Runde mit mir zu drehen?"

„Sofort?"

„Warum nicht? Deine Malerei kann doch getrost ein bis zwei Stunden warten, oder nicht?"

Lavinia zögerte keinen Augenblick. Sie war stets für unkonventionelle Aktivitäten zu haben, und im Moment reizte sie vor allem, über den Köpfen anderer Ausflügler durch den Hydepark zu fahren. „Ich ziehe mich nur rasch um. Warte im Salon auf mich, in zehn Minuten bin ich zurück“, erklärte sie dem Stiefbruder, wobei die letzten Worte im Foyer verhallten, denn sie war bereits die Treppe hinauf zu ihrem Schlafzimmer geeilt, um hurtig in ihr hellblaues Ausfahrkleid zu schlüpfen und sich einen Strohhut aufzusetzen. Dass sie eigentlich einer Chaperone bedurft hätte, kam ihr nicht in den Sinn, oder zumindest verwarf sie den Gedanken sogleich wieder, denn zum einen war auf dem Phaeton nur Platz für zwei, und zum anderen war James ja ohnehin fast ein richtiger Bruder.

Er half ihr behänd auf den Kutschbock, kletterte auf den Sitz neben ihr und hielt mit gelockerten Zügeln die Pferde zu leichtem Trab in Richtung Piccadilly an.

„Welch erhebendes Gefühl man hier oben hat!“, schwärmte sie. „Papa besaß auch einmal einen Phaeton, doch als er Mama heiratete und der kleine Frederick auf die Welt kam, befand er das Gefährt als zu gefährlich und zu vulgär und verkaufte es wieder.“

„Dann hätte ich ihn wohl um Erlaubnis bitten müssen, dich mitzunehmen.“

„Wir hätten ihn nicht fragen können“, erklärte Lavinia, während sie ihm dabei zusah, wie er am Piccadilly Circus geschickt mit dem Gefährt in die Kurve ging. „Er berät sich mit den Lords und wird erst gegen Abend zurück sein. Er wurde bezüglich der Krönung um seine Meinung gebeten, obgleich ich die Hast, mit der das Königshaus diese Angelegenheit angeht, nicht ganz verstehe. Immerhin lebt der Prinzregent, ich meine natürlich Seine Majestät, seit Jahren getrennt von seiner Gemahlin. Warum hat er bis heute gewartet, um sich von ihr scheiden zu lassen?“

„Weil er vermutlich nicht damit gerechnet hat, dass sie sich mit ihm würde krönen lassen wollen. Er hat nun den Entschluss gefasst, wieder zu heiraten, um einen Erben zu zeugen. Denn soviel ich weiß, gibt es keinen geeigneten Nachkommen."

„Doch, das Baby des letzten Duke of Kent", entgegnete Lavinia.

James machte ein nachdenkliches Gesicht. „Ja, Victoria. Aber sie ist ein Mädchen."

„Na und?", erwiderte sie schnippisch. „Frauen fühlen sich nur deshalb schwächer, weil Männer es ihnen einreden. So denke übrigens nicht nur ich, sondern viele meiner Geschlechtsgenossinnen."

James musste herzhaft lachen. „Lavinia, suchst du Streit?"

„Überhaupt nicht, es sei denn, du gibst mir einen Grund. In diesem Fall …"

„Gott behüte! Ich würde um keinen Preis der Welt mit dir in einen Disput geraten wollen!"

„Gut, denn ich möchte, dass du mir die Zügel überlässt."

„Mit Sicherheit nicht!"

„Warum nicht? Ich bin genauso gut im Lenken einer Kutsche wie jeder Mann", protestierte die junge Dame mit geröteten Wangen. Sie streckte eine Hand vor und legte sie auf seine, in der Hoffnung, er würde ihr doch die Zügel überlassen. James durchfuhr es bei Lavinias zarter Berührung wie ein Blitz, doch ließ er sich tunlichst nichts anmerken.

„Nein, Lavinia. Es sind zu viele Leute unterwegs, und nicht nur wir beide könnten Schaden nehmen, wenn der Phaeton zu schlingern beginnt und umstürzt."

„Nun gut", seufzte sie, denn sie musste einsehen, dass James recht hatte. „Wir werden an einem der nächsten Tage sehr früh in den Park ausfahren, damit wir ungestört sind. Dann wirst du mir die Kutsche überlassen."

„Dein Vater würde es niemals erlauben, auch nicht Stiefmama", gab James ihr nachdrücklich zu bedenken.

Lavinia reckte das Kinn vor. „Dann werden wir es ihnen eben nicht erzählen. Bitte, James, das wird bestimmt sehr lustig. Und was kann uns schon zustoßen – du bist doch bei mir und passt auf.“ Mit ihrem betörenden Lächeln schaute sie zu ihm hinüber. „Sag Ja.“

„Ich werde darüber nachdenken. Nun solltest du lieber rasch Lady Willoughby dort drüben grüßen, sonst beschwert sich die Dame noch bei Mama, dass du sie geschnitten hast.“

Lavinia schaute von ihrem hohen Sitz aus auf die unzähligen Spaziergänger hinab und begrüßte diejenigen, die sie kannte, ausgesucht höflich. Einer von ihnen war Lord Bertram Haverley. Der Witwer, an dessen Seite seine Töchter Sophia und Eliza promenierten, beide sehr junge und hübsch anzusehende Mädchen, bei denen eine Vermählung noch längst nicht ins Haus stand, war auf der Suche nach einer zweiten Gemahlin, die ihm den ersehnten Erben schenken sollte, den die erste Frau ihm verwehrt hatte.

Schließlich begegnete auch James einem Bekannten, dem überaus adretten Lord Edmund Wincote, der ihn so enthusiastisch begrüßte, dass er prompt seinen Phaeton zum Stehen bringen musste, um dem offensichtlichen und ausdrücklichen Wunsch des jungen Mannes zu entsprechen, einige Worte mit ihm zu wechseln. Lavinia bemerkte überrascht, dass sie dem attraktiven jungen Gentleman nie zuvor begegnet war. Er war Anfang bis Mitte zwanzig, modisch und geschmackvoll gekleidet. Als er zur Begrüßung seinen Hut lüftete, kamen seine kurzen dunklen Locken zum Vorschein.

„Ich bin beglückt, Ihre Bekanntschaft zu machen, Mylady“, sagte er, während er sie mit seinen fast schwarzen Augen höchst interessiert ansah. „Sind Sie anlässlich der Saison in der Stadt?“

„Ja, Mylord. Sie auch?“

„Gewiss. Es gibt zurzeit keinen Ort, an dem ich mich lieber aufzuhalten wünschte, als London.“

„Oh, denken Sie an die Krönungsfeierlichkeiten?“

„Ganz und gar nicht“, erwiderte er mit einem charmanten Lächeln, das ihr ein merkwürdig süßes Gefühl in der Magengegend erzeugte. „Ich bin gern hier, weil es Sie, Mylady, in London gibt.“

Lavinia wurde rot. „Schmeichler!“

„Ich spreche von ganzem Herzen. Ich gebe mich der Hoffnung hin, Sie auf einer der zahlreichen Veranstaltungen, die diese Saison zu bieten hat, wiederzusehen.“

„Oh, wir werden uns sicher irgendwo treffen“, erwiderte sie aufgesetzt unbekümmert, als sei sie die Ruhe selbst.

„Dann bis auf bald, Mylady“, schloss er, setzte seinen Hut auf und wendete sein Pferd. „Auf Wiedersehen, Corringham.“

„Er war aufdringlich, geradezu impertinent“, bemerkte James in vorwurfsvollem Ton, derweil er den Phaeton in Bewegung setzte. „Er muss verzweifelt sein.“

„Was meinst du denn damit?“, fragte Lavinia empört und sah ihn mit funkelnden grünen Augen an. „Bin ich eine solch schlechte Partie? Eine graue Maus, die erst dann Aufmerksamkeit bei einem Mann erregt, wenn dieser verzweifelt genug ist? Dass du mein Bruder bist, gibt dir noch lange nicht das Recht, geringschätzig über mich zu reden.“

„Lavinia, das wäre wirklich das Letzte, woran ich dächte. Ich habe mich nicht verächtlich über dich, sondern über ihn geäußert. Und im Übrigen bin ich nicht dein Bruder.“

„Gott sei Dank – denn wärst du es, hättest du mir längst so viele Verbote auferlegt, dass ich nicht mehr atmen könnte. Gütiger Himmel, der Mann war doch nur höflich.“

„Es tut mir leid, Lavinia. Ich wollte dich nicht erzürnen. Lord Wincote kann dir in keiner Hinsicht das Wasser reichen, und wenn ich sage, er ist verzweifelt, meine ich vielmehr, dass er sein Glück bei einer jungen Dame versucht, die ihn, das muss er wissen, niemals erhören wird.“

„Wie kannst du da so sicher sein? Er ist attraktiv und sehr höflich und …"

„Aber er könnte ein Glücksritter sein, der nach einer wohlhabenden Frau Ausschau hält. Und begüterter als du, die Tochter des Duke of Loscoe, dürfte kaum irgendeine andere junge Dame hierzulande sein", gab James ihr ruhig zu bedenken.

„Woher weißt du das?"

„Dass deine Mitgift beträchtlich sein wird?", fragte James mit unschuldiger Miene.

Lavinia machte ein entnervtes Gesicht. „Aber nein, du Dummkopf. Woher weißt du, dass Lord Wincote in Geldnöten ist?"

„Das ist nur eine Vermutung", sagte er und zuckte mit den Schultern. „Ich habe ihn seit Jahren nicht mehr gesehen, und nun taucht er aus dem Nichts auf, gleichermaßen frech wie aufdringlich."

„Schäm dich, du misstrauischer Mensch! Ich wette, sein Mantel ist bei ‚Weston's' angefertigt und die Stiefel sind von ‚Hoby's'. Außerdem ist sein Pferd keineswegs ein alter Klepper. Vögel ohne Federn können wohl kaum so hoch fliegen", erwiderte sie mit vor Eifer geröteten Wangen.

„Er könnte sich verschuldet haben – du weißt, ich kenne mich da aus."

Ihr vorwurfsvoller Blick wurde prüfend. „James, du bist doch nicht …"

„Nein, natürlich nicht. Die Zeiten sind längst vorüber."

„Dann braucht die junge Dame, die du einmal heiratest, nicht wohlhabend zu sein?"

„Oh, ich würde eine Kandidatin nicht ablehnen, nur weil sie betucht ist. Es sollten jedoch auch noch genügend andere Eigenschaften für sie sprechen." James konnte der Versuchung, sie immer wieder zu necken, einfach nicht widerstehen, denn er wusste, dass sie keinen Anstoß daran nahm und durchaus schlagfertig zu antworten verstand.

„Welche anderen Eigenschaften?“, erkundigte Lavinia sich mit neugieriger Miene.

„Nun, sie sollte hübsch sein und auch folgsam. Ich könnte es nicht ausstehen, mit einem rebellischen Frauenzimmer zusammen zu sein.“

Zu seiner Überraschung ereiferte Lavinia sich nicht im Geringsten. Stattdessen schaute sie ihn mit großen Augen an. „Meinst du nicht, Lord Wincote könnte ebenso denken wie du? Ich meine, könnte nicht auch für ihn der Charakter der jungen Dame wichtiger sein als ihr Vermögen?“

„Ich kann doch nicht seine Gedanken lesen, Lavinia.“

„Ebenso wenig kannst du über seine finanzielle Situation Bescheid wissen. Nicht dass es wirklich wichtig wäre für mich – Geld bedeutet mir nicht alles.“

„Weil es dir niemals daran mangelte.“

„Ich sagte dir vorhin bereits, dass ich ohnehin nur aus Liebe heirate“, erklärte sie stolz. „Und wenn ich mich für einen armen Gentleman entscheide, dann ist es eben so.“

„Aber du hast doch nicht etwa vor, dich in Wincote zu verlieben? Er ist deiner nicht würdig“, erwiderte James beharrlich.

„Das bestimme immer noch ich“, entgegnete sie wütend, und James schalt sich insgeheim, seine Zunge nicht im Zaum gehalten zu haben. Er hätte wissen müssen, dass jedes Argument gegen den jungen Mann sie erst recht dazu bringen würde, ihn in Schutz zu nehmen und ihm nun vielleicht mehr Sympathie zu zollen, als sie es noch vor wenigen Minuten getan hätte.

Die gute Einsicht kam leider zu spät, und so brachte James seine pikierte Begleiterin nach Stanmore House zurück, ohne dass noch ein einziges Wort zwischen ihnen gefallen wäre.

Er kletterte vom Kutschbock des Phaeton und eilte zu ihrer Seite hinüber, um ihr beim Absteigen behilflich zu sein. Unvermittelt tat sie einen Sprung von der letzten Stufe der Trittleiter, wobei sie geradewegs in seine Arme fiel. Er fing sie auf und hielt sie länger fest, als es nötig gewesen wäre. Sie so nah bei sich zu spüren erzeugte ihm ein Gefühl größter Erregung, und er sehnte sich danach, diese Empfindung noch ein wenig länger auskosten zu können.

„Kommst du mit hinein?“, fragte sie und sah zu ihm hoch. Seine grauen Augen hatten einen Ausdruck angenommen, den sie nicht recht zu deuten vermochte. Sie las gleichzeitig Traurigkeit, Zärtlichkeit und auch etwas Schalkhaftes darin; er versuchte ob ihres prüfenden Blicks zu lächeln, doch irgendetwas, das ihn zu bekümmern schien, machte es ihm unmöglich. Am liebsten hätte sie ihn sofort gefragt, was er auf dem Herzen hatte, doch stattdessen fügte sie lediglich hinzu: „Mama wird von ihren Einkäufen zurück sein.“

Er entließ sie nur ungern aus seiner Umarmung. „Heißt das, du hast mir verziehen?“

„Natürlich, welch dumme Frage!“ Der kurze Moment intimer Vertrautheit war verflogen. „Aber du musst mir dafür etwas versprechen.“

James hob eine Braue. „Oh, was denn?“

„Dass du mich wieder mit deinem Phaeton mitnimmst.“

„Es wird mir ein Vergnügen sein.“

„Morgen früh um sieben.“

„Aber Lavinia, ich habe nicht gesagt, dass …“

„Du sagtest, du würdest darüber nachdenken“, unterbrach sie ihn. „Nun hast du es getan und bist zu dem Schluss gekommen, dass überhaupt nichts dagegen spricht, wenn du mir in einem menschenleeren Park die Zügel überlässt. Du bist sogar zu der Überzeugung gelangt, deiner Stiefschwester noch etwas in Sachen Kutschieren beibringen zu können, natürlich vorausgesetzt, dass du in der Lage bist, so zeitig aufzustehen.“

„Oh, du kannst Gedanken lesen, habe ich recht?“

„Natürlich, du bist für mich ein offenes Buch.“

Davon war James allerdings nicht wirklich überzeugt, denn

andernfalls hätte sie die Liebe in seinem Herzen entdeckt, die er für sie empfand und die seit drei Jahren stetig größer wurde. Seine Stiefmutter, mit einem unbeirrbaren sechsten Sinn und guter Beobachtungsgabe beschenkt, hatte ihm beizeiten zu bedenken gegeben, dass Lavinia noch zu jung für eine Vermählung sei. Und da er damals noch nicht die Reife eines verantwortungsvollen jungen Mannes besessen hatte, hätte der Duke of Loscoe ihn ohnehin niemals als seinen Schwiegersohn akzeptiert.

Seinen Weg ins Leben zu finden hatte sich für James als unkompliziert herausgestellt, seine jugendlichen Laster waren harmloser Natur gewesen und hatten dazu beigetragen, dass er schneller erwachsen wurde. Lavinias Sicht auf ihn zu verändern hatte sich hingegen als ein überaus schwieriges Unterfangen herausgestellt. Wie ein schwer zu erhaschender Schmetterling umschwirrte sie ihn, wollte einerseits bewundert werden von ihm, lachte viel, teilte ihre Geheimnisse mit ihm und erwartete nebenbei, dass er ihr aus einer misslichen Lage half, in die sie sich meist selbst gebracht hatte. Andererseits entschwand sie seinem Blickfeld, seiner Nähe ohne Vorwarnung und ließ ihn mit leeren Händen stehen. James seufzte nur, als neben ihnen eine Barouche anhielt und die Duchess of Loscoe mithilfe eines Lakaien herausstieg.

„James, ich hatte keine Ahnung, dass du in London bist." Dank ihrer mädchenhaften Lebensfreude, die sie ausstrahlte, die jedoch ihrer Grazie und überaus eleganten Erscheinung keinen Abbruch tat, sah man Frances, Duchess of Loscoe, nicht im Entferntesten an, dass sie bereits achtunddreißig Jahre alt war.

„Ich kam erst gestern in die Stadt, Mama. Und als ich vernahm, dass ihr auch hier seid, kam ich sogleich vorbei, um euch meine Aufwartung zu machen."

„Leider hast du nur Lavinia angetroffen. Bitte verzeih mir, hätte ich gewusst ..." Sie brach ab und beäugte den Phaeton vor ihr, während Lakaien unzählige Schachteln und Pakete ins Haus trugen. „Bist du *damit* gekommen? Ist es nicht ein zu unsicheres Gefährt?", fragte sie misstrauisch.

„Nein, ist es nicht", kam Lavinia James aus gutem Grund zuvor. „Vielmehr ist es eine erfrischende Abwechslung, damit zu fahren."

„Darf ich daraus schließen, dass du bereits damit unterwegs warst?"

Lavinia schlug die Augen nieder. „Nur ein bisschen im Hydepark. Ich versichere dir, James ist vorbildlich gefahren."

Ohne ein weiteres Wort darüber zu verlieren, begab die Duchess sich, gefolgt von James und Lavinia, nach drinnen und orderte Erfrischungen in den Salon. Dann zog sie ihre Handschuhe aus, nahm den Hut ab, wobei sie die lange Feder vorsichtig glatt strich, und händigte beides dem Butler aus.

„Nun, was gibt es Neues zu berichten?", fragte sie den Stiefsohn, als alle drei es sich in den Sesseln im Blauen Salon gemütlich gemacht hatten und eine Tasse Tee in der Hand hielten. „In Twelvetrees ist doch alles in bester Ordnung, hoffe ich?"

„Natürlich. Indes ist das Leben eines Gutsherrn bisweilen etwas fade. Ich kann Zerstreuung jetzt gut gebrauchen", antwortete James und lächelte verlegen.

„So würdest du nicht sprechen, wenn du verheiratest wärst."

„Ich wüsste nicht, was sich dadurch an der Arbeit eines Gutsherrn ändern würde", entgegnete er.

„Nun, vielleicht empfändest du das Landleben nicht als so eintönig, wenn du eine Frau und Kinder an deiner Seite hättest", erwiderte die Dame des Hauses ernst.

„Bitte, Mama, fang nicht wieder davon an. Ich verspreche dir, in dieser Saison einen ersten Schritt in die Richtung zu unternehmen, bist du nun zufrieden?" Während er sprach, schaute er neugierig zu Lavinia hinüber, in der Hoffnung, seine Andeutung möge sie beunruhigen, doch Lavinia hatte offensichtlich nicht sehr aufmerksam gelauscht, denn sie blickte verträumt auf die sich gerade in ihrem Schoß einrollende Schildpattkatze hinab.

Frances nickte. „Für den Augenblick ja. Ich nehme an, du hast ob der Kürze der Zeit noch keine Einladungen erhalten."

„Nein, aber ich bin davon überzeugt, dass sich meine Ankunft bald herumgesprochen haben wird und ich stapelweise welche bekommen werde. Sag mir, was für Veranstaltungen du zu besuchen beabsichtigst. Dann kann ich eine entsprechende Auswahl treffen."

„Zunächst gibt Lady Graham einen Ball …"

„Ist Constance etwa noch immer nicht unter der Haube? Das dürfte indessen das dritte Jahr sein, in dem Lady Graham versucht, ihre Tochter an den Mann zu bringen", unterbrach James sie mit einem schalkhaften Grinsen.

Die Duchess of Loscoe verzog das Gesicht. „Ich wünschte, deine Ausdrucksweise wäre nicht ganz so gewöhnlich. Constance kann nichts dafür, dass sie ein unscheinbares Seelchen ist, ich bin jedoch davon überzeugt, dass ein würdiger Gentleman schon sehr bald ihre wahren Werte kennen- und schätzen lernen wird."

„Nun, das werde auf gar keinen Fall *ich* sein, das schlage dir aus dem Kopf. Sollte ich aber eingeladen werden zu ihrem Ball, werde ich gern kommen, und sei es nur, um mit dir zu tanzen."

„Und mit mir", warf Lavinia ein.

Er wandte sich der Stiefschwester zu. „Selbstredend, meine Liebe. Und was gibt es noch?"

Obgleich die Saison bereits im vollen Gange war, zählte die Duchess eine ganze Reihe von Veranstaltungen auf, darunter Musikabende, Bälle und Picknicks auf dem Lande.

„So werden wir also unsere Abende und Nachmittage verbringen – vorausgesetzt natürlich, dass uns nicht Ihre Majestät mit ihren Launen einen Strich durch die Rechnung macht."

„In diesem Fall würde ich mich sehr freuen, euch umso öfter besuchen zu können", erklärte James mit einem charmanten Lächeln.

Lavinia musst herzhaft lachen ob seiner Bekundung – und schaute in zwei ratlose Gesichter.

„Was habe ich gesagt, das dich so amüsiert, meine Liebe?", fragte er.

„Du hast eben nicht anders gesprochen als Lord Wincote, und ihn hast du als frech und aufdringlich beschimpft. Sind Sie verzweifelt, Mylord?", neckte sie den Stiefbruder mit funkelnden Augen.

„Ganz bestimmt nicht", erwiderte er knapp und stand auf, denn um keinen Preis wollte er sich wieder auf dieses Thema einlassen. „Wenn ihr mich jetzt entschuldigen würdet, ich muss leider fort."

Lavinia erhob sich brüsk, wobei die Katze miauend zu Boden sprang. „Darf ich dich hinausbegleiten?"

Er nickte förmlich, empfahl sich der Stiefmutter und verließ das Zimmer in Lavinias Begleitung. Im Entree nahm sie dem Butler Hut und Handschuhe ab und überreichte sie James.

Ihre Augen hatten einen schelmischen Ausdruck angenommen. „Ich treffe dich morgen früh bei den Ställen, damit wir nicht unnötigerweise das ganze Haus aufwecken, ja?"

„Lavinia, ich glaube kaum …"

Bevor er weiter protestieren konnte, schob sie ihn in Richtung Tür. „Auf Wiedersehen, Mylord."

Ehe er es sich versah, fand er sich auf den Stufen vor dem Eingang wieder, und als er sich zu ihr umwandte, hatte sie die Tür vor seiner Nase geschlossen. Wäre irgendeine andere junge Dame ihm derart anmaßend entgegengetreten, hätte er sich auf der Stelle von ihr distanziert, doch bei Lavinia war es etwas anderes. Sie war eigenwillig, unbenommen, doch sie war durch und durch ein guter Mensch. Er wusste, dass sie ihn nicht demütigen, sondern auf diese Weise lediglich einer weiteren Diskussion aus dem Weg gehen wollte.

Er setzte seinen Hut auf und schritt auf den Phaeton zu, um mit Schwung den Kutschbock zu erklimmen. Die Vorfreude auf seine Verabredung mit Lavinia beflügelte ihn, und so kehrte er zufrieden und gut gelaunt Stanmore House den Rücken.

„Lavinia, wovon habt ihr überhaupt gesprochen?“, fragte die Duchess of Loscoe, als die junge Dame wieder in den Salon zurückkam und es sich in ihrem Sessel bequem machte. „Hast du dich mit James gestritten?“

„Nein, Mama“, antwortete Lavinia und erzählte ihr freimütig, was geschehen war.

„Er versucht dich nur zu beschützen“, erklärte Ihre Gnaden. „Du weißt, wie gern er dich hat.“

„Das heißt noch lange nicht, dass er sich derart väterlich gebärden muss. Ich bin nicht so töricht, mich gleich von dem erstbesten Mann verzaubern zu lassen, der mir etwas Aufmerksamkeit schenkt.“

Frances lachte amüsiert auf. „Nein, das hast du uns in der Tat bereits auf deinem ersten Ball bewiesen. Dein Vater musste annehmen, du trügest deine Nase etwas zu hoch.“

„So denkst du aber nicht über mich, nicht wahr? Du weißt, wie wichtig es ist, dass man von seiner Wahl überzeugt ist, andernfalls kann man nicht glücklich werden. Ich möchte mich verlieben. Du und Papa liebt euch doch auch, oder nicht?“

„Unbedingt“, betonte die Stiefmutter. „Diesem Lord Wincote bist du allerdings erst ein einziges Mal begegnet. Du wirst doch nicht gleich in ihn vernarrt sein?“

„Nein, wie könnte ich? Ich habe nicht einmal ein Dutzend Worte mit ihm gewechselt. Ich wollte James nur ein wenig necken mit meinem Widerspruch.“

Sie verriet der Stiefmutter allerdings nicht, dass die dunklen

Augen des Gentlemans sie faszinierten. Die Art, wie er sie mit durchdringendem Blick angesehen hatte, berührte sie noch jetzt so stark, als sei sie in einen Zauberbann geraten. Sie wollte ihn unbedingt wiedersehen, um sicherzugehen, dass sie nicht geträumt hatte. Sie wollte herausfinden, wo ihre Gefühle sie hintragen würden, auch wenn James dies noch so sehr missbilligte.

„Menschen absichtlich zu verärgern ist nicht sehr freundlich“, erklärte Frances ruhig.

„Ich weiß, aber James hat es nicht anders gewollt. Er ist manchmal so … steif und lehrmeisterhaft.“

Die Duchess lachte wieder. „So würde ich James ganz und gar nicht beschreiben. Was hast du bloß getan, dass er sich in einer mir völlig fremden Art gebärdet?“ Diese Frage war rein rhetorischer Natur; Lady Loscoe hatte längst eine Vermutung, die sie hier und jetzt aber nicht zum Besten geben wollte. Und so beschloss sie, dass Thema zu wechseln. „Als ich heute früh das Haus verließ, hattest du dir vorgenommen, ein wenig zu malen. Wie weit ist dein Werk denn gediehen?“

Über die Nachfrage hochbeglückt, erhob Lavinia sich und führte die Stiefmutter in den Ballsaal gegenüber, um ihr das Bild zu zeigen und ihr bei dieser Gelegenheit ihr Vorhaben, ein Theaterstück aufführen zu wollen, nahezubringen. Nach längerem Zögern erklärte Ihre Ladyschaft sich bereit, den Gemahl um Erlaubnis zu bitten, worüber Lavinia sich sehr erleichtert zeigte. Allerdings hatte sie es vorgezogen, der Stiefmutter noch nichts von Mr. Greatorex und seiner Truppe zu erzählen. Waren die Proben erst einmal angelaufen, würde der Vater bestimmt keine Einwände mehr gegen die Teilnahme der Schauspieler vorzubringen haben.

„Du schuldest mir fünf Guineas“, erklärte Lavinia zur Begrüßung am nächsten Morgen, nachdem James neben ihr auf dem Kutschbock des Phaeton Platz genommen hatte und die

Pferde antraben ließ. Wie vorausgesehen, waren zu dieser frühen Stunde die Straßen fast leer, nur zwei Mägde führten Kühe vom Greenpark zu den Häusern, wo frisch gemolkene Milch bestellt worden war. Und ein Schornsteinfeger, mit Rußsack und Stoßbesen über der Schulter, kam ihnen entgegen, gefolgt von seinem Gesellen, der Mühe hatte, mit dem Meister Schritt zu halten.

James betrachtete seine Begleiterin aufmerksam, während er die Mädchen passieren ließ. Obgleich die Sonne gerade erst aufgegangen war, strahlte Lavinia eine lebenssprühende Frische aus. Die Kapuze ihres Umhangs hatte sie sich vom Kopf gestreift, sodass ihre leuchtend kastanienbraunen Locken in dem hellen Morgenlicht voll zur Geltung kamen. Ob der ungewöhnlichen Stunde ihrer Verabredung hatte sie davon abgesehen, ihre Zofe zu bemühen, die Frisur zu arrangieren, und hatte stattdessen das lange Haar zu einem losen Zopf zusammengebunden, wobei einige Locken ihren Hals und Nacken umspielten. Abenteuerlust spiegelte sich in ihren Augen wider; sie funkelten wie Smaragde, und ihre Wangen waren dank der frischen Luft von einer rosigen Farbe.

Das Verlangen, Lavinia mit tausend Zärtlichkeiten zu verwöhnen, machte ihn atemlos, aber er versuchte sich auf ihre siegesfreudige Äußerung zu konzentrieren. „Darf ich daraus schließen, dass du deinem Vater so lange mit schmeichelnden Worten in den Ohren gelegen hast, bis er dir dein Vorhaben endlich erlaubt hat?“

„Ich habe dir doch gesagt, er würde nichts einzuwenden haben“, erwiderte sie gut gelaunt.

„Er hat dir seine Zustimmung bestimmt nur unter Vorbehalt gegeben.“

Lavinia strahlte ihn an. „Aber nein. Wie ich gehofft hatte, konnte er seiner Gemahlin den Wunsch, mich in seinem Ballsaal ein Theaterstück aufführen zu lassen, nicht ausschlagen. Sie fragte ihn, als er gestern Abend nach Hause kam."

„Dann hast du gar nicht persönlich mit ihm gesprochen. Ich weiß nicht, ob unsere Wette dann überhaupt gilt", entgegnete James mit einem Schmunzeln.

„Ich meine mich daran zu erinnern, dass ich dir mitteilte, ich würde zunächst Mama auf meine Seite ziehen", entrüstete sie sich.

„Wenn das so ist, werde ich wohl besser meine Schulden begleichen", seufzte er und bog durch das Tor in den Park ein. „Ich kann mich jedoch des Eindruckes nicht erwehren, dass du mir etwas verschwiegen hast. Wie steht es eigentlich mit diesem Schauspieler Lancelot Greatorex? Ist er in Stanmore House willkommen?"

„Das wird er sein", antwortete sie knapp.

James lachte. „Du hast ihn überhaupt nicht erwähnt, habe ich recht?"

„Nein, eins nach dem anderen, James. Überdies haben wir in unserer Wette keine spezielle Abmachung bezüglich seiner Truppe getroffen. Sieh doch endlich ein, dass du verloren hast."

Er brachte die Pferde zum Stehen und zog seine Börse aus der Manteltasche. „Hier hast du deine Guineas. Bist du nun zufrieden?"

Lavinia ließ die Münzen in ihr Ridikül gleiten. „Nein, denn nicht der Wette wegen sind wir hier. Hast du etwa geglaubt, ich würde dein Versprechen vergessen, mich heute fahren zu lassen?"

„Ich wüsste nicht, dass ich dir eine Zusage gegeben hätte", erwiderte er scheinbar unnachgiebig, um Lavinia zu necken.

„Aber James, du weißt doch, dass ich mir nichts sehnlicher wünsche."

Seine Lordschaft machte ein erstauntes Gesicht. „Ach tatsächlich? Noch sehnlicher, als dieses Theaterstück aufzuführen?"

„Im Augenblick ja."

„Also gut", sagte er und überreichte ihr die begehrten Zügel, wobei er sie nicht etwa ihrem Schicksal überließ, sondern zur Vorsicht seine Hände um ihre schloss, damit er sie beim Lenken des Phaetons unterstützen konnte. Allein diese kleine Berührung erzeugte ihm das größte Verlangen, welches nur durch ein Höchstmaß an Selbstbeherrschung im Zaum zu halten war, denn um Haaresbreite hätte er sie in seine Arme geschlossen und leidenschaftlich geküsst. „Langsam anfahren und lass die Pferde nicht auf den Rasen überwechseln, damit wir nicht so durchgerüttelt werden und Gefahr laufen, umzukippen."

„Ich weiß. Du brauchst mich nicht zu führen."

Mit stillem Bedauern zog er seine Hände fort, als sie gemächlich den Weg hinauffuhren, bis sie die Pferde zu flottem Trab und schließlich zum Galopp anhielt. „Das ist genug für heute, Lavinia!", sagte er bestimmt. „Selbst ich wäre nicht so dumm, ausgerechnet hier ein Rennen zu veranstalten."

Seufzend zog sie die Zügel an. „Danke, James, du bist mir sehr teuer, dass du mir trotz all deiner Bedenken diesen Wunsch erfüllt hast."

James antwortete nicht. Er wusste, dass ihre zärtlichen Worte nicht so gemeint waren, wie er es sich gewünscht hätte, doch gaben sie ihm immerhin eine gewisse Befriedigung und ließen ihn hoffen, dass sie ihn eines Tages mit anderen Augen sehen würde. Seine Hochstimmung sollte jedoch nicht lange anhalten. Denn zu seiner größten Überraschung erblickte er Edmund Wincote, der ihnen entgegengeritten kam und bereits hocherfreut seine Reitkappe lüftete. Der Gentleman lenkte sein Pferd direkt auf ihre Kutsche zu und kam so brüsk zum Stehen, dass ihr Gespann plötzlich Panik ergriff und seitlich auszubrechen versuchte. Lavinia und James hatten alle Mühe, die Tiere wieder zu beruhigen.

„Wincote, wie können Sie nur! Um ein Haar wären uns die Pferde durchgegangen. Sie haben Lady Lavinia zu Tode erschreckt!“

„Habe ich das?“, antwortete der junge Mann wenig beeindruckt ob der groben Ansprache, während er seine Reitkappe wieder aufsetzte. „Dann bitte ich Sie um Verzeihung, Mylady.“

„Reden wir nicht mehr davon“, erwiderte sie mit sanfter Stimme, obwohl sie noch immer am ganzen Körper zitterte.

„Um ehrlich zu sein, hatte ich nicht erwartet, zu dieser frühen Stunde hier im Park auf eine Kutsche zu treffen, noch dazu gelenkt von einer so behänden und attraktiven jungen Dame.“

„Warum nicht?“, entgegnete sie mit einem herzlichen Lächeln. „Ich stehe gern früh auf, denn der Morgen bietet in dieser Jahreszeit eine Frische, die der Nachmittag missen lässt.“

„Sie haben vollkommen recht“, stimmte Wincote zu und bedachte sie mit einem unverhohlen bewundernden Blick. „Darf ich Ihnen und Ihrer Mutter im Laufe des Tages meine Aufwartung machen? Ich möchte mich davon überzeugen, dass der Schreck, den ich Ihnen verursacht habe, vergessen und vergeben ist.“

„Das wird nicht nötig sein“, fuhr James in barschem Ton dazwischen. „Wie Sie selbst sehen, hat Mylady sich wieder erholt und ist wohlauf.“

Wincote grinste vielsagend. „Oh, ich verstehe. Seien Sie versichert, dass Ihr kleines Geheimnis bei mir gut aufgehoben ist, Corringham. Ich wünsche Ihnen einen guten Tag, Mylady.“ Er wendete sein Pferd und trabte davon.

„Was meint er nur?“, fragte Lavinia, als auch sie sich wieder in Bewegung setzten.

„Er vermutet wohl, wir haben uns hier zu einem heimlichen Stelldichein zusammengefunden.“

Lachend warf sie den Kopf in den Nacken. „Da lag er ja gar nicht so falsch, nicht wahr?“

„Im Gegenteil, seine Vermutung könnte nicht abwegiger sein“, sagte er grimmig. Insgeheim konnte er sich des Gefühls nicht erwehren, dass bereits am späten Nachmittag die ganze Stadt über ihre morgendliche Ausfahrt informiert sein würde.

2. KAPITEL

Lord Wincote zeigte sich keineswegs abgeschreckt von dem von James bekundeten Missfallen und machte noch am selben Nachmittag seine Aufwartung in Stanmore House. Dort erfuhr er, dass die Duchess of Loscoe Besucher empfing und der große Salon bereits mit ungewöhnlich vielen Gästen, die Tee tranken und alle zur gleichen Zeit redeten, gefüllt war.

Lavinia, in ein blassgrünes seidenes Tageskleid gehüllt, dessen hohe Taille mit einem cremefarbenen Samtband abgesetzt war, hörte trotz des lauten Geplauders, wie der Butler Lord Wincote ankündigte, und eilte zu ihm, um ihn zu begrüßen.

„Mylord, wie schön, Sie zu sehen. Erlauben Sie mir, Sie der Duchess of Loscoe vorzustellen.“ Sie geleitete ihn durch den Raum auf eine kleine Gruppe zu, wo die Stiefmutter mit dem älteren Sir Ponsonby an ihrer Seite, der wie immer in grellen, nicht miteinander harmonierenden Farben gekleidet und dennoch der hoch geschätzte Freund seiner Gastgeberin war, an einige Damen das Wort gerichtet hatte. Wie so oft in diesen Tagen sprach man ausführlich über die jüngsten Ereignisse im Königshaus.

„Mama“, sagte Lavinia in einem günstigen Augenblick, „darf ich dir Lord Edmund Wincote vorstellen?“

Der Gentleman ergriff die Hand der Duchess und führte sie mit einer eleganten Verbeugung zum Kuss an die Lippen. „Ich bin geehrt, Euer Gnaden.“

„Sind Sie der Krönung wegen in der Stadt?“, fragte die Gastgeberin höflich interessiert.

„Ja, auch. Ein Freund von mir wohnt an einer der Straßen, auf denen der Festzug vorüberziehen wird. Er war so überaus freundlich, mich einzuladen. In der Zwischenzeit habe ich in der Mountstreet Quartier bezogen und gedenke, all die fabelhaften Veranstaltungen, die London zu bieten hat, zu besuchen. Zu meiner größten Freude und Überraschung begegnete ich Lady Lavinia und meinem alten Bekannten Lord Corringham gestern im Hydepark. Er war so nett, mich der bezaubernden jungen Dame vorzustellen. Und nun kam ich, um Ihnen meine Aufwartung zu machen – in der Hoffnung, mein Vorhaben erscheint Ihnen nicht als zu anmaßend."

Lavinia fiel ein Stein vom Herzen, dass er davon abgesehen hatte, die morgendliche Begegnung zu erwähnen.

„Ganz und gar nicht, Mylord", erklärte die Duchess. „Seien Sie herzlich willkommen. Darf ich Ihnen Lady Willoughby und ihre Tochter Miss Constance Graham, Lady Butterworth und Sir Percival Ponsonby vorstellen?" Sie verwies mit einer eleganten Geste auf jeden, den sie ansprach. „Lord Edmund Wincote."

Nachdem der junge Mann sich verbeugt hatte, machte Lady Willoughby ein nachdenkliches Gesicht. „Wincote … ich bin mir nicht sicher, ob ich Ihre Familie kenne. Woher kommen Sie?"

„Aus Cumberland, Mylady", antwortete er, ohne zu zögern und ohne Anstoß daran zu nehmen, dass die Dame so unverhohlen neugierig nachgefragt hatte. „Ich habe bei meinem Großvater gelebt, der die letzten Jahre so oft krank war, dass er selten reiste. Nach dem Tod meines Bruders schätzte er es sehr, dass ich bei ihm blieb, um mich um das Anwesen zu kümmern. Leider verstarb er dieses Frühjahr."

„Daher meine Unkenntnis", sagte Lady Willoughby sichtlich zufrieden. „Sind Sie in Begleitung Ihrer Gemahlin in London?"

„Ich bin noch nicht vermählt, Mylady."

„Wir sollten Sie einigen weiteren Gästen vorstellen", bemerkte Lavinia, als peinliche Stille entstand. „Vielleicht kommen Sie auf diese Weise noch zu der einen oder anderen interessanten Einladung."

„Ich bin Ihnen sehr verbunden, Lady Lavinia."

Nachdem die beiden sich abgewandt hatten, knüpfte die

Gesprächsrunde wieder an das vorherige Thema an.

„Wollen wir hoffen, dass Ihre Majestät nicht uneingeladen auf Constance' Ball erscheint, das käme fast einer Katastrophe gleich", seufzte Lady Graham. „Constance würde es doch sehr missbilligen, nicht wahr, meine Liebe?"

„Ja, Mama", antwortete verlegen die überaus blasse und mausgraue Tochter, die jedoch unter dem schlichten blauen Kleid, das sie trug, eine annehmbare Figur vorzuweisen hatte.

„Was denken Sie, Euer Gnaden?", fragte Lady Graham weiter. „Erwarten Sie die Königin in Stanmore House?"

„Nein. Mein Gemahl ist sehr darauf bedacht, unparteiisch zu bleiben, obgleich wir natürlich verpflichtet sind, morgen Abend der offiziellen Soiree Seiner Majestät in Carlton House beizuwohnen."

Unterdessen schlenderten Lavinia und Lord Wincote durch das geräumige und geschmackvoll möblierte Gesellschaftszimmer. Sie genoss seine Nähe und seine ungemein höfliche, galante Art. Sie bewunderte ihn sogar dafür, dass er wie selbstverständlich die unmöglichen Fragen Lady Grahams beantwortet hatte.

„Mögen Sie die Schauspielerei, Mylord?"

Der Gentleman warf ihr einen überraschten Blick zu. „Die Schauspielerei?", wiederholte er.

„Ja. Ich bin gerade dabei, eine Aufführung von Shakespeares ‚Ein Sommernachtstraum' für einen mildtätigen Zweck zu organisieren. Ich würde es begrüßen, wenn mehr Leute daran teilnähmen."

„Ich habe leider keine Erfahrung auf diesem Gebiet, Mylady."

„Oh, das macht nichts. Sicher haben Sie bei Scharaden mitgespielt …"

„Nun ja, in meiner Jugend."

„Na sehen Sie!", rief sie triumphierend aus. „Bitte machen Sie mir die Freude und übernehmen Sie eine Rolle in dem Stück.“

Er verbeugte sich. „Es wäre mir eine Ehre.“

„Ich danke Ihnen“, erwiderte sie mit ihrem betörend charmanten Lächeln und zog den Gentleman wieder zu der Gesellschaft um die Duchess of Loscoe zurück. „Constance, ich konnte gerade Lord Wincote dazu überreden, bei meinem Theaterstück mitzuwirken. Werden auch Sie mir die Freude machen?“

„Wenn Sie meinen, dass ich Ihnen von Nutzen sein kann, unterstütze ich Sie gern“, erwiderte die junge Frau mit zarter, leiser Stimme, während ihre Wangen sich rosa färbten. Lavinia fragte sich insgeheim, wie sie Constance dazu bringen könnte, beherzter und lauter zu sprechen, würden ihr die Zuschauer bei der Aufführung doch andernfalls nicht folgen können.

Lavinia tätschelte ihr den Arm. „Natürlich, meine Liebe – und Sie auch, Sir Percy.“

„Ich?“, fragte der väterliche Freund sichtlich amüsiert. „Ich fürchte, ich kann nur mich selbst spielen.“

„Mehr erwarte ich auch nicht von Ihnen“, lachte sie. „Aber Sir Percy wird für diesen einen Abend einen anderen Namen tragen müssen. Wie wäre es mit Theseus, Herzog von Athen?“

„Ich bin alles andere als begabt, Texte auswendig zu lernen.“

„Theseus hat nicht allzu viel zu sagen in dem Stück, und Mama wird Ihnen beim Lernen der Sätze bestimmt behilflich sein, nicht wahr, Mama?“

Bevor die Duchess antworten konnte, kündigte der Butler die Ankunft des Earl of Corringham an, der, wie immer äußerst elegant gekleidet, auf sie zukam, um sich erst mit einem Handkuss vor der Stiefmutter zu verbeugen und dann die anderen Damen und Sir Percy zu begrüßen, die ihn sehr gut kannten.

Schließlich ergriff er Lavinias behandschuhte Finger. „Lady Lavinia, Ihr Diener“, sagte er förmlich und hätte sie fast zum

Lachen gebracht mit seinem ungewohnt distanzierten Gebaren und der theatralisch feierlichen Miene.

„James, ich wagte nicht zu hoffen, dass du mich heute mit deiner Anwesenheit beehrst“, bemerkte Ihre Gnaden und schaute beide Stiefkinder fragend an. „Dich nunmehr täglich in Stanmore House zu begrüßen steht deinen Gewohnheiten so sehr entgegen, dass die Frage naheliegt, ob du einen besonderen Grund für dein häufiges Erscheinen hast.“

Lavinia machte ein erstauntes Gesicht. „Aber Mama, er verehrt dich und genießt es, unter deinen Gästen zu weilen.“

„Humbug! Bitte läute nach frischem Tee, denn meiner ist kalt und damit ungenießbar geworden“, sagte sie zu James, der mit vorgetäuschter Nonchalance tat, worum er gebeten worden war. Insgeheim quälte ihn die Frage, welche Pläne Wincote verfolgen mochte, hatte dieser es doch vortrefflich verstanden, sich in Stanmore House einzuladen.

„Wenn ich mich nicht verhört habe, sprachen Sie gerade über Lady Lavinias Theaterstück“, sagte er, als er sich wieder zu ihnen gesellt hatte.

Lavinias Augen glänzten. „Ja. Lord Wincote hat sich soeben bereit erklärt, einen Part zu übernehmen.“

„Tatsächlich?“, fragte James mit interessierter und zugleich bewundernder Miene. „Ich hoffe, Ihnen ist klar, Wincote, worauf Sie sich eingelassen haben. Lady Lavinia kann erbarmungslos hartnäckig sein, wenn es darum geht, ihren Willen zu bekommen.“

„Das kann ich schwerlich glauben. Doch selbst wenn es sich so verhält, wie Sie sagen, wird es mir eine Ehre sein, von einer so charmanten jungen Dame angeleitet zu werden.“

„Welche Rolle hat sie Ihnen denn zugedacht?“, fragte James.

„Bis jetzt noch keine, ich werde jedoch, ohne zu zögern, ihrem Wunsch entsprechen und spielen, was sie für mich als geeignet erachtet.“

„Davon bin ich überzeugt“, murmelte James unhörbar für Wincote und wandte sich der Duchess of Loscoe zu. „Hat Seine Gnaden Lavinias Vorhaben wirklich zugestimmt?“

„Ja, nachdem ich seine Bedenken zerstreut hatte. Das Stück soll ja nur die Familie und einige Freunde unterhalten und dient überdies einem mildtätigen Zweck.“

„Ach?“, fragte er mit einem vielsagenden Blick zu Lavinia. Beide wussten sie nur zu gut, dass die Stiefmutter bislang nur die halbe Wahrheit erfahren hatte, dachte man an einen gewissen Lancelot Greatorex und seine Truppe. „Dann brauchst du bestimmt einen Kulissenschieber.“

„Ja, aber du kommst nicht so einfach davon. Du musst auch eine Rolle übernehmen, zu viele sind nämlich noch unbesetzt.“

„Oh nein“, erwiderte er kopfschüttelnd und sah zu der Bediensteten hinüber, die ihrer Herrin gerade neuen Tee einschenkte.

„Warum nicht? Sir Percy, Duncan und Constance werden auch mit von der Partie sein“, protestierte Lavinia.

„Nicht so voreilig, junge Dame“, warf Sir Percy ein. „Ich habe noch nicht zugestimmt. Ich fürchte, ich bin zu alt für solche Späße.“

„Aber ich brauche zwei ältere Mitspieler. Einer muss den Theseus, der andere den Egeus, Hermias Vater, spielen. Es wäre mir sehr unrecht, diese Rollen mit zu jungen Darstellern zu besetzen. Deswegen brauche ich unbedingt Sie und James.“

„Du brauchst mich, weil ich ein *älterer Mann* bin?“, rief James entsetzt.

„Nein, weil du einen älteren Menschen mimen kannst, denn das tust du ja die ganze Zeit“, betonte sie, worauf die Duchess of Loscoe herzhaft auflachte. „Und dann könnten wir mit Schminke nachhelfen, um dein Gesicht faltig erscheinen zu lassen.“

James sah mit einer hilflose Geste zu Wincote hinüber.

„Verstehen Sie, was ich meine? Lady Lavinia ist einfach unerbittlich."

„Ihre Ladyschaft müsste nicht so mit Ihnen reden, wenn Sie gleich einverstanden gewesen wären", gab der junge Mann zurück.

„Wie wahr", räumte James mit einem tiefen Seufzer ein. „Aber ich kann es nicht gutheißen, dass die Frauen heutzutage immer ihren Willen bekommen."

„Deswegen bist du vermutlich noch nicht verheiratet", entgegnete Lavinia mit geröteten Wangen. „Nun sei kein Spielverderber, sonst werde ich mindestens einen Monat lang nicht mehr mit dir reden."

Der Earl of Corringham machte ein enttäuschtes Gesicht. „Nur einen Monat?"

„James!", rief die Stiefmutter in vorwurfsvollem Ton.

„Ich werde wohl keine Ruhe haben, bis ich mich geschlagen gebe. Also gut, wenn ich dir damit eine Freude bereite, übernehme ich eine Rolle."

James hatte niemals die Absicht gehabt, Lavinia den Wunsch abzuschlagen, zumal Wincote mit von der Partie sein würde. Er konnte jedoch einfach nicht der Versuchung widerstehen, sie hin und wieder ein wenig zu ärgern. Er vermochte nicht zu sagen, warum er dies immer wieder tat; seinem Anliegen, sie zu hofieren, war es bestimmt nicht zuträglich. Wenn ich ihr ernster begegnete, mehr Rücksicht auf ihre Gefühle nähme und sie wie eine Frau behandelte anstatt wie ein unartiges Kind, würde sie mich womöglich längst mit anderen Augen sehen, dachte er verdrossen. Er hatte sich vorgenommen, sich ihr als Verehrer zu erkennen zu geben, doch immer wieder kam etwas dazwischen. Entweder neckten sie einander gleichermaßen heftig, oder Lavinia verletzte ihn mit irgendeiner lakonischen Bemerkung, dass eine ernsthafte Unterhaltung unmöglich wurde und ihn der Mut verließ.

„Wunderbar!", rief Lavinia und lächelte so herzlich und überglücklich zu ihm hinüber, dass seine düstere Stimmung sich augenblicklich wieder hob. „Du wirst also den Egeus übernehmen."

Nach dieser Ankündigung trat mit einem Schmunzeln Lady Graham vor und stieß kokett James' Arm mit ihrem zugeschlagenen Fächer an. „Lord Corringham, ich wusste nicht, dass Sie in der Stadt weilen, andernfalls hätte ich Ihnen längst eine Einladung zu unserem Ball zukommen lassen. Sie werden uns doch die Ehre erweisen, nicht wahr? Er findet am fünften Juli, also kommenden Mittwoch, statt."

James verbeugte sich. „Ich würde mich sehr freuen, Mylady, doch nun müssen Sie mich leider entschuldigen. Ich habe noch geschäftlich zu tun." Er verließ Stanmore House nur äußerst ungern, wusste er doch, dass Wincote noch bleiben und Lavinias Gesellschaft suchen würde. Eine Verabredung bei „Tattersall's", wo er sich zwei edle Graue anschauen wollte, zwang ihn indes, sich zu empfehlen. Denn anlässlich des Pferderennens in Hampstead Heath, das in zwei Wochen stattfinden würde, hatte er, was er im Nachhinein bedauerte, eine Wette abgeschlossen. Die Höhe der Gebote war nicht der Rede wert, auch hatte er nicht die Absicht, wieder in alte Gewohnheiten zurückzufallen, doch war es eine Frage der Ehre für ihn, diesen Wettstreit zu gewinnen, und das konnte ihm nur mit einem erstklassigen Pferd gelingen.

Kaum war James fort, zog Constance ihre Mutter zur Seite und flüsterte ihr diskret etwas zu, worauf Lady Graham die nächste Gelegenheit nutzte, die Dame des Hauses anzusprechen. „Was wissen Sie über Lord Wincote, Euer Gnaden?", fragte sie, während sie zu dem jungen Mann hinsah, der gerade ein paar freundliche Worte mit Miss Butterworth wechselte. „Denken Sie, ich könnte ihn zu Constance' Ball einladen? Meine Tochter hat den Wunsch geäußert, ihn in unserer Gesellschaft willkommen zu heißen."

„Ich weiß überhaupt nichts über ihn, nur dass James ihn flüchtig kennt. Leider ist er bereits fort, sonst hätten Sie ihn selbst fragen können."

Lady Graham winkte ab. „Oh, das hätte ich nicht gewagt, denn der Earl of Corringham hätte meine Neugierde womöglich falsch verstanden. Lord Wincote hat tadellose Manieren, finden Sie nicht auch? Das spricht doch wahrlich für ihn. Außerdem residiert er in der zweifellos respektablen Mountstreet." Ohne eine Antwort abzuwarten, fuhr sie fort: „Ich denke, ich sollte ihn nach seiner genauen Adresse fragen und ihm einfach eine Einladung zukommen lassen. Der armen Constance liegt so viel daran …"

„Ebenso der Mama", murmelte Lavinia, als die korpulente Dame sich auf den Weg zu Lord Wincote machte. „Constance tut mir leid. Lady Graham hat derart hohe Erwartungen bezüglich eines potenziellen Gemahls für ihre Tochter, dass die Arme eine Enttäuschung nach der anderen erleben muss. James erzählte mir, Lord Graham habe Schulden und sei auf einen sehr wohlhabenden Schwiegersohn angewiesen."

„James ist nicht allwissend, mein Kind, und es ist äußerst unklug von dir, seine Worte auch noch zu wiederholen", mahnte die Duchess of Loscoe.

„Ich habe es dir im Vertrauen gesagt und würde niemals mit einem anderen darüber sprechen, Mama", versicherte Lavinia mit eindringlicher Stimme und verstummte augenblicklich, denn Lord Wincote, der die sich ziemende Dauer seiner Aufwartung nicht überschreiten wollte, näherte sich ihnen, um sich zu verabschieden. Doch bevor er ging, sprachen ihm noch einige Gäste ihre Einladung zu Soireen und ähnlichen Veranstaltungen aus, hatte man doch wohlwollend und erleichtert zur Kenntnis genommen, dass Lady Graham sich seiner bereits angenommen und ihn zu ihrem Ball gebeten hatte. Die segensreiche Bekundung, man werde ihm die Einladungen in die

Mountstreet senden, nahm der junge Mann mit gebührender Freundlichkeit und Dankbarkeit entgegen.

„Euer Gnaden", begann er, als er bei ihnen stand, „ich kann mich nicht erinnern, jemals einen solch angenehmen Nachmittag verbracht zu haben. Und von Ihren Freunden eingeladen zu werden ist mir in der Tat eine große Ehre. Werden Sie auch zu Lady Willoughbys Soiree am Freitag kommen?"

„Natürlich", sagte die Duchess und streckte mit einem gnädigen Lächeln die Hand vor, welche der junge Mann mit einer eleganten Verbeugung an seine Lippen führte, um sich anschließend von Lavinia zu verabschieden.

Mit einem triumphierenden Lächeln verließ er den Salon, nicht ahnend, dass im Anschluss eifrig über ihn geredet wurde. Lavinia verfolgte dies nicht ohne Freude, denn man wusste nur Lob über den Neuankömmling auszusprechen. Das ihn umgebende Geheimnis, sein Auftauchen aus dem Nichts, faszinierte sie und stimmte sie so neugierig, dass sie voller Ungeduld der nächsten Begegnung mit ihm entgegensah.

Auf Lady Willoughbys Soiree am Freitagabend wich Lord Wincote Lavinia kaum von der Seite. „Die letzten drei Tage waren die beschwerliche Reise nach London in der Tat wert", erklärte er. „Ich durfte die Bekanntschaft so reizender und freundlicher Leute machen, vor allem aber Sie kennenlernen. Ich bin überwältigt von Ihrer herzlichen Anteilnahme."

„Sie übertreiben ein wenig", sagte Lavinia so gelassen wie möglich, derweil sie, seinem Blick ausweichend, zu Boden schaute. Innerlich war sie höchst angespannt und aufgeregt, was Wincote nicht verborgen blieb und ihm die Gewissheit gab, dass er ihr nicht gleichgültig war.

„Erlauben Sie mir, Ihnen zu widersprechen, Mylady. Für einen Fremden, der hier in der Stadt außer seinem guten Namen keine Referenzen vorzuweisen hat, bin ich rührend herzlich empfangen worden. Und das habe ich nur Ihnen zu verdanken."

„Sie Schmeichler!" Sie schaute nun zu ihm auf und lächelte verlegen. „Bitte seien Sie nicht so übertrieben höflich, sonst muss ich noch annehmen, Sie machen sich, wie so oft mein Stiefbruder, über mich lustig. Wann haben Sie ihn überhaupt kennengelernt?"

„Mein Bruder stellte uns einander vor, als wir vor ungefähr sieben Jahren in Cambridge studierten. Henry war wie der Earl of Corringham drei Jahre älter als ich und mit ihm befreundet. Beide standen damals kurz vor dem Abschluss. Mich nahm Ihr Stiefbruder zu dieser Zeit nicht weiter wahr, umso erstaunter bin ich, dass er sich an mich erinnert hat. Henry verstarb leider im darauffolgenden Jahr, und daher wurde ich Erbe. Nach Henrys Beerdigung kehrte ich nicht nach Cambridge zurück, um bei meinem Großvater zu bleiben, bis auch er, Gott hab ihn selig, dieses Frühjahr das Zeitliche segnete."

Lavinia nickte. „Ich verstehe. Während Ihrer Studienzeit sind Sie kein einziges Mal hier gewesen?"

„Nein, wie ich bereits sagte, weilte ich nicht lange in Cambridge. Meine letzte Reise nach London muss eine Ewigkeit her sein. Ich kann mich nicht einmal an das Jahr erinnern."

„Dann hat die Stadt sich für Sie bestimmt sehr verändert, nicht wahr?"

„Oh ja. Es wird offensichtlich viel gebaut in letzter Zeit. Einige Straßen habe ich nicht wiedererkannt. Besonders gut gefällt mir die Begrünung in der Innenstadt, die vielen Bäume, aber auch die moderne Straßenbeleuchtung, die Gaslaternen."

„Ja, dafür sind wir wohl Seiner Majestät zu Dank verpflichtet."

„Mir sind durchaus einige Karikaturen von ihm in die Hände gefallen in Cumberland, doch das Ausmaß der Missachtung durch seine Untertanen ist mir erst bei meiner Ankunft hier klar geworden."

„Nicht das ganze Volk ist gegen ihn", berichtigte sie. „Aber ein großer Teil macht sich – wohl zu Recht – lustig über ihn. Er ist ja so ungemein fettleibig."

„Ich sah gestern die Königin die Mountstreet hinunterfahren, begleitet von vielen Menschen, die ihr zujubelten. Ich vermochte die Straße erst zu überqueren, als die Kutsche außer Sichtweite war."

„Das wird wohl eine ganze Weile so weitergehen, solange Ihre Majestät sich unter das Volk mischt", seufzte Lavinia. „Wenn Mama nicht meine Unterstützung bräuchte, würde ich augenblicklich auf unseren Landsitz in Derbyshire zurückkehren."

„Ich hoffe inständig, dass die Duchess Sie noch recht lang in Beschlag nimmt, denn ich würde sehr gern meine Bekanntschaft mit Ihnen vertiefen."

Lavinias Wangen färbten sich tiefrot. „Wirklich?"

„Wenn ich erst einmal eine Kutsche gemietet habe, möchte ich Sie gern zu einer kleinen Ausfahrt einladen."

Lavinia lachte plötzlich. „Etwa um sieben in der Früh?"

„Natürlich nicht! Das wäre höchst unschicklich. Wenn ich nicht wüsste, dass Sie außerstande sind, unhöflich zu sein, müsste ich annehmen, Sie machten sich lustig über mich."

„Nichts läge mir ferner, Mylord. Ich bitte um Verzeihung – ich habe mich so daran gewöhnt, mit James in dieser Art zu reden, dass es mir schwerfällt, mich zu beherrschen. Ich war in der Tat unhöflich zu Ihnen. Verzeihen Sie mir vielmals."

„Wie könnte ich Ihnen nicht verzeihen?", erwiderte er mit einem steifen Lächeln. „Ich würde vorschlagen, dass wir einen kleinen Ausritt in den Hydepark unternehmen, und zwar zur angemessenen Stunde – sagen wir gegen halb elf morgen Vormittag."

„Achten Sie immer so genau auf die Etikette, Mylord?", fragte Lavinia, wobei sie stark an sich halten musste, um nicht zu schmunzeln.

„Ich bin ein Fremder in Ihrer Mitte, Mylady. Ich kann es mir nicht erlauben, die Regeln zu ignorieren, solange ich mich nicht im *ton* etabliert habe. Und auch dann werde ich ich größte Umsicht walten lassen, denn ich möchte nicht die verletzen, die mir teuer sind."

„In diesem Fall werden Sie bestimmt die Duchess of Loscoe um Erlaubnis bitten wollen, mich auszuführen. Papa ist dieser Tage nämlich leider nicht oft daheim."

„Das werde ich tun, sobald Sie mir Ihre Zustimmung gegeben haben", sagte er mit leuchtenden Augen.

„Die haben Sie, Lord Wincote. Ich würde mich sehr freuen, mit Ihnen auszureiten."

„Lady Lavinia, Ihr ergebener Diener."

Lavinia wandte sich ab und erblickte zu ihrer Linken Mr. Benedict Willoughby, den Sohn ihrer Gastgeberin. Obgleich sie den jungen Mann nicht leiden konnte – er hatte vor einiger Zeit mit größter Beharrlichkeit und Plumpheit versucht, ihre Aufmerksamkeit zu gewinnen –, fragte sie auch ihn, ob er nicht eine Rolle in ihrem Theaterstück übernehmen wolle. Trotz der Bemerkung, sie beabsichtige wohl, sich auf seine Kosten zu amüsieren, stimmte er zu, wie auch einige Gäste bei Lady Willoughby sich geneigt zeigten, ihr Vorhaben zu unterstützen.

Gerade in dem Moment, als James sich zu ihr gesellte, kehrte Wincote sichtlich zufrieden zu ihr zurück. „Mylady, Ihre Gnaden war so freundlich, uns ihre Erlaubnis zu erteilen, vorausgesetzt natürlich, dass uns eine Chaperone begleiten wird."

„Guten Abend, Lavinia, Lord Wincote. Für welchen Anlass benötigen Sie denn eine Erlaubnis?", fragte James.

Lavinia drehte sich zu ihm um und schaute überrascht zu ihm auf. Seine Frage kam so plötzlich und mit einem Unterton, der ihr missfiel. Das geht ihn überhaupt nichts an, dachte sie bei sich und reckte das Kinn vor. „Da du fragst", erwiderte sie bestimmt, aber ruhig, „Lord Wincote und ich werden zusammen ausreiten. Doch würdest du uns jetzt entschuldigen? Ich möchte Seine Lordschaft noch anderen Gästen vorstellen. Ich sehe dort Lord Haverley und Mr. Drew."

Betrübt blickte James ihnen nach und schalt sich insgeheim, dass er wieder einmal seine Zunge nicht hatte im Zaum halten können. Seine unbedachten Worte veranlassten sie ob ihres Stolzes dazu, sich Wincote gegenüber übertrieben freundlich zu geben. Er schaute sich im Salon um, entdeckte am anderen Ende seine Stiefmutter und begab sich zu ihr.

Nachdem er sie begrüßt hatte, nickte er in Richtung Lavinia und Wincote, die sich köstlich zu amüsieren schienen und sich angeregt unterhielten. „Geben sie nicht ein hübsches Paar ab?", fragte er aufgesetzt unbekümmert.

„Das mag so sein. Ich bin jedoch etwas in Sorge, James. Was weißt du über deinen Bekannten?"

„Nichts. Außer dass er einen Bruder namens Henry hatte, mit dem ich in Cambridge studierte. Ich habe ihn nie wirklich kennengelernt und kann daher auch nicht meine Hand für ihn ins Feuer legen."

„Könnte er ein Mitgiftjäger sein? Den Duke mag ich zurzeit mit solchen Dingen nicht belästigen, daher muss ich umso wachsamer sein."

„Möchtest du, dass ich Nachforschungen anstelle, Mama?"

Frances' Züge entspannten sich. „Würdest du das für mich tun? Lord Wincote wird Lavinia morgen früh zu einem Ausritt abholen. Ich konnte ihm seine Bitte doch ohne einen triftigen Grund nicht einfach abschlagen, nicht wahr?"

„Bislang bemüht er sich sehr, die Etikette zu wahren, und daher glaube ich kaum, dass er Lavinia kompromittieren wird – erst recht nicht, wenn er, wie ich vermute, hoch hinauswill", erwiderte er nachdenklich.

„Du würdest mir einen sehr großen Gefallen tun, wenn du die beiden auf ihrem Ausflug begleiten würdest."

„*Ich?* Du meinst, ich soll sie als eine Art Anstandsdame im Auge behalten?“, erkundigte James sich bestürzt. „Lavinia wird das gar nicht gutheißen.“

„Das täte mir leid, doch ab und zu muss man sie vor ihrer eigenen Torheit schützen“, erwiderte die Duchess trocken.

„Also gut“, stimmte er schließlich zu. Mit Freude sah er dem morgigen Ereignis allerdings nicht entgegen. Was Wincote wohl für ein Gesicht machen wird, fragte er sich, derweil er sich auf den Weg zu dem einladend dekorierten Büfett machte.

Am nächsten Morgen stieg Lavinia, in ein lachsfarbenes, duftiges Tageskleid gehüllt, gut gelaunt die Treppen zum Entree hinab. Unten angekommen, schickte sie umgehend einen der Diener zu den Ställen, um Tom Bagshott zu bitten, ihr Pferd Misty nach Stanmore House zu bringen.

Es war durchaus nichts Ungewöhnliches für Lavinia, Tom auf einen Ausflug mit einem Verehrer mitzunehmen. In den vergangenen drei Jahren gab es derlei Anlässe in einer gewissen Regelmäßigkeit; und sosehr sie es immer genossen hatte, ihre Verehrer eifersüchtig zu machen, indem sie mal mit dem einen, mal mit dem anderen bevorzugt flirtete – heute war es etwas anderes. Ein Gefühl größter Vorfreude hatte sich ihrer bemächtigt, ihren Wangen frische Farbe verliehen und ihre Augen zum Leuchten gebracht. Auch schlug ihr das Herz bis zum Hals. Dass allein Lord Wincote der Grund für ihre Hochstimmung war, nicht etwa die Aussicht auf einen amüsanten Ausritt, mochte sie sich allerdings nicht eingestehen.

Letzten Endes ist der Gentleman ja doch nur einer von jenen Bewunderern, die ihr Glück bei der Tochter des Duke of Loscoe versuchen, dachte sie bei sich. Nicht das erste Mal wollte sie ein einfaches Mädchen vom Lande sein, das nicht fortwährend an gute Partien und Mitgiftjäger denken musste. Sie wünschte, all die jungen Männer, die ihr den Hof gemacht hatten, hätten sich ihr nur aus Zuneigung und nicht des Geldes wegen genähert.

Doch wenn der betreffende junge Mann selbst vermögend war, konnte sie davon ausgehen, dass seine Beteuerungen von Herzen kamen. Wie gern würde sie sich einfach erlauben, sich zu verlieben. Unsinn, schalt sie sich insgeheim, das *erlaubt* man sich nicht, es geschieht einfach! Die Liebe lässt sich nicht kontrollieren. Allerdings fragte sie sich, ob all diese Gedanken nicht überstürzt kamen, immerhin war ihr Lord Wincote vor drei Tagen das erste Mal begegnet, und sie konnte nicht im Entferntesten behaupten, dass sie ihn kannte und Aussagen über seinen Charakter zu treffen wusste.

Sie hatte keine Ahnung, was er mochte und was nicht, was er gern speiste oder las, ob er leidenschaftlich sein konnte oder vielleicht ein eher unfreundlicher Zeitgenosse war. Seine funkelnden schwarzen Augen und mehr noch die Art, wie er sie anschaute, ließen sie jedoch vermuten, er sei größter Leidenschaft fähig. Das Geheimnis, welches ihn wie eine Aura umgab, reichte jedenfalls aus, sie zu faszinieren und neugierig zu stimmen. Doch wie mochte es in seinem Herzen aussehen, welchen Platz würde sie darin einnehmen?

Lächelnd schritt sie zum hohen Spiegel im Entree und setzte sich einen mit Blumen verzierten Hut auf. Die Zeit wird es ans Tageslicht bringen, sagte sie sich und nahm ihr Cape vom Butler entgegen. Im Augenblick jedoch stand ihr einfach nur der Sinn nach einem unterhaltsamen Ausritt mit Lord Wincote.

Es klopfte, und Lavinia musste stark an sich halten, nicht sofort vorzustürzen und die Eingangstür selbst zu öffnen. Rasch besann sie sich eines Besseren und huschte in das Gesellschaftszimmer, um dort, wie es sich für eine junge Dame ziemte, auf den willkommenen Gentleman zu warten, wenngleich ihr dies ungemein schwerfiel.

Zu ihrer großen Verwunderung kündigte der Butler jedoch

nicht Lord Wincote an, sondern den Earl of Corringham.

James trat ein und lüftete seinen Hut. Dann verbeugte er sich vor ihr. „Mylady, Ihr Diener."

Lavinia lachte. „Warum so förmlich, James?"

„Es erscheint mir durchaus angemessen, denn ich bin schließlich aus formellen Gründen hier."

Lavinia horchte auf. „Was meinst du damit?"

„Die Duchess bat mich gestern, dich heute als Anstandsdame zu begleiten", verkündete er gleichmütig.

„Das hat sie nicht! Du erlaubst dir einen Spaß mit mir!", rief sie.

James machte eine hilflose Geste. „Keineswegs. Du kannst mir glauben, dass ich Mama nur äußerst ungern zugestimmt habe. Ich konnte ihr den Wunsch nicht verwehren, das wäre sehr unhöflich von mir gewesen, oder?"

Versuchte James inzwischen davon abzusehen, Wincote misstrauisch zu begegnen, nur weil ein ungutes Gefühl ihn dazu bewogen hatte, schien nun Ihre Gnaden größte Bedenken zu hegen. James wusste, dass sie sich auf ihre Eingebung stets verlassen konnte, und nahm ihre Sorge deshalb auch sehr ernst.

„Aber warum sollst ausgerechnet *du* die Chaperone spielen? Tom begleitet mich doch immer, wenn ich verabredet bin, und Mama hatte bislang nicht die geringsten Einwände dagegen vorzubringen."

„Ich denke, der Duke hat Tom diesen Morgen mit Beschlag belegt."

„Wir haben noch andere Dienstboten, die mich begleiten könnten", erwiderte sie entnervt.

„Lavinia, du kränkst mich zutiefst", rief er in bitterem Ton. „Bin ich dir ein solch unangenehmer Zeitgenosse, dass du nicht mit mir gesehen werden willst? Als du meinen Phaeton ausprobieren wolltest, war ich dir offensichtlich gut genug."

Lavinia ließ sich auf einem Stuhl nieder, lehnte sich zurück und maß ihn mit nachdenklichen Blicken. James stand in tadelloser Reitmontur vor ihr, sah schneidig und ungemein adrett aus. Jede junge Dame wäre froh gewesen, mit dem Earl of Corringham ausfahren zu dürfen, da bildete sie keine Ausnahme. Wenn nicht gerade Lord Wincote sie zu einem Ausritt eingeladen hätte, hätte sie sich ehrlich über sein Angebot gefreut. Die beiden Gentlemen mochten sich aus unerfindlichen Gründen jedoch nicht, wie sie bemerkt hatte, und daher musste sie einem Ausflug entgegensehen, der nicht etwa von heiterer Konversation bestimmt sein würde, sondern vom Austausch spitzer Bemerkungen.

„Bitte verzeih mir, ich wollte dich nicht verletzen, aber ich kann mich des Eindrucks nicht erwehren, dass hinter meinem Rücken irgendwelche geheimnisvollen Dinge im Gange sind."

„Weder habe ich Hintergedanken noch Mama. Plagt dich vielleicht ein schlechtes Gewissen?"

„Was fällt dir ein!", entrüstete sich Lavinia.

Zum Glück hörten sie in diesem Moment den mit Nachdruck betätigten Türklopfer, doch weder Lavinia noch James bewegten sich von der Stelle.

Lavinia warf ihm einen drohenden Blick zu. „Ich werde jetzt mit Lord Wincote ausreiten. Du kannst mich meinetwegen begleiten – ich kann dich kaum daran hindern –, aber hüte dich davor, irgendetwas zu sagen, das mir den Morgen verdirbt. Ich würde dir niemals verzeihen."

„Meine Lippen werden versiegelt sein", erwiderte er in theatralischem Ton.

„Damit ist es nicht getan, James. Lord Wincote wird denken, du seiest schlechter Laune. Benimm dich einfach ganz natürlich."

James lehnte sich gelassen an den Kaminsims, als der Butler den erwarteten Gast ankündigte und in das Zimmer ließ.

Wincote begrüßte Lavinia mit einem breiten Lächeln und

verbeugte sich vor ihr. „Lady Lavinia."

„Sie sind pünktlich, Mylord", sagte sie und streckte ihm die Hand entgegen.

„Ich hätte keine Minute länger warten können, Sie wiederzusehen, Mylady", erklärte er, schaute auf und bemerkte erst jetzt, dass sie nicht allein waren. Seine Miene verdunkelte sich augenblicklich. „Guten Morgen, Corringham."

James nickte. „Wincote."

Die düsteren Blicke, die beide Gentlemen austauschten, ließen Lavinia das Herz sinken. Welch schöne Aussichten, dachte sie bei sich, bevor sie dem Ankömmling erklärte, dass James sie begleiten würde.

Schließlich brachen sie auf und begaben sich zu ihren Pferden. Lord Wincote stieg vor Empörung das Blut in den Kopf, als James ihm zuvorkam und Lavinia in den Sattel half. Auf dem Weg in den Hydepark konnte er seinen Unmut nicht verbergen. Auch Lavinias Stimmung wurde nicht besser, als sie sah, wie bevölkert die Grünanlage war. Unzählige Leute, modisch gekleidet, fuhren in den unterschiedlichsten Kutschen auf den breiten Sandwegen und machten es den drei Ausflüglern unmöglich, ihre Pferde zu schnellerem Trab anzuspornen.

Wincote warf Lavinia einen reumütigen Blick zu. „Vielleicht sollten wir einen Tagesausflug aufs Land organisieren. Ich fürchte, diese Saison wird ein Aufenthalt in den Londoner Parks – zumindest zu angemessener Zeit – wenig erbaulich sein."

„Welch ausgezeichnete Idee! Sobald wir wieder zurück sind, werde ich den Vorschlag meiner Stiefmutter unterbreiten", rief sie erfreut aus.

Wincote runzelte nachdenklich die Stirn. „Denken Sie, der Greenpark könnte um diese Zeit etwas leerer sein?"

Lavinia wendete ihr Pferd und bog in den Weg ein, der zum nächsten Ausgang führte. „Das werden wir ja sehen."

Der Greenpark war weit weniger besucht als der Hydepark.

Er mutete noch ein wenig ursprünglicher an mit seinen Wiesen, auf denen Kühe weideten, dem dichten Unterholz und den sich durch die Landschaft schlängelnden Pfaden.

„Hier ist es schöner“, sagte Lavinia und warf, tief Luft holend, den Kopf in den Nacken, wobei eine Hutfeder ihre Wange berührte. Sie hob eine behandschuhte Hand, um sie wieder nach hinten zu streifen. „Wenn man allerdings ordentlich reiten möchte, sollte man sehr früh am Morgen hierherkommen. Für einen Galopp benötigt man viel mehr Platz, finden Sie nicht auch, Lord Wincote?“

„Lavinia!“, mahnte James die Stiefschwester, wollte er doch verhindern, dass Wincote an ihre Phaetonfahrt erinnert wurde. Ebenso befürchtete er, der junge Mann könne aus ihrer Frage schließen, sie würde mit jedem, der so zeitig aufzustehen bereit war, einen Ausflug unternehmen. Dass Lavinia manchmal etwas zu freimütig Konventionen umging und die Regeln gepflegter Konversation nicht immer einhielt, tat allerdings ihrem Charme keinen Abbruch – im Gegenteil, wie James befand. Dennoch würde er es niemals zulassen, dass Wincote oder irgendein anderer junger Mann vor dem Frühstück mit ihr ausritt.

„In der Tat, Mylady“, antwortete der Gentleman und nickte ihr freundlich zu. „Doch London wird die ganze Saison über ein Anziehungspunkt bleiben. Daher dürfte es grundsätzlich schwierig sein, in den Parks die Ungestörtheit zu finden, die man braucht, um ungehindert reiten zu können. Oben in Cumberland, auf meinem Grund und Boden, hätten wir reichlich Platz; die Gegend dort ist von einer ausgesprochen schönen Heidelandschaft geprägt.“

„Und ich dachte, Cumberland bestünde größtenteils aus Bergen“, spottete James um sich ein wenig abzureagieren. „Ich weiß ja nicht, wie es Ihnen geht, aber ich für meinen Teil reite höchst ungern in unebenem Gelände.“

„James, mach dich nicht über Lord Wincote lustig“, schalt Lavinia ihn, um sich unverzüglich wieder ihrem Begleiter zuzuwenden. „Beachten Sie ihn nicht, Mylord, der Earl of Corringham ist in überaus merkwürdiger Verfassung, fürchte ich. Erzählen Sie mir mehr von Ihrem Gut. Wie heißt es, und wie viel Land gehört Ihnen?“

„Es heißt Ridgemere, doch wie groß es genau ist, kann ich nicht sagen. Mein Großvater hat den Besitz verkleinert, bevor er starb. Ich denke, es sind aber immer noch um die fünfhundert Hektar.“

„Weideland?“, fragte James.

„Drei Viertel davon, ja. Eine stattliche Zahl Schafe weidet darauf. Und darunter befinden sich Kohleminen.“

„Besitzen Sie die Schürfrechte?“, erkundigte James sich weiter.

„Ja.“ Um weiteren Fragen zu entgehen, wandte Lord Wincote sich mit einem Lächeln zu Lavinia. „Man kann meilenweit über die Felder galoppieren, ohne einer Menschenseele zu begegnen. Ich würde Ihnen meine Heimat gern einmal zeigen.“

„Eines Tages haben Sie vielleicht die Gelegenheit dazu“, sagte sie. „Bis dahin muss ich das Beste aus den mir zur Verfügung stehenden Möglichkeiten machen.“ Kaum hatte sie dies gesagt, spornte sie ihre Stute zum Galopp an und preschte quer über die Wiese. „Gentlemen, wir treffen uns an der Baumgruppe dort drüben!“

Es dauerte einen Augenblick, ehe die Angesprochenen sich gesammelt hatten und der temperamentvollen jungen Dame folgen konnten. James, vertrauter mit ihrer spontanen Art, kam schneller vom Fleck als Wincote. Lavinia hörte, wie er sich ihr näherte, und musste vergnügt auflachen. Sie wusste natürlich, dass sie niemals gewinnen konnte; James hatte das schnellere Pferd, und sie saß obendrein im Damensattel, der sich bei solchen Anlässen immer wieder als äußerst hinderlich herausstellte. James überholte sie mit Leichtigkeit und erwartete Lavinia, die Seite an Seite mit Wincote an der verabredeten Stelle eintraf.

„Wenn wir in Risley wären, hättest du nicht gewonnen", erklärte sie, während sie sich, diesmal mit Lord Wincotes Hilfe, aus dem Sattel gleiten ließ. „Dort wäre ich nämlich mit einem Herrensattel geritten und hätte nun einige Guineas von dir eingefordert."

„Wildfang!", lachte James. „Das werden wir ja sehen, wenn wir das nächste Mal dort sind."

„Abgemacht!"

„Mit Sicherheit würde *ich* es mir nicht erlauben, eine Dame verlieren zu lassen", bemerkte Wincote mit gewichtiger Miene.

Lavinia stieg das Blut in die Wangen. „Wie liebenswürdig von Ihnen!"

„Ich habe Ihnen einen Vorschlag zu unterbreiten, Wincote", sagte James und klopfte dem jungen Mann auf die Schulter. „Da Sie sich weigern, ernsthaft gegen das weibliche Geschlecht anzutreten – möchten Sie vielleicht gegen mich und einige meiner Freunde an den Start gehen? Begleiten Sie uns doch kommenden Freitag nach Hampstead Heath zu einem Rennen. Nichts Öffentliches, nur ein Spaß unter Freunden, die für ein paar Pennys um die Wette reiten."

„Ich fühle mich geehrt, Mylord."

„Oh fein! Wir werden einfach unseren Tagesausflug aufs Land, von dem wir sprachen, nach Hampstead verlegen. Wir Frauen werden Sie einfach begleiten und Ihnen bei Ihren Amüsements zusehen", verkündete Lavinia und musste plötzlich kichern. „Oder wir veranstalten unsere eigenen."

James seufzte. Das sah Lavinia ähnlich: aus einem Herrentreffen ein großes gesellschaftliches Ereignis zu machen. Allein der Gedanke an dieses Vorhaben hatte sie, wie er beglückt feststellen musste, vor Vergnügtheit strahlen lassen, sodass jeder, der sie sah, verzaubert sein musste. Um nichts in der Welt wollte er ihr das Vorhaben wieder ausreden – Lavinia, so überglücklich wie sie vor ihm stand, hätte just in diesem Augenblick alles von ihm verlangen können.

3. KAPITEL

„‚Ich bitt' Euch, gnäd'ger Fürst, mir zu verzeihn'", murmelte Lavinia, derweil sie in das kleine Büchlein, welches sie in den Händen hielt, hineinschaute. „‚Ich weiß nicht, welche Macht mir Kühnheit gibt …'" Plötzlich brach sie ab, da ein Passant sie ohne ein Wort des Bedauerns mitten auf dem Gehweg angestoßen hatte.

„Mylady, wir sollten lieber nach Hause gehen", riet Daisy ihrer Herrin mit eindringlicher Stimme. „Ich habe niemals zuvor so viele Menschen auf einem Fleck gesehen."

Lavinia war zu vertieft gewesen in eines der Exemplare von Shakespeares „Sommernachtstraum", die sie vor wenigen Minuten in einem der Buchläden erstanden hatte, um die vielen Leute wahrzunehmen, die plötzlich von allen Seiten herbeiströmten. Sie schrien „Hurra! Gott schütze die Königin!" und liefen, Straßen wie Gehwege verstopfend, hinter einem offenen Landauer her.

Lavinia, Tom und Daisy hatten eigentlich die Absicht gehabt, in die entgegengesetzte Richtung die Oxfordstreet hinauf nach Hause zu laufen, doch sie kamen nur wenige Meter vorwärts: Ehe sie es sich versahen, waren sie mitten in der Menschenmenge gefangen, wurden mal nach rechts, mal nach links geschoben, bis die drei sich unter hilflosen Ausrufen aus den Augen verloren.

In dem Gedränge verlor Lavinia das Buch, ja sogar ihren Hut und, als sei dies nicht genug, einen Schuh. Während sie hinkend und unter heftigen Stößen von der Menge mitgerissen wurde, fragte sie sich, wie lange sie wohl noch vorankommen würde, ohne zu fallen. Geschähe dies, würde sie mit Sicherheit zu Tode getrampelt werden. Der Landauer der Königin bog gerade in die Portmanstreet, als jemand sie von hinten mit zwei starken Armen festhielt.

„Lassen Sie mich gehen!“, schrie Lavinia und versuchte sich aus dem festen Zugriff herauszuwinden. Ihr kunstvoll durch Schleifen und Nadeln zusammengehaltenes Haar löste sich, und einige der lockigen Strähnen fielen ihr ins Gesicht, sodass sie kaum mehr sehen konnte. „Lassen Sie mich augenblicklich los!“

„Ich fürchte, Mylady, wenn ich das täte, würden Sie niedergeworfen werden“, sagte da die ruhige Stimme Lord Wincotes.

Lavinia sah verblüfft über die Schulter. Unterdessen drängten die meisten Leute in die Portmanstreet, sodass das Geschiebe um sie her nachließ, doch obgleich die Gefahr gebannt schien, entließ ihr Retter sie nicht aus seiner Umarmung. „Mylord!“

Er hob die Hand, um ihr eine Locke aus dem Gesicht zu streichen. „Mylady, geht es Ihnen gut?“

„Ja. Jetzt, da Sie hier sind“, erwiderte sie und bewerkstelligte es schließlich, sich von ihm zu lösen und einen Schritt von ihm fortzutreten, um ihr offenes Haar hinter die Schultern zu verbannen. „Sie haben mich wohl vor dem Schlimmsten bewahrt, Mylord. Ich danke Ihnen.“

„Gern geschehen, Mylady, doch was, um alles in der Welt, hat Sie bewogen, an einem Tag wie diesem ohne Begleitung durch die Straßen zu laufen?“

„Ich war nicht allein. Ich hatte meine Zofe und einen der Diener bei mir. Wir haben uns leider in der Menschenmenge aus den Augen verloren.“

„Ich rate Ihnen, die Kutsche zu nehmen, solange Ihre Majestät in der Stadt weilt. Außerdem biete ich Ihnen gern meine Begleitung an, doch jetzt werde ich Sie besser nach Hause bringen.“

„Ich danke Ihnen“, erwiderte sie, während sie sich den verbliebenen Schuh auszog und ihn, als sie sich durch die nun ruhigere Oxfordstreet zu bewegen begannen, in der Hand behielt.

„Aber zunächst muss ich sehen, wo Daisy und Tom abgeblieben sind.“

„Die beiden werden zweifellos ihren Weg nach Hause finden, Mylady. Sie sollten unverzüglich heimkehren, ehe Sie womöglich jemand erkennt.“

Lavinia lachte. „Sie haben recht, ich muss furchtbar aussehen.“

„Keineswegs, sondern, wie ich finde, nur entzückend derangiert. Gewisse Leute könnten dies jedoch mit anderen Augen sehen. Ist der Duke oder die Duchess of Loscoe zu Hause?“

„Nein, Papa ist wie immer im Parlament, und Mama stattet heute Vormittag dem Waisenhaus einen Besuch ab. Daher konnten wir unsere Einkäufe auch nicht mit der Kutsche erledigen.“

„Vielleicht ist es besser so. Sie werden genug Zeit haben, sich umzuziehen und Ihre Frisur zu richten, bis sie zurück sind. Wenn Sie erlauben, werde ich Ihnen dann am Nachmittag die Aufwartung machen, um sicherzugehen, dass Sie Ihr kleines Abenteuer gut überstanden haben.“

„Wie überaus freundlich von Ihnen, Mylord. Ich bereite Ihnen vermutlich große Unannehmlichkeiten“, antwortete sie verlegen.

Ihr Begleiter führte ihre Hand zu einem flüchtigen Kuss an die Lippen. „Nicht die geringsten, Lady Lavinia.“

Sie erreichten gerade den St. James Square, als Lord Corringham, der von der entgegengesetzten Seite des Platzes auf Stanmore House zuritt, ihrer ansichtig wurde. Kaum hatte er die beiden erreicht, sprang er vom Pferd und postierte sich mit dem Ausdruck größter Empörung vor ihnen.

„Lavinia, was zum Teufel ist mit dir geschehen?“ Ohne eine Antwort abzuwarten, wandte er sich zu Wincote. „Sir, wenn Sie ihr auch nur ein Haar gekrümmt haben, bei Gott, dann werde ich Sie zum Duell fordern.“

„James, halt an dich!", mahnte Lavinia den Stiefbruder und legte beschwichtigend die Hand auf seinen Arm. „Lord Wincote war so gütig, mich vor dem Mob in der Oxfordstreet zu retten. Um ein Haar wäre ich zu Tode getrampelt worden. Wir können ihm sehr dankbar sein."

„Ich bitte um Verzeihung, Wincote", brachte James nicht wirklich besänftigt hervor. Der Anblick Lavinias – ihr offenes, zerzaustes Haar, ihr beschmutztes Kleid und der Schuh in ihrer Hand, begleitet von einem Mann, dem er nicht über den Weg traute – hatte ihn derart schockiert, dass er noch immer keinen klaren Gedanken fassen, in Wincote erst recht nicht den edlen Ritter sehen konnte. „Wie war das möglich? Warum bist du ohne Begleitung unterwegs?"

Auf dem Weg zum Eingang berichtete Lavinia ihm die Details, worauf James nur mit dem Kopf schütteln konnte. Dann hatten sie Stanmore House erreicht. Noch bevor sie klopfen konnten, öffnete ihnen der Butler die Tür.

„Dobson, sind Daisy und Tom schon zurück?", fragte Lavinia besorgt.

Der Bedienstete räusperte sich. „Ja, sie kamen vor einiger Zeit nach Hause und erkundigten sich nach Ihnen. Als ich den beiden erklären musste, Sie seien noch nicht daheim, machten sie auf dem Absatz kehrt und liefen in die Innenstadt zurück, um Sie zu suchen. Die Dienerschaft war so in Sorge um Sie, dass wir sogar erwogen hatten, Seine Gnaden zu benachrichtigen."

Lavinia seufzte. „Gut, dass Sie es nicht getan haben, Dobson. Doch was wird nun aus Daisy und Tom?"

Der Butler schüttelte leicht den Kopf. „Seien Sie unbesorgt, die beiden werden bestimmt in Kürze zurück sein."

„Nun gut, dann werden Lord Wincote und ich uns empfehlen, damit du dich von deinem Schrecken erholen kannst, Lavinia", erklärte James und zog zum Abschied seinen Hut.

Nachdem die Gentlemen gegangen waren und sie sich, den Schrecken hinter sich lassend, auf ihr Zimmer zurückgezogen hatte, musste Lavinia herzhaft lachen. Ihr stand James' empörter Gesichtsausdruck vor Augen, wie auch Wincotes triumphales Lächeln, als sie dem Stiefbruder Bericht erstattet hatte. Sie fragte sich, weshalb die beiden sich nicht ausstehen konnten. Sie werden sich doch nicht etwa als Rivalen betrachten?, überlegte sie versonnen und sank auf das Bett.

James hatte ihr gegenüber niemals zuvor die leiseste Andeutung gemacht, dass er mehr für sie empfand als für eine Schwester, und Wincote kannte sie nicht lange genug, um an eine verbindliche Beziehung zu denken. Dies bedeutete natürlich nicht, dass er sie nicht interessierte. Wenn er sie ansah, war es ihr unmöglich, den Blick von ihm abzuwenden. Und jedes Mal war sie von Kopf bis Fuß von einer wohligen Wärme erfüllt, wenn er sie berührte. Dies legte die Vermutung nahe, dass sie im Begriff war, sich in ihn zu verlieben. Stiefmama sagte mir einmal, ich würde es merken, wenn es so weit wäre, dachte sie bei sich, während sie sich erhob und auf der kleinen Polsterbank vor dem Frisiertisch Platz nahm.

Doch wie stand sie zu James? Sie bewunderte ihn, wusste, dass sie sich jederzeit auf ihn verlassen konnte. Gleichgültig was sie anstellen würde, James stünde ihr bedingungslos zur Seite. Selbst heute hatte er sich vehement für sie eingesetzt und ihre Ehre verteidigt. Dies hieß jedoch noch lange nicht, dass er in sie verliebt war oder sie sich James als zukünftigen Ehemann vorstellen konnte.

Sie stützte die Ellbogen auf und legte das Kinn in die Hände, derweil sie sich auszumalen versuchte, wie James mit einer Gemahlin an seiner Seite aussehen mochte, mit einer Frau, die verliebt zu ihm aufschaute und sich an ihn schmiegte. Der Gedanke, der ihr zuvor noch nie in den Sinn gekommen war, beunruhigte sie zutiefst. Und wie sehr sie erst diese Erkenntnis überraschte! „Du bist ein schändlich egoistisches Frauenzimmer“, schalt sie ihr Spiegelbild. „James hat es verdient, glücklich zu sein.“

Sie begann sich das Haar zu bürsten, als Daisy mit glühenden Wangen und dem Ausdruck größter Besorgnis ins Zimmer kam. „Oh Mylady, wie bin ich froh, dass Sie wohlauf sind! Wir haben Sie überall gesucht, sind den ganzen Weg zurückgelaufen, aber ohne Erfolg. Bitte vergeben Sie mir und entlassen Sie mich nicht!“

„Aber Daisy, wie kommst du denn darauf! Ihr habt an dem Ereignis doch keine Schuld“, versicherte sie der Zofe. „Wir sollten der Duchess gegenüber kein Wort über den Vorfall verlieren.“

Daisys Wangen wurden noch röter. „Oh, ich danke Ihnen, Mylady.“

„Jetzt zieh dich erst einmal um und dann entsorge bitte mein Kleid und meine Strümpfe“, forderte sie das Mädchen auf. „Ich werde dir die Sachen auf das Bett legen.“

„Jawohl, Mylady. Tom hat übrigens Ihr Buch wiedergefunden, das Sie auf der Oxfordstreet verloren haben. Und noch eines: Der Earl of Corringham erwartet Sie unten im Gesellschaftszimmer“, verkündete die Zofe und empfahl sich mit einem Knicks.

Wenig später schritt Lavinia in einem frischen Tageskleid die Stufen zum ersten Stock hinab. Ihr lockiges weiches Haar fiel offen über Schulter und Brust, hatte sie doch davon abgesehen, es in einem ordentlichen Knoten im Nacken zusammenzubinden, bis Daisy ihr wieder zur Verfügung stand.

Als sie den Salon betrat, wandte sich James, der eben noch mit dem Rücken zu ihr vor dem Fenster gestanden hatte, um und schaute zu ihr hinüber. Welch feengleiche Erscheinung, dachte er. Ihre grünen Augen funkelten wie Smaragde, ihr cremeweißes

Antlitz war umrahmt von glänzenden kastanienbraunen Locken. Und dieses entzückende Kleid, das ihre ungemein weibliche Figur so überaus vorteilhaft betonte! Obgleich er sie geradezu anstarrte, schien sie sich ihrer Wirkung überhaupt nicht bewusst.

„Lavinia, wie geht es dir?“, erkundigte er sich und kam auf sie zu.

Verwirrt und zugleich verwundert schaute die junge Dame zu ihm auf. „Gut, natürlich.“

„Es tut mir leid, dass ich vorhin so aufgebracht war.“

„Wie ich dir bereits erklärt habe, bestand kein Grund dazu, James. Das Ganze war ein unglückseliger Vorfall, aber niemand ist zu Schaden gekommen. Daher würde ich die Sache lieber vergessen.“

„Heißt das, du wirst deinem Vater erst gar nichts davon erzählen?“

„Nein. Er hat zurzeit genügend andere Sorgen“, erwiderte Lavinia mit einem Seufzer.

James ergriff ihre beiden Hände. „Ich werde kein weiteres Wort darüber verlieren, meine Liebe – vorausgesetzt, du gehst die nächste Zeit nicht allein aus dem Haus.“

Sie betrachtete ihre Hände, die in seinen so klein aussahen. Wie immer empfand sie seine Berührung als angenehm zärtlich, und sie fühlte sich sicherer denn je in seiner Nähe. Er ist in der Tat ein außerordentlich liebenswerter Mann, dachte sie bei sich; wie glücklich sie sich doch schätzen konnte, von ihm beschützt zu werden. „Das verspreche ich dir“, sagte sie leise und stellte sich auf die Zehenspitzen, um ihn auf die Wange zu küssen. „Genügt dir dies als Garantie?“

James lächelte wehmütig und berührte andächtig seine Wange. „Ich schätze, das muss es.“

„Bald wird Mama zurück sein, denn wir wollen heute Abend ins Theater. Wenn du möchtest, besuch uns doch in Papas Loge.“

„Nein, danke, ich bin leider beschäftigt."

„Oh … darf ich ihren Namen erfahren?", erkundigte Lavinia sich mit ironischem Unterton, der ihr Missfallen über seine Absage überdecken sollte.

„Es handelt sich nicht um eine Frau, sondern um etwas Geschäftliches, das keinen Aufschub duldet."

Sie lächelte. „Na schön, aber kannst du morgen Nachmittag vorbeikommen? Ich möchte allen Mitspielern ihre Rollen zuweisen."

„Ich dachte, du wolltest mit den Proben erst nach Lady Grahams Ball beginnen."

„Morgen findet auch keine Probe statt. Ich möchte euch nur mitteilen, wer welchen Part übernimmt, damit ihr rechtzeitig mit dem Auswendiglernen anfangen könnt."

„Ich werde Ihnen gern zur Verfügung stehen, Mylady", erwiderte er in feierlichem Ton und machte, während er sich tief vor ihr verbeugte, mit der rechten Hand eine schwungvolle Geste. „‚Bei jedem Schwur, den Männer je gebrochen, mehr an der Zahl, als Frauen je gesprochen: Du findest sicher morgen Nachmittag mich an dem Platz, wo wir es ausgemacht.'"

Lavinia lachte erstaunt auf. „Ich wusste gar nicht, dass du so vertraut mit dem Stück bist, James, aber du hast gerade die Hermia zitiert!"

„Ich habe diese Rolle dereinst in der Schule übernehmen müssen, da ja leider keine Mädchen zur Verfügung standen."

„So hat man es auch bereits zu Shakespeares Zeiten gemacht. Dennoch kann ich mir dich überhaupt nicht in Frauenkleidern vorstellen", spöttelte sie.

„Nein? Damals war ich jung und noch schlanker. Einige Unterröcke mehr und eine vorteilhafte Perücke machten die Verwandlung perfekt. Indes hoffe ich doch sehr, dass dich dies nicht zur Abänderung deiner Pläne inspiriert. Ich bin inzwischen zu groß und breitschultrig, und an meinem Kinn wachsen lästige Barthaare. Überdies hat sich meine Stimmlage seitdem verändert. Mein Falsett lässt jetzt doch sehr zu wünschen übrig", erwiderte er schmunzelnd.

„Ich habe nicht vor, dich in Verlegenheit zu bringen, James", lachte sie, wurde jedoch wieder ernst. „Du wirst doch kommen, nicht wahr?"

„Natürlich, meine Liebe", versicherte er ihr mit einer Verbeugung. „Bis morgen Nachmittag."

Nachdem James gegangen war, ließ Lavinia sich auf der Chaiselongue nieder und versank in Gedanken über die Unterhaltung, die sie geführt hatten, über ihre freimütige Art, mit James umzugehen, und seine Reaktionen darauf, die von seinem Humor und seiner Toleranz zeugten. Sie dachte vor allem darüber nach, woher die Unruhe kam, die sich ihrer bemächtigte, sobald er in der Nähe war. Sie hatte sich dies zuvor nicht bewusst gemacht, doch ahnte sie nun, es könne etwas damit zu tun haben, dass sie eine Frau geworden war. Sie musste sich wohl in Zukunft davor hüten, zu ungezwungen, fast intim mit ihm zu plaudern, auch wenn sie ihn gut kannte und ihm vertraute.

Seufzend erhob sie sich und ging wieder auf ihr Zimmer, um dort in aller Ruhe zu lesen und über die Rollenverteilung nachzusinnen. Nach etwa anderthalb Stunden schlug sie das kleine Büchlein zufrieden zu und rief Daisy herbei, damit sie ihr die Frisur arrangiere.

Als sie später in das Gesellschaftszimmer zurückkehrte, fand sie die Duchess of Loscoe mit Lord Edmund Wincote um den kleinen runden Tisch sitzend vor. Sie tranken Tee und schienen sich gut zu unterhalten.

Kaum hatte sie den Raum betreten, sprang Wincote auf und eilte ihr entgegen. „Lady Lavinia, Ihr Diener", begrüßte er sie mit einer Verbeugung.

Lavinia nickte freundlich und versuchte sich möglichst gelassen zu geben. „Lord Wincote. Wie geht es Ihnen?"

„Sehr gut – und Ihnen?"

„Hervorragend, Mylord."

Beide tauschten vielsagende Blicke, bevor er sie an den Tisch geleitete, wo die Stiefmutter sie mit einer Geste aufforderte, sich zu setzen.

„Welchem Umstand haben wir es zu verdanken, dass Sie uns die Ehre Ihres Besuches erweisen, Mylord?", fragte Lavinia.

„Ich habe mir endlich eine kleine Kutsche und zwei Pferde gemietet, Lady Lavinia, und möchte Sie nun herzlich bitten, mich auf einer kurzen Fahrt durch den Park zu begleiten – mit Erlaubnis Ihrer Gnaden natürlich." Er wandte sich zu der Gastgeberin. „Sie möchten uns vielleicht sogar Gesellschaft leisten."

„Vielen Dank, ich habe noch einiges zu tun", erklärte sie. „Leider kann ich heute auch nicht auf die Hilfe meiner Tochter verzichten. Ein andermal vielleicht."

Der junge Mann räusperte sich. „Natürlich. Es war auch nur ein spontaner Einfall zu fragen, ob Lady Lavinia die Erste sein möchte, die den Phaeton mit mir ausprobiert. Es ist das neueste Modell."

„Ein Phaeton, sagen Sie? Ist es ein großer wie der des Earl of Corringham?", erkundigte Lavinia sich freudig erregt.

„Nein, Lady Lavinia, es ist ein bescheideneres Modell und auch sicherer. Haben Sie morgen Zeit?"

Lavinia lächelte schelmisch. „Aber Mylord! Wir werden noch ins Gerede kommen, wenn Sie uns so häufig besuchen."

Wincote wurde bleich. „Es liegt mir fern, Ihnen Unannehmlichkeiten zu bereiten."

„Besuchen Sie mich dennoch morgen Nachmittag", betonte sie. „In der Tat, ich wäre hocherfreut." Ihre Bekundung entlockte dem sichtlich erleichterten jungen Mann ein breites Lächeln, welches jedoch sogleich wieder verblassen sollte.

„Dann kommen nämlich all meine Freunde, die an dem Theaterstück teilnehmen werden. Ich beabsichtige die Rollen zu verteilen“, fügte Lavinia rasch und mit unschuldiger Miene hinzu.

„Oh“, brachte er enttäuscht hervor, hatte er doch gehofft, die junge Dame allein anzutreffen. Seine Züge entspannten sich wieder. „Ich wäre entzückt, Lady Lavinia.“

Sie erhob sich und gab ihm so zu verstehen, dass er jetzt zu gehen habe. Wincote, etwas verwirrt ob des Eindrucks, in seine Schranken verwiesen worden zu sein, brachte kein Wort mehr hervor, sondern empfahl sich den Damen mit einer knappen Verbeugung und verließ den Raum.

Als die Tür hinter ihm ins Schloss gefallen war, setzte Lavinia sich wieder hin. Die Duchess stellte ihre Tasse auf dem Tisch ab und lehnte sich zu der Stieftochter vor. „Habe ich mich getäuscht, oder war das wieder eines deiner Schelmenstücke, mein Kind?“

„Er ist so unglaublich ernst und korrekt, Mama.“

„Ist das etwa verwerflich?“, fragte die Duchess of Loscoe erstaunt.

„Nein, aber ich frage mich, ob Lord Wincotes Gebaren, mit dem er mich offensichtlich für sich zu gewinnen trachtet, womöglich nur aufgesetzt ist.“

„Das kann gut sein“, räumte die Stiefmutter ein. „Die Zeit wird es zeigen. Ich bin sehr froh, dass du nicht in ihn vernarrt bist.“

„Ich bin doch nicht so einfältig, mich in den erstbesten Mann zu verlieben, der mir etwas Aufmerksamkeit schenkt, Mama, obgleich ich gestehen muss, dass er ungemein attraktiv ist und sich mir gegenüber sehr rücksichtsvoll verhält, findest du nicht auch?“

Die Duchess lächelte. „Doch, doch. Es wäre von Vorteil, mehr über ihn in Erfahrung zu bringen, bevor er dir seine Absichten noch deutlicher demonstriert, als er es ohnehin bereits getan hat. Ich werde wohl besser deinen Vater fragen, ob er Lord Wincote kennt, und sei es vom Hörensagen.“

„Das ist bestimmt nicht nötig, Mama. Es wäre mir ausgesprochen unangenehm, erführe Lord Wincote von deinen Nachforschungen und zöge daraus den Schluss, ich hätte ein Auge auf ihn geworfen. Im Lauf der Saison werden wir genug von ihm und über ihn hören. Immerhin habe ich zahlreiche Proben für unser Theaterstück geplant. Bei diesen regelmäßigen Treffen wird er sich bewähren können."

„Da wir gerade davon reden: Wie viele Leute hast du für morgen eingeladen?"

Lavinia nahm einen Schluck Tee. „Nur eine Handvoll. Lord Wincote, James, Lord Haverley, Sir Percy, Mr. Martin Drew, Mr. Benedict Willoughby und Constance. Wie du siehst, brauche ich noch mehr Damen, aber Lord Haverley hat zum Glück versprochen, seine Töchter zu fragen, ob sie morgen auch kommen wollen."

Die Duchess of Loscoe schaute zur Standuhr hinüber. „Es ist bereits fünf. Wir sollten uns zum Dinner umziehen. Dein Vater hat mir versprochen, er werde sich bemühen, rechtzeitig daheim zu sein, um uns ins Theater zu begleiten."

Lavinia kam dem Wunsch der Stiefmutter sogleich nach und begab sich auf ihr Zimmer, wo sie nach Daisy schellte. Die Zofe kam und schuf ein wahres Kunstwerk von Abendfrisur, das Hals und Nacken besonders vorteilhaft betonte, bevor sie der Herrin in das rosarote, mit seidenen Röschen bestickte Taftkleid half. Schließlich schlüpfte Lavinia in passende Slipper, griff nach dem auf dem Frisiertisch abgelegten Fächer, den Handschuhen und dem Ridikül und ging, derweil Daisys ihr hier und da die Röcke zurechtzupfte, in den Flur hinaus.

Im Gesellschaftszimmer erwarteten sie bereits der Duke und die Duchess. Sie unterhielten sich über das Tagesgeschehen.

„Die Königin weigert sich, nach Italien zurückzukehren." Marcus Stanmore, dritter Duke of Loscoe, mit seinen vierzig Jahren durchaus noch als ein jugendlich attraktiver Mann anzusehen, wirkte heute besonders erschöpft und angespannt.

Seine Gemahlin bemerkte dies sehr wohl und warf ihm einen besorgten Blick zu. „Wollen wir dieses leidige Thema nicht für einige Stunden vergessen, mein Lieber? Komm, lass uns in den Speisesalon überwechseln und anschließend ins Theater gehen."

Als die drei sich an der langen Tafel niedergelassen hatten, wandte Seine Gnaden sich an seine Tochter. „Nun, Lavinia, wie hast du denn den heutigen Tag verbracht?"

„Ich habe einige Exemplare von ‚Der Sommernachtstraum' gekauft und mich auf die morgige Rollenverteilung vorbereitet", begann sie, das kleine Missgeschick am Vormittag tunlichst verschweigend. „Dann hatte ich Besuch von James und später auch von Lord Wincote."

Der Vater legte die Stirn in Falten. „Wincote? Wer ist das?"

„Ein junger Mann, dem es offensichtlich gelungen ist, Fuß zu fassen im *ton*", erklärte die Duchess. „Ich kann bislang nichts Auffälliges an ihm entdecken, und er scheint sich einer gewissen Beliebtheit zu erfreuen …"

„Er ist ein attraktiver und außergewöhnlicher junger Mann", fügte Lavinia hinzu und schmunzelte vielsagend. „Vor allem ist er ungebunden."

Die Duchess of Loscoe schaute neugierig zu ihrem Gemahl hinüber. „Kennst du womöglich seine Familie? Er stammt aus Cumberland. Sein älterer Bruder Henry ging mit James in Oxford zur Schule, und daher glaubt Lord Wincote, dies legitimiere seine Präsenz im *ton*."

„Wincote …", murmelte der Duke. „Ich kannte einen Charles Wincote. Das ist allerdings Jahre her. Er hat sich damals irgendeine Indiskretion geleistet und daraufhin die Stadt verlassen müssen. Um was es sich handelte, ist mir entfallen."

„Ist es dir möglich, es herauszufinden? Ich fürchte, ich werde ihn nicht regelmäßig genug empfangen, um etwas über seine Verwandten zu erfahren."

Der Duke schaute seine Gattin amüsiert und zugleich liebevoll an. „Es ist so gar nicht deine Art, die familiäre Herkunft zum Maßstab zu erheben."

Die Gattin blieb ernst. „Normalerweise nicht, doch der besagte junge Mann zeigt ein außerordentlich starkes Interesse an unserer Lavinia."

Lavinia wurde rot. „Nicht mehr als jeder andere junge Mann auch, Papa. Außerdem kannst du beruhigt sein, denn James hat es sich in den Kopf gesetzt, mich zu beschützen. Er gebärdet sich wie eine Glucke."

„Und wer beschützt dich vor dem Earl of Corringham?", erwiderte der Vater unverblümt und warf Frances einen amüsierten Blick zu.

„Oh, es braucht mich niemand vor James zu beschützen, mit ihm komme ich schon zurecht."

„Sei dir da ja nicht zu sicher, junge Dame. Ich brauche dir hoffentlich nicht zu sagen, dass du vorsichtig sein solltest", mahnte der Vater.

Lavinia schüttelte den Kopf. „Natürlich nicht, Papa. Aber für James bin ich die kleine Schwester, und er ist mir der ältere Bruder, den ich nie gehabt habe."

Seine Gnaden hob ungläubig eine Braue ob Lavinias Beteuerung, doch sie bemerkte es nicht. Sie hatte den Blick auf ihren Teller gerichtet und widmete sich mit großem Appetit dem vorzüglichen Essen, das die Lakaien soeben serviert hatten.

Der Theaterbesuch erwies sich als ausgesprochen unerfreulich. Dank des Gerüchts, die Königin werde zugegen sein, hatte das Publikum sich weit vor Beginn der Vorstellung so in Erregung versetzt, dass man vor lauter Protestrufen gegen König George und Lachsalven über ihn sein eigenes Wort kaum verstehen konnte. Noch immer tief von dem Vorfall in der Oxfordstreet beeindruckt, stieg in Lavinia die Angst auf, der Vater könne als Königstreuer in Bedrängnis geraten.

Gerade begann das Orchester zu spielen, als sie mit ihrem Opernglas Lord Wincote genau gegenüber in einer Loge entdeckte. Zu ihrem größten Erstaunen saß er neben der ältlichen Lady Jersey, einer ehemaligen Mätresse König Georges und bekennenden Parteigängerin der Königin.

Lavinia stupste mit ihrem Fächer die neben ihr sitzende Stiefmutter an und nickte in Richtung des besagten Gentlemans. „Glaubst du, Lord Wincote weiß, was er tut?"

„Wohl kaum. Ich kann nur hoffen, er bringt sie während der Pause nicht in unsere Loge."

Zum Glück wurde der junge Mann nicht bei ihnen vorstellig, dafür aber ein Bote, der die Nachricht überbrachte, dass der Premierminister unverzüglich den Duke of Loscoe zu sehen wünsche.

„Es tut mir aufrichtig leid, Frances, aber ich muss fort. Werdet ihr bleiben?"

Die Duchess wandte sich zu Lavinia. „Wollen wir nach Hause fahren?"

„Ja, Mama. Ich finde die Inszenierung nicht besonders gelungen und würde tatsächlich lieber gehen, wenn du nichts dagegen hast."

Frances seufzte. „Dann lass uns dieses unerfreuliche Spektakel verlassen."

Der Duke of Loscoe ließ die Familienkutsche vorfahren und half den beiden Damen beim Einsteigen, bevor er selbst mit dem Boten in Richtung Westminster aufbrach.

Am nächsten Nachmittag wusste die ganze Stadt, dass die Verhandlungen, die König George mit seiner Gemahlin geführt hatte, abgebrochen und die Krönungsfeierlichkeiten um ein Jahr verschoben worden waren und dass Ihre Majestät außerhalb der Stadt in Brandenburg House an der Themse residieren würde, zwischen Fulham und Hammersmith. Sämtliche Vorbereitungen in Westminster Abbey wurden auf der Stelle abgebrochen.

„Gott sei Dank“, seufzte Lavinia, als sie die Nachricht vernommen hatte. „Nun können wir hoffentlich in aller Ruhe das Theaterstück zur Aufführung bringen.“

Mit den gekauften Büchern unter dem Arm ging sie in den Ballsaal hinunter, legte die Werke vorerst auf einem eigens für die Zusammenkunft in den Saal gebrachten kleinen Tisch ab und begann, mehrere Stühle im Halbkreis vor der von ihr gemalten Kulisse aufzustellen.

Lord Wincote war der erste Gast, der vom Butler angekündigt wurde. „Guten Tag, Lady Lavinia“, sagte er und schritt lächelnd auf sie zu, um ihre ausgestreckte Hand zu ergreifen. Er trug einen beigefarbenen Gehrock, dazu etwas hellere Pantalons, eine gelb-braun gestreifte Weste und ein weißes Krawattentuch, das akkurat und modisch gebunden war. „Ich stehe Ihnen nun ganz zur Verfügung, wie Sie es gewünscht haben“, fügte er gut gelaunt hinzu.

„Guten Tag, Mylord“, gab sie freundlich zurück, während der junge Mann noch immer ihre Finger festhielt – viel zu lang, wie sie insgeheim befand. „Sie sind überpünktlich, Sir. Die anderen Gäste lassen noch auf sich warten.“

„Umso besser, dann haben wir die Gelegenheit, ein wenig ungestört miteinander zu plaudern.“ Seine dunklen Augen suchten ihre, und sein Blick wanderte hungrig zu ihren vollen Lippen und wieder zurück zu ihren Augen. Lavinia sah sich außerstande, wegzuschauen.

„Worüber möchten Sie ungestört mit mir plaudern, Mylord?“, brachte sie atemlos hervor und entzog ihm schließlich ihre Hand.

„Zum Beispiel über meinen Vorschlag von gestern, dass Sie

mit mir in der neuen Kutsche eine kleine Ausfahrt wagen. Die Parks werden nicht mehr so besucht sein, da Ihre Majestät nicht mehr in London weilt."

„Und woher wissen Sie das? Hat vielleicht Lady Jersey Ihnen diese Neuigkeit verraten?", fragte sie mit ironischem Unterton.

„Oh, Sie haben uns in der Loge gesehen."

„Wie jeder andere Theaterbesucher auch. Möchten Sie uns damit bedeuten, dass Sie mit Königin Caroline sympathisieren?"

„Keineswegs. Die Vorlieben und Ressentiments des Londoner *ton* sind mir ob meiner langen Abwesenheit zu fremd, als dass ich mich der einen oder anderen Partei zugehörig fühlen könnte, Lady Lavinia. Mein Großvater war einst mit Lady Jersey bekannt und sprach oft von ihr. Ich fühlte mich einfach verpflichtet, sie zu besuchen. Da sie viele Freunde verloren hat, bat sie mich, sie ins Theater zu begleiten. Diesen Wunsch konnte ich ihr nicht abschlagen."

„Oh, ich verstehe."

Er machte ein bestürztes Gesicht. „Habe ich Sie etwa verletzt, Lady Lavinia? Ich würde mir lieber einen Arm abhacken, als Sie zu enttäuschen, dessen seien Sie unbedingt versichert."

„Lord Wincote, so etwas sollten Sie nicht sagen", erwiderte Lavinia schockiert.

„Warum nicht, wenn ich es doch wirklich so meine", beteuerte er und ergriff wieder ihre Hand. „Ich kenne Sie zwar erst eine kurze Zeit, doch die Achtung, die ich für Sie empfinde, kann ich Ihnen nicht in Worten begreiflich machen …"

„Oh." Lavinia war außerordentlich verwirrt. Hätte er nicht mit einer solchen Leidenschaft und Inbrünstigkeit zu ihr gesprochen, hätte sie seine Worte als einen gekonnten Flirt verstanden, wie er im *ton* gang und gäbe war – nicht ernst gemeint und nur als willkommene Zerstreuung gedacht.

Sie versuchte, ihre große Verlegenheit, die ihr das Blut in die Wangen getrieben hatte, mit einem amüsierten Auflachen zu überdecken, doch brachte sie stattdessen nur ein heiseres Hüsteln hervor. „Mylord, ich denke, Ihre Worte sind nach der kurzen Zeit, die wir uns kennen, unangemessen …"

„Allerdings", hallte es von hinten zu ihnen herüber. „Wincote, Sie sollten sich keine Freiheiten erlauben, nur weil Lady Lavinia so vertrauensvoll ist und Sie ohne Chaperone empfängt."

Lavinia war gleichermaßen erleichtert wie entnervt ob der schroffen Unterbrechung durch James, doch schenkte sie ihm, nachdem sie sich zu ihm umgedreht hatte, ein herzliches Lächeln zur Begrüßung. „James, schön, dass du dein Wort gehalten hast und gekommen bist."

„Natürlich halte ich mein Wort, meine Liebe", erwiderte er aufgesetzt heiter und schritt in aller Ruhe durch den Saal auf sie zu. Er brauchte die Zeit, damit ihn nicht die Wut übermannte und er Wincote eine Ohrfeige gab. „Du weißt doch, dass du dich immer auf mich verlassen kannst."

Lord Wincote machte ein Gesicht, als hätte er ihm am liebsten mit einer bissigen Bemerkung geantwortet. Stattdessen straffte er die Schultern. „Guten Tag, Corringham."

„Guten Tag, Wincote. Ist das Ihr Phaeton vor der Tür?"

„Ja, ich habe ihn erst gestern von ‚Robinson und Cook' gemietet. Lady Lavinia war so überaus reizend, einer Jungfernfahrt mit mir zuzustimmen." Er hielt inne, um James' Reaktion abzuwarten, doch dieser zeigte keine Gefühlsregung. „Diesmal werden wir Ihre Dienste als Chaperone nicht benötigen."

„Dafür bin ich Ihnen sehr dankbar, Wincote. Ich kann mir nichts Unbequemeres vorstellen, als zu dritt auf einem Kutschbock zu sitzen, der nur für zwei bestimmt ist."

„James!", protestierte Lavinia.

„Ich möchte niemanden beleidigen, meine Liebe, aber mein

Argument ist doch sicher nachvollziehbar", bemerkte der Stiefbruder trocken.

Zum Glück kündigte der Butler nun einen Gast nach dem anderen an, sodass die unerfreuliche Konversation ein Ende hatte. Im Handumdrehen hatte jeder von ihnen seinen Platz in dem Halbkreis eingenommen und wartete gespannt auf Lavinias Ausführungen.

„Ich fürchte, ich habe das Stück noch nicht gelesen, Mylady", erklärte Edmund Wincote und erntete beipflichtendes Nicken von den meisten Anwesenden.

Lavinia räusperte sich und warf James einen düsteren Blick zu. „‚Ein Sommernachtstraum' ist eine Liebesgeschichte. Es geht um ein junges Mädchen namens Hermia, das sich weigert, seinem Vater Egeus zu gehorchen und Demetrius zu heiraten, den jungen Mann, den Egeus für seine Tochter bestimmt hat. Ihr bleiben vier Tage, sich zu entscheiden, bis sie durch die athenische Gesetzgebung entweder zum Tode verurteilt oder in ein Kloster geschickt wird."

„Welch harte Strafe", bemerkte Lord Wincote. „Ich habe allerdings schon von derlei gehört. Wenn auch nur von Einkerkerungen und Ähnlichem. Der Vater muss in der Tat ein grausamer Mensch sein, dass er seine Tochter zu opfern bereit ist. Ich hoffe inständig, dass der Duke of Loscoe nicht auch so unerbittlich ist."

„Mylord, ich rede hier von einem Märchen, Sie sollten die Geschichte nicht mit der Wirklichkeit verwechseln."

Lavinia hatte kaum zu Ende gesprochen, da schaltete James sich ein. „Das sollten Sie wirklich nicht, Wincote", warnte er, „denn dann würden Sie mich in der Rolle des gnadenlosen Vaters erleben."

„Ich habe mich gerade dazu entschlossen, dir nicht die Rolle des Egeus zu geben, James. Du scheinst mir zu jung", beeilte Lavinia sich zu verkünden. „Lord Haverley hingegen kann ich mir gut als Hermias Vater denken." Sie wandte sich zu dem älteren Gentleman um. „Sir, würden Sie den Part übernehmen?"

„Wenn Sie es wünschen, Lady Lavinia", erwiderte er und deutete eine leichte Verbeugung an.

„Und du, James, wirst den Demetrius spielen, Lord Wincote Lysander und Constance die Helena."

„Ich übernehme aber nur dann eine Rolle, wenn sich kein anderer findet, Lady Lavinia", verkündete Constance schüchtern.

„Im Augenblick wüsste ich niemanden für diese Rolle. Bitte, Constance, sagen Sie Ja. Lord Corringham wird Ihnen bestimmt dabei helfen, die Passagen einzustudieren, nicht wahr, James?"

„Natürlich", erwiderte er höflich und nickte zu der jungen Dame hinüber, die über und über rot wurde. „Mit dem größten Vergnügen."

„Bitte fahren Sie fort, Lady Lavinia", bat Sophie, die Tochter Lord Haverleys. „Was geschieht mit Hermia?"

„Sie und ihr Geliebter Lysander beschließen, gemeinsam zu fliehen. Demetrius verfolgt die beiden natürlich, während Helena wiederum Demetrius auf den Fersen ist, da sie diesen liebt und ihn von Hermia abbringen will. Ihre Flucht endet in einem Wald, wo die Elfen sich ihrer annehmen. Sie verfügen über einen Zaubertrank, der einen Schlafenden auf der Stelle in den verliebt macht, dessen er als Erstes ansichtig wird, sobald er die Augen wieder aufschlägt."

„Da es sich um eine Komödie handelt, verlieben alle Beteiligten sich natürlich in den Falschen", fügte Duncan eifrig hinzu. „Ich habe das Stück nämlich gelesen."

„Und wer wird die Hermia spielen?", fragte James gespannt. Falls Lavinia den Part übernehmen wollte, hätte sie einige Liebesszenen mit Wincote zu bestreiten. Er musste sich eingestehen, dass diese Vorstellung ihn hochgradig eifersüchtig stimmte. Zunächst war ihm der Gedanke gekommen, sie könnte aus Berechnung die Rolle der Hermia übernehmen wollen, doch beim Anblick ihrer großen Augen, deren offener, herzlicher Ausdruck keinerlei Falsch an ihr erkennen ließ, hatte er diesen Gedanken rasch wieder verworfen. Überdies wusste er, dass Lavinia ihr Herz auf der Zunge trug und ihm gegenüber nichts vorgeben konnte, was sie nicht wirklich meinte. Insbesondere dieser Wesenszug an ihr war es, was er so liebte.

„Ich werde erst einmal die Hermia übernehmen“, antwortete sie und blickte zu Sophie hinüber. „Werden Sie Titania, die Königin der Elfen, spielen?“

„Wenn ich dafür Zettel sein darf?“, fuhr Benedict Willoughby dazwischen und warf Sophie einen vielsagenden Blick zu. „Der verliebt sich nämlich in Titania.“

„Aber nur, weil der Elfe Droll einen Fehler begeht“, grinste Duncan. „Er ist ein ausgemachter Unruhestifter.“

„Dann bist du ja wie geschaffen für diese Rolle“, erklärte seine Schwester lachend. „Sir Percy hat bereits zugesagt, den Theseus zu übernehmen. Dann bleibt noch Oberon übrig. Mr. Drew, würden Sie so freundlich sein …?“

Der Gentleman nickte zustimmend und begann sogleich, das kleine Büchlein, welches er in den Händen hielt, durchzublättern, um herauszufinden, wie viel Text er auswendig zu lernen haben würde.

„Du hast Hippolyta, Theseus’ Braut, vergessen“, gab James zu bedenken. „Einmal abgesehen von den jungen Gesellen, die Theseus auf seiner Hochzeit unterhalten sollen, und all den Elfen.“

Lavinia hob die Brauen. „Die habe ich keinesfalls vergessen, James. Ich dachte an Freddie und die Kinder deiner Schwester Augusta, Andrew und Beth. Mama hofft, dass Miss Hastings sie diese Tage nach London bringt. Vielleicht könnten sie die

Kleinen anleiten, Miss Eliza?“

Die zweite Tochter Lord Haverleys nickte. „Gern, wenn ich nicht so viel auswendig zu lernen habe.“

„Wenigstens bleiben wir bis auf Weiteres von der königlichen Komödie verschont. Ist jedermann mit seiner Aufgabe zufrieden?“

Einige stöhnten leise, was darauf schließen ließ, dass manchem der Enthusiasmus fehlte. Doch versicherten alle Mitwirkenden, ihr Bestes zu geben und die entsprechenden Passagen gewissenhaft auswendig zu lernen.

Endlich kam der Butler mit einer willkommenen Erfrischung in den Saal, und man erhob sich, um mit einem Appetithäppchen in der Hand Lavinias Bühnenbild zu bewundern.

„Sie werden bestimmt eine exzellente Hermia abgeben“, bemerkte Lord Wincote zu Lavinia, die gedankenversunken aus dem Fenster schaute. „Ich werde unsere gemeinsamen Szenen sehr genießen.“

„Oh, das werde ich auch“, erwiderte sie, zögerte jedoch, sich zu ihm umzudrehen und ihm in die Augen zu sehen. Sie wusste, dass sie keinen klaren Gedanken mehr zu fassen in der Lage sein würde, sobald sie das täte. Sie hatte von Menschen gehört, die andere allein durch ihren intensiven Blick und mit sanften Worten willenlos machen konnten, und sie fragte sich, ob er einer von ihnen war.

„Vielleicht haben wir ja Gelegenheit, ganz private Proben abzuhalten. Ich stehe Ihnen jederzeit zur Verfügung, Lady Lavinia.“

„Vielen Dank, Mylord.“

„Würden Sie mir darüber hinaus die Ehre erweisen, morgen eine Ausfahrt in den Park mit mir zu unternehmen?“

„Gern“, erwiderte sie, erinnerte sich indes an die Bedenken der Stiefmutter, dass Lord Wincote seine Absichten bereits überdeutlich zum Ausdruck gebracht hatte. Daher beschloss sie, sich etwas zurückhaltender zu zeigen. „Aber morgen ist es leider nicht möglich. Am Mittwoch wäre es günstig."

„Dann also übermorgen. Ich werde Sie Punkt zwei abholen", betonte er und verbeugte sich mit dem Ausdruck größter Zufriedenheit, um sich anschließend zu empfehlen.

James wollte sich gerade zu Lavinia und ihm gesellen, als Wincote ihn gut gelaunt und freundlich nickend passierte und den Raum verließ.

„Was hast du ihm erzählt, dass der Mann in solch einer Hochstimmung ist?", fragte er und bat sie mit einer Geste, auf der gepolsterten Bank nahe dem Fenster Platz zu nehmen.

Lavinia folgte seinem Wunsch, und er setzte sich neben sie. „Ich habe ihm versprochen, am Mittwoch mit ihm auszufahren."

Obgleich James sich die Antwort hatte denken können, fiel es ihm schwer, ein unbekümmertes Lächeln aufzusetzen. „Wie du weißt, wollen Wincote und ich am Freitag nach Hampstead. Hast du schon mit Mama über deine Idee, dort ein Picknick zu veranstalten, gesprochen?"

„Ja, sie ist sehr dafür", sagte sie und legte die Stirn in Falten. „Ich hätte es vorhin allen bekannt machen sollen." Brüsk erhob sie sich wieder, ging einige Schritte in den Raum und klatschte in die Hände. Sie kündigte das Vorhaben an und erntete mehr Begeisterung als für die unumgängliche Tatsache, dass ein jeder seine Rolle auswendig zu lernen habe. Dank dieser erfreulichen Aussicht wieder versöhnt, verabschiedeten die Gäste sich gleichermaßen gut gelaunt wie erleichtert.

„Sir Percy, gehen Sie zu White's?", fragte James den älteren Gentleman, während man darauf wartete, dass der Butler Hüte und Mäntel brachte. „Ich möchte etwas mit Ihnen besprechen."

Der ältere Gentleman bejahte, und gemeinsam begaben sie sich auf den Weg in die Stadt.

„Was kann ich für Sie tun, James?“, erkundigte er sich, als sie ein paar Schritte gegangen waren.

„Es geht um ein Anliegen, das die Duchess of Loscoe mir angetragen hat. Und dabei brauche ich Ihre Hilfe.“

„Schießen Sie los.“

„Was wissen Sie über Lord Wincote?“

„Nichts, nur das, was er selbst über sich erzählt hat, mein Junge.“

„Der Duke of Loscoe erwähnte einen gewissen Charles Wincote, der wegen einer Indiskretion vor einigen Jahren die Stadt verlassen musste.“

„Steht dieser Mann denn mit Wincote in irgendeiner Verbindung?“, fragte Sir Percival nachdenklich.

„Genau dies versuche ich herauszufinden. Ich kann jedoch nicht verhehlen, dass ich dem Mann grundsätzlich nicht über den Weg traue“, gestand James unverblümt.

„Sie misstrauen ihm, oder können Sie ihn nicht leiden, weil er Ihr Rivale ist? Ich mag zwar in die Jahre gekommen sein, doch bin ich keineswegs blind. Sie sind in Lady Lavinia verliebt, und Wincote macht ihr den Hof. Daraus schließe ich natürlich, dass Sie eifersüchtig sind“, betonte er mit schelmischem Blick zu James.

Dieser lächelte schief. „Es geht nicht nur um mich, die Duchess hat auch ein ungutes Gefühl und beauftragte mich, mehr über ihn herauszufinden. Das Dumme ist nur, dass niemand etwas Negatives über ihn zu sagen weiß.“

Sir Percy klopfte ihm auf die Schulter. „Nun, dann hat der Gute vielleicht wirklich eine weiße Weste.“

„Neulich haben wir ihn in Begleitung Lady Jerseys im Theater gesehen.“

„Lady Jersey“, wiederholte Sir Percy und rieb sich nachdenklich das Kinn. „Da kommt mir doch tatsächlich eine brisante Geschichte in den Sinn. Es hieß damals, ein gewisser *Charles* Wincote sei einer der Liebhaber der Dame gewesen. Als der Prince of Wales sie sozusagen unter seine Fittiche nahm, hat er Lord Wincote irgendeine Entschädigung angeboten, damit dieser das Feld räume. Natürlich wurde Prinny der Dame bald überdrüssig, wie es seine Art war. Dies mag denn auch der Grund gewesen sein, warum sie sich öffentlich zu Königin Caroline bekannte."

„Und unser Lord Wincote besucht Lady Jersey. Es mag ein unbegründeter Verdacht sein – dennoch: Könnte er womöglich etwas gegen Seine Majestät im Schilde führen?"

„Sie meinen, er könnte dem Berater der Königin Informationen zuspielen, die George unter Druck setzen? So weit würde er doch nicht gehen."

„Ich weiß es nicht. Es interessiert mich auch nur insofern, als Lavinia in irgendwelche Machenschaften involviert werden könnte und damit auch der Duke."

„Was werden Sie unternehmen? Werden Sie Loscoe von Ihrer Vermutung in Kenntnis setzen?"

„Erst einmal nicht. Vielleicht folgen wir auch der falschen Fährte, zumal es sich als gefährlich herausstellen könnte, sich in die Belange des Königs einzumischen", überlegte James mit einer steilen Falte zwischen den Brauen. „Es wäre mir in der Tat lieber, es fände sich ein anderer Weg, den Mann von Lavinia fernzuhalten."

„Das wird Ihnen niemals gelingen, wenn Sie sich durch Ihre Eifersucht leiten lassen, James. Letzten Endes würden Sie nur das Gegenteil erreichen und die beiden noch enger zusammenbringen", gab der väterliche Freund zu bedenken.

„Was schlagen Sie also vor?"

„Gehen Sie vorerst etwas auf Distanz und warten Sie ab", riet er ihm, als sie den Club betraten. „Außerdem ist mir da gerade ein hilfreicher Gedanke gekommen. Überlassen Sie die Angelegenheit ruhig mir. Sobald sich mein Plan konkretisiert hat, werde ich Ihnen mehr darüber erzählen. Doch nun sollten wir uns erst einmal etwas Zerstreuung gönnen. Wie wäre es, wenn Sie mich zum Dinner einlüden, James?", fragte er, derweil ein Diener ihnen Mäntel und Hüte abnahm.

James' Miene erhellte sich. „Ein vortrefflicher Vorschlag."

4. KAPITEL

Mittwochnachmittag erschien Lord Wincote wie verabredet in Stanmore House, um Lavinia zu einer Kutschfahrt in den Park abzuholen. Es war ein sehr heißer Tag, und die junge Dame hatte sich das leichteste Sommerkleid aus dem Schrank geben lassen, das sie besaß. Als der Phaeton sich in Bewegung setzte, war sie überdies froh, sich für den Hut mit der besonders breiten Krempe entschieden zu haben, abgesehen von dem Sonnenschirm natürlich, denn das Sonnenlicht erschien ihr heute greller und stechender denn je.

Sie beugte sich leicht vor und blinzelte zu Tom Bagshott hinüber, der neben ihnen ritt, denn die Stiefmutter hatte sich nach wie vor zurückhaltend gezeigt, sie zu begleiten. Der junge Mann nahm, wie stets bei derlei Anlässen, nicht weiter Notiz von ihnen und schaute unbeirrt auf die Straße.

Zufrieden lehnte Lavinia sich wieder zurück. „Heute herrscht eine wirklich unerträgliche Hitze. Ich wünschte, wir wären diese Saison nicht nach London gereist."

„Ich hingegen schätze mich sehr glücklich, dass Sie hier sind und jetzt an meiner Seite weilen", erwiderte Lord Wincote in tadellos korrekter Haltung, als mache ihm die Temperatur überhaupt nicht zu schaffen. „Ich wäre, wie ich gestehen muss, verloren, müsste ich auf Ihre werte Gesellschaft verzichten."

„Mylord", mahnte sie im Flüsterton, derweil sie hastig zu Tom hinüberschaute, der ihre Unterhaltung jedoch geflissentlich überhörte.

„Dies würde ich auch in einem gut gefüllten Ballsaal kundtun, Mylady, denn jeder soll wissen, wie ich für Sie empfinde und dass ich mich der Hoffnung hingebe, Sie erwidern meine Gefühle."

Höchst verlegen starrte Lavinia auf ihre im Schoß ruhenden

Hände. „Mylord, es ist noch viel zu früh für Bekenntnisse dieser Art."

„Ihre Zurückhaltung ist äußerst löblich. Ich möchte Sie auch keineswegs zu einer Antwort drängen, Lady Lavinia. Mir ist es lediglich ein Anliegen, dass Sie meine Absichten kennen."

„Wir wissen doch gar nichts voneinander. Ich habe zum Beispiel keine Vorstellung davon, was Sie mögen und was nicht", entgegnete sie verunsichert.

Der Gentleman nahm die Zügel in eine Hand und berührte mit der andern sanft ihren Arm. „Ich bin davon überzeugt, dass wir einen ganz ähnlichen Geschmack haben."

Sie lachte. „Wie können Sie da so sicher sein?"

„Ich werde es Ihnen beweisen", sagte er entschlossen. „Sie ziehen das Leben auf dem Lande dem in der Stadt vor – genau wie ich. Aus diesem Grund bin ich all die Jahre nicht nach London gereist."

„Warum kamen Sie dann diese Saison? Sicherlich nicht nur der Krönung wegen?"

„Nein, ich habe geschäftlich in London zu tun, was mein großes Glück ist, denn sonst hätte ich Sie niemals getroffen."

„Vielen Dank, Sir", erwiderte sie, wobei sie sich insgeheim fragte, was für ein Geschäft das sein mochte. „Welche Vorlieben haben wir denn noch gemein?"

„Nun, wir mögen Pferde, reiten gern und erfreuen uns an Kutschfahrten wie dieser. Ich schätze, der Phaeton des Earl of Corringham war nicht das erste Gefährt, das Sie gelenkt haben?"

„Nein. Auf unseren Ländereien pflege ich immer mit einem Zweispänner umherzufahren. Indes mag ich nicht nur Pferde, sondern auch alle möglichen anderen Tiere wie Katzen, Hunde, Vögel und Füchse. Ich könnte mich in niemanden verlieben, der auch nur einem dieser Geschöpfe ein Haar zu krümmen imstande wäre."

„Dann gehen Sie niemals auf die Jagd?"

„Niemals, Mylord“, betonte sie mit fester Stimme. „Wenn ich die Wahl hätte, würde ich es schriftlich fixieren wollen, dass auch mein Gemahl sich nicht für derlei Grausamkeiten hergibt. Zum Glück würde Papa mich niemals zwingen, einen Mann zu heiraten, den ich nicht will.“

Er antwortete nicht, sondern fuhr mit seiner Aufzählung fort. „Ich mag die Literatur und die Malerei ebenso wie Sie. Zwar male ich nicht selbst, aber umso mehr schätze ich es, wenn jemand so talentiert ist wie Sie, Lady Lavinia.“

„Und was verabscheuen Sie am meisten, Sir?“

„Nun, zum Beispiel, wenn irgendjemand oder irgendetwas Sie verstimmen würde.“

„Haben Sie denn den Eindruck, ich sei leicht zu verstimmen?“

„Keineswegs. Sie haben ein solch bewundernswert sonniges Gemüt. Sie sind bei Weitem die hübscheste und bezauberndste junge Dame, die mir je begegnet ist. Hat Ihnen schon einmal jemand gesagt, dass Ihre Augen viel über Ihr Innerstes verraten? Sie könnten niemals etwas Falsches oder Unwahres zum Ausdruck bringen, selbst wenn Sie dies mit Worten versuchten – was Sie natürlich nie täten.“

„Himmel! Heißt das, Sie können meine Gedanken lesen?“

„Nein, das vermag ich leider nicht. Aber ich bin davon überzeugt, dass ich dazu in der Lage sein werde, wenn wir uns erst näher kennen. So sollte es doch sein zwischen Mann und Frau, denken Sie nicht?“

„Mylord, Sie gehen zu weit“, brachte sie atemlos hervor. „Ich muss Sie bitten, mich nicht so anzusehen und mehr auf den Weg und die Leute zu achten, denn sonst werden wir bald Tagesgespräch sein.“

Lavinias Bedenken waren nicht unbegründet, denn Lady Graham, die für ihre lockere Zunge bekannt war, und ihre Tochter Constance kreuzten wenige Augenblicke später ihren Weg – ebenso James in Begleitung Major Donald Greenaways, eines Freundes des Duke of Loscoe. Seit Kriegsende hatte der Mann, der einige Jahre älter war als James, sich vor allem als Privatdetektiv verdient gemacht. Aus diesem Grund hatte James ihn zu einem Ausritt eingeladen.

„Wer war der Gentleman an Lady Lavinias Seite?"

„Lord Edmund Wincote. Er hat ein Gut in Cumberland, soviel ich weiß."

„Werden die beiden heiraten?"

„Nicht wenn ich es verhindern kann", erwiderte James grimmig.

Greenaway schaute ihn von der Seite an, während beide ihre Pferde so nah beieinander traben ließen, dass sie sich gut unterhalten konnten. „Sie mögen den Mann nicht?"

„Nein, aber fragen Sie mich nicht nach dem Grund."

Der Major schmunzelte. „Das brauche ich auch nicht, mein Lieber. Ihr Motiv steht Ihnen nur allzu deutlich ins Gesicht geschrieben."

James musste lachen. „Es ist nicht nur das, es gibt auch noch andere Gründe, Major. Ich glaube, er ist ein Mitgiftjäger, obwohl ich keinerlei Beweise für meinen Verdacht habe."

„Meinen Sie, er hat Schulden?"

„Ich vermute es. Er hat seinen Schneider noch nicht bezahlt, aber das ist ja nichts Ungewöhnliches in unseren Kreisen."

„Wo wohnt er denn?"

„In der Mountstreet."

„Eine respektable Adresse …" Greenaway zögerte. „Soll ich versuchen, etwas über ihn in Erfahrung zu bringen?"

„Bitte seien Sie so gut. Aber das bleibt unter uns. Wenn Lady Lavinia zu Ohren kommt, dass ich Wincote überwachen lasse, spricht sie kein Wort mehr mit mir. Der Duke of Loscoe soll im Moment auch nicht involviert werden. Ich will mich des jungen Mannes lieber höchstpersönlich annehmen."

„Das glaube ich gern", bemerkte der Freund mit einem Grinsen. „Warum sind Sie nicht schon längst eingeschritten und haben der jungen Dame den Hof gemacht?"

„Wenn die Zeit gekommen ist, werde ich genau dies tun. Im Moment sieht sie in mir nur den Bruder."

„Und wessen Schuld ist das?", fragte der Major unerbittlich.

James machte ein entnervtes Gesicht. „Meine eigene, ganz sicherlich. Aber seien Sie bitte so gut und erweisen Sie mir diesen kleinen Freundschaftsdienst."

James' Miene wurde finster, als er sich von dem Major verabschiedet hatte. Natürlich liegt es an mir, dass Lavinia nur den Bruder in mir sieht, dachte er. Mit anderen Frauen konnte er nach allen Regeln der Kunst flirten, ihnen hübsche Komplimente machen. Als er sich jedoch in Lavinia verliebt hatte, hatte er sich wie ein Schuljunge benommen, unfähig, seine Zuneigung zum Ausdruck zu bringen. Und jetzt erhielt Wincote die Aufmerksamkeit, die er für sich in Anspruch zu nehmen wünschte, und er fragte sich, ob es wohl bereits zu spät sei, Lavinia seine Liebe zu erklären.

Er begab sich auf den Rückweg nach Corringham House in der Dukestreet, wo er jetzt lebte, wenn er in der Stadt weilte, und wo seine Schwester dank der liebevollen Fürsorglichkeit der Stiefmutter eine geborgene Kindheit verbracht hatte. Er kam immer wieder gern nach Hause, doch inzwischen befand er die Räumlichkeiten als viel zu groß und leer, und er sehnte sich danach, Kinderstimmen zu hören.

Entnervt schüttelte er den Kopf. Zum Teufel mit Wincote, zum Teufel mit König George und seiner Gattin, zum Teufel mit all jenen, die seinem Vorhaben, Lavinia zum Traualtar zu führen, im Weg standen!

Während der Rückfahrt auf Lord Wincotes Phaeton war Lavinia ganz in Gedanken versunken. Sie musste sich eingestehen, dass sie nicht wusste, was sie fühlen sollte. Sie war es nicht gewohnt, einen Verehrer zu haben, der sie so beharrlich und ungeduldig hofierte. Er hatte ihr fast eine Liebeserklärung gemacht, hatte indirekt von einer gemeinsamen Zukunft gesprochen, als habe sie ihm Anlass gegeben, sich ihr in dieser Weise zu offenbaren. Dabei hatte sie ihm weder mit Worten noch mit Blicken bedeutet, dass sie mehr für ihn empfand als Sympathie.

Ob James annahm, sie sei in Wincote verliebt? Obgleich sie keinen Grund sah, ihm Rechenschaft abzulegen über ihre Empfindungen, musste sie zugeben, dass sie sich seltsamerweise schuldig gefühlt hatte, als sie sich eben im Park begegnet waren.

Lord Wincote unterbrach ihre Grübelei. „Ich würde mich sehr glücklich schätzen, Sie am Freitag nach Hampstead fahren zu dürfen. Zwei Stallknechte können sich indessen um unsere Pferde kümmern, damit wir vor Ort auf sie zurückgreifen und ein wenig ausreiten können."

„Wenn die Duchess of Loscoe sich der Ausflugsgesellschaft anschließen will, wovon ich ausgehe, werde ich selbstverständlich in der Familienkutsche mitfahren", antwortete Lavinia vorsichtig, als der Phaeton vor Stanmore House zum Stehen kam und ihr Begleiter ihr beim Absteigen half.

Ob der Absage entnervt, runzelte Wincote die Stirn, setzte jedoch umgehend wieder ein mildes Lächeln auf. „Es tut mir leid, dass ich Ihnen nicht zu Diensten sein kann, Lady Lavinia, aber ich respektiere Ihre Entscheidung", erklärte er mit einer Verbeugung und geleitete sie zur Tür. „Ich freue mich, Sie am Freitag in Hampstead begrüßen zu dürfen."

„Auf Wiedersehen, Mylord", sagte sie und ging ins Haus. Während sie die Treppen zu ihrem Schlafzimmer hinaufstieg, um sich für den sehr willkommenen Nachmittagstee umzuziehen, nahm sie sich vor, den Gentleman für den Rest des Tages aus ihren Gedanken zu verbannen.

Am nächsten Morgen kamen endlich die sehnlichst erwarteten Kinder in Begleitung von Miss Hastings in London an und wirbelten, kaum dass sie geküsst und geherzt worden waren, durch die Räumlichkeiten von Stanmore House. Jack, der Adoptivsohn des Bruders des Dukes, hatte es mit seinen sieben Jahren schon faustdick hinter den Ohren, doch war er ein sehr liebenswerter Junge und erzählte Lavinia und ihrer Stiefmutter aufgeregt, was sich während ihrer Abwesenheit in Loscoe Court alles ereignet hatte. Freddie, Lavinias kleiner Halbbruder, versuchte unterdessen Jack alles nachzuplappern, war er mit seinen knapp zwei Jahren doch genau in dem Alter, in dem ein Kind lebhaft zu sprechen beginnt. James' Schwester Augusta und ihre beiden Kinder hatten Stanmore House fast zur selben Zeit erreicht. Beth und Andrew waren ungefähr in Jacks Alter und hegten wie Freddie und Jack eine besonders innige Zuneigung zu ihrem Onkel James. Und so verwunderte es kaum, dass dieser geradezu stürmisch begrüßt wurde, als er in den Blauen Salon kam, wo sich bereits die ganze Familie versammelt hatte. Er hatte sich sogar seiner Stiefel entledigt und sich auf den Boden gehockt, damit die Nichte und die Neffen auf ihn klettern und allerlei Schabernack mit ihm treiben konnten.

„Er geht so liebevoll mit den Kindern um", sagte Frances zu Augusta. „Es wird höchste Zeit, dass er eigene in die Welt setzt."

„Nun, zunächst braucht er eine Gemahlin", erwiderte Augusta seufzend. „Leider konnte ich bislang keine der Frauen, die für ihn geschwärmt haben, als eine geeignete Gattin für James erachten. Und ich fürchte, er gibt sich keine große Mühe, eine zu finden."

„James hat mir versprochen, sich in dieser Ballsaison darum zu kümmern, doch die Zeit vergeht, ohne dass er etwas unternimmt. Andererseits habe ich so eine Ahnung ..."

„Hast du etwa eine bestimmte Frau für James vor Augen?",

fragte Augusta, während sie Tee einschenkte.

„Selbst wenn dies der Fall wäre, würde ich es um keinen Preis wagen, mich einzumischen. Die Dinge werden sich schon von ganz allein fügen."

„Ich kann mir überhaupt nicht vorstellen, dass James sich jemals verliebt", bemerkte Lavinia leicht verletzt ob Frances' Andeutung. „In Gesellschaft gibt er sich immer so distanziert und teilweise auch gelangweilt, was man gar nicht glauben mag, wenn man ihn so hinreißend mit den Kindern spielen sieht wie in diesem Augenblick."

„Oh, sein Auftreten in der Öffentlichkeit spiegelt keineswegs seine innersten Gefühle wider. Er ist alles andere als unfähig, tiefste Empfindungen zu entwickeln. Dein Eindruck von ihm mag indes daher rühren, dass er nicht imstande ist, seine Gefühle in Worte zu fassen", versicherte die Stiefmutter.

„Ich weiß, dass er nicht oberflächlich ist, Mama, doch frage ich mich, ob er unter dieser Voraussetzung eine Frau finden wird."

„Nun, wollen wir das Beste für ihn hoffen", erklärte die Duchess und schaute besorgt zu James hinüber. Er war gerade im Begriff, sich zu erheben, um sich zu den Damen zu gesellen.

Er strahlte vor Glück, und die Erschöpfung, die ihn atemlos gemacht hatte, schien ihn gleichermaßen selig zu stimmen. Bei seinem Anblick hob sich Lavinia das Herz, was sie jedoch nicht daran hinderte, ihn schelmisch anzugrinsen.

„James, du stehst den Kindern in dem Vergnügen zu spielen und zu toben in nichts nach. Wenn deine Freunde dich jetzt sehen könnten, mit zerzaustem Haar und ohne Schuhe, würden sie sich fragen, was aus dem kultivierten Städter mit den tadellosen Umgangsformen geworden ist."

„Meine Freunde sehen nichts dergleichen in mir, zumindest hoffe ich das", gab der Earl of Corringham gut gelaunt zurück. „Nicht einmal all jene jungen Frauen, die gerade gesellschaftsfähig geworden sind? Für sie bist du doch ohne Zweifel einer der begehrtesten Junggesellen in London", neckte sie.

„Das ist er bestimmt", sagte Augusta. „Jede der Damen wäre entzückt und dankbar, von ihm zum Traualtar geführt zu werden."

„Ich möchte nicht irgendeine junge Dame zum Traualtar führen. Meine diesbezüglichen Vorstellungen sind von recht konkreter Natur."

Die Schwester horchte auf. „Und wie lauten sie?"

„Oh, er möchte zum Beispiel nur aus Liebe heiraten", warf Lavinia eilfertig ein.

James' Miene verfinsterte sich. „Musst du immer so mitteilsam sein, Lavinia?"

Die junge Frau war sich augenblicklich ihrer Schuld bewusst und schämte sich, ihn in Verlegenheit gebracht zu haben. „Entschuldige bitte, James. Es war nicht meine Absicht, dich bloßzustellen, solltest du dies so empfunden haben. Ich werde kein Wort mehr darüber verlieren."

„Lasst uns einen kleinen Imbiss zu uns nehmen", schlug die Dame des Hauses zur Freude aller vor und rief die Gouvernante zu sich. „Miss Hastings, übergeben Sie die Wildfänge dem Kindermädchen und folgen Sie uns dann zu einer Stärkung in das kleine Speisezimmer. James, du wirst doch noch bei uns bleiben?"

James zog sich die Stiefel wieder an. „Mit dem größten Vergnügen – wenn wir nicht länger über dieses leidige Thema sprechen."

„Meine Lippen sind versiegelt, James", versprach Lavinia, als alle gemeinsam in den Speisesalon überwechselten. „Ich werde euch mit Neuigkeiten von meinem Theaterstück unterhalten."

„*Dein* Theaterstück? Ich dachte, Shakespeare hat es geschrieben", entgegnete er spitz, derweil man am Tisch Platz nahm.

Lavinia warf ihm einen vorwurfsvollen Blick zu. „Oh James,

du bist scheußlich. Ich sollte überhaupt kein einziges Wort mehr von mir geben.“

„Das wäre wunderbar, dann hätte ich endlich meine Ruhe.“

Für einige Minuten herrschte Schweigen, und alle hefteten den Blick auf die Häppchen, die gerade hereingebracht wurden.

Beim Essen lockerte sich die Stimmung wieder, sodass Miss Hastings, die von Lavinias Vorhaben noch nichts wusste, nachzufragen wagte, was es mit dem Theaterstück auf sich habe. Nach einer anschaulichen Ausführung ihres Vorhabens gelang es Lavinia sogar, der Gouvernante eine Rolle aufzuschwatzen, denn sämtliche Kinder, die sie zu beaufsichtigen hatte, sollten auch mitspielen. Lavinia zeigte sich ungemein zufrieden mit ihrer Besetzung und freute sich, wie sie allen verkündete, umso mehr auf die morgige Landpartie. Man einigte sich darauf, wer mit wem in einer Kutsche nach Hampstead fahren würde. James hatte natürlich darauf bestanden, Lavinia in seinem Gefährt mitzunehmen, worauf Lavinia, obgleich sie an Lord Wincote denken musste, nicht zu protestieren wagte, denn insgeheim war sie der Meinung, ihm gewissermaßen etwas schuldig zu sein, nachdem sie ihn mit ihrer unbedachten Plauderei gekränkt hatte. Lord Wincote würde sich damit abfinden müssen, dass sie nicht, wie angekündigt, mit der Duchess of Loscoe anreisen würde. Und er würde unweigerlich zu dem Schluss kommen, sie habe den Earl of Corringham seiner Begleitung vorgezogen. Doch sie nahm sich vor, Wincote die Notwendigkeit dieses Arrangements irgendwie plausibel zu machen.

Die Fahrt in den grünen Norden Londons erwies sich für die Ausflugsgesellschaft als unkompliziert und recht angenehm. Nur Lavinia konnte den Ausblick vom hohen Kutschbock des Phaetons nicht so genießen wie gewöhnlich und zeigte sich wenig gesprächig, denn Lord Wincote hatte sich ihnen am St. James Square angeschlossen und fuhr mit seinem neuen Zweispänner nun hinter ihnen, wobei er Lavinia nicht aus den Augen ließ.

James entging ihr Unbehagen nicht. „Was ist es, das dich bekümmert, Liebes?“

Verwirrt ob des ungewohnt zärtlichen Kosenamens, dessen er sich bedient hatte, wandte Lavinia sich zu ihm um, schaute jedoch sogleich wieder nach vorn auf die Straße. „Ich hatte Lord Wincote seinen Wunsch abgeschlagen, mich nach Hampstead zu eskortieren – mit der Begründung, ich würde mit Mama fahren. Nun sieht er mich aber mit dir zusammen, und ich frage mich, was er davon halten wird.“

Obgleich Lavinia mit ihren Gedanken offensichtlich bei Wincote war, hob sich James das Herz, weil sie dem Gentleman einen Korb gegeben hatte. „Ist dir seine Meinung denn wichtig?“

„Natürlich. Er soll nicht etwa annehmen, ich sei sprunghaft und hätte ihn deinetwegen abgewiesen.“

„Schande über dein Haupt“, erwiderte er lachend, denn insgeheim freute er sich, dass Lavinia ihm mit dieser ehrlichen Antwort – vielleicht auch unbewusst – andeutete, sie stelle ihn als den brüderlichen Begleiter allmählich infrage.

„Aber ich bin ebenso wenig launenhaft, wie ich dich ihm als meinen Begleiter vorgezogen habe, das weißt du ganz genau“, betonte sie und machte eine hilflose Geste.

„Ja, das weiß ich“, seufzte er. „Wenn er dir auch nur ein wenig zugetan ist, wird er nicht nachtragend sein.“

„Oh, meinst du? Sollte ich ihm meine Beweggründe mitteilen?“

„Besser nicht. Deine Erklärung käme einer Rechtfertigung gleich, und er müsste annehmen, es mache dir etwas aus. Auf diese Weise ermutigst du ihn zu stark.“

„Du bist also der Ansicht, ich sollte ihn nicht ermutigen?“

Am liebsten hätte James Lord Wincote aus ihrem Gespräch verbannt und ihr stattdessen sein Herz ausgeschüttet, doch solange sie mit diesem Mann befasst war, sah er keine Möglichkeit, sich ihr mitzuteilen, die nicht dazu führen würde, dass er, ohne zu zögern, abgewiesen worden wäre. „Ich denke nicht, dass er noch der Ermutigung von deiner Seite bedarf", bemerkte er mit ernster Miene.

Lavinia dachte sogleich an Lord Wincotes höchst intime Bekundungen, die einem Liebesgeständnis gleichgekommen waren, und stimmte James mit einem Kopfnicken zu.

„Bist du verliebt in ihn?"

„Oh James, ich weiß es nicht. Er schaut mich in einer Weise an, dass ich, ohne es beeinflussen zu können, von Kopf bis Fuß zu zittern beginne. Und dann macht er mir so überaus charmante Komplimente ..." Sie brach ab und legte gedankenvoll die Stirn in Falten.

James schluckte den Kummer, den ihre Worte in ihm erzeugt hatten, hinunter und atmete tief durch. „Solange du dir deiner Gefühle nicht sicher bist, verlange dir keine Versprechungen ab, die du später bereuen könntest."

„Falls er so langmütig ist."

James runzelte die Stirn. „Warum sollte er es eilig haben?"

„Ich halte ihn für ein wenig ungeduldig", erwiderte sie vorsichtig.

„Gütiger Himmel! Er wird sich dir doch hoffentlich noch nicht erklärt haben?"

„Nun, nicht ausdrücklich, doch hat er unmissverständlich durchblicken lassen ..."

„Dann musst du seine Andeutungen geflissentlich überhören."

„Lord Wincote hat sich nicht das Geringste zuschulden kommen lassen, er ist ein wahrer Gentleman. Warum also sollte er sich mir nicht erklären, James?"

„Ich bin mir nicht sicher, ob ich die richtige Person bin für derlei Fragen."

„Weshalb nicht? Weil du ein Mann bist?“, fragte sie verwirrt.

Er setzte ein steifes Lächeln auf. „Unter anderem. Vor allem aber stehen wir uns zu nah, als dass ich objektiv und gerecht urteilen könnte.“

Lavinia, die nichts von James’ zärtlichen Gefühlen zu ihr ahnte, verstand seine Antwort nicht, und sie fragte sich insgeheim, ob nicht gerade ihre Nähe, sein Wissen um ihre Stärken und Schwächen und um ihre Gefühle ihm nicht die beste Voraussetzung bot, eine Antwort auf ihre Frage zu haben.

„Gehe ich recht in der Annahme, dass du Lord Wincote noch immer nicht besonders leiden kannst?“

„Ich kenne ihn nicht gut genug, um ein Urteil zu fällen – du ebenso wenig. Ein Ausflug oder zwei, ein Kompliment und sein geschickter Einzug in den Londoner *ton* reichen nicht aus, um eine lebenslange Bindung einzugehen, Lavinia. Ein solcher Schritt muss gut überlegt sein, vor allem bedarf es der unbedingten Entschlussfreude auf beiden Seiten, was bei dir, wenn ich dich nicht falsch verstanden habe, keineswegs der Fall ist.“ Er hielt inne und schaute Lavinia, die sehr ernst und aufmerksam gelauscht hatte, nachdenklich an. „Ich glaube, ich habe dir für heute genug der Weisheiten rund um die Ehe mit auf den Weg gegeben. Möchtest du, da wir nun außerhalb der Stadt sind, vielleicht die Zügel übernehmen?“

Ihre Miene erhellte sich unverzüglich. „Oh ja, bitte!“

Nachdem der Weg breiter geworden war und andere Kutschen sie mühelos überholen konnten, überließ Corringham der Stiefschwester, die Wincote wenigstens für eine Weile vergessen zu haben schien, obgleich dieser davon abgesehen hatte, sie zu passieren, und noch immer die Nachhut bildete, das Kutschieren, und sie trabten gut gelaunt die Finchley Road entlang.

Die Ausflugsgesellschaft fuhr nunmehr durch die mit Feldern, Bäumen und Büschen durchzogene und von grünen Hügeln geprägte Landschaft nördlich der geschäftigen Hauptstadt, bis sie schließlich einen geeigneten Rastplatz ausmachte. Dienstboten, die das Picknicklager vorzubereiten hatten, strömten ebenso eifrig aus ihren Kutschen wie die Ausflügler selbst. Man reckte und streckte sich und begrüßte einander überschwänglich, denn sämtliche Gäste waren gewillt, einen wunderschönen Tag bei bestem Wetter in freier Natur zu verbringen.

Die Kinder waren längst mit ihrem Spielzeug ausgerüstet auf die Wiese gerannt, nur Jack kam freudestrahlend auf Lavinia zu, damit sie ihm half, die Schnur seines Drachens zu entwirren. Lord Wincote, der gerade auf sie zuschritt, um sie zu begrüßen, kam ihr jedoch zuvor und ergriff statt ihrer die Leine, entwirrte sie und brachte, zu Jacks offenkundiger Enttäuschung, den Drachen zum Steigen.

„Hier, Junge, pass gut auf ihn auf", sagte er mit einem knappen Lächeln und wandte sich Lavinia zu. „Lady Lavinia."

„Guten Tag, Lord Wincote", begrüßte sie ihn und streckte ihm ihre Hand entgegen. „Dieser Tag ist ein Geschenk, finden Sie nicht auch?"

„Wie wahr! Allerdings hätte er noch schöner für mich begonnen, hätte ich Sie nach Hampstead fahren dürfen."

„Leider zwangen mich die Umstände, auf die Kutsche des Earl of Corringham auszuweichen."

„Dann werden Sie mir bestimmt den Wunsch nicht verwehren, Sie später wieder nach Hause zu eskortieren?"

„Ich muss erst Mama fragen", gab sie zurück, entzog ihm ihre Finger und beschleunigte ein wenig den Schritt, gefolgt von ihrem unerschrockenen Verehrer, der sie mit charmanten Nettigkeiten weiterhin in Verlegenheit zu bringen verstand. Ehe sie es sich versah, fand sie sich abseits der Gesellschaft auf einem sanften grünen Hügel wieder, der sich mit seinem dichten Buschwerk und den vereinzelten Bäumen von den anderen unterschied.

Wincote hatte sie längst eingeholt und ergriff erneut ihre

Hand, um sie am Weitergehen zu hindern. „Lady Lavinia, werden Sie mir erlauben, endlich mit Ihrem Papa zu sprechen?“, fragte er und schaute eindringlichen, fast stechenden Blicks zu ihr hinab. Lavinia hatte das Gefühl, aufgesogen zu werden von seinen schwarzen Augen, in deren Tiefe ein goldenes Licht aufzublitzen schien, das sie daran hinderte, fortzuschauen.

„Ich … ich habe keine Ahnung, wovon Sie sprechen“, brachte sie nur mit Mühe hervor und versuchte, sich eine lose Haarsträhne aus dem Gesicht zu streichen.

Wincote hielt ihre Hand fest und umfing sacht ihre Taille. „Sie wissen bestimmt, was ich meine.“

„Nein … doch, ich denke schon.“

„Wie lautet dann Ihre Antwort?“

„Ich … ich kann es Ihnen wirklich nicht sagen.“

„Vielleicht möchten Sie, dass ich Ihnen dabei helfe, sich zu entscheiden“, hauchte er ihr ins Ohr und zog sie sanft zu sich. Sie wusste, er würde sie jetzt küssen, und sie wollte es geschehen lassen, um zu erfahren, ob die Liebkosung die Gefühle in ihr wachrief, von denen behauptet wurde, dass man sie empfand, wenn man verliebt war.

„Lavinia! Lavinia!“, rief in diesem Augenblick Jack, der soeben den Hügel zu ihnen heraufgelaufen kam, so laut er konnte und in forderndem Ton. „Ich habe die Leine losgelassen, und nun hängt der Drachen im Geäst eines Baumes fest! Du musst unbedingt mitkommen und mir helfen, Lavinia!“

Lavinia, die durch die eindringliche Stimme des Knaben allmählich wieder zu sich kam, wandte sich, noch immer leicht verwirrt, in Richtung des Zurufes um.

Wincote entließ sie aus seiner Umarmung. „Zum Teufel mit ihm!“, brachte er mürrisch hervor.

Ohne das Grollen ihres Begleiters wahrzunehmen, musste Lavinia erstaunt feststellen, dass Himmel und Erde sich wieder an ihrem angestammten Platz befanden, sie festen Boden unter den Füßen hatte und, als sie sich ihm zuwandte, der Gentleman an ihrer Seite hochrot war vor Zorn.

Jack hatte sie endlich erreicht. „Schau, Lavinia, dort oben hängt er! Eine starke Windböe riss ihn mir aus der Hand. Ich könnte versuchen, hinaufzuklettern, doch …"

„Du wirst nichts dergleichen tun, Jack", mahnte sie.

„Sir, vielleicht würden Sie meinen Drachen retten, den Ast dort könnten Sie mühelos erklimmen", schlug der Knabe dem wütenden Lord Wincote eilfertig vor.

„Ganz gewiss werde ich das nicht tun!", erwiderte dieser barsch. „Ich werde meinen Hals nicht für ein Stück Stoff riskieren. Dein Drachen muss da bleiben, wo er ist."

„Lord Wincote hat recht, mein Kind", lenkte Lavinia rasch mit zärtlichem Unterton ein, als wolle sie das unwirsche Gebaren ihres Begleiters wiedergutmachen. „Überdies ist es an der Zeit, zu den anderen zurückzukehren. Man wird sich schon wundern, wo wir bleiben."

Jack trennte sich schweren Herzens von seinem liebsten Spielzeug und ging mit einer Trauermiene voran. Lavinia, mit dem düster blickenden Lord Wincote neben sich, folgte ihm schweigend, aber gedankenvoll. Sie fragte sich, ob sie die Welt wohl noch mit denselben Augen sehen würde, hätte Jack seinen Drachen nicht verloren.

Die erste Person, derer sie ansichtig wurden, war James. Er musste den Jungen erst gar nicht fragen, warum er ein so trauriges Gesicht machte, denn dieser ließ seinem Kummer freien Lauf und klagte dem Onkel sein Leid, kaum dass er sich zu ihm gesetzt hatte.

Indessen blieb James nicht verborgen, dass Lavinia seinem Blick auswich und etwas betreten zu Boden schaute, derweil Wincote vergebens mit sich rang, ein freundliches Gesicht aufzusetzen. Er fragte sich, was geschehen sein mochte und ob Lavinia es ihm wohl berichten würde, wenn er sie darum bat.

Der Zwischenfall war erst einmal vergessen, als das Pferderennen beginnen sollte, dessentwegen man hauptsächlich nach Hampstead gereist war.

Nachdem die Startflagge das Signal gegeben hatte, trieben die Gentlemen ihre Pferde in rasantem Tempo voran, angefeuert von den begeisterten Rufen der Picknickgesellschaft. Das Feld der Reiter blieb bis kurz vor der Zielgeraden eng beisammen, dann jedoch kristallisierte sich ein Kopf-an-Kopf-Rennen mit James, Major Greenaway und Lord Wincote heraus. Und obgleich alle drei sich dank ihrer großartigen Reitkünste längst gleichermaßen großes Lob und Anerkennung seitens der Zuschauer gesichert hatten, ging James als Erster durchs Ziel. Für Lord Wincote war die Tatsache, nur der zweite Sieger zu sein, dennoch schwer zu ertragen. Vor Lavinia versagt zu haben schien ihm in Anbetracht der Umstände ungünstig genug; dass er überdies an James einer Wette wegen ein kleines Vermögen verloren hatte, stimmte ihn ungemein missmutig.

Dies zu verbergen gab er sich große Mühe, als man vom Pferd stieg und sich die Hand schüttelte. „Gut gemacht, Corringham. Ich schulde Ihnen fünfzig Guineas."

James klopfte ihm auf die Schulter. „Ich kann Ihnen nicht widersprechen, aber es ist keine Eile geboten, Wincote."

„Oh, seine Schulden unverzüglich zu bezahlen sollte für jeden Gentleman Ehrensache sein", sagte dieser aufgesetzt fröhlich und fuhr mit leicht zitternder Stimme fort: „Wollen wir auf das Kutschenrennen auch eine Wette abschließen, Corringham?"

„Abgemacht!", antwortete James, ohne zu zögern, denn wiewohl ihm keineswegs der Sinn nach einer weiteren Wette stand, würde er vermutlich einen Eklat heraufbeschwören, lehnte er ab. Denn Wincote stand der Zorn und der Verdruss über das für ihn unvorteilhaft verlaufene Rennen ins Gesicht geschrieben – trotz seines Bemühens, gelassen und heiter zu wirken. Seine Entscheidung wurde noch von der Tatsache begünstigt, dass er neugierig war, ob Wincote, vorausgesetzt, er verlöre ein zweites Mal, stattliche hundert Guineas zu zahlen in der Lage sein würde.

Lavinia hatte der knappen Unterhaltung zwischen James und ihrem Verehrer besorgt gelauscht und verfolgte, nachdem sie beiden viel Glück gewünscht hatte, das anschließende Kutschenrennen äußerst angespannt. Denn Wincote würde alles daransetzen, diesmal zu gewinnen, und dabei womöglich gefährliche Manöver versuchen. James stand ihm in diesem Punkt in nichts nach: Er spornte sein Gespann zu einem solch hohen Tempo an, dass mal das eine, mal das andere große Rad seines Phaetons sich von dem ohnehin holprigen Weg abhob und das Gefährt auf diese Weise mehrmals beinahe umgekippt wäre.

Dass James auch diesmal als Gewinner gefeiert wurde, hatte er Wincotes erschöpften Pferden zu verdanken, wenngleich seine Übung in Anlässen wie diesem wie auch seine Waghalsigkeit ihm einen gewissen Vorteil verschafft hatten. Obgleich Lavinia sich nicht hätte entscheiden mögen, wen sie lieber als Sieger in Empfang nahm, und somit der Ausgang des Rennens für sie keine so große Rolle spielte, war sie nicht mehr so unbeschwert wie zu Beginn ihres Aufenthaltes in Hampstead. Nachdem sie jedes Für und Wider besonnen abgewogen hatte, kam sie zu dem Schluss, dass Lord Wincotes Verhalten während und nach der Veranstaltung sehr befremdlich auf sie gewirkt hatte. Entgegen seiner üblichen Contenance war seine Miene derart verbissen geworden, dass man hätte annehmen können, er führe einen Kampf um Leben und Tod. Später hatte er seine Züge rasch wieder unter Kontrolle, doch schimmerte unter der vorgegebenen Liebenswürdigkeit eine gewisse Härte hindurch.

Während die Ausflugsgesellschaft sich wieder zusammenfand und unter einem schattigen Baum Zuflucht suchte, zog

Major Greenaway den Earl of Corringham mit bedeutungsvoller Miene zur Seite. „Ich habe Neuigkeiten für Sie."

„Ich höre, Major", erwiderte James, derweil beide das lebhafte Geplauder der anderen hinter sich ließen und einige Schritte über die Wiese spazierten.

„Unser Freund hat offensichtlich Schulden. Sein Gut in Cumberland ist vollständig mit Hypotheken belastet. Allerdings ist ein Gerücht im Umlauf, ihm stünden größere Summen in Aussicht, und man sagt, es habe etwas mit dem Letzten Willen seines Großvaters zu tun."

James' Miene verfinsterte sich. „Oder mit Lavinias Mitgift."

„Vielleicht, doch wie dem auch sei, Wincote scheint seine Gläubiger vorerst besänftigt zu haben. Ich werde versuchen, mehr darüber in Erfahrung zu bringen."

„Bitte beeilen Sie sich. Wenn ich mich nicht vollends täusche, hat er Lavinia bereits überdeutliche Avancen gemacht."

„Dann wäre es doch das Klügste, Sie würden den Burschen endlich in seine Schranken verweisen."

„Das beabsichtige ich auch zu tun", betonte James und schaute zu Jack und Frederick hinüber. Die beiden Knaben standen vor dem Baum, in dem ihr geliebtes Spielzeug hängen geblieben war, und zeigten in Richtung des für sie unerreichbaren Astes. „Ich werde erst einmal den Drachen der Jungen in Augenschein nehmen und zusehen, dass ich ihn retten kann."

Eine halbe Stunde später stürmten Jack und Freddie in die friedliche Runde ausgeruhter Ausflügler und zeigten stolz und überglücklich ihren Drachen vor. „Onkel James hat ihn unversehrt aus dem Baum geholt. Sehen Sie, Lord Wincote, es war gar nicht so schwierig!", rief der ältere der Jungen dem Gentleman zu.

Die Duchess of Loscoe zog Jack milde lächelnd zu sich. „Übergib den Drachen einem der Lakaien. Ich denke, es ist an der Zeit, heimzufahren."

Lavinia war froh, dass die Knaben den Wunsch äußerten, zusammen mit James die Rückfahrt anzutreten, denn so konnte sie in der Kutsche der Stiefmutter mitfahren. James hätte sie nur wieder über ihre Gefühle befragt und ihr Ratschläge erteilt, und nicht weniger enervierend hätte sich die Heimfahrt in Begleitung Lord Wincotes gestaltet. Ohne Zweifel hätte er sie wieder mit seiner Ankündigung bedrängt, er wolle so bald wie möglich mit ihrem Vater sprechen. Solange sie nicht wusste, was sie fühlen sollte oder was sie wirklich wollte, mochte sie nichts davon hören.

5. KAPITEL

Für Lady Grahams Ball hatte Lavinia sich eine gelbe Robe aus feinster mit Silberfäden durchwirkter Seide mit großzügig geschnittenem Dekolleté ausgesucht und begutachtete sich nun in dem hohen Spiegel des Ankleidezimmers.

„Sie sehen wunderschön aus“, schwärmte Daisy, derweil sie der Herrin die Satinslipper überreichte. „Die Dandys werden Ihnen zu Füßen liegen.“

Lavinia fühlte sich ob des Lobes sehr geschmeichelt, obgleich sie seit ihrer Einführung in die Gesellschaft wusste, dass ihre Erscheinung auf die Gentlemen anziehend wirkte. Allerdings war ihr Misstrauen, die Verehrer seien vor allem an ihrer Mitgift interessiert, immer stärker gewesen als die Freude über all die bewundernden Blicke und charmanten Komplimente.

Unweigerlich stellte sich ihr nun die Frage, ob Lord Wincotes Gefühle aufrichtig waren. Sie mochte ihn, konnte sich gar vorstellen, sich in ihn zu verlieben. Wenn er sie wirklich verehrte, spielte auch die Mitgift keine Rolle für sie. Gedankenversunken fasste sie sich an die kunstvoll arrangierte Frisur. Würde Edmund heute Abend eine Antwort von ihr verlangen? Und wie verhielte sie sich, ginge er zu ihrem Vater, ohne sie um Erlaubnis zu bitten? Dann würde die Angelegenheit kompliziert. James sagt, ich muss mir meiner Gefühle erst ganz sicher sein, dachte sie bei sich. Es muss etwas geschehen, das mir die Entscheidung leichter macht.

Sie lächelte, als Daisy ihr die Pelisse über die Schultern legte, die Handschuhe sowie das Ridikül überreichte und zufrieden einen Schritt zurücktrat.

„Vielen Dank, Daisy. Du brauchst nicht auf mich zu warten, es kann sehr spät werden“, sagte sie, begab sich in den Flur hinaus und zum kleinen Gesellschaftszimmer hinunter, wo ihr

Vater und seine Gemahlin, ebenfalls festlich gekleidet, auf sie warteten. Dank der jüngsten Entwicklungen im Königshaus hatte der Duke of Loscoe Zeit und Muße, sie auf den Ball zu begleiten. Es hatte sich gezeigt, dass Seine Majestät sich von seiner Gattin nicht so einfach würde trennen können, ohne sich selbst der Unannehmlichkeit einiger indiskreter Enthüllungen auszusetzen. Daher hatte er seine Regierung mit der Ausarbeitung eines Gesetzes beauftragt, welches die Königin all ihrer Rechte und Privilegien entheben und ihm endlich die begehrte Scheidung ermöglichen würde. Der Duke, dessen Rechtsverständnis ein anderes war, hatte sich unter Protest aus dem Parlament entfernt, als dies verkündet worden war, und konnte daher dem bevorstehenden Ball beiwohnen.

Die Freude, den Vater unverhofft an ihrer Seite zu wissen, nahm ihr allerdings nicht die bange Sorge um Miss Grahams Ballerfolg. Denn die Gäste würden mit Sicherheit kein anderes Thema kennen heute Abend als den Eklat im Parlament und der Tochter des Hauses, zu deren Ehren der Ball veranstaltet wurde, nicht die Aufmerksamkeit schenken, die sie verdient hatte.

Aber auch die Ungewissheit, wie Lord Wincote sich gebärden würde, gab ihr ein unbehagliches Gefühl und machte sie während der Fahrt in die Hollesstreet äußerst schweigsam. Die Querelen im Königshaus hatten ihr nur allzu deutlich vor Augen geführt, welche Konsequenzen eine Vermählung ohne Liebe mit sich bringen konnte.

Lavinias Befürchtungen bezüglich des Ballerfolgs stellten sich leider als berechtigt heraus. Als sie den liebevoll dekorierten Festsaal von Graham House betraten, tuschelten sämtliche Gäste nur über dieses eine besagte Thema und echauffierten sich derart, dass selbst das Orchester sie nicht vollends übertönen konnte. Die hübsch herausgeputzte Constance stand unterdessen schüchtern bei ihren Eltern in der Nähe der Flügeltür, um die ankommenden Gäste zu begrüßen.

„Sie sehen bezaubernd aus, Constance", meinte Lavinia von ganzem Herzen, nachdem der Duke und seine Gattin sich eine Sitzgelegenheit am Rande der Tanzfläche gesucht hatten.

„Oh Lavinia, ich bin so froh, dass Sie gekommen sind", erwiderte die junge Frau flehendlichen Blicks und streckte beide Hände zu der Freundin vor. „Mein Ball ist jetzt schon ein Misserfolg!"

Lavinia umfasste Constance' Hände. „Aber nein. Sobald der erste Tanz angekündigt wird, werden die Leute Ruhe geben."

Aber nicht der erste Tanz war es, der dem aufgeregten Geplauder ein Ende setzte; Sir Percy, der just in diesem Augenblick in den Saal kam, sorgte für die ersehnte Ablenkung, oder vielmehr seine Begleiterin: eine den Gästen fremde, dabei selten schöne Frau in mittleren Jahren. Ihr ebenmäßig ovales Antlitz war von einer jugendlichen Frische, wie sie eigentlich zehn Jahre jüngeren Damen zustand, und ihr pechschwarzes Haar glänzte im Schein der zahllosen Kerzen, die den Raum erhellten. Ihre elegante Erscheinung versetzte die Gäste ebenso in Staunen wie der kostbare Schmuck, der ihre Schönheit dezent und geschmackvoll unterstrich.

„Wer mag sie nur sein?", murmelte Lavinia, als Sir Percy mit der Unbekannten an seinem Arm auf den Duke und die Duchess of Loscoe zuschritt.

„Sir Percy fragte mich, ob er eine Freundin mitbringen dürfe", bemerkte Lady Graham verblüfft. „Natürlich hatte ich nichts dagegen einzuwenden, kenne ich den Mann doch nur als exzentrischen Einzelgänger. Allerdings überrascht es mich, dass mir seine Begleiterin völlig unbekannt ist."

Lavinia konnte nicht länger an sich halten vor Neugierde. „Ich möchte sie unbedingt begrüßen. Bitte entschuldigen Sie mich, Lady Graham."

Sie erreichte ihre Eltern just in dem Moment, als Sir Percy

seine Begleiterin der Duchess of Loscoe präsentierte.

„Euer Gnaden, darf ich Ihnen Lady Rattenshaw vorstellen“, begann er feierlich. „Sie ist erst kürzlich aus Indien zurückgekehrt. Ihr Gemahl und mein guter Freund aus alten Zeiten, Sir Arthur, der viele Jahre für die Ostindienkompanie arbeitete, verstarb leider vor knapp einem Jahr an einer der furchtbaren Krankheiten, die dort herrschen.“

„Oh, das tut mir leid“, sagte Frances, während Lady Rattenshaw einen Knicks machte.

„Ich danke Ihnen für Ihr Mitgefühl, Euer Gnaden“, erwiderte die Dame mit einem traurigen Lächeln. „Ich habe mich jedoch mit meinem Schicksal abgefunden. Zum Glück kann ich wenigstens ein sorgenloses Leben führen, umgeben von so lieben Freunden wie Sir Percy, auf die ich – denn ich habe leider keine Kinder – in der jetzigen Situation besonders angewiesen bin. Aus diesem Grund habe ich mich auch entschlossen, nach England zurückzukehren.“

Sir Percy schenkte ihr ein herzliches Lächeln und wandte sich Lavinia zu. Und nachdem er auch James, der sich in diesem Moment zu ihnen gesellte, mit seiner Begleiterin bekannt gemacht hatte, kam sogar Lord Wincote, der seine Neugierde ebenso wenig verbergen konnte, zu ihnen herüber.

Während er Nettigkeiten mit Lady Rattenshaw austauschte, ergriff James die Gelegenheit und zog Lavinia die Tanzkarte aus dem Ridikül, um sich für den ersten Tanz einzutragen.

Als der Kapellmeister die Ballgäste kurz darauf zu einem Walzer aufs Parkett bat, führte er sie in die Mitte des Saales und wartete darauf, dass das Orchester zu spielen begann. „Der alte Fuchs Sir Percy hat es in der Tat faustdick hinter den Ohren“, sagte er schmunzelnd.

„Er benimmt sich lediglich galant gegenüber der Witwe eines alten Freundes. Allerdings kann ich es nicht gutheißen, dass er sie gerade heute Abend mitgebracht hat. Sie wird mit ihrer außergewöhnlichen Erscheinung Constance Konkurrenz machen."

James schüttelte den Kopf. „Das wird sie nicht, meine Liebe, sie gehört einer anderen Generation an, daran kann auch ihre Schönheit nichts ändern."

„Ich hoffe, du hast recht. Denkst du, die Diamanten sind echt?"

„Daran habe ich keinen Zweifel."

„Höchst interessant. Dann werden heute Abend vermutlich insbesondere all jene Gentlemen hier, die in Geldnöten sind – ob jung oder alt –, der Dame nicht mehr von der Seite weichen", sagte Lavinia halb im Ernst.

„Sie wäre in der Tat eine gute Partie", erwiderte James mit einem schelmischen Grinsen.

Bestürzt schaute sie zu ihm auf. „James, das würdest du doch nicht tun! Mama mahnte dich zwar, du solltest bald ..." Sie brach verwirrt ab. „Nicht wahr, du wirst sie nicht ...?"

Ihm hob sich das Herz, als er ihr entsetztes Gesicht sah. Der Ausdruck in ihren Augen verriet ihm, dass sie die Vorstellung nicht mochte, er könnte schon bald eine Frau an seiner Seite haben.

Er lächelte. „Warum nicht?"

„Aber du bist doch nicht in Geldnöten, oder etwa doch?"

„Man kann niemals genug Geld haben, meine Liebe", antwortete er und blickte zu Lady Rattenshaw hinüber, die sich tatsächlich vor Verehrern kaum retten konnte. „Zumal sie noch andere Qualitäten zu bieten hat, denkst du nicht auch? Sie sieht bezaubernd aus."

„Vielleicht sind ihre Diamanten ja doch unecht", hoffte Lavinia.

„Dann hätten sie nicht einen solchen Glanz", hielt er dagegen.

Schweigend tanzten sie weiter, wobei James im Stillen schmunzelte und Lavinia ein nachdenkliches Gesicht machte.

Nachdem der letzte Ton verklungen war und er sie zu ihrem alten Platz zurückeskortiert und sich sogleich ein weiteres Mal in ihre Tanzkarte eingetragen hatte, kamen sie wieder auf Lady Rattenshaw zu sprechen. Denn diese hatte allen um sie versammelten Gästen gegenüber eine Einladung zu sich nach Hause in die Upper Brookstreet für den nächsten Freitag ausgesprochen.

„Es scheint, als müsstest du eine ganze Reihe von Rivalen in Kauf nehmen“, bemerkte Lavinia spitz.

„Ach, mit meinen Konkurrenten werde ich leicht fertig“, erklärte er und erwiderte ihren missbilligenden Blick mit einem vergnügten Lächeln. „Bitte mach nicht solch ein Gesicht, das steht dir nicht besonders gut.“ Mit diesen Worten wandte er sich um und reihte sich unter die Verehrer Lady Rattenshaws ein.

Lavinia sah ihm nach, bis sie hinter sich Lord Wincotes Stimme vernahm. „Mylady, werden Sie mir die Gunst des nächsten Tanzes erweisen?“

Sie lächelte und reichte ihm die Hand, damit er sie zu den anderen Paaren, die sich bereits in Gruppen zu einem Volkstanz formiert hatten, eskortieren konnte.

„Sie schwirren alle um Lady Rattenshaw wie Bienen um den Honig“, bemerkte Lavinia in bitterem Ton. „Ungeachtet der Tatsache, dass die Dame zehn Jahre älter sein muss als ihre Verehrer.“

Edmund folgte ihrem Blick und sah James an der Seite der Dame. „Sie denken insbesondere an den Earl of Corringham“, erwiderte er und hob missbilligend eine Braue.

„Nein, ich meine alle Junggesellen hier im Raum“, widersprach sie und sah sich im Saal um. „Ausgenommen Lord Haverley vielleicht. Der besitzt Anstand und leistet der armen Constance Gesellschaft.“

„Gilt Ihre Kritik auch mir?“, fragte Lord Wincote aufgesetzt brüskiert.

„Habe ich Grund, Sie zu schelten?“, gab sie keck zurück.

Seine Augen wurden sanft. „Nein, Lady Lavinia, ich habe mein Herz bereits an eine andere Dame verloren.“

„Oh.“

„Ist das alles, was Sie mir darauf zu sagen haben? Ich hatte gehofft, Sie würden mir Ihre Zustimmung geben, mit Ihrem Vater zu sprechen. Immerhin ist er heute Abend zugegen und offensichtlich frei von seinen ihn sonst gänzlich mit Beschlag belegenden Verpflichtungen. Es könnte meiner Meinung nach keinen günstigeren Zeitpunkt geben als diesen.“

Lavinia zögerte und schaute Lord Wincote nur fragend an. Nicht nur die vielen Drehungen, die ihr der Tanz abverlangte, machten sie schwindlig; sein stechender Blick hatte eine unbeschreibliche Wirkung auf sie. Sie schien nicht mehr Herr ihrer Sinne zu sein, konnte keinen klaren Gedanken fassen und bekam weiche Knie. Sie musste sich zwingen, die Lider zu senken, damit der Bann, der offensichtlich auf ihr lag, wieder von ihr wich. Wie würde sie sich erst in seiner engen, leidenschaftlichen Umarmung fühlen, wenn sie sich küssten? Lavinia atmete tief durch.

„Es ist noch ein wenig zu früh, mit meinem Vater zu sprechen, wie ich meine“, brachte sie schließlich hervor.

„Weshalb? Sie hatten Ihr Debüt bereits vor zwei Jahren, pflegten Konversation mit sämtlichen heiratswilligen und angesehenen Junggesellen des Londoner *ton*. Wie können Sie sagen, es sei noch zu früh? Ich kann nicht länger warten, meine Liebe, ich kann es wirklich nicht.“

„Warum nicht?“

„Ich will Sie für mich ganz allein, ich möchte sagen können, dieser Schatz ist der meine.“

Lavinia wurde argwöhnisch ob des fordernden Tons ihres Verehrers. „Würden Sie mich auch lieben, wenn ich arm wie eine Kirchenmaus wäre?“

„Natürlich würde ich Sie trotzdem lieben. Ihre Frage verletzt mich zutiefst."

„Gut", sagte sie mit einem listigen Grinsen, „denn ich besitze keinen Penny."

Als ihr Begleiter darauf keinen Ton herausbrachte, fuhr sie fort: „Papa beabsichtigt, mir nur eine sehr geringe Mitgift zu geben."

Er lachte. „Lady Lavinia, Sie machen sich über mich lustig. Aber ich spiele Ihr kleines Spielchen gern mit. Sie sind also tatsächlich bettelarm. Ich bin es nicht. Oh, ich bin nicht so wohlhabend wie der Duke of Loscoe, besitze aber ein Gut in Cumberland, das einen stattlichen Gewinn abwirft. Überdies erwarte ich die nächsten Wochen eine größere Summe."

„Oh, jetzt bin ich in der Tat beruhigt. Papa ist nämlich so in Sorge darüber, dass man mich vor allem meines Geldes wegen zum Traualtar führen könnte."

Er nickte verständnisvoll. „Ich kann seine Sorge verstehen."

„Dann werden Sie nichts dagegen haben, wenn mein Vater einige Erkundigungen über Ihr Vermögen einholt?"

„Nun … Die Summe, von der ich sprach, wird mir erst ausgehändigt, wenn ich gewisse geschäftliche Belange meines Großvaters geregelt habe. Aus diesem Grund bin ich übrigens nach London gereist."

„Sie können gern mit Papa sprechen", sagte sie, wobei ihre Lippen ein Schmunzeln andeuteten. „Doch muss ich Sie warnen. Er ist fest entschlossen, mir erst nach zwei Ehejahren einen größeren Geldbetrag zur Verfügung zu stellen. Sie werden ihn also davon überzeugen müssen, dass Sie mir in der Zwischenzeit den Lebensstandard bieten können, den ich gewöhnt bin."

Ihr Tanzpartner machte ein erstauntes Gesicht. „Das wird er nicht ernstlich vorhaben. Er würde es doch nicht zulassen, dass es Ihnen an etwas mangelt."

„Natürlich nicht. Es würde mir bei Ihnen doch an nichts

fehlen, oder habe ich Sie falsch verstanden?“, fragte sie mit unschuldiger Miene.

„Nein, nein, natürlich nicht“, erwiderte er hastig.

Kaum war der Tanz beendet, empfahl Lord Wincote sich. Die Duchess of Loscoe, die das Paar beim Tanzen aus der Ferne beobachtet hatte, schritt sogleich auf die Stieftochter zu. „Euren Gesichtern nach zu urteilen, habt ihr über ein ausgesprochen ernstes Thema geredet. Der Gentleman scheint keine Zeit zu verlieren.“

„Das hast du richtig beobachtet, Mama“, seufzte Lavinia. „Wenn Lord Wincote und ich beisammen sind, er mich anschaut und mich mit Komplimenten überhäuft, dann empfinde auch ich eine gewisse Ungeduld, mich baldmöglichst mit ihm zu vermählen. Sobald er jedoch meinem Blickfeld entschwunden ist und ich wieder Herr meiner Sinne bin, übermannt mich wieder die Unentschlossenheit und der Zweifel, ob er der richtige Mann für mich ist.“

Ihre Gnaden lächelte verständnisvoll und nahm Lavinias Hand in ihre. „Ich denke, du solltest nichts überstürzen.“

„Er möchte mit Papa reden.“

„Nun, daran können wir ihn schwerlich hindern. Das bedeutet allerdings nicht, dass der Duke ihm seinen Segen gibt, ohne zuvor mit dir gesprochen zu haben.“

Lavinia senkte den Blick. „Ich muss gestehen, ich habe bezüglich meiner Mitgift etwas geflunkert.“

Nachdem sie der Stiefmutter alles berichtet hatte, schlug diese ihr vor, den Vater einzuweihen, damit er, falls der junge Mann sich tatsächlich an ihn wenden würde, Lavinias Andeutungen bestätigte. Sie war davon überzeugt, dass der Duke nachsichtig über die Notlüge seiner Tochter hinwegsehen und sie in ihrem Bemühen, die wahren Beweggründe des Verehrers ans Tageslicht zu befördern, unterstützen würde.

Lavinia zeigte sich ungemein erleichtert, dass Frances so viel

Verständnis für sie aufbrachte, und akzeptierte wohlgemut den Arm Lord Haverleys, um mit ihm einen Walzer zu tanzen.

Unterdessen saßen der Earl of Corringham und Sir Percy an einem entlegenen Kartentisch im Nebenzimmer und genehmigten sich einen Brandy. Sie spielten nicht, sondern hatten sich in den vergleichsweise ruhigen Raum zurückgezogen, um ungestört reden zu können.

„Wer ist sie, Ponsonby?"

„Lady Rattenshaw? Das habe ich vorhin bereits erwähnt. Wichtig ist vor allem, dass sie außergewöhnlich wohlhabend ist, das kann ich nicht oft genug wiederholen, insbesondere weil Sie ja die Rechtschaffenheit eines gewissen jungen Mannes auf den Prüfstand zu stellen beabsichtigen", erklärte Sir Percy mit vielsagendem Blick.

Überrascht hob James eine Braue. „Sie meinen, er könnte die Dame als eine noch vorteilhaftere Partie als Lavinia betrachten? Weiß Lady Rattenshaw von Ihren Hintergedanken?"

„Natürlich."

Seine Gnaden erhob sich und klopfte dem Freund auf die Schulter. „Ich bin sehr gespannt, ob Sie recht behalten, Ponsonby. Lassen Sie uns in den Ballsaal zurückkehren und uns auf unsere Beobachtungsposten begeben."

Lavinia wirbelte gerade mit Augustas Gemahl Richard über das Parkett, als James neben der Duchess of Loscoe Stellung bezog.

„Sie scheint sich köstlich zu amüsieren", bemerkte er trocken und nickte in Richtung der Stiefschwester. „Dabei kann ich ihren jüngsten Verehrer nirgends entdecken."

„Wincote? Der dürfte in diesem Moment mit dem Duke of Loscoe eine Unterredung haben."

„Gütiger Himmel, der Mann hat es wahrhaftig eilig. Lavinia wird ihn doch wohl hoffentlich nicht noch ermutigt haben?"

Frances schaute ihm fest ins Auge. „Ganz im Gegensatz zu dir bedarf er keiner Ermutigung, mein Junge."

„Wovon sprichst du, Mama?"

„Ich denke, du weißt, was ich meine. Ich kenne keinen zögerlicheren Mann als dich. Wenn du nicht achtgibst, verlierst du sie", erklärte sie unverblümt.

„Mama ... ich versuche es am besten erst gar nicht zu leugnen. Du hast Lavinia diesbezüglich hoffentlich keinen Hinweis gegeben."

„Du lieber Himmel, nein! Wenn ich auch alles für dich tun würde, was in meiner Macht liegt – Lavinia musst du schon selbst hofieren, mein Junge."

„Dass du mich zu einem solchen Schritt ermutigst, verwundert mich, Mama. Immerhin warst du mit deinem Gemahl damals einer Meinung, ich solle mich von Lavinia fernhalten."

„Ich widerspreche dir nicht, doch gaben wir dir den Rat vor drei Jahren. Nun ist aus dir ein Mann geworden, den eine Mutter sich als Schwiegersohn nur wünschen kann. Und Lavinia ist nicht nur noch hübscher geworden, sondern sie hat an Reife und Verständnis gewonnen."

„Wie wahr", gab er wehmütigen Blickes zurück.

„Dann überwinde dich und bring die Sache endlich voran."

„Welche Sache?", erkundigte Lavinia, die gerade zu ihnen trat, sich neugierig, während ihr Tanzpartner sich mit einer knappen Verbeugung empfahl.

James winkte ab. „Es ist nichts von Bedeutung, Lavinia. Wenn ich mich nicht irre, ist dies mein Tanz", sagte er rasch und zog die junge Frau wieder aufs Parkett.

Aus dem Augenwinkel sah er Lord Wincote in den Saal zurückkehren. Als sein Rivale entdeckte, wie Lavinia mit ihm im Walzertakt über das Parkett wirbelte, konnte er seinen Unmut darüber nicht verbergen und machte ein ausgesprochen entnervtes Gesicht.

„Sehr gut", murmelte James und lächelte.

„Was meinst du?"

„Oh, du bist eine ausgezeichnete Walzertänzerin, meine Liebe."

Lavinia erwiderte sein Lächeln. „Ich mag diese Musik, sie ist so …" Sie brach erschrocken ab. Beinahe hätte sie *romantisch* gesagt, ein bedeutungsschweres Wort, welches James womöglich zu der Annahme hätte veranlassen können, er stimme sie sentimental. „Sie ist so überzeugend", brachte sie schließlich völlig unpassend hervor.

„Ich finde sie einfach wunderbar", erklärte er und zog sie in einem Anflug von Glückseligkeit noch näher an sich, während sie fast schwerelos übers Parkett glitten. „Du siehst heute besonders bezaubernd aus, Lavinia. Man beneidet mich bestimmt dafür, dass du mit mir tanzt."

„Vielen Dank", erwiderte sie knapp, denn sie wollte den Walzer in vollen Zügen genießen. Sie war glücklich, glaubte im Rhythmus der Musik mit James zu verschmelzen, führte er sie doch mit einer Leichtigkeit und Sicherheit, dass sie sich nur den verwirrend schönen Gefühlen, die ihr das Wiegen in seinen Armen erzeugte, hinzugeben brauchte. Dieses seltsame Gefühl tiefster Vertrautheit erklärte sie sich vor allem damit, dass er ihr diesen Tanz beigebracht hatte und daher besonders einfühlsam auf ihre Bewegungen eingehen konnte. Lächelnd schaute sie zu ihm auf und blickte in zwei liebevolle graue Augen, deren Ausdruck noch zärtlicher wurde, als ihre Blicke sich trafen. Ihr Herz begann schneller zu schlagen. Er hatte den Kopf in einer Weise zu ihr vorgeneigt, dass sie sich für einen kurzen Augenblick des Eindrucks nicht erwehren konnte, er wolle sie küssen.

Es stand außer Frage, dass er das nie tun würde, nicht in aller Öffentlichkeit. Ihr gleichermaßen verblüffter wie erschreckter Ausdruck hätte ihn jedoch ohnehin davon abgehalten, ihr so nahezukommen. Verlegen setzte er ein schiefes Lächeln auf und tanzte wie gehabt weiter, bis die letzten Töne verklungen waren und er seine Partnerin ohne ein weiteres Wort zu der Duchess of Loscoe zurückeskortierte.

Der Tanz mit James hatte Lavinia nachdenklich gestimmt. Ihr war bewusst geworden, dass sich zwischen ihnen etwas verändert hatte. Sie war, wie sie nun wusste, ganz erwachsen geworden. Und etwas, das sie für selbstverständlich gehalten hatte, war mit dem Ende der Kindheit unwiederbringlich verloren gegangen. Ein Gefühl größter Besorgtheit bemächtigte sich ihrer, und sie war traurig ob der Ahnung, dass der unbefangene Umgang mit James, das gegenseitige Necken, die geschwisterliche Vertrautheit nicht länger schicklich sein würden.

James war nicht ihr Bruder, wie er sich stets gern hervorzuheben bemühte. Dies würde für Lavinia in Zukunft vor allem bedeuten, dass sie ihn wie die anderen Gentlemen in ihrem Bekanntenkreis zu behandeln hatte: korrekt, höflich und respektvoll. Sie achtete ihn sehr wohl, und er wäre der Erste, an den sie sich wenden würde, käme sie in Schwierigkeiten. Sie vertraute ihm – mehr als dem Vater und der Stiefmutter. Warum also sehe ich mich außerstande, ihm unverzüglich mein Herz auszuschütten über meine Gefühle zu ihm wie auch zu Wincote?, fragte sie sich insgeheim, als James sich vor ihr verbeugte und sich empfahl.

Lord Edmund Wincote verlor keine Zeit und schritt, kaum dass James ihr den Rücken gekehrt hatte, auf sie zu und ergriff ihre Hand, um sie zum Kuss an die Lippen zu führen. Anstatt sie beim Einsetzen der Musik auf die Tanzfläche zu begleiten, legte er die zierliche Hand in seine Armbeuge und begann mit ihr durch den Saal zu schlendern.

„Sie haben doch hoffentlich nichts dagegen, diesen Tanz auszulassen?“, fragte er höflich. „Ich möchte gern mit Ihnen reden, Miss Lavinia.“

„Nein. Was haben Sie auf dem Herzen, Lord Wincote?"

„Ich habe mit Ihrem Papa gesprochen …"

„Ja?", fragte sie etwas verunsichert.

„Er gab mir die Erlaubnis, Ihnen einen Antrag zu machen. Ich bin überglücklich."

„Oh", sagte sie gedankenverloren. Wie es schien, hatte die Stiefmutter noch keine Gelegenheit gefunden, den Gemahl über ihr Gespräch mit Lord Wincote zu informieren. Allerdings könnte sehr wohl die Möglichkeit bestehen, dass der Duke of Loscoe ihre Äußerungen bezüglich ihrer Mitgift bestätigt hatte und es ihren Verehrer nicht kümmerte, ob er die ersten Jahre ihrer Vermählung auf eine stattliche Summe Geldes würde verzichten müssen oder nicht.

„Sie sind sehr schweigsam, meine Liebe. Ich hätte erwartet, dass Sie sich über die Liebenswürdigkeit Ihres Vaters, meinen Bemühungen um Sie wohlgesinnt gegenüberzustehen, ein wenig freuen. Ich sehe jedoch ein, dass dies nicht der richtige Augenblick ist, um weiter darüber zu diskutieren. Wenn Sie erlauben, besuche ich Sie morgen Nachmittag."

Für einen kurzen Moment war sie geneigt zu verkünden, sie sei morgen nicht daheim, doch gestand sie sich ein, dass eine Flucht ihr nicht dienlich sein konnte. Früher oder später würde sie sich seinen Antrag anhören und eine Entscheidung treffen müssen.

Zum Glück verklang die Musik, und Lady Graham verkündete gut gelaunt, eine Erfrischung erwarte die Gäste im Speisesalon. Lord Wincote fühlte sich aber keineswegs aufgefordert, Lavinia zum Büffet zu begleiten, sondern brachte sie, zu ihrer Überraschung, zu der Stiefmutter zurück, um sich knapp und ohne ein weiteres Wort zu empfehlen und aus dem Ballsaal zu verschwinden. Sich keiner Schuld bewusst, ließ sie sich stattdessen von James in das Speisezimmer eskortieren, wo allerhand Gäste sich wieder dem einzigen Thema dieses Abends widmeten.

Lavinia ließ sich nicht in das Gespräch involvieren, musste sie doch über Edmunds Worte nachgrübeln. Sie fragte sich ernstlich, ob sie ihm wirklich den Eindruck vermittelt habe, sie werde seinen Antrag annehmen. Seine Selbstsicherheit und das entschiedene Auftreten ließen sie jedenfalls vermuten, er sei davon überzeugt, dass sie Ja sage. Der Ernst ihrer Lage zwang sie, sich zu fragen, ob sie den Rest ihres Lebens an seiner Seite verbringen wolle. Unweigerlich musste sie an James denken, wie er mit ihr spaßte und unbeschwert plauderte, und in Anbetracht der Tatsache, dass der Umgang mit Edmund sich bislang alles andere als entspannt gestaltet und sie kein einziges Mal mit ihm gelacht hatte, wusste sie plötzlich, dass sie ihr Leben nicht mit ihm teilen wollte.

Da James sie natürlich nie als Gemahlin in Betracht ziehen würde, hoffte sie, dass irgendwo in der Stadt ein Mann auf sie wartete, bei dem sie sich ebenso wohl- und geborgen fühlen könnte wie bei ihm. Oder durfte sie dies von ihrem Gatten nicht erwarten? Spielt ein Ehemann womöglich eine ganz andere Rolle?, fragte sie sich insgeheim.

Gänzlich überfordert mit diesen folgenschweren Gedanken, entschuldigte sie sich knapp und entfloh dem Salon, die herbeiströmenden Gäste passierend, in das im Obergeschoss gelegene Damenzimmer, wo sie matt auf die Chaiselongue sank und das Gesicht in beide Hände vergrub. Es bestand kein Zweifel daran, dass ihr Leben sich völlig zu verändern im Begriff war.

Ihr erster öffentlicher Ball vor zwei Jahren hatte jedermann verkünden sollen, dass sie den Kinderschuhen entwachsen war. Rückblickend stellte sie aber fest, dass sich seitdem nicht wirklich etwas in ihr verändert hatte. Die Verehrer, die sich um sie geschart hatten, die Bälle, die gefolgt waren, hatten sie in gewisser Weise ähnlich amüsiert wie irgendeines ihrer Spiele aus Jugendtagen. Allein der siebzehnte Geburtstag hatte nicht gleich eine erwachsene Frau aus ihr gemacht.

Jetzt hatte sie das Unvermeidliche eingeholt: Sie spürte, dass sie kein junges Mädchen mehr war, dass ihre Ansprüche und Gedanken nicht länger die eines Kindes waren. Zu dieser Einsicht war sie so plötzlich gelangt, dass sie sich nicht sicher war, ob sie ihr neues Leben mochte. Sofern dies bedeutete, auf James' Freundschaft verzichten zu müssen, ihr Leben aus den Händen ihres Papas in die eines anderen Mannes zu legen, mochte sie es, so viel stand jedenfalls fest, nicht. Zu heiraten hieß doch für eine Frau, sich – ihre Seele, ihren Körper, ihr Vermögen – dem Wohlwollen eines Gatten auszuliefern, der mit ihr verfahren konnte, wie es ihm beliebte. Nur die unbedingte Gewissheit um seine Liebe und sein Vertrauen würde ihr einen solch wichtigen Schritt möglich machen, das wusste sie nun.

Doch wie konnte sie sichergehen, dass sie den richtigen Mann wählte? Schließlich hatten auch ihr Vater und ihre Mutter keine wirklich glückliche Ehe geführt; erst mit Frances war Liebe und Harmonie in das Haus eingezogen. Also hatte selbst der Mann, den sie zutiefst verehrte, ihr Papa, sich in der Wahl seiner Lebenspartnerin geirrt. Wie sehr sie sich doch wünschte, dass sie ein Zeichen erhielte, was sie tun sollte.

Verwundert hob sie den Kopf, als sie plötzlich Geschrei aus dem unteren Geschoss vernahm. Flugs erhob sie sich und eilte in den Flur auf die Galerie hinaus, von wo aus sie auf die Eingangshalle hinabblicken konnte. Sämtliche Gäste schienen aus dem Ballsaal hinaus auf Lord und Lady Graham zuzuströmen, die kreidebleich und wie erstarrt mitten im Foyer stehen geblieben waren. Die Dame des Hauses fasste sich an die Kehle, als habe jemand sie strangulieren wollen.

Hastig lief Lavinia die Treppe hinab und bahnte sich den Weg zu Constance, die ebenso blass wie die Eltern an einer Wand lehnte und kaum mehr die Tränen zu unterdrücken in der Lage war.

„Was ist geschehen?", fragte Lavinia atemlos.

„Irgendjemand hat Mamas Diamantencollier gestohlen. Sie glaubt, dass es vor dem Abendessen noch an Ort und Stelle war, doch wann genau es abhandenkam, kann sie nicht sagen“, klagte die junge Frau.

„Sie hat es tatsächlich nicht bemerkt?“

Constance’ Blick wurde noch verzweifelter. „Offensichtlich nicht. Sie war so sehr damit beschäftigt, meinen Ball zu einem Erfolg zu machen, dass der Dieb leichtes Spiel hatte. Papa vermutete zunächst, sie habe die Diamanten in Gedanken irgendwo abgelegt, aber Mama beteuert, sie habe sie den ganzen Abend getragen. Lord Corringham ließ bereits nach einem Konstabler schicken.“

„Oh Constance, es tut mir ja so leid“, erwiderte Lavinia und drückte sanft die Hand ihrer Freundin.

„Mein Ball ist ein einziges Unglück, Lavinia. Schauen Sie sich meine Gäste an, sie werfen sich Blicke zu, als verdächtigten sie sich gegenseitig. Schlimmer konnte es nicht kommen.“

„Sie haben wohl recht. Doch ist der Dieb bestimmt nicht unter den Gästen zu finden. Unsere Eltern kennen jeden Einzelnen von ihnen, also muss der Übeltäter sich irgendwie ins Haus geschlichen haben.“

„Vielleicht war es auch einer der Diener“, gab Constance zu bedenken. „Papa hatte eigens für diesen Abend einige weitere Bedienstete eingestellt. Die infrage kommenden ließ er vorsichtshalber im Morgenzimmer einsperren, um sie später persönlich ins Verhör zu nehmen.“

„Und was geschieht, wenn es keiner der Dienstboten war?“

Constance zuckte mit den Achseln. „Ich weiß es nicht. Papa wird kaum die Gäste verhören können, nicht wahr? Oh Lavinia, dieser Ball war die letzte Gelegenheit für mich …“ Sie brach ab und begann zu schluchzen.

„Liebe Constance, falls ein angemessener Junggeselle der Einladung zu Ihrem Ball gefolgt ist, weil er sich für Sie interessiert, wird ihn dieses Malheur nicht abschrecken, er wird erneut Ihre geschätzte Gegenwart suchen."

Die junge Frau lächelte mit einem Hoffnungsschimmer in den Augen. „Lord Haverley schenkte mir heute Abend besonders viel Aufmerksamkeit, wenn ich es recht bedenke."

„Lord Haverley?", erkundigte Lavinia sich überrascht. „Hat er nicht bereits eine Familie?"

„Nun, das stimmt, aber es stört mich nicht, dass er Kinder hat. Ich finde, auch ein Witwer hat das Recht auf ein zweites Glück. Gerade sein Alter und die daraus resultierende Tatsache, dass er mit beiden Beinen fest im Leben steht, sprechen für meinen Geschmack nicht gegen ihn. Ich mag ihn einfach."

„Also ist alles halb so schlimm, meine Liebe. Gleich Morgen werden Sie ihn anlässlich der Probe bei uns wiedersehen. Vielleicht fühlt er sich bald ermutigt, um Ihre Hand anzuhalten, wenn es das ist, was Sie sich wünschen."

Langsam kehrte die Farbe in Constance' Wangen zurück. „Oh ja."

Der Earl of Corringham hatte indessen davon abgesehen, einen Konstabler aus der Bowstreet nach Graham House rufen zu lassen, denn ein offizieller Gesetzeshüter hätte zu viel Aufhebens um den Diebstahl gemacht. Er hielt Major Greenaway, der bislang stets sehr diskret in seinen Nachforschungen vorgegangen war, für den besseren Mann. Und während dieser sich umzuschauen begann und die Gäste sich allmählich wieder beruhigten, schritt James vergnügt auf Constance zu.

„Miss Graham, würden Sie mir die Ehre erweisen und sich mit mir in eine Gavotte einreihen?"

Zunächst zögerte die junge Frau verlegen, doch sein herzliches Lächeln ermutigte sie, die Hand in seine Armbeuge zu legen und sich aufs Parkett geleiten zu lassen.

„Kommen Sie, Miss Lavinia, folgen wir doch ihrem Beispiel“, erklärte Lord Wincote, der plötzlich hinter ihr stand, ergriff ihre Hand und zog sie in Richtung Tanzfläche.

Lavinia machte ein besorgtes Gesicht und folgte ihrem Verehrer nur zögerlich. „Mylord, wir haben bereits zweimal miteinander getanzt. Ein weiteres Mal wäre unschicklich und gäbe den Gästen Anlass zu unberechtigten Schlussfolgerungen.“

„Lassen wir sie doch denken, was sie wollen, Lady Lavinia. Ich mache aus meinen Absichten Ihnen gegenüber kein Hehl“, erwiderte er leichthin und zog sie mit Schwung in seine Arme, just in dem Moment, als die Musik erklang.

„Sie haben mir noch keinen Antrag gemacht und sollten sich meiner positiven Antwort nicht so sicher sein. Sie sind mir zu hastig.“

„Ich bitte um Verzeihung, meine Liebe, aber ich kann nicht langsamer tanzen. Der Rhythmus der Musik zwingt mich zu diesem Tempo.“

„Ich meinte nicht Ihren Tanzstil, Mylord“, gab sie atemlos zurück und blickte errötend um sich. Sie wusste nur zu gut, dass die Blicke aller auf ihnen ruhten und jeder hier im Raum den Schluss ziehen musste, sie und Lord Wincote seien so gut wie verlobt. Was hätte sie darum gegeben, sich auf der Stelle in Luft aufzulösen.

Endlich war der letzte Ton verklungen, und ihr Tanzpartner brachte sie wieder zu der Stiefmutter zurück. Verdrossen rechnete sie mit Frances’ Schelte ob ihres unziemlichen Verhaltens, doch ehe sie die Duchess of Loscoe erreichten, stellte sich ihnen der Earl of Corringham in den Weg und zog Lavinia mit einer knappen Verbeugung einfach wieder aufs Parkett.

Ehe Lavinia es sich versah, lag sie wieder in seinen Armen. „James, wir tanzen jetzt das dritte Mal!“

„Genau so ist es“, sagte er mit sanfter Stimme. „Wenn Lord Wincote so oft mit dir tanzen darf, dann auch ich.“

„Man wird über uns klatschen“, protestierte sie.

„Das wäre von Vorteil, meine Teure. Man wird hoffentlich vermuten, dass mein heldenhaftes Einschreiten deine Ehre gerettet und Lord Wincotes Fauxpas wiedergutgemacht hat.“

Lavinia fand James’ Argument durchaus plausibel. Doch war sie inzwischen so außer Atem, dass sie ihn bat, den Tanz abzubrechen und zu der Stiefmutter zurückzukehren. Auf dem Weg passierten sie Lord Wincote und Lady Rattenshaw, die lebhaft über das Parkett wirbelten.

„Seiner Miene nach zu urteilen, amüsiert Wincote sich köstlich“, bemerkte James gut gelaunt.

„Er hat mit Papa gesprochen.“

James’ Züge erstarrten. „Hat er das?“

„Ja. Papa gab ihm seine Zustimmung, mir einen Antrag machen zu dürfen.“

„Und freust du dich? Ist es das, was du willst?“

Ernst schaute sie zu ihm auf, willens, ihm ihre längst gefällte Entscheidung mitzuteilen. James ließ jedoch just in diesem Moment den Blick mal hierhin, mal dorthin schweifen, sodass sie annehmen musste, er interessiere sich nicht wirklich für ihre Gefühle. Dies ärgerte sie stärker als Wincotes Drängen, und sie fühlte sich veranlasst, in ihrer trotzigsten Art zu antworten.

Sie setzte ein breites Lächeln auf. „Natürlich will ich, dass Lord Wincote mir einen Antrag macht“, hörte sie sich sagen und bereute sogleich, geflunkert zu haben. Noch vor einer Stunde hatte sie sich geschworen, James niemals mehr zu necken oder ihn an der Nase herumzuführen.

„Dann darf ich dir wohl gratulieren“, antwortete er steif.

Wie gern hätte sie ihre dumme Äußerung wiedergutgemacht, ihm gesagt, dass sie ganz anders empfand, doch dafür war es nun zu spät, denn Major Greenaway kam in Begleitung Lord Grahams in den Saal zurück. Beide machten ein düsteres Gesicht, was den Gästen nicht entging, und ehe Lavinia es sich versah, hörte das Orchester zu spielen auf, und leises Gemurmel erfüllte stattdessen den Raum. Erste Proteste wurden laut, nachdem die beiden Gentlemen verkündet hatten, vom Dieb gebe es noch immer keine Spur. Denn einige der Anwesenden, vor allem Lady Willoughby, weigerten sich lauthals, verhört und damit gleichsam verdächtigt zu werden. Um einen Eklat zu verhindern, sah Greenaway schließlich von einer Befragung ab und bat Lord Graham, ihm die Gästeliste zukommen zu lassen. Der Ball war zu einem jähen Ende gekommen.

Auf der Heimfahrt kam der Duke of Loscoe auf Lavinias Verehrer zu sprechen. „Weißt du schon, dass Lord Wincote mich heute Abend aufgesucht hat, mein Kind?"

„Ja, Papa. Er sagte mir, er habe deine Erlaubnis, mir einen Antrag zu machen."

„Ich teilte ihm mit, ich würde zunächst Erkundigungen über ihn einholen, bevor die Angelegenheit besiegelt sei", fügte Seine Gnaden hinzu.

Sie machte ein überraschtes Gesicht. „Oh, das vergaß er zu erwähnen."

Der Vater schmunzelte. „Überdies erklärte ich ihm, dass ihm der überwiegende Teil deines Geldes erst nach zwei Ehejahren zur Verfügung stehen wird."

Lavinia lachte erleichtert auf. „Oh Papa, Mama hat also doch noch die Zeit gefunden, mit dir zu sprechen! Wie hat er es aufgenommen?"

„Er schien reichlich brüskiert, dass wir ihm unterstellten, die Höhe deiner Mitgift spiele für ihn eine Rolle." Seine Miene wurde nachdenklich. „Allerdings macht mich sein übertrieben heftiger Protest etwas misstrauisch."

„Lord Wincote hat seinen Besuch für morgen, oder besser, für heute angekündigt – es ist ja bereits nach Mitternacht", bemerkte Lavinia.

„Du wirst ihn unter keinen Umständen allein empfangen",

mahnte die Stiefmutter.

„Das beabsichtige ich auch nicht zu tun, Mama“, erwiderte die junge Frau lachend. „Er weiß nicht, dass ich für morgen eine Probe anberaumt habe. Er wird einer von vielen Gästen sein.“

Die Duchess of Loscoe musste schmunzeln. „Du kannst es wohl nie lassen, dir derlei Späße zu erlauben. Dieses Gebaren kann ich nur als unhöflich bezeichnen. Wenn du den Gentleman nicht ernst zu nehmen gedenkst, solltest du ihm ohne große Umschweife einen Korb geben.“

„Oh, ich nehme ihn sehr wohl ernst. Ich möchte ihn nur ein wenig auf die Probe stellen“, erklärte sie, als die Kutsche vor der Loscoe'schen Stadtresidenz vorfuhr. „Aber bitte kein Wort zu James.“

Der Duke horchte auf. „James?“, fragte er die Gemahlin, nachdem er Lavinia aus der Chaise geholfen hatte und nun Frances die Hand reichte, damit sie aussteigen konnte. „Was hat er mit dieser Angelegenheit zu tun?“

Frances schaute den Gatten mit bedeutungsvoller Miene an. „Oh, ich denke eine ganze Menge“, sagte sie leise, unhörbar für Lavinia, die eben die prachtvolle Eingangshalle betrat.

6. KAPITEL

Am nächsten Tag stattete Lavinia gemeinsam mit der Stiefmutter Lady Graham die übliche Morgenvisite ab. Man hätte meinen können, die Gäste des gestrigen Abends seien nahezu vollzählig erschienen, so viele Besucher scharten sich im Gesellschaftszimmer um die Chaiselongue, auf der die Dame des Hauses völlig ermattet ruhte. Lavinia verwunderte es kaum, dass nur über ein einziges Thema gesprochen wurde: den Raub des Diamantencolliers.

„Als sei es nicht genug, dass ich mir Vorwürfe mache, muss mich überdies mein Gemahl schelten, ich sei zu unaufmerksam gewesen“, klagte Ihre Ladyschaft, noch immer kreidebleich.

„Es muss ein erfahrener Dieb am Werk gewesen sein. Unter den Anwesenden wird er nicht zu finden sein, da wir doch wohl für jeden Einzelnen bürgen können“, bemerkte die Duchess of Loscoe nachdenklich.

„Nun, Lady Rattenshaw zum Beispiel kannte ich bis dato nicht“, bemerkte eine der Damen in arrogantem Ton.

„Sie kam in Sir Percys Begleitung. Folglich könnten Sie ebenso gut ihn des Diebstahls bezichtigen“, gab die Duchess spitz zurück.

„Überdies scheint sie ungemein wohlhabend zu sein. Davon zeugen ihre Juwelen. Lord Corringham versicherte mir, sie seien echt“, betonte Lavinia.

„Lord Wincote war uns allen übrigens auch unbekannt, bevor er aus dem Nichts in unserem Kreis aufgetaucht ist“, ließ eine junge Frau verlautbaren, die vor dem Kamin auf einem Sheratonsessel Platz genommen hatte.

„Wer wagt es, Lord Wincote zu verdächtigen?“, entgegnete Lavinia pikiert. „Er ist ein vollendeter Gentleman.“

„*Sie* müssen es ja wissen, Lady Lavinia, denn immerhin haben Sie ein Auge auf ihn geworfen", erklärte eine andere junge Dame süffisant.

Lady Graham nahm Lavinia die Möglichkeit, auf diese unverschämte Bemerkung gebührend zu antworten. „Ich bin es leid, darüber zu spekulieren. Lord Graham wird es nicht zulassen, dass einer unserer Gäste des Diebstahls bezichtigt wird. Major Greenaway wird in der Angelegenheit vorsprechen und sich erkundigen, ob mein Schmuck zum Kauf angeboten wurde. Nun Schluss damit."

Einige Gäste empfahlen sich daraufhin, und auch Lavinia wollte sich gerade verabschieden, als der Earl of Corringham angekündigt wurde. Nachdem er Lady Graham seine Aufwartung gemacht und einige Worte mit ihr gewechselt hatte, wandte er sich zu Lavinia. „Dich zu dieser frühen Stunde hier zu sehen, Lavinia, erstaunt mich doch, wie ich gestehen muss. Du siehst ungewöhnlich frisch aus."

„Mylord, ich gehöre nicht zu den Langschläfern", erwiderte sie schnippisch, obwohl sie wusste, dass James' Worte nicht wirklich ernst zu nehmen waren.

„Der gestrigen Feierlichkeiten wegen hätte ich es nicht verwunderlich gefunden, wenn du den Vormittag noch Ruhe gesucht hättest", beeilte James sich zu betonen.

Lavinia reckte das Kinn. „Der Ball dürfte mich nicht mehr in Anspruch genommen haben als all die anderen Gäste hier, sonst wären sie nicht so vollzählig erschienen."

„Was du nicht sagst", entgegnete er trocken und hob, was sie gleichermaßen verwunderte wie erboste, mit dem Hauch eines ironischen Lächelns um den Mund eine Braue. „Da habe ich mich wohl gründlich in dir geirrt."

„James, hör endlich auf, Lavinia aufzuziehen", fuhr die Duchess of Loscoe ungeduldig dazwischen. „Lavinia, es ist Zeit, dass wir nach Hause fahren. Du erwartest am Nachmittag Gäste, und es bedarf noch einiger Vorbereitungen."

„Wen denn?“, flüsterte James der Stiefschwester ins Ohr. „Mama wird doch nicht etwa Wincote gemeint haben?“

Lavinia konnte nicht umhin, herzhaft zu lachen, als sie James’ bestürzte Miene sah. „Natürlich besucht mich Lord Wincote heute. Hast du etwas dagegen einzuwenden?“

„Überhaupt nichts“, erwiderte er aufgesetzt gelassen. „Du solltest der Schicklichkeit wegen nur vorsichtiger sein.“

„Oh, das werde ich gewiss. Allerdings wüsste ich nicht, was es dich anginge.“

„Ich bitte vielmals um Verzeihung“, brachte er verletzt hervor.

„Ich nehme deine Entschuldigung gern an“, sagte sie mit gnädiger Miene, die jedoch sofort spitzbübisch wurde. „Ich möchte nämlich hinzufügen, dass auch du eingeladen bist. Hast du etwa unsere Probe heute Nachmittag vergessen?“

Er lachte. „Frechdachs. Ich hätte bestimmt zur rechten Zeit noch daran gedacht.“

Sie verabschiedeten sich und begaben sich gemeinsam aus dem Haus zu den Kutschen, wo sich ihre Wege trennten. Während der Heimfahrt überlegte Lavinia, welche Vorkehrungen sie noch zu treffen hatte. Sie nahm sich vor, mit Freddie und den anderen Kindern zu Mittag zu essen und anschließend ihrem Bühnenbild den letzten Schliff zu geben.

Zu Lavinias großer Freude hatten sämtliche Freunde und Bekannten, die von ihr mit Rollen bedacht worden waren, ihr Wort gehalten und kamen am Nachmittag voller Tatendrang in den Ballsaal von Stanmore House. Noch größer war die Freude, als Sir Percy mit Lady Rattenshaw, die sich ebenfalls für das Theaterstück interessierte, den Raum betrat. Man war sofort einhellig der Meinung, nur sie könne die Helena übernehmen, zumal Constance den Wunsch geäußert hatte, lieber Titania, die Königin der Feen, spielen zu wollen, da sie dann nur kurze Auftritte zu bewältigen habe. Nach dieser Absprache begannen Lord Haverley als Egeus, Lavinia und Edmund als Hermia und Lysander und schließlich James als Demetrius ihren Text zu rezitieren.

„‚Du entwandest meiner Tochter Herz mit List, verkehrtest ihren kindlichen Gehorsam in eigensinn'gen Trotz'", rief Lord Haverley mit Inbrunst Lord Wincote zu. Und so ging es eine Weile weiter, bis Hermia und Lysander übereinkamen, sich heimlich im Wald wiederzusehen, um dem erzürnten Vater zu entfliehen.

Lavinia war indessen so in ihr Spiel vertieft, dass sie sich der Blicke, die Edmund und James tauschten, nicht gewahr wurde. Die des einen waren vorwurfsvoll, die des anderen stolz und selbstzufrieden, weil er dank seiner Rolle Liebesschwüre mit Lavinia austauschen durfte. James war davon überzeugt, dass Wincote Lavinia irgendwie verhext hatte, da sie seinen Ausführungen so gebannt lauschte, ihm geradezu an den Lippen hing, als er verkündete: „‚Dort, Liebste, darf ich mich mit dir vermählen …'" Lavinia antwortete ihm, obgleich sie ihrer Rolle nur gerecht werden wollte, so überaus zärtlich, dass James sich geradezu verzehrte vor Eifersucht.

Als allerdings Lady Rattenshaw die Helena vorzulesen begann, vergaß er augenblicklich seinen Kummer. Denn sie hauchte ihrer Rolle so überaus kunstvoll und überzeugend Leben ein, dass alle Versammelten ihr gebannt zuhörten.

„Mylady, das war wundervoll", rief Lavinia entzückt aus, als die Dame mit einem gnädigen Nicken schloss. „Es kann nicht anders sein – Sie haben doch zuvor bereits Theater gespielt?"

„Oh", erwiderte Ihre Ladyschaft zögernd, setzte jedoch ein Lächeln auf. „Wir haben in Indien ein paar Stücke aufgeführt, natürlich im ganz privaten Kreis."

„Sie müssen uns unbedingt behilflich sein, Ihr hohes Niveau zu erreichen, Mylady", sagte James.

„Es wäre mir eine große Ehre, von Ihnen unterwiesen zu werden, Lady Rattenshaw“, fügte Edmund sichtlich angetan hinzu.

„Ich werde mich bemühen“, versprach Sir Percys Begleiterin in feierlichem Ton, derweil ein Diener Erfrischungen in den Saal brachte und die Amateurschauspieler sich um die Stühle, Sessel und kleinen Tische versammelten, die Lavinia zuvor hatte aufstellen lassen.

„Nun, Lady Lavinia?“

Ob der plötzlichen Ansprache erschrocken, hob Lavinia, die sich nochmals in ihren Text vertieft hatte, den Blick und schaute in die dunklen Augen Lord Wincotes.

„Es geht mir gut, Mylord, vielen Dank“, gab sie gedankenverloren zurück.

„Lady Lavinia, ich fragte nicht nach Ihrem Befinden.“

„Nein, Mylord? Liegt Ihnen denn meine Gesundheit etwa nicht am Herzen?“, fragte sie mit unschuldiger Miene.

„Mir ist nicht entgangen, dass Sie des Öfteren zu scherzen belieben, Lady Lavinia. Doch heute steht mir nicht der Sinn danach. Sie wissen auch, dass ich mich inniglich danach sehne, allein mit Ihnen zu sein.“

„Lord Wincote“, erklärte sie mit fester Stimme, obgleich sein intensiver Blick sie für einen kurzen Moment wieder aus der Fassung brachte. „Heute ist es denkbar ungünstig für eine ungestörte Unterredung. Ich kann schließlich meine Freunde nicht einfach fortschicken, damit Sie sich wohler fühlen. Außerdem hat mein Papa es mir untersagt, Sie ohne eine Anstandsdame zu empfangen.“

„Ich frage mich ernsthaft, warum Sie mir das antun. Stellen Sie meine Standhaftigkeit auf die Probe?“

„Wenn dies tatsächlich der Fall wäre, würde es Ihnen doch bestimmt nichts ausmachen, oder?“, erwiderte sie. In diesem Moment trat Miss Hastings mit ernster Miene herzu und nahm auf einem Stuhl neben ihnen Platz.

Wincote wandte sich ab und schlenderte zu Lady Rattenshaw. Auf Lavinias Frage, was ihr Mienenspiel zu bedeuten habe, gab die Gouvernante ihr zu verstehen, dass sie den Eindruck gewonnen habe, der junge Mann sei bestimmt zu keinen wahren romantischen Gefühlen fähig. Sein Blick, mit dem er Lavinia gemustert habe, während er zu ihr sprach, sei zu keiner Zeit zärtlich oder liebevoll gewesen.

„Das können Sie gar nicht so genau wissen!", protestierte die junge Dame, die stets dazu neigte, jemanden in Schutz zu nehmen, der sich gerade nicht wehren konnte, so wie sie auch für ihren Bruder Duncan immer ein gutes Wort einzulegen wusste.

„Was kann unsere weise Miss Hastings nicht so genau wissen?", fragte James, der sich ihnen näherte.

Lavinia hatte sich zwar längst gegen Lord Wincote entschieden, doch stieg wieder Trotz in ihr auf. „Im Gegensatz zu Miss Hastings finde ich, dass Lord Wincote ein überaus feinsinniger, zu romantischen Gefühlen fähiger Gentleman ist, der mich immer wieder mit überaus zärtlichen Blicken bedenkt, welche ich natürlich nur zu gern erwidere", sprudelte es aus ihr heraus, ohne dass sie das Gesagte wirklich ernst meinte.

„Dann wirst du seinen Beteuerungen, er sei unsterblich in dich verliebt und wolle nur dich an seiner Seite haben, sicher Glauben schenken?", fragte James aufgesetzt amüsiert und legte mit einer theatralischen Geste die Hand auf die Brust.

Lavinia stützte die Hände in die Hüften. „Warum auch nicht? Wenigstens stellt er mir keine überflüssigen Scherzfragen oder macht zweideutige Bemerkungen wie so mancher hier im Raum. Bei ihm weiß ich wenigstens, woran ich bin."

James machte eine übertriebene Verbeugung. „Dann darf ich dir wohl gratulieren, Lavinia. Bitte entschuldige mich."

Hilflos schaute sie ihm nach, als er sich umwandte und fortging. Sie wusste nur zu gut, dass sie ihn verletzt hatte, und wollte am liebsten zu ihm laufen, um ihm zu beteuern, dass sie geflunkert hatte und vielmehr verwirrt und verängstigt war ob ihrer jüngsten Erkenntnis, dass ihre Beziehung zu James sich zu verändern drohte.

Stattdessen erklärte sie die Erfrischungspause für beendet, und man ging wieder zu der Probe über. Lavinia blieb trotz ihrer merklich geschwundenen Aufmerksamkeit nicht verborgen, dass Lord Wincote sich nahezu bei jeder Kleinigkeit an Lady Rattenshaw wandte und sie um Rat fragte. Will er mich eifersüchtig machen?, fragte sie sich insgeheim, verwarf diesen Gedanken aber wieder, als er am Ende der Sitzung nicht etwa die Dame hinausgeleitete, sondern wartete, bis außer Lavinia niemand mehr im Saal war.

„Miss Lavinia, Sie können mir nicht bis zum Ende aller Tage aus dem Weg gehen“, begann er ohne Umschweife.

„Das ist nicht der Fall, Mylord. Ich bin nur sehr beschäftigt.“

„So sehr, dass Sie nicht einmal Zeit haben, meinen Antrag anzuhören?“

„Ihren Antrag“, wiederholte sie und schaute ihn mit großen Augen an, obgleich sie doch längst wusste, dass dies von Anfang an sein Anliegen gewesen war.

„Mir ist wohl klar, dass wir uns erst kurze Zeit kennen, doch was bedeutet dies schon? Mir scheint, wir sind uns schon seit einer Ewigkeit vertraut. Ich wusste vom ersten Augenblick an, dass ich Sie zur Frau wollte“, betonte er mit gewichtiger Miene, ergriff ihre Hände und führte sie zum Kuss an die Lippen. Und mit einem tiefen Blick in ihre Augen fügte er hinzu: „Sagen Sie mir, dass Sie ebenso empfinden, dass mein Hoffen und Bangen nicht umsonst war und Sie mich heiraten werden.“

Sie seufzte tief, ohne sich aus seinem Bann lösen zu können. „Mylord, ich weiß nicht, was ich sagen soll.“

„Sagen Sie Ja. Sagen Sie, dass Sie mich heiraten werden, und zwar bald. Je eher, desto besser …"

„Warum die Eile?"

„Ich bin ein ungeduldiger Mann."

Sie lachte auf. „Was sagte Hermia gerade über Lysanders Ungeduld?"

„Das war doch nur gespielt, Lady Lavinia. Ich übernahm die Rolle nur, um Ihnen zu gefallen und mit Lysanders Worten zu Ihnen zu sprechen."

„Sie scheinen Ihre Rolle dennoch sehr ernst zu nehmen, Mylord. Immerhin baten Sie bei fast jedem Ihrer Sätze Lady Rattenshaw um ihre Meinung."

„Das tat ich nur, weil sie offensichtlich sehr viel von diesem Metier versteht. Du lieber Himmel, Sie sind doch nicht etwa eifersüchtig?" Er lächelte breit. „In der Tat, das muss es sein! Oh, das lässt mich hoffen! Oh Lavinia, meine Liebe …" Er umfing ihre Schultern und wollte sie gerade küssen, als eine laute, vor Zorn bebende Stimme ihn zurückschrecken ließ.

„Niemand außer ihren engsten Freunden nennt Lady Lavinia nur bei ihrem Vornamen!", rief James, der in der Tür stand. „Ich denke kaum, dass Sie sich qualifiziert haben, Wincote."

Lavinia bedachte den Earl of Corringham mit einem ähnlich wütenden Blick wie Edmund, als sie auf ihn zuschritt. „James!"

„Ich kam wohl wie gerufen!", erwiderte er ernst und nickte Wincote zu. „Ich würde Ihnen raten, sich lieber zu empfehlen, sonst muss ich Sie zu einem Duell in den Hydepark bitten."

„Nein!", rief Lavinia entsetzt aus. „Das will ich nicht. Bitte, Lord Wincote, gehen Sie besser, ich muss ein paar Worte mit meinem *Bruder* wechseln", sagte sie mit einem anklagenden Blick zu James.

Als Wincote zähneknirschend den Raum verlassen hatte, stützte Lavinia die Hände in die Hüften. „Das war unverzeihlich …"

„Du nimmst mir das Wort aus dem Mund, meine Teure.

Dass er versucht hat, dich zu kompromittieren, ist nichts weniger als das. Ich musste stark an mich halten, ihm keine Ohrfeige zu versetzen."

„Ich meinte nicht ihn, sondern *dich*. Du bist nicht mein Vater. Du brauchst nicht auf mich aufzupassen, und ich kann es auch nicht leiden, wenn du mich ausspionierst."

„Es lag nicht in meiner Absicht, hinter dir herzuspionieren. Ich kam lediglich zurück, weil ich meine Handschuhe hier liegen gelassen habe."

Sie wandte sich um, und obgleich sie tatsächlich die Handschuhe neben seinem Spazierstock auf dem Konsoltisch hinter sich liegen sah, beruhigte sie sich nicht. „Und dennoch hast du kein Recht, meinen … meinen Freund zu beleidigen."

James warf ihr einen vorwurfsvollen Blick zu. „Dein Freund! Sein Gebaren war keineswegs das eines *Freundes*."

„Richtig beobachtet, James, es war vielmehr das Gebaren eines Mannes, der sich durch seine Gefühle leiten ließ. Er hat mir nämlich einen Antrag gemacht", erwiderte sie unverblümt.

„Hast du ihn etwa angenommen?", fragte er mit entsetzter Miene.

„Vielleicht hätte ich das, wenn du nicht dazwischengekommen wärest!", erwiderte sie trotzig. „Außerdem waren wir gar nicht allein. Miss Hastings sitzt dort drüben."

Als beide sich umdrehten, sahen sie, dass die Gouvernante zusammengesunken in einem Sessel saß und ein Nickerchen machte.

„Oh Lavinia", sagte James plötzlich sehr ernst, „es liegt mir fern, mich mit dir zu streiten. Meine Sorge um dich bewegt mich zu derlei strengen Ermahnungen, insbesondere wenn die Anstandsdame ihre Pflichten vernachlässigt. Ich bitte dich inständig, auf dich achtzugeben."

„Warum bist du so besorgt um mich, James? Gibt es etwas, das ich über Lord Wincote wissen sollte?"

Er zögerte einen Augenblick. „Nein, aber dein Glück und Wohlbefinden liegen mir sehr am Herzen.“ Anstatt die Gelegenheit zu nutzen und ihr seine Gefühle zu offenbaren, fügte er überflüssigerweise hinzu: „Mama würde mir niemals verzeihen, wenn ich dich nicht beschützte.“

Erneut stieg Empörung in ihr auf. „Diese Aufgabe erfüllt mein Papa schon ausgezeichnet.“

„Der Duke ist zu sehr in seine Staatsgeschäfte involviert und zu oft außer Haus, um dir den richtigen Weg aufzuzeigen.“

„Das heißt noch lange nicht, dass er mich vernachlässigt. Du kannst seinen Platz nicht ausfüllen, James.“ Sie lächelte plötzlich. „Papa hat bereits Vorsorge getroffen bezüglich meiner Vermählung.“

James runzelte die Stirn. „Wovon sprichst du?“

„Er verkündete Lord Wincote, er sei erst nach zwei Ehejahren bereit, meine Mitgift auszuzahlen“, erklärte sie mit triumphierendem Blick zu dem Stiefbruder.

„Beim Zeus, hat er das?“

„Du siehst, du brauchst dir keine Sorgen um mich zu machen, James. Seine Lordschaft hat sich durch Papas Eröffnung nicht abschrecken lassen.“

James ging zu dem Tisch und nahm seinen Stock und die Handschuhe. „Dann brauchst du meine Fürsorge in der Tat nicht länger“, erwiderte er mit leiser Stimme, kehrte zu ihr zurück und führte ihre Hand zum Kuss an die Lippen. „Adieu, meine Teure“, sagte er noch, bevor er auf dem Absatz kehrtmachte und ihrem Blickfeld entschwand.

Lord Wincote wartete vor dem Haus auf ihn. „Auf ein Wort, Mylord.“

James konnte seine Gegenwart zwar kaum ertragen, doch mahnte er sich Lavinia zuliebe, seine Eifersucht zu unterdrücken, und setzte ein freundliches Gesicht auf. „Was kann ich für Sie tun, Wincote?“

„Mylord, ich kann sehr wohl verstehen, dass Sie Miss Lavinia beschützen wollen …"

„Das bezweifle ich doch sehr", erwiderte er grimmig.

„Einem Mann mit genügend Feingefühl obliegt es durchaus, auf die jüngere Schwester achtzugeben – allerdings sind Sie nur ihr Stiefbruder …"

James schaute ihm fest ins Auge. „Genau genommen bin ich nicht einmal das."

Wincote hielt seinem unverhohlen provozierenden Blick stand. „Nun, für Lady Lavinia sind Sie es, und deswegen sehe ich auch großzügig über Ihre Einmischung hinweg."

„Mein Eingreifen war keineswegs ungerechtfertigt, denn immerhin waren Sie im Begriff, sich Lavinia unschicklich zu nähern!"

„Seine Gnaden gab mir die Erlaubnis, seiner Tochter einen Antrag zu machen. Daher kann ich in meinen Avancen nichts Verwerfliches erkennen."

James sagte nichts mehr darauf, sondern verabschiedete sich mit einem kurzen Nicken. Der Mann, den vor Kurzem noch niemand kannte, hat es erstaunlich weit gebracht, ging es ihm durch den Kopf. Lavinia stand kurz davor, seinen Antrag anzunehmen und ihm zu einer gesellschaftlichen Stellung zu verhelfen, von der er nur hatte träumen können. Obendrein war er dadurch imstande, all seine Schulden zu begleichen. Denn es stand außer Frage, dass Wincote insgeheim hoffte, der Duke of Loscoe würde beizeiten seine Meinung ändern und die Mitgift in voller Höhe auszahlen – vor allem dann, wenn Lavinia unter ihren neuen Lebensumständen zu leiden hätte. Doch wie soll ich Wincote aufhalten?, fragte er sich. Ihn als Mitgiftjäger zu beschuldigen war eine Sache, ihm diese unehrenhafte Absicht zu beweisen eine andere.

Missmutig kehrte James bei White's ein und ließ sich in einem Sessel am entlegenen Ende des Clubraumes nieder. Wie konnte er herausfinden, ob Wincotes Liebesbeteuerungen Lavinia gegenüber aufrichtig waren? Hatte er überhaupt ein Recht, dessen Absichten infrage zu stellen? Außerdem konnte er Lavinia nicht dazu zwingen, sich stattdessen in ihn, James, zu verlieben.

Major Greenaway, der sich wenig später zu ihm gesellte, vermochte seine Stimmung etwas aufzuhellen, wenngleich seine Sorge um Lavinia größer wurde. Der Major setzte ihn darüber in Kenntnis, dass laut einer glaubwürdigen Quelle Lord Wincote in Verhandlung stehe mit Brougham, dem Berater der Königin. Er wolle das Testament des Großvaters, welches intime Details über Lady Jersey und König George enthalte, zu barem Geld machen und auf diese Weise seine Schulden begleichen. Daraufhin kam James unweigerlich der Gedanke, Wincote könnte den Duke of Loscoe nach der Vermählung mit Lavinia um größere Summen erpressen wollen, indem er damit drohte, sich in aller Öffentlichkeit als Anhänger der Königin zu offenbaren und so dem Ruf seines Schwiegervaters zu schaden.

Nachdem Greenaway den Freund zu Besonnenheit und Ruhe gemahnt und ihm geraten hatte, erst einmal abzuwarten, berichtete er ihm die Neuigkeiten bezüglich des Diamantenraubes in Graham House. Er hatte herausgefunden, dass die Juwelen, welche der Dieb oder sein Komplize unerkannt in einem Laden in der Oxfordstreet zum Kauf angeboten hatte, gut gemachte Kopien waren, die der als verschuldet geltende Lord Graham, natürlich ohne das Wissen der Gemahlin, hatte anfertigen lassen. Daher sei der Dieb unverrichteter Dinge wieder fortgezogen. Um Lord Graham nicht in Verlegenheit zu bringen, kamen die beiden Gentlemen schließlich überein, die Angelegenheit äußerst diskret weiterzuverfolgen, und beschlossen, beim Dinner über erfreulichere Themen zu diskutieren.

Es verwunderte Lavinia nicht im Geringsten, dass sich auf Lady Rattenshaws Soiree ebenso viele Gäste eingefunden hatten wie auf Lady Grahams Ball. Die Dame hatte ob ihrer Schönheit, ihres offensichtlichen Reichtums und ihrer exotisch anmutenden Vergangenheit die Neugierde zahlreicher Gäste geweckt, die nun das elegante und sehr englische Interieur ihres großen Gesellschaftszimmers in Augenschein nahmen und sich wie Lavinia erstaunt fragten, warum nicht ein orientalischer Wandteppich oder sonst ein Relikt aus ihrer Zeit in Indien den Raum schmückte.

Lady Rattenshaw entging die allgemeine Verwunderung nicht, und sie nickte der Duchess of Loscoe, die sich mit zwei weiteren Gästen gerade darüber unterhielt, freundlich zu. „Ich hatte ausreichend asiatisches Ambiente, als ich in Indien lebte", bemerkte sie, derweil sie ihren Fächer aufklappte. „Es war mir ein Herzenswunsch, nach England zurückzukehren und mich wieder ganz und ausschließlich mit einheimischen Dingen zu umgeben." Mit einer anmutigen Geste griff die Dame des Hauses nach einem vom Lakaien dargereichten Glas Champagner und wandte sich wieder anderen Gästen zu.

Lavinia, an der Seite der Mutter, ließ indessen den Blick durch den geräumigen Saal schweifen und entdeckte in der Menge Lord Wincote, der auf die Gastgeberin zuschritt und sofort lebhaft mit ihr zu plaudern begann. Als er Lavinia bemerkte, empfahl er sich jedoch umgehend und schritt sehnsüchtigen Blickes auf sie zu.

„Euer Gnaden, Ihr Diener", begrüßte er zunächst ihre Stiefmutter, die gnädig nickte, und ergriff darauf Lavinias Hand. „Würden Sie mich auf einen kleinen Rundgang durch den Garten begleiten, Miss Lavinia? An einem so heißen Tag wie diesem dürfte draußen die Luft erfrischender sein als hier im Raum."

Lavinia wandte sich Rat suchend an Frances, die ihr ermutigend zunickte. „Geh nur, meine Liebe, aber du wirst doch in Sichtweite bleiben, nicht wahr?"

Lavinia nickte und legte die Hand in Wincotes Armbeuge.

Dann ließ sie sich von ihm durch den Wintergarten hinaus auf die große Terrasse geleiten, wo bereits mehrere Paare umherschlenderten. „Es ist in der Tat unerträglich heiß heute."

Der junge Mann überhörte ihre Bemerkung einfach. „Bei unserer letzten Zusammenkunft wurden wir leider unterbrochen …"

„Ja, und es tut mir schrecklich leid. Sie müssen wissen, dass der Earl of Corringham es als seine Pflicht betrachtet, mich zu beschützen", unterbrach sie ihn verlegen.

„Sie müssen nicht vor mir beschützt werden, Lady Lavinia. Meine Absichten sind ehrenhafter Natur, wie ich Ihrem Vater gegenüber beteuert habe. Und er war so gütig, mir Vertrauen zu schenken, denn immerhin gestattete er mir, mit Ihnen zu reden."

„Ja, Sie haben mir Ihre Absichten nur allzu deutlich zu verstehen gegeben", erwiderte sie zögerlich.

„Lady Lavinia, bitte verzeihen Sie mir, falls ich Sie verärgert haben sollte. Durch meine Ungeduld und die fortwährende Enttäuschung, niemals richtig mit Ihnen allein zu sein, ließ ich mich neulich nach der Probe dazu hinreißen, Ihre Gastfreundschaft über Gebühr in Anspruch zu nehmen." Er lächelte reumütig. „Vergeben Sie mir?"

Lavinia senkte den Blick. „Aber natürlich."

„Darf ich dann Ihre Antwort erfahren?"

„Eine Antwort worauf?", fragte sie überflüssigerweise.

„Auf meine Frage, ob Sie mich heiraten wollen."

„Und ebenso unsterblich verliebt in Sie bin wie Sie in mich?", erkundigte sie sich mutig.

Edmund starrte sie verblüfft an, setzte jedoch rasch ein mildes Lächeln auf. „Ich verstehe, in Ihrer Brust schlägt ein romantisches Herz, Lady Lavinia. Wenn meine Beteuerung, unsterblich in Sie verliebt zu sein, Sie von letzten Zweifeln befreit, dann soll es so sein. Nun, was sagen Sie?"

Seine Selbstsicherheit und die vor Hoffnung und Tatendrang funkelnden Augen brachten Lavinia wieder ins Schwanken; sie sah sich nicht in der Lage, ihm endgültig einen Korb zu geben, wusste sie doch immer noch nicht, welcher Weg der richtige für sie sein würde, wie eine gute Ehe oder ein Ehemann beschaffen sein mussten, damit sie nicht unglücklich wurde. Daher mahnte sie sich insgeheim, die Dinge nicht zu überstürzen und gleichzeitig so diplomatisch wie irgend möglich vorzugehen. „Ich fühle mich wahrlich sehr von Ihrem Antrag geschmeichelt und bin aufrichtig gerührt, und dennoch kann ich Ihnen noch keine Antwort geben, Mylord. Ich bin noch nicht so weit."

„Wie lange soll ich noch warten?", fragte er ungeduldig. „Wann werden Sie mich von den Qualen der Ungewissheit erlösen?"

„Nach unserem Theaterstück werde ich Ihnen meine Entscheidung mitteilen", sagte sie ruhig, aber mit fester Stimme.

„Das sind ja noch ganze sechs Wochen!", protestierte er düsteren Blicks und machte eine hilflose Geste. „Oh, wie können Sie nur so grausam sein!"

Nach einem Moment des Schweigens fügte er hinzu: „Es ist alles Corringhams Schuld. Wenn er sich nicht in unsere Angelegenheiten eingemischt hätte neulich Nachmittag, dann hätten Sie mich längst zum glücklichsten Mann in ganz England gemacht."

Lavinia wich seinem Blick aus. „Nein, Mylord. Meine Antwort wäre dieselbe gewesen. Mein Zögern hat nichts mit dem Earl of Corringham zu tun, dessen können Sie gewiss sein." Noch während sie sprach, suchten sie Gewissensbisse heim, denn natürlich hatte sie nicht die Wahrheit gesprochen. James hatte sehr wohl etwas mit ihrer Unentschlossenheit zu tun. In Gedanken war sie immer bei ihm, und wenn sie ihn brauchte, war er stets zur Stelle. Wie konnte sie nicht an James denken, wenn es um ihre Zukunft ging?

Als sie in den großen Salon zurückkehrten, beendete Lady Rattenshaw gerade ein Lied, welches sie in Begleitung von Sir Percy zum Besten gegeben hatte. Ermutigt durch den enthusiastischen Applaus, bat sie dann sogleich einen weiteren Duettpartner an den Flügel. Zu Lavinias größtem Erstaunen fühlte Lord Wincote sich durch den Aufruf angesprochen.

„Mylady, meine Singstimme gehört nicht zu den herausragenden, aber es wäre mir eine große Ehre und ein Vergnügen sondergleichen, mit Ihnen ein Duett zu wagen."

Nach kurzer Überlegung stimmten sie ein Liebeslied an, und es zeigte sich sehr rasch, dass Lady Rattenshaws schauspielerisches Talent sich nicht auf das Theaterspielen beschränkte. Sie sang die Weise begleitet von so ausdrucksvoller Gestik und Mimik, dass man hätte schwören können, sie sei wirklich in ihren Partner verliebt und als gelte das Lied nur ihm – und Lord Wincote versuchte es ihr gleichzutun, als seien sie unter sich.

„Hat man Töne?", fragte jemand hinter Lavinia. „Welch hübsches Paar sie doch abgeben."

Lavinia brauchte sich nicht erst umzudrehen, um zu erfahren, wer zu ihr gesprochen hatte. James' Stimme wie auch sein ironischer Unterton waren ihr zu vertraut. „Ja, ich hatte keine Ahnung, wie gut er singen kann", wisperte sie.

„Wenn dies sein einziges Geheimnis war, brauchst du dir keine Sorgen zu machen", erwiderte er. „Ist es übrigens an der Zeit, dass ich dir meine Glückwünsche ausspreche, Lavinia?"

„Nein. Ich habe Lord Wincote versprochen, ihm nach unserem Theaterstück Antwort zu geben."

„Ich wette, er war enttäuscht", sagte James trocken.

„Natürlich war er das, aber er trug es mit Fassung", entgegnete Lavinia spitz, drehte sich zu dem Stiefbruder um und schaute ihn fragend an.

Er senkte den Blick. „Es freut mich, dies zu hören."

Nachdem noch andere Paare, darunter Lord Haverley und

Constance, gesungen hatten, war die Stimmung so heiter und zwanglos, dass Lord Wincote förmlich auftaute und nicht ohne Stolz zu erzählen begann, dass er die Kunst des Hypnotisierens beherrsche und somit noch zu einem weiteren Amüsement am heutigen Abend beitragen könne, indem er den geneigten Gästen eine kleine Kostprobe gebe.

„Ich lernte diese Fertigkeit von dem großen Doktor Mesmer höchstpersönlich“, erklärte er mit sonorer Stimme, die in jeden Winkel des Zimmers drang, während die Zuschauer ihm aufmerksam und gebannt lauschten. „Ich bin natürlich kein Arzt, vermag nicht zu heilen wie er, doch kann ich Sie dank Lady Rattenshaws Zustimmung mit einer kleinen und ungefährlichen, dafür umso kurzweiligeren Darbietung unterhalten.“

„Er versteht sich also darin, Menschen willenlos zu machen. Dich auch?“, flüsterte James Lavinia zu.

„Nein“, erwiderte sie leise und ergriff gespannt und aufgeregt seine Hand. James’ Nähe zu spüren gab ihr das Gefühl größter Sicherheit. „Schau nur.“

„Ich brauche Freiwillige“, fuhr Wincote mit gewichtiger und feierlicher Miene fort. „Ich versichere Ihnen, dass Ihnen nichts geschehen wird.“

Nachdem zwei Gentlemen sich vor ihm hingesetzt hatten, bat er Lavinia zu sich.

„Nein!“, zischte James ihr ins Ohr.

Er hätte jedoch wissen müssen, dass Verbote sie seit jeher zur Missachtung inspirierten, und ehe er es sich versah, leistete sie, gefolgt von der Gastgeberin, den beiden Probanden vor versammelter Runde Gesellschaft.

Wincote zog ein pendelähnliches Gebilde aus der Rocktasche und bat die vier, sich ganz darauf zu konzentrieren, sobald es sich in Bewegung setzte. Während er den juwelengleichen Stein zum Schwingen brachte, murmelte er fast unhörbar für die anderen Gäste Laute vor sich hin, bis die Auserwählten sich merklich entspannten und teilnahmslose Gesichter machten, als schliefen sie mit offenen Augen. James wurde angst und bange, als er Lavinia sah, wie sie den selbst ernannten Hypnotiseur willenlos anstarrte.

Mit zufriedener Miene wandte Wincote sich nun dem Publikum zu. „Die Herrschaften befinden sich jetzt in einem traumähnlichen Zustand, aber sie schlafen nicht. Sie hören jedes Wort, das ich sage, können sich indes an nichts erinnern, wenn ich sie aufwecke."

Er begann nun, den einen Freiwilligen wie einen Hund bellen, den anderen wie eine Katze miauen zu lassen. Beide gehorchten überaus eilfertig und mit dem Anspruch, so gut wie möglich dem Vorbild Genüge zu leisten. Als er Lavinia mit einer Aufgabe bedenken wollte, konnte James nicht länger an sich halten. „Wir haben genug gesehen. Sie werden Lady Lavinia doch nicht solch einen peinlichen Auftritt zumuten wollen!", protestierte er energisch.

Der Gescholtene lenkte ein. „Nun gut. Bitte, Lady Lavinia, würden Sie folgende Passage aus ‚Ein Sommernachtstraum' zitieren ..."

„Er soll aufhören", flüsterte Frances dem Stiefsohn besorgt ins Ohr, während auch das übrige Publikum unruhig zu werden begann.

James schritt hastig auf Lord Wincote zu. „Das reicht. Sie haben uns Ihr Können unter Beweis gestellt. Den Gentlemen wird es nachher sehr unangenehm sein zu erfahren, was Sie von ihnen verlangt haben. Im Übrigen kann ich es ganz und gar nicht gutheißen, dass Sie andere Menschen zu willenlosen Werkzeugen machen, sie Dinge tun lassen, die sie bei vollem Bewusstsein niemals machen würden."

Pikiert wandte Wincote sich seinen Probanden zu und zählte langsam bis drei.

„Was ist geschehen?", riefen sie fast im Chor, derweil die

übrigen Gäste zaghaft Beifall klatschten.

James griff nach Lavinias Arm und zog sie einigermaßen unsanft zu der Duchess of Loscoe zurück.

„James, du tust mir weh! Was regst du dich so auf?“

„Wenn ein Unerfahrener versuchen würde, Menschen zu hypnotisieren, könnte dies unvorhersehbare Folgen haben und sehr gefährlich werden, besonders dann, wenn jemand unlautere Absichten verfolgt“, gab James ihr zu verstehen. „Du kannst von Glück sagen, dass du nicht wie die anderen beiden bellen oder miauen musstest.“

„Er hat doch überhaupt nicht zu mir gesprochen!“

Die Stiefmutter lächelte. „Und ob er das tat.“

„Ich kann mich nicht einmal daran erinnern, wen ich zuerst gesehen habe, als ich aufwachte“, murmelte Lavinia mit nachdenklicher Miene.

„Mich, zum Glück“, seufzte James.

Lavinia verstand James' Erleichterung nicht; sie konnte nicht wissen, dass er unwillkürlich an ihr Theaterstück denken musste, in dem dank eines Zaubertranks die Hauptpersonen sich in den Erstbesten verliebten, dessen sie beim Erwachen aus tiefem Schlummer ansichtig wurden.

7. KAPITEL

Im Anschluss an Lady Rattenshaws Soiree beschlossen der Earl of Corringham und Sir Percy, noch in den Club zu gehen. Auf dem Weg dorthin musste James schmunzeln.

Sein Begleiter schüttelte verständnislos den Kopf. „Es freut mich, dass Sie über Wincotes kleine Vorführung lachen können, Corringham, aber bedenken Sie, dass er mit seiner Gabe alles Mögliche anstellen, einen Menschen gar dazu bringen könnte, einen Mord zu begehen."

„Oh, das bezweifle ich. Viel wahrscheinlicher ist, dass er eine Dame dazu bewegt, ihm ihr Hab und Gut ohne den geringsten Widerstand zu überlassen. Wenn ich es mir recht überlege, könnte er in der Tat …" Er brach ab und schüttelte den Kopf. „Nein, meine Gedanken sind doch zu abwegig, das würde er wohl nicht wagen …"

„Denken Sie an die Diamanten von Lady Graham?"

„Ach, Sie halten es auch für möglich, dass er der Dieb ist?"

„Nun … ja. Wäre er allerdings wirklich der Übeltäter, hätte er doch nicht so töricht gehandelt und einem großen Publikum gezeigt, wie er der Dame die Juwelen abgenommen hat."

„Ich würde seine Intelligenz nicht überschätzen. Ich bin mir ganz sicher, dass seine kleine Präsentation mir galt. Er wollte zeigen, dass er mir überlegen ist und Lavinia jederzeit gefügig und in sich verliebt machen kann", erklärte James, wobei sein Lächeln einer düsteren Miene gewichen war.

„Ich dachte, sie sei bereits in ihn verliebt."

„Ich hoffe nicht", erwiderte James besorgt. „In der Tat stellt er unverhohlen seine Absichten zur Schau. Sein vertrauter Umgang mit ihr kam ja fast einer Verlobung gleich. Wenn wir nicht achtgeben, geht sie auf seinen Antrag ein, ohne sich der Tragweite ihres Tun bewusst zu sein."

Der Freund warf ihm einen spitzbübischen Blick zu. „Und Sie haben natürlich nur ihr Glück im Sinn."

„Selbstredend. Bezweifeln Sie meine ehrenvollen Absichten?"

„Sind Sie denn selbstlos genug, die junge Dame auch aufzugeben, wenn es sein muss?"

James blieb Sir Percy nicht lang die Antwort schuldig. „Wenn dies ihr inniger Wunsch ist und ich sicher sein kann, dass er sie nicht mit unlauteren Mitteln in ihrer Entscheidung beeinflusst hat." Dass es sein Herz zerreißen würde, offenbarte er dem Freund nicht.

Sir Percy klopfte ihm wieder väterlich auf die Schulter. „Dann überlassen Sie alles Weitere ruhig mir, mein Junge."

„Haben Sie denn sonst noch Schritte in die Wege geleitet, außer Lady Rattenshaw auf Wincote anzusetzen?"

Der Gentleman lächelte vielsagend. „Es läuft alles nach Plan, mein Freund. Er vertraut ihr bereits und erzählte ihr neulich, dass seine Geschäfte bezüglich des großväterlichen Testaments noch nicht zum Abschluss gekommen seien, er indes ein stattliches Vermögen erwarte. Daher habe er zurzeit einen finanziellen Engpass und benötige Geld, welches Lady Rattenshaw ihm nur allzu gern zur Verfügung stellte. Er erhielt hundert Guineas von ihr, die er angeblich jemandem schuldet, der ihn bei Zahlungsunfähigkeit zum Duell fordern wolle."

„Das ist ohne Zweifel der Betrag, den er mir ob seiner verlorenen Wettrennen neulich in Hampstead Heath schuldete", bemerkte James nachdenklich. „Vorgestern sandte er mir das Geld nach Corringham House."

„Hat er jedoch wirklich die Diamantenkette gestohlen, dürfte er kaum gezwungen sein, sich etwas zu leihen, oder?", gab Percy ihm zu bedenken.

„Das stimmt wohl", erwiderte James knapp. Der Freund konnte nicht wissen, dass Lord Graham die Brillanten durch unechte Steine ersetzt hatte und der Dieb nicht in der Lage gewesen war, sie zu verkaufen. Da er Verschwiegenheit auch bei anderen schätzte, behielt er das Geheimnis für sich.

„Vielleicht tun wir dem Mann auch unrecht." Sir Percy lachte plötzlich. „Er gab Lady Rattenshaw gegenüber derart unglaubwürdige, aber amüsante Geschichten zum Besten, dass sie ihn heute Abend bewusst ermutigt hat, eine Kostprobe seiner Fähigkeiten als Hypnotiseur unter Beweis zu stellen, um den Gästen die Augen über den Aufschneider zu öffnen. Denn sie nahm an, er habe auch bei dieser Geschichte reichlich übertrieben."

„Nun, in dem Punkt können wir ihm leider nichts vorwerfen. Ich bin dennoch dankbar, dass Lady Rattenshaw ihn hat walten lassen in ihrem Haus. Ein Angeber ist er trotzdem."

„Erinnern Sie sich, James: ‚Die Liebe sieht mit dem Gemüt, nicht mit den Augen, und ihr Gemüt kann nie zum Urteil taugen. Drum nennt man ja den Gott der Liebe blind, auch malt man ihn geflügelt und als Kind.'"

James lachte herzhaft. „Ich hätte nicht gedacht, dass Sie sich auch für die Texte der anderen so interessieren, Sir Percy. Wetten, dass Sie die nächsten drei Zeilen nicht zu zitieren wissen?"

„Täuschen Sie sich nicht", sagte der ältere Gentleman und machte eine theatralische Geste. „‚Weil er, von Spiel zu Spielen fortgezogen, in seiner Wahl so häufig wird betrogen. Wie Buben oft im Scherze lügen, so ist auch Cupido falscher Schwüre froh.'"

„Das haben Sie gut gemacht! Sie sind ja richtig talentiert", lobte James.

Sir Percy winkte ab. „Sie müssen wissen, ich habe Mari… Lady Rattenshaw nur ein wenig beim Rezitieren der Helena geholfen."

„Es ist leider nur allzu wahr: Wer liebt, wird meist betrogen, und sei es mithilfe eines Dr. Mesmer."

„Oh, ich glaube, Lady Lavinia lässt sich nicht so ohne Weiteres ins Bockshorn jagen“, beruhigte der Freund ihn. „Falls die Liebe sie blind gemacht hat, werden wir ihr rechtzeitig die Augen zu öffnen wissen, Corringham.“

„Wie sollen wir das anstellen?“

„Warten wir es ab.“

Mit dieser Antwort musste James sich zufriedengeben, obgleich seine Sorge um Lavinia nicht geringer geworden war. Hatte Wincote Lady Graham tatsächlich binnen weniger Sekunden die Juwelen abgenommen, würde es ihm ein Leichtes sein, eine junge Dame, die glaubte, verliebt zu sein, in seinen Bann zu ziehen. Würde er sie um ihr Vermögen bringen, wäre dies zwar ungeheuerlich, doch viel tragischer noch mutete es James an, bräche der Mann ihr das Herz. Allein der Gedanke war ihm unerträglich.

Da die Auseinandersetzung zwischen dem königlichen Ehepaar traurige Fortsetzung fand, sich sogar zuzuspitzen begann, beschloss Lavinia, die Anzahl der Proben pro Woche zu erhöhen, in der Befürchtung, das Theaterstück käme sonst gar nicht zur Aufführung. Sie stürzte sich gleichsam in die Arbeit und lernte fleißig ihren Text, denn auf diese Weise kam sie nicht zum Grübeln. All die Gedanken um Lord Wincote und James verwirrten sie in fast unerträglichem Ausmaß. Ist Edmund womöglich bereits Herr über meinen Willen, fragte sie sich insgeheim, und wie würde er sich ihr gegenüber gebärden, wenn sie sich das nächste Mal sahen? Würde er ihr seine Missbilligung darüber aussprechen, dass er vor allen Leuten zurechtgewiesen worden war? Würde er sich womöglich weigern, weiter an ihrem Projekt teilzunehmen? Die Arbeit an dem Stück war schon so weit gediehen, dass sein Fernbleiben einer Katastrophe gleichkäme.

Entgegen ihren Befürchtungen gab Lord Wincote sich bei

der nächsten Zusammenkunft jedoch betont höflich, gar enthusiastisch, lobte Lavinias Talent geradezu überschwänglich und erzählte von seiner Heimat Cumberland, als habe er das kleine Intermezzo auf Lady Rattenshaws Soiree längst vergessen. James hingegen zeigte sich wenig mitteilsam und begann, was Lavinia Sorgen bereitete, offensichtlich das Interesse an ihrer Aufführung zu verlieren. Hatte er sich anfänglich noch große Mühe gegeben, seiner Rolle gerecht zu werden und damit ihr, Lavinia, einen großen Gefallen zu tun, spielte er den Demetrius nun ohne jedwede Leidenschaft und Freude. Sie war ratlos ob dieser plötzlichen Veränderung und spürte, dass er sich von ihr zu distanzieren im Begriff war, obgleich sie sich nicht gestritten oder, wie so oft, geneckt hatten.

Beseelt von dem Wunsch, James darüber zu befragen, zog sie ihn nach der Probe zur Seite. „Auf ein Wort, James."

„Was gibt es, Lavinia? Bist du unzufrieden mit mir?"

Obgleich er sich große Mühe gab, unbeschwert zu wirken, täuschte er sie nicht eine Sekunde. „Da du fragst – ich weiß, dass du dir mir zuliebe große Mühe gegeben und bislang wunderbar gespielt hast, doch zurzeit wirkst du eher teilnahmslos, als sei dir unser Stück gleichgültig geworden."

„Meine Liebe, wäre dies der Fall, käme ich nicht immer wieder her. Davon abgesehen finde ich deine Einschätzung reichlich übertrieben, bedenkt man, wie abwesend du die ganze Probe über warst."

„Das kommt davon, dass ich mir Sorgen um dich mache, James."

„Um mich? Ich denke, du brauchst dir über einen alten Junggesellen wie mich keine Gedanken zu machen."

„Du, ein alter Junggeselle!", rief Lavinia amüsiert aus, wurde aber umgehend wieder ernst. „Oh James, was ist mit dir?"

Er setzte ein steifes Lächeln auf. „Was soll mit mir sein, meine Liebe?"

Lavinia machte eine hilflose Geste. „Ich weiß es nicht. Du bist nicht du selbst."

„Nein?" Er betrachtete sich kritisch in dem hohen Spiegel, der die Wand zwischen den französischen Fenstern zierte. „Doch, das ist unverwechselbar das Antlitz von James Corringham, daran kann überhaupt kein Zweifel bestehen."

„James, sei nicht so albern", schalt sie ihn und stützte die Hände in die Hüften. „Ich meine es ernst. Denkst du, ich kenne dich so wenig, dass ich nicht bemerke, wenn dich etwas bedrückt?"

„Meine liebe Lavinia, du hast zu viel Fantasie. Mir geht es wirklich gut."

„Dir liegt hoffentlich nicht noch immer Lord Wincotes Vorführung bei Lady Rattenshaw auf der Seele."

„Warum sollte sie?" Sein Bemühen, gleichmütig zu wirken, wurde auf eine harte Probe gestellt. Wie gern hätte er Lavinia einfach in seine Arme genommen, sie geschüttelt und ihr die Augen über Wincote geöffnet, um sie darauf mit zärtlichen Küssen zu trösten.

Lavinia schaute ihn prüfend und zugleich fragend an. „Du warst außer dir, als er mich zu hypnotisieren begann."

„Sagte ich das?", fragte er mit zärtlichem Unterton.

„Als ich wieder ganz ich selbst war und du mich zu Stiefmama zurückbrachtest, stand dir jedenfalls die Erleichterung ins Gesicht geschrieben."

„Ich muss gestehen, dass mir nicht ganz wohl bei der Vorstellung war, du würdest jeden Augenblick wie ein Vögelein zu zwitschern beginnen." Er ging einen Moment in sich und musste lachen. „Denn wie du an den beiden anderen Herrschaften sehen konntest, die Wincote zum Bellen und Miauen gebracht hat, sind seine Fähigkeiten nicht zu unterschätzen … Doch nun genug davon. Wirst du dir übermorgen das Feuerwerk in den Vauxhall Gardens anschauen?"

„Ich denke, ja“, antwortete sie bereitwillig, ohne ihn nochmals auf seine Befindlichkeit anzusprechen. Sie hatte sehr wohl verstanden, dass er nicht länger von ihr ausgefragt werden wollte, und das hatte sie zu respektieren. „Übrigens werden all unsere Freunde dort sein.“

James senkte den Blick. „Dann hast du wohl auch schon jemanden, der dich hinbegleitet.“

„Es bietet sich an, mit Mama und Papa nach Vauxhall Gardens zu fahren. Jack darf nämlich ausnahmsweise mitkommen, da er noch nie ein Feuerwerk zu Gesicht bekam. Und ich versprach, auf ihn Obacht zu geben.“

„Dann freue ich mich darauf, dich dort zu sehen“, erwiderte er, während er ihre Hand nahm und ihre Fingerspitzen küsste. „Bis bald“, sagte er noch, bevor er ihrem Blickfeld entschwand.

Ein lauer Sommerwind erfrischte die Gäste, die sich eigens für das Feuerwerk in den Vauxhall Gardens eingefunden hatten, und trug feierliche Musik aus der Ferne zu ihnen in die Anlagen, wo Lavinia neben Frances, ihrem Vater, Jack und vielen anderen Gästen geruhsam flanierte.

„Ihr Diener, Mylady“, sagte plötzlich eine männliche Stimme direkt hinter ihr.

Sie wandte sich wenig überrascht um. „Lord Wincote, wie geht es Ihnen?“

Während ihr Verehrer sich daranmachte, sie mit hübschen Komplimenten zu überhäufen, gesellte Sir Percy sich in Begleitung Lady Rattenshaws zu ihnen, und kaum dass sie einander begrüßt hatten, wurden Hunderte von Lampen entlang den Hauptwegen entzündet. Erstrahlten diese nun in hellem Licht, umgab die Nebenpfade, die von Bäumen und Sträuchern gesäumt waren, eine Dunkelheit, dass man die funkelnden Sterne am Himmel erkennen konnte.

Lavinia war dies nicht entgangen, und sie legte staunend den

Kopf in den Nacken. „Welch wundervoller Sommerabend", seufzte sie.

„Eine Nacht, wie geschaffen für Liebende", bemerkte Lady Rattenshaw. „Wir könnten uns ebenso gut in dem Shakespeare'schen Feenwald befinden. Die Stimmung hier ist so ungemein romantisch, finden Sie nicht auch, Lord Wincote?"

„In der Tat", antwortete Seine Lordschaft und sah Lavinia dabei verheißungsvoll in die Augen.

Unerschrocken fuhr Sir Percys Begleiterin fort: „Und wie steht es mit Ihnen, Lord Corringham? Ist Ihnen nicht auch ein wenig schwelgerisch zumute?"

„Du liebe Güte, James hat eine ganz andere Vorstellung von Romantik", platzte Lavinia heraus. „Er muss auf einem prächtigen Pferd sitzen und über hohe Zäune springen können." Daraufhin brachen alle in lautes Gelächter aus. Zum Glück war es bereits dunkel, und niemand konnte sehen, wie ihr die Röte ins Gesicht stieg. „Oh, ich wollte mich nicht über dich lustig machen, James ..."

„Sei unbesorgt, meine Liebe. Wir haben dich schon richtig verstanden", murmelte er.

Die Gesellschaft bog in einen der beleuchteten Wege ein, bis sie auf den zentralen Platz stieß, wo letzte Vorbereitungen für das große Feuerwerk getroffen wurden. Von allen Seiten strömten nun die Schaulustigen herbei und drängten so weit wie möglich nach vorn, um die besten Plätze zu erheischen. Ohne darüber nachzudenken, legte James Lavinia, die vor ihm stand, schützend die Hände auf die Schultern. Er dachte, Lord Wincote würde sogleich protestieren, doch als er sich nach ihm umschaute, musste er feststellen, dass der Gentleman nirgends zu sehen war. In diesem Augenblick wurde die erste Rakete gezündet, und alle blickten fasziniert in den Himmel, wo sie in Tausende von kleinen bunten Sternen zerstob und verglühte.

Viel zu früh und begleitet von lauten Seufzern aus der

Menge endete das Spektakel. James bemerkte, dass seine Hände noch immer auf Lavinias Schultern ruhten. Obgleich nach außen hin diese Geste wie selbstverständlich wirkte, waren beide sich insgeheim ihrer Bedeutsamkeit sehr bewusst, und vor allem Lavinia empfand eine Spannung, die ihr fremd war.

James beugte sich leicht zu ihr vor, wobei seine Lippen fast ihr Ohr berührten. „Lass uns hierbleiben, bis die Zuschauer sich zerstreut haben, Lavinia."

Sie wandte sich nur ungern zu ihm um, denn sie fühlte sich in seiner Nähe so ungemein geborgen. „Dort sind Mama, Papa und Jack, sie warten auf uns", sagte sie in fast wehmütigem Ton.

Ohne viele Worte und noch immer eingenommen von dem prächtigen Schauspiel, spazierten die fünf den Weg zurück in Richtung Festsäle. Plötzlich ertönte ein gellender Schrei, der vermuten ließ, jemand sei in Lebensgefahr. James löste sich von Lavinia und eilte zu der Menschentraube, die sich in einiger Entfernung vor ihnen zu bilden begann und in deren Mitte er die bleiche Lady Willoughby vorfand. Die Dame stand da mit aufgelösten Haaren und war einer Ohnmacht nahe.

Sie fasste sich mit zitternden Händen ans Dekolleté. „Meine Diamantbroschen! Jemand hat mir die eine von der Pelisse gerissen und sich gleichzeitig meines Turbans bemächtigt, an dem eine weitere unbezahlbare Anstecknadel befestigt war."

James stützte sie am Arm. „Haben Sie den Dieb gesehen, Mylady?"

„Nein, er überfiel mich von hinten, griff mir gewissermaßen über die Schulter. Als ich mich umdrehte, sah ich nur eine ganz in Schwarz gehüllte Gestalt, die in Richtung des kleinen Wäldchens dort entschwand. Oh, was soll ich nur tun?", jammerte sie.

James wollte gerade forteilen, als Lord Wincote ihm aus dem Wäldchen entgegenkam. Er trug den Turban Lady Willoughbys bei sich. „Er ist fort. Ich habe seine Spur verloren. Allein dies hier hat er zurückgelassen. Es tut mir leid, Mylady."

Die Tatsache, dass sein Frack leicht beschmutzt war und er entgegen seiner üblichen Erscheinung eher angeschlagen wirkte, tat seiner Darbietung als aufrichtig mitfühlender Freund keinen Abbruch; vielmehr zeigte Lady Willoughby sich geradezu dankbar, obgleich sein mutiger Einsatz keinen Erfolg gebracht hatte.

James schaute ihm prüfend in die Augen. „Haben Sie den Mann gesehen, Wincote?"

Betrübt ließ der Gentleman die Schultern hängen. „Es war zu dunkel, um etwas erkennen zu können, zumal er eine Maske trug und ganz in Schwarz gekleidet war. Es ist allerdings ein sehr schlanker und großer Mann; er stieß mich zu Boden, als ich versuchte, ihn am Arm zu packen."

Die Aufregung hatte sich bald gelegt, und die meisten Gäste lauschten wieder dem Orchester, während im Umkreis Lady Willoughbys immer mehr respektvolle Kommentare über Lord Wincotes Einsatz zu vernehmen waren. Man pries seine Tapferkeit und sein selbstloses Bemühen, den Dieb zu fangen. Am Ende wurde er wie ein Held gefeiert.

„Es tut mir ja so leid, dass ich den Bösewicht nicht fangen konnte", seufzte Lord Wincote.

„Sie haben Ihr Bestes gegeben, Mylord", tröstete Lavinia den Gentleman mit einem herzlichen Lächeln. „Oh, Sie haben eine Verletzung davongetragen."

Er blickte auf seine Hand, die einige Schrammen aufwies, und lächelte zurück. „Ach, das ist nicht der Rede wert, Lady Lavinia."

„Schauen Sie sich den Burschen an", flüsterte James Sir Percy zu. „Wie er sich gleichsam in Lavinias Aufmerksamkeit sonnt. Ich wette, er ist in ihrem Ansehen gestiegen. Es wird schwer für uns werden, sie von seiner Schlechtigkeit zu überzeugen."

„Oh, das werden wir ja sehen", erwiderte Sir Percy zuversichtlich. „Sein Ruhm hält sich in Grenzen, denn schließlich ist es ihm nicht geglückt, den Dieb zu fangen und die Diamanten zu retten."

In diesem Augenblick trat Lavinia zu ihnen. „Von wem sprechen Sie?", fragte sie neugierig.

James winkte ab. „Ach, wir unterhalten uns über den Diebstahl."

„Du hast einen Verdacht?"

„Lavinia, ich kann dir nichts Näheres darüber sagen", erklärte James und machte ein ernstes Gesicht.

Ihr Blick wurde vorwurfsvoll. „Du wirst doch nicht etwa Lord Wincote in Betracht ziehen, nur weil du ihm grundsätzlich nicht über den Weg traust!"

„Versteh doch, dass ich noch nichts sagen kann. Überlassen wir Major Greenaway die Nachforschungen. Ah, da sind Mama und der Duke ...", rief er erleichtert aus und machte es Lavinia unmöglich, Lord Wincote ein weiteres Mal in Schutz zu nehmen.

Obgleich die Feierlichkeiten in Vauxhall Gardens noch lange nicht beendet waren, hatte die Gesellschaft um den Duke und die Duchess of Loscoe sich dazu entschlossen, den Heimweg anzutreten. Das jüngste Ereignis bedrückte alle zu sehr, als dass ihnen noch länger der Sinn nach leichter Orchestermusik und heiterer Konversation gestanden hätte.

Lavinia war wütend auf James. Seine Antipathie gegen Lord Wincote ging entschieden zu weit. Natürlich musste sie aus seiner Heimlichtuerei schließen, er habe ihn im Visier. Wie war er nur auf den Gedanken gekommen, dass der Gentleman etwas mit dem Diebstahl zu schaffen haben könnte? James sollte sich schämen. Wenn Seiner Lordschaft die Anschuldigung zu Ohren käme, würde er, ohne zu zögern, Genugtuung verlangen und James zu einem Duell herausfordern.

Der nächsten Zusammenkunft ihrer Theatergruppe sah sie

mit zunehmender Sorge entgegen. Sie fragte sich ernsthaft, ob sie das Projekt nicht lieber abbrechen sollte. Auf der einen Seite ließen Lord Wincote und James ihre persönliche Animosität gegen den anderen zu offensichtlich in ihre Rolle mit einfließen, sodass auch sie sich immer weniger auf ihren Text konzentrieren konnte, auf der anderen Seite traute sie sich nicht, ihre Mitstreiter, die sich bis zum heutigen Tag solch große Mühe gaben, zu enttäuschen.

Als James dann nicht zur Probe erschien, mischte sich in ihre Sorge um das Gelingen ihrer Aufführung Wut. Offensichtlich hatte er eine wichtigere Verabredung, ein Tête-à-tête mit irgendeinem Frauenzimmer. Schließlich hatte er der Stiefmutter versprochen, er würde sich in dieser Saison nach einer Gemahlin umsehen. Da er in diesen Dingen sehr verschlossen war, konnte es gut sein, dass sie gewisse Zeichen seinerseits schlicht übersehen hatte. Die Kehle schnürte sich ihr zu bei dem Gedanken, er würde die innige Freundschaft, die sie beide verband und die nur weniger Worte bedurfte, in Zukunft mit einer anderen Frau teilen.

Wenigstens zeigte Lord Wincote sich jetzt verständiger und zurückhaltender. Allerdings musste sie während der gemeinsamen Szenen beobachten, dass er, obgleich sie sich keinen freundlicheren und charmanteren Spielpartner hätte wünschen können, ihr mit einer gewissen Kühle begegnete. Dies konnte sie sich nur so erklären, dass er sich stärker als früher auf seine Rolle konzentrierte, was vielleicht auch James' Abwesenheit zu verdanken war.

Als das Stück einmal durchgespielt war, hatten ihre Gäste es anderer Verpflichtungen oder Zerstreuungen wegen eilig, nach Hause zu kommen. Auch Lavinia hatte noch genügend zu tun, denn sie musste das zweite Bühnenbild in Angriff nehmen. Dies hatte den Vorteil, dass sie während des Malens immer wieder ihren Text aufsagen und verinnerlichen konnte. Nach kurzer Zeit war sie so sehr damit beschäftigt, den Rhythmus ihrer Verse in Einklang zu bringen mit ihrer Pinselführung, dass sie nicht einmal James in den Ballsaal kommen hörte.

Erst als er seinen Hut achtlos in einen Sessel warf, der in ihrem Blickfeld stand, wandte sie sich erschrocken um. „James, du bist es! Wo warst du nur?"

„Es tut mir leid, ich hatte geschäftlich zu tun", erklärte er und betrachtete Lavinia von Kopf bis Fuß. Trotz der großen Schürze, die ihre Figur fast gänzlich verbarg, fand er sie anziehender denn je. Ihre Ausstrahlung hatte noch so viel Kindliches – er konnte nur hoffen, dass sie so blieb, wie sie war.

„Um was für ein Geschäft handelte es sich? Und warum lächelst du?"

Er kam noch näher an sie heran und strich mit dem Handrücken sanft über ihre Wange. „Ich lächle, weil du so ..." Er brach ab. Wie sollte er beschreiben, was seine Freude hervorgerufen hatte? Er konnte ihr doch kaum sagen, dass die Kindfrau, die vor ihm stand, mit ihren vor Eifer geröteten Wangen und den leuchtenden Augen, ihn so sehr entzückte, dass er nicht umhinkonnte, zu strahlen. „Weil du so arbeitsam aussiehst und Farbkleckse auf der Nase hast."

Sie rieb sich über die Stelle und verteilte auf diese Weise die Farbe nur noch mehr im Gesicht. James zog ein Schnupftuch hervor und entfernte überaus vorsichtig und zart die Sprenkel.

Lavinia genoss liebevolle Gesten wie diese sehr. James ließ ihr seine Zärtlichkeit mit der größten Selbstverständlichkeit angedeihen, als sei er sich dessen überhaupt nicht bewusst – und das hatte sie schon immer an ihm geschätzt, wenngleich sie sich nunmehr zu wünschen begann, er liebkose sie, weil er nur ihr allein seine Zuneigung zum Ausdruck bringen wolle. Vor Wochen hätte sie sich noch keine Gedanken darüber gemacht, doch war sie im Begriff, sich im tiefsten Innern zu verändern, sodass seine Berührung sie nun gleichermaßen entzückte wie beunruhigte.

„So ist es schon besser", sagte er, während er das Tuch wieder in der Tasche verstaute.

Lavinia schaute ihn nur aus großen Augen an und versuchte, sein Mienenspiel zu ergründen. Obgleich er ihr ein vertrautes Schmunzeln schenkte, schien er traurig zu sein, und daher sah sie lieber davon ab, ihn weiter über den Grund seiner Verspätung zu befragen oder ihn zu schelten.

Sie versuchte zu lächeln. „Danke. Kannst du mir helfen, das Bild an die Wand dort zu schieben? Es braucht noch einige Zeit, bis es trocken ist, und hier steht es nur im Weg."

James schluckte schwer. So konnte es nicht weitergehen. Dieser merkwürdig vertraute Umgang, den sie pflegten, brach ihm allmählich das Herz. Er musste sich regelrecht überwinden, eine frohe Miene aufzusetzen. „Du verlangst viel, denn wie du siehst, habe ich einen neuen Gehrock an. Ich will nicht, dass er gleich am ersten Tag in Mitleidenschaft gezogen wird."

Lavinia blieb beharrlich. „Dann zieh ihn aus."

„Aber meine Weste ist auch neu."

„Dann zieh auch die aus, James."

Er machte ein betroffenes Gesicht. „Das wäre im höchsten Maß unanständig. Immerhin bist du kein kleines Kind mehr, sondern eine vornehm erzogene, obendrein heiratsfähige junge Dame."

„Bin ich das wirklich?", fragte sie zugleich erstaunt und verbittert.

„Etwa nicht?"

„James, bist du nur gekommen, um mich zu ärgern? Willst du mir jetzt helfen oder nicht? Andernfalls rufe ich nach einem Diener."

Da er keineswegs wollte, dass ihr kleines Tête-à-tête von einem Lakaien gestört wurde, entledigte er sich rasch seines Gehrocks, legte ihn sorgfältig über eine Stuhllehne und krempelte die Ärmel hoch, um sogleich die Leinwand an ihren vorbestimmten Platz zu manövrieren.

„Vielen Dank, James."

Er machte eine übertrieben tiefe Verbeugung. „Es war mir ein Vergnügen. Du hast meine Frage, die ich dir neulich stellte, übrigens noch nicht beantwortet."

„Welche Frage?"

„Ob du bald heiraten wirst."

„Nicht heute und auch nicht die nächste Woche. Ich bin viel zu beschäftigt."

„Mit dem Theaterstück?"

„Natürlich. Was sonst könnte mich so in Beschlag nehmen?" Sie hielt inne und schaute misstrauisch zu ihm auf. „James, warum bist du übrigens so spät noch gekommen? Du wusstest doch, dass um diese Zeit die Probe längst beendet ist."

James wandte sich von ihr ab und schritt auf das französische Fenster zu. „Ja, richtig. Ich wollte dir sagen, dass ich für ein paar Tage aufs Land reisen werde, um einen Freund zu sehen. Die Vorbereitungen sind bereits getroffen."

„Aufs Land? Aber James, du kannst jetzt nicht fort", flehte Lavinia und kam hastigen Schrittes auf ihn zu. „Die nächsten zwei Wochen haben wir weitere Proben! Gerade da es die letzten sind, werden alle sich große Mühe geben, auch anwesend zu sein."

„Dann wirst du mich ja nicht besonders vermissen", erklärte er, ohne sich zu ihr umzudrehen.

„Du hast bereits heute Nachmittag gefehlt. Benedict Willoughby musste deinen Part mit übernehmen", schimpfte sie.

Langsam wandte er sich um und schaute sie eindringlichen Blickes an. „Er wird mich wieder vertreten können, Lavinia. Ich werde nur so lange fortbleiben wie unbedingt nötig."

„Du bist wieder einmal in Schwierigkeiten!"

„Wie kommst du denn darauf?"

„Vor wem sonst als vor Gläubigern solltest du so plötzlich aufs Land entfliehen wollen?"

James musste herzhaft lachen. „Ich habe keine Schulden, auch stecke ich nicht in Schwierigkeiten; ich muss schon sagen, deine Meinung von mir kann nicht sonderlich hoch sein."

„Warum musst du dann unbedingt fort?"

„Warum musst du so neugierig sein?", gab James entnervt zurück.

„Oh James, wie kannst du nur so egoistisch sein? Du weißt doch, wie hart jeder von uns an seiner Rolle gearbeitet hat. Und Papa hat uns überdies großzügig den Ballsaal zur Verfügung gestellt. Und … Ich bin wirklich sehr verärgert über dich, James Corringham!"

„Das tut mir leid, aber meine Reise ist von größter Wichtigkeit."

„Wichtiger als ich?"

„Diese Frage ist geradezu impertinent, meine Liebe. Ich hoffe, du erwartest nicht wirklich eine Antwort", erwiderte er, ohne den Blick von ihr abzuwenden.

„Sei unbesorgt. Ich kenne sie ja bereits. Du lässt mich einfach im Stich! Dabei brauche ich dich mehr denn je." Sie schaute zu Boden.

„Tust du das wirklich?", erkundigte er sich mit sanfter Stimme und ergriff ihre Hände. „Warum sollte ich plötzlich so unverzichtbar für dich sein?"

Lavinia zögerte, denn zu antworten fiel ihr aus unerfindlichen Gründen schwer. „Du weißt schon, warum, James. Ich brauche deine Unterstützung. Und Lord Wincote …" Verzagt brach sie ab. Wie sollte sie James erklären, dass die Zukunft sie ängstigte, dass sie in der Gegenwart dieses Gentlemans so befangen und ob ihrer Gefühle gleichermaßen verwirrt wie gelähmt war? Dass sie in seiner Gegenwart kaum einen klaren Gedanken zu fassen vermochte?

„Am Ende kommst du immer wieder auf Lord Wincote zurück", sagte er in bitterem Ton und ließ ihre Hände los. „Ich wüsste nicht, wie ich dir in dieser Angelegenheit behilflich sein könnte. Ich fürchte, du musst ganz allein zu einer Entscheidung kommen."

„Wenigstens hat er bislang nicht eine Probe versäumt", erwiderte sie trotzig.

„Er hat auch gute Gründe."

„Oh James, was ist nur mit dir geschehen? Nicht Lord Wincotes Gebaren macht mich misstrauisch, sondern deines. Und ich dachte, man könne sich auf dich verlassen ..."

„Daran hat sich auch nichts geändert. Nur weil ein Mann hin und wieder seinen Geschäften nachgeht, muss man nicht gleich argwöhnisch werden." James wusste nur zu gut, dass sie sein Schweigen ihr gegenüber so deutete, dass er Lord Wincote des Diebstahls verdächtigte. Er hoffte inständig, nach seiner Reise für Klärung sorgen zu können.

Eine seltsame Mischung aus Wut und Liebe stieg in Lavinia auf. James zukünftig nicht mehr in ihrer Nähe zu haben nährte ihre zärtlichen Gefühle für ihn nur umso stärker, doch wollte sie sich dies nicht eingestehen. Daher obsiegte die Wut in ihr, zumal es weitaus einfacher war, trotzig zu sein, als sich durch ein Liebesgeständnis verletzbar zu machen.

„Ich habe genug gehört. Geh doch, wenn du unbedingt musst, doch wundere dich nicht, wenn in der Zwischenzeit Mr. Greatorex deine Rolle übernommen hat."

„Oh, ist er zurück in London?"

„Nein, aber ich rechne jeden Tag mit ihm. Er ist nicht der Mann, der seine Versprechen bricht – im Gegensatz zu manch einem, den ich kenne. Wir können die Proben nicht einfach unterbrechen, um darauf zu warten, dass *Monsieur* von seiner Reise zurückkehrt. Wer ist dieser Freund eigentlich, der dir so wichtig ist?"

„Du kennst ihn nicht."

„Davon bin ich überzeugt. Vermutlich handelt es sich um

irgendein Mädchen. Nun, dann verlier keine Zeit. Leb wohl und vergiss mich einfach!"

„Lavinia …"

„Geh!"

James zuckte mit den Achseln und griff nach seinem Gehrock. Dann ging er hinaus und ließ die Tür hinter sich ins Schloss fallen. Er konnte nicht mehr sehen, wie Lavinia auf den Stuhl sank und herzzerreißend zu schluchzen begann.

8. KAPITEL

Die Proben schritten zu Lavinias Erleichterung gut voran. Alle Beteiligten arbeiteten zum Glück recht selbstständig an ihrem Part, denn obgleich sie sich große Mühe gab, sich zu konzentrieren, schweiften ihre Gedanken immer wieder ab. Sie vermisste James schrecklich – sein heiteres Wesen, seine Standhaftigkeit und das Gefühl der Geborgenheit, welches sie in seiner Nähe empfand. Er war ihr Fels in der Brandung, ihr Beschützer. Ohne ihn fühlte sie sich haltlos und verloren. Wo mochte er hingereist sein? Es war so gar nicht seine Art, derart geheimnisvoll zu tun. Sie konnte nur hoffen, dass er bis zur Aufführung nicht noch ein zweites Mal fortmusste und Mr. Greatorex sein Versprechen hielt, das er ihr zu Jahresbeginn gegeben hatte.

Zwei Tage später vernahm Lavinia, dass die „Thespian Players" endlich in London eingetroffen waren. Sie verlor keine Zeit und überredete die Duchess und den Duke, sich Greatorex im Theater anzuschauen. Die Vorstellung wurde ohne Einschränkung für großartig befunden, und Seine Gnaden ließ sich sogar darauf ein, anschließend gemeinsam mit der Tochter den Hauptdarsteller hinter den Kulissen aufzusuchen, um ihm Anerkennung auszusprechen. Lavinia war seit Langem nicht mehr so fröhlich gewesen, was der Vater mit Erleichterung zur Kenntnis nahm. Er sah über sein strenges Anstandsgefühl hinweg und lud den Künstler nach Stanmore House ein, um ihr eine Freude zu bereiten und ihr den Wunsch, mit ihm zu proben, zu erfüllen.

Es war noch recht früh am Morgen, als der Earl of Corringham die Vororte von London erreichte. Er hoffte inständig, dass Lavinia während seiner Abwesenheit Lord Wincotes Antrag nicht angenommen hatte. Zwar war sie wütend genug gewesen, um diese Dummheit zu begehen, doch zählte er darauf, dass ihr gesunder Menschenverstand sie daran hindern würde, ihr Glück unüberlegt aufs Spiel zu setzen.

Am liebsten wäre er gleich nach Stanmore House geritten. Seine Kleider hatten jedoch unter der beschwerlichen Reise zu stark gelitten, und er musste überdies unverzüglich Major Greenaway Bericht erstatten. Er konnte es kaum erwarten, Lavinia endlich wiederzusehen, gleichwohl er sich ernsthaft fragte, wie er ihr seine Neuigkeiten beibringen sollte. Womöglich glaubte sie ihm kein Wort und fühlte sich erst recht verpflichtet, Lord Wincote beizustehen. Er musste erst genügend Beweise in der Hand haben, bevor er ihre Träume und Hoffnungen zerstörte.

Nach einem erholsamen Bad traf James den Major bei White's.

„Leider kann ich Ihnen nichts Neues über den Verbleib von Lady Willoughbys Diamanten berichten“, gestand der ältere Freund und nippte an seinem Kaffee. „Der Dieb unternahm bislang keinen Versuch, den Schmuck zu verkaufen. Da es keine weiteren Spuren oder Anhaltspunkte gibt, sind wir darauf angewiesen, dass er in Aktion tritt.“

James lehnte sich leicht vor und schob seinen Frühstücksteller zur Seite. „Dafür habe ich einige interessante Entdeckungen gemacht. Ich war in Cumberland.“

„Was konnten Sie herausfinden?“

„Nun, Wincotes Gut ist nicht nur mit Hypotheken belastet, es ist auch völlig verwahrlost. Seine Bediensteten sagen, sie hätten ihn seit dem Tod des Großvaters nicht mehr zu Gesicht bekommen und sie wüssten nicht recht, was aus ihnen und dem Anwesen werden solle. Die Kohleminen, die er stolz sein Eigen nannte, gehören auch längst seinen Gläubigern. Die meisten Schulden stammen wohl noch von Charles Wincote, der in zwielichtige Geschäfte investiert hatte. Er mochte Edmund nicht sonderlich, und als sein über alles geliebter Enkel

Henry verstarb, soll er regelrecht zusammengebrochen sein. Obgleich Edmund und sein Großvater sich nicht sympathisch waren, um es gelinde auszudrücken, lebten sie seitdem unter einem Dach."

Greenaway rieb sich das Kinn. „Warum haben die beiden sich wohl nicht verstanden?"

„Es heißt, dass es etwas mit dem Verdacht zu tun hatte, dass Henry keines natürlichen Todes gestorben sei."

„Sie meinen, er ist ermordet worden?"

James zuckte mit den Schultern. „Wer weiß? Er soll die Treppe hinuntergefallen sein und sich das Genick gebrochen haben. Man munkelt, jemand habe ihn gestoßen. Wincote befand sich zu der Zeit angeblich in seinem Zimmer."

„Hätte er denn ein Motiv gehabt?"

„Sein Bruder war Charles Wincotes Erbe. Womöglich war dies sein Todesurteil. Vielleicht wollte Edmund das Anwesen wieder in Schwung bringen, doch dazu brauchte er Geld – das Vermögen einer wohlhabenden Gattin, derer er sich beizeiten entledigt. Mir wird ganz angst und bange, wenn ich daran denke, dass Lavinia seine Frau werden könnte."

„Seien Sie nicht zu voreilig mit Ihren Rückschlüssen, Corringham. Sie haben keine Beweise, und es wird auch verdammt schwierig, welche zu finden. Unsere einzige Chance sind die gestohlenen Juwelen. Irgendwann müssen sie wieder auftauchen. Und es besteht immerhin noch die Möglichkeit, dass er unschuldig ist."

„Ich wette, das ist nicht der Fall." Seine Lordschaft lächelte schief. „Sir Percy hat einen Plan, um ihn zu überführen. Er hat Lady Rattenshaw gebeten, es irgendwie zu bewerkstelligen, Wincotes Vertrauen zu gewinnen. Wenn seine Rechnung aufgeht und er ihr Dinge anvertraut, die ihn belasten, können wir aufatmen. Dann allerdings ist auch ihr Leben in Gefahr. Ich werde sie und Sir Percy warnen müssen." Er trank seinen Kaffee aus und erhob sich. „Falls Sie Neuigkeiten haben, lassen Sie es mich wissen."

Nachdem er einige Münzen auf den Tisch gelegt hatte, machte er sich auf den Weg in die Brookstreet. Dort musste er jedoch vernehmen, dass Sir Percy nicht zu Hause sei und erst am Nachmittag wieder zurückkommen werde.

Lavinia verteilte überaus temperamentvoll Pinselstriche über das unfertige Bild. Sie war zornig. Erst vor einer Stunde hatten sie und Daisy Lord Wincote und Lady Rattenshaw in einem Buchladen gesehen, wie sie, ohne sich beobachtet zu fühlen, über einem aufgeschlagenen Buch auffällig vertraut die Köpfe zusammengesteckt hatten. Dabei waren ihr Fragmente ihrer Unterhaltung zu Ohren gekommen: „Wirklich, Edmund?" und „Sie schmeicheln mir, meine Liebe!" Ihre Malerei drohte allmählich sämtliche Konventionen zu sprengen, hatte sie doch ob ihrer Erregung hier und da farblich unpassende und viel zu breite Pinselstriche hinzugefügt. Womöglich war Lord Wincotes plötzliche Zurückhaltung und Geduld dem Umstand zu verdanken, dass er sich indessen mit Lady Rattenshaw tröstete. Tränen stiegen ihr in die Augen: Sie musste die bittere Erfahrung machen, dass verletzter Stolz ebenso wehtun konnte wie ein gebrochenes Herz.

Plötzlich vernahm sie ein Räuspern hinter sich und wandte sich schwungvoll um. „James!" Ihr Mienenspiel verriet eine unendliche Freude, ihn zu sehen, doch umgehend wurde ihr Blick wieder ernst. „Du hast dich also entschieden, wieder zurückzukommen."

„Das stand doch außer Frage." Lächelnd kam er auf sie zu, und als er an dem gepolsterten Stuhl vorbeiging, ließ er nonchalant seinen Hut darauf fallen. Ihr Blick sprach Bände; es konnte gar kein Zweifel daran bestehen, dass sie zutiefst betrübt war. Das Verlangen, sie mit einer Umarmung zu trösten, bemächtigte sich seiner, doch hatte er Angst, eine solch liebevolle Annäherung würde auf Unverständnis und Ablehnung stoßen, und dies ertrüge er nicht. „Das Bild war einmal wirklich hübsch anzusehen, aber jetzt hast du die idyllische Szene fast bis zur Unkenntlichkeit zerstört."

„Das ist mir egal", erwiderte sie ungehalten und trug mit einer energischen Geste Farbe auf die Leinwand auf. „Ich wünschte, ich hätte mir diesen dummen Einfall, ein Theaterstück aufzuführen, nicht in den Kopf gesetzt und wäre in Risley geblieben ..."

James nahm ihr den Pinsel aus der Hand, legte ihn vorsichtig auf dem kleinen Arbeitstisch neben ihnen ab und umfing ihre Schultern, sodass sie gezwungen war, ihn anzusehen. „Lavinia, was ist nur während der zehn Tage, die ich fort war, geschehen?"

Lavinia konnte nicht länger an sich halten, und die Klage über Lord Wincotes Gebaren sprudelte aus ihr heraus. Sie gab ehrlich zu, wie enttäuscht sie war, dass er sich ungeachtet der Möglichkeit, man könne über ihn reden, in aller Öffentlichkeit so überaus vertraut mit Lady Rattenshaw gezeigt hatte, obgleich dank seiner unverhohlen direkten Art, Lavinia zu hofieren, der *ton* längst annehmen musste, er wolle sie, Lavinia, zum Traualtar führen.

James schaute sie eindringlich an. „Warum gibst du ihm nicht einfach einen Korb?"

Lavinia seufzte. „Wenn ich das täte, würde er mit Sicherheit nicht länger mit uns Theater spielen. Einen neuen Lysander finde ich in der kurzen Zeit, die uns noch bleibt, nicht mehr."

„Ach, nur wegen des Theaterstücks wartest du noch ...", bemerkte er und winkte ab.

Eine neuerliche Anwandlung von Trotz löste den Kummer, den sie eben noch empfunden hatte, ab. „Natürlich nicht nur der Aufführung wegen. Aber wenn Edmund Wincote glaubt, er könne mich eifersüchtig machen, hat er sich gewaltig geirrt."

James lachte und streichelte sanft ihre Wange. „Gut so, meine Liebe."

Seine Berührung kam so unerwartet, dass ihr das Herz bis zum Hals zu schlagen begann. Er war so zärtlich und doch so stark. Es gibt bestimmt nicht viele Männer, die es mit meinen Gefühlsausbrüchen aufzunehmen wüssten, mich gleichzeitig aber lieben und beschützen könnten, dachte sie bei sich.

Sie schluckte schwer. „Jetzt weilst du also wieder unter uns, James. Ich hoffe, du bleibst gleich hier, um mit uns zu proben. Denn es wird vorerst die letzte Zusammenkunft vor dem Prozess sein, den der König gegen seine Gemahlin angestrengt hat. Lord Haverley und Lord Edmund haben in dieser Zeit Verpflichtungen im Parlament, wie natürlich auch du und Papa."

Er verbeugte sich und schaute dabei lächelnd zu ihr auf. „Ich stehe Ihnen wie immer zur Verfügung, Mylady."

„Gut, ich hoffe, die Amüsements der letzten Tage haben dich nicht deinen Text vergessen lassen."

Wie gern hätte Lavinia seine Beteuerung gehört, er habe sich keineswegs amüsiert, sondern wirklich wichtige Geschäfte zu erledigen gehabt, doch er lächelte nur.

Indes war seine heitere Reaktion nur eine Maske, denn wie gern wollte er ihr die Wahrheit sagen. „Lavinia, ich wünschte ..." Er brach ab, weil just in diesem Augenblick Sir Percy in den Raum kam. Kurz darauf folgten Benedict Willoughby und ihr Bruder Duncan, dann trafen Constance und Lord Haverley mit seinen beiden Töchtern Sophie und Eliza ein.

Lavinia musste, was ihr zunächst durch das geschäftige Durcheinander entgangen war, feststellen, dass zwei wichtige Mitstreiter fehlten: Lord Wincote und Lady Rattenshaw.

„Dabei haben sie bislang nicht eine Probe versäumt", bemerkte Lavinia besorgt. „Ich will hoffen, dass ihnen nichts zugestoßen ist."

Niemand antwortete. Womöglich waren die anderen ebenso überrascht wie sie – oder aber zu verlegen, um ihr zu sagen, was sie vermuteten. James warf Percy einen fragenden Blick zu, doch dieser zuckte nur mit den Schultern.

Lavinia unterbrach die peinliche Stille und verkündete, dass zu ihrer großen Freude heute Mr. Lancelot Greatorex nach Stanmore House kommen werde, um ihnen Ratschläge zu geben, wie sie ihr Spiel noch verbessern könnten.

Die anfängliche Verunsicherung der meisten Laienschauspieler verwandelte sich, kaum dass der berühmte Mime, der kurze Zeit später zu ihnen stieß, ermutigende Worte an sie gerichtet hatte, in größten Eifer und in den Ehrgeiz, ihren Part so überzeugend wie irgend möglich zu spielen.

Auch Lavinia entspannte sich zusehends, zumal Mr. Greatorex ihr für Ende September einige seiner Schauspieler zur Verfügung stellen wollte für die noch unbesetzt gebliebenen Rollen. Zum Glück hatten die „Thespian Players“ den „Sommernachtstraum“ in ihrem Repertoire, sodass sie nur zur Generalprobe würden erscheinen müssen.

„Der achtundzwanzigste September ist mir ganz recht für unsere Aufführung“, sagte Sir Percy nach der Probe zu Lavinia. „Denn ich glaube nicht, dass der Prozess sich länger hinziehen wird. Ihre Majestät dürfte nicht genug gegen ihren Gemahl in der Hand haben, um zu guter Letzt doch noch als Siegerin aus dieser Farce hervorzugehen.“

Duncan, der neben der Schwester stand, legte den Kopf schräg. „Lavinia, es wird gemunkelt, Lord Wincote sei im Besitz irgendwelcher hochbrisanter Unterlagen, die nicht einmal Brougham gegen den König einzusetzen wagt.“

„Woher weißt du das?“, erkundigte sie sich bestürzt.

„Ach, darüber spricht seit Kurzem der gesamte Londoner *ton*.“

Eine steile Falte zeigte sich zwischen ihren Augen. „Das ist doch Unsinn. Von wem sollte er derlei Papiere haben, wenn er doch die letzten Jahre in Cumberland verbracht hat?"

Der Bruder zuckte mit den Schultern. „Ich kann dir nur wiedergeben, was man sich so erzählt. Wenn nur ein Fünkchen wahr davon ist, solltest du dich lieber vor Wincote in Acht nehmen."

„Meine Bekanntschaft mit Lord Wincote geht dich überhaupt nichts an", zischte sie und wandte sich Sir Percy zu.

Als man sich zu gehen anschickte, zog Lavinia James und Sir Percy zur Seite und befragte sie über das Verbleiben Lord Wincotes und Lady Rattenshaws. Doch die Gentlemen waren ebenso ratlos wie sie, und als Sir Percy den Freund zum Tee in den Club einlud, bat James ihn, einen Moment im Entree auf ihn zu warten, um ungestört mit Lavinia reden zu können.

Er nahm ihre Hände in seine, als wolle er einen verletzten Vogel beschützen. „Mach dir bitte keine Sorgen, Lavinia. Es wird sich alles zum Guten wenden, du wirst es sehen." Er schaute sie prüfend an und küsste zärtlich erst die eine, dann die andere Handfläche.

Seine liebkosenden Lippen erzeugten in ihr ein Gefühl größter Erregung, das sie von Kopf bis Fuß erbeben ließ. Das Verlangen, inniglich von ihm umfangen zu werden, bemächtigte sich ihrer, und sie neigte sich sehnsüchtig zu ihm vor. Der Atem stockte ihr. Die Erkenntnis, dass sie ihn nicht aus Einsamkeit vermisst hatte, sondern weil sie ihn liebte – ihn seit jeher geliebt hatte –, versetzte ihr einen gewaltigen Schock. Sie war über beide Ohren verliebt in James Corringham. Wie konnte das nur geschehen?, fragte sie sich insgeheim. Wann hatte ihre schwesterliche Zuneigung sich in Liebe verwandelt?

Bestimmt war es kurz vor seiner Abreise passiert, aus dem Grund hatte sie sein Abschiedsbesuch so mitgenommen. Bis zu diesem Augenblick war sie sich dessen überhaupt nicht bewusst gewesen, aber James hatte es womöglich bereits gespürt und vor Entsetzen Reißaus genommen. Vor Scham stieg ihr die Röte ins Gesicht. Aus zwei jungen Menschen, die einander wie Bruder und Schwester zugetan waren, konnte doch unmöglich ein Liebespaar werden!

Sie reißt die Augen auf, als habe sie ein Gespenst gesehen, ging es James durch den Kopf, und er ließ mit einem starren Lächeln ihre Hände los, musste er doch erkennen, dass er die Grenzen der Schicklichkeit überschritten hatte. „Bitte verzeih mir, Lavinia. Ich wollte dich nicht erschrecken. Ich habe wohl meine Manieren vergessen."

Sie verstand nicht. Er hatte sich für diese zärtliche Geste entschuldigt, als habe er sein Tun bedauert. Er sah also noch das Mädchen in ihr, das man necken konnte und mit dem man eher zu scherzen aufgelegt war, als es zu lieben, wie man eine Frau liebt. Sie würde lieber sterben, als sich die Blöße zu geben, ihm ihre Gefühle zu gestehen.

„Oh, bitte lass Sir Percy nicht länger warten. Und hör endlich damit auf, dich über mich lustig zu machen."

James verschlug es die Sprache; offenbar hatte sie ihn missverstanden. Sie gebärdete sich im Augenblick jedoch so abweisend und unzugänglich, dass er davon absah, sich in ausschweifenden Erklärungen zu ergießen, zumal Sir Percy sicher langsam ungeduldig wurde. Er nickte Lavinia kurz zu, nahm seinen Hut und ging.

Betrübt sank Lavinia auf einen Stuhl; obgleich sie enttäuscht und verletzt darüber war, dass James sich ihr zu entziehen schien, verspürte sie noch immer das Verlangen, von ihm leidenschaftlich geküsst zu werden. Sie verlangte so dringlich danach, seine Lippen auf ihren spüren, als müsse sie nach langer Entbehrung heftigsten Durst stillen.

Niemals hätte sie es für möglich gehalten, dass Liebe sich so anfühlte, dass sie zur gleichen Zeit höchst beglückt und unendlich verzweifelt sein konnte. Sie fragte sich, ob James irgendwann ihre Gefühle erwidern würde. Lord Wincote hingegen hatte von Anfang an kein Geheimnis aus seinen Absichten gemacht, hatte sie stets ernst genommen und ungeduldig auf ihre Antwort gewartet – jedenfalls bis vor wenigen Tagen noch. Welch ein Jammer, dass sie nicht in ihn verliebt war.

Sie ließ Wincote nur ungern im Ungewissen, doch das Theaterstück hatte jetzt oberste Priorität. Alle anderen Belange mussten warten. Natürlich wusste sie, dass die bevorstehende Aufführung einen willkommenen Aufschub ihrer Probleme darstellte, aber im Moment wollte und konnte sie nicht weiter über ihre Zukunft nachdenken.

Sie erhob sich und verließ den Ballsaal, um die Halle zu durchqueren und die Treppe zu ihrem Zimmer hinaufzusteigen. Oben angekommen, schaute sie aus dem Fenster, welches den Blick auf den Platz vor dem Haus freigab. James und Sir Percy betraten, offenbar in ein äußerst angeregtes Gespräch vertieft, gerade das Trottoir. Sie fragte sich, was die beiden wohl zu besprechen hatten.

„Wissen Sie wirklich nicht, warum Lord Wincote und Lady Rattenshaw nicht erschienen sind?“, fragte James den Freund mit einem Stirnrunzeln.

„Nein, aber ich bin froh, dass sie heute fehlten. Ich wusste ja nicht, dass Lady Lavinia die Absicht hatte, Lancelot Greatorex nach Stanmore House einzuladen.“

„Weshalb?“

„Nun, er darf auf keinen Fall mit Marianne Doubleday alias Lady Rattenshaw zusammentreffen.“

James warf dem älteren Gentleman einen verblüfften Blick zu. „Höre ich richtig?“

„Durchaus. Sie ist ebenfalls Schauspielerin und hat vor einiger Zeit mit ihm zusammen auf der Bühne gestanden. Er würde sie bestimmt wiedererkennen.“

„Lady Rattenshaw ist also eine Schauspielerin! Ich hätte es mir eigentlich denken können, denn sie hat die Helena atemberaubend gut gespielt“, erwiderte James und schüttelte noch immer erstaunt den Kopf. „Was sollen wir jetzt tun?“

Sir Percy rieb sich das Kinn. „Wir müssen unser kleines Vorhaben wohl abbrechen.“

„Und was erzählen wir Lady Lavinia? Und den anderen Beteiligten?“ James seufzte. „Natürlich darf Miss Doubleday nicht länger bei den Proben dabei sein. Denn wenn sie enttarnt würde, bestünde noch eine ganz andere, viel ernster zu nehmende Gefahr.“

„Sie wollen doch nicht etwa andeuten, der Mann sei ernsthaft gefährlich?“, fragte der Freund bestürzt.

Nachdem James ihm seinen Verdacht offenbart hatte, kamen sie zu dem Schluss, Miss Doubleday augenblicklich eine Nachricht überbringen zu lassen und sie zu bitten, noch heute Abend nach Corringham House zu kommen – es sei von größter Wichtigkeit.

Wenige Stunden später hatte Miss Marianne Doubleday es sich auf dem Kanapee im Empfangszimmer von Corringham House bequem gemacht und nippte an ihrem Likör.

Sie schmunzelte. „Wie fanden Sie meine Darbietung als Lady Rattenshaw, Mylord?“

„Sie waren in der Tat sehr überzeugend. Allerdings befürchte ich, dass wir mehr Schaden mit Ihrer ganz privaten Vorstellung anrichten, als einen Nutzen daraus zu ziehen.“

„Ach, dann bin ich wohl hierher eingeladen worden, um von Ihnen gerügt zu werden?“, erwiderte die Schauspielerin konsterniert. „Sie sollten wissen, dass dies nicht meine Idee war, sondern Sir Percys.“

„Oh, davon bin ich überzeugt. Ich ziehe auch keineswegs Ihren guten Willen in Zweifel; ich denke nur, dass wir Lady

Lavinia womöglich unglücklicher machen, als sie es ohnehin bereits ist", beschwichtigte James mit ruhiger Stimme seinen Gast und lehnte sich in den Sessel zurück. „Sie müssen wissen, dass Lady Lavinia Mr. Greatorex gestern in Stanmore House empfangen hat. Sie hatte ihn bereits Anfang des Jahres gebeten, sie bei ihrer Aufführung zu unterstützen und ihr einige seiner Schauspieler zur Verfügung zu stellen."

Marianne setzte das Glas ab und machte ein ernstes Gesicht. „Das ändert natürlich alles. Mein Kollege würde mich bestimmt wiedererkennen, gleichwohl es einige Zeit her ist, dass wir zusammen auf der Bühne standen. Was also schlagen Sie vor?"

„Sie müssen auf der Stelle aus den Proben ausscheiden, fürchte ich. Die Folgen sind natürlich nicht auszudenken, denn Lavinia wird ohne Zweifel sehr enttäuscht sein."

„Diese schmerzliche Erfahrung wird sie doch ohnehin machen müssen", bemerkte Miss Doubleday ernst.

„Ja, dafür wird wohl Lord Wincote sorgen", ergänzte Sir Percy.

Marianne nickte. „Wir sind bereits zu weit gegangen, um uns jetzt zurückzuziehen."

James' Blick wanderte von ihr zu Sir Percy. „Wovon sprechen Sie?"

„Lord Wincote und ich planen, heimlich aus London zu verschwinden", erklärte sie. „Wenn unser Vorhaben bekannt wird und ich mich als Schauspielerin zu erkennen gebe, wird er sich nicht mehr blicken lassen können im Londoner *ton*, vor allem in Stanmore House nicht."

„Das trifft dann ebenso auf Sie zu."

Sie lachte. „Das mag sein, aber bedenken Sie, dass ich eine Schauspielerin bin. Wenn der Skandal erst einmal seine Kreise gezogen hat, wird man mein Talent zu preisen wissen. Um herauszufinden, wie weit Lord Wincote zu gehen bereit wäre, habe ich ihn neulich einfach gefragt, ob er für einige Zeit mit mir aufs Land reisen würde."

„Wie vertraut Sie einander geworden sind, konnte man ja neulich bei ‚Hatchard's' sehen", erwiderte James trocken.

„Sie waren auch in dem Buchladen?", fragte sie verblüfft.

„Nein, Lady Lavinia sah Sie beide."

„Oh." Marianne runzelte besorgt die Stirn. „Ich habe ihm ein Büchlein mit Liebesgedichten gekauft, um ihn glauben zu machen, ich sei in ihn vernarrt. Bei der Gelegenheit versicherte ich ihm auch, ich sei wohlhabend genug, um uns beiden ein sorgloses, ja luxuriöses Leben zu ermöglichen."

„Und wie reagierte er auf Ihre Beteuerungen?"

„Mit sehr großem Interesse, natürlich. Ich bin eine gute Schauspielerin, müssen Sie wissen", antwortete sie etwas pikiert.

„Und was geschieht dann? Ich nehme an, dass Sie keineswegs so wohlhabend sind, wie Sie vorgeben."

„Leider haben Sie recht. Sir Percy hat mir das prachtvolle Haus, in dem ich residiere, gemietet, er besorgte mir die Juwelen und stattete mich großzügig mit einer neuen Garderobe aus." Sie seufzte. „All den Luxus werde ich später sicher vermissen."

Sir Percy, der neben der Freundin auf dem Kanapee saß, tätschelte ihr die Hand. „Sei unbesorgt, meine Liebe, zumindest die Roben und sicher auch das eine oder andere Schmuckstück werden dir gehören. Das bin ich dir wohl schuldig."

Marianne lächelte ihn dankbar an, wohingegen James immer ungeduldiger wurde. „Ich weiß noch immer nicht, wie Sie mit Lord Wincote verfahren werden."

„Nun, ich werde mir einen ruhigen, gemütlichen Ort suchen und ihm die Wahrheit sagen. Ich bin ja so neugierig auf sein Gesicht."

„Ich fürchte, es könnte nicht ganz so amüsant werden, wie

Sie es sich vorstellen. Der Mann kann unter Umständen gefährlich werden."

Miss Doubleday wurde bleich. „Wie kommen Sie darauf?"

James erzählte ihr von seinen Nachforschungen und legte ihr seinen Verdacht dar. Nach einer Weile fragte sie: „Wenn ich Sie richtig verstehe, Mylord, wollen Sie ihn auf jeden Fall als einen zwielichtigen Zeitgenossen enttarnen, falls Sie ihn nicht sogar des Mordes überführen?"

„Ja …"

„Dann müssen wir weiter so verfahren wie bisher. Wenn ich mich ihm gegenüber plötzlich gleichgültig verhalte, wird er misstrauisch", gab sie zu bedenken.

„Sie haben leider recht", räumte James ein.

„Das erlaube ich nicht!", fuhr Sir Percy dazwischen. „Ich schätze Lady Lavinia ebenso sehr wie Sie, Lord Corringham, ich weigere mich indes entschieden, das Leben von Miss Doubleday aufs Spiel zu setzen."

„Ich bin nicht in Gefahr, solange er nicht ahnt, was wir mit ihm vorhaben."

James runzelte die Stirn. „Nein, es ist zu riskant."

„Haben Sie einen besseren Plan?"

„Wir sollten uns weiterhin bemühen, ihn des Diebstahls an Lady Grahams und Lady Willoughbys Juwelen zu überführen."

„Wir wissen doch nicht einmal, ob er überhaupt der Dieb ist", entgegnete Marianne. „Es gibt keinerlei Hinweise dafür. Dass er sich von mir Geld geliehen hat, muss nicht zwingend mit dem Diebstahl in Zusammenhang stehen. Wenn er unschuldig ist, haben Sie nicht das Geringste gegen ihn in der Hand, um ihn von Lady Lavinia fernzuhalten. Dabei ist sie eine so entzückende und musisch begabte junge Dame und sollte keinesfalls einem Mann wie Wincote ausgeliefert sein."

James konnte ihr nur beipflichten. „Ich gebe mich geschlagen, Miss Doubleday – jedoch nur unter der Bedingung, dass

Sie mir oder Sir Percy immer Bericht erstatten, bevor Sie den nächsten Schritt unternehmen." Er erhob sich, ging zu seinem Sekretär und zog eine kleine silberne Pistole aus der Schublade. „Hier, im äußersten Notfall können Sie sie zum Einsatz bringen." Er nahm ihr Ridikül entgegen, verstaute die Waffe darin und zog die Kordel zu, um ihr die Tasche mit besorgter Miene wieder zurückzugeben. „Ich werde natürlich auch Major Greenaway bitten, Sie im Auge zu behalten. Kommen Sie morgen um die gleiche Zeit zu mir, dann werde ich Sie mit dem Gentleman bekannt machen."

„Ich hoffe, Sie wissen, was Sie tun, mein Lieber", entgegnete Sir Percy mit einer steilen Falte zwischen den Augen, derweil er sich erhob und seiner Begleiterin den Arm bot, um sie nach Hause zu geleiten.

„Ich weiß, was ich tue", murmelte James, als er, kaum dass die Tür ins Schloss gefallen war, ermattet in den Sessel sank.

9. KAPITEL

„Lord Wincote wünscht Sie zu sehen, Euer Gnaden. Werden Sie ihn empfangen?"

Frances drehte sich zu Lavinia um, die auf der Fensterbank im Gesellschaftszimmer saß und mit einem Buch auf dem Schoß immer wieder Passagen aus ihrem Rollentext deklamierte. Sie schaute die Stiefmutter so erstaunt an, als sei Lord Wincote der Letzte, den sie erwartet hätte.

„Lavinia, wünschst du, dass ich ihn empfange?"

„Warum denn nicht, Mama?"

Die Duchess of Loscoe nickte dem Lakaien zu, der sich unverzüglich mit einer Verbeugung entfernte, um wenig später mit dem Gast zurückzukehren. Mit dem Ausdruck größter Zuversicht und unerschütterlichen Selbstvertrauens schritt Lord Wincote auf Lavinia zu und überreichte ihr den großen Strauß Rosen, den er in der Hand hielt. Dann verneigte er sich schwungvoll vor beiden Damen. „Euer Gnaden, Mylady."

Mit einem milden Lächeln wurde er von Lavinia willkommen geheißen, obgleich sie weder die Begegnung im Buchladen noch sein Fernbleiben bei der Probe vergessen hatte.

„Guten Tag, Mylord", sagte die Duchess und wies dem Gast den Stuhl neben sich an, derweil Lavinia sich, nachdem sie die Blumen einem Bediensteten übergeben hatte, auf dem Sheratonsessel gegenüber niederließ.

Reumütig zu Lavinia blickend, hob Edmund die Schöße seines Gehrocks und setzte sich. „Mylady, ich kam, um mich vielmals bei Ihnen zu entschuldigen, dass ich gestern, ohne Ihnen Nachricht gegeben zu haben, nicht auf der Probe erschienen bin."

„Ich nehme Ihre Entschuldigung an, Mylord." Lavinia war überrascht, wie kühl sie ihn ansprach. „Sie haben leider eine große Überraschung versäumt. Der Schauspieler Lancelot

Greatorex erwies uns nämlich gestern die Ehre und nahm an der Probe teil. Wir alle können noch viel von ihm lernen."

„Ich bin überaus betrübt, dass ich nicht dabei sein konnte, doch ich musste mich einem wichtigen Geschäft widmen und hatte ob seiner Dringlichkeit nicht mehr daran gedacht, Ihnen abzusagen. Ich bin zutiefst beschämt."

„Wie es der Zufall wollte, waren Sie nicht der Einzige, der gefehlt hat. Lady Rattenshaw konnte auch nicht kommen."

„Wirklich?", fragte er. „Ihre Ladyschaft war doch stets überaus verlässlich. Wissen Sie den Grund ihres Fernbleibens?"

Lavinia schaute den Gentleman unverblümt an. „Nein. Ich dachte, *Sie* wüssten es."

„Ich?", erkundigte Wincote sich verblüfft. „Ich verstehe nicht."

„Ach, es ist nicht weiter von Bedeutung", erwiderte sie ruhig, um die Stiefmutter, die ebenso aufhorchte wie ihr Gast, nicht zu beunruhigen. „Ich habe Sie beide neulich bei ‚Hatchard's' gesehen und dachte, Lady Rattenshaw habe Ihnen vielleicht erzählt, dass sie nicht kommen würde."

„Nein, sie hat mir gegenüber nichts dergleichen angedeutet, Mylady. Wir sind uns auch nur zufällig auf der Straße begegnet. Da sich herausstellte, dass wir beide in das Buchgeschäft gehen wollten, bat sie mich bei dieser Gelegenheit bei einem Werk um meine Meinung. Anschließend bot sie mir aus Dankbarkeit an, mich nach Hause zu fahren, da sie mit der Kutsche unterwegs war und ich zu Fuß. Unsere Wege trennten sich schließlich vor meiner Haustür. Ich hatte keine Ahnung, dass sie der Probe fernzubleiben beabsichtigte, und es betrübt mich nun umso mehr, Ihnen Unannehmlichkeiten bereitet zu haben."

Seine Ansprache hatte sich, wie Lavinia befand, zwar plausibel angehört, und doch konnte sie ihm nicht wirklich glauben. Dies mochte wohl vor allem daran liegen, dass sie ihn und Lady Rattenshaw so vertraut miteinander hatte plaudern hören. Andererseits stellte sie fest, dass seine Antwort sie nicht mehr interessierte, denn Lord Wincote hatte seine Anziehungskraft für sie verloren. Und als er sie, nachdem sie ihn darüber in Kenntnis gesetzt hatte, dass die Proben für ein bis zwei Wochen ausfallen würden, beim Abschied wieder so eindringlich ansah, war sie weniger verwirrt als erleichtert, ihn so bald nicht wiederzusehen.

Kaum war er fort, runzelte die Duchess die Stirn und neigte sich zu ihrer Stieftochter vor. „Was hatte deine Bemerkung bezüglich Lady Rattenshaw und Lord Wincote zu bedeuten?“

Lavinia lächelte zufrieden. „Ach, es ist nichts Wichtiges, Mama.“

„Nichts Wichtiges!“, protestierte Frances. „Falls der junge Mann mit deinen Gefühlen spielen sollte …“

„Nein, das tut er ganz bestimmt nicht. Wenn jemand das Nachsehen hat, so ist es Lord Wincote selbst.“

Die Stiefmutter erhob sich und nahm auf dem Sheratonsessel neben Lavinia Platz. „Heißt das, du hast dich entschieden?“

„Ja, ich werde ihm einen Korb geben“, erwiderte die junge Frau entschlossen. Als Frances vor Erleichterung aufseufzte, fügte sie mit einem Lächeln hinzu: „Ich beabsichtige es ihm jedoch erst nach der Aufführung zu sagen und bitte dich inständig, niemandem von meiner Entscheidung zu erzählen, vor allem nicht James.“

Ihre Gnaden hob eine Braue. „Warum das?“

Lavinia spürte sich heftig erröten und erhob sich rasch, um ihrer Stiefmutter nicht ins Gesicht schauen zu müssen. Sie ging ans Fenster und blickte versonnen hinaus. „Es gibt keinen bestimmten Grund … Ich möchte nur nicht das Opfer seiner Schadenfreude werden … Ihm fällt garantiert wieder etwas ein, womit er mich ärgern kann.“

„Oh Lavinia, du tust ihm unrecht. Ich weiß, dass ihm nur dein Glück am Herzen liegt. Er würde alles für dich tun.“

„Ich widerspreche dir nicht, Mama, doch abgesehen davon

wäre es unhöflich, meine Entscheidung überall kundzutun, bevor ich nicht unter vier Augen mit Lord Wincote gesprochen habe, denkst du nicht auch?"

„Natürlich. Aber ist es nicht ebenso unhöflich, den Mann im Ungewissen zu lassen, obgleich du längst weißt, dass du ihn nicht erhören wirst?"

Sie zuckte mit den Schultern und wandte sich zur Stiefmutter um. „Das mag schon sein. Allerdings scheint mir mein Handeln gerechtfertigt, denn andernfalls bestünde die Gefahr, dass Lord Wincote aus verletztem Stolz nicht weiter mit uns Theater spielt. Einen neuen Lysander werde ich in der kurzen Zeit kaum finden."

„Allein die Befürchtung, auf sein Mitwirken verzichten zu müssen, kann dein Vorhaben aber keinesfalls ausreichend begründen." Obgleich ihr Ton vorwurfsvoll war, lächelte sie und bedeutete Lavinia, dass sie ihr nicht böse sein konnte. „Du bist zu hart zu Lord Wincote, bedenkt man, dass er – nach seinem Verhalten dir gegenüber zu urteilen – eine positive Antwort von dir erwartet. Ich bin davon überzeugt, er wird ganz der Gentleman sein, den wir kennen, und dich trotz der erlittenen Enttäuschung nicht im Stich lassen."

Lavinia seufzte, musste sie doch einsehen, dass Frances recht hatte. „Ich verspreche dir, ihm gleich bei unserem nächsten Treffen mein Bedauern darüber auszusprechen, dass ich ihn nicht heiraten kann."

Kaum hatte im Parlament die Verhandlung bezüglich der Scheidung des Königspaares begonnen, bekundeten unüberschaubar viele Anhänger Ihrer Majestät ihren Unmut über König Georges Anstrengungen, sich von seiner Gattin zu trennen. Die Menschen drängten sich in den Straßen und auf den Plätzen nicht nur in der Nähe von Königin Carolines Residenz, sodass man sich am nächsten Tag in Stanmore House darüber beriet, wie man die Zeit verbringen könne, ohne das Haus zu verlassen.

Lavinia beschloss kurzerhand, ihr missratenes Bild zu überarbeiten, in der Hoffnung, es doch noch verwenden zu können. Nachdem sie die Schürze angelegt und den Pinsel in die Farbe getaucht hatte, hielt sie gedankenverloren inne und ließ den Blick über die Leinwand schweifen. Wie lächerlich sie sich doch gemacht hatte vor James, als er sie unerwartet an jenem Nachmittag neulich besucht hatte. Sie war so wütend gewesen über Lady Rattenshaw und Lord Wincote, dass James unweigerlich hatte annehmen müssen, sie sei eifersüchtig auf die Dame und Edmund breche ihr das Herz. Dabei war *er*, James Corringham, es, der ihr Liebeskummer verursachte. Unentwegt musste sie an ihn denken, sei es beim Lesen, beim Rezitieren oder wenn sie zu Bett ging. Schloss sie die Augen, sah sie sein Antlitz.

Sie betrachtete die über das Gemälde verteilten wütenden Pinselstriche und schüttelte den Kopf. Sie wollte Lord Wincote nicht zum Mann, und – das wurde ihr jetzt klar – sie hatte ihn von Anbeginn nicht gewollt. Sie war lediglich geschmeichelt gewesen von seiner stürmischen Art, sie zu hofieren, und seine dunkelbraunen Augen hatten sie fasziniert, das war alles.

Wie sehr sie sich danach sehnte, James für immer an ihrer Seite zu haben! Doch er konnte nur das spitzbübische Mädchen in ihr sehen. „Kein Wunder“, murmelte sie und begann die verunglückten Stellen zu übermalen. „Irgendwie muss ich das Durcheinander, das ich angerichtet habe, wiedergutmachen.“

Am Abend hatte der Duke of Loscoe den Earl of Corringham mit nach Stanmore House gebracht, um mit der ganzen Familie ein geruhsames Dinner einzunehmen.

Wider die Gepflogenheit, sich bei Tisch über dies oder jenes zu unterhalten, herrschte Stillschweigen zwischen Lavinia und James. Erst als das Essen serviert wurde, begannen sie zu reden, aber bedauerlicherweise zur gleichen Zeit. Sie lachten verlegen.

„Verzeih mir, was wolltest du sagen?"

„Ach, ich wollte nur wissen, ob du die Straßen für sicher genug hältst, um morgen Vormittag auszureiten", meinte Lavinia.

„Nun, du müsstest wie immer sehr früh aufbrechen, bevor die Massen von Demonstranten sich zusammenfinden."

„Meinst du, morgen wird es genauso schlimm wie heute?"

James betupfte sich mit der Serviette die Oberlippe. „Ich fürchte, während der Verhandlung wird es so bleiben. Und es ist nicht abzusehen, wann der Streit endlich beigelegt sein wird."

Der Duke of Loscoe setzte sein Weinglas ab. „Übrigens, Lavinia, ich habe Lord Wincote heute in Westminster getroffen. Hat er dich eigentlich gedrängt, ihm vor dem ausgemachten Termin Antwort auf seinen Antrag zu geben?"

„Nein, Papa."

„Dann gib ihm auch keine", fuhr James unverblümt und derart entschieden dazwischen, dass Lavinia ihm einen überraschten Blick zuwarf. Das unerwartete Erscheinen Lord Wincotes bei der Parlamentssitzung hatte ihn zutiefst beunruhigt, denn er war davon ausgegangen, dass der Mann längst mit Miss Doubleday auf dem Lande weilte. Stattdessen hatte er sein Recht als Peer wahrgenommen und lebhaft mitdiskutiert. „Er wird sich, wie es sich gehört, gedulden müssen."

„Und wenn er es doch nicht abwarten kann?", fragte Lavinia leicht brüskiert ob seiner lehrmeisterhaften Art.

„In dem Fall muss man wohl davon ausgehen, dass er Grund zur Eile hat."

„Den hat er. Er kann es kaum erwarten, mich zum Traualtar zu führen." Noch während sie sprach, bereute sie ihre trotzige Antwort, musste James doch ein weiteres Mal annehmen, ihr liege noch immer etwas an Lord Wincote.

James machte ein misstrauisches Gesicht. „Er beteuert demnach, dass er dir nach wie vor ergeben ist?"

Sie wusste, dass er auf die Begegnung im Buchladen und auf Wincotes unangekündigtes Fehlen anspielte. „Er kam gleich am nächsten Tag, um sich bei mir zu entschuldigen. Ich habe die Situation gründlich missverstanden."

„Wovon sprecht ihr?", fragte der Vater. „Gab es eine Meinungsverschiedenheit?"

„Nein, Papa", beeilte Lavinia sich zu betonen, während sie James einen vorwurfsvollen Blick zuwarf. „Ich war ein wenig enttäuscht, dass er auf der letzten Probe nicht erschienen ist. Er hatte sich um eine sehr wichtige geschäftliche Angelegenheit zu kümmern. Er bedauerte sein Fernbleiben zutiefst, und ich habe ihm verziehen."

„Hast du ihm irgendeine Andeutung gemacht, wie du dich entscheiden wirst?", fragte der Duke of Loscoe beharrlich weiter, derweil James' Stimmung immer düsterer wurde. Wie konnte sie nur so blind sein und nicht erkennen, dass Wincote ein falsches Spiel mit ihr trieb. Sie muss doch spüren, dass seine Beteuerungen nicht von Herzen kommen, dachte er bei sich.

Sie senkte den Blick. „Nein, Papa."

Der Duke neigte sich zu ihr vor. „Aber uns kannst du doch einweihen. Immerhin müssten bestimmte Arrangements getroffen werden. Deine Mitgift, zum Beispiel …"

„Aber Papa!", fuhr sie dazwischen. „Ich dachte, wir seien übereingekommen, dass das Geld erst nach zwei Ehejahren ausgezahlt wird."

Er lachte. „Ich wollte ihn bei unserem ersten Gespräch lediglich auf die Probe stellen. Du hast doch nicht allen Ernstes gedacht, ich würde dich mittellos in die Ehe entlassen."

Lavinia erbleichte. „Dies hast du hoffentlich nicht Lord Wincote gegenüber erwähnt."

„Lavinia, der Mann hat einen ausgesprochen glaubwürdigen Eindruck bei mir hinterlassen. Dass er dich unendlich verehrt und sich nichts sehnlicher wünscht, als dich zum Traualtar zu führen, betonte er mir gegenüber mit unendlicher Ruhe und vorbildlicher Contenance. Daher ist es meiner Meinung nach unangebracht, ihn zu täuschen."

„Dann hat er ja großes Glück, Euer Gnaden", fügte James in bitterem Ton hinzu. Nun musste er sich nicht länger wundern, dass Wincote nicht mit Miss Doubleday aufs Land gereist war, wartete doch, da Lavinias Mitgift ihm nun doch zur Verfügung stehen würde, eine viel bessere Partie auf ihn.

Der Stiefvater schaute James verwundert an, sah indes davon ab, ihn darüber zu befragen, da seine Gemahlin ihm mit einem Blick zu verstehen gab, die Sache auf sich beruhen zu lassen. „Nun, ich habe heute ein paar Worte mit dem jungen Mann gewechselt, machte ihm allerdings noch einmal deutlich, dass die Entscheidung allein bei dir liege. Du musst wissen, was du willst."

Lavinia lächelte. „Ja, Papa." Bevor der Vater sie weiter befragen konnte, wandte sie sich wieder James zu. „Um auf meine anfängliche Frage zurückzukommen ... Wie wäre es also mit einem Ausritt morgen früh?"

„Ich muss aber um zehn in Westminster sein", antwortete er ob ihres Vorschlages überrascht.

„Dann treffen wir uns eben um sieben – vorausgesetzt, du kannst dich überwinden, so zeitig aufzustehen."

„Ich werde pünktlich sein", betonte er mit einem Schmunzeln.

James hielt Wort und betätigte den Türklopfer von Stanmore House um Punkt sieben. Lavinia, in ein überaus ansprechendes Reitkostüm gehüllt, wartete bereits auf ihn. Ihre Augen leuchteten ob der Vorfreude und Hoffnung, die sie empfand, wenn sie daran dachte, es könne sich die Gelegenheit ergeben, dass sie einander näherkamen und James sie endlich als Frau sah.

Dann würde er ihr vielleicht Dinge sagen, die ihr Herz höherschlagen ließen, würde ihr offenbaren, warum er so überaus zärtlich ihre Handflächen geküsst hatte – eine Liebkosung, deretwegen sie gänzlich verwirrt gewesen war und die die süßesten Gefühle in ihr ausgelöst hatte.

„Guten Morgen, Lavinia."

„Guten Morgen, James", strahlte sie und hakte sich bei ihm ein, um sich von ihm zu ihrem Pferd geleiten zu lassen, welches der Stallbursche schon bereithielt.

„Möchtest du keine Anstandsdame bemühen?"

„Warum sollte ich, du bist doch mein *Bruder*", erwiderte sie spitz ob der Enttäuschung, dass er nicht mit ihr allein sein wollte.

„Wahrhaftig", murmelte er und schlug die Augen nieder. „Wohin möchtest du reiten?"

„Ich will in den Greenpark."

Kaum hatten sie die Grünanlage erreicht, setzte Lavinia zum Galopp an. Für einige Minuten war es ihr vergönnt, alles, was sie bedrückte, zu vergessen – so sehr genoss sie es, wild und frei über das Gelände zu preschen. James, der einige Meter hinter ihr blieb, freute sich im Stillen an ihrem Anblick. Sie strahlte vor Glück, was sie unwiderstehlich machte. Das Verlangen, sie zu besitzen, wurde fast unerträglich für ihn, musste er doch Tag und Nacht an sie denken, wobei seine Vorstellungen oft keineswegs schicklicher Natur waren.

Er fragte sich, ob er es ihr jetzt und hier sagen sollte, trotz der Gefahr, ihre Freundschaft aufs Spiel zu setzen. Er wusste nur zu gut, dass nichts mehr so sein würde wie zuvor, hatte er seine Gefühle erst einmal in Worte gefasst. Womöglich war sie für ihn schon verloren, nachdem er sich diesen Fauxpas nach der Probe geleistet und in äußerst intimer Manier ihre Hände geküsst hatte. Was sie einst verbunden hatte, könnte unwiederbringlich verloren sein, wenn ihre Zuneigung sich nicht auf beiden Seiten in einer Weise vertiefte, dass nur eine Vermählung infrage kam. Im ungünstigsten Fall würde er ihr weder Bruder noch liebender Gemahl sein können. Und dies würde ihn bis ans Ende seiner Tage unglücklich machen.

Schließlich verlangsamte sie das Tempo und lenkte ihre Stute zu einer riesigen Eiche. Dort brachte sie das Pferd zum Stehen und ließ sich von James beim Absteigen helfen.

„Nun? Habe ich dir nicht ein ausgezeichnetes Rennen geboten?"

Er lächelte schief. „Es bereitet mir jederzeit Freude, mit dir um die Wette zu galoppieren. Leider kann ich es nicht mit dir aufnehmen."

„Sei nicht albern, James. Natürlich kannst du das, du bist schließlich ein Mann."

„Wie scharfsinnig von dir, dies zu bemerken", erwiderte er trocken.

„Nun bist du aber wirklich albern."

„Bin ich das? Macht nichts. Hast du es gestern ernst gemeint, als du sagtest, du weißt, was du willst?"

„Wovon sprichst du?"

„Von Lord Wincote."

„Natürlich. Man sollte nur heiraten, wenn man sich seiner Gefühle wirklich sicher ist, findest du nicht auch?", fragte sie und blickte sehr ernst und zugleich erwartungsvoll zu ihm hoch. Jetzt hätte er Gelegenheit, offen mit mir zu sprechen, dachte sie bei sich. Indes musste sie feststellen, dass sein Gesicht wie versteinert war.

„Du hast recht, meine Liebe. Da du dir deiner Sache sicher zu sein scheinst, werde ich dich nicht länger mit meinen Fragen belästigen", erklärte er kühl.

Obgleich sie enttäuscht war ob des erlittenen Fehlschlags, versuchte sie ihn ein weiteres Mal zu einem klaren Bekenntnis zu bewegen, wollte sie doch unbedingt erfahren, ob er ernsthaft in eine andere Frau verliebt war. „Hast du uns bislang deine heimliche Angebetete noch nicht vorgestellt, weil du dir deiner Gefühle *nicht* sicher bist?"

„Ich bin es schon", antwortete er, wobei seine Miene düster wurde. „Nur die besagte junge Dame ist es leider nicht."

Lavinia schluckte den Kummer hinunter. „Oh James, das kann ich mir gar nicht vorstellen! Du bist doch einer der begehrenswertesten Männer in der Stadt …" Sie zögerte. „Warum hast du mir nichts von ihr erzählt?"

„Du hättest dich doch nur lustig über mich gemacht."

Traurig senkte sie den Blick. „James, wie kannst du nur so über mich denken? Oh, gewiss, ich necke dich gern, aber das tue ich nicht häufiger als du." Sie war so aufgeregt, dass sie nicht mehr so recht wusste, was sie sagen sollte. „Wenn du wirklich in sie verliebt bist, akzeptiere ich deine Entscheidung mit dem größten Wohlwollen."

Er hob ihr Kinn an, damit sie seinem ernsten Blick nicht ausweichen konnte. „Lavinia, es ist nicht dein *Wohlwollen*, das ich will. Kannst du das nicht verstehen?"

„Ja, natürlich", sagte sie leise und senkte die Lider. „*Wohlwollen* – das klingt so herablassend. Wie dumm und gefühllos von mir. Ich selbst würde es abscheulich finden, wenn man es mir entgegenbrächte." Dann sah sie ihn wieder an und lächelte breit, um ihre Betrübnis zu überspielen. „Lass uns einen Pakt schließen: Zwischen uns soll es kein Wohlwollen geben, keine gegenseitigen Beschuldigungen und keine Befragungen mehr, einverstanden?" Sie ergriff James' Arm und bedeutete ihm mit einem Nicken, dass er ihr wieder in den Sattel helfen solle. „Komm, lass uns nach Hause reiten. Du musst pünktlich im Parlament sein."

Leise fluchend folgte er ihr aus dem Park hinaus auf den St. James Square. Er war genauso weit wie zuvor, außer dass er nun die Gewissheit hatte, dass sie Wincotes Antrag annehmen würde. Wie konnte er sie nur davon abhalten? Oder sollte er ihren Willen akzeptieren und sich ganz heraushalten? Gleichermaßen betrübt wie wütend kam er zu dem Schluss, dass man einen Menschen auch gehen lassen musste, wenn man ihn wirklich und wahrhaftig liebte. Andererseits habe ich doch die Pflicht, sie vor diesem Scharlatan zu beschützen, dachte er noch, bevor er sich an der Eingangstür von Stanmore House von ihr verabschiedete.

Lavinia brachte kein einziges Wort mehr hervor, sondern reichte ihm nur kurz die Hand und ging hinein. Sie hätte weinen und sich ganz vor der Welt verschließen mögen, doch die Ankündigung des Butlers, Lord Wincote warte im Empfangszimmer mit Miss Hastings auf sie, da die Duchess nicht daheim war, lenkte sie einstweilen von ihrer Betrübnis ab.

Als sie den Raum betrat, fand sie die beiden auf dem Sofa sitzend und ihren Rollentext rezitierend vor. Kaum hatte Lord Wincote sie bemerkt, sprang er auf und kam ihr mit breitem Lächeln entgegen.

Er verbeugte sich. „Guten Morgen, Lady Lavinia."

Bevor Lavinia antworten konnte, ergriff Miss Hastings das Wort. „Wenn Sie mich entschuldigen würden – ich habe die Kinder nun lange genug allein gelassen", sagte sie knapp und erhob sich. Dann warf sie Lord Wincote einen bedeutsamen Blick zu und verließ das Zimmer.

Lavinia zweifelte keinen Augenblick daran, dass der Gentleman sie um diesen Gefallen gebeten hatte. Doch wenn er sich ein intimes Stelldichein mit ihr erhofft hatte, hatte er sich getäuscht. „Mylord, müssen Sie heute nicht ins Parlament?"

„Nun, ich war gerade auf dem Weg dorthin, als mir der beglückende Gedanke kam, Ihnen kurz meine Aufwartung zu machen. Miss Hastings versicherte mir, Sie würden nicht allzu lang fort sein."

„Was verschafft mir die Ehre Ihres Besuches, Mylord?"

Er kam noch einen Schritt näher. „Vor allem sehnte ich mich danach, Sie wiederzusehen. Ich möchte Sie aber auch ins Theater einladen. Da ich zu meinem größten Bedauern Lancelot Greatorex nicht persönlich kennenlernen durfte, wollte ich Ihnen vorschlagen, seine Kunst vor Ort auf der Bühne zu bewundern. Was sagen Sie, meine Liebe?"

Lavinia mochte die vertraute Anrede nicht, die er sich ihr gegenüber anmaßte. Es klang, als sei er sich ihrer bereits völlig sicher. Bestimmt hatte das Gespräch mit ihrem Vater gestern im Parlament ihm den letzten Zweifel genommen. „Leider habe ich Greatorex bereits im ‚Drury Lane' gesehen."

Er nahm ihre Hand und führte sie zum Kuss an die Lippen. „Dann gehen wir eben zu seiner nächsten Aufführung, zu ‚Romeo und Julia'."

Lavinia seufzte unhörbar und schalt sich insgeheim, so zögerlich gewesen zu sein und ihn in dem Glauben gelassen zu haben, sie brauche zwar noch ein wenig Zeit, um sich endgültig zu entscheiden, sei jedoch grundsätzlich interessiert. Es war unumgänglich, dass sie dieses Missverständnis richtigstellte.

„Mylord", begann sie in feierlichem Ton und entzog ihm ihre Finger. „Es gibt etwas, das ich Ihnen sagen muss."

Er schaute sie erwartungsvoll an. „Ja?"

„Sie waren so freundlich, mir einen Antrag zu machen ..."

„In der Tat, denn – ich wiederhole mich – ich wünsche mir nichts sehnlicher, als Sie zum Traualtar zu führen", unterbrach er sie ungeduldig und mit hoffnungsvoller Miene.

„Da ich für das, was ich Ihnen zu sagen habe, keine wirklich tröstenden Worte finde, bin ich so frei und spreche unumwunden. Mylord, ich kann Sie nicht heiraten."

„Nicht heiraten?", wiederholte er verdutzt. „Sie belieben zu scherzen."

„Keineswegs, Lord Wincote. Ich bin mir der Ehre durchaus bewusst, aber ich kann trotzdem nicht Ihre Frau werden."

Er starrte sie ungläubig an. „Sicher hat man Ihnen geraten, mich erst einmal abzuweisen, bevor Sie mich schließlich doch erhören, weil eine junge Dame für gewöhnlich den ersten Antrag abzulehnen pflegt."

„Nein, niemand hat meine Entscheidung beeinflusst. Außerdem liegt es mir fern, mit Ihren Gefühlen zu spielen."

„Warum sagen Sie dann Nein?", fragte er und machte eine hilflose Geste.

„Ich liebe Sie nicht."

„Das wird sich ändern, da bin ich mir ganz sicher. Aus diesem Grund möchte ich Sie ja auch unabhängig von den Proben sehen, damit wir uns besser kennenlernen."

„Meine Entscheidung steht fest", erwiderte sie mit sanfter Stimme.

„Lady Lavinia", begann er und schaute sie eindringlichen Blickes an, wobei er wieder ihre Hand ergriff. „Sie sagten, Sie würden mir nach der Aufführung unseres Theaterstückes antworten …"

„Das stimmt wohl, aber ich möchte Sie nicht im Ungewissen lassen, wenn ich doch bereits zu einem Ergebnis gekommen bin", entgegnete sie dem erregten jungen Mann und entzog ihm vorsichtig die Hand.

Wincote nahm nicht weiter Notiz davon. „Nein, ich bin davon überzeugt, dass Sie weit davon entfernt sind, einen klaren Entschluss gefasst zu haben. Ich werde also geduldig und wie abgemacht Ihrer endgültigen Antwort harren, bis wir das Stück aufgeführt haben."

„Sie werden weiterhin mit uns Theater spielen?", fragte sie erstaunt.

Er lächelte. „Natürlich."

„Obgleich Sie wissen, dass ich Ihnen am Ende doch einen Korb geben werde?"

„Das werden Sie ganz gewiss nicht tun, Mylady", betonte er

und beugte sich so weit vor zu ihr, dass sie annehmen musste, er wolle sie küssen. Aber er machte nur einen Diener, um sich zu empfehlen. „Bis zu dem besagten Termin vergessen wir diese kleine Unterredung am besten, meine Liebe“, sagte er und ging.

Kaum war die Tür hinter Lord Wincote ins Schloss gefallen, atmete Lavinia erleichtert auf, obgleich das Ergebnis ihrer Aussprache äußerst unbefriedigend war. Immerhin hatte sie sich unmissverständlich ausgedrückt und somit auch dem Wunsch der Stiefmutter entsprochen.

Auf dem Weg zu ihrem Schlafzimmer begegnete sie Miss Hastings.

„Nun? Ist er nicht ein ausgesprochen kultivierter und gefühlvoller Gentleman?“, fragte ihre alte Gouvernante mit verklärtem Blick. „Ich habe mich wohl gründlich in ihm geirrt. Er ist so freundlich und zuvorkommend. Ich bin froh, dass Sie und er ein Paar werden.“

„Hat er Ihnen das gesagt?“

„Nun, nicht direkt. Doch er bedeutete mir, dass es keinen Grund gebe, ihn nicht einige Minuten mit Ihnen allein zu lassen. Er ist ja so sympathisch ...“

„Miss Hastings, ich habe ihn keineswegs erhört, Sie hätten nicht ...“

„Oh, das sagte er auch. Doch fügte er hinzu, dass Ihre Antwort reine Formsache sei und Sie ihn nur auf die Probe stellen wollten. Er hat nicht vor, Sie zu enttäuschen, denn er ist sehr in Sie verliebt“, erklärte die ehemalige Gouvernante in schwärmerischem Ton.

Lavinia machte ein überraschtes Gesicht. „Sagte er das?“

„Jawohl. Er meinte, dass er Sie unendlich verehre und ohne Sie nicht existieren könne. Natürlich beschwor ich ihn, sich um Gottes willen nicht zu versündigen und seinem Leben ein Ende zu setzen. Zum Glück versprach er mir, sich meiner Worte zu erinnern, falls die Verzweiflung ihn zu übermannen drohe ...

Lavinia, was erheitert Sie so?“

Sie versuchte sich zu beruhigen, doch kaum hatten ihre Züge sich entspannt, brach sie wieder in lautes Gelächter aus. Keines weiteren Wortes fähig, setzte sie ihren Weg in ihr Schlafgemach fort, um sich, kaum dass sie es betreten hatte, auf dem Bett niederzulassen. Miss Hastings' Worte hatten sie nicht wirklich amüsiert, und das sardonische Gelächter, das sie überkommen hatte, verwandelte sich in der Einsamkeit ihres Zimmers in einen unkontrollierten Weinkrampf. Lord Wincote wollte sie um jeden Preis – James hingegen, den sie über alles liebte, verschmähte sie. Er hatte ihr doch eben erst erklärt, dass er es nicht mit ihr aufnehmen könne. Ganz bestimmt hatte er ihr mit seinem Kommentar zu ihrem kleinen Wettstreit im Greenpark einen diskreten Hinweis geben wollen, dass er sie nicht zur Frau haben wolle. Welcher jungen Dame mag er nur sein Herz geschenkt haben?, fragte sie sich schluchzend. Ich muss mich wohl damit abfinden, dass er meine Gefühle niemals erwidern wird …

Kraftlos erhob sie sich, legte ihr Reitkostüm ab und wusch sich das Gesicht, um sogleich in ein leichtes geblümtes Tageskleid zu schlüpfen. Während sie ihr frisch gebürstetes Haar im Nacken zusammenband, überwand sie sich und setzte ein Lächeln auf, bevor sie wieder in den Flur hinausschritt – in der Hoffnung, bei ihrer Malerei Zerstreuung zu finden.

In der zweiten Septemberwoche, als die Anklageerhebung gegen die Königin abgeschlossen war und deren Verteidigung auf Anfang Oktober vertagt wurde, sah Lavinia keinen Grund mehr, die Proben noch länger ausfallen zu lassen, zumal der *ton* zu den üblichen Amüsements zurückkehrte und sämtliche Beteiligten nun wieder Zeit für sie erübrigen konnten.

Sie hatte für den Nachmittag eine Zusammenkunft mit ihren Mitstreitern anberaumt und stellte gerade die Stühle im

Halbkreis auf, wie sie es jedes Mal zu tun pflegte, als James in den Ballsaal kam.

„Ach, ist noch niemand sonst hier?“, fragte er Lavinia freudig überrascht.

Sie sah ihn an und mahnte sich insgeheim, ganz ruhig zu antworten, damit er ihr nicht anmerke, wie aufgeregt sie war, ihn wiederzusehen. „Nein, du bist der Erste, James.“

Obwohl sie ein schlichtes Kleid trug und ihr Haar zu einem einfachen Knoten im Nacken zusammengebunden hatte und obgleich sie auffallend blass und erschöpft aussah, fand James sie bezaubernd. Ihre Augen hatten allerdings ihren Glanz verloren, was ihn zutiefst beunruhigte. „Lavinia, denkst du nicht, dass unser Theaterstück dich allmählich überfordert?“

„Nun, es ist fürwahr kein leichtes Unterfangen, aber was ich begonnen habe, führe ich auch zu Ende.“

„Ich bin froh, wenn es vorbei ist.“

„Ich auch“, gab sie ehrlich zu.

Er betrachtete sie aufmerksam. Womöglich sah sie der Aufführung nicht nur deswegen mit Ungeduld entgegen, weil die Vorbereitungen ihr über den Kopf zu wachsen begannen, sondern weil sie im Anschluss endlich ihre Verlobung mit Wincote bekannt geben wollte. Er setzte ein Lächeln auf. „Und wie steht es um deinen Verehrer?“

„Was meinst du?“

„Übt er sich noch immer in Geduld?“

„Ich habe ihn in letzter Zeit kaum gesehen“, erwiderte sie knapp. Ihr Stolz hinderte sie daran, ihm ihre Entscheidung zu offenbaren. Sie musste befürchten, dass sie zu redselig würde und mehr von ihren Gefühlen preisgäbe, als es ihr recht war. „Er musste wie du ins Parlament. Aber heute wird er wohl wieder an der Probe teilnehmen.“

Wie gerufen betrat Lord Wincote den Raum. Diesmal verfinsterte seine Miene sich nicht, als er James sah, sondern er setzte ein herzliches Lächeln auf, als freue er sich, ihn nach langer Zeit wiederzusehen. „Lady Lavinia, Corringham, guten Tag. Ich hoffe, es geht Ihnen gut, Mylady?"

„Es geht mir ausgezeichnet, Mylord. Und Ihnen?", erkundigte Lavinia sich höflich.

„Ich bin guter Dinge, danke", erwiderte Wincote mit einer Verbeugung.

„Ich bin froh, dass Sie heute Zeit finden konnten." Lavinia wies ihm einen Platz in der Runde an.

„Wo waren Sie das letzte Mal, Wincote?", fragte James in vorwurfsvollem Ton.

„Ich hatte wichtige Geschäfte zu erledigen. Lady Lavinia war so gütig, mir zu verzeihen ..."

„Ich hoffe, dass Ihre Verpflichtungen Sie nicht zu stark in Anspruch genommen haben. Sie sehen ein wenig erschöpft aus", bemerkte James unverblümt.

„Die jüngsten Ereignisse im Parlament nahmen mich leider gänzlich in Beschlag, genau wie Sie, Corringham."

„Hat Sie die Anklage gegen Ihre Majestät so sehr mitgenommen?"

„Nun, keineswegs. Allerdings bin ich durchaus der Meinung, dass die Königin das Recht haben sollte, mit ihrem Gemahl genauso zu verfahren, wie er es mit ihr zu tun pflegt. Ja, ich bin in der Tat für gleiches Recht für beide", erwiderte Wincote selbstbewusst.

Der Hauch eines Schmunzelns erschien um James' Mund. „Dann sind Sie also ein Verfechter der Gerechtigkeit?"

Wincote schaute ihn fragend an. „Natürlich."

„Dann hoffe ich für Sie, dass Sie Ihre Überzeugung nie bereuen müssen."

Lavinia schaute von einem Gentleman zum anderen. Gleichwohl die beiden in Rätseln sprachen, spürte sie, dass ihre Konversation nichts mit den Verhandlungen in Westminster zu tun hatte. Dass James ihr etwas über Lord Wincote verschwieg, war ihr nicht entgangen. Vermutete er jedoch noch immer, ihr Verehrer sei ein Dieb oder wisse zumindest etwas über den Verbleib der Juwelen, irrte er sich. Lady Grahams Schmuck war nämlich, so hatte Constance es ihr gegenüber kurz angedeutet, wieder aufgetaucht. Nur die Details über das Auffinden des Schmucks waren ihr noch nicht bekannt.

Zum Glück gesellte sich Lord Haverley, der gerade angekommen war, zu ihnen und unterbrach die merkwürdige Unterhaltung der beiden Gentlemen, indem er sein Bedauern darüber zum Ausdruck brachte, dass Lord Wincote den großen Greatorex verpasst habe. Weniger erbaulich erwies sich indes seine Ankündigung, Lady Rattenshaw sei leider unpässlich und müsse daher ein zweites Mal der Probe fernbleiben.

Lavinia hatte jedoch keine Gelegenheit, ihm ihre Betrübnis darüber auszusprechen, denn Lord Wincote erklärte für jedermann gut hörbar: „Ich werde Versäumtes bald aufholen, Lord Haverley. Lady Lavinia und ich haben nämlich die Absicht, demnächst Greatorex' ‚Romeo und Julia'-Aufführung im Theater anzusehen."

Lavinia stockte der Atem vor Schreck. Wincote versuchte tatsächlich, sie in die Enge zu treiben – davon einmal abgesehen, dass James und alle anderen Anwesenden annehmen mussten, sie habe mit ihrem Einverständnis, ihn ins Theater zu begleiten, auch ein Zeichen ihrer Zuneigung gesetzt, was nur auf eine Vermählung hinauslaufen konnte. Es war höchste Zeit, dass sie vor allem James darüber in Kenntnis setzte, dass sie ihrem beharrlichen Verehrer längst einen Korb gegeben hatte, gleichwohl dieser ihre Absage geflissentlich überhört hatte. Doch wie sollte sie dies anstellen, ohne gleichzeitig zu verraten, dass sie Wincote nicht heiraten konnte, weil sie bereits ihn, James, liebte, wodurch sie sich unnötig dem Schmerz unerwiderter Gefühle aussetzen würde?

In ihrer Not kam sie auf einen rettenden Gedanken, der sie zumindest vor dem Tête-à-tête mit Wincote bewahren würde. Fröhlich verkündete sie der Truppe, sie würde zu gern mit allen gemeinsam am nächsten Mittwoch ins Theater gehen und sie im Anschluss zu einer kleinen Feier ins „Reid's" einladen, um sich auf diese Weise für den selbstlosen Einsatz ihrer Mitstreiter zu bedanken. Insgeheim hoffte sie, dass sich im Restaurant überdies die Gelegenheit bieten würde, ein privates Wort mit James zu wechseln. Nachdem sämtliche Versammelten Lavinia ihre große Freude ob der zu erwartenden Zerstreuung zum Ausdruck gebracht hatten, widmeten sie sich, von Lord Wincote einmal abgesehen, umso schwungvoller dem fünften und letzten Aufzug ihres Theaterstücks.

Die kommenden Tage vergingen rascher, als Lavinia es vermutet hatte, und dies lag vor allem daran, dass sie nun wieder häufiger mit ihrer Truppe probte und viele kleine unvorhersehbare Arbeiten für die Aufführung zu erledigen hatte. Ehe sie es sich versah, fand sie sich am Abend des Theaterbesuchs vor dem Spiegel ihres Ankleidezimmers wieder. Sie hatte sich ein besonders exquisites Kleid aus dem Schrank geben lassen und drehte sich nun in ihrer Robe aus hellblauem Musselin, die an Dekolleté und Saum mit unzähligen Perlen bestickt war, mit prüfendem Blick um die eigene Achse.

„Wie liebreizend!", schwärmte Daisy. „Lord Wincote wird Ihnen zu Füßen liegen."

Natürlich dachte Lavinia nicht an ihn, als sie sich im Spiegel begutachtete. Doch wie sollte sie James gegenübertreten, ohne sich gründlich der Lächerlichkeit preiszugeben? Sie konnte ihm kaum sagen: ‚James, ich liebe dich – nicht wie einen Bruder, sondern ich begehre dich als Mann.' Er wäre zutiefst geschockt ob der unverblümten und unerwarteten Mitteilung, insbesondere dann, wenn er wirklich bereits eine andere Frau zu heiraten in Erwägung zog.

Sie konnte ihn nicht einfach aufgeben. Sie musste ihn irgendwie davon überzeugen, dass sie kein Schulmädchen mehr war, dass sie fühlte und dachte wie eine erwachsene junge Frau, die Leidenschaft empfand, die ihn brauchte wie die Luft zum Atmen, deren sehnlichster Wunsch es war, ihn glücklich zu machen.

Voller Zuversicht und mit der Absicht, James auf ihre Weiblichkeit aufmerksam zu machen und ihn zu betören, ging sie in Begleitung Lord Haverleys und Miss Constance' ins Theater, wo alle übrigen geladenen Freunde und Bekannte, auch die offensichtlich genesene Lady Rattenshaw, die Sir Percy begleitete, längst ihre Plätze eingenommen hatten. Nur ein Gentleman war nirgends zu sehen: der Earl of Corringham.

Welch große Bedeutung Lavinia diesem Abend doch beigemessen hatte, als entscheide sich heute ihre Zukunft! Sie war so betrübt, dass die Liebesschwüre, die Romeo und Julia tauschten, ungehört an ihr vorüberzogen. Es war alles zu Ende, bevor es überhaupt begonnen hatte.

Während James von Major Greenaway aufgehalten wurde, um zu erfahren, dass es mangels Beweisen immer aussichtsloser wurde, Wincote des Diebstahls zu bezichtigen, und man übereinkam, die Sache erst einmal auf sich beruhen zu lassen, ergriff der unerschrockene Lord Edmund Wincote in der Pause die Gelegenheit, sich Lavinia zu nähern und ihr unmissverständlich deutlich zu machen, dass er sie ungeachtet ihrer Entscheidung weiterhin zu hofieren beabsichtige.

„Mylady, die Kunst eines Mr. Greatorex bleibt sicher unerreicht für uns. Dennoch bin ich davon überzeugt, dass wir dank Ihres Einsatzes und Ihres Talents eine glänzende Vorstellung geben und reichlich Geld für das Waisenhaus einnehmen werden", sagte er und nahm auf dem Sessel neben ihrem Platz.

„Vielen Dank, Mylord."

Er ergriff ihre Hand und drückte sie inniglich. „Meine

Liebe, Sie können sich gar nicht vorstellen, wie sehr ich mich auf die Aufführung freue, kann ich es doch kaum erwarten, Ihre Entscheidung zu erfahren. Es fällt mir, wie ich gestehen muss, von Tag zu Tag schwerer, mich in Geduld zu üben."

Sie zuckte leicht zusammen und entzog ihm ihre Finger. „Mylord", flüsterte sie, „ich werde Sie nicht heiraten. Warum können Sie dies nicht akzeptieren? Es gibt genug andere junge Damen, die …"

„Aber es gibt nur *eine* Lady Lavinia", unterbrach er sie bewundernden Blickes.

„Lord Wincote, ich bitte Sie. Bringen Sie mich nicht länger in Verlegenheit. Mein Entschluss steht fest."

Zu Lavinias größter Überraschung und unaussprechlicher Erleichterung kam just in diesem Augenblick James in ihre Loge.

Er verbeugte sich. „Bitte verzeih mir meine Verspätung, Lavinia. Ich wurde aufgehalten."

„Ist sie hübsch?", platzte es unbedacht aus ihr heraus.

„Oh ja. Wunderschön", erwiderte er in feierlichem Ton.

„Darf man gratulieren?"

„Noch nicht."

Sie setzte ein strahlendes Lächeln auf. „Ich erzählte Lord Wincote gerade, dass ich zu einer Entscheidung gekommen bin …" Sie hielt inne, um James' Reaktion abzuwarten, um zu sehen, ob seine grauen Augen irgendeine Gefühlsregung preisgaben. Tatsächlich wurde seine Miene finster, doch binnen Sekunden lächelte er wieder. Lavinia musste befürchten, es sei ihm einerlei.

„Und wie lautet deine Entscheidung?"

„Was meinen Sie, Lord Corringham?", fuhr Wincote leichthin dazwischen, in der Hoffnung, den Rivalen mit seinem selbstbewussten Gebaren zu einer falschen Schlussfolgerung zu veranlassen.

Seine Rechnung ging auf. „Dann muss ich Ihnen wohl

gratulieren", erwiderte James mit zusammengebissenen Zähnen und machte auf dem Absatz kehrt, ohne Lavinias flehenden Blick zur Kenntnis genommen zu haben, der ihm bedeutet hätte, dass er völlig falschlag mit seiner Annahme. Erst nach der Pause kehrte er in die Loge zurück, wobei er Lavinia jedoch geflissentlich ignorierte.

Nach der Vorstellung fand James sich in Gedanken verloren auf der Straße wieder. Erst als er Sir Percy und Lady Rattenshaw unter den aus dem Theater strömenden Leuten entdeckte, ließen ihn die trüben Gedanken wieder los.

„Kann ich Sie in meiner Kutsche zu ‚Reid's' mitnehmen?"

„Liebend gern", erklärte Sir Percy und rieb sich die Stirn. „Leider plagen mich Kopfschmerzen, und daher würde ich gern nach Hause fahren und mir etwas Ruhe gönnen. Ich wäre Ihnen dankbar, wenn Sie sich Miss Doubledays annehmen und sie zum Restaurant eskortieren würden. Bitte entschuldigen Sie mich bei Lady Lavinia."

Kaum hatten James und Lady Rattenshaw sich von ihrem Freund verabschiedet, kam Lavinia aus dem Theater und sah die beiden zu James' Kutsche gehen. Nie zuvor hatte sie ihn in Begleitung dieser Dame gesehen, zudem so vertraut die Köpfe zusammensteckend und lebhaft plaudernd. Könnte womöglich Lady Rattenshaw die geheimnisvolle Frau sein, in die James sich verliebt hatte? Immerhin erinnerte sie sich daran, dass er sie damals auf Miss Constance' Ball unvergleichlich schön gefunden hatte. Verwundert und betrübt zugleich folgte sie Lord Haverley und seiner Begleiterin zu deren Kutsche. Sie konnte nur hoffen, dass der weitere Abend sich halbwegs entspannt gestalten und sie Gelegenheit finden würde, James endlich aufzuklären über ihre Entscheidung.

Auf dem Weg zu „Reid's" erfuhr James von Marianne, dass Lord Wincote ihr gemeinsames Vorhaben, für einige Zeit aufs Land zu fahren, aufgegeben habe mit der Begründung, er könne Lady Lavinia nicht ins Unglück stürzen durch den Skandal, den sie verursachen würden. Natürlich wussten Marianne und James nur zu gut, dass der Duke of Loscoe den Gentleman neulich im Parlament ermutigt und wider Erwarten eine großzügige Mitgift in Aussicht gestellt hatte.

Dass Miss Doubleday sich überhaupt ins Theater gewagt hatte, war dem Umstand zu verdanken, dass sie und Sir Percy sich eine plausible Geschichte ausgedacht hatten, sollte Mr. Greatorex ihren Weg kreuzen. In diesem Fall würde sie ihn zur Seite ziehen und ihm erzählen, sie sei einer Wette wegen in die Rolle der reichen Lady Rattenshaw geschlüpft und dürfe sich nicht zu erkennen geben. Auf diese Weise musste sie Lady Lavinia nicht enttäuschen und aus dem Stück ausscheiden.

Kaum hatte Lavinias Gesellschaft sich an der eigens für sie reservierten Tafel in dem geschmackvoll mit Palmenkübeln und festlichen Kandelabern ausgestatteten Restaurant niedergelassen, als für alle gleichermaßen unerwartet Mr. Greatorex in den Saal kam.

Hocherfreut erhob Lavinia sich und eilte ihm entgegen. „Mr. Greatorex, hätte ich gewusst, dass Sie nach Ihrer Vorstellung im ‚Reid's' zu speisen pflegen, hätte ich Sie natürlich eingeladen, mit uns zu dinieren. Bitte kommen Sie doch an unseren Tisch."

Zu Lady Rattenshaws Bestürzung wies Lavinia dem Künstler den Platz neben ihr an, welcher Sir Percys Unpässlichkeit wegen unbesetzt geblieben war. Umgeben von all ihren neuen Bekannten sah sie natürlich keine Möglichkeit, den Kollegen ins Vertrauen zu ziehen.

James, der Marianne gegenübersaß, warf ihr einen flehenden und zugleich warnenden Blick zu. Er konnte nur hoffen, dass der Schauspieler, ahnungslos, wie er war, nichts von sich gab, das Marianne vor versammelter Runde enttarnte und bloßstellte.

„Ich denke, Sie kennen bereits jeden hier am Tisch, außer Lord Wincote, der den Part des Lysander übernommen hat." Lavinia nickte dem Gemeinten freundlich zu. „Und Lady Rattenshaw. Sie ist erst vor Kurzem aus Indien zurückgekehrt und hat sich für unser bescheidenes Vorhaben als eine unglaubliche Bereicherung herausgestellt. Sie werden bald zu sehen bekommen, wie überzeugend sie die Helena spielt."

„Oh, ich kann es kaum erwarten", erwiderte der große Mime mit leiser Ironie in der Stimme und setzte ein Lächeln auf, das man ohne Weiteres auch als ein Schmunzeln hätte deuten können. „Guten Abend, *Mylady*."

Marianne nickte nur und warf ihm einen vernichtenden Blick zu, der Lavinia nicht entging. Irgendetwas geht hier nicht mit rechten Dingen zu, dachte sie bei sich. Und James weiß etwas darüber, dessen bin ich mir sicher, so aufgesetzt unbeteiligt er sich gerade gibt, als finde er ihr Gebaren nicht im Geringsten sonderbar. Sobald sich mir eine Gelegenheit bietet, werde ich ihn zur Rede stellen.

Von dieser Irritation einmal abgesehen, gestaltete sich der Abend ungemein unterhaltsam. Das Menü war ausgezeichnet, der Wein floss in Strömen, und alle Gäste plauderten lebhaft miteinander. Greatorex hatte zum Glück so viel Feingefühl an den Tag gelegt, dass er, als ahne er, wie wichtig sein Schweigen bezüglich Lady Rattenshaw war, seiner Tischnachbarin nicht mehr Aufmerksamkeit schenkte als den anderen Gästen. Selbst Lady Lavinia fand Ablenkung von ihrem Kummer, lachte und scherzte mit Sir Percy und Duncan und widmete sich mit gutem Appetit dem köstlichen Menü. Im Zuge dieser Unbeschwertheit neckte sie James in gewohnter Weise, worüber dieser sich trotz seiner Betrübnis freute, denn er hatte Lavinia schon lang nicht mehr so gut gelaunt gesehen. Auch Lord

Wincote profitierte von ihrer überschwänglichen Fröhlichkeit. Sie pflegte überaus höflich und zuvorkommend Konversation mit ihm und nährte auf diese Weise einmal mehr seine Zuversicht, sie am Ende doch zum Traualtar zu führen.

Sie machte keine weitere Anstrengung mehr, ein privates Gespräch mit James zu suchen. Was spielt es noch für eine Rolle, ob er jetzt von meiner Entscheidung bezüglich Lord Wincotes Antrag erfährt oder später, wie all die anderen, fragte sie sich insgeheim. War Lady Rattenshaw tatsächlich seine heimliche Auserwählte, würde sie, Lavinia, sich mit ihrem Geständnis, das ihm gleichsam kindisch vorkommen musste, nur lächerlich machen. Fühlte er sich von reiferen Frauen angezogen, hatte sie wahrlich keine Chance, von ihm eine Liebeserklärung zu hören. Überdies schlug die Uhr bereits zwei, und einer nach dem anderen empfahl sich mit dem Versprechen, bei der nächsten Probe pünktlich zu sein, denn man hatte sich vorgenommen, bei dieser Gelegenheit die von Constance und ihren Gehilfinnen genähten Kostüme anzuprobieren, umso einen Vorgeschmack auf die unmittelbar bevorstehende Aufführung zu bekommen.

10. KAPITEL

Dankbar, sich vorerst nicht mit ihrer misslichen Situation auseinandersetzen zu müssen, widmete Lavinia den Vorbereitungen für die bevorstehende Aufführung viel Zeit. Sie entwarf eine Ankündigung, die in der Tageszeitung veröffentlicht werden sollte, schrieb Einladungen an sämtliche Freunde und Bekannten stellte die Bühnenbilder fertig und instruierte die Dienerschaft, wie der Ballsaal einzurichten war, damit man unverzüglich mit den Räumungs- und Dekorationsarbeiten beginnen konnte.

Endlich brachte Constance die Kostüme für die heutige und vorletzte Probe, und während um sie herum die Lakaien Mobiliar für das Bühnenbild quer durch den Raum trugen und Lavinia die kunstvoll geschneiderten Gewänder über Stühle, Sessel und Tische auszubreiten begann, um sie in Augenschein nehmen zu können, verkündete Constance überglücklich, dass Lord Haverley ihr, was sie nicht mehr zu hoffen gewagt hatte, einen Heiratsantrag gemacht habe – trotz mangelnder Mitgift. Lavinia freute sich für die Freundin, dass sie einen Mann gefunden hatte, der sie um ihrer selbst willen und nicht des Geldes wegen zum Traualtar führen wollte, und gratulierte ihr gerade überschwänglich, als der Butler in den Raum kam und den Earl of Corringham ankündigte.

James trat ein und kam auf die beiden jungen Damen zu, um sie zu begrüßen. Er schüttelte lächelnd den Kopf ob der regen Geschäftigkeit, die um sie herum herrschte.

„Weißt du wirklich, worauf du dich eingelassen hast?“, fragte er und schaute neugierig auf das Gewand, das Lavinia über dem Arm trug. Er nahm es ihr ab, um es eingehender zu betrachten, wobei sie einander flüchtig streiften.

Lavinia vermochte nur mit Mühe die Contenance zu bewahren, hatte doch allein diese kurze, aber sehr sanfte Berührung ihr Herz gleichsam erbeben lassen. „Natürlich. Ich habe mir nichts Geringeres vorgenommen, als Shakespeares ‚Ein Sommernachtstraum' aufzuführen", erwiderte sie mit geröteten Wangen.

„Oh ja, es ist in der Tat ein Traum – einer, aus dem du erwachen wirst, um festzustellen, dass der Mann, den du liebst, dich schändlich getäuscht hat", erwiderte er, während Constance sich etwas von ihnen entfernte und einen kritischen Blick auf die Kostüme warf, um die Konversation, die ohnehin unverständlich war für sie, zu überhören.

Lavinia wurde wütend. „Was weißt du schon über den Mann, den ich liebe? Du kennst mich offensichtlich überhaupt nicht. Oh, du glaubst wohl, dass du es tust, doch da irrst du dich. Du siehst nur das Kind in mir, das ich einmal war ..."

„Du bist kein Kind mehr."

„Wie schön von dir, dies zu bemerken", erwiderte sie. „Ich bin alt genug, um mich zu verheiraten."

„Wie wahr ... indes kann ich nicht glauben, dass du in Lord Wincote verliebt bist. Und ebenso wenig glaube ich, dass seine Gefühle für dich aufrichtig sind. Ich bitte dich inständig, deine Antwort auf seinen Antrag noch einmal zu überdenken."

„Was hast du nur gegen den armen Mann einzuwenden?"

„Ich bin davon überzeugt, dass er ein Mitgiftjäger ist."

„Deine Behauptung entbehrt jeder Grundlage, James. Außerdem ist es mir egal, ob er es auf mein Geld abgesehen hat oder nicht. Ich habe meinen Entschluss nämlich längst gefasst: Ich ..." Sie brach ab und schaute ihn misstrauisch an. „Du machst ein Gesicht, als ginge morgen die Welt unter. Wenn ich es nicht besser wüsste, James Corringham, würde ich sagen, du bist missgünstig. Du kannst es offensichtlich nicht ertragen, dass mich jemand zu seiner Frau zu machen wünscht, obgleich du mich gar nicht haben willst ..."

„Lavinia, du irrst dich. Du irrst dich gewaltig. Ich ..."

Die Flügeltür ging auf, und Miss Hastings kam mit Augusta, Jack, Andrew und der kleinen Beth in den Ballsaal. Die Kinder quietschten vergnügt vor Aufregung, mit den Erwachsenen proben zu dürfen, und stürmten auf den Onkel zu, um ihn herzlich zu umarmen. Wie lange er doch darauf gewartet hatte, mit Lavinia offen zu sprechen, und nun war die Gelegenheit von einer Sekunde auf die andere vertan.

Wie so oft in letzter Zeit hatte Lavinia Mühe, sich auf ihre Rolle zu konzentrieren, gleichwohl Mr. Greatorex ein weiteres Mal gekommen war, um den Laienschauspielern Hilfestellung zu geben. Lord Wincote zog sie, als man zur zweiten Szene des zweiten Aufzugs übergegangen war, zu sich und schaute ihr tief in die Augen. „‚Ein Rasen diene uns als Kissen für uns zwei: ein Herz, ein Bett, zwei Busen, eine Treu.'“

Lavinia erschauderte ob der Worte, die Hermia zu Lysander, dem Mann, den sie über alles liebte, sprach: „‚Ich bitt' Euch sehr, um meinetwillen, Lieber! Liegt nicht so nah, liegt weiter dort hinüber …!'“

„Nein, nein, nein!“, rief Lancelot Greatorex verzweifelt aus. „Sie ist in Lysander verliebt! Sie deutet ihrem Liebsten doch an, er solle von ihr abrücken, damit sie nicht jeden Anstand und sich selbst vergisst und sich in größter Leidenschaft auf ihn stürzt. Bei Ihnen sah es eben so aus, als sei Hermia über Lysanders Nähe entsetzt und wolle ihn rasch wieder loswerden.“

Lavinia konnte tatsächlich weder Wincotes Nähe noch die eindringlichen Worte des Lehrmeisters länger ertragen. Laut aufschluchzend wandte sie sich um und floh aus dem Saal. Kaum hatte sie sich in der Abgeschiedenheit ihres Schlafzimmers wieder ein wenig erholt, beschloss sie, nachdem sie den anderen hatte ausrichten lassen, die Probe ohne sie fortzusetzen, die Duchess in ihren Privatgemächern aufzusuchen, in der Hoffnung, Frances wisse etwas über James' Heiratspläne.

Denn schließlich hatte die Stiefmutter ihn darum gebeten, sich endlich eine Frau zu suchen. Sie sah sich nicht länger imstande, die quälende Ungewissheit, von der James sie offensichtlich nicht zu befreien gedachte, zu ertragen.

In der Tat vermochte die Duchess of Loscoe sie in gewisser Weise zu trösten. Sie bestätigte ihr, dass James verliebt sei, wobei sie einen Namen nicht nennen konnte oder wollte. Sie bestärkte ihre Stieftochter aber in dem Vorhaben, um ihn zu kämpfen, denn sie wusste natürlich schon längst, dass das Mädchen sich in James verliebt hatte. Überrascht ob Frances' guter Beobachtungsgabe und mit neuem Mut ausgerüstet, begab Lavinia sich wieder nach unten und durchquerte die Halle in Richtung Ballsaal, wo noch immer geprobt wurde. Sollte sie James denn wirklich ihr Herz ausschütten, wie es ihr die Duchess geraten hatte? Wenn sie es sich so recht überlegte, hatte sie eigentlich überhaupt nichts zu verlieren – außer vielleicht ihren Stolz.

Am Abend fand sich die ganze Familie zum Dinner in Stanmore House ein. Auch James war anwesend, vor allem um sicherzugehen, dass es Lavinia besser ging, und bei Gelegenheit an ihr Gespräch anzuknüpfen, welches sie am Nachmittag hatten abbrechen müssen.

Bei Tisch sprach man wie so oft über die Frage, ob die Königin sich gegen ihren Gemahl behaupten würde.

„Sie wird die Scheidung kaum verhindern können", bemerkte die Duchess zu ihrem Gemahl. „Das würde Seine Majestät niemals dulden."

„Nicht einmal ein König vermag etwas gegen eine entschlossene Frau auszurichten", erwiderte James mit einem bedeutsamen Blick zu Lavinia. Doch sie schien seine Anspielung nicht vernommen zu haben. Gedankenverloren schob sie ihr Essen von einer Seite des Tellers auf die andere, ohne etwas davon zu sich zu nehmen. Er wünschte sich insgeheim, er könne unter vier Augen mit ihr sprechen und erfahren, worüber sie so nachgrübelte und warum es ihr seit einiger Zeit an Konzentration mangelte. Er konnte nur hoffen, dass ihre Aufführung nicht gänzlich missglückte.

„Man sagt, dass Lord Wincote etwas höchst Brisantes gegen Seine Majestät in der Hand haben soll“, fügte Duncan erregt hinzu. „Ist das wahr, Sir?“

Der Duke of Loscoe seufzte. „Ich kann mir nicht erklären, wie diese Geschichte an die Öffentlichkeit kommen konnte. Von Brisanz kann gar keine Rede sein.“

Lavinia horchte auf. „Papa, du hast auch davon gehört?“, fragte sie verblüfft.

„Wincote wandte sich an Lord Brougham, den Verteidiger der Königin, und ließ ihn wissen, er sei im Besitz eines Schreibens, das vor Jahren sein Großvater Charles Wincote verfasst hat. Brougham aber sah davon ab, es zu verwenden, da es nichts Neues enthält“, erklärte Seine Gnaden ruhig.

„Was steht denn in dem Brief geschrieben?“, fragte Duncan weiter.

„Nichts, das wir nicht bereits wüssten. Wincotes Großvater hatte ein Verhältnis mit Lady Jersey, und zwar bevor der König selbst Anspruch auf die Frau erhob. Der Prince of Wales, der er damals noch war, bot Charles Wincote als Entschädigung und für das Versprechen, sich aufs Land zurückzuziehen, den Titel eines Barons an und schenkte ihm überdies das Gut in Cumberland. Und Wincotes Großvater ging auf den Tauschhandel ein.“

„Ist das alles?“, fragte der Stiefsohn enttäuscht.

Der Duke lachte. „Ja. Meinem Dafürhalten nach hat Lord Wincote mit seinem jugendlich unüberlegten Handeln nun aber auch ausreichend seine Sympathie für die Königin zum Ausdruck gebracht. Und wie wir sehen konnten und noch immer sehen, steht er mit seiner Meinung nicht allein. Wie dem auch sei, es sieht so aus, dass Ihre Majestät tatsächlich den Prozess gewinnt und einer Scheidung entgehen wird. Allerdings wird sie dennoch keine Möglichkeit haben, sich mit ihrem Gemahl krönen zu lassen."

James lauschte den Ausführungen seines Stiefvaters höchst aufmerksam. Er konnte sich nicht genug darüber wundern, dass der Duke so gleichmütig und wohlwollend über Wincote plauderte. Allerdings musste er zugeben, dass Wincotes politische Gesinnung nichts bedeutete im Vergleich zu den Anschuldigungen, die er sich würde gefallen lassen müssen, wenn der richtige Zeitpunkt gekommen war.

Die Generalprobe stellte sich als eine Katastrophe heraus, was Mr. Greatorex keineswegs beunruhigte. „Es ist ein gutes Zeichen", sagte er, als die letzte Szene gespielt worden war und alle Beteiligten sich noch einmal zusammenfanden. „Die Vorstellung morgen Abend wird uns gut gelingen, seien Sie sich dessen gewiss, Mylady."

„Glaube versetzt bekanntlich Berge", flüsterte James, der hinter Lavinia stand. „Falls du zum Bergeversetzen noch Hilfe benötigst, dann stehe ich dir gern zur Verfügung. Soll ich vielleicht etwas früher hier sein morgen?"

Lavinia seufzte. „Ja, bitte. Ich brauche deinen Beistand jetzt sehr. Und außerdem muss ich dir etwas sagen, das nur für deine Ohren bestimmt ist."

„Das trifft sich gut. Auch ich habe dir etwas zu sagen", erwiderte er mit einer Verbeugung, bevor Sir Percy ihm vorschlug, bei „White's" vorbeizuschauen.

Des Nachts in ihrem Bett liegend, fand Lavinia keinen Schlaf. Hermias Worte purzelten ihr ungeordnet durch den Kopf, sie dachte an all die Dinge, die sie vergessen hatte zu erledigen, an Lord Wincote, der sich beharrlich über ihre Entscheidung hinwegsetzte, und an James, der zu seinem alten Humor zurückgefunden zu haben schien, während ihr das Herz so unendlich schwer war ob der Sorge, dass sie ihm weder Schwester noch Gemahlin sein würde, nachdem sie ihm gestanden hätte, wie sehr sie ihn liebte.

11. KAPITEL

Am nächsten Nachmittag, wenige Stunden vor der am Abend anberaumten Aufführung ihres Theaterstücks, kam James wie versprochen etwas früher, um Lavinia bei den letzten Vorbereitungen zu helfen.

Er betrat den hell beleuchteten Saal, wo zahlreiche Bedienstete mit Blumenkübeln, Girlanden und Tabletts geschäftig hin und her liefen und Lavinia gerade den Vorhang für ihre kleine Bühne zurechtzupfte. „Hier bin ich, Lavinia, um Berge mit dir zu versetzen!“, rief er heiter aus.

Sie schaute sich um. „Oh James! Ich wusste, dass ich mich auf dich verlassen kann“, erwiderte sie, wobei ihr das Herz zu rasen begann.

Er legte Hut und Stock auf dem kleinen neben der Flügeltür befindlichen Konsoltisch ab und streckte freundschaftlich die Arme vor. „Natürlich. Du weißt, ich bin stets zur Stelle, wenn du mich brauchst.“

Das unwiderstehliche Bedürfnis, ihn zu berühren, bemächtigte sich ihrer, und sie ergriff seine Hände, um ihn zu sich zu ziehen und ihm einen Kuss auf die Wange zu geben. „Ich danke dir, James.“

„Wofür, Lavinia? Ich habe dir doch nichts als Kummer bereitet“, erklärte er mit gesenktem Blick und hob ihre Hände eine nach der anderen zum Kuss an die Lippen.

„Wie kannst du so etwas sagen? Du bist doch mein geliebter …“ Sie brach ab und schaute zu ihm auf. Er wartete darauf, dass sie den Satz beendete, doch sie sah sich außerstande, das Wort ‚Bruder‘ in den Mund zu nehmen.

„Bruder?“, sprach er es für sie aus.

„Nein. Du bist nicht einmal mein Stiefbruder, wenn man es genau bedenkt. So nannte ich dich, als ich noch ein Kind war.“

„Und jetzt bist du eine junge Frau“, sagte er ruhig, während er ihre Handflächen an seine Brust schmiegte, sodass sie seinen Herzschlag fühlen konnte. Er lächelte. „Weißt du, ich habe darauf gewartet, dass du erwachsen wirst."

„Hast du das wirklich?"

„Ja." Er beugte sich vor zu ihr und küsste sie auf die Stirn, dann auf die Wangen. Die überaus sanfte und flüchtige Berührung seiner Lippen versetzte sie in größte Erregung. Wohlige Wärme breitete sich in jeder Faser ihres Körpers aus, und sie musste seufzen.

„Lavinia?"

„Ja?", flüsterte sie mit zitternder Stimme.

„Wir haben uns noch sehr viel zu sagen, meine Liebe. Doch warten wir lieber die Aufführung ab. Ich bin jetzt doch zu aufgeregt, um mit dir all das zu besprechen, was mir seit Monaten, wenn nicht gar seit Jahren auf der Seele liegt. Versprichst du mir, bis dahin keine Dummheiten zu machen?"

„James, ich …"

„Bitte sag jetzt nichts mehr. Reden wir später darüber", unterbrach er sie fast flehenden Blickes und ließ sie los, um nicht die Contenance zu verlieren und zu guter Letzt seinen Text zu vergessen. „Nun erzähl mir, wo und wie ich dir noch behilflich sein kann."

Sie lachte und wies ihm eine Arbeit zu. Obgleich sie noch immer nicht genau wusste, wie James nun zu ihr stand, war sie doch von neuer Hoffnung erfüllt.

Unterdessen trafen einer nach dem anderen Lavinias Mitstreiter in Stanmore House ein und begaben sich unverzüglich in die Umkleidezimmer, um in ihre Kostüme zu schlüpfen. Als auch Lavinia sich von Daisy in ihr Kleid helfen ließ, kam Miss Hastings herein und teilte ihr mit, dass der Saal schon gut gefüllt und Major Greenaway in Begleitung eines ihr unbekannten Gentlemans gekommen sei, der, entgegen der festlichen Stimmung, ein recht düsteres Gesicht mache.

Lavinia maß den Worten ihrer ehemaligen Gouvernante jedoch wenig Bedeutung bei und ließ sich von ihrer Zofe die Frisur arrangieren.

Mr. Greatorex hatte zum Glück recht behalten: „Ein Sommernachtstraum“ wurde ein voller Erfolg. Die Zuschauer huldigten den Amateurschauspielern nicht nur mit begeisterten Zurufen und Beifall, sondern sie zeigten sich auch äußerst spendabel, sodass eine beträchtliche Summe für das Waisenhaus zusammenkam.

Gleichermaßen glücklich wie erschöpft zog Lavinia sich, noch immer in ihr Kostüm gehüllt, in die gegenüber dem Ballsaal gelegene Bibliothek zurück und nahm in einem der Sessel vor dem Kamin Platz, um in aller Stille zu sich selbst zu finden und Kraft für die ihr bevorstehende Unterredung mit James, aber auch für die mit Lord Wincote zu sammeln.

„Lady Lavinia, da sind Sie ja! Ich habe bereits eine ganze Weile nach Ihnen gesucht. Warum verstecken Sie sich?“

Sie hob den Blick und sah, als habe der Gentleman ihre Gedanken gelesen, Lord Wincote vor ihren Ohrensessel treten. Er hatte sich bereits umgezogen und stand nun in einem eleganten Frack vor ihr. „Ich verstecke mich nicht, Mylord. Ich brauche ein wenig Zeit und Ruhe, um mich von den Strapazen zu erholen, das ist alles.“

„Ich verstehe“, erwiderte er väterlich nickend, während er sich ihr gegenüber auf dem Stuhl niederließ, wobei ihre Knie sich fast berührten. Er nahm ihre Hände in seine und beugte sich zu ihr vor. „Wir sollten beide gemeinsam hier einen kleinen Moment in Ruhe verharren. Ich versichere Ihnen, dass Sie bald wieder bei Kräften sind und bereit sein werden, die Welt zu erobern.“

Sie schaute auf ihre fest von ihm umschlungenen Hände und begann sich äußerst unwohl zu fühlen. Indes war sie zu schwach, sich ihm zu entziehen. Wie so oft wünschte sie sich, James möge kommen und sie aus der misslichen Lage befreien. „Mylord …"

„Edmund", verbesserte er sie und hob eine Hand, um ihr die Wange zu streicheln. Sie erschauerte. „Sie haben doch nicht etwa Angst vor mir?"

„Nein."

„Dann sehen Sie mich an."

Sie tat widerwillig, wie ihr geheißen, und schaute in zwei schwarze, stechende Pupillen. Sie schien gleichsam in ihnen zu versinken und vermochte den Blick nicht mehr abzuwenden. Bleierne Schwere bemächtigte sich ihrer, als sie seine monotone sonore Stimme vernahm. „Sie sind so müde nach all den Anstrengungen, dass wir beide in stiller Eintracht beieinander sitzen bleiben. Sie sind so ungemein müde …" Seine Stimme ging in ein tiefes Summen über. Die Augen fielen ihr unaufhaltsam zu, bis sie schließlich einschlief.

James konnte Lavinia nirgendwo entdecken. Bei all den vielen Menschen, die sich begeistert von ihren Plätzen erhoben und sich vor der Bühne versammelt hatten, um ein paar Worte mit dem großen Mr. Greatorex wechseln zu können, hatte er sie aus den Augen verloren. Wincote war ebenfalls verschwunden, und er konnte nur hoffen, dass dies kein schlechtes Zeichen war. Als er in die Halle hinaustrat, kam Major Greenaway in Begleitung eines ernst aussehenden Mannes auf ihn zu, der ihm als der Juwelier Mr. Theobald Tribble vorgestellt wurde. Ohne Umschweife erklärte der Gentleman ihm, gestern sei ein junger Herr in seinen Laden gekommen, der den Schmuck Lady Willoughbys habe verkaufen wollen. Er habe nun den Verdächtigen auf der Bühne gesehen, sei sich aufgrund seines Kostüms jedoch nicht ganz sicher und wünsche, den Mann noch einmal zu Gesicht zu bekommen. Kurzerhand begaben die drei Gentlemen sich gemeinsam auf die Suche nach Wincote und Lavinia.

„Kommen Sie, meine Liebe“, sagte Edmund vollkommen ruhig, aber bestimmt, als spreche er zu einem Kind. „Man wartet darauf, dass wir unsere Verlobung bekannt geben. Seine Gnaden hat eigens für diesen Anlass Champagner einschenken lassen.“

„Ich bin müde“, erwiderte Lavinia einsilbig. „Lassen Sie mich schlafen.“

Wincote erhob sich und ergriff ihren Arm. „Sie können so lange schlafen, wie Sie möchten, sobald die Formalitäten erledigt sind. Doch nun sind Sie brav, stehen auf und haken sich bei mir ein.“

Zu müde und betäubt, um ihm Widerstand zu leisten, erhob sie sich schließlich.

„Jetzt, meine Liebe, sind Sie wieder Sie selbst, setzen ein Lächeln auf und fühlen sich ausgezeichnet. Sie haben viel Beifall für Ihre Aufführung geerntet und werden den Mann heiraten, den Sie lieben. Stimmen Sie mir zu?“

„Ja.“ Sie lächelte willenlos, wurde jedoch augenblicklich unruhig, als er sie aus der Bibliothek hinausgeleiten wollte.

Im Entree stand plötzlich James vor ihnen. „Lavinia! Gott sei Dank, dass ich dich endlich gefunden habe.“

„Sie können mir zu meinem großen Glück gratulieren, Lord Corringham“, erklärte Lord Wincote eilfertig und zog mit einem triumphierenden Lächeln Lavinia näher an sich. „Wir wollten gerade in den Ballsaal zurückkehren, um unsere Verlobung bekannt zu geben.“

„Oh, das werden Sie nicht tun! Lavinia, sag ihm, dass er sich in einem schweren Irrtum befindet!“, rief James entsetzt aus. „Wincote, Sie sind ein ausgemachter Scharlatan!“

„Hüten Sie Ihre Zunge, Mylord!“, warnte sein Widersacher

ihn. „Ihre Beleidigung könnte Folgen haben."

„Nicht wenn ich meine Anschuldigung beweisen kann." James wandte sich zu Lavinia. „Mach keine Dummheit. Wenn du mich liebst, dann sag endlich etwas."

Sie schaute zu ihm auf und lächelte verklärt. „Ich heirate den Mann, den ich liebe."

James konnte nicht glauben, was er hörte, und ergriff ihre Hand. Sie jedoch entzog sich seiner Berührung, was ihm wie ein Schlag ins Gesicht anmutete.

„Corringham, ich wäre Ihnen dankbar, wenn Sie uns aus dem Weg gingen", sagte Wincote ruhig. „Wir werden erwartet. Sie können uns gern Gesellschaft leisten, wenn Sie es wünschen, aber nur unter der Bedingung, dass Sie Lady Lavinia, die in Kürze meine Gemahlin sein wird, nicht länger belästigen."

Wütend wie nie zuvor, erhob James die Faust gegen Wincote, doch Major Greenaway fuhr gerade rechtzeitig dazwischen. „Nein, James, das ist der falsche Weg", sagte er und warf Lord Wincote einen sehr ernsten Blick zu. „Mylord, hier ist jemand, der Ihnen nicht unbekannt sein dürfte." Er wandte sich um und winkte Mr. Tribble zu sich.

Kaum wurde Lord Wincote des Mannes ansichtig, zerrte er Lavinia in Richtung Eingangstür. „Kommen Sie, Mylady. Ich habe meine Meinung geändert. Wir werden doch nicht in den Ballsaal zurückkehren."

Er schlüpfte so flink mit ihr nach draußen, dass Major Greenaway und James ihn nicht mehr rechtzeitig ergreifen konnten. Zu ihrem Unglück sprang der Flüchtige mit Lavinia in die Karosse der Stanmores, die noch vor dem Haus stand, und ehe James es sich versah, spornte Lavinias Stallbursche Tom die Pferde an und preschte davon. Als James und sein Freund endlich den Phaeton erreicht hatten, war die Familienkutsche im Dunkel der angebrochenen Nacht verschwunden.

Zunächst fuhren die beiden Gentlemen in Richtung Wincotes Unterkunft, doch alsbald kamen sie zu dem Schluss, er wolle nach Cumberland fliehen. Ihr rasches Vorankommen wurde indes von den zahllosen Anhängern der Königin verhindert, die sich wieder auf den Straßen zusammengefunden hatten, um ihren Erfolg bei dem Prozess lauthals und mit genügend Sekt und Champagner zu feiern. James war verzweifelt. Er fragte sich, ob er Lavinia jemals unversehrt wiedersehen würde.

Lavinia schwankte zwischen Traum und Wirklichkeit. Sie saß in einer Kutsche, so viel nahm sie wahr, und neben sich sah sie die dunklen Umrisse eines Menschen, den sie nicht erkennen konnte. Denn ein stechender Schmerz in ihrem Kopf hinderte sie daran, sich zu konzentrieren und einen klaren Gedanken zu fassen. Ihre Glieder waren schwer und ihre Züge erstarrt von einem Dauerlächeln. Warum lächle ich bloß?, fragte sie sich. Bin ich glücklich?

„Lavinia, meine Liebe, du wirst mir vergeben, davon bin ich überzeugt. Du wirst mich verstehen, wenn du wieder ganz bei dir bist."

Die dunkle Stimme dröhnte ihr im Kopf. Sie schien seit Stunden auf sie einzureden, hatte ihr gesagt, dass sie bald schlafen gehen könne. Sie hoffte inständig, sie möge all dies hier nur träumen und in wenigen Minuten in ihrem Bett aufwachen, wo Daisy ihr allmorgendlich eine heiße Schokolade kredenzte. Unter großer Anstrengung versuchte sie die Augen zu öffnen, bis sie zu ihrem großen Schrecken feststellte, dass sie bereits geöffnet waren.

„Der Kopf tut mir weh", murmelte sie.

„Das wird sich geben", erwiderte ihr Entführer. „Du hast mir allerhand Scherereien gemacht, weißt du das? Und Corringham auch. Der Mann ist bei Weitem zu argwöhnisch. Wenn Lady Grahams Halskette nicht unecht gewesen wäre, hätte ich meine Schulden in Cumberland bezahlt und wäre die perfekte Partie für dich gewesen. Die gute Frau hatte ja nicht einmal bemerkt, wie ich ihr die Kette abnahm – im Gegensatz zu Lady Willoughby, deren Anhänglichkeit mich fast den Hals gekostet hätte, als sie sich mit ihrem ganzen Gewicht an dem Turban festklammerte. Auch Lady Rattenshaw hat mir das Leben schwer zu machen versucht. Doch es gelang ihr nicht, ich habe sie beizeiten durchschaut …“

Obgleich die Worte sie irgendwie beunruhigten, vermochte sie den Sinn noch nicht ganz zu verstehen. Sie merkte nur, dass die Kutsche langsamer wurde, bis sie fast stehen blieb und Hunderte von lauten Stimmen um sie herum zu vernehmen waren.

„Sie denken, du bist die Königin, und wollen dir huldigen.“

„Sie sind dumm. Ihre Majestät ist doch …“ Lavinia schüttelte den Kopf, in der Hoffnung, wieder klar denken zu können. Als eine Traube von Menschen sich gegen die Chaise drängte und diese ins Wanken geriet, war Lavinia schließlich hellwach. Sie sah sich neben Lord Wincote in der Familienkutsche sitzen, und sie trug noch immer ihr Theaterkostüm.

„Schlaf weiter“, murmelte er.

Lavinia starrte ins Leere. Was war geschehen? Hatte James nicht versucht, sie aufzuhalten? Warum hat er mich gehen lassen?, ging es ihr durch den Kopf. Sie erinnerte sich daran, Tom Bagshott, der auf dem Kutschbock saß, befohlen zu haben, die Karosse sofort in Bewegung zu setzen. Warum sie dies getan und Wincote keinen Widerstand geleistet hatte, konnte sie sich nur so erklären, dass dieser sie hypnotisiert haben musste. Ihre Gedanken wurden jäh unterbrochen von dem Gebrüll des Mobs, der, meistenteils angetrunken, allmählich die Geduld verlor und endlich die Königin sehen wollte. Um freie Fahrt zu bekommen, hatte Wincote nämlich der Menge, die vor Stanmore House die Straße verstopfte, zugerufen, Ihre Majestät sitze in der Kutsche und es gehe um Leben und Tod. Hatte dieser Trick anfänglich tatsächlich geholfen, wichen doch die Leute ehrfürchtig zur Seite, war er ihm nunmehr zum Verhängnis geworden. Die Chaise stand still, und man rüttelte bedenklich an ihr. Natürlich schenkten die Leute ihm nun keinen Glauben, als er ihnen zu beteuern versuchte, die Königin befinde sich nicht darinnen. Von Minute zu Minute wurde Wincote unruhiger, bis er sich entschloss, das Gefährt so schnell wie möglich zu verlassen.

Indessen hatten James und Major Greenaway die Verfolgung aufgenommen. Sie kamen ähnlich schwer voran wie die Flüchtigen, bis sie am St. James Square gänzlich ins Stocken gerieten, da eine Kutsche vor ihnen von Menschen umzingelt wurde.

Ihnen war sofort klar, dass es sich um die Loscoe'sche Karosse handelte, und aus Verzweiflung peitschte James auf seine Pferde ein, dass diese augenblicklich und trotz der Massen vor ihnen zum Galopp ansetzten. In der Tat zeigte ihre Geschwindigkeit Wirkung: Die Leute sprangen verschreckt zur Seite, sodass James im Handumdrehen am Ziel war. Zu seinem Unglück sah er sich außerstande, die verängstigten Pferde wieder zu beruhigen, und fuhr in einem Höllentempo an der Chaise vorüber. Trotz der Geschwindigkeit sah er Lavinia mit weit aufgerissenen Augen aus dem Fenster schauen, ihre verzweifelten Zurufe konnte er allerdings nicht mehr hören.

Wincote lachte sardonisch, als der Phaeton vorbeigefahren war. „Du scheinst ihm gleichgültig zu sein, sonst wäre er stehen geblieben. Obendrein hat er uns den Weg frei gemacht, wofür ich ihm ausgesprochen dankbar bin. Nun musst du wohl mit mir vorliebnehmen, meine Teure."

„Niemals! Er wird zurückkommen." Hastig lehnte Lavinia sich zu dem kleinen Fenster vor und klopfte vehement dagegen. „Tom, fahr keinen Meter weiter!"

Außer sich vor Zorn stieg Wincote aus und schwang sich auf den Kutschbock, während Lavinia die Gelegenheit, ohne zu zögern, nutzte und hastig aus dem Gefährt hinauskletterte. Wincote sah gerade noch, wie sie sich entfernte, ließ von Tom, der ihm energisch Widerstand leistete, ab und sprang laut fluchend auf die Straße. Er war so außer sich, als er ihr nacheilte, dass er den Phaeton nicht bemerkte, der sich ihm linker Hand in ungeheurem Tempo näherte. James, der neben Greenaway saß und kutschierte und sich vor Angst um Lavinia verzehrte, sah ihn zu spät und konnte nicht mehr verhindern, dass seine Pferde den Mann überrannten. Regungslos blieb der Verunglückte am Boden liegen, während die Menschen sich um ihn scharten und James' Phaeton nach etlichen Metern endlich zum Stehen kam.

Lavinia hatte das Geschehen wie gelähmt mit angesehen und brach gänzlich geschockt in Tränen aus, als man verkündete, Wincote sei tot. In diesem Augenblick eilte James auf sie zu. „James!", rief sie und lief ihm schluchzend entgegen. „James!"

Nach einer kurzen Umarmung brachte er Lavinia rasch zu der Stanmore-Kutsche zurück, um, noch selbst ganz benommen von dem Unfall, nach Lord Wincote zu sehen. Er machte sich große Vorwürfe, ihn getötet zu haben, doch Major Greenaway versicherte ihm, dass der Mann es nicht besser verdient habe und es überdies ein Unfall gewesen sei. Als die Konstabler aus der Bowstreet eintrafen, um den Toten fortbringen zu lassen, bat James den Freund, den Phaeton nach Corringham House zu bringen, und kehrte zu Lavinia zurück, die fröstelnd in der Kutsche saß. Ihr Antlitz war, so viel vermochte er dank des Laternenlichtes zu erkennen, kreidebleich.

„Lavinia, meine Liebe, wie geht es dir?", fragte er besorgt, derweil er ihr seinen Frackrock um die Schultern legte.

„Jetzt, wo du bei mir bist, fühle ich mich bereits viel besser.“ Sie reichte ihm die Hand, als er neben ihr Platz genommen hatte. „Mein tapferer Ritter – bist du gekommen, um mich zu befreien?“, fragte sie, wobei sich ein zartes Lächeln um ihren Mund andeutete.

„Irgendjemand musste dich doch aus dieser misslichen Lage retten“, erwiderte James mit seinem ihr so vertrauten Grinsen und klopfte gegen die Fensterscheibe vor ihm, um Tom zu bedeuten, er möge losfahren. „Nach Corringham House!“

„Zu dir?“, fragte sie verwundert. „Du meinst doch sicher Stanmore House.“

„Nein. Bevor wir dem Duke of Loscoe und Stiefmama entgegentreten, die vermutlich tausend Fragen haben werden, und wir uns den Festlichkeiten des verbliebenen Abends widmen, sollten wir uns nach all den Begebenheiten etwas Ruhe gönnen. Außerdem möchte ich dir, wie bereits angekündigt, etwas sagen.“

„Oh.“

„Ich hatte dich ausdrücklich darum gebeten, keine Dummheiten zu machen. Warum bist du nicht einfach im Ballsaal geblieben?“

„Ich brauchte einen Moment Ruhe, um nachzudenken.“

„Über Wincote?“

Sie schüttelte den Kopf. „Ich hatte ihm bereits vor zwei Wochen einen Korb gegeben. Nein, ich wollte vielmehr über meine Zukunft nachdenken, darüber, was ich nach dem Theaterstück beginnen würde.“

„Du hattest ihn längst zurückgewiesen?“, erkundigte er sich höchst erstaunt. „Warum hast du mir nichts davon erzählt?“

„Ich habe es mehrmals in Erwägung gezogen, auch versucht, es dir zu sagen, doch wir wurden unterbrochen. Und als ich annehmen musste, dass du dich in Lady Rattenshaw verliebt hast … Stell dir vor, Lord Wincote deutete an, sie habe versucht, ihm das Leben schwer zu machen. Was meinte er nur?"

„Lavinia, Sir Percy und ich haben die Frau – sie ist eine Schauspielerin – auf Wincote angesetzt, weil wir von Anfang an vermuteten, er sei ein Mitgiftjäger. Sie hatte gehofft, ihn zu betören und ihm auf diese Weise Geheimnisse zu entlocken. Offensichtlich hat Wincote sie jedoch durchschaut. Zum Glück hat er ihr nichts zuleide getan. Aber sagtest du nicht eben, du musstest annehmen, ich sei in die Dame verliebt? Wie kommst du nur darauf?"

Lavinia schaute unsicher zu ihm auf. „Bist du es nicht? Ich habe zumindest damit gerechnet, dass du mir nach der Vorstellung verkündest, du seiest in Lady Rattenshaw oder in eine andere Frau verliebt."

„Du lieber Himmel, nein! Was hat dich auf einen solch abwegigen Gedanken gebracht?"

„Ihr habt in letzter Zeit recht oft die Köpfe zusammengesteckt und euch recht vertraut gegeben ... ach, ich weiß nicht, ich war wohl etwas durcheinander."

„Oh Lavinia, Lavinia, wie kommst du nur darauf, ich könnte jemand anders lieben als dich? Ich denke Tag und Nacht an dich. Ohne dich könnte ich nicht sein ..."

Ihr wurde schwindlig vor Glück, und das Herz schlug ihr bis zum Hals. „Nicht ohne deine Schwester?", hörte sie sich fragen.

„Nein, du Dummchen", erwiderte er und ergriff ihre beiden Hände. „Ich liebe dich, wie ein Mann eine Frau liebt, ich habe dich schon immer geliebt – seit du eine zu allerlei Streichen aufgelegte und eigensinnige Sechzehnjährige warst."

Grinsend entzog sie ihm eine Hand und stupste ihn neckisch an. „So war ich niemals!"

„Du bist noch immer ein Wildfang", erklärte er mit unschuldiger Miene.

„Nein, bin ich nicht."

„Siehst du, ich habe recht. Zumindest eigensinnig bist du noch", lachte er.

Lavinia wurde ernst. „Aber ich bin keine sechzehn mehr. Du meintest vorhin, du habest darauf gewartet, dass ich erwachsen werde."

„Allerdings. Und es war eine unverschämt lange Zeit, die ich mich in Geduld üben musste."

„Erwachsen zu werden ist eine schwierige Erfahrung. Dass du mich fortwährend geneckt hast, wie man es mit einer kleinen Schwester zu tun pflegt, hat mir dabei nicht gerade geholfen", entgegnete sie in vorwurfsvollem Ton, wobei ihre Augen einen schelmischen Ausdruck annahmen.

„Ich dachte immer, dir gefiele die Art, wie wir miteinander scherzten. Jedenfalls musst du mir glauben, dass ich dich am liebsten von Anfang an geheiratet hätte, aber ich musste erst reifer und wohl auch etwas mutiger werden. Offensichtlich brauchten wir beide Zeit, um zueinanderzufinden." Er schaute sie liebevoll an. „Bitte bleib so, wie du bist. Ich liebe dich bedingungslos und möchte dich nie wieder missen."

Lavinia konnte ihr Glück noch immer nicht fassen, zu schnell und unerwartet hatte ihr Leben sich verändert. „Meinst du es wirklich ernst?"

„Es war mir noch nie ernster." James legte den Arm um sie und zog sie an seine Brust. Allein der Duft ihres Haares versetzte ihn in höchste Erregung, und als sie sich wohlig an ihn schmiegte und er ihre weiblichen Formen zu spüren begann, musste er stark an sich halten, Lavinia nicht auf der Stelle zu verführen.

„James, lass mich nie wieder von dir fortgehen", seufzte sie heftig.

Er musste plötzlich herzhaft lachen. „Dich an mich zu binden dürfte ein schwieriges Unterfangen werden. Ich bräuchte mindestens eine schwere Eisenkette, um deinem Wunsch Genüge zu leisten."

„Sei nicht töricht", schimpfte Lavinia. „Du brauchst keine Ketten, damit ich bei dir bleibe. Ein einfacher goldener Ring tut es auch."

Er hob ihr Kinn an und schaute ihr tief in die Augen. „Heißt das, du würdest mich heiraten?"

„Oh ja, bitte!"

Kaum hatte Lavinia dies gesagt, neigte er sich zu ihr vor und küsste sie. Er tat es erst überaus sanft und verspielt, dann immer leidenschaftlicher, bis sie sich gänzlich zu verlieren drohten. Sie waren noch immer fest umschlungen, als die Kutsche zum Stehen kam.

Wie verzaubert stiegen sie aus, und nachdem James Tom Bagshott angewiesen hatte, nach Stanmore House zurückzukehren und der Duchess of Loscoe Bericht zu erstatten – ihr vor allem zu sagen, sie würden bald nachkommen –, geleitete er Lavinia in das stille Haus. Sie sahen davon ab, die Dienerschaft zu wecken, und begaben sich geradewegs in den kleinen Privatsalon. Er zündete die Kerzen in dem Kandelaber auf dem Kaminsims an und wandte sich endlich wieder seiner Liebsten zu. Erfüllt von größter Sehnsucht, ihn zu spüren, fiel sie ihm in die Arme, und ihre Lippen fanden sich erneut.

„Oh James, ich kann es kaum glauben, dass wir hier sind", wisperte sie schließlich.

„Was fraglos ausgesprochen unschicklich ist. Wir befinden uns allein in meinem Privatsalon, obendrein mitten in der Nacht. Wenn das jemand erfährt, ist es um deinen guten Ruf geschehen."

Lavinia seufzte. „Ich fürchte, das ist längst passiert. Immerhin konnte alle Welt sehen, wie ich mit Lord Wincote aus Stanmore House verschwand, als wollte ich mit ihm durchbrennen." Sie erschauderte, als sie sich die Ereignisse noch einmal vor Augen führte. „Ich denke, er hatte mich hypnotisiert. Ich kam erst in der Kutsche, kurz bevor du uns eingeholt hast, wieder zu mir. Oh James, es war schrecklich."

„Nun ist alles überstanden, mein Liebes."

„Und Lord Wincote hat seine üblen Machenschaften mit dem Leben bezahlen müssen."

„Das bedaure ich natürlich", sagte er versonnen und musste plötzlich an Wincotes Bruder denken. Ob Wincote ihn wirklich umgebracht hatte? Was wirklich geschehen war, würde vermutlich immer im Dunklen bleiben.

„Denken wir lieber an Erfreulicheres. Küss mich." Sie hob ihren Kopf und öffnete leicht die Lippen. Nur allzu bereitwillig liebkoste er sie, küsste ihren Nacken, ihren Hals und schließlich ihren sinnlichen Mund. Er konnte ihren heftigen Herzschlag spüren, als er sie an sich presste und sie sich höchst erregt seiner Umarmung hingab.

Lavinia war ohne Zweifel eine leidenschaftliche Frau, und er wusste, dass sie einander glücklich machen konnten. Aber es war nicht nur ihre Sinnlichkeit, die ihn verzückte; er liebte ihre Jugend und ihre Zartheit, ihre Verletzlichkeit. Ihr Glück, so nahm er sich vor, sollte zukünftig über seinen eigenen Bedürfnissen stehen.

Er hörte eine Kutsche vorfahren und wusste, dass Tom zurückgekehrt war, um sie nach Stanmore House zu bringen.

„Die Feier wird längst zu Ende sein", sagte sie.

„Das bezweifle ich", erwiderte er mit einem Lächeln und entließ sie aus seiner Umarmung. „Ich denke, sie wird noch eine ganze Weile andauern. Wir werden uns frisch machen und uns umziehen, und niemand wird merken, dass wir fort waren. Es sind nämlich erst zwei Stunden vergangen, seit Wincote dich zu entführen versucht hat."

„Bist du sicher, James? Die Zeit kam mir so unendlich lang vor, wie ein ganzes Leben!"

James küsste Lavinia auf die Stirn. „Das Leben liegt noch vor uns! Du ahnst gar nicht, wie glücklich ich bin. Ich liebe dich von ganzem Herzen, Lavinia."

„Und ich liebe dich, James Corringham. Komm, lass uns gehen, damit wir Frances und Papa und all den anderen Gästen verkünden können, dass wir uns endlich gefunden haben." Sie ergriff seine Hand und zog ihn ungeduldig zur Tür hinaus.

– ENDE –

Georgette Heyer
Die Jungfernfalle

Band-Nr. 25435
7,95 € (D)
ISBN: 978-3-89941-714-2
464 Seiten

Gefährliche Versuchungen, zweifelhafte Freier und einen schurkischen Entführer – das alles lernt Judith Taverner, die junge Aristokratin vom Land sehr schnell kennen, als sie sich mit ihrem Bruder lebenshungrig in das Londoner Gewimmel stürzt. Doch die Stadt des Luxus und der Moden, der exquisiten Feste und reichen Dandys hat nicht nur fragwürdige Abenteuer, sondern auch ein handfestes Problem zu bieten: Aufgrund eines testamentarischen Schreibfehlers wurde der undurchsichtige Earl of Worth zu Judiths Vormund bestellt. Und der ist nicht zimperlich bei der Zähmung widerspenstiger Mündel. Im graziösen Spiel der Liebe zeichnet Georgette Heyer reizvoll und treffend die Gefahren und Erfahrungen des Reifens.

MIRA®

Lisa Kleypas
Verbotene Früchte im Frühling
Band-Nr. 25432
6,95 € (D)
ISBN: 978-3-89941-709-8
320 Seiten

Loretta Chase
Ein unverschämt
charmanter Gentleman
Band-Nr. 25424
6,95 € (D)
ISBN: 978-3-89941-692-3
464 Seiten

Zoe Archer
Das geheime Leben der Lady X
Band-Nr. 25419
6,95 € (D)
ISBN: 978-3-89941-686-2
336 Seiten

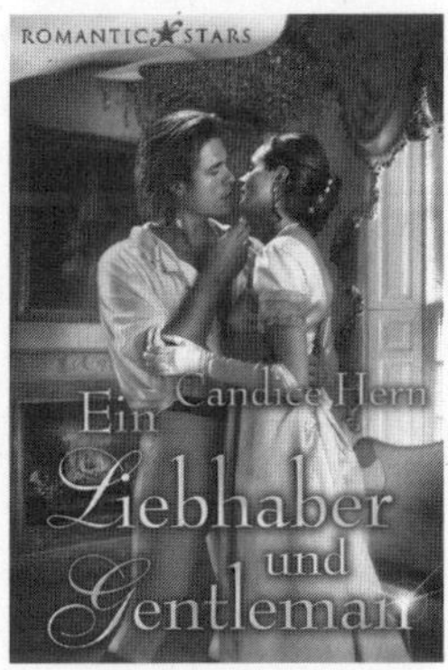

Candice Hern
Ein Liebhaber und Gentleman
Band-Nr. 25416
6,95 € (D)
ISBN: 978-3-89941-679-4
304 Seiten